HEYNE
BÜCHER

Von Patricia Gaffney sind
als Heyne-Taschenbücher erschienen:

Mit den Augen des Mondes · Band 04/132
Süßer Verrat · Band 04/147
Im Schatten der Liebe · Band 04/168
In den Armen der Leidenschaft · Band 04/176
In den Armen der Liebe · Band 04/178
In den Armen des Glücks · Band 04/180

PATRICIA GAFFNEY

WILDE HERZEN

Roman

Deutsche Erstausgabe

WILHELM HEYNE VERLAG
MÜNCHEN

HEYNE ROMANE FÜR »SIE«
Nr. 04/221

Titel der Originalausgabe
WILD AT HEART
Aus dem Amerikanischen
von Angelika Naujokat

Printed in France 1998
Umschlagillustration: Donald Case / Agentur Schlück
Umschlaggestaltung: Atelier Ingrid Schütz, München
Satz: Fotosatz Prechtl, Passau
Druck und Bindung: Brodard & Taupin

ISBN 3-453-13233-5

Für die unglaubliche Audrey LaFehr

Kapitel 1

Sonnenuntergang. Schatten bewegen sich langsam über die beiden Latten vor dem Fenster. Holzlatten. Der Wärter hatte sie am Tag nach seinem Fluchtversuch dort festgenagelt.

Flucht. Laufen, schnell und leise wie ein Wolf. Nach Hause.

Der Professor sagt, er müsse in Worten, nicht in Bildern denken. Sonnenuntergang, Wolf, Zuhause. Latten.

Zimmer. Das hier war sein Zimmer. Das Rechteck in der Wand ein Gemälde. Zuerst hatte er nichts damit anfangen können — die Farben hüpften auf und ab, Linien krümmten sich vor seinen Augen. Aber inzwischen brachte er es dazu, still zu halten. Es zeigte Leute, die draußen auf dem Gras aßen. Da waren Bäume zu sehen und ein weißes Ding, das den Boden bedeckte, und auf dem Äpfel und Teller und Sachen lagen, deren Namen er nicht kannte. Die Leute sahen glücklich aus und schienen sich sicher zu fühlen. Er starrte das Bild an, weil es sonst nichts anderes in seinem Zimmer gab, das er hätte anschauen können. Er mochte die gelbhaarige Dame und den kleinen Jungen. Der Junge hatte seinen Kopf auf die Beine der Dame gelegt, und sie lehnte gegen einen Baum und lächelte mit geschlossenem Mund, und ihr Körper war wie ein S geformt.

Er wußte aus seinem Buch, wie ein S aussah. Er kannte alle Buchstaben. Aber die meisten Worte ergaben inzwischen keinen Sinn mehr für ihn. *Im Salon des Gastgebers schickt es sich nicht, mit den Füßen zu scharren, mit den Fingern zu trommeln oder mit Troddeln oder Knöpfen zu spielen. Man übe sich in Gelassenheit.*

Eine Brise trug Lachen in sein Zimmer. Das Lachen eines Mannes und dann das leisere, weichere einer Frau. Was hatte er noch für ein Wort dafür benutzt, bevor er wieder lernte, es als Lachen zu bezeichnen? Er hatte es schon vergessen. Es war eh kein Wort gewesen, sondern ein unausgesprochener Gedanke in seinem Kopf. Gerüche, Klänge und Geschmäcke — sie alle hatten passende Worte, und Dr. Winter wollte, daß er sie laut aussprach.

Aber wenn er sie laut aussprechen würde, wäre er einer von ihnen. Ein Mensch.

Der Wind erstarb. Er nahm den Geruch des toten Fleisches von dem Teller wahr, den O'Fallon, der Wärter, auf seinem Tisch abgestellt hatte. »Das ist Rindfleisch«, hatte Professor Winter gesagt. »Es wird so gegessen — gekocht.« Inzwischen vermochte er schon, kleine Stücke zu essen, ohne daß ihm schlecht wurde, aber es schmeckte immer noch wie Asche, wie Dreck. Er hatte aufgehört, Insekten zu essen. Sogar, wenn keiner hinsah. Aber niemand konnte ihn dazu bringen, diese gelben Stäbchen oder diese dunkelgrünen Stengel zu essen, die sich Gemüse nannten und heiß waren und immer dampften. Weich und schleimig und eklig. Allein bei dem Gedanken daran begann sein Magen sich umzudrehen.

Nun war es ruhig. Vorher war ein Geräusch aus dem großen Haus herübergedrungen. Er wußte, was es war, aber es gelang ihm nicht, das Wort zu finden. M. Wie Wasser, das durch seinen Kopf, sein Blut floß. Er war aufgesprungen und zwischen Tür und Fenster auf und ab geeilt, hatte anfangs seine Ohren zugehalten, es dann aber zugelassen, als seine Angst langsam nachließ. Das Geräusch kitzelte in seiner Brust und gab ihm das Gefühl, verrückt zu sein. Auch wenn es wunderschön war. Was war es nur? M.

Nacht kommt. Vögel gingen zur Ruh. Er konnte das Wasser riechen, schwer und dunkel. Professor Winter nannte es ›der See‹. Es war nicht wie das Wasser zu Hause, strahlend und hell und voller Fische, die man essen konnte. Zu Hause wurden die Tage nun länger. Blätter machten den Wald dunkler, und die Vögel suchten nach einem Gefährten. Nahrung war leicht zu finden, und er würde fett werden und wie der alte Wolf auf dem Hügel liegen und zusehen, wie die Sonne den Himmel hinunterglitt.

Eine Erinnerung überkam ihn. Eine Erinnerung an Gras, seinen Geruch, wenn es gerade geschnitten worden war. ›Frischgeschnittenes Gras‹. Woher kannte er diese Redewendung? Eine Erinnerung an eine längst vergessene Zeit, vor dem Boot im Wasser. Etwas, von dem er nicht einmal gewußt hatte, daß er es kannte. Er schloß die Augen, um den süßen, grünen Geruch des Grases einzuatmen — und als er seine Augen wieder öffnete, glitt ein weißer Engel durch die Bäume auf ihn zu und erfüllte die Nacht mit seinem sanften Lachen.

»Lassen Sie uns spazieren gehen, Sydney.«

Sydney Darrow blickte von den Karten in ihrer Hand auf und vermied den Blick ihres Bruders. Philip hatte sie erst gestern abend darauf aufmerksam gemacht, daß Charles sie ständig herumkommandierte. »Warum läßt du das mit dir machen?« hatte er gefragt.

»Kommen Sie schon, Sydney. Jetzt, wo die Sonne über dem See untergeht. Haben Sie Lust?«

Na, also, dachte sie, er hat mich gefragt, er hat mich nicht herumkommandiert. »Es macht dir doch nichts aus, oder?« Sie lächelte Sam, ihrem anderen Bruder, zu. »Du hast ja schon all mein Geld gewonnen, plus einem Schuldschein für all das Geld, das ich jemals in meinem Leben besitzen werde.«

Sam grinste triumphierend und zeigte dabei das Loch, wo sein letzter Milchzahn gewesen war. »Ich habe dich geschlagen, Sydney«, quietschte er triumphierend. »Ich habe gewonnen und du hast verloren.«

»Schadenfreude gehört sich nicht, Samuel«, wies ihn

Tante Estelle von ihrem knapp zehn Meter entfernt stehenden Terassenstuhl zurecht. »Sie ist vulgär.«

Sydney, Philip und Sam schnitten identische Gesichter und blickten sich an — eine vertraute Mimik, die bedeutete: *Wie hatte sie das nur hören können?*

Sydney erhob sich, und Charles legte ihr mit festem Druck die Hand auf den Rücken, um sie anzutreiben. »Ich werde Krocket mit dir spielen, wenn wir zurückkommen«, versprach sie Sam über ihre Schulter hinweg.

»In zwanzig Minuten gibt es Abendessen«, sagte Tante Estelle mahnend, ohne von ihrer Stickarbeit aufzusehen und versetzte ihnen damit erneut einen Dämpfer. Sie schien Augen an ihrem Hinterkopf und an der Seite zu haben. »Du und Mr. West, ihr solltet nicht zu spät kommen.«

Als sie aus der Sichtweite und damit hoffentlich auch außer Hörweite des Hauses waren, stöhnte Sydney auf. »Großer Gott, sie spielt immer noch die Anstandsdame. Das mußte ich schon in Europa ertragen.«

»Nun, und haben Sie eine Anstandsdame nötig gehabt?«

Sie hakte sich bei Charles ein. Der Gedanke, daß er eifersüchtig sein könnte, gefiel ihr. »Na und ob, die Männer waren überall, man konnte kaum geradeaus laufen. In Rom mußten wir ständig Hansoms benutzen, weil überall auf den Bürgersteigen meine Eroberungen herumlagen.« Als er endlich merkte, daß sie ihn auf den Arm nahm, begann er zu lachen. Manchmal waren ihre Scherze an Charles verschwendet. »Tante Estelle spielt sogar in der Kirche meine Anstandsdame, wissen Sie. Man könnte meinen, ich sei achtzehn Jahre alt und unschuldig wie eine Jungfrau.« Und keine dreiundzwanzigjährige Witwe, die derart wenig Interesse an den Aufmerksamkeiten des anderen Geschlechts hatte, daß es schon lachhaft war.

»Ich bin froh, daß Sie wieder zurück sind, Sydney. Ich habe Sie vermißt.«

»Wie nett von Ihnen.« Sie lächelte und tätschelte seinen Arm.

»Sie scheinen mir glücklicher zu sein.« Er legte seinen Kopf zurück und starrte sie durch die untere Hälfte seiner Bifokalbrille an. »Nicht mehr so traurig.«

»Oh, wir hatten eine wundervolle Reise. Genau das, was der Doktor verschrieben hat.«

Oder besser gesagt, das, was Tante Estelle verschrieben hatte. »Ein Jahr reicht für eine junge Frau aus, um einen geliebten Menschen zu betrauern«, hatte sie vor drei Monaten erklärt. »Noch länger Trübsal zu blasen ist nicht nur ungesund, sondern auch unschicklich.«

Ihre Reise, die dazu hatte dienen sollen, Sydney aufzuheitern — ob sie es wollte oder nicht —, war recht angenehm gewesen, wenn man außer acht ließ, daß sie von ihrer Tante die ganze Zeit über wie ein kleines Kind behandelt worden war. Aber sie hatte sie von ihren Gedanken an Spencer abgelenkt, und genau das war auch das Ziel gewesen. Und nun genoß sie es, wieder zu Hause zu sein. Sie hatte Sam schrecklich vermißt. Ebenso wie Philip. Und Papa.

Sie waren am unteren Ende des Rasens angelangt. Durch die Bäume, die ihren Teil des Strandes säumten, glänzte die untergehende Sonne auf dem glatten, segelbetupften Blau des Michigan Sees — eine Szenerie, die sie seit ihrer frühesten Kindheit kannte. Sie betrachtete das weiß verschalte Gästehaus mit dem ordentlich gepflegten Grün auf der anderen Seite des Pfads. »Hier wohnt also Ihr ›verlorener‹ Mann.«

»Ja«, erwiderte Charles mit einer seltsam gedämpften Stimme.

»Mein Vater sagt, daß er Ihnen ein Vermögen bringen wird.«

Er nickte langsam, die Augen zu Schlitzen verzogen, den Blick auf das kleine, eingeschoßige Gebäude gerichtet. Dann erwachte er wieder aus seiner Trance und kicherte verlegen. »Nicht mein Vermögen, ich bin doch nur der Assistent Ihres Vaters.«

Sydney wußte, wann sie es mit geschauspielter Bescheidenheit zu tun hatte. »Ja, aber wenn sich dieser Mann als so wichtig herausstellen sollte, wie Vater es sich erhofft, dann werden Sie beide eines Tages berühmt werden. Sozusagen die amerikanischen Darwins.«

Charles Wangen färbten sich in einem verräterischen Rosa, und sie wußte, daß sie ihm mit dieser Bemerkung schmeichelte. Er bemühte sich, seine Hoffnungen, die er insgeheim hegte, für sich zu behalten, aber sie waren immer da, bestimmten sein Leben, seine Persönlichkeit. In dieser Hinsicht war er nicht wie Papa. Ihr Vater hatte viele Fehler, aber er hatte sich niemals von Ehrgeiz leiten lassen. Seine Leidenschaft für die Anthropologie war rein und hingebungsvoll, beinahe eine religiöse Berufung. Überflüssige Dinge wie eine Familie zum Beispiel oder Kinder großzuziehen hatte niemals damit konkurrieren können.

Sie verließen den Pfad, und Sydney setzte sich auf eine Eisenbank, die unter den Bäumen stand. Er rutschte ein wenig zur Seite, damit Charles ebenfalls Platz nehmen konnte. »Sam sagte, er habe gesehen, wie der verlorene Mann gestern mit seinem Wärter am Strand entlangspazierte.«

»Seinem was? Oh, Sie meinen O'Fallon. Er war einmal Wächter an der Universität, und nun hält er ein Auge auf unseren Mann.«

»Benötigt er denn einen Aufseher? Ist er gefährlich?« Sie konnte sich nicht vorstellen, daß es so war, denn dann hätte Papa ihn sicherlich nicht mit nach Hause gebracht.

»Anfangs war er manchmal aggressiv. Aber er hat sich Menschen gegenüber niemals gewalttätig benommen. Bei Gegenständen verhält es sich allerdings anders — bei seinem Käfig, zum Beispiel, oder seiner Kleidung.«

»Seinem *Käfig?*«

Charles nickte nüchtern. »Zuerst hat man ihn in einer Art Käfig gehalten. Das war nötig — er war wie ein wildes Tier. Niemand wußte, wozu er fähig sein könnte. Aber seitdem hat er sich beruhigt. Ehrlich gesagt«, fügte er stirnrunzelnd hinzu, »ist es gerade seine Teilnahmslosigkeit, die jetzt unser Experiment bedroht. Man erhält nicht gerade viele Versuchswerte von einer völlig passiven Versuchsperson. Das einzige, was man jetzt noch als Aggressivität bezeichnen könnte, ist sein Fluchtversuch.« Er deutete zum Haus hinüber. »Vor drei Nächten hat er versucht, aus diesem Fenster da zu klettern.«

Sydney bemerkte die Holzlatten, die das kleine Fenster verdeckten und dem hübschen Haus ein düsteres Aussehen verlieh. »Wie alt ist er?« erkundigte sie sich leise.

»Da er nicht spricht, sind wir nicht ganz sicher. Mitte Zwanzig wahrscheinlich.«

»Er spricht nicht? Überhaupt nicht? Obwohl ihr ihn nun schon drei Monate gefangen haltet?« Wie schrecklich, von diesem Mann wie von einem Tier im Zoo zu reden, dachte sie.

Charles hob professorenhaft seinen Zeigefinger. »Das anthropologische Institut hatte ihn drei Monate«, korrigierte er sie. »Ich — das heißt, Ihr Vater und ich — wir haben ihn erst eine knappe Woche.«

»Und nun behaltet ihr ihn den ganzen Sommer über. Um an ihm herumzuexperimentieren. Denken Sie, daß Sie ihm das Sprechen beibringen können?«

»Möglicherweise. Aber natürlich werden wir uns nicht darauf konzentrieren.«

»Ach, ja, richtig. Sie wollen ihn ja benutzen, um herauszufinden, ob wir Menschen von Natur aus gut oder böse sind.«

Er runzelte die Stirn. Er bevorzugte seine anthropologische Ausdrucksweise. »Ihr Vater und ich sind biologische Ethiker. Der Mann in diesem Cottage ist dem Zustand roher, unzivilisierter Natur so nahe, wie eine menschliche Versuchsperson, die zudem von wissenschaftlichem Nutzen ist, es nur sein kann. Er ist einzigartig. Einen Fund wie diesen hat es seit beinahe einem Jahrhundert nicht mehr gegeben.«

Sydney blickte über Charles' Schulter zu dem verbarrikadierten Fenster hinüber. Für einen Moment dachte sie, sie hätte eine Bewegung gesehen. Doch wahrscheinlich hatte sie nur die Reflexion eines Astes gesehen, der sich im Wind bewegte.

Sie schaute nachdenklich fort. Wie war es wohl, die ersten zwanzig Jahre seines Lebens ohne menschliche Gesellschaft zu verbringen? Konnte man danach überhaupt noch ein Mensch sein oder war man damit biologisch bestimmt, den Rest seines Lebens als Tier zu verbringen, ohne sich jemals ›zivilisiert‹ verhalten zu können? Das war eine interessante Frage, von der ihr Vater, wie sie ihn kannte, sicherlich besessen war.

»Er tut mir leid«, sagte sie leise. »Sie nennen ihn einen Fund — nicht einmal einen Menschen. Es wäre vielleicht besser gewesen, wenn man ihn niemals entdeckt hätte.«

Charles lächelte nur.

»Philip hat mir erzählt, daß er verwundet gewesen ist, als er an der Universität ankam. Man hat auf ihn geschossen.«

»Ja, es war eine verrückte Sache. Eine Gruppe der *Audubon Society* befand sich auf einer Expedition in Kanada, um Wintervögel zu fotografieren. Jeden Tag, wenn sie zurück ins Lager kamen, stellten sie fest, daß ihre Essensvorräte geplündert worden waren. Die Fußspuren im Schnee verwirrten sie — wie Sie sich ja sicher vorstellen können —, und sie kamen zu dem Entschluß, daß es sich um einen Bären handeln mußte.«

»Natürlich.«

»Eines Nachts hörte einer der Vogelbeobachter etwas und schoß blindlings darauf. Das Wesen entkam, aber am nächsten Tag folgten sie der Blutspur bis zu seiner Höhle. Stellen Sie sich nur ihre Überraschung vor.« Charles erlaubte sich ein kleines Lächeln. »Sie wollten ihren Augen nicht trauen — es war ein Mensch, und er war halbtod durch den Blutverlust. Es dauerte zwei Wochen, um ihn nach Chicago zu schaffen, und zwei weitere, bis sie wußten, daß er durchkommen würde.«

»Willkommen in der zivilisierten Welt«, murmelte Sydney und starrte auf das leere Fenster.

Die Sonne war untergegangen und hatte langgezogene, rosafarbene Wolkenfetzen am Himmel hinterlassen. Eine frische Brise wehte vom See herüber, und sie zog sich ihren Schal fester um die Schultern. »Ich glaube, wir sollten besser wieder zurückgehen.«

»Warten Sie.« Charles berührte ihren Ellbogen, um sie vom Aufstehen abzuhalten. »Da gibt es noch etwas, das ich Ihnen sagen möchte.« Er zögerte. Sein Gesicht trug einen ernsten Ausdruck.

»Was denn, Charles?«

»Ihr Vater hat mich gefragt, ob ich bei Ihnen wohnen möchte.«

Sie lachte. »Wie bitte?«

»Nur um der Bequemlichkeit Willen. Unsere Arbeit mit dem Ontario Mann wird sehr intensiv sein, da unser Zeitrahmen so eng gesteckt ist. Wir werden —«

»Der Ontario Mann?«

»Wir haben ihn aus Ermangelung eines Besseren so getauft. Man hat ihn irgendwo über der Echo Bay gefunden.«

»Ich dachte, er würde der ›verlorene‹ Mann genannt.«

Er rümpfte die Nase. »Das ist die Bezeichnung, die ihm die Zeitungen verpaßt haben — romantisches Gefasel. Die Vogelbeobacher haben damit angefangen. Sie behaupten, er habe, als sie ihn fanden, im Delirium immer ›verloren‹ gesagt.«

»Aber wenn er doch nicht sprechen kann —«

»Genau. Wahrscheinlich irgendwelches fieberkranke Gestammel seinerseits und dazu eine gewaltige Portion Wunschdenken ihrerseits.« Er schüttelte ungeduldig den Kopf. »Wie auch immer, Sydney, Dr. Winter hat freundlicherweise vorgeschlagen, daß ich zu Ihnen ins Haus ziehe. Nur für den Sommer. Wir werden eng zusammenarbeiten«, fügte er wichtigtuerisch hinzu, »daher macht es Sinn, so viel Zeitverschwendung wie nur eben möglich zu vermeiden. Jeden Tag mit dem Zug herauszukommen — da ist es doch einfacher, gleich hier zu bleiben, das sehen Sie doch ein, oder?«

Sie erkannte, daß unter seiner Ernsthaftigkeit eine gewisse Zufriedenheit lag: Er war überaus erfreut, seinen professionellen Hut mit dieser neuen Feder schmücken zu können. Einige Leute — besonders eifersüchtige Professorenkollegen — nannten ihren Vater hinter seinem Rücken einen Exzentriker, aber er besaß mehr Freunde als Kritiker, und einige von ihnen bezeichneten ihn gar als Genie. Ein ehrgeiziger, junger Assistenzprofessor — wie Charles — konnte im Grunde nichts Besseres tun, als sein Schicksal mit dem brillianten, wenn auch unberechenbaren Dr. Harley Winter zu verknüpfen.

»Also.« Er nahm seine Brille ab und steckte sie in die Westentasche. Seine großen, braunen Augen sahen sie in der zunehmenden Dämmerung nüchtern und durchdringend an. »Ich frage Sie noch einmal, meine Liebe.«

Sie tat erst gar nicht so, als wisse sie nicht, was er meinte. »Oh, Charles«, seufzte sie, und fühlte sich mit einem Mal so müde. Er griff nach ihrer Hand, und sie ließ zu, daß er sie festhielt.

»Finden Sie nicht, daß wir zumindest verlobt sein sollten, wenn ich in Ihrem Haus wohnen werde? Allein aus Gründen des Anstands?«

Sie blickte auf, um zu sehen, ob er einen Scherz gemacht hatte. Das hatte er nicht. »Nein«, erwiderte sie, »ich denke, es ist genau umgekehrt. Wenn wir verlobt wären und Sie in unserem Haus wohnen würden, dann hätten die Leute wirklich etwas zu klatschen.«

Er runzelte für eine Sekunde die Stirn, doch dann blickte sein Gesicht wieder heiterer drein. »Dann werden wir uns eben heimlich verloben. Sydney, habe ich nicht schon lange genug gewartet? Sie haben mir versprochen, mir eine Antwort zu geben, wenn Sie von Ihrer Reise zurückkommen.«

Ein übereiltes Versprechen. Sie hatte es ihm nur gegeben, damit er aufhörte, ihr diese Frage zu stellen. Sie hatte noch nie jemanden gekannt, der so hartnäckig war wie Charles. »Ich denke, es ist noch zu früh. Ich bin immer noch —«

»Es ist schon anderthalb Jahre her.«

»Nein, fünfzehn Monate.«

»Lange genug. Sie waren noch ein Kind, als Sie Spencer geheiratet haben. Doch nun sind Sie eine Frau. Heiraten Sie mich, Sydney.«

Sie stand auf und schritt davon, doch er folgte ihr, legte von hinten seine Arme um ihre Taille und hielt sie fest. »Heiraten Sie mich«, flüsterte er in ihr Haar. Sein Atem war warm. Sie lehnte sich leicht gegen ihn und ließ es zu, daß er sie festhielt. Sein rötlicher Bart kribbelte an ihrer Schläfe. »Ich liebe Sie, Syd. Und ich werde für Sie sorgen. Das verspreche ich Ihnen.«

Sie schloß die Augen. Eine unklare Vision von Charles, der sich um sie kümmerte, erschien ihr. Wie er sie an erste Stelle setzte, sie abgöttisch liebte. Selbst Spencer hatte sie nicht auf diese Weise geliebt. »Oh, Charles«, sagte sie wieder. »Können wir nicht einfach so weiterleben wie bisher? Ich habe Sie wirklich sehr gern. Können wir nicht einfach Freunde bleiben?«

»Sie wissen, daß ich Sie immer wieder fragen werde.«

Oh ja, das wußte sie. »Was sehen Sie in mir?« fragte sie ein wenig verzweifelt. »Warum wollen Sie mich überhaupt?«

»Warum?« Er lachte. »Weil Sie wunderschön sind.«

»Das ist nicht der Grund. Das ist nicht einmal wahr.«

»Und weil Sie mich glücklich machen.«

Und weil ich die Tochter meines Vaters bin, nicht wahr? Wenn sie Unrecht hatte, so war dies eine sehr unfreundliche Spekulation. Aber Charles war nun einmal vor allem anderen ein sehr ehrgeiziger Mann.

»Und Sie haben mich doch auch gern, nicht wahr, Sydney?«

»Sie wissen, daß es so ist.« Aber sie liebte ihn nicht. Sie hatte Spencer aus Liebe geheiratet — oder zumindest aus Freundschaft und großer Zuneigung. Sie wußte, wie es sich anfühlte, tiefe Gefühle für jemanden zu hegen.

»Dann sagen Sie doch einfach ja. Es ist ganz leicht. Und dann müssen Sie niemals wieder darüber nachdenken.«

»Würden wir hier leben?« Sofort bedauerte sie ihre Frage — sie machte ihm dadurch nur wieder Hoffnung.

»Hier?«

Spencer hatte ihr versprechen müssen, daß sie hier in dem Haus am See wohnen würden, wo sie immer gelebt hatte. »Wegen Sam«, fügte sie erklärend hinzu. »Ich kann ihn nicht alleinlassen, Charles, er ist zu klein.«

Er zögerte keinen Augenblick. »Wenn Sie es so wünschen? Wir könnten leben, wo immer Sie wollen.«

Das war leicht gewesen. Sie hatte viel größere Schwierigkeiten gehabt, Spencer zu überzeugen. ›Aber deine Tante kann sich um Sam kümmern‹, war so lange sein Argument gewesen, bis sie ihm mitteilte, daß sie lieber als alte Jungfer sterben würde, als ihren kleinen Bruder ihrer Tante Estelle anzuvertrauen. Schließlich hatte er widerstrebend nachgegeben — aber Spencer Winslow Darrow III. hatte ja auch in einer Villa in der Prairie Avenue gelebt, während Charles West mit seinem Assistenzgehalt zwei Räume in einer schäbigen Pension auf der Dearborn Street bewohnte.

»Sagen Sie ja, Sydney.« Er hatte seine Nase in ihrem

Nacken vergraben, und sie konnte seine blumig duftende Rasierlotion riechen. »Ich habe Sie so sehr vermißt. Gott, es tut so gut, Sie festzuhalten.«

Und es fühlte sich gut an, festgehalten zu werden. Für eine trauernde Witwe benahm sie sich recht freizügig, dachte sie benommen, zumindest soweit es Charles betraf. Er machte ihr schon seit Monaten ernsthaft den Hof. Auf den Tag genau ein Jahr, nachdem Spencer ertrunken war, hatte sie es zugelassen, daß er sie küßte. Seitdem hatte sie ihm noch einige andere Freiheiten gewährt, und ihre einzige Entschuldigung dafür war ihre Einsamkeit. Oh — und natürlich mochte sie ihn. Sie mochte Charles. Er besaß einige sehr nette Eigenschaften, und im Grunde konnte man nichts gegen ihn sagen. Er war nicht besonders attraktiv, aber er war auch nicht häßlich. Und er würde sie nicht in Ruhe lassen. Sie war ehrlich gesagt bereit, sein Angebot aus Langeweile, wenn schon aus keinem anderen Grund, zu akzeptieren. Aber war das eine gute Basis für eine Ehe?

Nein, natürlich nicht. Aber es fiel ihr so schwer, sich für jemanden zu interessieren. Drei Monate in Europa hatten nicht vermocht, sie von ihrer Langeweile zu kurieren.

Er knabberte an ihrem Ohrläppchen, und ihre Beinmuskeln wurden von einer Schwäche befallen. Wie leicht es doch wäre, nachzugeben. *Ich werde mich um dich kümmern ...* dieses geflüsterte Versprechen war ebenso verführerisch, wie seine Hand, die von ihrer Taille zu ihrer Brust hochwanderte. Sie sah zu, wie sie langsam höherglitt und dachte dabei, was für hübsche Hände er doch hatte. Sie lagen bleich und glatt auf ihrem weißen Kleid. Die Hände eines Gentleman. Er begann, ihren Nacken zu küssen, und ihr Kopf fiel gegen seine Schulter zurück. Sie ließ sich für einen Moment dahintreiben ...

Wäre es denn so falsch, ihn zu heiraten? Er murmelte, daß er sie liebte, daß er sie glücklich machen würde. Sie vermochte es nicht ganz zu glauben, aber die Vorstellung verlockte sie trotzdem. Sie ließ sich mit einem leichten Lächeln und halb geschlossenen Augen von ihm liebkosen und wehrte sich auch nicht, als seine Finger zwischen die Knöpfe ihres Kleides schlüpften und sie durch ihr Unterhemd berührten. Dieses unerlaubte, prickelnde Gefühl wurde durch die Nähe von Tante Estelle, die keine Ahnung hatte, was vor sich ging, noch geschürt. Wie kindisch von ihr, aber so war es nun einmal.

»Sagen Sie ja, Sydney.«

»Charles ...«

»Sagen Sie ja.«

So mußte das letzte Stadium aussehen, bevor man erfror. Man gab einfach nach ... glitt dem langen, warmen Schlaf entgegen. Wieviel einfacher das doch war, als weiter zu kämpfen ...

Ein Schatten an dem verbarrikadierten Fenster. Ein blasses Oval, das sich hinter den Holzlatten ans Glas preßte: *ein Gesicht.* Wie erstarrt blickte Sydney auf ein helles Augenpaar unter dunklen Brauen, eine vernarbte Wange, einen geraden Mund, dessen Lippen vor Angst oder Erstaunen geöffnet waren. Für eine endlose Sekunde senkten sich ihre Blicke ineinander. Der verlorene Mann. Trotz der Entfernung wußte sie, daß sein silberner Blick zu ihren Brüsten hinabglitt. Denen Charles gerade seine Aufmerksamkeit widmete.

Mit einem erstickten Schrei sprang sie zur Seite und wirbelte herum. »Er hat uns gesehen. Mein Gott, Charles, er beobachtet uns.«

»Wer?« Er machte einen entsetzten Eindruck.

»Der Mann, der — Ontario-Mann! Da, vom Fenster aus!«

Charles ängstlicher Gesichtsausdruck verwandelte sich zunächst in Gereiztheit. Dann sah er sie amüsiert an. »Sydney, was macht das denn schon für einen Unterschied? Er hat keine Ahnung, was wir da tun. Es ist so, als — als würde man sich vor einem Hund ausziehen.« Er lachte. »Er mag vielleicht interessiert sein, aber er hat nicht die geringste Idee *warum*.«

Was er sagte, war so falsch, so entwürdigend, daß sie ihn nur mit geöffnetem Mund anstarren konnte. Doch statt mit ihm zu streiten, packte sie seine Hand und versuchte, ihn zum Haus hinüberzuziehen. »Kommen Sie schon, man wartet bestimmt bereits mit dem Abendessen auf uns. Schnell, wir sollten —«

»Sydney, *warten Sie*.« Er zwang sie, innezuhalten. Sie sah, wie er sich bemühte, seine Wut zu kontrollieren und seine Züge wieder in Freundlichkeit zu verwandeln. »Ich glaube, Sie sind mir noch eine Antwort schuldig. Das haben Sie doch sicherlich nicht vergessen, oder?« Sein Lächeln war gespielt. Er war ausgesprochen zornig.

Aber alles hatte sich verändert. Sie besaß kaum noch die Geduld, mit ihm zu reden. »Wie könnte ich das vergessen?« sagte sie geistesabwesend und blickte zu dem Cottage zurück. Das Fenster war wieder leer, aber das Gefühl, daß sie beobachtet wurden, stärker als jemals zuvor. »Wir sollten das aber nicht jetzt diskutieren«, fuhr sie schnippisch fort, und Charles' Augenbrauen schossen in die Höhe. »Tut mir leid — es ist nur — jetzt ist nicht gerade die beste Gelegenheit. Lassen Sie uns später darauf zurückkommen, in Ordnung? Wir werden später darüber reden.«

»Sydney —«

»*Bitte*, Charles. Lassen Sie uns zum Haus zurückgehen.«

Er gab nach. Sie versuchte, seine Hand zu nehmen, aber er ergriff statt dessen ihren Arm — er bevorzugte es, die Kontrolle zu haben. Aber das war ihr egal, sie wollte nur weg von hier. Doch trotz ihrer Eile konnte sie nicht widerstehen, einen letzten Blick zurückzuwerfen, bevor sie die Stelle erreicht hatten, wo der Weg abbog und vom Cottage aus nicht mehr zu sehen war. Da — war das nicht etwas Weißes? Vielleicht auch nicht ... vielleicht spielte ihr die Fantasie nur einen Streich.

Aber das war auch nicht wichtig. Sie wußte, was sie zuvor gesehen hatte, und diese kurze Verbindung, dieser sekundenlange Blick zwischen ihr und diesem unbekannten, namenlosen Mann im Fenster hatte sie aufgerüttelt. Ihr Verstand war wieder scharf und klar, als sei ein kräftiger Wind hindurchgefegt. Armer Charles! Wie sollte sie ihm nur erklären, daß das, was ihr noch vor einer Minute so verlockend erschien, plötzlich undenkbar geworden war!

Kapitel 2

18. Mai 1893
Notizen — Ontario-Mann

Männlicher Weißer. Ungefähr 22 bis 28 Jahre alt. (Mentales Alter unbestimmbar.) Größe: 187 Zentimeter. Gegenwärtiges Gewicht: 77,3 Kilogramm. (Gewicht bei Gefangennahme: 72 kg.)

Besondere Kennzeichen: gebrochener Knochen am großen Zeh des linken Fußes, schlecht verheilt, verursacht jedoch kein Hinken oder sichtbare Beschwerden. Nachweis gebrochener Rippen, lange verheilt; ebenso linkes Schlüsselbein. Hände und Füße mit dicken Schwielen bedeckt. Zahlreiche Narben, inkl. einer im Gesicht, zwei am Hals, fünf am linken Arm, drei auf Brust und Bauch, eine auf dem Rücken am Ausgangspunkt des Rückgrats, eine auf der linken Hinterbacke, vier auf dem rechten Bein, drei auf dem linken. Insgesamt zwanzig. Nachweis langer und völliger Vernachlässigung.

Allgemeiner Gesundheitszustand hervorragend. Alle Sinne extrem geschärft, Riechen und Hören am stärksten ausgeprägt. Physische Reflexe weiterhin normal bis herausragend.

Gehorcht simplen Befehlen: ›Aufstehen‹, ›Herkommen‹, etc. Aber bisher keine verbale Antwort, obwohl keine Beweise für eine Verletzung oder ein Trauma der Stimmbänder vorliegen.

Akzeptiert nun kleine Stücke gekochten Fleisches und ißt sie, ohne sich zu übergeben. Das ist ein Fortschritt — im Universitätslabor aß er nur rohes Fleisch und Fisch, Beeren, Kastanien und Eicheln (die er unter seiner nackten Fußsohle zertrat) und Insekten.

Bisher war es schwierig, objektive Intelligenztest durchzuführen, Resultate im besten Falle zweideutig. Die Versuchsperson befindet sich in einem depressiven Zustand, kooperiert nur unter Druck oder wenn sie gelockt wird. Lethargie begann an der

Universität, ließ ein wenig nach, als er hierher gebracht wurde, kehrte dann aber wieder zurück. O.M. steht stundenlang am Fenster seines Zimmers, starrt stumm, verdrießlich, schwermütig nach draußen. Hat aufgehört, sich die Kleidung vom Leib zu reißen, weigert sich aber immer noch, ohne Zwang Schuhe oder Socken zu tragen. Erfreut sich an Spaziergängen im Freien, muß aber scharf bewacht werden. Fluchtversuche an der Uni., hier bisher erst einmal wiederholt.

22. Mai 1893
Persönliche Notizen

Linnaeus' System der Natur klassifiziert den Wilden Menschen (Homo ferus) *als eine gesonderte menschliche Spezies und führt zehn Fälle dieser Kreaturen auf — acht Mädchen und zwei Jungen. Birch zitiert des weiteren den Fall eines Kindes, das bei einer Bärenjagd in Litauen inmitten von Bären gefunden wurde. Alle Versuche, diese Kinder zu zivilisieren, scheiterten.*

Dann wäre noch Itards ›Wilder Junge von Aveyron‹ anzuführen, der 1799 gefunden wurde. Eine dreckige, verängstigte, stumme Kreatur von 14 Jahren mit dem mentalen Alter eines Sechsjährigen. Itard, der glaubte, daß die Umgebung wesentlich sei, führte die Subnormalität des Jungen auf einen Mangel an Ausstausch mit anderen Menschen zurück. Aber nach zwei Jahren unermüdlichen, intensiven Trainings in einer überaus verständnisvollen und menschlichen Umgebung konnte der Wilde Junge immer noch nicht sprechen, besaß kaum soziale Verhaltensweisen und war nur im theoretischen Sinne ›menschlich‹.

Slocum warnt uns, daß wir mit unserem Ontario Mann auch nicht viel mehr Glück haben werden, aber darüber denke ich anders. Itards Junge besaß mentale Defekte und wurde von Spastiken und Krämpfen heimgesucht. Er schaukelte endlos vor und zurück, wie ein Tier im Zoo, grunzte und blökte, aß Dreck und Abfall, hatte gewalttätige Wutanfälle, kratzte und biß jeden, der sich seinem kindischen Willen in den Weg stellte. Unser Mann dagegen hat bisher bei niemandem (außer bei O'Fallon) ein feindseliges Verhalten an den Tag gelegt. Er spricht nicht, aber ich denke, daß sein Verhalten darauf schließen läßt, daß er es könnte, wenn er nur wollte.

Und wie sollen wir die Behauptung des Audubon-Teams einordnen, er habe wiederholt das Wort ›verloren‹ geäußert, als er krank und halb bewußtlos war? Seine Augen sind scharf und intelligent. Wenn ich seine Aufmerksamkeit habe, entgeht ihm nichts. Er versteht meine Worte sehr viel besser, als er vorgibt.

Warum nur spricht er nicht? Wovor hat er Angst? Niemand hier hat ihm wehgetan. West und ich bemühen uns, Wege zu finden, um ihn dazu zu bringen, sich uns zu öffnen. Sollte er simulieren, so wäre das ausgesprochen töricht. Slocum will Ende des Sommers einen Fortschritt sehen — wobei Fortschritt Publikation bedeutet. Aber wir haben keinen Ausgangspunkt. Wie sollen wir ohne entwicklungsfähige Ausgangsbasis den Fortschritt eines Mannes messen? Logik ist allerdings an Slocum verschwendet. Droht, O.M. in eine Anstalt einweisen zu lassen, wenn wir nicht bis September einen Erfolg aufzuweisen haben.

24. Mai 1893
Notizen — O.M.

Keine Fortschritte. Er absolviert seine Übungen zur sensorischen Überprüfung mühelos, ungeduldig, versteckt nicht länger seine Frustration. Immer noch keine gewalttätigen Episoden seit seiner ursprünglichen Gefangennahme, obwohl er O'Fallon ganz offensichtlich verabscheut. (Was nicht überrascht, denn O'F. bewacht ihn den ganzen Tag und schließt ihn zur Nacht in einen kleinen Raum ein.)

Als man ihn über der Echo Bay entdeckte, trug er Lumpen und ungebleichte Tierfelle. Ein Buch, das mit einem Stück geflochtener Weide um seine Taille gebunden war, stellte seinen einzigen Besitz dar. Ein Buch! Es ist klein (ein Kinderbuch?), die Seiten sind zerrissen, kleben aneinander, die Worte verblaßt und unleserlich, der Titel auf dem schimmeligen, befleckten Einband ist nicht mehr zu entziffern. Selbst jetzt trägt er es immer in seiner Tasche und will sich nicht davon trennen. Ein Talisman, ein Erinnerungsgeschenk. Ist es möglich, daß er einmal fähig war, es zu lesen?

25. Mai 1893
Persönliche Notizen

Besonders schlimmer Tag. O.M. stumm wie immer, dazu gelangweilt und abweisend. Ethik- und Uneigennützigkeits-Test noch nicht einmal begonnen. Unmöglich, monographische Deadline einzuhalten. Hat Slocum doch Recht? Möglicherweise ist der Ontario-Mann kein Wilder (im Itard'schen Sinne, also auf unvollkommene Weise zivilisiert), sondern lediglich ein armer Idiot.

Sydney blätterte das dicke Patientenbuch ihres Vaters an den Anfang, zu den grobkörnigen Fotografien zurück, die in dem schwarzen Ordner steckten. Sie zog die Bilder befangen und mit einem etwas schlechten Gewissen noch einmal hervor. Es waren fünf an der Zahl, und zwei zeigten den Ontario-Mann nackt von vorn. Diese legte sie schnell beiseite, auch wenn ihren interessierten Augen nichts entging. Sie redete sich ein, daß sie einzig der Unterschied zwischen dem Mann auf diesen Bildern und dem Mann, den sie inzwischen zweimal aus der Entfernung mit Mr. O'Fallon am Strand beobachtet hatte, interessierte. Dieser Mann sah aus einer Entfernung von ungefähr fünfzig Metern recht gewöhnlich aus — dunkle Haare, großgewachsen, sehr schlank, einfach gekleidet in Hosen, einem weißen Hemd und einem Jackett.

Der Mann auf diesen Fotografien war alles andere als

gewöhnlich. Er hockte nackt, in einer defensiven Haltung, vor einer weißen Wand, und hatte offensichtlich Angst — möglicherweise nur vor dem Blitzlicht der Kamera. Er war so dünn, daß man ihn schon als mager bezeichnen konnte, und Narben, Stiche und Abschürfungen bedeckten seinen Körper wie Tätowierungen, wie Verzierungen. Er hatte schulterlanges Haar und einen buschigen, schwarzen Bart, der ihn wie ein wildes Tier aussehen ließ. Aber er besaß auch eine feingeschnittene, schmale Nase, über die sich die Haut fest spannte und die seine Magerkeit nur noch unterstrich. Seinen Mund konnte sie nicht erkennen, da ihn der borstige Schnäuzer verdeckte. Aber sie erinnerte sich noch an den Tag, als er sie mit Charles vom Fenster aus beobachtet hatte, erinnerte sich noch an seine Augen. Sie hatte Bilder von Wölfen gesehen, die solche Augen besaßen — durchdringend, ohne ein Blinzeln und zu hell, um natürlich zu sein. Blind aussehende Augen, die trotzdem alles zu sehen schienen.

Sie wandte sich wieder den Notizen ihres Vaters zu.

26. Mai 1893
Notizen, O.M.

Wir sind gezwungen, uns auf interessante, aber unwichtige Beobachtungen zu beschränken. West hat einen Spiegel an die Wand in O.W.s Zimmer genagelt. Wir beobachteten ihn durch unsere Gucklöcher, als er sich zum ersten Mal darin betrachtete. Seine anfängliche Furcht verlor sich innerhalb von Sekunden (wir kamen zu dem Schluß, daß er seine Reflexion zuvor schon einmal, wenn auch unscharf, in Wasser, Eis oder ähnlichem gesehen haben muß), danach zeigte er zunächst Bestürzung, dann Übermut und Faszination. Er berührte sein Gesicht, betastete es, schnitt groteske Fratzen und spazierte zur gegenüberliegenden Wand, um so viel wie möglich von seinem Körper sehen zu können. Nach ungefähr zehn Minuten verlor er allerdings das Interesse und kehrte zu seinem gewohnten Platz am Fenster zurück.

Wir stellen fest, daß Blumen, egal wie ausgefallen, wie duftend oder schön sie auch sein mögen, sein Interesse nicht einmal für einen Moment zu fesseln vermögen. Doch wenn man ihm ein Stück roten Stoff gibt oder irgendein glänzendes Metallobjekt, selbst einen alten Topfdeckel, dann beschäftigt er sich damit mit einer Intensität und Versunkenheit wie ein Kind mit einem Spielzeug. Alles, was glitzert oder funkelt, fasziniert ihn. West hat ihm ein neues Pferdehufeisen gegeben, und nun bewahrt er es bei seinen anderen Schätzen, seinen Flaschenverschlüssen, Muscheln und bunten Taschentüchern, auf.

Und natürlich bei seinem Buch. Dieses Objekt scheint ihm als Totem zu dienen, stellt eine Sicherheitszone für ihn dar, zu der er sich zurückzieht, wenn er aufgeregt oder ängstlich ist.

27. Mai 1893
Notizen, O.M.

Haben ihn heute mit Haustieren bekannt gemacht, was interessante, aber letztendlich auch unglückliche Resultate zur Folge hatte. West schob Wanda (die Hauskatze der Winters), durch die Tür in O.M.s Zimmer und zog sich dann sofort zurück, um mir an unseren Gucklöchern Gesellschaft zu leisten. Nach erstem Zusammentreffen keine Reaktion; nach gegenseitigem Beschnüffeln ignorierten sich beide.

Als nächstes wurde die Katze entfernt und Hector (der Hund der Familie) ins Zimmer gesetzt. Sofortige Faszination auf beiden Seiten! Nach zwei Minuten tollten O.M. und Hector wie Welpen herum, knurrten sich spielerisch an, rangen miteinander und bissen sich, ebenfalls spielerisch. O.M. legte sich auf den Rücken und ließ sich von Hector quälen, der ihm auf den Bauch sprang und an seinem Haar, seinen Füßen, Händen und seinem Gesicht knabberte.

Beobachtung: O.M. ist imstande, Laute (aber keine Worte) von sich zu geben und zu lachen.

Das Experiment mißlang allerdings. Hector (zum Teil Bluthund) erschnüffelte aus Versehen unser Versteck, als ihr Herumgetolle den schweren Stuhl verschob, der uns zum Teil verdeckte. O.M. schaute durchs Loch und sah mich. In seinem Gesicht war Verblüffung und tiefe Verlegenheit zu erkennen. Er errötete sogar. Schritt äußerst aufgebracht im Zimmer auf und ab und warf verärgerte Blicke zum Guckloch hinüber. Dann zog er die Kommode vor die Löcher, um sie zu verdecken.

Der Beweis für seine problemlösende Intelligenz war interessant und beachtenswert. Allerdings ist das Ende unserer geheimen Beobachtung ein sehr enttäuschender Verlust.

»Sydney, da bist du ja.«

Sie zuckte zusammen. Sie war so in die Notizen ihres Vaters vertieft gewesen, daß sie gar nicht gehört hatte, wie er die Tür öffnete und in sein Arbeitszimmer trat. »Papa, ich wollte gerade — ich wollte gerade damit anfangen, dies hier zu übertragen — ich wollte nur ...« Sie verstummte beschämt. Sie sollte eigentlich nicht die alten Aufzeichnungen ihres Vaters durchgehen, sondern seine neuen abtippen und in zwei Patientenbücher unterteilen, um die persönlichen von den eher formellen Beobachtungen zu trennen, die er dem Vorsitzenden, Slocum, einreichen wollte. Aber was spielte das schon für eine Rolle? Er hatte eh nicht bemerkt, was sie tat und wenn doch, so war es ihm gleichgültig.

»Hier«, sagte sie kurz und legte einen weiteren Ordner mit losen Blättern vor sich auf den Schreibtisch. »Soll ich das auch abtippen?«

»Hm? Mm.« Er stand bereits an dem Bücherregal hinter ihr und suchte etwas.

Sydney stand stirnrunzelnd auf, voller widerstreitender Emotionen. »Was ist mit Mr. Smith geschehen?«

»Smith?«

»Dein Sekretär. Der all deine Notizen abgetippt hat, während ich in Europa war.«

»Ah, Smith. Den habe ich entlassen.«

»Warum?«

»Hm?« Endlich wandte er ihr seine volle Aufmerksamkeit zu. Er breitete die Arme aus und sein sanftes, charmantes Lächeln erhellte das Zimmer. »Weil du doch jetzt wieder da bist«, erwiderte er, drehte sich erneut zum Regal um und stöberte weiter in den Büchern.

Sie schüttelte den Kopf, die Hände auf die Hüften gestemmt. *Sag einfach nein,* riet ihr Philip immer. *Du bist kein Kind mehr, Syd. Warum läßt du dich von ihm ausnutzen?* In diesem Fall kam sie zu dem Schluß, daß sie zwei Gründe hatte. Der eine: Gewohnheit. Der andere: der Ontario-Mann. Er faszinierte sie.

Ihr Vater fand, wonach er gesucht hatte und eilte zu seinem Schreibtisch hinüber. Sydney wich zurück, bevor er sie umrennen konnte — aus Zerstreuung natürlich, nicht etwa aus Unhöflichkeit. Sein dünnes, weißes, flatterndes Haar war lang. Offenbar hatte es niemand mehr geschnitten, seit sie es selbst im letzten Februar getan hatte. Er nahm auf seinem Stuhl Platz, ohne sich länger ihrer Gegenwart bewußt zu sein. Sie mußte unwillkürlich lächeln, während sie seine hohe, intelligente Stirn und die verschwommenen blauen Augen hinter den dicken Linsen seines Kneifers betrachtete. Er sah zur Zeit wirklich wie sechzig aus, blaß und schrecklich dünn — ganz so, als sei der Großteil seiner physischen Energie in sein Gehirn umgeleitet worden. Er trug einen seiner alten Gehröcke, der an den Ärmelaufschlägen schon ganz ausgefranst war und dazu eine karierte Hose mit blankem Hinterteil und ausgebeulten Knien. Zumindest sein Hemd war sauber. Tante Estelle murrte dauernd, daß man ihn, sollte er sich jemals in einem schlimmen Viertel von Chicago verlaufen, sofort wegen Landstreicherei verhaften würde.

Sydney dachte, daß seine Unachtsamkeit in gewisser

Weise auch eine Entschuldigung für seine Blindheit gegenüber den kleinen Eitelkeiten anderer Leute war — etwa ihr neues Kleid oder die Art und Weise, wie sie neuerdings ihr Haar trug. Man konnte ihn kaum dafür schelten, daß er diese Dinge an anderen nicht bemerkte, wenn er selbst ständig Probleme hatte, ein Paar zueinander passende Socken anzuziehen. Er war wirklich das Prachtexemplar eines zerstreuten Professors.

»Schlechter Tag«, murmelte er, nur zu einem Viertel an sie gewandt. »Nichts erreicht. Mann ist trotzig. Führt zu nichts. Vorläufiger Bericht ist zu spät dran. Stehe wie ein Narr da. Triumph für Slocum. Sehe schon alles vor mir.«

Sie war an seine rätselhafte, abgehackte Sprechweise gewöhnt, die so klang, als mache er verbale Notizen, statt richtig zu reden. Seine Studenten machten sich einen Spaß daraus, ihn zu imitieren. Das hatte sie früher immer zu Tode blamiert, aber Gott sei Dank war sie inzwischen erwachsen genug, darüber hinwegzusehen. Philip fühlte sich allerdings immer noch peinlich berührt und Sam begann gerade erst mit dieser Phase.

»Papa?«

»Hm.«

»Haben sie den Ontario-Mann an der Universität zu Anfang wirklich erst in einem Käfig gefangen gehalten?«

»Hm? Ja, nachdem seine Wunde verheilt war.«

»Warum?«

»Versuchte immer wieder zu fliehen.«

»Ja, aber — im *Käfig*.«

»Hat Leuten Angst gemacht. Wußten nicht, was sie mit ihm anfangen sollten.«

»Aber —«

»Rückblickend verdammte Schande. Junge hatte Läuse, Flöhe und wer weiß was, und sie haben ihn mit Lauge entlaust. Hatte Parasiten — sie gaben ihm Brech- und Abführmittel. Hatte gute, starke Zähne, nur ein paar schlechte ganz hinten — verabreichten ihm Lachgas und füllten sie mit Gold. Traumatisierten ihn. Haben sein Haar geschnitten — mußten ihn festhalten. Haben ihn zu Tode erschreckt. Verdammte Schande.«

»Und man hat auf ihn geschossen, daß sollte man auch nicht vergessen«, erinnerte ihn Sydney. Kein Wunder, daß er nicht mit ihnen kooperieren wollte.

»Was wirst du mit ihm anstellen? Was geschieht mit ihm, wenn er niemals sprechen sollte?«

Er lehnte sich zurück und faltete die Hände über seiner eingefallenen Brust. Seine verschwommenen Augen wurden noch undeutlicher. »Junge ist depressiv. Seufzt die ganze Zeit. Hat letzte Nacht ein Loch in die Wand getreten. Muskeln werden schwächer — braucht Bewegung. Nachtsehkraft nicht mehr so scharf. Geruch ebenso. Konnte einmal die Farbe auf den Wänden riechen, genauso wie Druckerschwärze der Zeitung oder Haaröl. Läßt alles nach. Zieht sich zurück. Melancholisch. Hat Heimweh.«

Es war schon erstaunlich, wie sensibel er die kleinsten Details der Aktionen und Reaktionen seiner Versuchsperson wahrnahm, dachte Sydney. Wie schade, daß er seiner Familie gegenüber nicht annähernd so viel von dieser Sensitivität zeigte.

»Harley?« Tante Estelle eilte geschäftig ins Zimmer und zog Philip hinter sich her. »Harley, ich möchte, daß du mir deine vollkommene und ungeteilte Aufmerksamkeit widmest.«

Ihr Vater blickte mit freundlichem Gesicht auf. »Guten Morgen, Estelle. Hallo, Philip, hallo Sam.«

Sam betrat als letzter das Zimmer und bemühte sich, unauffällig auszusehen.

»Hi, Daddy«, zwitscherte er und steuerte geradewegs auf Sydney zu. Er war nervös, aber er wollte nichts verpassen.

»Harley, ich bin gekommen, um mit dir über deinen Sohn zu reden.«

»Hm?« Er blickte zwischen Philip und Sam hin und her und lächelte gütig. »Über welchen denn?«

Tante Estelle runzelte erbost die Stirn. Sie war vier Jahre jünger als ihr Bruder, spindeldürr und blaß wie er und trug einen makellosen grauen Haardutt, bei dem niemals auch nur eine einzige Strähne schief lag. All die leidenschaftliche Energie, die Papa in seine Arbeit steckte, verwandte Tante Estelle auf eine andere Art von Besessenheit: den gesellschaftlichen Aufstieg. Die Winters gehörten nicht gerade zu den reichsten Familien der Stadt. Doch aufgrund Tante Estelles Eifer (und Sydneys Heirat mit Spencer Winslow Darrow III.), begannen sie, in die Reihen der Einflußreichsten aufzusteigen, jener privilegierten Elite, die darüber entschied, wer es verdient hatte oder nicht, in die höchsten Kreise ihrer geschlossenen Gesellschaft aufgenommen zu werden. Sie hatte den Ehrgeiz, zu einer menschlichen Schranke, einem etablierten Pförtner zu werden, wie ihre Vorbilder, die Armours, Pullmans, Swifts und MacCormicks es waren, deren Gesellschaft sie suchte. Tante Estelle einen Snob zu nennen war so, als würde man ihren Bruder als ein wenig vergeßlich bezeichnen — eine glatte Untertreibung.

»Hast du eine Ahnung, was dein Sohn letzte Nacht getan hat?« Sie hielt Philips Jackenärmel mit ihren Fingern gepackt. Vor ein paar Jahren wäre es noch sein Ohr gewesen. »Statt sich seinen Studien zu widmen und Mathematik und Geometrie zu pauken, den Fächern, in denen er an seinem teuren Ostküsten-College im letzten Semester beinahe durchgefallen wäre? Nun, Harley? Was glaubst du, hat er getan?«

»Ich habe nicht die geringste Ahnung, Estie. Was?«

Hatte irgendjemand außer Papa Tante Estelle jemals ›Estie‹ genannt? Schwer vorstellbar. Sie war nie verheiratet gewesen. Es hatte nicht einmal das Gerücht um einen Verehrer gegeben. Alte Fotografien zeigten eine jüngere Version ihres heutigen Selbst: halsstarrig, schmaläugig, ohne ein Lächeln. Eine Unterhaltung mit ihr war entweder belehrend oder tadelnd — was sie zum Gegenteil einer idealen Reisegefährtin machte, wie Sydney herausgefunden hatte. Sie war von Natur aus mißbilligend und nachtragend, und ihre Leidenschaft gehörte der Pflichterfüllung. Die meisten Leute hatten Angst vor ihr. Es war leicht, sie zu respektieren, aber es fiel sehr schwer, sie gerne zu haben.

Natürlich besaß sie auch gute Eigenschaften. Sie liebte ihre Katze Wanda, liebte sie von ganzem Herzen. Sie konnte hervorragend sticken und war unglaublich geschickt im Umgang mit Pflanzen. Sie war sogar der erste weibliche Vizepräsident der Chicagoer Rosengesellschaft. Nur mit *Menschen* konnte sie nicht so gut umgehen — und falls diese Schwäche durch Schüchternheit ausgelöst wurde, so hatte sie vor langer Zeit gelernt, sie sehr gut hinter Hartherzigkeit zu verstecken.

»Er hat das Haus irgendwann in der Nacht verlassen und ist erst kurz vor Morgengrauen zurückgekehrt. Er stank nach Tabak und — nach etwas Schlimmeren«, schloß sie unheilvoll, ohne das, was noch schlimmer sein konnte als Tabak, mit Rücksicht auf Sam zu nennen.

Philip befreite sich aus ihrem festen Griff und schlenderte zum Fenster hinüber. Sobald er ihr den Rücken zugekehrt hatte, schnitt er eine wilde, respektlose Fratze in Sydneys und Sams Richtung. Das brachte Sam natürlich dazu, laut herauszuplatzen. Er versteckte sein Gesicht schnell in Sydneys Rock, und diese legte automatisch schützend ihre Hand auf seinen Hinterkopf.

Papa blinzelte unverbindlich hinter seinen Brillengläsern. Schließlich raffte er sich auf, zu sagen: »Tststs. Das tut man doch nicht, oder?«

»Was schlägst du als Strafe vor?«

»Hm?«

»Du bist sein Vater. Philip ist zwanzig Jahre alt und kein Kind mehr.«

»Nein, in der Tat, er ist kein Kind mehr.«

»Er muß von dem Pfad völliger Selbstzerstörung, den er gewählt hat, abgebracht werden.«

»Hat er das? Hm! Das dürfen wir nicht zulassen.«

»Nach zwei Jahren am Dartmouth College sind seine akademischen Leistungen durchschnittlich, um es einmal vorsichtig auszudrücken. Sein Benehmen ist schlimmer als Samuels. Er ist anmaßend, faul und ungehorsam. Eine zu laxe Hand tut dem Jungen nicht gut, Harley. Das wäre eine Versäumnis deiner Pflichten als Vater.«

Armer Papa. Er gab weitere summende Geräusche von sich, schob die Papiere auf seinem Schreibtisch hin und her, nahm seine Brille ab, um sie zu putzen und setzte sie wieder auf, um Philip mit neugierigem Blick zu betrachten. Zweifellos bemühte er sich, das Bild von Lasterhaftigkeit, das seine Schwester gezeichnet hatte, mit diesem gutaussehenden, sanftäugigen Sohn in Einklang zu bringen, der ihn mit einem offenen Lächeln ansah.

Es war wieder einmal einer dieser typischen Momente bei Winters. Alle warteten darauf, daß Papa sich zu etwas entschloß, eine Meinung hatte, etwas tat, während jeder von ihnen in seinem tiefsten Inneren wußte, daß dies nicht geschehen würde. Sydney wußte gleichzeitig, daß Philip die Nächte rauchend und trinkend und Gott weiß wie verbrachte, um seinem Vater einmal eine solche Reaktion zu entlocken, obwohl ihm mitlerweile klar geworden sein mußte, daß dies niemals der Fall sein würde. Sie selbst hatte auch schon so etwas versucht, war mit Spencer durchgebrannt, statt noch fünf Wochen bis zu ihrem offiziellen Heiratstermin zu warten. Aber sie hatte es lediglich geschafft, Tante Estelle zu entsetzen. Was in gewisser Weise auch etwas für sich hatte, aber damals nicht das gewesen war, was sie hatte bewirken wollen.

»Nun?« Ihre Tante war entschlossen, diese Scharade zu Ende zu spielen. »Was für disziplinarische Maßnahmen schlägst du deinem Sohn zuliebe vor, Harley?«

»Hm? Nun ja. Hm. Laß mich einmal nachdenken.« Er tippte hilflos mit seinem Füllfederhalter auf den Tintenlöscher. »Disziplinarische Maßnahmen. Hmmm.« Weiteres Tippen. »Irgendwelche Vorschläge?«

Die magischen Worte. Sobald er sie einmal ausgesprochen hatte, schlummerte jegliche Vorstellung, daß Dr. Winter seinem eigenen Haushalt vorstand, sanft dahin. Es war eine gnadenvolle Sterbehilfe, und der wahre Oberbefehlshaber trat unverzüglich vor.

»Du solltest sein Taschengeld für den Monat Juni streichen«, verkündete Tante Estelle ohne zu zögern.

Sydney hielt den Atem an. Was für eine heftige Strafe! Aber ein Blick auf Philip beruhigte sie. Er bemühte sich, verletzt auszusehen, aber sie entdeckte ein Zwinkern in seinen Augen, und sie glaubte, den Grund dafür zu kennen. Was auch immer er letzte Nacht getrieben hatte, es mußte mit Glücksspiel zu tun haben. *Erfolgreichem* Glücksspiel.

»Hm. Ja, das wäre wohl nicht schlecht. Kein Geld für den nächsten Monat. Nun, Philip? Hast du deine Lektion gelernt?«

Ohne Tante Estelles verächtliches Schnaufen zu beachten, richtete sich Philip aus seiner lässigen Haltung, die er am Fenster eingenommen hatte, auf und vollführte eine übertriebene Verbeugung vor seinem Vater. »Ja, Vater, das habe ich. Vielen Dank, Vater. Ich werde mich bemühen, dich nicht wieder zu enttäuschen.«

Selbst Papa mußte lächeln — und ein Gefühl tiefer Zuneigung für ihn breitete sich unerwartet in Sydneys Innerem aus. Er besaß einen Sinn für Humor, oh ja, das tat er, ein Humor, der trockener war als die Wüste, der ewige Zeiten vor sich hinschlummerte und dann plötzlich, wenn man gar nicht damit rechnete, erwachte.

Die einzige Person, die sich nicht davon bezaubern ließ, war Tante Estelle. Sie schrieb es nur seinem exzentrischen Verhalten zu. Nachdem sie für diesmal ihre Pflicht getan hatte, zog sie die Schultern zurück, drehte sich auf dem Absatz um und marschierte aus dem Zimmer.

»Fällst du wirklich in allen Fächern durch, Flip?« erkundigte sich Sam und klopfte den nassen Sand um die nackten Füße seines Bruders fest.

»Nein, Sam, höchstens in der Hälfte. Nur in denen, die Zahlen haben.«

»Du meinst wie Arithmetik?«

»Genau. Wie Arithmetik.«

»Ich kann dir helfen, wenn du möchtest«, sagte Sam. »Ich kann wirklich gut mit Zahlen umgehen. Soll ich dir helfen, Flip?« Er rief seinen großen Bruder immer noch bei seinem alten Spitznamen. So, wie er ihn als Baby immer genannt hatte, als er ›Philip‹ noch nicht richtig aussprechen konnte.

Philip lehnte sich auf seine Ellbogen zurück, wackelte mit den Zehen und befreite seine Füße. »Vielen Dank, Sportsfreund, aber ich glaube, mir ist nicht mehr zu helfen.«

Sydney strich etwas Sand von der Decke, ohne etwas zu sagen. Sie hatte vor, Philip später zu fragen, ob er mit Absicht durchfiel, damit Dartmouth ihn hinauswarf, und er endlich das tun konnte, was er wirklich wollte: Romane schreiben.

Aber im Moment schwieg sie. Dieser letzte Mainachmittag war so wundervoll. Baumwollwolken hüpften hoch oben über dem dunklen Blau des Sees hinweg, und leichte Windböen bliesen oft genug über das Wasser, um die heiße Sonne erträglich zu machen. Sydney strahlte ihre Brüder an. Sie war so froh, wieder bei ihnen zu sein. Drei Monate! Es war ihr eher wie drei Jahre vorgekommen.

»Das ist genau die Farbe, die auch mein Haar im Sommer immer hatte«, sagte sie zu Sam und strich ihm seine semmelblonden Strähnen aus der Stirn. »Vielleicht wird aus dir ja auch noch mal ein Rotschopf wie ich einer bin. Würde dir das gefallen?«

Er dachte darüber nach und rümpfte seine mit Sommersprossen übersäte Nase. Auch Sydney hatte Sommersprossen, aber sie bedeckte sie ein wenig mit Puder. »Ich weiß nicht«, erwiderte er nachdenklich und blickte zu Philip hinüber. »Ich glaube, ich hätte lieber dunkles Haar. Dunkelbraunes.«

Sie konnte es ihm nicht verdenken — Philip sah überwältigend aus. Er mochte Dartmouth hassen, aber die beiden Jahre dort hatten ihn in einen sehr vornehm aussehenden Studenten verwandelt. Mehr und mehr erinnerte er an ihren Vater auf den alten Fotografien, als Dr. Harley Winter noch der unbeschwerte, junge Bursche auf dem Campus der Universität von Chicago gewesen war. Das hatte man ihnen zumindest erzählt. Es kam ihnen unwirklich vor, aber ihre eigene Mutter — die nun seit sieben Jahren tot war — hatte es so oft gesagt, daß es wahr sein mußte.

»Du willst also lieber einmal aussehen wie dein großer Bruder statt wie deine große Schwester«, schmollte Sydney. »Das tut weh.«

Sam kicherte und ließ sie noch einmal durch sein Haar zausen. Auch er hatte sich in ihrer Abwesenheit verändert. Er war noch dünner geworden, und sie hätte schwören können, daß er mindestens fünf Zentimeter gewachsen war. Er war jetzt sieben, und Haarezausen gehörte zu den Dingen, die er nur tolerierte, weil sie so lange weggewesen war, und er sie vermißt hatte. »Ißt du auch genug?« fragte sie und drückte sein knochiges Knie.

»Ich esse die ganze Zeit. Ich esse wie ein Pferd. Wie ein Rudel Schakale!« Er trottete davon und ging auf etwas abstoßend Aussehendes zu, was Hector gerade aus dem Wasser gezogen hatte. Sie hoffte nur, daß es tot war.

Philip begann, sich vor ihren Augen eine Zigarette zu rollen. Sie gab die obligatorisch mißbilligenden Laute von sich, beobachtete ihn aber gespannt. Spencer hatte nicht geraucht. Außer in Zügen und aus einer damenhaften Entfernung hatte sie noch nie gesehen, wie sich jemand eine Zigarette rollte. Sie blickte erneut zu Sam hinüber, aber er und der Hund waren mit ihrem unappetitlichen Fund beschäftigt. »Rauchst du die ganze Zeit?«

»Klar. Ein guter Zeitvertreib.« Er steckte sich die Zigarette in den Mundwinkel, entzündete ein Streichholz, hielt es ans Ende und sog irgendwie den Rauch ein, um ihn zur gleichen Zeit wieder durch die Nasenlöcher auszustoßen.

Sie schüttelte den Kopf, und gab ein ›Ts‹ von sich, das Tante Estelle würdig gewesen wäre. Doch in Wahrheit war sie beeindruckt. »Wieviel hast du letzte Nacht bei deinem Pokerspiel gewonnen?«

»Genug.«

»Genug, um dein Taschengeld nicht zu vermissen.«

Er blinzelte ihr nur zu.

»Du weißt, daß du immer zu mir kommen kannst, wenn du wirklich knapp bei Kasse bist, nicht wahr?« Sie wohnte zwar im Hause ihres Vaters, aber das Erbe aus Spencers Nachlaß hatte sie finanziell unabhängig gemacht. Im Grunde sogar reich.

Der Blick aufgesetzter Gleichgültigkeit wich von Philips Gesicht, und er schenkte ihr ein Lächeln. »Du bist ein echter Schatz, Syd. Was würde ich nur ohne dich tun?«

Sie sah zu, wie die Brise mit den Fransen ihres Sonnenschirms spielte. »Philip . . . Es ist die Sache nicht wert, weißt du.«

»Was denn?«

»Sich ihnen zu widersetzen.«

Er begann, seine Hosenaufschläge hinunterzurollen, ohne sie anzusehen. »Ich schere mich einen Dreck um sie.«

Was für eine treuherzige Lüge. Er hing an ihnen genau wie sie. Könnte sie doch nur etwas tun, um die Unaufmerksamkeit und die Gleichgültigkeit ihres Vaters ein wenig gut zu machen. Aber Philip ähnelte ihr zu sehr – ihn verletzten die gleichen Dinge. Doch er war ein Mann und das, was er tat, um den Schmerz zu bekämpfen, konnte katastrophalere Auswirkungen haben als das, was eine Frau unternahm.

»Es macht keinen Sinn, deine Ausbildung wegzuwerfen«, belehrte sie ihn mit sanfter Stimme. »Damit tust du nur dir weh und nicht ihnen.«

Er stieß ein gleichgültiges Lachen aus, als wisse er nicht, wovon sie redete. »Wie gefällt dir der Gedanke, West hier im Haus wohnen zu haben?« erkundigte er sich abrupt und änderte damit das Thema.

»Ich habe nichts dagegen. Im übrigen ist er so beschäftigt, daß ich ihn kaum sehe.« Sie zögerte und sagte dann: »Er hat mich um meine Hand gebeten.«

»*Was*?« Er drückte seine Zigarette im Sand aus und starrte Sydney an.

»Ist das eine solche Überraschung für dich? Er macht mir schon seit Monaten den Hof.«

»Ich weiß, aber er ist –« Er verstummte, und sie konnte förmlich sehen, wie ihm schwante, daß hier möglicherweise ein gewisser Takt gefordert war. So wie es sich für einen erwachsenen Mann geziemte.

»Warum magst du Charles nicht?« erkundigte sie sich herausfordernd.

»Ich kann ihn schon leiden. Wirklich. Wenn du ihn magst, dann werde ich ihn auch mögen.«

»Nun, ich mag ihn.«

Er schwieg eine Sekunde lang, und blickte sie dann mit zu Schlitzen verzogenen Augen an. »Ich fürchte, ich mag ihn trotzdem nicht.«

Sie brachen beide in Gelächter aus. Sie genoß die Nähe, die Fröhlichkeit, die herrliche Offenheit, die in diesem Moment zwischen ihnen herrschte. Im Vergleich dazu verblaßte Charles West zu Unbedeutenheit.

Sie war so an Hectors kehliges Bellen gewöhnt, wenn er mit Sam am Strand spielte, daß sie es kaum wahrnahm. Nun bemerkte sie, daß es einen höheren, aufgeregten, willkommen heißenden Klang annahm. Sie blickte auf. Zwei dunkel gekleidete Gestalten gingen am Wasser entlang und kamen langsam auf sie zu.

»Oh, Philip, das ist er«, hauchte sie und sprang von der sandigen Decke in die Höhe. »Das ist der verlorene Mann.«

Auch Philip erhob sich. »Ich habe ihn noch nie aus der Nähe gesehen.«

Sie blickten beide instinktiv zu Sam hinüber, der stockstill dastand, unhöflich starrte und ignorierte, daß die Wellen seine Waden umspülten. Der Hund sprang davon, kam kurz vor den beiden Männern zum Stehen und umkreiste sie dann aufgeregt.

Sam war in Sicherheit, das wußte Sydney, aber als sie bei ihm ankam, war sie vom Laufen außer Atem. Sie legte beide Hände auf seine Schultern, um ihn davon abzuhalten, sich den beiden Männern weiter zu nähern.

»Hi«, rief er, als begrüße er einen Schuldfreund. Aber das Zittern in seiner Stimme sagte ihr, daß er nervös war. Er war dem verlorenen Mann auch noch niemals so nahe gewesen.

Hector sprang an dem Mann hoch und ließ feuchte Sandspuren auf dessen dunkler Hose zurück. Er hatte sich vorgebeugt und drückte zärtlich die schlappigen Ohren des Hundes und ließ es zu, daß dieser ihm über seine Hände sabberte. Inzwischen standen sie sich alle gegenüber.

»Das ist Hector«, piepste Sam. »Er ist ein Jagdhund und ein Jahr alt. Ich bin Sam Winter. Und wie heißt du?«

Hector ließ endlich von ihm ab, und der Mann richtete sich zu seiner vollen Größe auf. Mein Gott, dachte Sydney, er ist ja noch ein Junge. Er war groß und dünn, und sein blau-schwarzes Haar war schlecht geschnitten, wie mit einer stumpfen Klinge. Sie erkannte sein Gesicht von den Fotografien, die weiße Narbe auf seiner Wange, die kräftige Nase, sein breiter, harter, ausdrucksvoller Mund, der nicht lächelte. Seine Kleidung, die aus einer schwarzen Jacke und Hosen und einem weißen Hemd bestand, sah an ihm seltsam und unnatürlich aus — und das nicht nur, weil sie ihm nicht paßte. Unter den zu kurzen Hosenaufschlägen schauten seine nackten Fußgelenke über einem Paar derber, alter Schuhe hervor.

»Er kann dich nicht verstehen, mein Sohn«, erklärte O'Fallon und grinste Sydney und Philip nachsichtig an. Sydney mochte ihn nicht, aber nicht nur deshalb. O'Fallon hatte die Gewohnheit, sie mit lüsternen Blicken zu betrachten, wenn sie sich auf dem Grundstück oder im Haus, wo er seine Mahlzeiten mit dem Dienstpersonal einnahm, begegneten. Dieser mächtige, kräftige Körper des Berufsboxers, der er einmal gewesen war, machte ihr Angst. Aber am wenigsten gefiel ihr die Behandlung, die er dem Mann angedeihen ließ, den er nur davon abhalten sollte, fortzulaufen. Sie wußte, daß er einen Polizeiknüppel in seinem Gürtel und ein Stück Seil in seiner Tasche trug.

»Woher willst du das wissen? Vielleicht will er nur nicht mit *dir* reden.« Sam, der für gewöhnlich höflich war, mochte O'Fallon auch nicht.

Der kräftige Mann gab vor, herzlich zu lachen. »Das war ein wirklich guter Witz! Vielleicht hast du ja recht, aber ich möchte es bezweifeln. Ich denke eher, daß sein Gehirn ungefähr die Größe von dem Hirn des Hundes da hat.« Er lachte erneut, aber niemand stimmte mit ein. Sie empfanden die Beleidigung nicht nur stellvertretend für den Mann, sondern auch für Hector.

Der Mann, der Sam mit großem Interesse beobachtet hatte, hob seinen Blick, um Sydney anzusehen. Ihr wurde sofort klar, daß sie sich geirrt hatte — er war ganz und gar kein Junge mehr. Sein Gesicht besaß eine oberflächliche Unschuld, aber das lag nur an seinem Ausdruck. Seine Augen verrieten ihn. Die Fotografien hatte sie glauben gemacht, daß sie grau oder silbern waren, aber in Wahrheit trugen sie ein helles Grün, so klar wie das Morgenlicht auf dem See. Und sie besaßen einen so wissenden Ausdruck ... über etwas Altes und Unheimliches, wie sie es noch niemals zuvor gesehen hatte. Sie vermochte einfach nicht wegzuschauen.

»Ist das Ihre Meinung als Fachmann?« erkundigte sich Philip leichthin, aber Sydney vernahm die Abscheu in seiner Stimme. Sie waren sich einig: Keiner von ihnen mochte O'Fallon.

»Hier. Schau.« Sam zog etwas aus seiner Tasche. »Du kannst es haben, wenn du möchtest.« Er hielt dem Mann etwas hin, und dieser bückte sich, nachdem er sich von seiner Überraschung erholt hatte, um zu betrachten, was Sam ihm hinhielt. »Es ist eine Puppe, siehst du? Man steckt sie so auf den Finger, und dann kann man damit spielen.«

Sydney erkannte die gestrickte, gelbe Giraffe mit den Fellaugen und der Mähne und den Wimpern aus schwarzer Wolle. Sie hatte sie vor Jahren einmal für Sam gemacht. Erstaunlich, daß er sie noch nicht verloren hatte.

»Also, mein Junge, du solltest diesem Mann nichts schenken«, warnte ihn O'Fallon, der immer noch bemüht war, freundlich zu klingen.

»Warum nicht?« erkundigte sich Sam und nahm damit Sydney die Worte aus dem Mund. Aber sie war trotzdem für einen Moment ausgesprochen nervös, als Sam nach der Hand des verlorenen Mannes griff und sie zu sich zog. Philip erstarrte ebenso wie O'Fallon. »Siehst du? Man steckt sie einfach so über den Finger. Und dann wackelt man« — er drehte den langen, starken Finger des Mannes hin und her — »und bringt sie zum Reden. Hallo, ich bin Gerry, die Giraffe!« gab er in einem gespielt tiefen Tonfall von sich. »Und wer bist du?«

Der Mann blickte den kleinen, gelben Überzug, der plötzlich seinen Zeigefinger bedeckte, blinzelnd an. Er bewegte seinen Knöchel, und die Punkte auf der Spitze des Überzugs wurden zu einem Gesicht.

»Siehst du? Es ist eine Giraffe«, strahle ihn der Junge an und sah ihm geradewegs in die Augen.

Gih-rafe. Er konnte sich an keine Gih-rafe erinnern. Aber es war ein Geschenk, soviel verstand er, und seine Brust füllte sich plötzlich mit einem Gefühl der Freude, als habe er einen tiefen Atemzug genommen. Er hielt seinen Finger vor das Gesicht von Sam, dem Jungen, und wackelte damit hin und her, und der Junge öffnete den Mund und lachte — ein Geräusch, das wie Wasser klang, das über einen Felsen lief. Er lachte auch, und dann blickte er in das Gesicht der Frau.

Sie besaß Haare wie ein Fuchs, von glänzendem Rot und Gold, und sie brachte es dazu, auf ihrem Kopf zu bleiben, ohne an den Seiten herabzufallen. Ihr Geruch war gemischt. Sie roch nach etwas Süßlichem, das man essen konnte und darüber lag der rauchige Geruch des Mannes mit den dunklen Haaren, der neben ihr stand und der die gleichen blauen Augen hatte wie sie. Sie trug so viele Kleidungsstücke, und sie hatte eine Haut, wie er sie noch niemals zuvor gesehen hatte. Die rosafarbenen Bäuche neugeborener Waschbären sahen entfernt so aus. Ihre Lippen waren nach oben geschwungen, aber lächelte sie wirklich? War sie glücklich? Oder machte sie sich vielleicht über ihn lustig?

»Du solltest deine Schuhe ausziehen«, sagte der Junge und deutete auf seine Füße. »Am Strand darf man ruhig ohne Schuhe gehen — sonst allerdings nirgendwo. Das sagt Tante Estelle immer.«

Sam redete weiter, viel zu schnell, und die Worte ergaben keinen Sinn mehr. Er versuchte, sie zu verstehen, aber es ging nicht. Er betrachtete erneut die Dame. Alle hatten sie über sie geredet. Wie würde wohl ihre Stimme klingen?

Weich. Weder hoch noch schnell. Wie schnurren. »Es wird langsam spät. Ich glaube, wir sollten jetzt besser zurückgehen.« Sie hatte ihre Hand auf Sams Schulter gelegt, doch sie berührte ihn nur, ohne zu drücken oder zu quetschen, und Sam schien es nicht abzulehnen. Der verlorene Mann vermochte seine Augen nicht von den langen, weißen Fingern der Dame abzuwenden, die über Sams Schultern lagen. Der dunkelhaarige Mann sagte etwas zu ihr, das er ebenfalls nicht verstand. Er schaute in ihre Augen. Menschenaugen. Sie blickten klug und verschlossen, verbargen Dinge. Sie verbarg Dinge. Sie senkte ihre Lider, damit er ihr nicht in die Seele blicken konnte.

Sam streckte seine Hand aus. Wollte er seine Gih-rafe wieder zurückhaben? Nein, er hielt seine Hand seitlich, nicht mit der Handfläche nach oben. Verwirrt blieb er stocksteif stehen, blickte niemanden an. »Schüttele sie«, forderte Sam ihn auf und ergriff seine andere, leere Hand. Nachdem ihre Hände zueinander gefunden hatten, schwangen sie sie auf und ab, und dabei schoß ihm eine Erinnerung durch den Kopf. Er hatte so etwas schon einmal getan. Und einige Worte in seinem Buch ergaben nun einen Sinn.

Bei einem gesellschaftlichen Anlaß sollten Sie nicht versuchen, jedem die Hand zu schütteln. Wenn Ihnen Ihr Gastgeber oder Ihre Gastgeberin die Hand anbietet, ergreifen Sie sie. Gegenüber den anderen Gästen ist eine angedeutete Verbeugung ausreichend.

»Also dann, mein Junge.« O'Fallon packte seinen Arm und gab sein Lügenlachen von sich. »Das reicht erst einmal für heute.«

Er befreite sich aus O'Fallons Griff, ohne ihm auch nur einen Blick zu gönnen. Da gab es etwas, das er tun mußte.

Er verbeugte sich.

O'Fallon lachte wieder, aber die Dame tat es nicht. Und auch der Junge nicht oder der dunkelhaarige Mann. Sie rissen alle ihre Augen auf und machten sie auf eine Weise rund, die ihm sagte, daß sie zusammengehörten. Sie waren aus einem Rudel. Dann drehte O'Fallon ihn um und brachte ihn dazu, wegzugehen.

In dem Zimmer mit den Holzlatten vor dem Fenster sagte O'Fallon: »Oh, du bist mir ja ein ganz gewiefter Bursche. Spieltst plötzlich den Gentleman, was?« Er drehte sich um, und O'Fallon schubste ihn so fest in den Rücken, daß er gegen die Wand flog. Er schwang herum, hielt seine Wange fest. O'Fallon hatte seinen schwarzen Stock in der Hand, und er dachte, wie leicht es wäre, ihn zu töten. Ihm die Kehle mit den Zähnen aufzureißen, zuzusehen, wie das warme Blut hervorschoß und immer langsamer floß, bis es schließlich versiegte.

»Bist du hungrig, Bürschchen? Das ist Pech. Aber du kannst hier drin ja weiter üben, ein *Gentleman* zu sein. Mach noch ein paar von deinen Verbeugungen.« Die Tür schloß sich und nahm die Sicht auf den Haß, der sich in seinem Gesicht widerspiegelte.

Warum nur waren sie Feinde? Waren sie nicht beide Menschen? Die Wut in O'Fallons Augen gab ihm das Gefühl, wild zu sein. Aber nicht wie ein Tier. Wie ein Mensch.

Kapitel 3

Sam und Sydney begannen, jeden Tag auf den verlorenen Mann zu warten. O'Fallon machte immer gegen ein Uhr einen Spaziergang mit ihm, während Papa und Charles im Büro zu Mittag aßen, ihre Notizen durchgingen und die morgendlichen Fortschritte besprachen. Anfangs wollte O'Fallon nicht anhalten, selbst als Sam ihn darum bat, und ein nasser und sandiger Hector sein Bestes tat, keinen der Männer vorbeizulassen. Aber der Wärter wollte seinem Schützling — offenbar aus keinem anderen Grund als aus Gemeinheit — nicht zugestehen, auch nur für einen Moment zu verweilen. »Keine Zeit«, sagte er, und eine seiner tatzenähnlichen Hände schubste den Mann weiter vorwärts. »Er muß um zwei wieder beim Professor sein.« Einmal rief er, als Sam ihm zu nahe kam: »Paß auf, Junge! Keine plötzlichen Bewegungen — man weiß nicht, wozu er fähig ist.«

»Er würde mir nichts tun«, erwiderte Sam aufgebracht, und Sydney war zwischen dem Bedürfnis, ihn wegen seiner Unhöflichkeit zu tadeln und dem Wunsch, ihm zuzustimmen, hin und hergerissen. Sie zog in Erwägung, selbst mit O'Fallon zu reden. Aber sie verabscheute ihn so sehr, daß sie nicht einmal mit ihm sprechen wollte. Wahrscheinlich war dies keine angemessene Reaktion auf seine Vergehen, aber sie konnte nichts dafür. Statt dessen ging sie zu ihrem Vater.

»Ist dieser Mann gefährlich oder nicht?« erkundigte sie sich und erlangte durch diese überraschende Frage seine sonst nur schwer zu gewinnende Aufmerksamkeit. Sein Arbeitszimmer war sein Heiligtum, und jeder, der es tagsüber betrat, sollte tunlichst einen guten Grund dafür vorweisen können. Charles war bei ihm. Beide Männer blickten von ihren Schreibtischen auf und starrten sie an.

»Der verlorene Mann, der Ontario-Mann — stellt er eine Bedrohung für Sam und mich dar, Papa?«

»Das denke ich nicht.« Er nahm überrascht seinen Kneifer von der Nase. »Wenn es so wäre, würde ich ihn nicht hier behalten. Ist sanft wie ein Lamm.«

»Nun, was das angeht —«, begann Charles und verstummte dann. Er widersprach seinem Arbeitgeber nicht gern.

»Warum darf er dann nicht ein wenig Zeit mit uns verbringen, wenn Mr. O'Fallon mit ihm spazierengeht?«

»Das darf er.«

»Wirklich?«

»Gewiß. Wird ihm guttun. Braucht Gesellschaft. Hatte schon selbst daran gedacht, es vorzuschlagen. Mehr Kontakt. Könnte helfen. Natürlich unter Aufsicht.«

Sydney war für den Moment völlig verblüfft. »Dann sag es ihm, bitte.«

»Wem?«

»Mr. O'Fallon. Er trägt einen Polizeiknüppel, Papa. Warum eigentlich?«

»Hm! Keine Ahnung.«

»Nun, könntest du ihn bitten, es nicht zu tun? Es macht Sam Angst«, log sie. Er nickte vage mit dem Kopf. »Charles, sagen Sie es ihm«, sagte sie, da sie nicht glaubte, daß ihr Vater sich an ihre Bitte erinnern würde. Charles lächelte sie an, nutzte die Gelegenheit, um mit ihr zu flirten. »Bitte sagen Sie es ihm, Charles.«

»Aber gerne«, erwiderte er eifrig. »Noch heute.«

Sie strahlte ihn an. »Ich danke Ihnen.«

Am nächsten Tag saß O'Fallon ohne seinen Knüppel und mit düsterer Miene in einer Entfernung von knapp dreißig Metern auf einem Felsen, während Sam mit seinem neuen Freund im Wasser stand, die Hosenbeine bis zu den Knien hochgerollt, und Sandburgen baute. Oder besser gesagt, Sam baute sie und der verlorene Mann sah ihm mit ernstem Gesicht schweigend zu. Er war schüchtern und ein wenig unbeholfen, aber sehr neugierig. Innerhalb von Minuten verwandelte sich Sydneys Nervosität in Faszination. Sie saß ein Stück entfernt hinter Sam auf einer Decke und starrte in das Gesicht des Mannes, das seine Empfindungen widerspiegelte. Immer wieder dachte sie, er würde zu sprechen beginnen. Sie hätte schwören können, daß sein Mund jedes Mal ein *S* formte, wenn Sam das Wort ›Sand‹ aussprach, und er schien von den krenelierten Formen der Wände und Tore und Türme wie gebannt zu sein, die ihr Bruder mit Hilfe seines umgedrehten Eimers erschuf. Sam gab einen endlosen Monolog von sich, und der Mann lauschte diesem kindischen Geplapper aufmerksam und höflich und gelegentlich verwirrt.

»Du solltest einen Namen haben«, teilte ihm Sam mit. »Welchen Namen möchtest du? Was wäre ein guter Name für dich?« Die darauffolgende Stille hatte keine Auswirkung auf Sams Gesprächigkeit. Er nahm es als selbstverständlich hin, daß der verlorene Mann nicht sprach. Das tat Hector ja auch nicht.

»Wie wäre es mit Lancelot? Wie gefällt dir der Name? Das war ein Ritter der Tafelrunde in *Morte d'Arthur.* Das ist mein Lieblingsbuch. Sydney hat es mir vorgelesen, als ich noch klein war, aber jetzt kann ich es selbst lesen. Lancelot war Arthurs rechte Hand. Lancelot«, wiederholte er versuchsweise und betrachtete seinen Kameraden mit einem musternden Blick. »Lance«, verbesserte er sich unschlüssig. Er blickte über seine Schulter zurück. »Sollen wir ihn Lance nennen, Sydney?«

Sie lachte. Das kam ihr irgendwie lächerlich vor. Er sah nicht wie ein Lance aus, eher wie ... er selbst eben. Der verlorene Mann. »Lance wäre nicht schlecht«, erwiderte sie trotzdem und registrierte, wie er sie anschaute. *Er weiß,* dachte sie plötzlich. *Er versteht all das.* Dann blickte er zur Seite und ihre Gewißheit verschwand.

Seine großen Hände, die den Blecheimer festhielten und ihn langsam umdrehten, ließen diesen winzig erscheinen. Eine schmale, rote Linie lief über sein Kinn. Da mußte er sich wohl beim Rasieren geschnitten haben. Oder — der Gedanke ließ sie erschauern — O'Fallon hatte ihn dort verletzt. Ja, das erschien wahrscheinlicher. Sie würden ihm wohl kaum ein Rasiermesser überlassen, da war sie sich sicher. O'Fallon hatte ihm wohl auch die Haare geschnitten.

Auf Sams Betreiben hin hatte er seine Jacke ausgezogen. »Roll auch deine Ärmel auf«, hatte er ihn belehrt, und es ihm gleich an seinem eigenen Hemd vorgemacht. Es war ergreifend, eine unglaubliche Freundschaft. Und trotzdem war es nicht möglich, ihn als niedlich oder kindlich anzusehen, oder den verlorenen Mann als übergroßen, harmlosen Jungen zu betrachten, wie man dies vielleicht bei einem freundlichen, zurückgebliebenen Erwachsenen tun würde, der mit einem Kind spielt. Denn egal, ob er mit seinem Aufseher am Strand entlangspazierte, im Sand saß oder aus dem verbarrikadierten Fenster hinausstarrte, der verlorene Mann war genau das: einsam und allein und immer ein Mann.

Am nächsten Tag brachte Sam seinen Gummiball mit zum Strand. Er war hellblau, hatte die Größe einer Pampelmuse und war zur Zeit sein Lieblingsspielzeug. »Hier, fang!«

Der verlorene Mann — Lance — fing ihn irgendwie, mit Hilfe eines Reflexes, und starrte das Ding in seiner Hand dann für eine volle Minute an. Der Ausdruck auf seinem Gesicht brachte Sydney dazu, ihre Lippen zusammenzupressen, sonst wäre sie vor Lachen laut herausgeplatzt. Hätte Sam ihm einen glühenden Meteoriten zugeworfen, so wäre er wohl kaum weniger verblüfft gewesen. Die formbare Beschaffenheit des Balles verwirrte und faszinierte ihn. »Wirf ihn zurück«, forderte Sam ihn immer wieder auf, aber er wollte sich nicht davon trennen. Er roch daran und drückte ihn, fuhr mit der Zunge darüber hinweg und biß mit seinen Zähnen darauf herum. »Nein, iß ihn nicht auf!« rief Sam lachend, aber ein wenig ängstlich, und der Mann blickte ihn unsicher an. »Mach schon, wirf ihn zu mir rüber. Wirf ihn. So.« Er gestikulierte mit einem Arm. »Es ist ein Spiel, verstehst du?«

Der Mann imitierte Sam und warf den Ball hoch und gerade in die Luft, so daß er ohne aufzutitschen vor seinen Füßen liegenblieb.

Sam rannte darauf zu und hob ihn auf. »Gut« sagte er ermutigend. »Jetzt bin ich wieder an der Reihe. Paß auf, ich werfe ihn dir zu.« Wieder fing ihn der Mann mit einer Hand. »Okay, und jetzt wirfst du ihn zu mir herüber.« Sam breitete die Arme aus. »Zu mir, wirf ihn zu mir herüber.«

Langsam und zögernd warf der Mann den Ball in einem weiten Bogen in Sams Richtung, und dieser fing ihn im Laufen.

»Gut!« schrie er aufgeregt, als hätte er ihm beigebracht, seinen Namen zu schreiben.

Eine Art Spiel entwickelte sich, und Sydney, die das Ganze von ihrem Platz aus beobachtete, fragte sich, was der Mann wohl von all dem halten mochte - wenn er sich überhaupt irgendwelche Gedanken machte. Langsam ließ die angespannte Konzentration auf seinem Gesicht nach und ein freudiger Ausdruck breitete sich aus. Er war natürlich sehr viel behender als Sam, und es dauerte nicht lange, da kehrten sich die Rollen um, und der Mann warf vorsichtig und genau, während der kleine Junge immer öfter danebentraf. *Vater müßte das sehen,* dachte Sydney plötzlich. Sie erhob sich unbemerkt und wollte gerade losgehen, um ihn zu holen, da entdeckte sie, daß dies nicht mehr nötig war. Er kam mit Charles den Weg vom Haus herunter, blieb nun an den Bäumen stehen und sah verblüfft zu, was unten am Strand vor sich ging. Sie hob ihren Rock und stapfte durch den Sand auf ihn zu.

»Großer Gott.« Eine Brise blies das lange Haar ihres Vaters zur Seite. »Wie lange geht das schon so?«

»Ungefähr zwanzig Minuten. Gestern haben sie Sandburgen gebaut. Hat dir O'Fallon denn nichts davon erzählt?«

Er schüttelte den Kopf. »Sehen Sie nur, Charles. Dieser Ausdruck auf seinem Gesicht.«

»Ja, Sir. Sehr lebhaft.«

Papa konnte sich kaum beherrschen. »Und sie haben behauptet, er sei ein Idiot!« sagte er hämisch und rieb sich die Hände. »Ha! Das werde ich denen noch nicht berichten — haben sie nicht verdient. Natürlich. Natürlich. Hätte ich eher sehen müssen.«

»Was denn, Sir?«

»Daß Sam der Schlüssel ist. Wir werden ihn benutzen. Kommen Sie, West. Du auch, Sydney. Kommt, wir haben viel Arbeit vor uns!«

Wenn die Schnauze des Leitwolfs grau wurde, seine Zähne gelb, wenn seine Hinterbeine sich versteiften und die Augen sich trübten, dann ging es mit ihm zu Ende. Hatte er kein Weibchen, das bei ihm blieb, weil sie auch schon so alt war, dann löste er sich vom Rudel, um allein zu sterben. Ein neuer Wolf, der stärkste des Rudels, wurde zum Leitwolf.

Bei den Menschen war es das genaue Gegenteil. Dr. Winter war alt und sein Haar weiß. Er konnte nicht laufen und seine Augen waren wässrig und schwach. Aber der Professor war der Anführer seines Rudels, und niemand bekämpfte ihn, nicht einmal der Mann, dessen Name West lautete, und der jung und gesund war. Komischerweise stand O'Fallon auf der niedrigsten Stufe, obwohl er der stärkste war. Doch er war dumm und gemein. Unter Wölfen wäre er auch kein Anführer geworden.

Und es gab noch einen weiteren Mann, Philip. Er war Sams und Sydneys Bruder. Er war freundlich, nicht gemein, aber er hielt sich ein wenig abseits von den anderen, versuchte, dem Rudel fernzubleiben.

Die Leitfrau war ›Tante Estelle‹. Der verlorene Mann hielt sich von ihr fern. Die anderen auch.

Seine Tage begannen sich zu verändern. Es gab eine Stelle hinter dem großen Haus mit den Mauern, die aus bröckelnden, roten Steinen gemacht waren. Sie nannten sie Garten. Er hätte über die Mauer klettern können, aber das wußten sie nicht. Sie dachten, daß er hier sicher war, und deshalb brachten sie O'Fallon nicht mit. Der Professor, West, Sam, Sydney und manchmal auch Philip — sie kamen alle mit ihm in den Garten, und zuerst konnte er sie nicht ansehen. Er stand abseits, hörte zu, wie sie redeten und atmeten und dachte darüber nach, über die Mauer zu springen. Neben dem Haus war ein Wald. Er könnte dort hinlaufen und niemand würde ihn fangen.

Aber er lief nicht fort. Denn nicht einmal die Sterne würden ihm dort helfen. Er war zu weit von zu Hause entfernt, um zurückzugelangen.

›Experimente‹, nannte Dr. Winter die Dinge, die sie im Garten machten. Nichts davon ergab einen Sinn. Der Professor saß im Schatten auf einem kleinen Stuhl, der sich zusammenfalten ließ, und schrieb etwas auf Papier, während er ihm zusah, wie er … nichts tat. Von hier nach da gehen oder von da nach dort. Einen Apfel essen. Den Kopf kratzen oder die Augen fest schließen. Die Hälfte des Apfels einem anderen geben. Alles Nonsens, aber nach einigen Tagen war ihm das egal, und er verlor seine Hemmungen. (Ein neues Wort, das er von West gelernt hatte. »Seine Hemmungen sind zu groß, Sir, er kann sich in dieser Umgebung nicht auf natürliche Weise bewegen.«) Der Garten war besser als der See, denn hier konnte er die Erde und die dunklen Bäume riechen, die Insekten hören, die sich im Gras verbargen und die Vögel, die ihre Eier in die Nester zwischen den Blättern legten – und dann kam es ihm fast so vor, als ob er zu Hause war. Er scherte sich nicht länger darum, daß die Leute ihn beobachteten. Er begann, *sie* zu beobachten.

Sydney. Syd-ney. Er konnte ihren Namen buchstabieren, denn er hatte gesehen, wie Sam ihn unter ein Bild schrieb, das er mit Buntstiften gemalt hatte. Das Bild sollte ihr ähnlich sehen, aber das tat es nicht. Ganz und gar nicht. Sie hatte Rosa und Weiß in ihrem Gesicht, eine Art Blau in den Augen, wie der Himmel, aber anders, dunkler, glänzender – warum nur kannte er nicht mehr Worte? Er bemühte sich, ihren wahren Geruch auszumachen, den, der unter dem Duft lag, den sie selbst auftrug. (Warum tat sie das? Um sich zu verstecken? Jagte sie etwas?) Aber er mußte vorsichtig sein, denn wenn er ihr zu nahe kam, stellten sich alle Männer, besonders West, schützend vor sie.

Er schloß gerne seine Augen, um dem Klang ihrer Stimme zu lauschen – nicht den Worten, nur dem Klang, und dann wußte er genau, mit wem sie sprach. Wenn sie sich an Sam wandte, war das einfach, dann nahm ihre Stimme einen sanften Klang an, und sie lächelte immer, und wenn sie lachte, dann wegen Sam. Nein, manchmal auch wegen Philip, aber dann war ihr Lachen kürzer, kam tiefer aus der Kehle, als ob das, was lustig war, gleichzeitig auch nicht so lustig war. Mit ihrem Vater lachte sie kaum, und wenn sie mit ihm sprach, dann wurde ihre Stimme dünner, angespannter, ihr Atem blieb hoch in ihrer Brust, und manchmal, wenn sie ihn hinausseufzte, konnte er die Traurigkeit heraushören.

West. Sie nannte ihn bei seinem anderen Namen, Charles. Sie sprach nicht oft mit West, also lauschte er auf die Stille zwischen ihnen. Sie hatte etwas zu bedeuten. Sie veranlaßte ihn, darüber nachzudenken, ob sie Gefährten waren. Seine Haut begann bei diesem Gedanken zu brennen. Sie hatten sich berührt, das hatte er gesehen.

Sie hatte sich mit dem Rücken an West gelehnt, und er hatte mit den Händen über sie gerieben. Das war heimlich geschehen, als sie dachten, daß niemand sie beobachten würde. Dann hatten sie aufgehört. Wenn sie Gefährten waren, dann fragte er sich, ob dies für das ganze Leben galt oder nur für diesen Sommer.

Er mochte West nicht. Er stank nach etwas, das er sich auf den Kopf tat, und seine Augen waren scharf und hungrig, wenn er ihn ansah, aber dabei auch immer kalt. Manchmal berührte er Sydney am Rücken oder hinten an ihrem Arm, tätschelte sie, wenn er glaubte, daß niemand zusah. Manchmal ließ sie es zu, und machmal rückte sie von ihm ab, so daß er aufhören mußte.

Er hätte ihn am liebsten von ihr weggedrängt, seine Zähne entblößt und ihm bedeutet, sich von ihr fernzuhalten. Das taten Tiere in der Paarungszeit. Aber er trug nun Menschenkleider, aß Gekochtes, schlief auf einer Decke. Machte ihn das zu einem Menschen? Er war sich nicht sicher. Er hätte trotzdem gerne um Sydney gekämpft. Wenn sie nicht Wests Gefährtin war, dann wollte er sie für sich haben.

»Sydney, schließe dieses Mal die Augen.«

»Was?«

»Bleib, wo du bist, aber schließe die Augen. Ich glaube, er wird näherkommen.«

Sie schloß gehorsam die Augen und wartete, lehnte ihren Kopf gegen das Rückenteil der gußeisernen Bank. Die rostigen Scharniere der Gartentür quietschten, als ihr Vater hinausging. Für einen Moment herrschte Stille. Außer dem Brummen einer Biene im Efeu war nichts zu hören. Dann öffnete sich erneut quietschend die Tür, und der verlorene Mann trat hindurch.

Diese Studien hatten als Tests für seinen Territorialssinn begonnen, aber hatten sich schließlich — als klar wurde, daß er entweder keinen solchen Sinn besaß oder aber nicht die Absicht hatte, ihn zu zeigen — mehr und mehr in Beobachtungen verwandelt, die ihr Vater als ›Aversion und Attraktion in Bezug auf Nähe‹ bezeichnete. Während ihr Vater und Charles durch einen von Efeu bedeckten Riß in der Backsteinmauer knapp fünf Meter zu Sydneys Linken sahen, wurde der verlorene Mann mehrmals in den leeren Garten geschickt — leer nur insofern, als sich, außer ihm, nur eine weitere Person dort aufhielt. Philip, Sam, Charles, Sydney, Tante Estelle, sogar Inger, das Dienstmädchen, das für das Erdgeschoß zuständig war — sie alle waren einmal an der Reihe gewesen, und nun durfte auch Sydney noch einmal am Experiment teilnehmen, weil sie die einzige war, die noch in der Nähe weilte. Alle anderen, selbst Sam, waren des Spiels überdrüssig geworden und hatten sich zu einem Nickerchen hingelegt.

Sie vernahm ein leises Geräusch, vielleicht einen Fußtritt. Vielleicht auch nicht. Wie leise er sich fortbewegte — das war ihr bis heute gar nicht aufgefallen. Sekunden verstrichen. Nun herrschte völlige Stille. Vielleicht saß er am Rosenspalier … oder vielleicht stand er auch direkt neben ihr. Sah sie an. Ihre Augenlider begannen von der Anstrengung, sie geschlossen zu halten, zu zittern.

Dachte er, sie würde schlafen? Sie bemühte sich, gleichmäßiger zu atmen. Ihre Haut kitzelte, und sie fühlte, wie sich eine Röte an ihrem Hals hinaufschlich. Sie wurde sich ihres ganzen Körpers bewußt — sah ihr gelbes Kleid mit der tiefen Taille vor sich, spürte den Winkel ihrer Ellbogen, während sie ihre Hände auf dem Schoß zusammenpreßte, fühlte ihre Knie, die sich fast berührten. Die Trockenheit ihrer Lippen, die nicht ganz geschlossen waren. Wo war er? Es war nichts zu hören, absolut nichts. War er überhaupt da?

Sie konnte unmöglich auch nur eine Sekunde so weitermachen. Sie öffnete ihre Augen.

Da stand er, kaum drei Schritte weit entfernt. Die Hände hingen an den Seiten herab, sein Körper beugte sich leicht zu ihr hinunter. Ihr plötzliches Erwachen erschreckte ihn nicht — er hatte gewußt, daß sie nicht schlief.

Sie starrten einander scheinbar endlos an und sie dachte: *Das ganze sollte eigentlich schlimmer sein, es sollte unerträglich sein.* Aber das war es nicht. Die Anspannung war verflogen, und nun gab es nur noch beiderseitiges Interesse und eine neue Art von Akzeptanz. Sie ... sie *begrüßten* einander. Ein weiterer Moment verstrich, und Sydney sagte: »Hallo.« Es kam ihr ganz natürlich vor. Ein Lächeln breitete sich auf seinem Gesicht aus. Nur noch eine Sekunde, und er hätte zu ihr gesprochen, daran gab es für sie keinen Zweifel.

»Warum hast du deine Augen geöffnet?« Ihr Vater schlurfte mit dem Notizbuch unter dem Arm durch das Tor, und seine nörgelnde Stimme verdarb alles. »Wer weiß, vielleicht wäre er noch näher gekommen. Bestätigt aber meine Vermutung. Werde es als nächstes mit Philip versuchen. Es sind die Augen. Steh auf und hol West, ja? Soll das hier sehen.« Er begann, eifrig etwas in sein Buch zu kritzeln und nahm sie gar nicht mehr wahr.

Sie hatte sich erhoben, aber als sie einen Schritt auf den verlorenen Mann zumachte, wich er vor ihr zurück. Sie vermochte seinen Gesichtsausdruck nicht zu deuten. Die Gefühle, die sich dort widerspiegelten, folgten einander zu schnell. Sie hätte ihn gerne berührt, hätte ihm gerne etwas gesagt — irgendwas, sie wußte nicht einmal was. Vielleicht, daß sie nicht dazugehörte, daß es nicht ihre Idee gewesen war. Sie war bestürzt, und sie vermutete, daß es ihm ebenso ging. Sie streckte ihre Hand aus, aber er sah sie nicht, denn in diesem Augenblick zog er sich bereits unter die Weide mit den tiefhängenden Ästen zurück, die am Ende des Gartens stand. Er war fort, und es gab keine Möglichkeit, ihn jetzt wieder zurückzuholen.

»Entschuldigen Sie«, murmelte sie an O'Fallon gewandt, der breitbeinig im Toreingang stand. Er grinste und rückte ein wenig zur Seite. Aber nicht genug. Sie würde seinen Körper berühren müssen, um an ihm vorbeizukommen. Zorn stieg in ihr auf, und sie stieß hervor: »Verdammt, gehen Sie mir aus dem Weg!« Er wich schuldbewußt und überrascht zur Seite und warf ihrem Vater einen Blick zu, um zu sehen, ob er es gehört hatte. Sie schob sich an ihm vorbei und eilte auf das Haus zu.

15. Juni 1893
Persönliche Notizen

Machen Fortschritte. O.M. wütend zu machen und sein Potential für Gewalttätigkeit zu testen, interessiert mich nicht; West überstimmt. Will Aussöhnung mit dieser leeren Tafel, dieser Tabula Rasa, diesem Widerspruch zwischen dem Überleben des Stärksten und Handlungen offenbarer Selbstlosigkeit, sogar Selbstaufopferung. Ameisen verblüfften Darwin; einzige Spezies, die durch Uneigennützigkeit gedeiht. Uneigennütziges Verhalten bedeutet, einem anderen Individuum auf eigene Kosten Vorteile zu verschaffen. Laut der Theorie, daß nur der Stärkste überlebt, sollte der Tyrann, der Betrüger oder der Kanibale gedeihen und sich alles zu eigen machen. Wie erklärt sich also Verhalten der Ameisen? Darwin erklärte es damit, daß es sich um Mitglieder einer Familie handelt und wandte das Gesetz der natürlichen Selektion auf die Familie als Ganzes an, als sei sie ein einziges Individuum.

Wie steht es um einen unsozialisierten Menschen? Wieviel würde er zum Nutzen der ›Familie‹ opfern? Aber möglicherweise ist O.M. nicht mehr unzivilisiert. Trotz Vorsichtsmaßnahmen haben unsere ›Freundlichkeiten‹ — Füttern, Einkleiden, Unterschlupf gewähren — vielleicht das Essentielle in ihm, seine Wildheit, die wir zu erforschen gedachten, korrumpiert. Werde bald mehr wissen. Zu spät, um noch etwas zu ändern. Bedauerlich, paradox, etc. Aber noch ist nicht alles verloren. Es bleibt viel zu tun, können immer noch ein Buch aus ihm herausholen.

Papa brachte alle dazu, sich in einem Kreis um den kleinen Gartenteich zu setzen. Sie waren zu siebt: Sydney, Philip, Sam, Charles, O'Fallon, Inger — das schwedische Dienstmädchen, das man zur Teilnahme zwingen mußte, nachdem Tante Estelle sich geweigert hatte — und der verlorene Mann.

Charles öffnete eine Tüte mit Äpfeln, wie man es vorher abgesprochen hatte, nahm einen heraus und reichte die Tüte nach links weiter. Sydney nahm ebenfalls einen Apfel und reichte die Tüte Sam. Und so ging es weiter, bis Inger, die die letzte Frucht herausnahm, die leere Tüte an den Mann weiterreichte. Er wußte, daß sie leer war, das sagte ihm das Gewicht. Mit einem ungläubigen Ausdruck auf dem Gesicht griff er dennoch hinein und befühlte den Boden der Tüte. Langsam zog er seine Hand heraus. Inzwischen kauten alle auf ihren Äpfeln herum, bemühten sich, gleichmütig dreinzusehen und sich zu unterhalten — wie man sie unterwiesen hatte. Niemand sollte ihn beobachten, das war Papas Aufgabe, aber Sydney vermochte sich nicht zu beherrschen. Sie nutzte den tiefen Rand ihres Sonnenhuts als Schutz und schaute zu dem Mann hinüber.

Und wünschte sofort, sie hätte es nicht getan. Was für einen Sinn hatte dieses gemeine Experiment? Um den ›angeborenen Sinn für Fairneß und Gerechtigkeit zu testen‹, wie ihr Vater behauptete, aber für Sydney war es einfach nur eine Gemeinheit. Sie wünschte, er würde wütend werden und jemandem den verdammten Apfel aus dem Mund reißen — am liebsten O'Fallon. Aber statt dessen sah er verwirrt, verletzt und verdrossen aus, und er bemühte sich, all diese Gefühle zu verbergen, indem er zu Boden schaute und mit seinen Fingern ein Muster auf die Erde zeichnete.

Am Nachmittag waren es Orangen. Alle bekamen eine, außer Inger. Dieses Mal konnte trotz der Regeln niemand widerstehen, einen Seitenblick auf die Reaktion des Mannes zu werfen. Während alle ihre Orangen schälten und sich zumurmelten, wie gut sie schmeckten, wanderte sein Blick immer wieder unsicher zwischen seiner Orange und Ingers leeren Händen und ihrem unglücklichen Gesicht hin und her. Er ahmte die anderen nach und begann, die Schale von der Frucht abzureißen und die Stücke voneinander zu lösen. *Vielleicht mag er Orangen nicht einmal,* dachte Sydney hoffnungsvoll. Ihr war alles recht, was diese quälenden Übungen sabotieren würde. Aber das Glück war ihr nicht hold. Er steckte ein Stück Orange in den Mund und kaute ohne Widerwillen, wenn auch nicht gerade hocherfreut, darauf herum.

Das war Ingers großer Moment. Sie war ein rundliches, flachsblondes Mädchen von siebzehn, eine richtige Quasselstrippe, die einen, wenn man nicht aufpaßte, mit einer Mischung aus Schwedisch und Englisch überhäufte. Zuerst seufzte sie einmal laut, doch niemand schenkte ihr Aufmerksamkeit. Dann gab sie ein leises, hohes Jammern von sich. Der verlorene Mann neben ihr hörte auf zu kauen und schaute sie an. »Ich wünschte, ich hätte auch eine Orange«, sagte sie an die Gruppe gewandt, die sie aber weiterhin ignorierte. »Ich habe solch einen Hunger«, verkündete sie und preßte sich die Hand auf den Bauch.

Philip, der zu Sydneys Rechten saß, konnte sich kaum ein Lachen verkneifen. Sie hätte ihm am liebsten den Ellbogen in die Rippen gestoßen — wie konnte er das nur lustig finden? Sie blickte noch einmal unerlaubt zu ihrer anderen Seite und mußte dann selbst zu Boden schauen, um ein Lächeln zu unterdrücken. Nun ja, vielleicht war es ja doch ein klein wenig lustig. Er hatte ein solch wundervolles, offenes Gesicht, von dem sich jede Gefühlsregung ablesen ließ, und das Dilemma, mit dem er zu kämpfen hatte, war so klar erkennbar, als hätte er es mit Kreide auf eine Tafel geschrieben.

Am Ende tat er, was sie irgendwie von ihm erwartet hatte: er gab Inger seine Orange. Nicht die ganze allerdings — er behielt ein oder zwei Stücke für sich. Das Dienstmädchen bedankte sich nicht bei ihm. Es machte einen verwirrten Eindruck. Ihre Instruktionen hatten Inger über eine solche Eventualität nicht unterrichtet. Und alle blickten verlegen drein. Das hatten sie auch nicht anders verdient, dachte Sydney.

Weitere Tests folgten. Während die Tage verstrichen, fand sie es immer abstoßender, den verlorenen Mann als Versuchskaninchen zu mißbrauchen, aber sie biß sich auf die Zunge und behielt ihre Meinung für sich.

Bis Papa Sam anwies, so zu tun, als würde er ertrinken.

Da vermochte sie nicht länger zu schweigen. Wie konnte er nur derart gefühllos sein? Doch sie brachte es nicht fertig, ihm offen ins Gesicht zu sagen: »Papa, ich will das nicht. Tu es nicht, denn es ist häßlich und verletzt mich.« Hatte er etwa vergessen, daß Spencer ertrunken war? Sie versuchte, es ihm auf indirekte Weise auszureden, aber ihre Proteste klangen wirr und unverständlich. Sie bewirkten nichts, und das neue ›Szenario‹ ihres Vaters wurde weiterhin geplant.

Mitte Juni entschied Tante Estelle schließlich, daß es warm genug sei, um Sam das Schwimmen im See zu erlauben. Er durfte in der Nähe des Ufers herumpaddeln, aber niemals — obwohl er für sein Alter ein guter Schwimmer war — von dem Ende des Bootstegs springen, einem sieben Meter langen Steg, an dem das alte Segelboot der Familie, *Runabout,* festgemacht war. Es gab keinen besonderen Grund für diese Regel, aber das war bei Tante Estelle oft der Fall, die ihre Autorität vorzugsweise aus Vehemenz und Unnachgiebigkeit und weniger aus strenger Logik bezog. Doch Sam kannte die Regel und hatte sie noch nie gebrochen. Nun allerdings hielt sein Vater ihn im Interesse der Wissenschaft dazu an. Natürlich wurde Tante Estelle nicht darüber in Kenntnis gesetzt.

Am schlimmsten war, daß Sydney sich hatte überreden lassen, als Komplizin zu agieren. *Überreden* war allerdings nicht der richtige Ausdruck. Papa war ihre Proteste einfach übergangen, hatte ihnen keine Aufmerksamkeit gewidmet, sich taub gestellt — ein alter Trick, der immer wieder funktionierte. Ihre Rolle in dem Drama sah vor, daß sie am Strand sitzen und Sams gespielte Hilfeschreie vernehmen sollte, aufspringen und schreien sollte, daß er ertrank und sie nicht schwimmen könne.

»Retten Sie ihn, retten Sie ihn«, sollte sie den verlorenen Mann anflehen, der aufgrund umsichtiger Planung die einzige Person in Sichtweite sein würde.

Worte vermochten kaum zu beschreiben, wie widerwärtig sie die ganze Sache fand. Aber sie stimmte trotzdem zu. Sie hätte es für niemanden sonst getan. Doch wenn es um ihren Vater ging, war sie hilflos. Sie versuchte, ihn zufriedenzustellen, wie sie es immer getan hatte.

Wieder war der Nachmittag sonnig und heiß, ein perfekter Sommertag. Sie saß auf einer weichen Wolldecke, ein Exemplar von *Die Damen aus Boston* lag neben ihr, und sie schützte ihr Gesicht mit einem Spitzenschirm vor der Sonne. O'Fallon lauerte irgendwo im Hintergrund, aber er sollte in ein paar Minuten verschwinden. Sam saß in seinem rot-weiß gestreiften Badeanzug in einiger Entfernung im Sand und zeigte ›Lance‹ seine Sammlung von Miniaturflaggen. »Das hier ist Argentinien«, erklärte er gerade, »und das hier Rumänien. Das hier ist meine Lieblingsflagge, Griechenland, aber es ist die Handelsmarine, nicht die Nationalflagge . . .«

Der Mann saß mit gekreuzten Beinen da, die Füße nackt, die Ärmel bis über die Ellbogen hochgerollt und lauschte geduldig und amüsiert, ein wenig wie ein Vater, während Sam weiter vor sich hinplapperte. Die Sonne hatte seinem Gesicht einen goldbraunen Schimmer verliehen, und der Kontrast zu seinen hellen Augen war überwältigender als jemals zuvor. Sein Körper war schlank und anmutig, seine Bewegungen geschmeidig und eher langsam. Sydney fand seine narbigen, schwieligen Hände wunderschön. Allein die Form, die langen, schmalen Finger — wie geschickt sie aussahen! Er war großgewachsen, hatte breite Schultern und muskulöse Oberschenkel — und wenn sie ihn ansah, war es ihr unmöglich, nicht an diese Fotografien zu denken, auf denen er nackt abgebildet war. Zwar dünn und blaß und mit einem beunruhigenden Gesicht, das sich bemühte, die Angst zu verbergen, aber . . . nackt. Und definitiv ein Mann.

Sam sprang auf. Er hatte seine Flaggen in die Blechdose zurückgelegt. »Ich gehe schwimmen«, rief er ihr mit weit aufgerissenen, verschwörerisch dreinblickenden Augen zu. Sie hatte eigentlich gedacht, daß Sam den Trick, den sie spielen sollten, ebenso verabscheuungswürdig fand wie sie, aber dem war nicht so. Er fand das alles spaßig. »Und außerdem macht sich Lance bestimmt nichts daraus. Er wird wissen, daß es nur ein Spiel ist.«

Vielleicht. Sie hoffte es, während sie beobachtete, wie Sam langsam ins Wasser watete.

Der verlorene Mann erhob sich ebenfalls. Er stand da und blickte auf den See hinaus, während der Wind kleine Kräuselwellen auf den Rücken seines weißen Hemdes zeichnete und durch sein schwarzes Haar fuhr. Sie fragte sich, an was er wohl denken mochte, wenn er den weit entfernten Horizont betrachtete. An sein Zuhause? Genau in diesem Moment drehte er sich um und blickte sie an. Wahrscheinlich hatte ihn ihr Starren dazu veranlaßt. Aus einem Impuls heraus tätschelte sie die Decke neben sich. »Möchten Sie sich nicht zu mir setzen?«

Er hob den Blick über ihren Kopf hinweg und hielt nach O'Fallon Ausschau. Dann bewegte er sich mit seiner leisen, panthergleichen Art auf sie zu und ließ sich am äußersten Rand der Decke nieder.

Außer bei jener Gelegenheit im Garten hatte sie ihn nie direkt angesprochen. Nun saß sie neben ihm, fühlte sich unbehaglich und wußte nicht, was sie sagen sollte. Sie hatte keine Angst vor ihm, und doch war sie nicht vollkommen furchtlos. Er würde Sam niemals etwas antun, das wußte sie mit absoluter Gewißheit, aber war er möglicherweise imstande, sie zu verletzen? Nicht etwa aus Zorn, nein, aber vielleicht aufgrund einer plötzlichen, unkontrollierbaren Manifestation seiner sogenannten ›animalischen Natur‹? Oder seiner sexuellen? Er hatte in der Tat etwas Wildes an sich, auch wenn er Schuhe trug und Orangen aß und mit dem kleinen Jungen im Sand spielte. Und schließlich hatte sie es immerhin mit einem Mann zu tun. Und er wußte, daß sie eine Frau war.

Sie warf ihm einen Blick zu und erwischte ihn dabei, wie er sie betrachtete. Es war nicht das erste Mal. Er wich ihrem Blick aus und begann, die Fransen an seiner Seite der Decke glattzustreichen. So unschuldig war er wirklich nicht. Woher wußte er — und das war ein wirklich gutes Thema, dessen sich ihr Vater einmal annehmen sollte — daß es gegen die menschliche Etikette verstieß, die Brüste einer Dame anzustarren (oder besser gesagt, dabei erwischt zu werden, wie man es tat)?

Sie spürte, wie sie rot wurde. Die Stille zwischen ihnen war schlimmer als zuvor, denn nun war sie von sexueller Gewahrwerdung erfüllt. »Wunderschöner Tag heute«, sagte sie verlegen. »Finden Sie nicht auch?« Er blickte sie forschend an. Sie sah nach oben. »Keine Wolke am Himmel. In England regnete es jeden Tag. Italien war allerdings wundervoll. Ich bin mit meiner Tante dort gewesen.« Sie kam sich lächerlich vor. »Wir waren drei Monate in Europa. Es war eine schreckliche Zeit für mich. Ich war ... einsam, wissen Sie. Hatte Heimweh, obwohl ich mir nicht sicher war, ob es zu Hause besser sein würde. Mein

Mann ... Ich war verheiratet, müssen Sie wissen, aber er ist gestorben. Ein Segelunfall.« Sie lachte leise und schüttelte den Kopf. »Es tut mir leid. Ich weiß auch nicht, warum ich ...« *Ihnen das sage,* hätte sie beinahe hervorgestoßen, aber das klang sehr unhöflich.

»Lance« murmelte sie befangen. »Das ist ein dummer Name, nicht wahr?« Sie strich mit ihrem Daumen über den Griff des Sonnenschirms und gestand: »Ich weiß nie, wie ich Sie ansprechen soll. Man sagt, daß Sie das Wort ›verloren‹ gemurmelt hätten, als man Sie fand.« Sie blickte ihm geradewegs in die Augen und mußte ob ihrer eigenen Albernheit lächeln. »Sind Sie wirklich verloren gegangen?«

Ihr Lächeln verblaßte langsam. Sie saß still da. Der Ausdruck in seinem Gesicht, auf dem sich eine Emotion mit einer Intensität widerspiegelte, die sie noch nie zuvor bei ihm gesehen hatte, schlug sie in den Bann. Seine Augen baten, *forderten* etwas von ihr. Er preßte seine Lippen aufeinander. Dann aber flüsterte er kaum hörbar: »Michael.«

Sie starrte ihn an. Die kleinen Härchen auf ihren Armen richteten sich auf, der Atem stockte ihr in den Lungen. Sie wartete und wartete — vielleicht hatte sie sich ja verhört — und betete, daß er es noch einmal sagen würde.

Dann begann Sam zu schreien.

Im Bruchteil einer Sekunde war der Mann auf den Füßen und rannte los. Sydney folgte ihm mit klopfenden Herzen. Wie sie dies haßte! Sam ruderte knapp fünf Meter vom Steg entfernt im Wasser mit den Armen und kreischte: »Hilfe! Hilfe! Ich ertrinke!«

Sydney und der Mann — *Michael?* — kamen am Ende des Stegs an. »Ich kann nicht gut schwimmen«, rief sie, und diese Not war zumindest nicht gespielt. »Ich kann nicht so gut schwimmen!«

»Hilfe! Rettet mich!« Sam keuchte überzeugend nach Luft, hielt sich die Nase zu und ging unter.

Der Mann zögerte — damit hatte sie nicht gerechnet. Sein Körper zitterte vor Furcht. Er wirbelte herum und hielt nach O'Fallon Ausschau. Keine Spur von ihm. Ihre Augen trafen sich, nur für eine kurze Sekunde, doch die kalte Furcht darin sagte ihr die eine Sache, die sie nicht wissen wollte. Doch bevor sie reagieren konnte, sprang er ins Wasser.

Und sank.

»Oh Gott! Sam«, schrie sie, als ihr Bruder wieder auftauchte, »er kann nicht schwimmen! Er kann nicht schwimmen!« Sam begann, mit wilden Schlägen auf den Mann zuzupaddeln und ein Gefühl echter, tiefer Panik überkam sie. »Nein! Nicht! Halt dich von ihm fern!« Michael würde Sam in seiner Angst mit hinunterziehen. Sie wirbelte herum und blickte zu den Bäumen hinüber. »Hilfe«, schrie sie immer und immer wieder, aber niemand erschien. Vater, Charles und O'Fallon dachten offenbar, dies alles sei ein Teil der Farce!

Ihre Kleider würden sie wie ein Stein hinunterziehen. Sie riß sich ihre Röcke und Petticoats herunter, kickte ihre Schuhe von den Füßen und sprang in Bluse, Hemd, Pantalons und Walfischkorsett in den See.

Michael schoß in drei Metern Entfernung wieder an die Oberfläche — er mußte sich vom Grund abgedrückt haben, denn der See war hier nur zweieinhalb Meter tief — und das Wasser strömte aus seinem Mund, als er nach Luft schnappte.

»Halt dich von ihm fern«, schrie sie Sam zu, der weiter auf ihn zupaddelte. Michaels kräftige, um sich schlagende Arme würden sie alle umbringen. »Hilfe!« rief sie wieder, bevor sie auf seine Hand zusteuerte, ehe er erneut untergehen konnte.

Sie packte die Hand, zog daran und versuchte, ihn eine Armlänge weit von sich entfernt zu halten und sie beide zum Steg hinüberzuziehen. Aber sie konnte sich nicht drehen. Er klammerte sich zu fest an sie. »Sam, geh«, stieß sie hervor, »hol Hilfe —« Sie ging mit Michael unter, und Panik überkam sie.

Ihre Füße berührten den glitschigen Boden und sie stießen sich zur gleichen Zeit ab und durchbrachen nebeneinander die Oberfläche. Ihr freier Arm knallte an etwas Festes — die Backbordseite des Segelbootes. Sie versuchte, sich festzuklammern, aber es gab nichts, woran sie sich hätte festhalten können. Michaels Griff war wie eine Schraubzwinge, strafend und unentrinnbar, und sein schwerer Körper zog sie wieder nach unten.

Erneut berührten ihre Füße den Boden, und sie ging in die Knie und drückte sich ab, um mehr Kraft zu haben. Als sie an der Wasseroberfläche auftauchte, hatte sich das Boot gedreht, und sie griff nach der Fangleine, mit der es am Steg festgemacht war.

»Ich hab' sie!« schrie sie und klammerte sich mit aller Kraft daran fest. Michael hechtete auf sie zu. Sie dachte schon, er würde sie hinunterzerren, aber im letzen Moment drehte er sich und packte die Reling. Das Boot wackelte gefährlich hin und her und drohte, umzukippen, als er seinen Körper halb über die Reling zog und dort keuchend liegenblieb und Wasser erbrach.

Sam schwamm geradewegs auf die Leiter am Ende des Stegs zu und kletterte hinauf. Er packte die Fangleine, an die sich Sydney immer noch klammerte, und zog sie zu sich herüber. Das Heck des Segelboots stieß sanft gegen den Steg.

Oben waren Schritte zu hören. Papa und Charles eilten heran und blickten über die Kante zu ihr hinunter. »Alles in Ordnung?« fragten sie wie aus einem Munde.

»Mir geht's gut.« Um es zu beweisen, ließ sie die Leine los und schwamm zur Leiter hinüber. Sie wog eine Tonne. Charles mußte sie die letzten beiden Stufen hinaufziehen. Sam zog die Leine näher heran, bis das Boot nur noch Zentimeter von der Leiter entfernt war. Ihre Vater half ihm, es ruhig zu halten. »Wie wär's mit etwas Hilfe?«

erkundigte sich Charles und beugte sich zu Michael hinunter.

Michael ignorierte ihn. Er kletterte langsam die Leiter hinauf und entfernte sich ein Stück von ihnen, um sich vornüber zu beugen, die Hände auf die Knie zu stützen und noch mehr Wasser auszuhusten.

»Nie daran gedacht«, sagte Dr. Winter nachdenklich, während er ihn beobachtete. »Kann nicht schwimmen, wie? Hm! Wer hätte das gedacht?« Er kratzte sich am Kopf und schaute blinzelnd auf sein Notizbuch herab.

Sydney wandte sich entrüstet von ihm ab und stapfte naß wie sie war zu Michael hinüber. Sie berührte die nasse Jacke, die an seinem Rücken klebte. »Alles in Ordnung?« Er drehte sich um, und als sie sein Gesicht sah, wich sie bestürzt zurück. »Oh, Gott«, stieß sie hervor. »Oh, Gott, es tut mir so leid, so furchtbar leid. Es war dumm — ich wußte es — und ich habe trotzdem mitgemacht. Michael, warten Sie —« Aber er wartete nicht. Ohne sich noch einmal umzusehen, schritt er in Richtung des Gästehauses davon. O'Fallon folgte ihm verblüfft.

Charles legte ihr, fürsorglich wie immer, sein Jackett über die Schultern. »Wie haben Sie ihn genannt?« erkundigte er sich interessiert.

Sie sahen zu, wie der verlorene Mann durch den Sand stapfte und schließlich am Ende des Weges zwischen den Bäumen verschwand. »Michael«, sagte sie kläglich. »So lautet sein Name.«

Kapitel 4

»Soll das etwa heißen, daß du mit diesen Experimenten fortfahren willst?« Sydney hörte auf, sich das Haar abzutrocknen und starrte ihren Vater ungläubig an. »Obwohl du nun weißt, daß er sprechen kann? Er ist imstande seinen Namen zu sagen, Papa, ich habe es mit meinen eigenen Ohren gehört.«

Wenn er sich in die Enge getrieben fühlte, wurde Dr. Winter noch vager als gewöhnlich. »Habe so was nicht gesagt«, murmelte er, zog seinen Kopf wie eine Schildkröte zwischen seinen Schultern ein und tat sein Bestes, hinter seinem Schreibtisch zu verschwinden. »Sage gar nichts. Gar nichts«, fügte er kaum hörbar hinzu.

Charles war nicht so zurückhaltend. »Du weißt ja gar nicht genau, *was* du gehört hast, Sydney. Du glaubst, daß er irgendetwas gesagt hat —«

»Michael. Ich habe gehört, wie er Michael gesagt hat.«

»Na schön. Selbst wenn er das gesagt haben sollte und *wenn* das wirklich sein Name ist, was beweist das schon? Nichts.« Ihr Vater blickte auf und nickte. »Das bedeutet nichts anderes, als daß er sich an seinen Namen erinnert. Du scheinst zu glauben, daß es sich um einen Harvard-Studenten handelt, der sich im Wald verlaufen hat.«

Ihr Vater kicherte. *Kicherte!* In ihrer Wut vergaß Sydney, taktvoll zu sein. »Ihr seid Wissenschaftler — man erwartet von euch, daß ihr objektiv seid. Wie könnt ihr da ignorieren, wen ihr schon seit Wochen vor euch habt? Besonders du, Papa. Du wußtest es bereits oder hast es vermutet. Du hast es selbst in deinen Notizen erwähnt!«

»Ein Verdacht, vielleicht, eine bloße Vermu —«

»Nein, du hast es aufgeschrieben, erinnerst du dich denn nicht mehr? ›Sein Verhalten deutet darauf hin, daß er sprechen könnte, wenn er nur wollte.‹ Und du hast dich darüber gewundert, warum er ein Buch bei sich trägt. Verstehst du denn nicht, was das zu bedeuten hat? Er versteht alles!«

»Ach, Unsinn.«

»Nicht alles«, lenkte sie schnell ein. »Aber er ist nicht der Schlüssel, auf den du gehofft hast, ganz und gar nicht. Also, wie kannst du weiter mit ihm experimentieren, als sei er ein Versuchskaninchen?«

Charles, der die ganze Zeit hinter ihrem Vater gestanden hatte — wie ein Sohn auf einem Familienfoto, nur hatte er nicht seine Hand auf die väterliche Schulter gelegt — trat hinter dem Schreibtisch hervor und kam auf sie zu. Sie hatte sich umgezogen, aber ihr Haar war immer noch naß. Das feuchte Handtuch lag vergessen in ihrer Hand. Er griff danach, aber sie schüttelte den Kopf und hielt es fest. Er wollte sie zu einem Stuhl führen, aber sie weigerte sich. »Sie sind aufgebracht«, sagte er verständnisvoll. »Sie haben einen Schock. Was heute nachmittag geschehen ist, war schrecklich, und Sie sind noch nicht darüber hinweg.« Hinter ihm brummte und räusperte sich ihr Vater zustimmend. »Niemand wird dem Mann etwas tun, Sydney. Das wissen Sie doch, nicht wahr? Es stimmt, wir sind Wissenschaftler, aber doch keine *verrückten* Wissenschaftler, oder?«

Sie haßte es, daß er sie zum Lächeln brachte. War sie wirklich hysterisch? Charles vernünftige Stimme und seine weiche Hand auf ihrem Arm brachten sie einerseits zum Lachen und andererseits hätte sie ihn am liebsten angeschrien. Aber die Wut über seinen herablassenden Tonfall siegte. Sie schritt um ihn herum, um ihren Vater erneut zu konfrontieren.

»Findest du nicht, du solltest das, was du möglicherweise aus ihm herausbekommen kannst, einer neuen Einschätzung unterziehen? Er kann unmöglich weiter der ›Ontario-Mann‹ bleiben, nicht wahr?«

»Hm, das muß man sehen. Zu früh, um Genaues zu sagen.« Als er nach seiner Pfeife griff, wußte sie, daß sie seine Aufmerksamkeit vollkommen verloren hatte. Er konnte gut und gerne fünf volle Minuten damit verbringen, seinen Tabakbeutel zu suchen, ihn zu öffnen, die Pfeife zu stopfen, seine Zündhölzer hervorzukramen, die Pfeife anzuzünden, sie ausgehen zu lassen, um sie erneut zu entzünden und so weiter und so weiter — und das alles, um ein Thema zu vermeiden, über das er nicht diskutieren wollte.

»Natürlich müssen wir eine Neueinschätzung vornehmen«, antwortete Charles für ihn. »Es ist möglich, daß er seinen Wert als ›Schlüssel‹, wie Sie sagen, für die reine Anthropologie, verloren hat, als jemand, an dem wir die verschiedenen Schichten der Zivilisation in einer ordentlichen, experimentellen Umgebung hätten untersuchen können. Aber sein Wert für uns als biologische Ethiker ist ganz und gar nicht verloren. Wir können ihn weiterhin als ein Exemplar eines reinen Menschen, der von der menschlichen Gesellschaft noch relativ unverdorben ist, beobachten — das wäre eine Möglichkeit. Eine andere ist die, daß es sich bei ihm um einen Wilden handelt, dem die Vorzüge der menschlichen Gesellschaft vorenthalten wurden. Es hängt alles von der eigenen Sichtweise ab.«

»Charles —«

»Aber vielleicht haben Sie auch recht. Sein Wert mag aus dem Reich der Naturwissenschaften in das der Philosophie übergegangen sein. In dem Falle —«

»Und was ist mit seinem Wert als Mensch? Was ist mit *ihm?* Er ist kein Studienobjekt, Charles, er ist ein menschliches Wesen. Sie besitzen ihn nicht, genausowenig wie die Universität. Hat er denn überhaupt keine Rechte? Woher wollen Sie wissen, daß er nicht irgendwo Eltern hat? Das einzige Wort, das er vor diesem Tag geäußert hat war ›verloren‹. Warum bemüht sich niemand herauszufinden, zu wem er gehört? Ich denke einfach — nun, ich bin der Ansicht, daß man ihn nicht länger einsperren oder ihn durch Löcher in den Wänden beobachten oder ihn für irgendwelche Experimente mißbrauchen darf, die — die nicht einmal —« Sie verstummte. Sie war es nicht gewöhnt, so zu reden. Ihr Vater machte einen verdutzten Eindruck.

»Alles gut und schön, mein Kind«, sagte er durch eine Tabakswolke hindurch, »aber das ändert nichts an der Tatsache, daß ich am Ende des Sommers einen Bericht abzuliefern habe. Slocum wartet darauf. Habe ihm zugesagt. Kann Wort nicht brechen.«

»Natürlich, aber wenn doch —«

»Sage ja nicht, daß keine Veränderung eingetreten ist. Im Gegenteil, hat sich viel verändert. Muß es studieren, darüber nachdenken. Mehr sag ich nicht.« Mit diesen Worten drehte er sich mitsamt seinem Stuhl um und begann, in seinem Bücherregal herumzukramen.

Charles legte seine Hand auf ihre Schulter. »Sydney«, sagte er mit einer sanften Stimme, die sie gleichermaßen anzog und abstieß. »Lassen Sie uns ein wenig spazierengehen. Wir müssen über diese Sache reden.«

»Nein, Charles, jetzt nicht. Ich kann jetzt nicht.«

»Na gut.« Er nickte verständnisvoll und beäugte ihr feuchtes, widerspenstiges Haar. »Später dann.«

Ihre Gedanken waren bereits woanders. »Später«, erwiderte sie, ebenso vage wie ihr Vater, und ging mit ihrem Handtuch zur Tür hinaus.

Die Vordertür zum Gästehaus stand einen Spalt breit offen. Sie klopfte einmal und drückte sie auf. Ein schaler Geruch hing in der Luft, eine muffige, unangenehme Süße.

Die Quelle wurde deutlich, als O'Fallon sich von einem Sessel vor dem kalten Kamin erhob und torkelnd auf sie zukam. Eine halbleere Flasche stand auf dem Boden neben dem Sessel.

»Sie sind betrunken«, sagte sie anschuldigend und ging weiter.

»Nein, das bin ich nicht. Wohin wollen Sie? Sie können da nicht rein. Hey!« Sie hatte bereits die Tür zum inneren Raum aufgeschlossen und geöffnet. O'Fallon eilte ihr nach. Er stank entsetzlich. »Das ist zu gefährlich, Miss. Ich kann Sie da nicht alleine hineingehen lassen.«

»Mir wird nichts passieren«, erwiderte sie schnippisch. »Ich werde hineingehen, Mr. O'Fallon. Sollte ich schreien, können Sie mir ja zu Hilfe eilen.« Sie trat ins Zimmer und knallte ihm die Tür vor der Nase zu.

Der kleine Raum lag im Halbdunkel. Eine Bewegung am Fenster versetzte sie für den Bruchteil einer Sekunde in Panik, bis die Gestalt, die auf sie zukam, sich in Michael verwandelte. Ihr Herzschlag wurde beinahe wieder normal. Beinahe. Er trug ein Paar saubere, trockene Hosen. Und sonst nichts.

»Ich, ehem ... ich ...« Sie schluckte, kam sich albern vor und lehnte sich mit dem Rücken gegen die Tür. »Ich bin gekommen, um mich bei Ihnen zu entschuldigen.« Er sah in dem düsteren Licht wundervoll aus. Seine Narben waren jetzt nicht zu sehen. »Ich möchte Ihnen sagen, wie leid es mir tut. Es war nicht richtig von uns. Wir — Sam und ich — haben so getan, als könnten wir nicht schwimmen, damit ...« Oh, wie sollte sie es nur erklären? »Mein Vater wollte sehen, ob Sie versuchen würden, Sam zu retten. Er ist ein Wissenschaftler — das wissen Sie ja. Charles und er studieren Sie. Sie sind der ›verlorene Mann‹, und sie wollen herausfinden, wie Menschen sind, wie sie sich benehmen, bevor sie ziv — bevor sie in Kontakt mit anderen Menschen gekommen sind.« Sie lehnte ihren Kopf gegen die Tür. »Verstehen Sie, was ich Ihnen sage?« erkundigte sie sich ohne große Hoffnung.

Stille.

»Nun, jedenfalls wollte ich Ihnen sagen, daß ich mich für die Rolle, die ich in diesem Experiment gespielt habe, entschuldige. Und Sam möchte das auch. Er fühlt sich ganz schrecklich.«

Er hatte ein beunruhigendes Starren an sich, ganz so, als sehe er Dinge, die andere Leute nicht sehen konnten. Seine Nasenflügel waren leicht gebläht, und sie wußte, daß er sie witterte. Das ließ sie erröten. Sie war sich aber sicher, daß er nicht mehr wütend oder verletzt war. Das war immerhin schon etwas.

»Nun«, setzte sie ein zweites Mal an. Sie hatte ihre Hand schon auf dem Türknauf, als ihr die Einladung einfach herausrutschte. »Hätten Sie Lust, mit mir spazieren zu gehen?«

Er bewegte sich vorwärts, kam direkt auf sie zu. Sie erstarrte, wieder einmal von dummer Angst erfüllt, bis ihr klar wurde, was er wollte: sein Hemd — es hing an der Tür hinter ihr.

O'Fallon folgte ihnen. Michael bemühte sich, ihn aus seinem Bewußtsein zu verbannen und versuchte, kleine Schritte zu machen wie Sydney, aber es war seltsam, neben ihr herzulaufen, und er vergaß es immer wieder. Dann mußte er anhalten, um auf sie zu warten, und kam sich dabei dumm und ungelenk vor.

Sie erreichten zwei große Felsen und sie sagte: »Sollen wir uns eine Weile setzen?«, Und so setzten sie sich nebeneinander auf einen Felsen, ohne sich jedoch zu berühren. Sie erzählte von ihren Brüdern und dem Sommer und den Segelausflügen mit dem Boot, alles sichere und ungefährliche Dinge, aber in ihrer Stimme war etwas, das ihm sagte, daß sie nicht ruhig war. Dann hörte sie auf zu reden, und es herrschte Stille zwischen ihnen, aber eine angespannte Stille, und sie wandte sich ihm zu. Ihre Knie stießen aneinander. Sie streckte ihre Hand aus, wie es Sam an jenem ersten Tag am Strand getan hatte.

»Ich bin Sydney Darrow«, sagte sie. »Und Sie sind Michael, nicht wahr?«

Er blickte auf ihre schmale, weiße Hand hinab und dann in ihr Gesicht, das so hübsch war. Ihr Lächeln war ebenfalls angespannt, aber freundlich und hoffnungsvoll. Seine Hand ließ ihre verschwinden, als er sie ergriff. Er war vorsichtig, drückte sie nicht zu fest. Er wußte, daß sie auf eine Antwort wartete. Er hatte schon einmal mit ihr gesprochen — nun ja, ein einziges Wort. Aber warum war es jetzt so schwierig?

Er tat es trotzdem. Er sagte: »Ich bin Michael MacNeil.«

Ihre Augen füllten sich mit Wasser. Sie *weinte.* Sie zog ihre Hand aus der seinen und drehte den Kopf, so daß er ihr Gesicht nicht sehen konnte. »Es tut mir leid«, sagte sie mit einem seltsamen Lachen. »Es ist gar nicht traurig. Ich bin nur ...« Sie wischte sich die Tränen mit dem Finger weg. »Michael MacNeil«, sagte sie leise und blickte ihn wieder an. Er konnte erkennen, daß sie nicht traurig war, aber irgendetwas war mit ihr los. Sie sagte: »Was ist Ihnen zugestoßen, Michael?«

Er vermochte nichts anderes zu tun, als sie anzusehen.

Sie sah ein, daß die Frage zu weit gefaßt war. Sie formulierte sie anders. »Erinnern Sie sich daran, als sie verlorengingen?«

Er erinnerte sich an den letzten Winter, als er hungerte und zu weit von zu Hause fortlief. Er hatte den Weg verloren und mußte Nahrung von den Menschen stehlen, um sich zu retten.

Aber das meinte sie wohl nicht. Sie meinte vorher, ganz am Anfang.

»Ich erinnere mich an ein Boot im Wasser.« So viele Worte. Er verbarg seine Angst, indem er auf den See hinausblickte und langsam durch die Nase einatmete.

Sie sagte: »Ein Schiffsunglück?«

Er nickte, obwohl er sich nicht sicher war. »Alle ertranken. Nur ich nicht.«

»Waren Sie damals noch ein Kind? Ein kleiner Junge?«

»Ja. Wie Sam.«

»Sam ist sieben.«

»Ich war wie Sam.«

Als sie ihren Kopf abwendete, vermochte er sie wieder anzusehen. Sie sagte sehr leise: »Mein Gott.«

Er konnte sich nicht genau daran erinnern, wer Gott war. Gehörte er zu ihr? Aber O'Fallon sagte: *Gottverdammt* und der Professor rief oft: *Großer Gott*. Es war alles sehr verwirrend.

»Wie haben Sie überlebt? Wie haben Sie überhaupt gelebt?«

Wieder eine Frage, die er nicht beantworten konnte. Er dachte an die dunkelhäutigen Leute, die ihn in jenem ersten Winter gefunden und ihm Nahrung gegeben hatten. Aber die alte Frau starb im Sommer, und die beiden Männer gingen fort und ließen ihn zurück. Er war für eine Weile allein, ehe er mit den Wölfen lebte. Dann fing ihn ein weißer Mann in einer Falle und dann war er wieder allein und nur der alte Wolf war bei ihm.

Aber all das konnte er ihr nicht sagen.

Er stellte ihr eine Frage. »Sind Sie mit Ihrem Vater?«

»*Mit ihm?*«

»Zusammen. Sie und Ihr Vater und Mr. West. Gehören Sie alle zusammen?«

»Oh.« Das hieß, sie hatte verstanden. Er erkannte, daß sie nachdachte. »Nein, ich gehöre nicht zu ihnen. Ich bin auf Ihrer Seite.«

»Auf meiner Seite.« Er lächelte. Sie tat es ihm nach. Und es war ein wirkliches Lächeln, das er gerne behalten oder berührt hätte. Aber es war ihm nicht erlaubt, sie zu berühren, daher setzte er sich auf seine Hände.

Die Sonne ging hinter dem Wasser unter. »Die Sonne geht unter«, sagte er. Es war seltsam, etwas laut zu sagen, was man mit den eigenen Augen sehen konnte. Aber die Menschen taten das die ganze Zeit, sagten Dinge, erklärten mit Worten, was sie auch so schon wußten.

Sie sagte: »Mmm. Es ist ein wundervoller Abend.«

Da, wieder. Konnte sie etwa seine Gedanken lesen? »Ja, es ist ein wundervoller Abend«, wiederholte er. Er verstand nicht, wie er so ruhig klingen konnte, ganz so, als wiederfahre ihm nichts Neues, während er das Gefühl hatte, als wirbele in seinem Kopf alles durcheinander.

»Michael«, sagte sie, »haben Sie gesprochen, als Sie in der Wildnis waren?«

Wildnis. Das Wort gefiel ihm. »Ja. Nein. Nicht mit meinem Mund.« Er flüsterte ihr ein Geheimnis zu. »Ich hatte meinen Namen vergessen.«

Sie beugte sich weiter zu ihm hinüber. »Aber jetzt erinnern Sie sich daran?« Er nickte. »Wie kommt das?«

»Einmal hörte ich, wie Sam sprach. Nicht zu einer Person, zu sich selbst. Er sprach ganz laut.«

»Er schrie.«

»Er schrie. Er schrie seinen Namen über den See. Einfach so — aus Spaß.«

»Ja«, erwiderte sie lächelnd.

»Dann erinnerte ich mich daran, wie ich meinen Namen da, wo ich gewesen war, über das Wasser geschrien habe. Michael MacNeil — ich schrie ihn immer und immer wieder. Ich war klein, wie Sam. Und hatte Angst. Ich wollte meinen Namen nicht vergessen.« Er atmete tief durch. »Aber ich habe es doch getan. Ich trug keinen Namen mehr. Sagte nicht einmal mehr ›Ich‹. Da war nichts. Ich war nur ...«

»Sie *waren* einfach.« Ihre Stimme klang wieder seltsam. War sie traurig? Er wollte sie nicht traurig machen. Ob er sie wohl fragen durfte, was in ihrem Kopf war? Er wußte es nicht mehr genau, aber er glaubte, sich an eine Regel in seinem Buch erinnern zu können, die eine solche Frage verbot.

Sie waren jetzt Freunde. Aber keine Freunde wie Sam und er. Sie war anders. Sie gab ihm das Gefühl ... er wußte die Worte dafür nicht. Aber er mußte vorsichtig mit ihr sein, denn es gab so vieles, was nicht erlaubt war.

Wenn er nur irgendetwas falsch machte, bestand die Gefahr, daß sie aufstand und wegging.

Sein Magen gab ein Geräusch von sich. »Ich habe Hunger«, sagte er.

Sie lächelte ihn mit ihrem ganzen Gesicht an. »Es ist Zeit fürs Abendessen.« Sie erhoben sich und begannen, zum Haus zurückzugehen. O'Fallon folgte ihnen. »Was bekommen Sie zu essen?« erkundigte sie sich unterwegs.

Er schnitt ein lustiges Gesicht, wie Sam. »Essen eben.«

Sie lachte, und es klang wirklich fröhlich. »Schmeckt es Ihnen denn?«

Er versuchte es, zu erklären. »Es ist Menschenessen.«

Etwas geschah. Sie ging weiter, aber in ihrem Inneren wurde es ganz still, und er wußte, daß er etwas Böses gesagt hatte. Denn die Leute lehnten ab, was er aß — was er früher gegessen hatte. Nun aß er ihre Nahrung, aber sie war nicht roh, nicht warm und blutig und pulsierend. Sie blieben stehen, und er blickte auf seine Füße hinab und wünschte sich, er könne die letzten Worte, die er gesagt hatte, wieder zurücknehmen. Etwas war nun zwischen ihnen. Obwohl er nur kurze Zeit mit ihr verbracht hatte, wollte er nicht wieder allein sein.

»Sydney! Abendessen!« erklang Sams Stimme aus dem Haus.

»Ich muß gehen«, sagte sie. Ihr Gesicht war wieder wie immer, als ob nichts geschehen sei. Er machte sich allein auf den Weg zum Gästehaus, aber sie folgte ihm und sagte: »Michael, ich bin mir nicht sicher, was mein Vater vorhat. Aber selbst wenn er mit seinen Experimenten fortfahren sollte, so wird es von nun an anders sein. Besser. Jetzt, wo sie wissen, daß Sie sprechen können, werden sie kaum —«

»Wollen Sie es ihnen denn sagen?«

»Ich — soll ich es denn nicht tun?« Ihre Augen weiteten sich. »Ich denke, dafür ist es zu spät! Haben Sie Angst? Man wird Ihnen nicht weh tun, das verspreche ich. Es ist

— eine Plage für Sie, ich weiß, aber Ihnen wird nichts geschehen. Keine Sorge.« Sie berührte ihn, legte ihre Hand auf sein Handgelenk, um ihn zu trösten, und er fühlte sich getröstet. Er fragte sich, was das Wort Plage zu bedeuten hatte.

»Okay«, erwiderte er, wie Sam. »Kein Sorge«, fügte er über die Schulter hinweg hinzu, damit auch sie sich getröstet fühlte.

»Sydney!«

Dieses Mal war es die Stimme von Tante Estelle, und Michael wich zurück. Sydney ebenfalls. Denn im Rudel der Winters war Tante Estelle der Leitwolf.

In den Wochen, seit sie aus Europa zurückgekommen war, hatte Sydney sich mit Camille Darrow, ihrer Schwägerin, am Telefon unterhalten, aber sie hatten sich noch nicht wiedergesehen. Am Samstag, als Philip erwähnte, daß er in die Stadt führe und fragte, ob Sydney mit ihm kommen wolle, um Cam zu besuchen, rief sie ihre Freundin umgehend an und verabredete sich mit ihr.

Sie hätten den Zug nehmen können, aber Philip hatte Robby, den ältlichen Kutscher der Familie, gebeten, sie im Phaeton zu fahren, da die Pferde Bewegung brauchten. Es war ein großartiger Tag für eine Kutschfahrt, klar und sonnig und nicht zu heiß. Sydney genoß die Fahrt und unterhielt sich die ganze Zeit über angeregt mit Philip, bis sie den ersten Blick auf das Haus der Darrows erhaschte. Die gewaltige, durch Strebepfeiler gestützte Villa in der Prairie Avenue war wie ein zweites Zuhause für sie. Sie hatte als Kind hier gespielt und als Debütantin auf den Bällen geflirtet. Spencer hatte ihr im Billardzimmer einen Heiratsantrag gemacht, und sie hatten unter einem gestreiften Zelt zu den Klängen von Johnny Hands Band auf ihrem Hochzeitsempfang hinten im riesigen Garten getanzt. Es war in mancher Hinsicht ein häßliches Haus, zu groß, zu extravagant. Aber sie mochte es trotzdem, verschwendete an all seine Unmäßigkeit keinen zweiten Gedanken, weil sie hier immer glücklich gewesen war. Doch nun brachte sie der bloße Anblick fast zum Weinen. Denn Spencer war nicht mehr da.

Camille öffnete selbst die Vordertür. Und als sie Sydney umarmte, da weinte diese wirklich — denn Cam sah ihrem Bruder so überaus ähnlich. »Oh, wie sehr habe ich dich vermißt«, rief sie und versuchte zu lachen, um den wahren Grund für ihre Tränen zu verbergen. »Cam, du siehst einfach *wundervoll* aus!«

»Nein, *du* siehst wundervoll aus.«

Sie hielten sich lange auf der Türschwelle umschlungen, schwankten hin und her und tätschelten sich gegenseitig den Rücken, während Philip mit leicht amüsierter Miene zuschaute. »Oh, hallo, Philip«, sagte Camille, als sie sich endlich voneinander gelöst hatten. »Bist du auch hier?« Und sie lachten alle.

Die Frauen betraten das Foyer, blieben aber stehen, als Philip ihnen zurief, daß er gleich weiter wolle. »Warum?« erkundigte sich Cam. »Komm schon, Philip, bleib noch eine Weile.« Sie stemmte ihr Hände auf die Hüften und neigte ihren Kopf auf diese vertraute, herrische Art, die sie innehatte. Klein, blond und athletisch bildete sie das perfekte weibliche Gegenstück zu Spencer. Sie besaßen sogar die gleiche Stupsnase, das gleiche eigensinnige Kinn, die gleichen Gesten und die gleiche, kräftige Stimme.

»Kann leider nicht. Habe einiges vor, muß viel erledigen.«

»Was hast du vor? Was gibt es zu erledigen? Komm rein und trink Tee mit uns.«

»Männersachen, wichtige Leute, die ich treffen muß.« Er lehnte sich lässig gegen den Türpfosten, die Hände in die Taschen seiner Hose vergraben, und sah unglaublich gut aus. »Ich werde Robbie sagen, daß er dich später abholen soll, Syd.«

»Aber wie willst du denn dann wieder nach Hause kommen? Kommst du hierhin zurück?«

»Nein.« Er zuckte mit den Schultern und grinste. »Ich werde das schon hinkriegen.« Er winkte ihnen zum Abschied zu und drehte sich um.

»Komm nicht zu spät, Philip«, rief ihm Sydney leise nach.

»Er hat sich verändert«, bemerkte Camille, als sie durch das Haus zu der überdachten Veranda auf der Rückseite gingen. »Er sieht nicht einmal mehr aus wie er selbst. Muß wohl der Einfluß der Ostküste sein.«

»Er ist nicht glücklich, Cam«, gestand ihr Sydney. »Ich weiß nicht genau, was er im Augenblick treibt, und ich will es auch gar nicht wissen, aber ich mache mir Sorgen um ihn.«

»Oh, Philip ist schon in Ordnung.«

»Er bringt nie mehr Freunde mit nach Hause und treibt sich irgendwo herum. Ich glaube, er hat sogar einen Buchmacher.«

»Er wird einfach erwachsen.«

Sydney schüttelte den Kopf. »Er benötigt jemanden, der ihm die Richtung weist, ihn führt. Jemand, der stark genug ist. Ich kann das nicht, es muß von einem Mann kommen.« Sie mußte gar nicht erst aussprechen, daß ihr Vater dazu nicht fähig war. Camille wußte es nur zu gut.

»Armer Philip«, seufzte Camille, nahm an einem Glastisch auf der Veranda Platz und bedeutete dem Dienstmädchen, Tee zu bringen. »Aber ich bin sicher, daß sich das auswachsen wird. Es ist gewiß nur eine Phase.«

»Das will ich hoffen.« Während Sydney Camille beobachtete, fragte sie sich, ob diese wußte — sie *mußte* es einfach wissen —, daß Philip immer schon in sie verliebt gewesen war. Selbst als Kinder hatten sie bereits miteinander gespielt und davon geträumt, einander zu heiraten, wenn sie erwachsen waren — Spencer und Sydney, Camille und Philip. Philip hatte diesen Traum nie ganz aufgegeben, und es war mit ein Grund, der ihn zur Zeit leichtsinnig und unzufrieden machte.

»Also«, sagte Cam und bot ihr einen Teller mit kleinen Biskuitkuchen an, »wie war deine Reise? Ich will alles hören. Bist du froh, wieder zu Hause zu sein?«

»Froh ist gar kein Ausdruck. Aber du weißt doch alles über die Reise, ich habe es dir in meinen Briefen beschrieben! Mich interessiert viel mehr, wie es *dir* geht.«

Camille berichtete gehorsam über all die Feste und Tänze und Tennis- und Golfturniere, Segelregatten, Krokettspiele und Fahrradtouren, Einkaufsorgien und Wohltätigkeitsbälle, mit denen sie sich seit Februar die Zeit vertrieben hatte. Es war alles so vertraut. Sydney verspürte eine Art inneren Ausgleich, während sie zuhörte. Dies war ihre Welt, und es war tröstlich, wieder ein Teil von ihr zu sein. Doch zur gleichen Zeit nagte etwas an ihr. Eine leise Stimme meldete sich, die sich beinahe wie ... Ungeduld anfühlte.

Cam redete über die Weltausstellung. »Gestern abend haben Claire und Mark und ich das Frauengebäude besucht. Hast du es schon gesehen?« Claire war Cams Schwester und Mark ihr Schwager. »Es gehört zu meinen Favoriten auf der Ausstellung. Du *mußt* es einfach sehen, Sydney. Da gibt es eine Modellküche und einen Kindergarten und jeden Tag Konzerte von Komponistinnen. Eine Frau hat das Gebäude entworfen, und es findet jeden Tag eine Vorführung statt —«

»Ich habe die Ausstellung überhaupt noch nicht besucht.«

»Du hast *was?*«

Sydney lachte über ihren erstaunten Ausruf. »Himmel, ich bin doch erst seit drei Wochen wieder im Lande.«

»Ich weiß, aber es ist die Weltausstellung! Sie ist einfach unglaublich, ein Phänomen, ein Weltwunder.«

»Und ich habe noch vier Monate, um sie mir anzuschauen.«

»Oh, aber —«

»Cam, es ist so schön, wieder Zuhause zu sein, die Tage einfach ganz ruhig mit Philip und Sam zu verbringen! Wenn du wüßtest, in wieviele Museen und Kathedralen und Kunstgalerien man mich in den letzten drei Monaten geschleift hat, dann würdest du mich nicht ausschelten.«

»Das mag sein.« Camille nickte skeptisch. »Nun, aber wenn du gehen solltest, dann laß uns zusammen hingehen. Ich war schon mindestens sechsmal dort, daher weiß ich, wo die besten Ausstellungen sind. Aber du wirst dir alles ansehen wollen. Es ist — es ist wirklich die tollste Sache, die ich in meinem ganzen Leben gesehen habe.«

»Philip ist der gleichen Ansicht. Er drängt mich auch, mit ihm hinzugehen.«

»Dann laß sie uns doch alle gemeinsam besuchen. Oh, das wird bestimmt lustig!«

Sydney setzte vorsichtig ihre Teetasse ab. »Spencer hätte es wohl auch gefallen, oder?«

»Oh ja. Ich vermisse ihn so sehr.«

»Ich vermisse ihn jeden Tag.«

Sie begannen beide, nach ihren Taschentüchern zu kramen. »Mama trauert immer noch so sehr um ihn. Wir können sie einfach nicht trösten. Papa fährt mit ihr den Sommer über zu unserem Haus am Fluß.«

Sydney nickte. »Das hattest du mir erzählt.«

»Ich glaube nicht, daß sie jemals darüber hinwegkommen wird. Es war für uns alles schrecklich, aber für sie war es wohl am schlimmsten, denke ich.«

Sie weinten beide ohne Scham. Aber Sydneys Tränen flossen nun leicht und natürlich. Es würde immer eine Traurigkeit da sein, aber es war nicht mehr der harte, trockene, tiefe Schmerz, der sie so lange geplagt hatte. Sie weinte um Spencer, aber auch um Cam und sich selbst, weil sie ihn beide so sehr geliebt hatten. Es war das erste Mal, daß sie imstande war, ihre Trauer mit jemandem zu teilen. Vielleicht begannen die Wunden langsam zu heilen.

Dieser Gedanke gab ihr den Mut zu sagen: »Charles West hat mich wieder gebeten, ihn zu heiraten.«

Camille wartete. Langsam wich der erwartungsvolle Blick in ihrem Gesicht einer Vorahnung. Sie war sich so sicher gewesen, daß Sydney hinzufügen würde: Aber natürlich habe ich abgelehnt. »Oh, nein«, hauchte sie. »Oh, Syd, du denkst doch wohl nicht ernsthaft darüber nach, sein Angebot anzunehmen, oder?«

»Ich habe ihn wieder vertröstet. Aber ... ach, ich weiß nicht.«

»Aber du liebst ihn doch nicht!« Camilles rundes Gesicht, das durch all den Sport im Freien einen hübschen goldbraunen Ton trug, verdüsterte sich und ihre großen, blondbewimperten blauen Augen weiteten sich. Sie sah Spencer in diesem Moment der Empörung so ähnlich, daß Sydney lächeln mußte. »Nun? Liebst du ihn?«

»Nein. Als Liebe würde ich das nicht be —«

»Also, wie kannst du nur?«

Sydney wurde zu spät klar, daß Camille wirklich wütend war. Sie fühlte sich schrecklich, als hätte sie Spencer betrogen. Natürlich würde es Cam so auffassen. Sie hätte es wissen müssen und das Thema nie anschneiden sollen.

Sie versuchte es zu erklären. »Im Grunde ist Charles ja kein schlechter Kerl. Er sagt, daß er mich liebt. Er hat zugestimmt, bei uns zu leben, so daß ich Sam nicht alleine lassen müßte. Er ist eigentlich ganz nett, Cam, wirklich. Und ich bin an ihn gewöhnt. Und — er sagt, daß er sich um mich kümmern wird.« Das klang erbärmlich. »Er ist so beharrlich. Er will mich einfach nicht in Ruhe lassen.«

Camille zerknüllte ihre Serviette und warf sie neben ihren Teller. »Also, ich denke, daß du mit Spencer glücklich warst und dich jetzt einsam und unglücklich fühlst. Irgendwie hast du es dir in den Kopf gesetzt, daß du mit einem Ehemann glücklich warst und nun möchtest du wieder einen haben — egal welchen — nur, um wieder dieses Gefühl zu spüren.«

»Oh«, erwiderte Sydney leise. Dies schien der Wahrheit gefährlich nahe zu kommen. »Glaubst du, daß ich wirklich derart dumm bin?«

»Das ist nicht dumm, sondern menschlich. Es wird erst dann dumm, wenn du es wirklich tust.« Sie schob ihren Teller zur Seite. »Mehr möchte ich dazu nicht sagen.« Sie hielt sich zurück, damit — sollte Sydney Charles doch heiraten — nichts offen ausgesprochen worden war, was ihre Freundschaft gefährden konnte. Wie weise von ihr.

Sie erhoben sich und schritten auf die niedrige Steinbalustrade zu, die die Veranda umgab. Unter ihnen glitzerte ein Springbrunnen in der Sonne, und unter den Seerosen glitten die schwarzen und orangefarbenen Körper der Goldfische gemächlich durch das sich kräuselnde Wasser.

»Du hast mir noch nichts von dem verlorenen Mann erzählt«, wechselte Camille bewußt das Thema. »Die Zeitungen haben im letzten Winter wochenlang über nichts anderes berichtet. Sie haben ein Foto von ihm gedruckt, auf dem er unglaublich wild aussah.«

»Das kann ich mir vorstellen.« Sydney strich mit ihrer Hand über den rauhen Stein.

»Nun? Wie ist er? Du hast ihn doch gesehen, oder?«

»Oh, ja. Er ist … Das hier ist absolut vertraulich, Cam.«

»Aber natürlich.« Sie nahm auf der Balustrade Platz und sah sie erwartungsvoll an.

»Ich weiß nämlich nicht, wieviel mein Vater der Universität erzählt und das letzte, was er gebrauchen kann, sind Zeitungsreporter, die ins Haus kommen und Fotos machen und noch mehr grausige Geschichten erfinden.«

»Meine Lippen sind versiegelt.«

Sydney nahm ebenfalls Platz. »Der verlorene Mann kann sprechen. Er konnte schon immer sprechen.«

»Nein!«

»Er hat sogar einen Namen — Michael MacNeil. Als er ungefähr in Sams Alter war, ist er, wohl irgendwo in Kanada, in ein Schiffsunglück verwickelt worden, bei dem alle Menschen an Bord, außer ihm, starben. Wir glauben, daß er seither auf sich allein gestellt war.«

Sie hatten sich beide vornübergebeugt und setzten sich nun wieder zurück, um über die Unglaublichkeit dieser Geschichte nachzudenken. »Aber wie? Wie kann ein Kind Jahr um Jahr überleben? Er hätte doch verhungern oder erfrieren müssen!«

»Ich weiß, ich weiß. Es ist unglaublich.«

»Und wie ist er so? Redest du mit ihm, oder darf das nur dein Vater?«

»Nein, ich rede mit ihm, genauso wie Philip, Charles — eben wir alle. Aber er ist so ... zurückhaltend. Ich denke, es fällt ihm am leichtesten, mit Sam zu reden. Und mit mir.« Zumindest wollte sie das gerne glauben.

»Was sagt er denn? Kann er sich an die Vergangenheit erinnern?«

»Darüber redet er nicht. Ich glaube, seine Kindheit liegt für ihn im Verborgenen.«

»Darf ich ihn einmal kennenlernen? Oh, ich würde nur zu gerne einen Blick auf ihn werfen.«

»Nun, ich weiß nicht so recht. Ich werde meinen Vater fragen.«

Sie hatte keine Ahnung, warum ihr der Gedanke eines solchen Treffens Unbehagen bereitete. Es lag nicht an Camille selbst, es war der Gedanke, daß irgendjemand außerhalb des engen Kreises der Familie mit ihm Kontakt haben könnte.

Er kannte sie nun und vertraute ihr. Es wäre vermutlich zu furchteinflößend für ihn, ihn sobald schon jemandem von draußen vorzustellen. Sydney vermochte inzwischen durch seine Augen zu sehen, spürte seinen Kummer, seine Angst vor dem Fremden und Unbekannten und wollte ihn beschützen.

Oder vielleicht wollte sie ihn auch nur für sich behalten.

Später, als es Zeit war, zu gehen, verließ sie ihre Freundin mit dem Versprechen, sie bald zu sich nach Hause einzuladen, um Tennis zu spielen und schwimmen zu gehen. Doch einen genauen Termin ließ sie noch offen.

Kapitel 5

22. Juni 1893
Persönliche Notizen

Ontario-Mann behauptet, sein Name sei Michael MacNeil. Schwierig, genauere Informationen zu bekommen. Gibt ein oder zwei Antworten auf alle zehn Fragen. Kennt sein Alter nicht. Behauptet, er habe sich von Mäusen, Eichhörnchen, Fisch, Insekten, Beeren und Nüssen und manchmal von Karibufleisch ernährt, wenn einer seiner Wolfsfreunde Jagdglück hatte. Alles roh zu sich genommen. Hat für Essen und Felle gejagt, Feuer gebaut, um sich warm zu halten, aber nicht, um Fleisch zu kochen. Wer hat ihm beigebracht, ein Feuer zu machen? ›Die drei Dunkelhäutigen.‹ Möglicherweise umherziehende Indianer, Cree oder Ojibwa. Dann: ›*Die alte Frau starb im Sommer*‹, *und danach sei er allein gewesen, weil ihn die beiden Männer zurückließen. Wie alt war er, als dies geschah? Nicht sicher. Älter als Sam, glaubt er, aber nicht viel.*

Sein Zeitgefühl ist sprunghaft und unzuverlässig. Behauptet, er habe in einer Höhle mit Wölfen gelebt. Selbst wenn dies wahr ist, so kann er nicht sagen, wie lange dies so ging, nur ›bis wir das erste Mal hungerten und einige von uns nach unten, näher zum Wasser zogen.‹ Südlich, nehme ich an, vielleicht zum Lake Huron.

Er erwähnt einen weißen Trapper, mit dem er einige Zeit verbracht hat, dessen Namen er aber nicht kennt. Keine Details, und dieses Sträuben, darüber zu reden, legt Vermutung nahe, daß er mißhandelt wurde. Sagt, er sei ›entkommen‹ und habe sich danach von Weißen ferngehalten.

Restlichen Jahre in der Wildnis ein Rätsel. Will entweder nicht darüber reden oder besitzt nicht die verbalen Fähigkeiten dazu. Vermute Kombination mit Betonung auf ersterem. Will auch Buch nicht erklären, was beinahe magische Qualität für ihn zu haben scheint. Versuche, etwas über sein Leben vor dem ›Boot im Wasser‹ zu erfahren, ebenfalls erfolglos. Behauptet, sich nicht erinnern zu können.

Beobachtung: Spricht langsam und zögerlich, mit begrenztem Vokabular — was nicht anders zu erwarten ist —, interessant ist aber, daß er einen Akzent zu haben scheint. Nicht sehr ausgeprägt, aber vorhanden. Weder indianisch noch französisch-kanadisch. Nicht zu identifizieren.

Alles sehr außergewöhnlich. Weiß weder ein noch aus. West dito. Was sollen wir mit ihm anfangen? Ist nicht das, was wir ursprünglich annahmen. Welch schreckliche Verschwendung, daß er sich doch nur als Mensch entpuppt.

Michael schlief wie ein Wolf.

Nicht stundenlang, wie ein Mensch, als ob er tot wäre, sondern immer nur für ein paar Minuten, zusammengerollt auf seinen Decken auf dem Boden. Er wachte für gewöhnlich kurz auf, erhob sich und schnüffelte in der Luft, um sicherzugehen, daß er in Sicherheit war. Dann drehte er sich ein oder zweimal im Kreis, legte sich wieder hin, rollte sich zusammen und schlief erneut ein paar Minuten. Er zog es vor, am Tag zu schlafen, da man nachts besser jagen konnte. Aber seit er in die Welt der Menschen gekommen war, hatte man ihn dazu gebracht, nachts zu schlafen.

Doch am späten Nachmittag hielt er manchmal aus Gewohnheit ein kleines Nickcherchen. Dieses Mal weckte in ein Geräusch, eine Bewegung im Gras. Und dann vernahm er ein leichtes Kratzen, einen Schuh auf Stein. Er erhob sich von seinen Decken und ging zum geöffneten Fenster hinüber, wo ihm Sydneys Geruch schon lange bevor er sie zwischen den Bäumen erkennen konnte, in die Nase stieg. Das Weiß ihres Kleides war das erste, was er sah, und es ließ sein Herz schneller schlagen.

Sie glitt beim Gehen dahin, hüpfte nicht auf und ab wie

andere Menschen. Sie glich einem Vogel, der anmutig über das Wasser flog. Sie hielt etwas in der Hand, aber es war nicht dieses Ding mit dem Griff, das sich öffnen und schließen ließ. Die Sonne stand so niedrig, daß sie das Ding nicht benötigte, um darunter Schatten zu finden. Sie winkte, als sie ihn am Fenster erblickte. Er winkte zurück. Und dann verließ sie den Pfad und kam durch das Gras direkt auf sein Fenster zu.

Sie mußte zu ihm aufsehen, um in sein Gesicht zu blicken. Ihr Hut, der wie getrocknetes Gras roch, fiel nach hinten, und sie nahm ihn ab.

»Sie haben Haar wie ein Fuchs«, sagte er. »Rot und gelb zusammen.« Dann schloß er die Augen und preßte seine Faust gegen die Stirn. Das war falsch. Er hätte zuerst etwas anderes sagen müssen. *Hi* oder *Wie geht es ihnen?* Danach konnte man reden.

Aber sie lachte nur — dieser tiefe Laut, der wie Musik aus ihrer Kehle kam. »Vielen Dank. Ich betrachte das als Kompliment. Ihr Haar . . .« Sie musterte ihn eingehend mit einem Finger auf den Lippen. »Ihr Haar sieht wie ein Krähenflügel aus. Nachdem die Krähe der Heckenschere des Gärtners zu nahe gekommen ist.«

Er berührte seinen Kopf und strich sich verblüfft durchs Haar. Aber es mußte sich um ein ›Kompliment‹ gehandelt haben, denn ihre Augen strahlten, und sie lächelte. »Vielen Dank«, sagte er.

»Gern geschehen.« Sie lachte wieder. »Ich war gestern in Chicago und habe eine Freundin besucht, und da habe ich ihnen das hier mitgebracht.«

Er griff nach den Dingen, die sie ihm hinhielt. Eins war Papier. Wie ein Buch ohne Schrift. Und das andere viele Stifte, die mit einem Band umwickelt waren.

»Sam sagt, daß Sie gerne zeichnen.«

Er blickte sie an. »Geben Sie mir das?«

»Ja.«

»Ist das ein Geschenk?«

»Ja.«

Er betrachtete sein Geschenk. Die Enden des Papiers waren gerade und perfekt abgeschnitten, und es gab Stifte in allen Farben, und sie waren spitz wie Zähne. Er bemühte sich, sein Gesicht ruhig zu machen, aber er war zu glücklich. Er lächelte, zeigte seine Zähne und sagte: »Vielen Dank.« Dennoch machte er sich Gedanken. *Geschenke, selbst wenn sie von engen Freunden stammen, sollten innerhalb weniger Tage (nicht mehr als drei) mit einer handgeschriebenen Danksagung bedacht werden.*

»Gern geschehen.«

Es herrschte Stille zwischen ihnen. Er haßte die Holzlatten am Fenster. Er schämte sich dafür.

»Was haben Sie heute gemacht?« fragte sie.

»Geredet«, erwiderte er.

»Mit meinem Vater?«

»Ja.« Nur geredet, mehr nicht, aber hinterher hatte er sich so müde gefühlt, als sei er den ganzen Tag gelaufen. »Was haben Sie gemacht?«

Sie lächelten beide. Sie dachte manchmal wie er, und im Moment wußte sie, daß es ihm seltsam vorkam, diese Dinge zueinander zu sagen. Ganz so, als seien sie zwei richtige Menschen. Zwei normale Menschen.

»Ich habe im Klub Golf gespielt«, sagte sie. »Mit Philip.«

Sie hatte irgendwo mit ihrem Bruder ein Spiel gespielt. Das war gut. Er wünschte, er hätte mit ihnen spielen können.

»Ich glaube, ich sollte jetzt besser gehen«, sagte sie. Sie trat zurück und setzte ihren Hut auf ihr Fuchshaar.

»Auf Wiedersehen. Vielen Dank für das Geschenk.«

Er dachte, sie würde sagen: »Gern geschehen«, aber statt dessen entgegnete sie: »Das ist nicht der Rede wert. Ich hoffe, es gefällt Ihnen.«

»Ja, es gefällt mir«, entgegnete er schnell, bevor sie verschwinden konnte, und sie lachte wieder und sagte: »Gut«, und dann war sie doch verschwunden.

Vielleicht hatte er auch früher öfter Geschenke erhalten, aber er konnte sich nur an eins erinnern, sein Buch. Er nahm es nun aus der Tasche und legte es auf den Tisch, neben Sydneys Geschenk. Er fühlte sich reich.

Sein Buch funktionierte nicht mehr. Das Wasser und die Zeit und seine Finger, die die Seiten umblätterten, hatten es ruiniert. Aber das machte nichts, denn er kannte die Worte auswendig.

Sydneys Geschenk war neu. Das Papier kam ihm so weiß vor, daß er sich anfangs nicht getraute, es zu berühren. Er starrte es nur an. Es gefiel ihm so sehr, daß es beinahe seinen Augen weh tat. Er hielt seine Nase an das oberste Blatt und atmete den Holzgeruch ein. Er löste das Band um die Stifte, doch bevor er sie alle zu fassen bekam, fielen sie hinab und rollten über den Tisch. Er nahm den roten in die Hand. Er war dünn, wie ein Zweig, und schwerer zu halten als Sams Malstifte. Er setzte die scharfe Spitze auf das weiße Papier, aber dann verharrte seine Hand.

Er wollte das Geschenk nicht verderben. Wollte es noch eine Weile ansehen. Vielleicht würde er morgen ein Bild zeichnen, aber nicht jetzt. Das weiße Papier, die scharfen, regenbogenfarbenen Spitzen — all das war vollendet.

Als er den Schlüssel im Schloß hörte, packte er sein Buch und rückte vom Tisch weg. War es schon Zeit fürs Abendessen? Er hatte ganz vergessen, hungrig zu sein. Über den Geruch des gekochten Fleisches nahm er einen anderen, inzwischen vertrauten, wahr. Es war O'Fallons Geruch, nachdem er aus der braunen Flasche getrunken hatte. Michaels Nackenhaare richteten sich auf.

O'Fallon bewegte sich nicht richtig. Das Tablett knallte auf den Tisch, als er es absetzte. »Hat *sie* dir das gegeben? Ich habe sie am Fenster gesehen, wie sie dir was zugesteckt hat.« Michael bewegte sich mit steifen Beinen auf ihn zu. »Was hast du ihr denn zugesteckt? Ich wüßte schon, was ich ihr gerne zustecken würde — direkt unter ihre lilienweißen Röcke.« Er lachte laut. »Stifte, wie?« Als er einen aufhob, fletschte Michael warnend die Zähne.

»Knurr mich bloß nicht an, Jungchen.« Er fuhr herum und baute sich breitbeinig auf. Wollte er etwa kämpfen? Michael hatte nichts dagegen. »Das wird dir gleich leid tun. Sieh mal.« Auf dem Tablett stand ein Glas Wasser. O'Fallon nahm es in die Hand und goß das Wasser auf die weißen Blätter von Sydneys Geschenk.

»Zurück!«

Michael kam immer näher. Er knurrte laut und krümmte seine Finger zu Klauen. O'Fallon griff in den Rücken und zückte seinen schwarzen Stock.

Michael zog die Schultern ein und begann, ihn zu umkreisen. Das wütende, warnende Knurren stieg weiterhin in seiner Kehle auf. Sein Blut sang das alte Lied, das er beinahe vergessen hatte, und er konnte die Angst im Schweiß seines Feindes riechen.

»Zurück, hab' ich gesagt. Geh zurück, sonst schlag ich dir den Schädel ein. Das wäre vielleicht sowieso das beste.«

Er wartete ab, bis O'Fallon den Stock über den Kopf gehoben hatte. Dann griff er an.

Sein Gewicht brachte sie beide ganz leicht zu Fall, und er war oben, der Gewinner, und seine Finger packten das Haar seines Feindes und fuhren in sein Gesicht. Er sah den Stock zu spät kommen.

Ein durchdringender, blendender Schmerz durchfuhr seine Wange und ließ seinen Kopf zur Seite fliegen. Er konnte nichts sehen, hechtete aber trotzdem vorwärts, und seine Hände schlossen sich um den Stock. Er riß ihn fort und schleuderte ihn über den Boden.

Jetzt, triumphierte er und entblößte seine Zähne. Jetzt bist du geschlagen.

O'Fallon begann unter ihm zu zittern, rollte die Augen nach oben, so daß man das Weiße sah, und seine Lippen waren bleich vor Angst. Er gab einen quietschenden Laut von sich, wie eine Maus, die mit der Hand gefangen worden war. Michael hob den Kopf und jaulte.

Langsam und vorsichtig kletterte er von dem besiegten Mann herunter und kroch auf allen Vieren von ihm fort. Er berührte das Blut auf seinem Gesicht, betrachtete es an seiner Hand, roch daran. Sein Kopf hämmerte vor Schmerz und vor Aufregung über den Sieg.

»Verdammtes Mistvieh.« O'Fallon hielt plötzlich etwas Glänzendes in der Hand, etwas Schwarzes, Tödliches, das auf ihn gerichtet war. Michael erkannte es in dem Augenblick, in dem Feuer daraus hervorschoß.

»Michael und ich haben heute gezaubert«, informierte Sam die Familie und Charles am Abendbrottisch. »Wir haben den Schaltrick und den Murmeltrick gemacht. Er schummelt allerdings beim Kartentrick. Er zieht immer die richtige aus dem Stapel, bevor ich es tue.«

»Wie macht er das?« fragte Sydney.

»Er schummelt!«

»Wie denn?«

»Er kann es riechen! Er sagt, er kann durch den Geruch beurteilen, welche ich zuletzt berührt habe.«

Tante Estelle schnalzte angewidert mit der Zunge.

»Morgen bringe ich ihm bei, wie man Flinch spielt, dabei kann er nämlich nicht schummeln.«

»Ich möchte bezweifeln, daß er imstande ist, das zu lernen«, warf Charles in dem freundlichen, belehrenden Tonfall ein, den er immer benutzte, wenn er sich mit Sam unterhielt. »Ich denke, es ist ein wenig zu kompliziert für ihn.«

»Nein, das ist es nicht.«

»Samuel«, sagte Tante Estelle mahnend.

»Das ist es nicht. Michael kann alles lernen. Man muß es ihm nur einmal erklären, und dann weiß er, wie es geht.«

»Ach, wirklich?« Charles lächelte ihn nachsichtig an.

Philip bedachte ihn mit einem zornigen Blick, sagte aber nichts. Er konnte Charles nicht leiden. Er selbst war wieder einmal in Ungnade gefallen. Gestern nacht war er überhaupt nicht nach Hause gekommen, und dieses Mal hatte Tante Estelle eine zweiwöchige Gefängnisstrafe vorgeschlagen: kein Verlassen des Hauses, kein Kontakt mit der Welt draußen, nicht einmal per Telefon. Papa hatte sich das Recht vorbehalten, darüber nachzudenken, was bedeutete, daß nichts geschehen würde, bis Tante Estelle des Wartens überdrüssig werden, Druck ausüben und gewinnen würde.

Sydney bemerkte, daß Papa heute abend ebenfalls schweigsam war. Das war eine Ausnahme. Für gewöhnlich bestritten Charles und er die Unterhaltung am Tisch mit Diskussionen über die neuen oder nicht stattfindenen Fortschritte des Ontario-Mannes. Sie machten heute jedoch einen geknickten Eindruck. Sie hätte gerne von ihren Plänen für Michael erfahren, ob und wann sie sich endlich entscheiden würden, ihn nicht länger als Studienobjekt zu betrachten. Aber jetzt war offensichtlich nicht der richtige Zeitpunkt, um sich danach zu erkundigen. Wahrscheinlich kannten sie die Antwort im Moment selbst noch nicht.

Sie dachte noch über etwas anderes nach. Ob Charles wohl seine Sachen packen und nach Hause fahren würde, wenn die Experimente mit dem Ontario Mann zu Ende gingen? Und wenn ja, würde es ihr etwas ausmachen? Sie blickte den Tisch entlang zu ihrer Tante. Charles saß ehrerbietig zu ihrer Linken und bemühte sich, ihr Wohlwollen zu erlangen. Er hatte keine Ahnung, daß dies hoffnungslos war, und Sydney brachte es nicht über sich, es ihm zu sagen. Tante Estelle tolerierte ihn, weil er mit ihrem Bruder zusammenarbeitete. Das war alles. Sie wußte, daß er hin und wieder mit Sydney alleine war. Sie wußte wahrscheinlich auch, daß er ihr den Hof machte. Natürlich mißbilligte sie es, aber sie hatte sich bisher noch nicht dazu geäußert. Sie nahm die Sache nicht ernst. Charles West stellte einfach keine ernstzunehmende Bedrohung dar, weil sie in ihm schlichtweg keinen rechtmäßigen Verehrer sah. Wenn sie auch nur die geringste Ahnung gehabt hätte, daß Charles bereits von Heirat sprach, wäre sie glatt in Ohnmacht gefallen. Und hätte sie gewußt, daß Sydney tatsächlich über eine mögliche Ehe mit ihm nachdachte . . . Himmel, niemand vermochte zu sagen, wozu sie dann fähig wäre.

Aber die Frage war, wie sich Sydney fühlen würde, wenn Charles auszog. Sie dachte über Camilles Theorie nach, daß sie nur einen Ehemann wollte, und Charles gerade verfügbar war. Entsprach das der Wahrheit? Und was für eine Art Ehe würde das sein, wenn die Gegenwart oder Abwesenheit des Mannes der Ehefrau so wenig bedeutete? Sie konnte sich einfach nicht vorstellen —

Tante Estelle unterbrach ihre Gedanken, als sie mit scharfer Stimme fragte: »Was war das?«

Keiner rührte sich und alle lauschten.

»Es klang wie ein Tier.«

»Muß wohl Hector gewesen sein.«

Die hohen Glastüren zur Terrasse waren geöffnet. Das Geräusch, ein wütendes, tiefes Heulen, war aus der Richtung des Sees gekommen. Sydney und Sam blickten sich an. Sie wußten beide, daß es nicht Hector gewesen war. Doch bevor sich einer von ihnen rühren konnte, durchbrach das Geräusch eines Schusses die Stille.

»Großer Gott! War das etwa eine *Pistole*?«

Sydney sprang auf, aber Sam stolperte bereits zur Tür hinaus. »Warte!« rief sie. »Sam, warte!«

Er blieb an den Terrassenstufen stehen und sprang ungeduldig auf und ab. Sie eilte auf ihn zu, während die anderen schon durch die Tür drängten.

»Bleib bei deiner Tante. Bleib hier!« beharrte sie, als er versuchte, sich ihrem Griff zu entziehen. Tante Estelle schüttelte ihre Verwirrung ab und packte seine Hand. Die

Männer rannten zum Gästehaus hinüber und Sydney, die die laute Aufforderung ihrer Tante, ebenfalls da zu bleiben, ignorierte, eilte ihnen nach. Sie hatte die halbe Strecke zu dem Cottage hinter sich gebracht, als sie einen weiteren Schuß hörte.

»Bleib zurück«, rief ihr Philip über die Schulter zu, aber sie ignorierte ihn ebenfalls.

Der vordere Raum des Gästehauses war leer. Sie eilte auf Michaels Zimmer zu, in dessen Türrahmen Charles stand. Er drehte sich um, als er sie hörte. »Syd, komm nicht näher —« Doch sie schob sich an ihm vorbei, und ihre Augen starrten auf das Blut.

Überall war Blut. Und Michael fauchte und spuckte wie ein tollwütiger Hund. Er lag halb auf O'Fallon und hatte seine Hände um die Kehle des größeren Mannes gelegt, als wolle er ihn erwürgen.

»Helft mir!« kreischte O'Fallon heiser. »Holt ihn von mir weg.«

Michael drehte den Kopf, und Sydney wich entsetzt zurück. Seine entblößten Zähne erschreckten sie. Speichel rann an seinem Kinn hinunter, und seine hellen Augen waren zu Schlitzen verzogen. Hellrotes Blut bedeckte O'Fallons Hemdkragen und ziegelsteinfarbene Blutstropfen sickerten ringsum in die Piniendielen des Fußbodens. Dann erblickte Sydney die Pistole neben seiner Schulter.

Das schreckliche, vibrierende Fauchen in Michaels Kehle wurde leiser und verstummte schließlich. Er nahm seine blutigen Hände von O'Fallon und erhob sich strauchelnd.

»Ich wußte, daß so etwas passieren würde«, sagte Charles mit zitternder Stimme.

Michael richtete sich zu seiner vollen Größe auf. Mit seinem nackten Fuß trat er die Pistole weg, die über den Boden schlitterte und gegen die Wand prallte.

»Er hat versucht, mich zu töten.« O'Fallon setzte sich

auf und krabbelte schnell ein Stück weg. »Er wollte mich fressen.«

Michael wich mit unsicheren Schritten zurück, stieß mit der Schulter gegen die Wand und blieb dort angelehnt stehen. Er preßte seine linke Hand gegen die Brust. Jegliche Farbe wich langsam aus seinem Gesicht, und Sydney sah, daß er alle Kraft aufwenden mußte, um nicht zusammenzusinken.

»Oh, mein Gott«, flüsterte sie und schüttelte Charles' Hand ab, die sie hindern wollte, auf den Mann zuzugehen. »Das ist gar nicht O'Fallons Blut. Seht ihr denn nicht? Es ist Michaels Blut. Es ist alles Michaels Blut!«

Er keuchte vor sich hin, völlig erschlafft. Die Wildheit war aus seinen Augen verschwunden. »Lassen Sie mich mal sehen. Ist es schlimm? Bitte lassen Sie mich einmal nachsehen!« Sydney umfaßte sanft sein linkes Handgelenk und kämpfte gegen ihre Abscheu an. So viel Blut. Sie vermochte nicht zu erkennen, wie schwer die Verletzung war.

Philip nahm die Waffe vom Boden und untersuchte sie erstaunt. »Sie haben auf ihn geschossen!«

»Ich habe doch gesagt, daß er mich angegriffen hat. Der Mann ist wahnsinnig!«

»Sam!«

Es war Tante Estelle nicht gelungen, Sam festzuhalten, und so waren sie schließlich beide zum Gästehaus gerannt.

Sam flog durch das Zimmer und schlang seine Arme um Michaels Knie. Michael schaute blinzelnd und wie betäubt auf ihn hinunter.

»Sollte besser verbunden werden«, riet Sydneys Vater. »Kissenhülle? Handtuch«, entschied er, zog eins vom Waschtisch und reichte es ihr. »Ganz fest, Sydney.« Nach einer kurzen Verunsicherung begann sie, das Handtuch, so vorsichtig wie möglich um Michaels zitternde, linke Hand zu binden.

»Sind denn hier alle taub? Der Bastard hat versucht, mich umzubringen!«

Papa stieß einen brummenden Laut aus und beugte sich vor, um den Knüppel unter dem Tisch hervorzuholen. »Hm«, sagte er, packte ihn und schlug ihn leicht gegen seine Handfläche. »Dachte, wir wären dieses Ding längst los. Lassen Sie mich mal Ihre Verletzungen sehen, Mr. O'Fallon. Ich sehe eine Menge Blut, aber wo sind Ihre Wunden? Zeigen Sie uns die Zahnabdrücke. Zeigen Sie uns die grausigen Schnitte, die die Klauen der Bestie hinterlassen haben.«

»Ich habe seine Angriffe abgewehrt. Ich habe auf ihn geschossen, bevor er mich töten konnte.«

»Sie haben seine Angriffe abgewehrt?«

O'Fallon blickte nacheinander in die sieben Augenpaare, die ihn ungläubig ansahen.

Sam hielt Michaels Knie immer noch umklammert. »Laß ihn los«, sagte Sydney mit sanfter Stimme. »Dann kann er sich hinsetzen, Sam.«

Sam löste seine Arme und blickte in Michaels Gesicht hinauf. »Du wirst doch nicht sterben?« Michael schüttelte den Kopf und versuchte, zu lächeln.

Tante Estelle forderte Erklärungen. »Was geht hier eigentlich vor sich?« erkundigte sie sich mit herrischer Stimme, und alles standen plötzlich ein wenig stramm, selbst O'Fallon.

»Er hat versucht, mich zu schlagen«, sagte Michael. Er sprach langsam, aber deutlich. »Grundlos. Ich habe den Stock genommen, um ihn zu zwingen, aufzuhören.«

»Er wollte mich töten!«

Michael fuhr so schnell zu ihm herum, daß O'Fallon zusammenzuckte, gegen den Tisch zurückwich und diesen beinahe umgeworfen hätte. »Sie sind ein Mensch«, sagte er mit müder Stimme. »Ich würde keinen Menschen töten.«

Stille trat ein.

»Er riecht wie eine ganze Gin-Brennerei«, bemerkte Philip und bedachte O'Fallon mit einem verächtlichen Blick.

»Als ich letztens hier war, hat er auch getrunken«, erinnerte sich Sydney. »Ich habe die Flasche selbst gesehen.« Sie hatte ihren Arm um Michaels Taille gelegt. Sein Körper zitterte vor Schwäche, aber sie wußte, daß er sich nicht hinsetzen würde. Nicht, solange O'Fallon noch im Raum weilte.

»Harley, wußtest du, daß dieser Mann eine Feuerwaffe besitzt?«

»Nein, Estie, das wußte ich nicht.« Er wandte sich Philip zu. »Lauf zum Haus und rufe den Arzt an.«

»Ich würde lieber hier bleiben, und Mr. O'Fallon mit einem Tritt in den Hintern hinausbefördern.«

»Hm, verstehe. Aber ich denke nicht, daß es soweit kommen wird. Mr. O'Fallon wird sich nämlich ganz ruhig entfernen.«

»Schmeißen Sie mich etwa raus?«

»Oh ja, das tue ich. Verschwinden Sie, ohne Schwierigkeiten zu machen. Oder muß ich erst die Polizei rufen?«

O'Fallon fluchte.

Das war für Tante Estelle des Guten zuviel. »Raus!« kommandierte sie und deutete mit ihrem dünnen Arm auf die Tür.

O'Fallon tat, was die meisten Leute in Tante Estelles Anwesenheit taten. Er gehorchte ihr.

Kapitel 6

O'Fallon verschwendete keine Zeit.

Gegen Mittag des nächsten Tages fielen vier Zeitungsreporter und drei Fotografen über das Haus her. Sie hatten alle denselben Zug von Chicago aus genommen und kamen in der brütenden Hitze gemeinsam auf der Türschwelle an.

»Wie lautet die Story?« wollten sie von einer verwirrten und verängstigten Inger wissen, die das Pech hatte, die Vordertür zu öffnen. »Stimmt es, daß der verlorene Mann durchgedreht ist und versucht hat, seinen Wärter zu töten? Wird man ihn wieder einsperren?«

Dann geschah noch Schlimmeres. Sydney, die auf der Seitenterasse in der Sonne saß, sah alles und konnte die Geschehnisse doch nicht aufhalten. »Hey,« schrie einer der Reporter und deutete den Weg seitlich des Hauses entlang. »Seht nur, da ist er!«

Michael und Charles blieben im selben Moment stehen und erblickten die Reporter. Michael trat sofort einen Schritt zurück, aber Charles packte aus Verwirrung oder Dummheit oder wer weiß was seinen Arm und hielt ihn fest. Sydney stieß einen lauten Fluch aus, sprang von ihrem Sessel auf und rannte auf die beiden zu, aber es war schon zu spät — die schreiende, schubsende Journalistenhorde war zuerst bei Michael angelangt.

Charles ließ sich aus dem Weg drängen und stand nichtsnützig herum. Er blickte eher pikiert als besorgt drein, ganz so, als ob die Presse eigentlich ihm die Fragen stellen sollte. Über all die hüpfenden Köpfe hinweg sah Sydney Michaels bleiches, alarmiertes Gesicht. »Lassen Sie mich durch«, sagte sie immer wieder, und schließlich gaben die Reporter nach. »Treten Sie bitte zurück. Treten

Sie zurück! Sehen Sie nicht, daß er verwundet ist?« Sie benutzte ihren Körper als Schild zwischen ihnen und der bandagierten Hand, die Michael gegen seine Brust gepreßt hielt. »Treten Sie zurück. Lassen Sie ihn in Ruhe.« Doch die Reporter wollten nicht weichen. Sie riefen weiter ihre Fragen und schossen ihre Fotos beharrlich wie Hunde, die sich um einen Knochen raufen.

Die Rettung kam, als ihr Vater von der Seite des Hauses heraneilte und rief: »He da, lassen Sie den Mann in Ruhe! Himmel nochmal, West, nun sorgen Sie doch dafür, daß sie weggehen!« Philip eilte ebenfalls herbei, und schließlich löste sich das Gedränge etwas auf. Die Reporter erkannten Dr. Winter, denn er hatte vor einigen Monaten als Sprecher der Universität verschiedene Interviews gegeben. Sie ließen Michael, aus dem sie ganz offenbar keine Geschichte herausbekommen würden, links liegen und scharten sich um Dr. Winter wie Bienen um einen neuen Bienenstock. Charles riß sich endlich doch zusammen und bahnte sich einen Weg durch die Leute, um sich neben ihn zu stellen. Das gab Sydney die Gelegenheit, Michael mit Philips Hilfe wegzuschaffen. Die drei eilten unbehelligt auf das Haus zu.

Am nächsten Tag war Michaels Foto auf den Titelseiten des *Herald Examiner,* der *Tribune* und der *Times,* und auf jedem Bild sah er wild und gefährlich aus. O'Fallon dagegen, dessen Foto daneben abgebildet war, wirkte in Anzug und Krawatte erbittert und bedrückt. »Verlorener Mann in gewalttätiges Handgemenge mit Wärter verwickelt«, lautete eine Schlagzeile. »Wilder Mann greift Wärter an«, verkündete eine andere.

Glücklicherweise waren die Geschichten, die zu den Fotografien gehörten, viel zahmer. Sydneys Vater leugnete schlichtweg sämtliche von O'Fallon vorgetragene Anschuldigungen, und der Ton der Artikel deutete darauf hin, daß die Verfasser eher geneigt waren, ihm zu glauben, als einem ehemaligen Hausmeister und Gewohnheitstrinker. Im Verlaufe des Interviews war Papa allerdings gezwungen gewesen, auf das volle Ausmaß von Michaels Sozialisation einzugehen, sozusagen einzugestehen, daß er kein ›echter‹ Wilder war — etwas, das er seinen Vorgesetzten wie der Welt im Allgemeinen lieber erst zu einem späteren Zeitpunkt eingestanden hätte. Aber Dank O'Fallon war das nun unmöglich geworden.

An diesem Nachmittag stattete Dr. Winters Nemesis ihm einen Besuch ab. Wenn man Papa glauben durfte, so hatte ihn der Vorsitzende Slocum nie gemocht, weil er reich war und nicht arbeiten mußte, um seinen Lebensunterhalt zu bestreiten. Das machte ihn in Slocums Augen zu einem Dilettanten, ein Vorwurf, den Sydneys Vater zutiefst verbitterte.

Der Vorsitzende verbrachte eine Stunde mit Charles und Papa im Arbeitszimmer. Sydney saß im Wohnzimmer und versuchte zu lesen, wobei sie den Flur im Auge behielt und bei jedem Geräusch aufsprang. Schließlich verließ Slocum das Haus, und eine Sekunde später betrat sie das Arbeitszimmer.

»Was ist geschehen? Was hat er gesagt?«

Beide Männer sahen verwirrt und betäubt aus. Ihr Vater versuchte, sich auf ihre Frage zu konzentrieren, aber die Wolke der Geistesabwesenheit, die ihn umgab, war einfach zu dicht.

Charles antwortete an seiner Stelle. »Das Projekt existiert nicht mehr. Er hat unsere Mittel gestrichen. Wir sind am Ende.«

»Wir dürfen ihn aber behalten«, raffte sich Papa auf, einzuwerfen, und Charles nickte düster. »Er würde jetzt für die Naturhistoriker von größerem Nutzen sein, aber wir dürfen ihn behalten. Sei besser für ihn, habe ich Slocum gesagt. Können den Jungen doch nicht immer hin und herschieben.« Er zog seinen ergrauten Kopf zwischen die Schultern, sein alter Schildkrötentrick.

»Und wir können immer noch einen Artikel aus der Sache herausholen, Sir. Mindestens einen. Unsere Experimente werden das Interesse einiger Magazine auf sich ziehen — zumindest was generelle Fragen der Verhaltensforschung angeht.«

Sydney konnte kaum ihre Freude verbergen. »Heißt das, daß ihr aufhören müßt, mit ihm herumzuexperimentieren? Und er darf zudem bei uns bleiben?«

Papa blickte auf und lächelte. »Er wird so eine Art Cousin vom Lande sein, zu Besuch. Das wird dir doch gefallen, oder Sydney?«

Das gefiel ihr sehr. »Darf er im Haus wohnen?«

»Hm? Das weiß ich noch nicht.«

»Sir! Er wird gewiß immer noch einen Wärter benötigen. Was ist, wenn er zu flüchten versucht?«

Sydney schnaufte verächtlich. »Himmel nochmal, Charles, er ist doch kein Gefangener«, sagte sie und versuchte zu lachen. Aber in ihrem Inneren war sie hin und hergerissen. Die Vorstellung, daß irgendjemand Michael bewachte, widerstrebte ihr — aber was war, wenn er wegliefe? »Ich glaube nicht, daß er versuchen wird, zu flüchten«, erklärte sie mit gespielter Überzeugung. »Wo soll er schließlich hin?«

»Irgendwohin«, erwiderte Charles.

»Ja, aber wohin genau? Er kann nicht nach Ontario zurück, und das ist das einzige Zuhause, das er kennt. Außer unserem. Papa, ich denke wirklich, daß er hierbleiben wird. Ich glaube, daß er das möchte.«

»Und ich sage immer noch, daß es zu riskant ist, Sir.«

»Und ich sage immer noch, daß er kein Gefangener ist.« Wieder nahm Sydney ihren schnippischen Tonfall durch ein Lachen zurück. »Wer paßt denn gerade auf ihn auf? Niemand, und ich bin mir ziemlich sicher, daß er ruhig in seinem Zimmer sitzt, seine Wunde pflegt und darauf wartet, daß ihm jemand seinen Tee bringt. Nun, Papa?«

Sydneys Vater haßte es, Entscheidungen zu treffen. Seine Hand wanderte zu seiner Pfeife, die auf dem Schreibtisch lag und schloß sich um sie. Wenn er sie erst einmal aufgehoben hatte, bestand keine Hoffnung mehr auf eine definitive Aussage von ihm, das wußte Sydney nur allzu gut.

»Wir könnten ihn im Gästezimmer im Erdgeschoß unterbringen«, warf sie hastig ein. »Dann wären wir alle in der Nähe und könnten ein Auge auf ihn haben, ohne ihn wirklich zu bewachen.«

»Aber das ist —« Charles' Mund klappte zu, aber sie wußte, was er hatte sagen wollen: *»Das ist mein Zimmer!«* Sie hatte jedoch vorausgesetzt, daß er jetzt, wo das Projekt beendet war, ausziehen würde. Sie sah, wie sich sein Gesicht verdüsterte. Seine Augen, die sie hinter der Bifokalbrille wütend anfunkelten, zeigten nicht einmal mehr einen Hauch von Zuneigung.

In diesem Moment wurden ihr viele Dinge klar. Es war ganz so, als habe man eine unscharfe Bewegung in einer klaren, scharfen Fotografie eingefangen.

»Hm. Hmm.« Sie wartete ebenso angespannt wie Charles darauf, ob ihr Vater eine Entscheidung treffen oder die ganze Angelegenheit auf einen späteren Zeitpunkt verschieben würde. »Nehmen wir einmal an, er würde im Hause wohnen. Und es wäre so, als hätte er einen Wärter. Estie hat doch etwas von einem Wärter, nicht wahr? Ha. Die Universität will offiziell nichts mehr von ihm, Charles. Der Mann ist also frei. Und man kann einen Menschen nicht gegen seinen eigenen Willen festhalten.«

»Aber«, sprudelte es aus Charles hervor, »er ist doch kein Mensch.«

»Hm! Wie denn das? Natürlich ist er das. Sache ist die, daß er jetzt nur noch für Magazingeschichten gut ist, nicht für anthropologische Fachzeitschriften. Wir müssen ihn aufgeben, West. Es ist an Zeit, sich auf anderes zu konzentrieren.«

Charles mußte sich abwenden und aus dem Fenster sehen, um zu verbergen, was er davon hielt.

Sydney begegnete Inger im Flur. »Ist das für Michael?« erkundigte sie sich und betrachtete das vollgepackte Tablett des Dienstmädchens.

»Ja, für Michael.« Ihr Lächeln schwand, als Sydney nach dem Tablett griff und es ihr abnahm.

»Ich werde es ihm selbst bringen.« Bevor sie sich abwandte, bemerkte sie den bedauernden Ausdruck auf Ingers Gesicht.

Die Vordertür des Gästehauses stand weit offen. »Michael?« Sie durchquerte das Zimmer zum hinteren Raum, dessen Tür ebenfalls offenstand. »Michael?« Sie steckte ihren Kopf durch die Tür, aber es war niemand zu sehen.

Sie setzte das Tablett auf dem ordentlich gemachten Bett ab und schaute sich um. Die Holzlatten, die immer noch vor das Fenster genagelt waren, nahmen einen Teil des Lichts. Zuerst sah der Raum völlig leer aus, als habe Michael alles zusammengepackt und sei verschwunden. Aber dann sah sie, daß seine wenigen Besitztümer noch da waren. In dem großen, schwarz gestrichenen Schrank hing eine Hose und ein Hemd zum Wechseln. Ein Stapel Decken lag in einer Ecke, und etwas an ihrer Form sagte ihr, daß dies die Stelle war, wo er schlief. Nicht im Bett, sondern auf dem Boden, auf diesen Decken. Sie wandte sich ab. Irgendwie verschaffte ihr diese Entdeckung ein unangenehmes Gefühl.

Der Papierstapel und die Stifte, die sie ihm gegeben hatte, lagen auf dem einzigen Tisch im Raum. Die Hälfte der Blätter war ruiniert, als ob Wasser darüber vergossen worden sei. Sein geliebtes Buch war nirgendwo zu entdecken. Vielleicht hatte er es versteckt.

Sonst befand sich nur eine Zigarrenschachtel auf dem Tisch. Sie öffnete sie, ohne nachzudenken, und entdeckte, daß seine Schatztruhe seit den Tagen der Flaschenverschlüsse und bunten Stoffetzen besser bestückt war. Nun lag eine hölzerne Vogelpfeife, die ihm Sam einmal geschnitzt hatte, darin und zudem ein gefaltetes Foto von zwei Hirschen, das offenbar aus einer Zeitung gerissen worden war — Sydney erinnerte sich an den Artikel, in dem es um die Erhaltung wildlebender Tiere ging, und der vor einer Woche in der Sonntagsbeilage erschienen war. Ob er in der Wildnis Hirschen begegnet war? Falls ja, dann waren diese Fotografien wohl eine Erinnerung daran, ein Trost. Sie lächelte, als sie sah, daß er auch eine von Sams Zeichnungen verwahrt hatte, die dieser von ihr angefertigt hatte. Das letzte Objekt war ein gefaltetes, weißes Taschentuch, und erst als sie es umdrehte und die Initialen SWD erblickte, wurde ihr klar, daß es ihr gehörte.

Michael hatte ihre Zeichnung und ihr Taschentuch aufbewahrt.

Ein seltsames Gefühl überkam sie, während sie die Schachtel mit seinen Schätzen leise wieder schloß, und sie genau an die Stelle zurückstellte, wo sie gestanden hatte. Verschiedene, widerstrebende Gefühle kamen in ihr hoch — Aufregung und Zweifel, Erwartung und ... etwas anderes, beinahe wie Furcht. Nicht etwa, daß es sie überraschte, daß Michael an sie dachte. Wenn sie zusammen waren, zeigten sie beide ein sorgsam kontrolliertes Interesse, waren sich des anderen sehr bewußt. Aber diese kleinen, wertlosen Erinnerungsstücke waren Zeichen einer besonderen Zuneigung. In gewisser Weise veränderte dies alles.

Sie ging hinaus und rief erneut seinen Namen. Keine Antwort. Ob er tatsächlich davongelaufen war? Der Anblick seiner Sachen hatte sie eben noch beruhigt, aber damit war es nun vorbei. Warum sollte er sie überhaupt mitnehmen? Er würde viel eher gehen, einfach so.

»Michael!«

Keine Antwort, außer dem leisen Geräusch der Wellen

und dem Zirpen der Grillen im Gras. *Oh, Gott,* dachte sie, *was soll ich nur tun, wenn er fort ist?* Sie hätte auf Charles hören sollen. So etwas mußte ja geschehen. Wie dumm sie gewesen war —

»Michael!«

»Sydney?«

Sie erblickte ihn am Rande des Kiefernwaldes. Er rannte im selben Augenblick auf sie zu, als sie die beiden flachen Stufen in seine Richtung hinuntereilte.

»Was ist geschehen?« erkundigte er sich mit leiser Stimme, als er bei ihr ankam. Seine Augen blickten sich unruhig um. »Was ist passiert?«

»Nichts, nichts. Ich wußte nur nicht, wo Sie waren, das ist alles.« Ihr Herz klopfte heftig, aber nicht vor Anstrengung, sondern vor Erleichterung. »Was ist das?« erkundigte sie sich hastig, damit er nicht merkte, was in ihr vorging. Er hatte etwas Grünes, Dreckiges um seine verletzte Hand gewunden. Sein Verband war fort! »Was ist das?«

»Ich glaube, man nennt es Moos.«

Sie starrte ihn mit offenem Mund an. »Oh, Michael, *nein!* Nein, Sie können das nicht auf die Wunde legen! Sie könnte sich infizieren, zu eitern beginnen. Verstehen Sie doch, Sie könnten Ihre Hand verlieren! Kommen Sie rein« — sie zog an seinem Arm — »ich werde die Wunde säubern. Werfen Sie das fort!« Sie zog den feuchten, grünen Klumpen — es war tatsächlich Moos — von seiner Hand, warf ihn fort und zog ihn dann den Rest des Weges zum Haus.

Glücklicherweise hatte Dr. Cox die Wunde sorgfältig vernäht, so daß Michaels Hausmittel noch keinen Schaden hatte anrichten können. Die Kugel war zwischen Daumen und Zeigefinger durch das Fleisch gedrungen und hatte nur einen kleinen Knochen gebrochen. Dr. Cox hatte die Hand eingegipst, um sie ruhig zu stellen, aber irgendwie war es Michael gelungen, den Gips abzureißen.

»Was haben Sie sich nur dabei gedacht?« schalt sie ihn, während sie seine Hand in einer Schale mit kaltem Wasser wusch. Die scharfen, schwarzen Stiche fühlten sich auf seiner glatten Haut irgendwie seltsam an. Für ihn mußte es noch seltsamer sein. »Tut das weh?«

»Ja.«

Ehrlich wie immer. »Das tut mir leid. Ich bin beinahe fertig.« Sie blickte hoch und stellte fest, daß er ihr Gesicht betrachtete und nicht ihre hilfreichen Hände. Als sie seinen offenen Blick bemerkte, kam sie sich unbeholfen und seltsam gehemmt vor.

Der Doktor hatte Verbände und eine Flasche mit bräunlichem Desinfektionsmittel dagelassen. Sie betupfte die Wunde mit der Medizin und machte sich daran, seine Hand neu zu verbinden. »Dr. Cox wird wiederkommen müssen, um die Hand neu einzugipsen«, sagte sie streng, »und dieses Mal möchte ich, daß Sie sie in Ruhe lassen. Verstanden?«

»Jawohl, Ma'am.« Er lächelte nicht, aber seine Augen strahlten. Zog er sie etwa auf?

»Warum, um Himmels Willen, haben sie Moos daraufgetan?«

»Manchmal heilt das.«

»Vielleicht im Mittelalter, aber die Medizin ist seitdem ein ganzes Stück weiter gekommen.« Dann aber dachte sie an all die Narben auf seinem Körper und an die Notiz ihres Vaters in seinem Tagebuch, daß der allgemeine Gesundheitszustand des Ontario-Mannes ›exzellent‹ sei. Sie war ein wenig verunsichert und nicht mehr ganz so überzeugt, was die moderne Medizin anging.

»So, fertig.«

Er hielt seine bandagierte Hand in die Höhe und betrachtete sie von allen Seiten. »Ich bin besser mit meiner anderen Hand. Es ist gut, daß es diese Hand ist.«

»Sie sind Rechtshänder«, erklärte sie. »Leute sind entweder Rechts- oder Linkshänder.«

»Ja, ich weiß.«

»Oh«, murmelte sie, und die Röte stieg ihr ins Gesicht. »Entschuldigen Sie.«

»Warum entschuldigen Sie sich?«

»Weil ich nicht immer genau weiß, was Sie wissen. Es ist nicht meine Absicht, Sie gönnerhaft zu behandeln, Michael, aber manchmal passiert das einfach.«

»Ich weiß nicht, was ›gönnerhaft‹ bedeutet.«

»Nun, es bedeutet ... herablassend.«

Er lächelte.

»So zu tun, als wüßte ich mehr als Sie.«

Nun lächelten sie beide. »Aber Sie wissen doch mehr als ich. Also können Sie mich doch gar nicht *gönnerhaft* behandeln.«

Sie lachte und all ihre Verlegenheit war verschwunden. Welch ein Glück für sie alle, daß der Ontario-Mann so gutmütig war. »Ich habe Ihnen etwas Tee gebracht. Möchten Sie ihn hier draußen trinken?«

Sie setzen sich auf die kleine Veranda vor dem Cottage. Sie nahm auf der obersten Stufe Platz, in der Nähe der Tür, und er setze sich eine Stufe tiefer. Das Tablett hatten sie zwischen sich gestellt. Die Kanne enthielt keinen Tee, sondern heiße Schokolade, und Sydney wunderte sich. »Mögen Sie keinen Tee?« fragte sie.

Er schnitt eine Grimasse. »Dreckiges Wasser«, sagte er und tat so, als schüttele er sich.

Im übrigen standen bereits zwei Tassen auf dem Tablett. Das kam ihr seltsam vor, bis sie sich an den enttäuschten Blick des Dienstmädchens erinnerte. *Hm,* dachte sie, und goß die bereits abgekühlte Schokolade für Michael in eine Tasse und sah zu, wie er ein, zwei, *drei* weitere Teelöffel Zucker hinzufügte. Er ignorierte die kleinen Käse-Sandwiches und machte sich sofort über das Gebäck her, von dem er in kurzer Zeit die Hälfte in sich hineingeschlungen hatte.

Sie goß sich selbst eine halbe Tasse ein und sagte: »Ich

habe Neuigkeiten. Ich denke, sie werden Ihnen gefallen.« Er blickte sie erwartungsvoll an. »Das Projekt meines Vaters wurde gestrichen. Beendet. Er wird keine weiteren Experimente mehr mit ihnen durchführen — zumindest nicht in der bisherigen Form. Es ist vorbei.«

Er setzte seine Tasse vorsichtig ab, ohne ihr Lächeln zu erwidern. »Dann sollte ich wohl gehen.«

»Nein! Nein! So habe ich es nicht gemeint. Sie müssen nicht gehen. Es sei denn, Sie ...« Sie atmete tief durch, bevor sie die Frage stellte. »Möchten Sie denn lieber von hier fort?«

Er betrachtete sie eine lange Zeit, dann blickte er zur Seite, ohne zu antworten.

Sein schwarzes, zu langes Haar glänzte im Sonnenlicht. Sie fragte sich, wie es sich wohl unter ihren Fingern anfühlen würde. Glatt und weich. Von der Sonne erwärmt. »Sie hätten schon längst gehen können«, sagte sie leise. »Heute schon. Niemand hätte etwas gemerkt.«

Einige Sekunden verstrichen. Als er immer noch nichts sagte, setzte sie ihre Tasse ab und räusperte sich, um die seltsame Stimmung zwischen ihnen zu verscheuchen. »Wenn Sie möchten, können Sie ins Haus ziehen. Papa hat zugestimmt.«

»Im Haus wohnen?«

»Ja, wenn Sie möchten.«

»Mit Ihnen?«

»Mit meiner Familie, ja. Sam würde sich sehr freuen.«

Er dachte darüber nach. »Würde Tante Estelle sich auch freuen?«

»Wenn Sie zustimmen sollten«, erwiderte sie lachend, »dann sollten Sie sie Miss Winter nennen.«

»Miss Winter.«

»Sie ist *meine* Tante, verstehen Sie, und Sams und Philips. Sie ist nicht Ihre Tante.« Plötzlich kamen ihr Zweifel und sie fragte: »Wissen Sie, was eine Tante ist? Tante Estelle ist die Schwester meines Vaters.«

»Ja, ich weiß, was eine Tante ist.« Dann runzelte er die Stirn, als frage er sich, wie es kam, *daß* er darüber Bescheid wußte. »Wird es Miss Winter gefallen, daß ich im Haus wohne?«

Sydney zögerte. Er war selbst so ehrlich, daß sie sich kaum traute, ausweichende Antworten zu geben. »Es ... es ... nein, es wird ihr wahrscheinlich nicht gefallen, daß Sie im Haus wohnen. Zumindest nicht zu Beginn.« Wahrscheinlich würde sie es sogar verbieten. Sydney hatte eine solche Möglichkeit bisher noch gar nicht in Betracht gezogen.

»Weil ich nicht bin wie alle anderen. Ich bin seltsam, der verlorene Mann. Ich ...« Ihm fehlten die Worte.

»Sie passen nicht zu uns«, sagte sie leise.

»Ja. Ich passe nicht.«

»Das mag sie vielleicht denken. Meine Tante hat meist eine andere Sichtweise als andere Menschen.« Sie seufzte innerlich. Es war einfach unmöglich, Michael Tante Estelle zu beschreiben. Er hatte keine Vergleichsmöglichkeit, nichts in seiner Erinnerung half ihm, sie zu begreifen. »Sie werden Sie besser verstehen, je öfter Sie sie sehen«, sagte sie und dachte, daß dies das einzige Versprechen war, das sie mit Überzeugung geben konnte.

Eine Pause entstand.

»Es gefällt mir hier«, verkündete Michael und betrachtete den saftigen Rasen, die Bäume, die den See umgaben, das Blau des Wassers, das ein Stück weiter weg durch die Blätter glitzerte.

Es kam Sydney in den Sinn, daß er heute seit seiner Gefangennahme zum ersten Mal völlig allein gewesen war. Einem Mann, der Dreiviertel seines Lebens in Einsamkeit verbracht hatte, war vier Monate lang nicht erlaubt worden, für sich zu sein.

Sie fragte sich wieder, warum er nicht fortgelaufen war, als er die Gelegenheit hatte, aber sie wagte es nicht, sich abermals zu erkundigen.

»Charles geht fort. Sie können sein Zimmer haben, wenn Sie möchten.«

Er hatte sich auf seinen Ellbogen gestützt, völlig entspannt, beinahe schon schläfrig. Aber bei ihren Worten wurde er wieder munter. »West geht fort?«

»Er zieht wieder in die Stadt zurück, wo er vorher gewohnt hat. Seine Arbeit hier ist beendet.«

»Und ich kann sein Zimmer haben?«

»Ja.« Sie wußte nicht, warum sie unter seinem durchdringenden Blick errötete. »Es . . . es ist größer als das Schlafzimmer des Gästehauses. Es hat sogar ein eigenes Wohnzimmer. Dort werden Sie es schöner haben, denke ich. Das heißt, wenn Sie umziehen möchten. Es wäre bequemer für Sie. Und für die Dienstboten — was das saubermachen angeht und so weiter.« Sie hörte endlich auf zu plappern, lächelte und zuckte mit den Schultern.

»Sydney?«

»Ja?«

Er spielte mit dem Verband an seiner Hand, schien ganz vertieft darin zu sein, ihn über seinen Knöcheln glattzustreichen.

»Was?« drängte sie ihn.

»Sind Sie und West immer noch Gefährten?«

Ihr Mund klappte auf. Er warf ihr einen lächelnden Blick zu, der aus dieser Mischung von Schüchternheit und Intensität bestand, die sie immer so anziehend fand. »Wir sind keine Gefährten, Michael. Nicht auf die Art, wie Sie es meinen.« Nicht auf die Art, wie sie *vermutete,* wie er es meinte. »Das waren wir nie. Wir sind Freunde.«

Er blickte sie zweifelnd an. »Aber er ...« Was immer er hatte sagen wollen, er beschloß zu ihrer Erleichterung, es nicht laut auszusprechen. »Wird er zurückkommen?«

»Oh ja, ab und zu.«

»Mögen Sie ihn?«

»Ja, natürlich. Wir sind *Freunde.*«

»Freunde«, wiederholte er mit gerunzelter Stirn. »Wie wir?«

Sie lachte hilflos, aber er wartete auf ihre Antwort. »Ich weiß es nicht. Wie wir? Eigentlich nicht. Ich bin mir nicht sicher. Himmel, Michael, Sie stellen aber auch schwierige Fragen!«

Sein Lächeln vertiefte sich. Was immer er auch aus ihrer wirren Antwort geschlossen haben mochte, er schien sehr zufrieden damit zu sein.

Am nächsten Tag schenkte ihr Charles Orchideen.

Er hatte fertig gepackt und war abreisebereit. Die Blumen waren ein Bestechungsgeschenk, denn er wollte wieder in ihrer Gunst stehen. Sie hatten sich nicht gestritten, hatten nicht einmal sehr viel über die Vorfälle der letzten Tage gesprochen. Aber er wußte, daß sie in vielerlei Hinsicht nicht zufrieden mit ihm war, und er wollte den Riß kitten, bevor er wegging.

Die Orchideen waren wirklich wunderschön. Er überreichte sie ihr vor Philip, Sam und Michael, die alle zufällig mit ihr draußen auf der Terrasse saßen. Sie hatten Michael eins von Sams Kartenspielen beigebracht. Sie bedankte sich viel zu überschwenglich für die Blumen bei Charles, aber das hatte zwei Gründe: zum einen war sie froh, daß er fortging, und zum anderen fühlte sie sich schuldig, weil sie so empfand.

Er wollte mit ihr zum See hinunterspazieren. Als er unterwegs ihre Hand nahm, ließ sie es zu. Es war das mindeste, was sie tun konnte, und außerdem reiste er sowieso bald ab. Und sie sagten ja auch nicht wirklich Lebewohl, denn sie würde ihn oft genug wiedersehen — wahrscheinlich schon morgen. Doch trotzdem kam es ihr so vor, als sei etwas zu Ende gegangen, und sie wurde melancholisch. Jedes Ende war traurig, selbst wenn man ihm halb erwartungsvoll entgegensah.

Aber sie hatte ihn völlig falsch eingeschätzt.

»Sydney, lassen Sie uns unsere Verlobung nicht länger hinausschieben«, sagte er plötzlich wie aus heiterem Himmel, ergriff ihre beiden Hände und veranlaßte sie, stehenzubleiben. Sie standen genau an derselben Stelle, von der aus sie vor Wochen zum ersten Mal den verlorenen Mann gesehen hatte.

»Wie bitte?« erkundigte sie sich benommen.

»Wir sollten den Leuten mitteilen, daß wir heiraten werden. Ich möchte nicht mehr länger warten. Und Sie doch auch nicht, oder?«

»Aber — aber wir haben uns doch gar nicht geeinigt, daß wir *heiraten* wollen! Wir sind ja nicht einmal *verlobt.*«

»Nicht offiziell.«

»*Überhaupt nicht!*«

»Oh, Sydney.« Er legte seine Arme um sie und zog sie näher an sich. »Quälen Sie mich mit Absicht?« Trotz allem vermochte er ihr Herz ein wenig zu rühren. Ihr kam der Gedanke, daß sie Charles besser leiden konnte, wenn sie ihn nicht ansah. »Bitte, Liebling. Ich liebe dich so sehr. Sag, daß du mich heiraten wirst, damit ich dich glücklich machen kann.«

»Oh, Charles«, erwiderte sie, und mehr konnte sie auch nicht sagen, denn er riß sich seine Brille von der Nase und küßte sie auf den Mund. Und zum ersten Mal spürte sie so etwas wie wirkliche, echte Leidenschaft in ihm. Diese Feststellung lenkte sie derart ab, daß sie es zuließ, daß er sie weiter küßte, daß seine Hände an ihren Seiten auf und abstrichen, und er ihren Körper auf intime Weise gegen den seinen preßte.

Als sie sich schließlich voneinander lösten, war sie atemlos. Er lächelte sie mit feuchten Lippen an, und seine kurzsichtigen Augen schienen förmlich zu tanzen. »Wir würden sehr, sehr glücklich«, versprach er mit einem vielsagenden Flüstern. »Sag ja, Sydney. Erlöse mich von den Qualen der Ungewißheit.«

Sie gab sich innerlich einen Ruck, um sich aus ihrer Betäubung zu lösen. »Charles, hören Sie zu. Ich fürchte, ich habe Ihnen falsche Hoffnungen gemacht. Die Wahrheit ist, daß ich noch nicht bereit bin, wieder zu heiraten. So einfach ist das.«

»Dann werde ich warten.«

»Ich vermag Ihnen nicht zu sagen, was ich empfinde, aber ich glaube, daß Sie viel glücklicher werden würden, wenn Sie den Gedanken an eine Heirat mit mir begraben könnten. Jetzt und auch in Zukunft. Sie wissen, daß ich Sie mag, aber ich denke, wir passen einfach nicht zueinander.«

»Das stimmt nicht.«

»Das mag sein, aber ich empfinde es so. In dieser Hinsicht bin ich mir sicher, und es ist nur fair, es Ihnen zu sagen. Das muß ja kein Grund sein, unsere Freundschaft zu beenden —«

»Das könnte es auch gar nicht.«

»Ich bin sehr froh, daß Sie so darüber denken.« Sie blickte auf ihre Hände hinab, die sich immer noch umklammert hielten, und sie wußte, daß das eine Lüge war. Sie hätte sich einen eindeutigen Bruch zwischen ihnen gewünscht, doch er wollte das nicht zulassen. Aber zumindest war damit der schwerste Teil vorüber. Gott sei Dank.

Sie spazierten zum Haus zurück. Charles war niedergeschlagen und schwieg, während sie sich bemühte, ihre Erleichterung nicht zu zeigen. Auf der Terrasse erhob sich Philip, um ihm die Hand zu schütteln. Auch er war nicht traurig, daß Charles abreiste, das wußte sie. »Wo ist Michael?« erkundigte sie sich beiläufig.

Sam blickte von der Pyramide auf, die er mit seinen Spielkarten zu errichten versuchte. »Er ist zum Gästehaus hinuntergegangen, um seine Sachen zu holen. Hast du ihn denn nicht gesehen?«

Sie fühlte, wie ihre Wangen heiß wurden. »Nein, habe ich nicht.« Aber er mußte sie auf jeden Fall gesehen haben.

Unerwartete, aus Aufmerksamkeit oder Freundlichkeit überreichte Geschenke, gehören zu den süßesten Überraschungen im Leben. Der dankbare Empfänger eines solchen Geschenks tut wohl daran, es entsprechend zu beantworten.

Was mochte das wohl heißen? Entsprechend. Mußte er Sydney nun das Papier und die Stifte zurückgeben? Er erkundigte sich bei Sam.

»Wie beantwortet man ein Geschenk *entsprechend*?«

Sam wußte es auch nicht, aber er fragte Philip danach und überbrachte Michael die Antwort. »Es heißt, daß man ein ebensogutes Geschenk überbringt wie das, was man erhalten hat.«

Ein ebensogutes. Aber nicht dasselbe. Gut. Also, was für ein Geschenk konnte er Sydney machen? Er dachte zwei Tage lang darüber nach. Beinahe hätte er Sam gefragt, aber er wollte, daß Sydneys Geschenk zu einer der süßesten Überraschungen ihres Lebens gehören sollte, und Sam hätte es ihr womöglich verraten.

Die Antwort kam ihm, als er in der Hitze des Nachmittags im See watete. Sam versuchte, am Strand einen Drachen fliegen zu lassen. Michael wollte nicht, daß er das Geschenk sah, daher wartete er, bis Sam müde wurde, ihm zuwinkte und den Pfad zum Haus hinauflief.

Er kannte die Farben und Formen, die Schnelligkeit und die Fluchttricks sämtlicher Fische, wußte, wo ihre Gräten waren und wie sie schmeckten. Was er nicht kannte, waren ihre Namen. Aber Sydney würde sie wissen, und das alleine zählte.

Also, was sollte er ihr fangen? Der lange, schnelle, gefleckte Fisch wäre gut, aber er hatte bisher noch keinen davon in diesem See gesehen. Es gab viele kleine, schmächtige hier, aber Sydney würden vielleicht ihre roten Bäuche und blau-grünen Rücken gefallen. Und sie hatten keine Schuppen, was es einfacher machte, sie zu essen. Doch dann fiel ihm ein: egal, welchen Fisch er auch fing, sie würde ihn kochen wollen, bevor sie ihn aß. Also spielten Schuppen keine Rolle.

Er entschied sich für einen der fetten, silberfarbenen. Sie besaßen festes, weißes Fleisch, gut zu essen, und sie waren sehr leicht zu fangen. Zu schade, daß es hier keinen Fels gab, auf den man sich legen konnte, um zu jagen. Michael watete weiter in den See hinaus und wartete.

West hatte Sydney sein Geschenk draußen gegeben, während Leute um sie herum waren. Ob es eine Regel dafür gab? Vielleicht sollten Leute in der Nähe sein, aber Michael konnte sich keinen Grund denken, warum es draußen stattfinden mußte. Er wollte nicht warten. Er war aufgeregt, und außerdem war es wichtig, daß sein Geschenk frisch war. Also brachte er es Sydney kurz vor dem Abendessen in das Zimmer, welches die Familie Salon nannte, und wo sich alle bereits versammelt hatten.

Er legte es auf den kleinen, runden Tisch neben dem Sessel, in dem sie saß. Wests Geschenk hatte zur Verzierung bunte Bänder gehabt, und daher hatte Michael das Band von seinen Stiften um den hübschen Silberfisch gebunden. Die Schleife war nicht ganz so, wie er es sich vorgestellt hatte, denn das Band war zu kurz. Deshalb hatte er eine gelbe Blume daraufgelegt, die er in dem von Mauern umgebenen Garten gefunden hatte. Der Fisch roch gut, und er fand, daß er wunderschön aussah.

Er wußte nicht genau, was er sagen sollte. Alle hörten auf zu reden, und Sydney blickte erst Michael und dann das Geschenk an. Sie hielt ein Glas in der Hand, in dem sich etwas Orangefarbenes befand, das schrecklich roch – nicht so schlimm wie O'Fallons Flasche, aber beinahe. Sie trug ein Kleid, daß die Farbe von Frühlingsgras hatte, und in der Mitte wurde es von einem glänzenden, gelben Gürtel gehalten! Manchmal trug sie ihr Haar offen, nicht hochgesteckt, mit unechten Blumen, die es irgendwie hinter ihren Ohren hielten. So hatte sie es auch jetzt, und das war ihm am liebsten, denn nun konnte er die Fuchsfarben besser erkennen und beinahe spüren, wie weich es sich anfühlen würde.

Was hatte West gesagt, als er ihr die Blumen überreichte? *Die hier sind für Sie.* Etwas in der Art.

Er versteckte seine Hände hinter dem Rücken, damit sie nicht sehen konnte, wie nervös er war. »Das hier ist für Sie.« Sie erwiderte nichts, daher fügte er hinzu: »Es ist ein Geschenk für Sie. Von mir.« Immer noch nichts. »Weil Sie mir auch eins gegeben haben.« Langsam rührte sich ein unbehagliches Gefühl in ihm. Er trat einen Schritt zurück und überwand sich zu sagen: »Ich beantworte es entsprechend.«

Er hätte sich gerne umgedreht, um zu sehen, warum Sam und Philip husteten, aber Sydneys Gesicht war zu interessant. Er konnte das Weiße um ihre blauen Augen sehen, so weit hatte sie sie aufgerissen. Dann senkte sie den Kopf, aber er sah trotzdem, wie sich ihre Wangen, ihre Stirn und ihre Ohren in einem kräftigen Rosa färbten. Sie setzte ihr Glas ab und legte sich die Hand auf den Mund.

Das war falsch. Er erinnerte sich an die Dinge, die sie zu West gesagt hatte — »Oh, Charles, die sind *wunderschön,* wo haben Sie sie nur gefunden? Wie aufmerksam von Ihnen — vielen, vielen Dank, Charles« — und immer so weiter. Und sie hatte gelächelt und Wests Arm berührt. Und all das wegen ein paar Blumen ohne Duft, die man nur anschauen, aber nicht gebrauchen konnte. War ein frischer, fetter Fisch nicht ein viel besseres Geschenk?

Miss Winter machte ein Geräusch in ihrer Kehle. Er blickte zu ihr hinüber. Sie saß in dem großen Sessel am Fenster, dürr wie ein toter Ast und mit einem Ausdruck auf dem Gesicht … er kannte das Wort dafür nicht. *Überrascht* war nicht genug. Neben ihr hielt Dr. Winter genau wie Sydney die Hand über den Mund.

Dann verstand er. Sie lachten alle über seinen Fisch. Über ihn.

Er spürte, wie sein Gesicht rot wurde, ganz so wie Sydneys. *Oh, Gott,* dachte er. Am liebsten wäre er einfach verschwunden, aber er hatte Angst, sich zu bewegen. Gleichgültig, was er tun würde, es wäre falsch. Sydney hob ihr rosafarbenes Gesicht, und er sah, daß sie weinte.

Sie *weinte.* Er trat wieder auf sie zu und beugte sich über sie. »Sydney, bitte weinen Sie nicht, bitte nicht. Ich werde ihn wieder wegnehmen und selbst essen.«

Ein Geräusch explodierte aus ihrem Mund, wie ein gefangenes Tier, das plötzlich frei war. Er erstarrte entsetzt — bis ihm klar wurde, das das hohe, flüssige, trillernde Geräusch ihr Lachen war. Und er liebte dieses Geräusch. Und ihre Augen, die voller Tränen waren und voller Wärme und Kummer und Süße, und die ihn baten, bitte, bitte zu verstehen.

Danach war es leicht. Er blickte auf seinen Fisch hinab, der mit einem Band umwickelt war, an dem er eine Blume befestigt hatte, und der auf dem glänzenden Holztisch lag. Er hatte Sydney einen toten Fisch geschenkt. Alle im Salon lachten, oder bemühten sich, es nicht zu tun — selbst der Hund. Was blieb ihm anderes übrig? Er legte den Kopf in den Nacken und lachte mit ihnen.

»Michael, es war ein wundervolles Geschenk.«

»Nein, das war es nicht.«

»Doch, das war es. Es war aufmerksam von Ihnen, es war praktisch, und Sie haben es selbst gemacht. Sozusagen. Und es war ein hübscher Fisch, ein wunderschöner Fisch. Eigentlich.«

»Was war es für einer? Wie nennt man ihn?«

»Philip sagte, es sei ein Weißfisch.«

»Ein Weißfisch.«

Sie saßen in der Dämmerung im Garten, beobachteten Glühwürmchen in den Baumspitzen und lauschten dem

Gesang der Vögel, die sich unter dem blasser werdenden Himmel Gute-Nacht zuriefen. Sydney lachte wieder leise, und Michael neben ihr kicherte. Jedes Mal, wenn sie an den Fisch dachte, mußte sie lachen. Gott sei Dank besaß Michael Sinn für Humor.

Sie lehnte sich gegen seine Schulter, während sie sich gemeinsam amüsierten und zeigte ihm auf diese Weise ihre Zuneigung. Mit Lachen schloß man am schnellsten und leichtesten Freundschaft, dieser Ansicht war sie schon immer gewesen. In diesem Moment fühlte sie sich ihm näher als jemals zuvor — ohne die Anspannung oder Befremdlichkeit, die ihr Verhältnis zueinander anfangs gekennzeichnet hatte.

»Hören Sie nur«, flüsterte sie. »Ist das nicht wunderschön?«

»Ja. Wie nennt man den Vogel?«

»Das ist eine Drossel.« Sie lauschten schweigend und lächelnd den kräftigen, flötengleichen Tönen. »Thoreau hat einmal etwas über die Drossel geschrieben, das ich niemals vergessen werde. ›Wann immer ein Mann ihre Stimme vernimmt, ist er jung, und die Natur befindet sich im Frühling; wann immer er sie vernimmt, ist es eine neue Welt und ein freies Land, und die Tore des Himmels sind ihm nicht verschlossen.‹«

Michael atmete leise aus, und sein stilles Gesicht war voller Emotion. »Warten Sie hier, Sydney«, flüsterte er. »Bewegen Sie sich nicht und seien Sie ganz leise.«

»Warum?«

»Schhh.« Er lächelte. »Noch ein Geschenk.« Und schon war er, still wie ein Schatten, verschwunden.

Sie lauschte angestrengt, aber sie konnte nichts anderes hören als die Geräusche der Dämmerung, das Zirpen der Grillen, das Zwitschern schläfriger Vögel. Und den See, der gegen das Ufer schwappte, ein Geräusch, das ihr so vertraut war wie ihr eigener Herzschlag.

Was würde nur aus Michael MacNeil werden? Sie war

sich nicht sicher, ob es ein Glück oder ein Unglück für ihn war, in der Obhut ihres zerstreuten Vaters gelandet zu sein. Sie sorgte sich von Tag zu Tag mehr um ihn. Je besser sie ihn kennenlernte, desto mehr wollte sie für ihn erreichen. Und desto mehr fürchtete sie um ihn. Er besaß eine solche Unschuld — in gewisser Weise war er ein Kind im Körper eines Mannes. Wie sollte er sich nur in dieser bösen Welt zurechtfinden? Sie hätte ihren Vater am liebsten gezwungen, sich hinzusetzen und sich auf dieses faszinierende Problem zu *konzentrieren,* das da in seinen Schoß gefallen war. Michael war gezwungen, von Tag zu Tag zu leben, von Moment zu Moment, ohne Vorstellung von einer Zukunft, ohne irgendwelche Erwartungen. Das war nicht fair. Das Schicksal hatte die Verantwortung für ihn der Familie Winter zugeschoben, und sie wünschte sich nichts sehnlicher, als diese Verantwortung anzunehmen.

»Sydney.«

Er hatte ihren Namen so leise geflüstert, das sie ihn beinahe nicht gehört hätte. Er war hinter ihr — wie war er nur dorthin gekommen? -, aber sie bewegte sich nicht, drehte nicht einmal den Kopf, weil er es ihr so aufgetragen hatte. Ohne ein Geräusch zu verursachen, nahm er auf der Bank Platz, diesmal aber auf der anderen Seite, so daß seine rechte Seite ihre rechte Seite berührte. Sie drehten sich einander mit langsamen, vorsichtigen Bewegungen zu.

Sie war nicht überrascht, als sie sah, daß er etwas in den Händen hielt. In ihrem Herzen wußte sie, was es war, obwohl ihr der Verstand sagte, daß es unmöglich sein konnte. Ganz langsam öffnete er seine Hände, und darin saß ruhig und wunderschön anzusehen die Drossel, deren kleines Herz schnell klopfte.

Sydney hatte Angst, sich zu bewegen, wagte es nicht einmal, zu seufzen. Der Vogel besaß riesige, schwarze Augen, rostfarbene Flügelfedern und eine gesprenkelte

Brust. Michael hauchte: »Ich habe sie aus ihrem Nest genommen. Sie hat vier Eier. Ich muß sie bald wieder gehen lassen.«

Sydney nickte langsam und vorsichtig. Sie hielt immer noch den Atem an. Sie hätte gerne die schlanke Kurve seines schmalen Kopfes gestreichelt, aber sie traute sich nicht. »Wie wunderschön.« Und das Tier hatte gar keine Angst.

Michaels Hand, die oben lag, war beruhigend, hielt das Tier nicht fest, und dennoch saß der Vogel bewegungslos da, und die glänzenden Augen waren wach aber nicht furchtsam.

Er nahm seine rechte Hand weg und streckte die linke vor sich aus. Sydney lehnte sich kaum merklich zurück, weil sie mit einem wilden Flügelschlagen und einem schnellen Entkommen in die Freiheit rechnete. Aber nichts dergleichen geschah. Die Drossel drehte ihren Kopf mit schnellen, kleinen Bewegungen und betrachtete die Umgebung, als interessiere sie sich für die neue Perspektive. Michael legte die Seite seines Zeigefingers gegen ihre Brust, und sie sprang mit ihren rosafarbenen, langen Krallen darauf. Ein weiterer stiller, atemloser Moment verging. Jede Sekunde, die der Vogel bei ihnen blieb, kam Sydney wie ein Wunder vor. Und als er sich schließlich ganz plötzlich in die Nacht erhob und mit einem leisen Flügelschlagen verschwand, vermochte Sydney kaum zu glauben, daß er wirklich bei ihnen gewesen war.

»Drossel«, murmelte Michael in die Stille hinein, die folgte. »Es gefällt mir, die Namen zu wissen. Wie Dinge genannt werden.«

»Michael?«

»Ja?«

»Wie um Himmels Willen haben Sie das gemacht?«

Er zog seine Schultern in die Höhe und lächelte.

»Vielen Dank. Es war ein ganz wundervolles Geschenk.«

»Hat Ihnen der Vogel gefallen?«

»Oh ja, sehr. Er war wunderschön. Vielen Dank.«

Ihre Worte veranlaßten ihn, sich ihr gänzlich zuzuwenden. Bevor er seine langen, schwarzen Wimpern senkte, erkannte sie etwas in seinen Augen, einen erwartungsvollen Blick, der sie erzittern ließ, ehe ihr Bewußtsein registriert hatte, was er bedeuten mochte. Und plötzlich wurde es ihr klar: Er dachte, daß sie sich jetzt küssen würden. Denn er hatte gesehen, wie sie Charles geküßt hatte, nachdem er ihr die Blumen geschenkt hatte. Michael hatte sie beobachtet. Er dachte, dankbare Empfänger von Geschenken zeigten ihre Dankbarkeit mit Küssen.

Nun, das taten sie manchmal. Des öfteren. Es war eine Höflichkeit, eine soziale Geste ... nichts, worüber man lange nachdenken mußte ...

Sie vermochte gar nicht mehr zu denken. Sie beging den Fehler, ihm erneut einen Blick zuzuwerfen und stellte fest, daß er auf ihren Mund starrte. Diese stille Faszination, dieser Hunger in ihm ließ ihr Herz für einige verwirrende Sekunden innehalten. Aber er machte keine Bewegung auf sie zu, versuchte nicht, sie zu berühren. Die sehnsuchtsvolle Stille dauerte immer länger.

Hatte sie sich getäuscht? Was wußte er schließlich schon von Küssen? Zweimal hatte er gesehen, wie sie Charles geküßt hatte und viel öfter Sam, obwohl das eine andere Art von Kuß gewesen war. Wahrscheinlich hatte er auch beobachtet, wie sie Philip und Tante Estelle küßte. Und ihren Vater.

So gesehen wußte er eine Menge.

Aber sie machte zuviel Wirbel darum. All diese unerträgliche Anspannung ging wohl von ihr, nicht von Michael, aus. Er saß einfach da, blickte nun zur Seite, und sein dunkles, klar geschnittenes Profil sah in der Dämmerung wundervoll aus. Es kostete sie all ihren Mut und nahm ihr den Atem, als sie sich nach vorne beugte und ihre Lippen auf seine harte Wange preßte.

Er saß vollkommen still, nur seine Augenlider bewegten sich. Er roch nach Seife und Kiefer und Mann. »Vielen Dank«, murmelte sie und legte ihre Wange leicht gegen die seine, denn es widerstrebte ihr, sich gleich schon wieder zurückzuziehen. Doch er machte keine einzige Bewegung und sprach kein Wort. Sie setzte sich unsicher zurück. Ihr Herz pochte schnell und laut. Er sah sie nicht einmal an. Sie berührte seinen Arm.

Er zitterte. Die Muskeln waren steinhart. Dann sah sie, wie seine Finger den Rand der Eisenbank umklammert hielten.

Sie erhob sich schnell und ungelenk. Wie absurd, sich vor Michael zu fürchten, und doch verspürte sie Furcht. Heftige, panikartige Furcht vor etwas Wildem und Dunklen, etwas Unberechenbarem, das nur durch die Kontrolle seiner weißen Knöchel im Zaum gehalten wurde, und von der sie nicht wußte, ob sie ihr trauen konnte.

»Nun, ich sollte besser wieder hineingehen — es ist schon spät — meine Tante —« Sie atmete tief ein. Seine hellen Augen durchbohrten sie, sahen durch ihre Verwirrung und ihre zusammenhanglosen Sätze hindurch. Er verstand ihre Angst, und er akzeptierte sie. Erkannte sie an.

Das machte ihr mehr Angst als alles andere.

Sie hob ihre Hand in seine Richtung und ließ sie wieder fallen. »Gute Nacht, Michael.« Sie gab ihrer Stimme einen leichten, sorglosen Klang, der all das, was geschehen war, verleugnen sollte. Aber es war geschehen, und er wußte es.

Kapitel 7

Michaels neues Wohnzimmer hatte eine Uhr. Sie stand auf einem Regal an der Wand und wedelte den ganzen Tag und die ganze Nacht hinter einer Glastür mit ihrem hölzernen Schwanz. Kleine Stäbe flossen an Zahlen vorbei und sagten einem, wieviel Uhr es war. Aber nur, wenn man wußte, wie man die Uhr zu lesen hatte. Die Stäbe sagten etwas aus, dann drehte man ihnen den Rücken zu, um das Hemd anzuziehen oder die Haare zu kämmen, und wenn man wieder hinschaute, sagten sie etwas anderes. Inzwischen wußte er, daß sie sich die ganze Zeit bewegten, denn er hatte gesehen, wie sie ganz, ganz langsam vorwärts krochen, wie der aufgehende Mond oder die Sterne, die am Nachthimmel erschienen. Man mußte sehr geduldig und aufmerksam sein, genau so, als wenn man darauf wartete, daß ein Kaninchen endlich seine Nase aus seiner Höhle steckte und man es fangen konnte.

Sein Wohnzimmer hatte auch Möbel. Viele sogar und alle schwer und dunkel und aus Holz gemacht, das aber nach Öl und Wachs roch. An den Wänden klebte Papier, auf dem sich immer wieder Abbildungen wiederholten — ein Blumenstrauß, der mit einem weißen Band zusammengehalten wurde. Er hatte einen Schreibtisch, zwei Sessel, eine Vitrine, Bücher, die er nicht lesen konnte, eine Schüssel mit vertrockneten Blumen und Schilf und ein Fenster ohne Latten davor.

In seinem Schlafzimmer befand sich eine Kiste mit einer Tür, darin war seine Keidung, und darauf ein Spiegel, in dem er seinen ganzen Körper betrachten konnte, wenn er wollte. Auch ein Stuhl stand darin, der sich vor und zurück bewegte, wenn man sich hineinsetzte. Aber er machte zuviel Lärm. Er fühlte sich nicht sicher darin. Deshalb benutzte er ihn nicht.

Sein neues Bett hatte ein Stoffdach, und ein weiteres Bett darunter, das man hervorziehen konnte. Er schlief in keinem von beiden. Jeden Abend nahm er die schwere Decke von dem großen Bett und rollte sich darauf zusammen, und jeden Morgen legte er sie wieder zurück aufs Bett.

Heute Abend war es ruhig im Haus. Sam war bereits schlafen gegangen — und das machte es immer ruhig —, aber es gab noch einen weiteren Grund: Sydney und Philip besuchten diese Ausstellung. Niemand war hier, außer Dr. Winter und Tante Estelle — oder besser gesagt, Miss Winter. Anfangs hatte Dr. Winter Sydney und Philip begleiten wollen, aber die Tante hatte gesagt: »Ich werde nicht allein mit diesem Mann im Haus bleiben.« Es war nicht ihre Absicht gewesen, daß Michael dies hörte, aber sie besaß eine Stimme wie eine Krähe, und er hätte unter Wasser sein können und sie trotzdem gehört. Vor zwei Tagen hatte er vernommen, wie sie sagte: »Seine Manieren sind ungeheuerlich«, nachdem Sydney ihn eingeladen hatte, am Abendessen der Familie teilzunehmen. Seitdem aß er lieber alleine in seinem Zimmer.

Die Treppenstufen knarrten. Sein Zimmer lag im Erdgeschoß, aber er hörte immer, wenn jemand die Treppe hinauf oder hinunterging. Er lauschte. Dr. Winter sagte etwas zu seiner Schwester. »Nun, wenn sie zu spät zurückkommen, dann ist das dein Fehler«, erwiderte sie. »Wenn Philip Stubenarrest bekommen hätte, wie ich es empfohlen habe, dann hätte er heute Abend gar nicht ausgehen dürfen.« Dr. Winter entgegnete etwas. »Nun, zumindest hast du *ein* vernünftiges Kind«, sagte die Tante, bevor ihre Stimmen zu schwach wurden, als daß er noch etwas hätte verstehen können.

Er hörte, wie sich oben erst eine Tür schloß und dann eine zweite. Unter seiner Tür kam der scharfe, süßliche

Geruch hindurch, der ihm sagte, daß die Gaslichter gelöscht waren. Das Haus quietschte und krachte. Eine Motte schlug gegen sein Fenster. Eine Mücke stach ihn auf den Handrücken und entkam, bevor er zuschlagen konnte. Die Uhr tickte. Das Haus ging schlafen.

Michael erhob sich aus dem Sessel im Wohnzimmer. Er ließ seine Schuhe wo sie waren und ging leise den langen Korridor zur Vordertür entlang, wo sich die Eingangshalle befand. Dort bog er nach rechts ab. Er bewegte sich vorsichtig, um den Hund nicht aufzuwecken, der nicht klug war wie ein Wolf und möglicherweise zu bellen anfangen würde, wenn er ihn erblickte. Michael ging auf das Arbeitszimmer zu.

Statt das helle Licht anzustellen, entzündete er eine Kerze, die in einem glänzenden Metallhalter mit Griff auf dem Schreibtisch stand. Als er das Zündholz strich, dachte er zum hundertsten Mal darüber nach, was gewesen wäre, wenn er zu Hause im Besitz von Streichhölzern gewesen wäre, um Feuer zu machen.

Er trug die Kerze zu der Wand hinüber, wo sich die Bücher befanden. Brett um Brett voller Bücher, eins über dem anderen, bis hinauf zur Decke. Er wußte, welches er wollte. Er hatte gesehen, wie der Professor es zurückgestellt hatte. Es stand ganz oben auf einem Brett, war dick und hatte einen dunkelroten Ledereinband und goldene Buchstaben. Er zog es hervor, trug es zu Dr. Winters Schreibtisch und setzte sich.

Die erste Hälfte bestand nur aus Worten, aus kleinen, rätselhaften Kratzern auf knisterndem, weißen Papier. Er blätterte schnell zu den Bildern vor, ganz hinten, wo der *Wolf* war.

Da. Er legte eine Faust auf seine Brust und preßte mit den Knöcheln dagegen, um den Schmerz zu stoppen. Das Wolfbild sah nicht genauso aus wie der alte Wolf — dieser hier war klein und zu weiß und wahrscheinlich ein Weibchen. Und dennoch brachte es ihn zum Weinen, und er sehnte sich nach Zuhause. Er fragte sich, ob sein Freund den bitteren, hungrigen Winter überlebt hatte. Aber ohne Michaels Hilfe war das wohl kaum möglich gewesen. Wahrscheinlich war er verhungert oder langsam in einer Falle verendet oder krank geworden. Michael ertrug es nicht, daran zu denken. Am schlimmsten war die Vorstellung, daß der alte Wolf alleine gestorben sein könnte.

Er strich sich über das Gesicht und blätterte eine andere Seite auf. Hier waren zwei Füchse, ein dunkler und ein hellerer. Er konnte das Wort darunter lesen, F-u-c-h-s, aber nicht die beiden anderen Worte r-o-t und g-r-a-u. Er kannte die Buchstaben, aber er hatte vergessen, wie man sie las. ›Fuchs‹ konnte er nur deshalb lesen, weil er *wußte,* daß es ein Fuchs war. Und das Tier auf dieser Seite kannte er auch so gut! Er hatte mit ihm gespielt, war in seine Höhle gekrochen, hatte seine Nahrung gegessen und die seine mit ihm geteilt — aber er vermochte nicht, seinen Namen zu lesen. D-a-c-h-s. Es hatte keine Bedeutung für ihn, war nichts weiter als eine Reihung von Buchstaben, die vor seinen Augen tanzten. Frustriert ließ er das Buch zuklappen und hätte dabei beinahe die Kerze gelöscht.

Er öffnete es wieder und begann erneut mit der Betrachtung der Bilder. Er kannte Eule, Waschbär, Stinktier. Bär. Denn er hatte sie schon immer gekannt. Aber was war D-a-c-h-s? Und K-ar-i-b-u? Er *kannte* sie, aber nicht ihre Namen. Und genauso erging es ihm mit den Schlangen, von denen zwölf verschiedene Arten abgebildet waren. Und auch mit den Vögeln. Er kannte nur *Rotkehlchen* von früher, und *Drossel,* weil Sydney es ihm beigebracht hatte.

Um sich zu beruhigen, wandte er sich den Seiten mit den Bäumen und Büschen zu. Bäume waren besser. Einige von ihnen wuchsen sogar hier, um das Haus herum. Es war nicht so schlimm, daß er den Namen von diesem hier nicht kannte, F-i-c-h-t-e, auch wenn er seine harten, braunen Blüten schon gegessen hatte. Er starrte die Bilder an und stellte sich vor, er sei Zuhause und blicke von einer Bergspitze im Sommer auf einen Abhang hinab, der mit vielen Bäumen bewaldet war. Vögel kreisten an einem Himmel, der zu blau war, um ihn anzusehen. Friede. Ruhe. Sicherheit. Zumindest für eine Weile. Nichts zu hören außer dem Fallen einer Eichel. Der Geruch der Erde. Warme Haut. Die Sonne machte sein Haar heiß. Das Summen eines Insekts. Frieden.

Er vernahm das Geräusch von Rädern, das Klapp-klapp-klapp eines Pferdes. Er setzte sich auf, um zu lauschen. Er hörte, wie sich eine Kutschentür öffnete und wieder schloß, vernahm die Stimme zweier Männer. Eine davon gehörte Philip. Die Kutsche fuhr fort. Schritte auf der Veranda, und nun öffnete sich die Vordertür. Sydney sagte: »Schhh«, und dann noch etwas, das er nicht verstand, und Philip lachte. Schritte ertönten auf der Treppe.

Michael wandte sich wieder seinem Buch zu — setzte sich aber erneut auf, als er neben den schweren Tritten auf den Stufen leichte, leise vernahm. Sydneys Schritte. Und sie kamen den Korridor entlang, direkt auf dieses Zimmer zu.

Er hatte die Tür geschlossen, nachdem er eingetreten war. Sie öffnete sie nun und blickte neugierig und vorsichtig herein.

»Michael!«

Er erhob sich und ging zu der Terassentür hinüber, damit sie so nahe sie wollte an den Schreibtisch treten konnte. Das war ihm seit dem Abend im Garten, als sie ihre Lippen auf seine Wange gelegt hatte, zur Gewohnheit geworden. *Kuß.* Manchmal versuchte er, sie nicht einmal anzusehen. Er hatte ihr an jenem Abend Angst gemacht — er hätte sie gerne überall mit seinen Händen berührt, sie in seine Arme geschlossen und seinen Mund gegen ihre Haut, ihr Haar, ihren Mund gepreßt. Selbst jetzt wollte er es wieder. Also wich er zurück und hielt Abstand.

Ihr Duft war aufregend, verwirrend. Sie roch nach Menschen und Essen und Pferden und hundert anderen Dingen, die er nicht benennen konnte. Ihr Gesicht war rosiger als gewöhnlich, und sie sah müde aus. Aber glücklich.

»Ich wollte mir ein Buch holen«, sagte sie, blickte ihn an, sah zu der brennenden Kerze und grübelte darüber nach, was er hier wohl tat.

»Hat Ihnen die Ausstellung gefallen?« fragte er. Er hatte keine Ahnung, was eine Ausstellung war.

»Ja. Oh, ja. Es war — nun, es ist zu spät, um ausführlich davon zu erzählen. Dafür ist sie zu riesig, zu — unglaublich!«

Es gefiel ihm, sie so fröhlich und aufgeregt zu sehen. Sie sah noch schöner aus als sonst. Sie trug eine blaue Jacke aus Samt, die sie nicht zugeknöpft hatte, so daß er das Hemd darunter sehen konnte, zu dem sie wie ein Mann eine blaue Krawatte umgebunden hatte. Ihr Rock reichte bis auf die Zehen hinab und das einzige, was er von ihrer Haut sehen konnte, war ihr Gesicht. Selbst ihr Haar war mit einem Hut bedeckt, etwas Blaues mit Vogelfedern und Bändern. Sie zog ihre Handschuhe aus, und nun konnte er auch ihre Hände sehen.

»Was machen Sie hier?« erkundigte sie sich.

»Ich schaue mir ein Buch an.«

Sie kam um den Schreibtisch herum und berührte das Buch. Er war froh, daß sie den Namen laut aussprach. *»Von der Hudson Bay bis Tennessee: Ein Führer durch die Wälder des Ostens.«* Sie schaute Michael neugierig an.

»Ich wünschte, ich würde die Worte kennen«, gestand er ein. Es beschämte ihn, aber Sydney vermochte er es zu sagen. »Ich erkenne die Bilder, aber ich kann die Namen nicht sagen.«

»Oh.« Sie nickte. Sie verstand. »Nun, dann werde ich sie Ihnen beibringen.«

Er mußte näher kommen, nur ein paar Schritte. »Würden Sie das tun?«

»Ja, ich werde Ihnen das Lesen beibringen.«

»Das Lesen.« Wie Sam, dachte er — er würde lesen können wie Sam. Das war sehr gut. Er legte seine Hände in den Rücken und hielt sie dort ganz fest. Er spürte, wie sein Gesicht heiß wurde. *Rot werden* nannte Sam es.

Sydney lachte nicht über ihn. Sie wußte, was es bedeutete, was er dachte — sie wußte es immer. »Wir werden morgen früh anfangen«, sagte sie. »Und hinterher werde ich Ihnen alles über die Weltausstellung erzählen.«

Nach drei Tagen wurde Sydney klar, warum es so leicht war, Michael das Lesen beizubringen. Sie brachte es ihm nicht wirklich bei, sie *rief es ihm ins Gedächtnis.* Und er lernte nicht, er *erinnerte* sich.

»Wer hat Ihnen die Buchstaben beigebracht? Wer hat Ihnen Ihr Buch gegeben? Wann und wo haben Sie das erste Mal Lesen gelernt?« Als ihr klar wurde, was vor sich ging, hatte sie ihn mit Fragen bombardiert, ohne sich bewußt zu sein, daß sie ihn quälten, bis er sich von ihr abwandte und sein Gesicht vor ihr versteckte, indem er seine Finger an der Seite des Kopfes in sein Haar schob. Das war stets seine Art, sich zu verstecken. Ganz wie ihr Vater, aber irgendwie sah es bei ihm attraktiver aus. »Schon gut«, sagte sie schnell. »Es spielt keine Rolle, wenn Sie sich nicht erinnern können. Welchen Unterschied macht das schon? Lassen Sie uns weitermachen. Können Sie das hier lesen?«

Anfangs hatten sie den Unterricht an einem Tisch draußen auf der Terrasse abgehalten, was sehr angenehm war, dann aber waren sie nach drinnen umgezogen, weil Sam ihnen unablässig auf die Nerven fiel. Sein Unterricht in der Schule war nicht halb so interessant wie der bei seiner Schwester und seinem neuen Freund, und er stellte nur allzu gerne zur Schau, was er alles wußte und schrie die Antworten auf Fragen, die Sydney stellte, heraus, ehe Michael überhaupt eine Chance hatte, zu antworten. Deshalb saßen sie nun nebeneinander an dem großen Tisch im Eßzimmer, und die Türen zur Eingangshalle und zur Terrasse waren jeden Morgen für zwei Stunden geschlossen — ein leichter Unterrichtsplan, den sie mit Absicht so gewählt hatte, damit er des Lernens nicht zu schnell überdrüssig wurde.

Aber dazu kam es gar nicht. Michael war der Traum eines jeden Lehrers, hingebungsvoll, aufmerksam, von einem Eifer, der beinahe schon an Besessenheit grenzte. Wenn ihre Zeit vorbei war, blieb er noch sitzen und arbeitete weiter, und erst als das Dienstmädchen begann, die Teller und das Besteck fürs Mittagessen um ihn herum auszulegen, ließ er sich bewegen, von seinem Platz zu weichen.

Natürlich mißbilligte Tante Estelle die ganze Sache, doch ihre Proteste blieben vage: dieser Unterricht sei ›unangemessen‹ behauptete sie, ohne aber zu erklären, warum sie dies so empfand. Glücklicherweise war sie mit ihren Pflichten in einem Damenkomitee beschäftigt, das sich um die königlichen Gäste kümmerte, die zur Weltausstellung in die Stadt strömten. Sie verbrachte ihre Tage mit Treffen oder am Telefon und war ausnahmsweise einmal zu beschäftigt, um Sydneys Leben zu beaufsichtigen, egal wie unangemessen sie es auch finden mochte.

Nachdem er erst einmal die grundlegenden Dinge begriffen hatte, machte Michael rasche Fortschritte beim Lesen. Das Schreiben fiel ihm schwerer und ging anfangs recht langsam voran. Er schrieb in großen Blockbuchstaben, wie ein Kind, und sie wußte, daß er sich dafür schämte. Aber er mühte sich mit großem Eifer weiter. Sie brachte ihm — nach einer Diskussion über die verschiedenen Schreibweisen — zuerst bei, seinen Namen zu schreiben. War er sicher, daß er sich MacNeil schrieb und nicht MacNeal? Oder MacNeill? Oder McNeal oder McNeil oder McNeill? Je mehr Möglichkeiten sie ihm nannte, desto verwirrter wurde er, aber am Ende kehrte er doch immer wieder zu MacNeil zurück. Und hatte er einen zweiten Vornamen? Michael *James* MacNeil? Robert? Edward? George? Er wußte es nicht. Möglicherweise hatte er einen, aber er war sich nicht sicher.

Sydney begann, ihn jeden Tag als Hausaufgabe einen kleinen Aufsatz über Themen schreiben zu lassen, mit denen er vertraut war, und auf diese Weise machten auch seine Schreibkünste schon bald große Fortschritte.

Sie zeigte ihrem Vater einige von Michaels Aufsätzen, weil sie dachte, daß er sich dafür interessieren würde. Aber er war bereits mit einem neuen Projekt beschäftigt, bei dem ihm Charles assistierte, und es war beinahe unmöglich, seine Aufmerksamkeit zu erlangen.

Michaels Lesen wurde von Tag zu Tag besser, und schon bald waren Sams Schulbücher zu leicht für ihn. Sie ging in die öffentliche Bibliothek, um Bücher zu suchen, die ihn mehr fordern würden und die sich mit Themen befaßten, die ihn interessierten: Tiere, Wälder, eine Geschichte über einen Jungen und seinen geliebten Hund, eine andere über einen Jungen und sein geliebtes Pferd. Michael verschlang diese Bücher. Er las sie immer und immer wieder, wollte sich nicht von ihnen trennen, bis sie einen weiteren Stapel mit nach Hause brachte, und er sich in diese neuen Geschichten ebenfalls verliebte. Sydney begann zu verstehen, was manche Lehrer meinten, wenn sie von den Freuden und der Befriedigung ihres Berufes sprachen. Er hatte eine Million Fragen, und an manchen Tagen kamen sie gar nicht zum Leseunterricht, weil sie versuchte, sie zu beantworten.

Sie hatte auch Fragen.

Sie fand ein Buch über ein kleines Mädchen, das von

ihrem Pferd gefallen war und sein Gedächtnis verloren hatte. Obwohl diese Figur inzwischen viel zu jung für ihn war, bot die Geschichte eine perfekte Grundlage für die Diskussion, die sie im Kopf hatte.

»Wie es wohl ist, das Gedächtnis zu verlieren?« fragte sie sich laut, um ihn in die richtige Richtung zu lenken. »Unsere Erinnerungen sind doch ein Teil von dem, was unsere Persönlichkeit ausmacht, nicht wahr? Was sind Ihre ersten Erinnerungen, Michael? Schreiben Sie sie doch einfach einmal aus Spaß auf. Ihre ersten Erinnerungen.«

Er mußte nicht lange darüber nachdenken. Ohne eine Sekunde zu zögern schrieb er: *»Mein Vahter macht einen Spazirgang mit mir.«*

Sie war so aufgeregt, daß sie vergaß, seine Rechtschreibung zu verbessern. »Sie erinnern sich an Ihren Vater?«

Er nickte.

»Wer war er? Wie war sein Name?«

»Vater.« Er lächelte. »Er hat Pfeife geraucht, wie Ihr Vater. Aber er war nicht alt. Er war stark und groß – er kam mir wie ein Riese vor. Er hatte schwarzes Haar, wie ich, und er schenkte mir Bonbons, das weiß ich noch. Ich durfte immer in seinen Taschen danach suchen.«

»Erinnern Sie sich auch an Ihre Mutter?«

»Ich erinnere mich an ihr Lachen. Ich fand sie wunderschön. Und dann erinnere ich mich daran, daß sie Bilder malte. In einem Raum mit hohen Fenstern. Alles, was ich sehen konnte, war der Himmel. Dann wurde sie krank. Und ich mußte leise sein.«

»Wo haben Sie gelebt?« erkundigte sie sich atemlos.

Seine Augen blickten durch sie hindurch, nahmen sie gar nicht mehr wahr. »In einem großen Haus. Es hatte einen Namen.«

»Einen Namen?«

»Ja, eine Bezeichnung. Aber ich kann mich nicht mehr erinnern.«

»Wie sah es aus?«

»Es war aus Stein. Lange, dunkle Gänge. Da war eine Dame, die sich um mich kümmerte, aber sie war nicht meine Mutter.«

»Ein Kindermädchen?«

Er nickte unsicher.

»Wo war das Haus? In Kanada? Oder war es hier? Erinnern Sie sich an den Bundesstaat?«

Er schüttelte auf alle Fragen den Kopf.

»Wissen Sie, wie Sie verlorengegangen sind?«

Er schob seinen Stuhl vom Tisch zurück, legte seine Hände auf die Knie und starrte auf den Boden zwischen seinen Füßen. Eine Locke seines Haares fiel ihm über die Stirn und verdeckte sein Gesicht. »Ich glaube, ich hatte etwas getan. Etwas Schlimmes. Sie haben mich weggeschickt.«

»Oh, nein, das glaube ich nicht. Sie waren doch noch ein Kind.«

Er hob den Kopf. »Ich bin mir sicher«, sagte er, und der Schmerz in seinen grünen Augen schockierte sie. »Man hat mich auf einem Schiff über das Wasser geschickt. Mit zwei Leuten. Tante und Onkel.«

»Ihre Tante und Ihr Onkel?«

»Ich erinnere mich nicht mehr an ihre Namen. Aber ich kannte sie.« Er erhob sich. »Ich möchte nicht mehr weiterreden.«

»In Ordnung.«

»Ich möchte nicht darüber nachdenken.«

»Ganz wie Sie wollen. Wir werden etwas anderes tun.« Und sie bat ihn, einen Aufsatz über die Jahreszeiten zu schreiben.

Am nächsten Tag nahm sie den Zug in die Stadt. Sie war schon vor Jahren als Kind im Schiffahrtsmuseum gewesen und auch noch einmal mit Sam, als dieser fünf Jahre alt war. Es war ein großes, dunkles, deprimierendes Gebäude mit einigen wenigen, interessanten Ausstellungen — originalgetreue Modelle von einem Vikingerschiff, einem chinesischen Sampan und einem Diorama von Kolumbus' Ankunft in der Neuen Welt —, aber zum größten Teil war es mit staubigen, unter Glas befindlichen Relikten gefüllt. Teile von Masten und Segeln und leblosen Schautafeln, auf denen die Entwicklung der Schiffe von den Phöniziern bis in die heutige Zeit dargestellt war.

In einem Raum gab es Bücher — neben anderen Dingen — die Namen all derer, die jemals bei einem Schiffsunglück auf den fünf Seen ums Leben gekommen waren, verzeichnet waren. Diese Bücher standen in einer Glasvitrine. Man mußte nur einen der Aufseher in ihren dunklen Uniformen fragen, ob man einen Blick in die Bücher werfen durfte. Sydney hatte sich vorgenommen, die ganze Dekade der Siebziger nachzusehen — genug Spielraum, was Michaels gegenwärtiges Alter und auch die Zeit, als er ungefähr sechs war und verlorenging, betraf.

Die Details über Schiffsunglücke auf den Großen Seen in den siebziger Jahren des 19. Jahrhunderts nahmen zwei Bände ein. Sie waren nicht dick, aber die Schrift war winzig, und der Schreibtisch, den ihr der Aufseher zuwies, war düster und stand meilenweit vom nächsten Fenster entfernt. In den nächsten anderthalb Stunden brütete sie über den Namen von Dampfschiffen, Schonern, Ausflugsbooten und Frachtschiffen und betrachtete mit zunehmendem Entsetzen die lange Listen mit Namen von Männern und Frauen, die mit ihnen in den eisigen Gewässern des Lake Erie, Lake Superior oder des Lake Michigan untergegangen waren. Wenn ein Schiff im Winter unterging, gab es nie Überlebende. In den wärmeren Monaten dagegen waren die Chancen größer. Sie fand einige MacNeils, aber die Umstände waren niemals die richtigen. Wie sollte ein kleiner Junge auf einen Kohlefrachter oder ein Marineschiff gelangt sein? Oder auf einen Eisbrecher? Ihr Instinkt sagte ihr, daß sie nach einem

Kreuzfahrt- oder Ausflugsschiff Ausschau halten mußte, aber auf den entsprechenden Listen erschienen keine MacNeils. Sie schrieb trotzdem alles auf, was ihr auch nur andeutungsweise wichtig vorkam und fuhr entmutigt wieder nach Hause zurück.

Mein Vater schenkte mir ein Buch zu meinem Geburtstag. Es hieß Nun bin ich ein Mann. *Er sagte, ich solle es lesen und die Lektionen lernen, und wenn ich ihn wiedersehen würde, wäre ich ein Mann. Dann schickte er mich fort.*

»Worum ging es in dem Buch?« fragte Sydney, nachdem sie seine Zeilen gelesen hatte. »Was für Lektionen enthielt es?«

Regenwasser strömte die hohen Glastüren hinunter, die zur Terrasse führten. Das Eßzimmer war heute düster, und Sydney überlegte, ob sie die Lampe anmachen sollte. Aber sie mochte das wässrige, grünliche Licht und die gemütliche Stimmung, die es ihrem Studierzimmer verlieh.

Michael zögerte, griff in seine Hosentasche und zog etwas hervor, das in ein Taschentuch gewickelt war. Das Objekt, das er auswickelte, erinnerte nicht mehr an ein Buch. Es war ein geschwärzter, mit Schimmelflecken übersäter, formloser Breiklumpen. Aber er berührte ihn mit zärtlichen, vorsichtigen Fingern und legte ihn mit einer Geste, die an Verehrung grenzte, vor sie auf den Tisch.

»Es erzählt davon, wie man ein Gentleman wird«, sagte er leise, und sollte ihm die Ironie des Ganzen bewußt sein, so hatte er sie bereits vor so langer Zeit akzeptiert, daß sie keiner Erwähnung mehr bedurfte. »Es erzählt von Ehre und Ehrlichkeit. Und Fairneß. Und guten Manieren.«

»Aha.« Das erklärte einiges.

»Ich kenne es auswendig.«

Natürlich tat er das. Sie nickte und stellte überrascht fest, daß sie einen Kloß in der Kehle verspürte. »Sie waren ein sehr guter Schüler. Sie sind ein Gentleman, Michael.«

»Nein.«

»Sie halten sich nicht für einen?«

»Ich weiß, daß ich keiner bin.« Er griff vorsichtig nach seinem Buch, wickelte es wieder in das Tuch ein und steckte es zurück in seine Tasche, als ob er sich dafür schämte.

»Warum sagen Sie das?«

Er schüttelte den Kopf. Sie vernahm die Wut in seinem Seufzen. Er hätte auch fragen können: *Sind Sie wirklich so dumm*?

»Warum?« wiederholte sie. »Sagen Sie es mir.«

»Weil ich ...« Er vollführte eine hilflose Handbewegung, als wisse er nicht, wo er anfangen sollte. »Ich kann nicht einmal in diesem Zimmer essen«, brach es schließlich aus ihm hervor. »Ich kenne die *Worte* Gabeln und Servietten und Gläser, aber ich weiß nicht, wie ich die Dinge benutzen soll. Ich kann keine Krawatte binden. O'Fallon hat mir beigebracht, die Schuhe zuzuschnüren, sonst könnte ich das auch nicht. Ich habe eine Uhr, aber ich kann die Zeit nicht ablesen. Warum sagt man ›Guten Tag‹ oder ›Auf Wiedersehen‹? Was haben diese Worte zu bedeuten? Ich weiß nicht, wer ich bin, ich ahne nicht, wer ich sein könnte oder was ich sein will oder wer ich in Ihren Augen sein sollte. Ich —« Er preßte seine Hände mit den Innenseiten gegen die Stirn. »Ich weiß nur eins ganz genau. Daß ich kein Gentleman bin.«

»Sie irren sich.« Sie war ein wenig ratlos, aber sie redete einfach weiter, um die Tragweite seiner Worte ein wenig zu mildern. Ohne Vorbereitung konnte sie sich dieser Problematik im Augenblick nicht stellen. »Manches im Leben ist schwierig — ich weiß auch nicht genau, wer ich bin«, gestand sie ihm hastig, »und anderes wieder einfach. Die einfachen Dinge kann ich Ihnen beibringen. Ich *wußte* nicht einmal, daß Sie gerne mit uns essen würden.

Das war dumm von mir, ich hätte es ahnen müssen. Es tut mir leid. Es geht nur um Manieren, das ist alles. Nichts Schwieriges. Wir werden es üben.«

»Aber der Tante wird das nicht gefallen. Sie will mich nicht hier haben.«

»Dann werden wir uns Mühe geben, damit sie ihre Meinung ändert. Michael, diese Dinge, die Sie verwirren, sind lediglich kleine Tricks, Sachen, mit denen ich mich auskenne, weil ich mit ihnen großgeworden bin. Aber sie sind nicht so wichtig, sie sind —«

»Sie sind sehr wohl wichtig, wenn man Sie nicht kennt.«

»Gewiß. Natürlich haben Sie recht. Also werden wir sofort anfangen. Und ich weiß auch schon, was wir als erstes tun sollten.«

»Was denn?«

»Ihre Haare schneiden.«

Sie beschloß, ihm die Haare im Tagessalon zu schneiden, wo Sam mit seinen Spielzeugsoldaten beschäftigt war, und Philip mit der Zeitung über dem Kopf ausgestreckt auf dem Sofa lag und döste. Sie wollte Michael diesen intimen Dienst in Gesellschaft, vor Zeugen, erweisen, wollte dabei unbeschwertes Geplapper im Hintergrund haben. Ihre gemeinsamen Vormittage wurden eh schon von einer eigenartigen Spannung begleitet, und sie sagte sich, daß es nicht gut wäre, diese Spannung durch unbeaufsichtigten körperlichen Kontakt noch zu erhöhen.

»Ich liebe es, Männern die Haare zu schneiden«, sagte sie und legte ihm ein Handtuch um die Schultern. Er saß stocksteif und schweigsam auf einem Stuhl in der Mitte des Raumes und beäugte mißtrauisch die Scheren. »Ich wäre wohl besser Barbier geworden. Ich mache das wirklich gut, nicht wahr, Philip? Ich habe dein Haar früher auch immer geschnitten.«

»Sie schneidet meins auch«, piepste Sam dazwischen.

Er bemühte sich, zwei seiner Soldaten auf Michaels Oberschenkeln zu balancieren, um ihn während des Schneidens zu ›unterhalten‹. »Schneidest du Michaels Haare wie meine?«

»Nein.«

»Warum denn nicht?«

»Weil er älter ist.«

»Na und?«

»Deshalb bekommt er auch einen Haarschnitt für Ältere.« Sie lächelte Michael an, der sich bemühte, zurückzulächeln. Er hatte dichtes, glattes Haar, weich wie schwarzer Satin. Sie sah, wie die Wachsamkeit und die Besorgnis aus seinem Blick wich und seine Augen einen verträumten Ausdruck annahmen. Sie zog den Kamm langsam und sanft über seinen Kopf und seine Schultern begannen sich zu entspannen. »Erzähl Michael doch von dem Barbiergeschäft im Palmer House«, sagte sie an Philip gewandt.

Dieser setzte sich auf, streckte seine Arme über dem Kopf und gähnte. »Das Barbiergeschäft im Palmer House? Es sieht aus wie eine Kirche. Nein, wie ein römisches Bad. Die Decken sind sechs Meter hoch und überall hängen Spiegel. Insgesamt gibt es ungefähr zwanzig Barbiere, die alle einen Frack und Hemden mit Manschettenknöpfen tragen. Die Toiletten sind ganz aus Marmor.«

»Erzähl ihm auch von dem Boden«, drängte ihn Sam und sprudelte dann hervor: »Er ist ganz mit Silberdollar bedeckt!«

Michael runzelte verwirrt die Stirn. »Warum?«

»Überall stecken Silberdollar drin. Man kann sie sehen. Man kann einfach so über das Geld wegspazieren!«

»Sie sind in den Fliesen eingelassen«, erklärte Philip.

»Aber warum?«

Für einen Augenblick trat Stille ein. Alle dachten nach.

»Nun, weil ...«

»Um ...«

»Es dient dazu ...«

Eine erstaunte Stille machte sich breit.

Philip setzte sich zurück, streckte seine Beine auf dem Ottomanen aus und raschelte mit der Zeitung. »Keine Ahnung, zum Teufel.«

»Zum Teufel«, hallte es aus Sams Mund wieder. Er nahm seine Soldaten, trug sie wieder in die Ecke und ignorierte Sydneys strafenden Blick.

Michael blickte sie an. »Wir wissen es nicht«, sagte sie, zuckte mit den Schultern und fuhr mit ihrer Arbeit fort.

»Schneidest du auch seinen Bart ab?« erkundigte sich Sam.

Sydney hatte sich die gleiche Frage gestellt. »Was meinen Sie?« sagte sie an Michael gewandt. Seit O'Fallons Abreise hatte ihn niemand mehr rasiert, und er trug einen glänzenden, schwarzen Bart, den sie sehr attraktiv fand. Aber glattrasiert gefiel er ihr noch besser. Er besaß so schöne Wangenknochen, warum sollte man sie verdecken?

Michael strich sich nachdenklich über das Kinn und sah Philip an, den Experten für Herrenmode. »Was denken Sie?«

»Abrasieren«, erwiderte Philip prompt.

»Nicht einmal einen Schnäuzer?« fragte Sydney. Philips dunkler, attraktiver Schnäuzer umrahmte seinen Mund rechts und links wie zwei Kommata.

»Nein. Rasier alles ab.«

»Wirklich?«

»Wirklich. Dann wird niemand mehr in die Versuchung kommen, ihn einen Wilden zu nennen.«

Sydney zuckte innerlich zusammen. Aber Michael blickte nur nachdenklich vor sich hin, ohne von Philips mangelndem Takt betroffen zu sein. »Ja.« Er nickte überzeugt. »Rasieren Sie alles ab. Dann wird mir auch kühler. Und das essen wird leichter.«

»Philip, hilfst du ihm beim Rasieren? Zumindest beim ersten Mal?«

»Mit Vergnügen.«

»Vielen Dank«, erwiderte Michael höflich.

»Nichts zu danken.«

Sydney ließ ein wenig Zeit verstreichen, bevor sie ihren nächsten Vorschlag machte. Michaels Haarschnitt gelang ihr gut. Ein bißchen Wildheit steht ihm gar nicht schlecht, dachte sie und entschied sich, die Enden seiner Locken ein wenig länger zu lassen, so daß sie sich leicht über seinen Hemdkragen ringelten. Bei den Koteletten wählte sie einen Mittelweg. Sie ließ sie halblang, bis zur Mitte des Ohrs. Sie hätte wirklich einen exzellenten Barbier abgegeben.

Schließlich begann sie, ihm die abgeschnittenen Haare von den Schultern zu klopfen.

»Philip, Michael ist hier schon eine halbe Ewigkeit eingepfercht. Er ist seit seiner Ankunft nicht ein einziges Mal weggekommen. Es muß doch schrecklich langweilig für ihn sein. Ist es nicht so, Michael? Ich nehme an, daß er gerne einmal ausgehen würde, um etwas von der Welt zu sehen, ein paar anderen Gesichtern zu begegnen, als immer nur den unseren.«

Philip blickte sie zweifelnd an. »Ich weiß nicht, Syd. Ich bin mir nicht sicher, ob das eine so gute —«

»Das Problem ist, daß er ein paar Sachen einfach noch nicht so gut beherrscht. Sachen, die Papa ihm nie beibringen würde, weil er ganz einfach nicht daran denkt. Dinge, die, hm, die ihm nur ein anderer Mann beibringen kann.«

Philip blickte sie alarmiert an. »Zum Beispiel?«

»Ach, du weißt schon.« Sie zuckte mit den Schultern und tat so, als denke sie nach. »Eine Krawatte binden, zum Beispiel.«

»Oh, *solche* Sachen!«

»Oder Dinge über Kleidung, was wozu paßt. Wie man

Leute trifft, was ein Gentleman sagt, wenn er vorgestellt wird — einfache Dinge, die du als selbstverständlich betrachtest. Wie man im Restaurant ein Essen bestellt und wie man dafür zahlt.«

»Ich verstehe.« Philip betrachtete Michael erst sehr nachdenklich und dann interessierter. »Klar könnte ich das.«

Ein entzücktes Lächeln erschien auf Michaels Gesicht. »Vielen Dank, Sie werden sicher ein sehr guter Lehrer sein.«

Philip ginste zurück. »Nun, wir werden sehen.«

»Und in der Zwischenzeit«, fuhr Sydney beiläufig fort, »werde ich ihm noch ein paar andere Dinge, wie zum Beispiel Tischmanieren beibringen, etwas Salonetikette, die er wahrscheinlich nur ver —«

»Jetzt, mit der neuen Frisur, hat Tante Estelle vielleicht auch nichts mehr dagegen, wenn er mit uns zu Abend ißt«, unterbrach sie Sam.

Sie seufzte. »Eins nach dem anderen«, erwiderte sie. »Bevor das geschieht, werden wir erst einmal ein paar kleine —«

»Und *ich* kann ihm Arithmetik beibringen, weil ich wirklich gut mit Zahlen umgehen kann. Ich kann dir beibringen, was ein halber Dollar ist und alles, was mit Geld zu tun hat. Und mit Spielen. Ich kann dir Schach und Domino und Kartenspiele beibringen. Und, ach ja, alles über Uhren! Ich weiß nämlich, wie man die Zeit abliest, aber du nicht! Ich könnte es dir beibringen, Michael, und dann wirst du eine Uhr tragen und immer wissen, wie spät es ist. Und auch Krocket. Das hat zwar nichts mit Zahlen zu tun, aber ich könnte es dir beibringen ...«

Sam plapperte fröhlich weiter. Philip kicherte und wandte sich wieder seiner Zeitung zu. Sydney, die das Handtuch unter ihr Kinn geklemmt hatte und es faltete, warf Michael einen Blick zu. Er sah sie an und dankte ihr mit den Augen. Sie lächelte zurück, und hoffte nur, daß sie seine Dankbarkeit auch verdient hatte, und er ihr in ein oder zwei Tagen immer noch dankbar sein würde. Nun gab es kein Zurück mehr, die Würfel waren gefallen. Die Familie Winter hatte Michael MacNeil gerade zu ihrem Sommerprojekt gemacht.

Kapitel 8

Michaels Wohnzimmer war leer. Sydney klopfte trotzdem leise an die geöffnete Tür, trat dann ein und blickte sich um. Sie war neugierig, wie er im Augenblick lebte. Charles hatte seine Räumlichkeiten immer peinlich ordentlich gehalten, als ob er sie gar nicht benutzte. Bei Michael war es etwas anders: er hatte das Wohnzimmer in ein Naturkundemuseum verwandelt. Jede verfügbare Oberfläche war entweder mit Objekten bedeckt oder mit Büchern, in denen er sie nachschlug — Blätter, Zweige, Steine, Beeren, Baumrindenstücke, zersprungene Vogeleier, Teile von Nestern, zahllose tote Insekten und eine Menge anderer Dinge, die sie selbst nicht kannte. Diesen Dingen ihren Namen zuzuordnen war bei ihm zu einer Besessenheit geworden.

Ein Blatt mit bunten Farben zog ihre Aufmerksamkeit auf sich, und sie trat an den Tisch vor dem Kamin. Inmitten des Durcheinanders lagen die Reste des Zeichenblocks, den sie ihm für die von O'Fallon verdorbenen Blätter gegeben hatte. Es waren nur noch wenige leere Seiten übrig, die anderen waren mit Michaels bunten Zeichnungen gefüllt. Sie blätterte die Seiten interessiert durch. Die Lebendigkeit der Bilder beeindruckte sie, auch wenn sie nicht genau erkennen konnte, was er gezeichnet hatte. War das ein Baum? Und das hier ein Vogel? Sollte dies eine menschliche Gestalt sein? Sie sah, daß er die Farben mit dicken, kräftigen Strichen aufgetragen hatte. Sie beugte sich tiefer und betrachtete eingehend die Linien und Striche. Wie bekam er nur so viel Farbe von den Stiften? Dann wurde ihr klar, daß er sie anfeuchtete und die Seiten flach und dick auf die Blätter drückte. Wie ein Pinsel.

Sie nahm sich vor, ihm am nächsten Tag Wasserfarben zu kaufen.

Mit einem Gefühl der Vorfreude drehte sie sich um und wollte schon den Raum verlassen, aber als sie das Gemurmel einer Frauenstimme aus dem Schlafzimmer vernahm, blieb sie stehen. Inger. Wahrscheinlich sprach sie mit sich selbst. Lächelnd schob Sydney die beinahe geschlossene Tür auf und trat ins Zimmer.

Michael sah sie als erster. Er wandte seinen tief konzentrierten Blick von Inger ab und blickte Sydney an. Beide Frauen schienen ihn im Augenblick gleichermaßen zu verwirren. Er bewegte sich aber nicht, sondern blieb stocksteif auf der Bettkante sitzen, Oberschenkel an Oberschenkel mit Inger, die seine Hände auf ihren großen, korsettierten Busen preßte und ihn mit geschlossenen Augen anlächelte.

Sie öffnete sie, als Sydney die Tür so fest gegen die Wand knallte, daß man den Abdruck des Knaufs im Putz sah.

»Oh! Ma'am!« Sie sprang auf und errötete. »Ich — ich war gerade dabei, daß Bett zu machen, und er hat mir geholfen«, stieß sie hervor und wich zurück, als erwarte sie eine Ohrfeige von Sydney.

Und Sydney war durchaus danach, ihr eine zu versetzen. »Oh ja, ich habe gesehen, wie er dir *geholfen* hat«, murmelte sie mit zu Schlitzen verzogenen Augen und mit bissiger Stimme.

»Wir haben gar nichts gemacht.« Einer ihrer dicken, blonden Zöpfe hatte sich gelöst und hing nun über ihre halb entblößte Brust. Sie schien kurz davor, in Tränen auszubrechen. »Wir saßen nur so da, Ma'am, wirklich. Bitte, Ma'am, werfen Sie mich nicht raus —«

»Verschwinde hier und mach ein anderes Zimmer sauber«, sagte Sydney mit eisiger Stimme, und Inger stürzte um sie herum zur Tür. »Und halte dich von Michael fern, hörst du?«

»Jawohl, Ma'am.« Inger flüchtete.

Ihre Schritte verstummten schnell, und dann war es so, als habe sie ihre ganze Verlegenheit im Zimmer zurückgelassen. Sydney vermochte Michael nicht einmal anzusehen. Sie drehte ihm den Rücken zu und spielte mit dem Zinnkamm und den Bürsten herum, die auf seiner Frisierkommode lagen. Eine unglaublich lange Minute verstrich, ehe die Bettfedern knarrten und er sich endlich erhob. Im Spiegel sah sie allerdings, daß er sie nicht anschaute, sondern verwirrt zu Boden blickte.

Sie wandte sich ihm zu. Warum sollte *sie* eigentlich diese nervtötende Stille brechen? »Nun? Was haben Sie dazu zu sagen?«

»Ich habe etwas falsch gemacht.« Er rieb sich mit der Hand über den Nacken. »Was eigentlich?«

»*Was eigentlich?* Sie — Sie haben —« Sie verstummte stotternd. Sie mußte sich beherrschen, um ihn nicht anzuschreien oder ihm beleidigende Fragen zu stellen.

»Sind Sie böse wegen Inger?« Er deutete auf die geöffnete Tür — als habe sie möglicherweise vergessen, wer Inger war — und klang dabei völlig unschuldig. »Weil wir uns angefaßt haben?«

»Ich bin nicht böse«, erwiderte sie spontan. »Aber Sie dürfen so etwas nicht machen, Michael.«

»Warum nicht?«

»*Darum* nicht.«

»Sie haben West auch angefaßt«, erinnerte er sie.

»Das war etwas anderes.«

»Warum?«

»Weil es eben anders war. Ich *kenne* Charles. Wir waren beinahe verlobt!«

Ihre Not übertrug sich schließlich auch auf ihn, und er blickte sie forschend und vorsichtig an. »Aber Inger hat gesagt, daß es ihr gefällt. Glauben Sie, daß ich ihr wehgetan habe?«

»Nein, natürlich nicht.«

»Das habe ich auch nicht.«

»Das *weiß* ich.«

»In Ordnung.« Er lächelte hoffnungsvoll. Sein Gesichtsausdruck sagte: *Also, wo liegt dann das Problem?*

»Das hier ist nicht meine Aufgabe«, murmelte Sydney. »Fragen Sie meinen Bruder, er wird Ihnen alles erklären.«

»Ich soll Sam fragen?«

»Nein, nicht Sam!« Wollte er sie etwa auf den Arm nehmen? »Michael, verstehen Sie wirklich nicht, worum es hier geht?«

»Ich sehe nur, daß Sie böse sind. Sie sagen, Sie seien es nicht, aber Sie sind es. Es tut mir leid, wenn ich dafür verantwortlich bin. Ich werde Inger nicht mehr anfassen, wenn es Ihnen nicht gefällt.«

»Es geht nicht darum, was mir gefällt, und ich habe Ihnen doch gesagt, daß ich nicht böse bin!« Sie hob ihre Arme und ließ sie dann frustriert wieder fallen. »Sie sind nicht der erste Mann, der sich mit einem Hausmädchen einläßt und sicherlich auch nicht der letzte. Oh, das geht mich wirklich nichts an. Tun Sie, was Sie wollen, Michael, aber hören Sie auf meinen Rat. Lassen Sie sich beim nächsten Mal nicht erwischen.«

Sie wußte selbst, daß sie erbost und wütend klang. Dieser Blick voller unschuldiger Verblüffung setzte ihr zu. Sie verließ eilig das Zimmer und mußte sich zusammennehmen, um nicht davonzustürzen.

Tante Estelle hielt mit Papa eine vertrauliche Besprechung in seinem Arbeitszimmer ab. Sie versuchte, ihn zu überreden, am Ende des Sommers einen Wohltätigkeitsball zu veranstalten. Und wie gewöhnlich hörte er nicht zu. Sydney war sich nicht sicher, ob es gut oder schlecht war, die beiden zusammen anzutreffen, und die Neuigkeit damit nur einmal verkünden zu müssen.

»Oh, Sydney — wie gut, daß du kommst«, sagte ihre Tante und brach mitten in ihrer Erklärung ab, warum es überaus wichtig für Papa war, Marshall Field, den er durch ihr gemeinsames Interesse für die Naturkunde kannte, persönlich einzuladen. »Sydney, erkläre du es ihm. Er muß ja nur mit dem Mann sprechen, ganz beiläufig, vielleicht, wenn sie sich bei einem der Aufsichtsratstreffen für das neue Museum sehen. Nichts wäre einfacher. Natürlich werde ich eine formelle Einladung an Mrs. Field senden, aber wenn du bei ihrem Ehemann ein gutes Wort einlegen könntest, würden sie vielleicht wirklich kommen. Hörst du mir überhaupt zu? Sydney, sage deinem Vater —«

»Tante Estelle — Papa —, ich muß euch etwas mitteilen.« Als sie ihren Tonfall vernahmen, blickten sie beide auf. Sie gab sich Mühe, ruhig zu klingen. »Ich bin sicher, daß kein Anlaß zur Sorge besteht, aber … nun ja, Sam scheint verschwunden zu sein.«

»Verschwunden?«

»Mrs. Harp sagt, daß er nach dem Mittagessen zum Spielen nach draußen gegangen ist, und seitdem hat sie ihn nicht mehr gesehen.« Mrs. Harp war die Haushälterin. »Er ist nicht schwimmen gegangen«, fügte sie schnell hinzu, als sie ihre Gesichter sah. »Sein Badeanzug ist da, und Mrs. Harp sagt, er sei Richtung Straße gelaufen, nicht zum See. Er spielt wahrscheinlich irgendwo und hat völlig die Zeit vergessen.«

»Aber es sieht ihm gar nicht ähnlich, seinen Nachmittags-Imbiß zu verpassen.«

»Nein«, gestand sie ein. »Das sieht ihm wirklich nicht ähnlich.«

»Vielleicht ist er mit Michael zusammen«, wandte ihr Vater ein.

»Ja, nun, ehrlich gesagt …« Wie schwer ihr dies fiel! »Es sieht so aus. Michael ist nämlich auch fort.«

»Harley, ruf die Polizei.«

»Aber, Estie —«

»Sag nicht: ›Aber Estie.‹ Ruf die Polizei! Dein Sohn

wurde von einem Wilden entführt, und du sagst: ›Aber Estie‹?«

»Aber Estie, laß uns keine vorschnellen Schlüsse ziehen. Wahrscheinlich gibt es gar keinen Anlaß zur Sorge. Hast du versucht, sie zu rufen, Sydney?«

»Ja.« Bis ihre Kehle schmerzte. »Sie haben Hector nicht mitgenommen. Das Seltsame ist, daß Sam all sein Geld aus seiner Spardose genommen hat.«

»Da haben wir's! Dieser Wilde hat es ihm abgenötigt!«

So besorgt Sydney auch war, darüber mußte sie nun doch lachen. Sie wandte sich ihrem Vater zu. Auch wenn seine Geistesabwesenheit der Grund dafür sein mochte, so war sie ihr in diesem Augenblick doch ein Trost. »Sam ist nicht bei Billy Gaylord, und er ist auch nicht bei Todd Durham — ich habe die Mütter angerufen. Ich werde ins Dorf gehen und nachsehen, ob sie dort sind. Es sieht ihm gar nicht ähnlich, aber wenn er all sein Geld mitgenommen hat, dann muß er auch geplant haben, etwas zu kaufen.«

»Ich denke immer noch, wir sollten die Polizei rufen.«

»Wann hast du Michael das letzte Mal gesehen?« erkundigte sich Papa.

»Heute morgen. Wir — wir haben ausnahmsweise keinen Unterricht abgehalten, und er ist nicht zum Mittagessen erschienen.« Wahrscheinlich mied er sie. Sollte sie ihnen von dem Vorfall mit Inger im Schlafzimmer berichten? Nein. Nein, dafür gab es keinen Grund. Das konnte nichts mit Sams Veschwinden zu tun haben.

»Wir geben ihnen noch bis zum Abendessen Zeit«, erklärte ihr Vater mit ungewöhnlicher Entschlossenheit. Er tätschelte Sydneys Hand. »Wenn sie dann noch nicht zu Hause sind, denken wir darüber nach, die Polizei zu rufen.«

»Das ist ein Polizist, siehst du? Sie tragen immer lange, blaue Jacken und Kohleneimerhelme.«

Und sie tragen schwarze Stöcke wie O'Fallon, dachte Michael. »Schlagen sie Leute auch?«

»Natürlich! Aber nur, wenn es sich um Kriminelle handelt, wie Mörder oder Diebe, oder wenn jemand betrunken ist und sich prügelt. Aber die meiste Zeit über stehen sie auf der Straße und regeln den Verkehr.«

Und genau das tat dieser hier auch. Er stand auf der Ecke von State Street und Madison, was laut Sam die geschäftigste Ecke der ganzen Welt war. Manchmal sagte Sam solche Dinge, und sie stellten sich als unwahr heraus, aber dieses Mal war es anders. Michael mußte gegen die Backsteinwand eines Gebäudes zurückweichen, damit ihm niemand auf die Füße trat. Er hatte noch nie zuvor in seinem Leben so viele Menschen gesehen oder so viele Geräusche gehört. Sam erklärte ihm die ganzen Vehikel, die die Straße entlangrumpelten: Brauereiwagen, Aschewagen, Eiskarren, Milchkarren, Lebensmittelwagen, Droschken, Waffelkarren und Damenkutschen. Am besten war die Kabelbahn, die aus vier verbundenen Wagen bestand, die sich zur gleichen Zeit bewegten und von *nichts* gezogen wurden. Zumindest von nichts Erkennbarem. Sam behauptete, sie führen mit Elektrizität, aber als Michael ihn fragte, was das zu bedeuten habe, da wußte er nur zu antworten: »Funken.«

»Warum hetzen die Leute alle so? Was ist passiert?«

»Nichts, kein Feuer oder sonst was. So ist es hier immer.«

»Warum?«

Sam zuckte mit den Schultern. »Ich schätze, sie haben Arbeit, die Männer zumindest, und da gehen sie hin. Laß uns mal bei den Jungs da drüben zusehen.« Er deutete über die Madison Street hinweg zu einem riesigen Loch in der Erde, aus dem Metallstäbe hervorragten, auf denen sich überall Männer befanden. »Da wird ein neues Gebäude errichtet. Komm schon! Vielleicht wird es ein Wolkenkratzer!«

»Ein was?«

»Wie der da drüben. Siehst du? Man nennt sie Wolkenkratzer, weil sie so groß sind, daß sie an den Wolken entlangkratzen. Na ja, nicht wirklich, aber so heißen sie eben. Der da hat dreiundzwanzig Stockwerke und ist das höchste Gebäude der Welt. Ich war einmal oben. Sydney wollte nicht mit, sie hatte Angst vor der Höhe.«

Michael konnte das gut verstehen, aber er folgte Sam gehorsam bis zur Kurve und wartete, bis der Polizist ein ohrenbetäubendes Geräusch mit seiner Pfeife von sich gab, das alle Wagen und Kutschen und Karren und Leute und Tiere, die sich in eine Richtung bewegten, zum Stehen brachte, damit diejenigen, die in die andere Richtung wollten, kreuzen konnten. Die Pflastersteine der Straße fühlten sich durch die Sohlen seiner Schuhe seltsam an. Ein Mann, der ihm entgegenkam, rempelte gegen seinen Arm und ging einfach weiter. Zwei Damen mit Sonnenschirmen wären geradewegs in ihn hineingelaufen, wenn er nicht in letzter Sekunde ausgewichen wäre. Sam packte seine Hand und forderte ihn auf, schneller zu gehen.

Sie sahen lange Zeit zu, wie die Männer an dem Gebäude arbeiteten. Der Lärm der Hämmer und Sägen war anfangs schrecklich laut, aber nach einer Weile hatte er sich daran gewöhnt, und es gefiel ihm. Sam und er mußten sich anschreien, um sich zu verständigen. Sie waren nicht die einzigen, die die Männer bei der Arbeit beobachteten.

Eine Menschentraube hatte sich um die riesige Baugrube versammelt. Die Metallstangen seien Stahlträger, erzählte Sam, und sie waren so stark, daß sie ein ganzes Gebäude aufrecht halten konnten. Michael, der immer geglaubt hatte, daß die stärksten Dinge auf der Welt Stein und Holz waren, fand nicht genug Worte, um sein Erstaunen auszudrücken.

»Laß uns etwas essen«, sagte Sam schließlich.

»Gute Idee.«

»Und du bezahlst. Hast du das Geld noch?« Er grinste — er hatte es scherzhaft gemeint.

»Jawohl.« Michael hatte es in seiner Hosentasche, und es zog sie hinunter, als habe er Steine darin. Damit würde er zum zweiten Mal bezahlen. Beim ersten Mal hatte er die Karten für den Dampfzug gekauft. Ihr Ausflug in die Stadt war Sams Idee gewesen, seine Absicht war, Michael etwas über Geld, über Addieren und Subtrahieren beizubringen, und wie man Dinge von Leuten kaufte.

»Laß uns erst etwas trinken. Der Laden hier sieht gut aus. Ich kann alles auf den Schildern lesen«, sagte Sam stolz. »Du auch?«

»›Drei Cents und fünf Cents das Glas, eiskalt. Sar ... Sarsa ...‹«

»Sarsaparillsoda. Das mögen wir nicht.«

»Erdbeere, Zitrone, Vanille, Cham ...«

»Champagne Cidre. Das mögen wir auch nicht.«

»›Birkenbier, Root Beer, Ginger Ale. Sportlerbedarf, Angelbedarf. Pfeifen und Raucherar ...‹«

»Artikel.«

»›Artikel. Probieren Sie unsere Milchshakes für fünf Cents. Ein Cent für die *Tribune*, Chicagos größte Tageszeitung.‹«

»Sehr gut. Was möchtest du zu trinken haben?«

Michael dachte nach. »Was ist Vanillesoda?«

»Genau das nehme ich auch! Das ist das Beste überhaupt. Laß uns reingehen. Du bestellst.«

Er bestellte tatsächlich bei einer gutgelaunten Frau mit einer weißen Schürze. »Zehn Cents«, sagte sie, nachdem sie ihre Getränke aus einem silbernen Schlauch geholt hatte. Michael legte Sams ganzes Geld auf die Metalltheke und fand ein Zehn-Cents-Stück. »Vielen Dank«, sagte er und legte es in ihre fleischige Hand. »Lassen Sie es sich gut schmecken«, erwiderte sie mit einem breiten Lächeln. Sie tranken ihre Sodas gleich dort, im Stehen, da die Dame ihre Gläser zurückhaben wollte.

Draußen belehrte ihn Sam. »Wenn du ihr das Geld gibst, mußt du nicht Danke sagen. Du gibst ihr ja das Geld, verstehst du? Aber wenn sie dir die Getränke reicht, dann bedankst du dich.«

»Und was sage ich, nachdem sie sich bedankt hat?«

»›Gern geschehen‹ oder auch: ›Ich danke *Ihnen*‹, aber das sage ich ganz selten. Das machen eher die Erwachsenen.«

Unterhaltungen wie diese führten sie die ganze Zeit über. Sam erklärte die einfachsten Dinge, an die Philip und sogar Sydney niemals denken würden, die sich noch nicht einmal bewußt waren, daß er davon keine Ahnung hatte. »Ich danke *dir*«, sagte er, und Sam mußte lachen, weil er dachte, Michael würde üben. Aber es war sein Ernst.

»Komm mit, ich will dir etwas zeigen. Ich will dir zwei Dinge zeigen, die beide auf derselben Straße sind.«

Sie entfernten sich von der geschäftigsten Ecke der Welt, gingen an Gebäuden vorbei, die zweimal so hoch waren wie Bäume und schritten über zementierte Bürgersteige mit ›Bullaugen‹ aus Glas hinweg, durch die man manchmal Leute erkennen konnte, die unter einem herliefen. Einmal kamen sie an einem Mann vorbei, der mit einem rot-weißen Anzug bekleidet war, gelbe Farbe im Gesicht hatte und eine große, rote Nase trug. Er hielt ein Schild fest, auf dem zu lesen stand: MURPHY, DER SCHNEIDER, FERTIGT ANZÜGE FÜR $10 DOLLAR - DIVERSEY BLVD. Michael blieb wie angewurzelt stehen, um ihn anzustarren. »Was ist das?« flüsterte er erschrocken, und Sam erklärte ihm, daß es sich nur um einen Clown handelte. Er wolle auffallen, damit man einen Anzug bei Murphy kaufte. Er benötigte beinahe drei Straßenzüge, um Michael zu erklären, was ein Clown ist.

Die erste Sache, die Sam ihm zeigen wollte, war ein gigantisches Gebiß, daß die ganze Zeit klapperte. Es befand sich über der Tür von DR. WALLS, ZAHNARZT, und war nur wenige Meter von der zweiten wundervollen Sache entfernt, einer monströsen Brille an der Praxis von Dr. Kramitz, hinter der sich ein zwinkerndes Augenpaar befand. Das Zwinkern erfolgte langsam und beständig und Sam sagte: »Nach einer Weile ist es ein wenig unheimlich, nicht wahr?« Michael stimmte ihm zu. Ihm gefielen die Zähne besser.

Sie hatten beide Hunger, und so erstanden sie heiße Kastanien und eine rote Limonade bei einem Mann mit einem Karren. Anschließend kauften sie zwei Dill-Pickles, eine Tüte Erdnüsse, vier Pfefferminzbrocken und zwei Lakritzstangen.

Danach fühlten sie sich gestärkt und suchten einen Drugstore auf, in dem man für einen Penny eine Platte auf einem Phonographen abspielen konnte. Sam wählte ›Mothers'Smile‹ und ›The Swiss Echo Song‹, und dann kauften sie Michael einen Strohhut für fünfzig Cents. »Männer tragen Hüte«, behauptete Sam, und Michael hatte heute den Beweis mit eigenen Augen gesehen. Er blickte sich in dem Spiegel auf der Theke des Drugstores an und vermochte kaum zu glauben, daß er dieser bartlose Mann in dem blauen Anzug mit Krawatte war, und der nun einen Hut mit einem schwarzen Band trug, der nach Heu roch. Michael MacNeil? Das konnte einfach nicht sein. Er starrte und starrte, bis Sam ihn am Arm ergriff und wegzog.

Sie fuhren in einem Aufzug, benutzen sechs Straßenblöcke weit die Kabelbahn und klammerten sich dabei stehend an Stangen fest. Sie ließen sich die Schuhe putzen, betrachteten Schaufenster, hinter denen Wachsfiguren standen, die Kleidung trugen. Aber der seltsamste, erstaunlichste Anblick von allen war der Mächtige Medici und seine Mysteriöse Welt der Magie.

Sie entdeckten ihn durch Zufall in einem kleinen Park in der Nähe der Bahnstation. Sie hörten zuerst die Musik und folgten ihr zu einer Stelle auf der Wiese, wo eine

Menschentraube aus vielen Kindern und ihren Müttern stand. In ihrer Mitte befand sich der Mächtige Medici und seine Helferin, eine wunderschöne Dame, die gleichzeitig Mundharmonika und Akkordeon spielen konnte. Michael hatte gesehen, wie Sam seine Kartenkunststücke vorführte und gedacht, er verstehe die Zauberei, aber nun erfuhr er die Wahrheit. Sam war ein Kind und der Mächtige Medici ein Meister. Und die Zauberei war ... nicht zu erklären.

»Ich kann nichts sehen«, beschwerte sich Sam, und Michael stellte sich hinter ihn und hob ihn hoch. Sie staunten beide, als der Zauberer zuerst eine weiße Taube aus seinem hohen, schwarzen Hut zog und dann ein weißes Kaninchen. Rote und orangefarbenen Tücher quollen aus seiner Hand, Meter um Meter von Tüchern, die er seiner schönen Assistentin zuwarf, während alle laut Beifall klatschten und begeistert pfiffen. Er vollführte unglaubliche Dinge mit vier großen Silberreifen, und das mit einer Schnelligkeit, daß sogar Michaels Sinne ihm nichts nutzten. Er schüttete Milch, Wein, Tinte und Wasser aus ein und derselben Flasche. Und schließlich geschah das Beste von allem, er setzte seine Helferin in eine Truhe, verschloß sie mit einem Schlüssel und ließ die Dame verschwinden!

Michaels Welt brach zusammen, auch wenn etwas in seinem Inneren gar nicht so überrascht sagte: *Ich wußte es, ich wußte es.* Es geschahen die ganze Zeit über Dinge, die sich nicht erklären ließen — was war der Sonnenaufgang, wenn nicht Zauberei? — und dieser Mann mit dem schwarzen Umhang und dem gewachsten Schnäuzer war eine Mahnung, vielleicht sogar der Beweis dafür. Auf dem Rückweg zur Bahnstation bemühte sich Sam ihm klar zu machen, daß es nichts weiter als Tricks mit Spiegeln und Ärmeln und doppelten Böden waren. Michael verlor schließlich die Lust am Argumentieren und tat um des lieben Friedens willen so, als glaube er ihm. Aber er wußte es besser. Der Mächtige Medici mochte vielleicht ein Schwindler sein, *vielleicht*, aber Zauberei gab es wirklich. Er hatte es gesehen. Er wußte es.

»Pfeifenreiniger, Fliegenpapier! Pfeifenreiniger, Fliegenpapier!«

Er hatte inzwischen gelernt, daß es unhöflich war, zu starren, daher wartete er ab, bis sie an dem kleinen Jungen vorbei waren, der sich — sogar jünger noch als Sam — mit einem Tablett in der Hand in der Nähe des Zeitungsstandes aufgebaut hatte. »Ist er auch ein Clown?« flüsterte Michael. »Warum ist er so gekleidet?« Er hatte zerrissene, dreckige, löcherige Kleidungsstücke an und sich ein Seil um die Taille gebunden, das ihm als Gürtel diente. Zwei helle Augen strahlten aus einem klugen Kindergesicht, wie ein Fuchsjunges, und in seinem Mund fehlten zwei Vorderzähne.

Sam hätte ihn auch gerne angestarrt. »Er ist arm«, flüsterte er.

»Hat er denn keine Eltern?«

»Ich habe keine Ahnung. Vielleicht nicht. Er könnte eine Waise sein. Aber er ist kein Bettler, er ist ein Hausierer. Er verkauft Fliegenpapier.«

»Laß uns welches kaufen.«

»In Ordnung.«

Sie kauften ihm das ganze Papier ab und auch seine Pfeifenreiniger, aber sie kamen doch nur auf siebenundvierzig Cents und hatten damit immer noch fünzig Cents übrig. Das wäre gerade genug gewesen, um mit dem Zug wieder nach Hause zu kommen.

»Möchtest du das hier auch noch haben?« fragte Michael jedoch und streckte die Hand mit den beiden Quartern aus. Der kleine Junge betrachtete erst das Geld und dann ihn. »Du kannst es haben, wenn du willst. Fünfzig Cents. Ein Geschenk.«

Er hatte kleine, schmutzige Hände mit schwarzen Fingernägeln. Eine Hand schoß vor, pflückte die beiden

Geldstücke von Michaels Handfläche und stopfte sie in die Hosentasche. Dann blickte er aus irgendeinem Grund ängstlich drein, wie ein krankes Tier, das einem mißtraut und nicht versteht, warum man es füttert. Ohne sich zu bedanken klemmte er sich sein leeres Tablett unter den Arm und rannte fort.

»Oh je«, sagte Sam. »Was sollen wir denn jetzt tun? Wie sollen wir nach Hause zurückkommen?«

»Ganz einfach«, erwiderte Michael. »Wir werden laufen.«

»Was hast du dir nur dabei gedacht? Sag es mir. Hast du überhaupt nachgedacht?«

»Ich dachte, wir würden rechtzeitig wieder zurück sein. Ich habe nicht geglaubt, daß du — ich meine —«

»Du hättest nicht gedacht, daß wir euer Verschwinden bemerken würden, nicht wahr?« polterte Tante Estelle. »Das stimmt doch, oder? Du hast dich *davongeschlichen,* richtig?«

Der arme Sam ließ den Kopf hängen. Wäre Sydney nicht genauso wütend gewesen wie ihre Tante, hätte sie Mitleid mit ihm gehabt. »Wir haben uns nicht davongeschlichen«, erwiderte er an den Boden gewandt. »Wir sind einfach gegangen. Und du solltest Michael nicht anschreien, denn es war nicht seine Schuld.«

»Erzähle mir nicht, wen ich ausschelten darf, junger Mann.«

»Aber ich habe ihm gesagt, es würde eine Unterrichtsstunde sein. In Arithmetik, und wie man —«

»Ja, ja, das haben wir schon zur Genüge gehört. Du hast deine Ersparnisse für Bonbons und Nonsens und — einen Hut ausgegeben.«

Michael erbleichte ein wenig unter Tante Estelles wütendem Blick. Er sah todunglücklich aus. Sydney war hin und hergerissen, ob sie ihn in den Arm nehmen oder erwürgen sollte.

»Harley, was hast du deinem Sohn zu sagen?«

»Hmm?« Papa blickte von seiner Hühnerbrust auf, die er gerade auf seinem Teller zerschnitt. Das Abendessen hatte sich wegen der beiden Ausreißer verspätet, und er war hungrig. »Wie ist der Unterricht gelaufen? Hat er sich gut angestellt?«

Sam erwiderte über das Schnaufen seiner Tante hinweg: »Oh, Daddy, er war einfach toll! Er hat gut auf das Geld aufgepaßt und für alles bezahlt, und er hat das Wechselgeld bekommen und immer richtig nachgezählt.«

»Hervorragend, das ist wirklich —«

»*Harley!*«

»Hm? Oh.« Er setzte ein Stirnrunzeln auf. »Es ist nicht richtig, einfach so wegzulaufen, weißt du. Hast deiner Tante Kummer bereitet, und auch deiner Schwester. Hätten beinahe die Polizei gerufen. Sag, daß es dir leid tut.«

»Es tut mir leid.«

»Damit ist die Sache dann erledigt. Und nun sollten wir —«

»Damit ist die Sache erledigt?« Tante Estelles Stimme erhob sich beinahe zu einem Kreischen. Michael und Sam, die erleichtert begonnen hatten, sich auf den Tisch zuzubewegen, um ihre Plätze einzunehmen — Tante Estelle hatte ihnen verboten, sich zu setzen, bis das Urteil über ihren Fall gesprochen war — erstarrten. »Sie da«, sagte sie und deutete mit dem Finger auf Michael. Sie nannte ihn nie bei seinem Namen — entweder glaubte sie nicht, daß es wirklich seiner war oder sie dachte, er habe ihn nicht verdient. »Verlassen Sie das Zimmer. Die Familie möchte diese Unterhaltung unter sich fortsetzen.«

Sydneys Erleichterung, daß ihm weitere unangenehme Dinge und weitere Blamagen erspart würden, verwandelte sich in Kummer, als sie seinen Gesichtsausdruck erblickte. Tante Estelle hätte nichts Schlimmeres sagen können. »Oh bitte, laß ihn bleiben«, murmelte sie schnell und schob ihren Stuhl zurück.

Tante Estelle verhinderte jedoch, daß sie aufstand, indem sie sich selbst von ihrem Stuhl erhob und Sydney eine feste Hand auf die Schulter legte. »Gehen Sie bitte«, befahl sie, und Michael, dessen kecker Hut in scharfem Kontrast zu seinem verletzten Gesichtsausdruck stand, gehorchte.

Sams Strafe bestand schließlich darin, daß er kein Abendessen bekam und den nächsten Tag in seinem Zimmer verbringen mußte, um einen dreiseitigen Aufsatz über die Weisheit und Notwendigkeit des Gehorsams von Kindern zu schreiben. Sydney hatte nichts gegen diese Strafe einzuwenden, denn was er getan hatte, war falsch gewesen, und er hatte ihr damit eine Höllenangst eingejagt. Und trotzdem hatte sie immer Probleme damit, wenn er bestraft wurde, egal, wie sehr er es auch verdient haben mochte. An diesem Abend stattete sie ihm wie gewöhnlich einen heimlichen Besuch in seinem Schlafzimmer ab und bemühte sich, streng zu klingen, während sie ihn tröstete.

»Also, was hast du dir nur dabei gedacht?« Sie saß neben ihm auf dem zerwühlten Bett und ließ es zu, daß er sich gegen sie lehnte, während er vor sich hinschnüffelte und in ein Taschentuch schniefte.

»Ich weiß nicht. Ich hatte ja keine Ahnung, daß sich irgendjemand etwas daraus machen würde.«

»Sam, wie konntest du das nur glauben? Wir waren vor Sorge ganz krank.«

»Daddy aber nicht.«

»Doch, er auch«, erwiderte sie automatisch. »Er zeigt es nur nicht so. Ich bin wirklich enttäuscht von dir, Sam. Ich dachte, du hättest ein besseres Urteilsvermögen.«

»Ich habe den Zug doch schon öfter benutzt«, sagte er verteidigend.

»Aber nicht allein.«

»Ich *war* ja nicht allein. Und Michael war einfach toll, Syd, und wir hatten so viel Spaß —«

»Warum hast du nicht um Erlaubnis gebeten?« Er schwang seine Beine über die Bettkante und antwortete nicht. »Ich denke, du wußtest, daß wir sie dir niemals gegeben hätten, nicht wahr?«

»Ich schätze, ja«, murmelte er.

»Und du verstehst im Grunde auch, warum wir so böse sind, oder?«

»Ja, schon.«

»Gut. Dann dürftest du bestimmt auch keine Schwierigkeiten haben, einen dreiseitigen Aufsatz darüber zu schreiben.«

Er ließ sich stöhnend auf das Bett zurückfallen.

Sie lachte. »Hungrig?«

»Ja!« Er schoß wie ein Steh-auf-Männchen in die Höhe. »Was hast du mir mitgebracht?«

»Du verwöhnter Racker!«

Während er das Hühnchen-Tomaten-Sandwich aß, das sie aus der Küche geschmuggelt hatte, erklärte er ihr, warum Michael und er so spät gekommen waren. »Er hat unser ganzes Geld einem kleinen Lumpenjungen auf der Straße gegeben. Und dann konnten wir nicht mehr mit dem Zug fahren, und er sagte, wir sollten einfach laufen. Und das haben wir auch gemacht, aber ich wurde müde, und er hat mich fast den ganzen Weg Huckepack getragen. Wir sind die Schienen entlanggewandert, und er kann *wirklich, wirklich* schnell gehen. Ich mußte nur seine Schuhe festhalten, weil sie ihm an den Füßen weh taten und er damit nicht schnell genug von der Stelle kam. Er ist über Steine und alles mögliche gewandert, und es hat ihm nichts ausgemacht. Die Leute, die uns sahen, dachten sich nichts dabei, sie glaubten wohl, wir würden spielen. Sie wußten ja nicht, wie weit wir gingen. Und als wir hier ankamen, da war er nicht einmal müde.«

»Nun.« Das war alles, was sie sagen konnte.

»Ich habe ihn überredet, den Hut zu kaufen. Weil er doch keinen hat.«

»Das war sehr nett von dir.«

»Und das mit dem Geld war mir egal. Ich war einverstanden, daß er es dem kleinen Jungen gab, aber ich hätte es nicht getan, wenn er es nicht vorgeschlagen hätte. Es wäre mir gar nicht in den Sinn gekommen.« Er senkte seine Stimme. »Ich glaube, das mit dem Geld versteht er noch nicht so richtig«, gestand er. »Das mit dem Sparen und dem vorsichtig sein und so.«

»Wahrscheinlich nicht.«

»Aber das liegt nur daran, daß er keine Erfahrung hat. Wir werden es ihm beibringen, nicht wahr, Sydney? Du und ich und Philip, wir werden ihm zeigen, wie das alles geht, stimmt's? Damit er ein normaler Mensch sein kann.«

Sie nickte und legte einen Arm um seine schmalen Schultern. »Das werden wir«, stimmte sie ihm mit überzeugterer Stimme zu, als sie eigentlich empfand. Sie küßte ihn auf seinen blonden Scheitel und fügte hinzu: »Aber immer erst, *nachdem* wir die Erlaubnis dafür eingeholt haben.«

Michael war nicht in seinem Zimmer. Ein Instinkt führte sie nach draußen, und sie schritt den Weg zum See entlang. Die Sichel des Mondes erhob sich über den Baumspitzen, und durch die Blätter sah sie, wie er silbrig auf dem pechschwarzen See schimmerte. Am Ende des Pfads hielt sie inne, um am Ufer entlangzublicken, und dem leisen Klatschen der Wellen auf den unsichtbaren Sand zu lauschen.

Eine Bewegung vor dem dunklen Hintergrund. Trotz der Entfernung wußte sie, daß er es war. Sie zog ihre Schuhe und Strümpfe aus und begann, auf ihn zuzugehen.

Seine Sinne waren so scharf, daß sie ihn bisher niemals hatte überraschen können. Aber dieses Mal waren die Umstände — der Sand, die flüsternde Flut, die Richtung des Windes — auf ihrer Seite. Als sie nur noch knapp vier Meter trennten, verharrte sie unbemerkt und nahm die Gelegenheit wahr, ihn zu betrachten.

Er stand mit dem Rücken zu ihr, die Hände gelöst an seinen Seiten, und starrte im Mondschein über das Wasser. Sein großer, aufrechter, schlanker Körper gefiel ihr wie immer und erregte sie, wenn sie ihre Gefühle nicht schnell genug bremste. Sie hatte den ganzen Tag lang Zeit gehabt, um über ihre Reaktion auf Ingers hemmungsloses Interesse an ihm nachzudenken, aber sie war immer noch nicht besänftigt. Im Moment kamen ihr diese Gedanken unangemessen vor, denn seine gesenkten Schultern sagten ihr, in welcher Art Stimmung er sich befand, und daß er eine unkomplizierte Freundschaft wie die ihre dringender benötigte, als ... alles andere.

Er fuhr so plötzlich herum und ging dabei halb in die Hocke, daß sie vor Schreck zurückwich.

»Es tut mir leid — ich wollte Sie nicht erschrecken!« Er hatte *sie* erschreckt. Sie legte ihre Hand auf die Brust und spürte, wie ihr Herz raste. Er richtete sich auf und wandte ihr wieder den Rücken zu — eine vielsagende, aber für ihn uncharakteristische Brüskierung.

»Ist mit Ihnen alles in Ordnung?« Sie trat einen Schritt näher. Er antwortete nicht. Als sie ihre Hand auf seinen Rücken legte, zuckte er überrascht zusammen. »Michael, ist alles in Ordnung?«

»Nein«, erwiderte er leise, und sie lächelte mit einer seltsamen Erleichterung. Egal, was ihm auch zu schaffen machte — und sie konnte sich vorstellen, was es war — sie mußte es zumindest nicht aus ihm herausquetschen. Er war noch nicht ›zivilisiert‹ genug, um zu lügen.

»Sind Sie durcheinander wegen der Dinge, die meine Tante gesagt hat?«

»Ja. Doch nicht nur deshalb. Aber egal, sie hatte jedenfalls recht.«

»Warum?«

»Weil ich dumm gewesen bin. Sam sagte, wir sollten nach Chicago fahren, und ich habe nicht darüber nachgedacht, warum das eine schlechte Idee sein könnte. Ich habe nicht darüber nachgedacht, daß er zu klein dafür ist oder daß er dort nicht hinfahren darf. Ich habe nicht an die Gefahren gedacht, nicht an all die Dinge, die Ihre Tante aufzählte.«

»Oh. Das meinen Sie.« Tante Estelle hatte eine Litanei von Katastrophen heruntergebetet, die Sam heute in der verdorbenen Stadt hätten zustoßen können, eine schreckliche Liste, die jedem das Blut in den Adern gefrieren lassen mußte. »Denken Sie nicht weiter darüber nach. Außerdem, woher sollten Sie wissen, daß Sam zu klein dafür ist?«

»Ich hätte es einfach wissen müssen.«

»Aber warum? Sie gehen zu hart mit sich ins Gericht. Sam ist derjenige, der es hätte besser wissen müssen, nicht Sie. In gewisser Weise hat er Sie ausgenutzt.«

»Das stimmt nicht. Er ist ein kleiner Junge, und ich sollte mich wie ein erwachsener Mann benehmen.«

»Aber es gibt Dinge, die Sie noch nicht kennen können. Sie müssen Geduld haben. Michael, drehen Sie sich um und sehen Sie mich an.« Er bewegte sich nicht. »Das ist doch albern. Schämen Sie sich wirklich? Dafür gibt es doch keinen Grund.« Sie streichelte ihm über die Schulter. Nur zum Trost, von Freund zu Freund. Aber seine Muskeln spannten sich an, und sie war sich der harten Muskulatur und der weichen Haut unter seinem Baumwollhemd sehr bewußt. »Setzen wir uns doch. Das ist doch nicht alles, was Ihnen Kummer bereitet. Kommen Sie, setzen Sie sich zu mir. Reden wir darüber.« Sie ging davon, ohne ihn noch einmal anzusehen und hoffte, daß er ihr folgen würde. Sie suchte sich eine geeignete Stelle im Sand, in der Nähe der Kiefern. Sie tat so, als sei sie damit beschäftigt, ihre Röcke und Petticoats glatt zu streichen, aber aus den Augenwinkeln heraus beobachtete sie ihn und sah, wie er langsam auf sie zukam und im Schneidersitz neben ihr Platz nahm.

»Erzählen Sie mir von Ihrem aufregenden Tag in der Stadt. Sam sagt, daß alles wunderbar geklappt hat. Hatten Sie auch so viel Spaß wie er?«

Endlich blickte er sie mit einem ernsten Blick voller Selbstzweifel an. »Ich hatte keine Ahnung, daß es einen solchen Ort überhaupt gibt. Ich hätte es mir nie träumen lassen.«

»Hatten Sie Angst?«

»Nein.«

»Was dann?«

Es fiel ihm immer noch schwer, Dinge mit Worten zu erklären. »All die Leute. Wie schnell sie gingen. Sie waren in Eile, haben uns aus dem Weg geschoben. Und ihre Augen schauten nach innen, statt um sich zu sehen. Alle gingen irgendwohin — selbst die Tiere. Gingen zur Arbeit oder hatten irgendeinen anderen Grund, herumzulaufen. Hatten einen Ort, wo sie hingehörten. Ich gehöre nicht zu ihnen, aber inzwischen gehöre ich auch nicht mehr dahin, wo ich hergekommen bin.«

»Oh, Michael!«

»Niemand hat mich angestarrt. Es war also nicht wie vorher. Im Gegenteil. Aber irgendwie war es doch dasselbe. Weil ich immer noch alleine bin. Ich habe keinen Ort, an den ich gehöre, keine Arbeit, keinen Lebenssinn. Ich werde immer der verlorene Mann bleiben.«

Seine zögerlich und leise vorgetragene Selbstanalyse, die er ohne eine Spur von Selbstmitleid vortrug, ging ihr unglaublich nahe. Sie konnte ihm nicht sagen, daß er Unrecht hatte, denn seine Einsamkeit war zu tief, schmerzte ihn zu sehr, um sie zu verleugnen. Sie legte ihre Hand auf die Rückseite seiner Hand, die auf seinem Oberschenkel ruhte. »Es ist schrecklich für mich, daß Sie so empfinden. Sie sind *nicht* allein. Die Dinge, die meine Tante heute abend gesagt hat, waren sehr unfreundlich und einfach nicht wahr. Sie gehören zu uns, Michael. Sie gehören hierher — und das, so lange sie möchten. Sam betet Sie an, und — und Sie wissen, wie ich empfinde.« Natürlich wußte er das nicht. Wie sollte er auch, wenn nicht einmal sie selbst es wußte. Sie war froh, als er schwieg und keine Erklärung verlangte.

»Sie leben erst ein halbes Jahr in dieser für Sie neuen Welt. Denken Sie doch einmal an all das, was Sie schon erreicht haben. Sie können vielleicht nicht sehen, wieviel Fortschritte Sie gemacht haben, aber wir schon. Himmel, Immigranten, die in dieses Land kommen, lernen nicht so schnell lesen und schreiben wie Sie es getan haben. Natürlich sind Sie ungeduldig, aber es braucht eben seine Zeit. Das ist alles, nur Zeit.«

Sie seufzten beide, und sie ahnte, daß sie wohl gleichermaßen unzufrieden waren mit ihrer kleinen Rede, denn sie hatte den Kern des Problems nicht angesprochen.

Er drehte seine Hand um und automatisch ließ sie die ihre hineingleiten und verhakte ihre Finger mit den seinen. Er starrte auf ihre verbundenen Hände hinab, als ob sie etwas zu bedeuten hätten, ein Symbol für ihn seien. Ein Symbol wofür? Etwas, das einzugestehen sie noch nicht bereit war?

Wie mochte es wohl sein, Jahr um Jahr ohne menschlichen Kontakt, ohne menschliche Berührungen zu leben? Unvorstellbar. Ohne nachzudenken beugte sie sich vor und legte ihre Wange auf ihre verbundenen Hände.

Er wurde ganz ruhig. Dann fühlte sie, wie seine Finger ganz leicht und scheu und unendlich vorsichtig über ihr Haar strichen. Als sie sich nicht bewegte, wurde er mutiger, strich ihr Haar hinter's Ohr zurück und streichelte über ihre Schläfe. Sie habe Haar wie ein Fuchs, hatte er gesagt. Dieser Gedanke brachte sie trotz der Ernsthaftigkeit dieses Augenblicks zum Lächeln. Sie konnte wohl vorgeben, es geschehe in diesem Moment nichts Besonderes, denn sie waren Freunde, und Freunde berührten sich schließlich hin und wieder — aber das entsprach nicht der Wahrheit. Sie wollte sich weder bewegen noch etwas sagen, denn das hier war zu schön, und wenn sie versuchte, es für ihn oder für sich zu erklären oder in Worte zu fassen, dann wäre alles verdorben. Also verhielt sie sich ruhig, ließ ihre Wange auf seiner Hand ruhen, ließ zu, daß er mit langsamen, federleichten Fingern über ihr Haar, ihr Gesicht strich.

»Es tut mir leid wegen heute morgen«, sagte er, ohne seine sanften Berührungen einzustellen. »Das mit Inger. Ich hatte es nicht verstanden. Aber ich habe den ganzen Tag darüber nachgedacht, und nun verstehe ich es.«

»Sie haben nichts falsch gemacht.« Sie hatte auch den ganzen Tag darüber nachgedacht.

»Das habe ich schon, aber nicht mit Absicht. Ich werde es nicht wieder tun.«

»Oh ... es spielt keine Rolle.«

»Wirklich nicht?«

Sie setzte sich widerstrebend auf. »Ich hätte nicht derart meine Beherrschung verlieren dürfen«, erwiderte sie ausweichend.

»Aber es spielt schon eine Rolle, nicht wahr? Es spielt eine Rolle für Sie.«

Die Ernsthaftigkeit in seinem Gesicht war zu viel für sie. Sie befanden sich auf gefährlichem Terrain, aber sie brachte es nicht fertig, ihn anzulügen. »Ja, das tut es.«

Er nickte zufrieden, erleichtert, und lächelte beinahe. »Ich habe sie nur angefaßt, weil es mich interessierte. Ich wollte spüren, wie sie sich anfühlt. Und es hat ihr nichts ausgemacht — sie hat mir sogar geraten, es zu tun. Aber ich hätte es nicht machen dürfen, und jetzt weiß ich auch warum. Weil sie nur eine Frau ist. Aber sie ist nicht *Sie.*«

»Sie sollten ...« Die Gedanken überschlugen sich in ihrem Kopf, aber sie konnte sich auf keinen einzigen konzentrieren. »Sie sollten so etwas nicht sagen.«

»Warum?« Er strich über ihre Wange, und als sie ihre Augen weiter zu Boden gerichtet hielt, strich er mit seinem Daumen über ihre Wimpern. »Ist das unhöflich?«

»Nein ... Sie sollten mich nicht auf diese Weise berühren.«

»Gefällt Ihnen das nicht?«

Sie mußte unwillkürlich lächeln, und dann legte er seine Finger an ihre Lippen und brachte sie zum Zittern.

»Mögen Sie West mehr als mich?«

»Oh, Michael«, seufzte sie leise.

»Mögen Sie ihn mehr?«

Für einen Moment dachte sie daran, zu lügen, aber nur für einen Moment. »Nein«, flüsterte sie gegen seine Fingerspitzen. »Ich mag Sie viel mehr.«

Er blickte forschend in ihr Gesicht. »Ist das wahr? Aber wie kann das sein? West ist ein richtiger Mann. Er ist es immer gewesen.«

»Michael«, sagte sie lachend. »Was glauben Sie, was Sie immer gewesen sind?«

Er schüttelte frustiert den Kopf, weil er wieder nicht die passenden Worte fand. Aber dann lächelte er. Sie sah, wie seine Zähne weiß im Dämmerlicht erstrahlten. Er ließ seine Hand zu ihrem Hinterkopf gleiten, beugte sich vor und preßte seine Gesicht gegen ihren Nacken, um tief einzuatmen.

Erstaunt ließ sie es zu, daß er an ihr schnüffelte und seinen Mund gegen ihren Hals rieb. *Wir küssen uns nicht — wir küssen uns nicht* — sagte sie sich immer wieder, als er mit dem Mund über ihre Kehle, ihren Kiefer, die Seite ihres Gesichts fuhr. Er zwang sie nicht, aber sie war fasziniert von diesen leidenschaftlichen, unschuldigen Zärtlichkeiten. Tief in seiner Kehle ertönte ein schnurrendes Geräusch, etwas zwischen einem Knurren und einem Summen, und es machte ihr zugleich Angst und erregte sie. Die Sterne wirbelten über sie hinweg, und plötzlich fand sie sich im weichen Sand auf dem Rücken liegend wieder, und Michaels Hände lagen unter ihrem Kopf, und er hatte sein Gesicht in ihrem Haar vergraben. Sein gebeugtes Knie lastete schwer über ihren Beinen. Sie ließ die sanften, ungewohnten Berührungen zu, selbst als er begann, ihren Körper zu erforschen, über ihre Seite und ihren Bauch streichelte und über den sanften Schwung ihrer Hüften strich.

»Warum haben Sie immer so viele Kleider an?« murmelte er und rieb mit seinem Mund über ihre Haut über dem Ausschnitt. »Können Sie nicht welche ausziehen?«

»Oh, Michael. Hören Sie auf.« Seine unschuldige Frage ließ sie aufwachen und die Gefahr erkennen, die in dieser nur allzu natürlichen Leidenschaft lag, die wie eine schnell heranahende Flut in ihr aufstieg. »Nicht.« Sie zog an seinem Handgelenk, aber schon in der nächsten Sekunde hatte er ihre Brust gefunden und sie sanft aber leidenschaftlich gedrückt. »Oh, Gott«, stöhnte sie, rollte sich auf die Seite, setzte sich auf und wandte sich von ihm ab. Sie hörte seinen schnellen, keuchenden Atem und fragte sich, ob er wohl ebenso schrecklich zitterte wie sie.

»Habe ich Ihnen wehgetan?«

Sie schüttelte den Kopf, schlang ihre Arme um ihre Knie und fragte sich, wie um alles in der Welt sie ihm das hier erklären sollte. Sie hörte ein leises Knirschen, und als sie sich umdrehte, stellte sie fest, daß er sich von ihr entfernte. »Michael?« Er drehte sich nicht um. Sie hätte aufstehen und ihm nachlaufen sollen, aber er ging nur bis zum Ufer und blieb dort stehen, um auf den See hinauszublicken.

Es war alles ihr Fehler. Sie hatte ihn trösten und ihm das Gefühl geben wollen, sich weniger einsam zu fühlen, und durch ihre eigene Schwäche und Gedankenlosigkeit hatte sie dafür gesorgt, daß er sich nur noch isolierter vorkam. Aber nun wußte sie nicht mehr weiter. Das, was gerade geschehen war, hatte sie genauso verwirrt wie ihn.

Während es geschah war es ihr so natürlich, so ... unvermeidlich vorgekommen. Aber nun ...

Sie verstand genau, wie alles angefangen hatte. Sie hatte Michael gestanden, daß sie ihn lieber mochte als Charles, und das war für ihn einer Erlaubnis gleichgekommen, einer stillschweigenden Einladung zu jeder nur erdenklichen Intimität. Er hatte mit eigenen Augen gesehen, was sie einem Mann erlaubte, den sie *nicht* mochte. Kein Wunder, daß er angenommen hatte, sie würde ihm zugestehen, noch weiter zu gehen. Oh, was für ein Durcheinander. Wenn er nun wegen ihr litt, konnte sie das nicht ertragen. Sie erhob sich — und im selben Augenblick drehte er sich um und kam auf sie zu.

»Es tut mir leid«, sagten sie beide wie aus einem Munde, und sie legte ihre Hände auf seine Unterarme und redete weiter. »Michael, es war alles meine Schuld. Sie müssen sich für gar nichts entschuldigen. Am besten wäre es, wenn wir einfach vergessen würden, was geschehen ist.«

»Vergessen? Vergessen?«

»Es aus dem Gedächtnis streichen und einfach wieder Freunde sein. Weil wir das hier einfach nicht — nicht tun können.« Sie deutete verlegen hinter sich.

»Weil ich etwas falsch gemacht habe, und es Ihnen nicht gefallen hat«, erwiderte er und betrachtete erneut forschend ihr Gesicht. All seine Sinne waren auf sie gerichtet, und in solchen Momenten vermochte sie nie klar zu denken.

»Das ist es nicht«, entgegnete sie und ließ seinen Arm los.

»Also hat es Ihnen gefallen?«

Sie stieß ein nervöses Lachen aus. »Michael, es fällt mir nicht leicht, darüber zu reden. Männer und Frauen — sie sprechen für gewöhnlich nicht über so etwas. Nicht miteinander.«

»Sie auch nicht?«

»Nein.« Sie hatte nicht einmal mit Spencer jemals darüber geredet.

»Aber woher wissen Sie denn dann, was zu tun ist? Wie werden sie denn jemals Gefährten?«

Sie lachte wieder, ein kindisches Lachen, beinahe ein Kichern. Die Situation machte sie derart verlegen, daß sie herumfuhr und davonging. Er folgte ihr, mit den Händen in den Taschen, und sah sie ab und zu von der Seite an. Er wartete auf eine Antwort.

»Ich wünschte, es gäbe jemanden — einen anderen Mann — mit dem Sie sich darüber unterhalten könnten.«

»Mit Ihrem Vater vielleicht?«

»Nein. Ha, nein. Das ist keine gute Idee.« Möglicherweise sogar die schlechteste Idee, die er jemals hatte.

»Philip?«

»Auch keine so gute Idee.«

Er seufzte. »Mit wem dann? Ich kenne keine anderen Männer. Außer West. Und ihn werde ich nicht fragen.«

»Oh, nein«, sagte sie mit schwacher Stimme. »Das wäre auch nicht gut.«

»Dann werden Sie es mir eben doch erklären müssen.« Er blieb stehen und zwang sie, ebenfalls stehenzubleiben. »Sydney, sagen Sie mir, was ich tun soll. Wenn Sie mich nicht wollen, dann sagen Sie es.«

»Oh, Michael, nein.«

»Ich werde fortgehen, wenn Sie wollen.«

»Das ist das *Letzte,* was ich möchte!«

»Weinen Sie? Lachen Sie?«

Sie bedeckte gedemütigt das Gesicht mit den Händen.

»Ich werde Sie jetzt berühren«, sagte er mit warnender Stimme und legte seine Arme um sie.

Es war genau das, was sie wollte. Und obwohl sie wußte, daß es seine Verwirrung nur steigern würde, umarmte auch sie ihn mit aller Kraft. So standen sie da, schaukelten hin und her und hielten sich schweigend fest, selbst als die Umarmung längst nicht mehr nur dem Trost diente. Das hier war so viel besser als Reden, sagte sie sich. Doch der wirkliche Grund war, daß sie ihn einfach nicht loslassen wollte.

»Okay«, sagte er schließlich, und löste sich von ihr. Sie mochte es, wenn er okay sagte — wenn er wie Sam klang. »Es ist in Ordnung, wenn Sie es nicht aussprechen können, Sydney. Sie können es mir ohne Worte sagen.« Als wolle er sie testen, umfing er ihr Gesicht mit den Händen und ließ sie langsam, zögernd in ihre Haare gleiten. Nun war der Moment gekommen, sich sanft von ihm zu lösen, ihm eine freundliche, wortlose Botschaft zu senden, daß das hier schön aber nicht erlaubt war. Statt dessen schloß sie ihre Augen. Was hatten Michaels Berührungen nur an sich, daß es ihr so viel leichter fiel, nachzugeben, als sich zu widersetzen? Sie spürte seinen Atem, dann seine Lippen auf ihrer Wange und den Hauch eines Kußes, und sie dachte: *Oh, das ist erlaubt. Das ist absolut erlaubt.* Wie natürlich wäre es jetzt, ein wenig den Kopf zu drehen, damit sich ihre Lippen berührten.

Aber er wich erneut zurück, und als sie ihre Augen öffnete, sah sie, daß er lächelte. »Es gibt da einen Vogel — ich kenne seinen Namen nicht. Ich habe ihn bisher noch nicht in den Büchern gefunden. Das Männchen sucht sich das Weibchen aus, mit dem es sich paaren will und macht ihr den Hof. Anfangs gefällt es ihr nicht. Er bringt ihr besondere Geschenke, besondere Insekten, die er nur für sie sucht, aber sie weigert sich, sie zu verspeisen.«

Sie verschränkte ihre Arme. Es war nicht schwer zu erkennen, worauf die Geschichte hinauslief.

»Er hat einen Tanz, den er nur für sie vorführt, und das gefällt ihr. Sie läßt sich von ihm mit dem Schnabel berühren, während er diesen Tanz vorführt — nicht sehr oft, aber ab und zu. Es ist wie küssen.«

»Mmm.«

»Es dauert sehr lange, aber er gibt nicht auf. Weil er sie wirklich haben will. Er muß sie einfach haben. Aber sie tut nicht nur so, sie will ihn wirklich nicht. Zumindest am Anfang.«

»Und was bewirkt ihren Sinneswandel? Größere, bessere Insekten?«

»Nein.« Sein Lächeln wurde zweifelnd. »Ich weiß es nicht, ich bin mir nicht sicher. Ich glaube, es liegt daran, daß er nicht aufgibt. Er versucht es immer und immer wieder. Vielleicht ...« Er warf ihr einen verstohlenen Blick unter seinen Wimpern zu. »Vielleicht hat sie Mitleid mit ihm.«

Sie lachte, und er lachte mit ihr. »Also«, sagte sie, als sie auf den Weg zugingen, der sie zum Haus zurückführte, »die Moral der Geschichte lautet, daß sich Beharrlichkeit am Ende auszahlt, richtig?«

Es fühlte sich gut und richtig an, als er daraufhin ihre Hand ergriff und sie beim Gehen zwischen ihnen hin und herschwingen ließ. »Beharrlichkeit«, wiederholte er versuchsweise. Er warf ihr einen weiteren seiner Seitenblickte zu, und diesen hier konnte man beinahe schon verschlagen nennen. »Ja, das ist das Geheimnis der Geschichte. Das ist die Moral. Beharrlichkeit zahlt sich aus.«

Kapitel 9

»Träume ich oder bist du immer noch da? Wann zum Teufel schläfst du eigentlich?«

»Es ist Morgen«, erklärte Michael, trat vom Bett zurück und bemühte sich, aus Höflichkeit nicht die Nase zu rümpfen. Er mochte Philip, der ihm das ›Du‹ angeboten hatte, seit sie häufiger zusammen waren, damit er etwas über das richtige Verhalten von Männern lernen konnte, aber er trug diesen widerlichen, süßlichen Geruch, den O'Fallon immer an sich gehabt hatte. Das hieß, daß er die Nacht zuvor zuviel Whiskey getrunken hatte. Michael wußte das, denn er war derjenige gewesen, der Philip letzte Nacht ins Bett geholfen hatte, weil dieser zu betrunken gewesen war, um es selbst zu schaffen. »Genauer gesagt ist es beinahe Mittag. Du hast mir gesagt, ich solle dich wecken, weil deine Tante dir den Kopf abreißen würde, wenn du noch einmal das Mittagessen versäumst.« *Den Kopf abreißen* war allerdings nur eine Redewendung — selbst die Tante würde niemandem den Kopf eines Menschen abtrennen.

Philip schlug die Bettdecke zurück, setzte sich stöhnend auf und ließ seine Zunge über die Zähne gleiten. Seine Beine hingen über die Bettkante. Sie schauten nackt unter dem langen Hemd hervor, das er zum Schlafen trug. Manchmal trug er auch eine Mütze, und wenn er sich fertigmachte, um ins Bett zu gehen, zog er eine weiche Robe über das Hemd und stülpte Stoffpantoffel über die Füße. Sein Bett hatte vier Kissen, zwei weiße Laken, Decken am unteren Ende, eine bunte Bettdecke, eine Federmatratze mit Bettfedern darunter, und ein Zeltding, das sich Betthimmel nannte und über allem hing. Michael kam immer noch nicht darüber hinweg, wieviel weiche Dinge die Leute an sich oder unter sich oder über sich benötigten, um schlafen zu können.

Er blieb am Fußende des Bettes stehen, während Philip aufstand und zum Waschstand hinüberschlurfte. Er schüttete Wasser aus der Kanne in die Schüssel, tauchte seine Hände hinein, beugte sich vor und spritzte sich das Wasser auf Gesicht, Hals und Haar, wobei er die ganze Zeit keuchende Laute von sich gab. »Handtuch«, sagte er mit geschlossenen Augen und tastete danach. Michael entdeckte es auf dem Boden, wo Philip es letzte Nacht hingeworfen hatte, hob es auf und reichte es ihm. »Danke.«

»Gern geschehen.« Er setzte sich auf die Bettkante und lehnte sich gegen das hölzerne Kopfteil. Philip morgens beim Anziehen zu beobachten, lehrte ihn jeden Tag etwas Neues. Er konnte seine Krawatte inzwischen zu einem Windsor-Knoten binden und ein Rasiermesser an einem Lederriemen schärfen. Er wußte, wie man einen ordentlichen Haarscheitel auf der linken Seite zog (Sydney sagte, er sei ›von der Natur dort schon vorgegeben‹), wie man seine Zähne mit einem süßen Pulver und einer Bürste reinigte, und wie man die Fingernägel mit einer kleinen Schere schnitt. Philip hatte ihm einige alte Kleidungsstükke geschenkt, und er lernte gerade, wie er sie kombinieren mußte. Philip tat Brillantine auf sein Haar und Merchant's Cologne for Men auf sein Gesicht, aber da machte Michael nicht mehr mit. Diese Dinge rochen nicht richtig, erinnerten ihn mehr an Medizin als an einen Mann.

»Hast du einen Kater?« erkundigte er sich und beobachtete, wie Philip in seinem Schrank nach etwas zum Anziehen wühlte. Es gab einen Mann namens Martin, der ihm gewöhnlich beim Ankleiden half, aber heute war Martins freier Tag.

»Wie klug du doch bist, Michael. Deine rasiermesserscharfen Sinne funktionieren ja heute wieder einmal ganz prächtig, wie ich feststelle.«

Philip redete manchmal auf diese Weise, wie ein brummiger, alter Mann, aber Michael hatte inzwischen gelernt, daß das nichts zu bedeuten hatte. »Wie fühlt sich ein Kater denn an?« erkundigte er sich.

»Wie die Hölle, mein Lieber.«

»Ja, aber wie ist das?«

Philip zog sich das Nachthemd über den Kopf, stand nackt da und starrte ausdruckslos in den Schrank. Er besaß einen makellos weißen Körper ohne Narben, um den Michael ihn beneidete. »Wie fühlt es sich an? Mein Kopf hämmert, mein Magen dreht sich. Mein Mund schmeckt wie ein Abort. Mein Gehirn funktioniert nicht, und ich glaube, ich habe irgendetwas mit meinem Nacken angestellt. Gibt es sonst noch etwas, das du wissen willst?«

»Ja. Warum trinkst du, wenn du doch weißt, daß du dich am nächsten Morgen krank fühlst?«

Philip tat so, als raufe er sich die Haare. »Wirst du wohl aufhören? Wenn du mein Freund wärst, würdest du solche Fragen so früh am Morgen nicht stellen. Zumindest nicht, so lange ich mich noch nicht gefaßt habe.«

Michael lachte, denn er war froh, daß Philip ihn als Freund betrachtete. Er hielt den Mund und wanderte im Zimmer herum, um sich Dinge anzusehen, während Philip seine Kleider überzog, sich rasierte, sein Haar kämmte, seinen Schnäuzer trimmte und sich lange Zeit im Spiegel anstarrte. Als er schließlich eine Blume aus der Vase auf dem Kamin abknipste und in sein Knopfloch steckte, kam Michael zu dem Schluß, daß er sich nun gefaßt hatte und er wieder reden durfte.

»Wie ist es, aufs College zu gehen? Was wirst du sein, wenn du fertig bist?«

»Ich habe nicht die leiseste Ahnung.«

»Gefällt es dir denn dort nicht?

»Ich hasse es. Sie werden mich von der Schule werfen.«

»Warum? Heißt das, daß du bei den Prüfungen versagen wirst?«

Philip zog seine Uhr auf, schob sie in die Tasche in seiner Taille und ließ sich rücklings aufs Bett fallen. Er verschränkte die Hände hinter seinem Kopf, kreuzte seine Füße und sagte mit geschlossenen Augen: »Ich werde versagen. Das ist es, Mike. Ich werde versagen.«

»Mick.«

»Wie bitte?«

Eine rauhe Stimme. Faltiges Gesicht, ergraute Koteletten. *Willst du hier oben bei mir sitzen, kleiner Mick?* Trockene, kratzige Hände, die ihn auf den Bock einer Kutsche zogen.

Das war alles. Die Erinnerung verschwand wieder, verriet ihm nicht mehr.

»So hat mich einmal jemand genannt. Mick, nicht Mike. Ein Kosename.«

Philip stützte sich auf seine Ellbogen. »Erinnerst du dich an etwas?«

»Nur an das. Ein Mann. Ich glaube, er war ... Nein, ich weiß es nicht.« Die Erinnerung entzog sich seinem Zugriff wie Rauch, der davondriftet.

»Sydneys Detektiv hat noch nichts herausgefunden. Es ist aber auch noch zu früh. Wahrscheinlich darf man in diesem Stadium noch nichts erwarten.«

»Was? Sydneys was?«

»Oh, zum Teufel. Du wußtest es gar nicht.« Er rieb sich mit den Händen über das Gesicht. »Ich schätze, sie hat es dir nicht gesagt, damit du nicht enttäuscht bist.«

»Was gesagt?«

Philip seufzte. »Sie hat einen Detektiv engagiert. Das ist jemand, den man bezahlt, damit er für einen Dinge herausfindet. Sein Name ist Higgins. Sydney hat ihm deinen Namen genannt und deine Geschichte erzählt — zumindest das, was wir wissen —, und ihm den Auftrag gegeben, herauszufinden, wer du bist und woher du kommst.«

Michael ließ sich langsam auf das Fußende des Bettes sinken. »Das hat sie getan? Für mich?«

Philip nickte. »Du erinnerst dich immer noch an gar nichts über das Schiffsunglück?«

»Schiffsunglück.« Irgendetwas stimmte mit dem Wort nicht, aber er wußte nicht was. »Nein, ich erinnere mich an nichts.« Sydney hatte einen Detektiv engagiert, um herauszufinden, wer er war. Das konnte bedeuten, daß sie ihn loswerden wollte, aber das vermochte er nicht zu glauben. Es hieß wohl eher, daß sie etwas für ihn übrig hatte.

»Wirst du bald heiraten?« erkundigte er sich.

»Ob ich *was* werde?« Philips Augen öffneten sich schlagartig. »Was ist denn das für eine Frage?«

Michael zog den Kopf ein. Er hatte etwas Falsches gesagt. »Wenn du dich mit einer Frau paaren willst, dann mußt du doch heiraten«, erklärte er schüchtern. »Also ... willst du dich mit einer Frau paaren?«

Philip blickte erstaunt drein, als habe Michael ihm etwas völlig Neues mitgeteilt. Aber wie konnte ihm das neu sein? Dann begann er zu lachen. Sofort preßte er seine Hände gegen die Schläfen und stöhnte. »Oh Gott, das tut weh! Bring mich bloß nicht zum Lachen.«

»Was ist denn daran so lustig?«

Philip schüttelte nur den Kopf.

»Sag es mir. Erklär es mir.«

»Oh, Gott«, sagte Philip wieder. Er setzte sich auf und stellte seine Füße auf den Boden. »Ich weiß nicht, mit wem du gesprochen hast, aber ganz so funktioniert es nicht. Zumindest nicht für Männer.« Er rieb sich über die Wangen und zog an seinem Schnäuzer. Er machte einen unbehaglichen und zugleich amüsierten Eindruck. »Ich habe nicht erwartet, diese Unterhaltung mit jemand anderem außer Sam führen zu müssen.«

Michael wandte sich verlegen ab. Er war immer noch wie ein Kind in der Menschenwelt und jedes Mal, wenn er begann, sich seiner selbst sicher zu sein, passierte etwas, das ihn zurückwarf.

»Hör zu«, sagte Philip freundlich, »es ist wirklich nicht sehr kompliziert. Du weißt Bescheid über ... das Paaren und so?«

Im Grunde nicht. »Ich weiß, was vor sich geht.«

»Nun, das ist immerhin ein Anfang. Wir nennen es — nun, es gibt eine Menge Bezeichnungen dafür, aber ›miteinander schlafen‹ ist einer der netteren, wie ich finde. Für gewöhnlich ist es ein Euphemismus — und damit in feinerer Gesellschaft akzeptabel. Verstehst du?«

»Nein.«

»Ha.« Er legte seine Hände auf die Knie und begann, die Falten seiner Hose zu kneifen. »Die Sache ist: Sex ist für Männer und Frauen unterschiedlich. *Wir* können ihn vor der Heirat haben, *sie* nicht.«

»Mit wem haben wir ihn dann?«

»Aha. Gute Frage. Das ist die scheinbare Schwachstelle im System. Nun, mein Junge, wir haben ihn mit jeder Frau, die uns läßt. Für gewöhnlich sind dies keine respektablen Damen, nicht unsere Klasse, weißt du. Aber nicht immer. Nein, in der Tat, nicht immer. Du würdest dich wundern.«

Michael dachte eine Weile darüber nach. »Also machen wir es im Geheimen?«

»Genau.«

»Damit es die respektablen Mädchen nicht erfahren?«

»Du hast es absolut begriffen.«

»Tun das alle Männer?«

»Nein. Aber die meisten. Manche hören auch nach der Heirat nicht damit auf. Das nennt sich dann ›Fremdgehen‹ — untreu sein. Es wird mit Stirnrunzeln betrachtet, aber trotzdem getan. Nun ja!« Er stand auf, machte einen erleichterten Eindruck. »Das haben wir ja nun geregelt, und es ist Zeit fürs Mittagessen.«

»Schlafen Frauen gerne mit uns?«

»Hm? Einige schon. Es kommt darauf an, wie gut wir im Bett sind. Aber *wir* schlafen immer gerne mit *ihnen*.

Das ist der eine, fundamentale Unterschied zwischen den Geschlechtern.«

»Machst du jetzt einen Scherz?«

»Nein, kein bißchen. Hast du denn keinen Hunger? Komm schon, ich sterbe vor Hunger.«

»Wenn Sydney ein respektables Mädchen ist, aber keinen Ehemann hat, wie kann sie da mit einem Mann schlafen?«

Philip blieb auf der Hälfte des Weges zur Tür stehen und drehte sich um. Lange Zeit starrte er ihn an, und der Ausdruck auf seinem Gesicht war anfangs überrascht und dann traurig. »Das kann sie nicht«, sagte er leise.

Michael starrte zurück. Er wünschte sich, die Antwort wäre anders ausgefallen. »Das kann sie nicht?«

»Nein, das kann sie nicht.« Aus seinem Ton war jegliche Scherzhaftigkeit gewichen. »Komm schon, Mick, laß uns Essen gehen. Und hinterher gebe ich dir eine Tennisstunde.«

Sydney sah wunderschön aus. Sie trug ein gelbes Kleid mit weißen Blumen über der Brust, und sie hatte gelbe Bänder im Haar, die sich wie Weinreben schlängelten. Er lächelte sie über den Eßtisch hinweg an und alles, was Philip ihm gerade erklärt hatte, schwand in dem Moment aus seinen Gedanken, als sie zurücklächelte.

Aber sie saß neben West. West war ständig zu Gast im Hause, beinahe jeden Tag. Er hätte genauso gut immer noch hier wohnen können. *Ich kenne Charles — wir waren beinahe verlobt,* hatte sie gesagt, als sie sich wegen Inger gestritten hatten. Michael warf ihm einen düsteren Blick zu. Er haßte seinen scharfen, künstlichen, eklig süßen Geruch. Roch sie das denn nicht? Wie hielt sie es nur aus?

Dr. Winter sprach über das neue Projekt, an dem er und West arbeiteten. Irgendetwas über ›die Evolution des wechselseitigen Altruismus‹, und ob er ›in Gefahr sei, von den kurzzeitigen Vorteilen des Egoismus überwältigt zu werden.‹ Michael sah sich außerstande, dem Gespräch zu folgen. Wie gewöhnlich blickte niemand außer West interessiert drein, aber man ließ ihn fortfahren. Obwohl Dr. Winter schwach und nicht der Anführer war, mochten ihn alle. Sydneys Augen nahmen einen sanfteren Ausdruck an, wenn sie ihn anschaute — ganz wie die Augen einer Wölfin, die mit ihren Jungen spielt.

Das Dienstmädchen nahm die Suppenteller weg und brachte den Salat herein. Michael hatte sich an den säuerlichen Geschmack der Soße gewöhnt, die sie darübergoßen. Er wußte sogar, welche Gabel zu benutzen war — und das, ohne zur Sicherheit einen verstohlenen Blick auf Sydney zu werfen. Die gemeinsamen Mahlzeiten waren inzwischen sogar zu einer angenehmen Angelegenheit geworden und stellten keine schrecklichen Prüfungen mehr dar, bei denen er Angst hatte, einen Fehler zu machen und einen drohenden Blick der Tante abzubekommen. Sie hatte nie etwas gesagt, wenn er die Kartoffeln mit dem Löffel aß oder vergaß, sein Fleisch zu schneiden, bevor er es in den Mund steckte, aber das mußte sie auch nicht. Sie haßte ihn wohl nicht mehr so sehr, wie es einmal der Fall gewesen war, aber das festzustellen war gar nicht so leicht. Sie richtete niemals das Wort an ihn und schenkte ihm kaum einen Blick.

»Sam, hör auf, gegen den Tisch zu treten.«

»Jawohl, Ma'am.«

Michael benutzte seine Serviette, um sich dahinter zu verstecken, während er Sam anlächelte. Sam grinste zurück. Er hatte Michael die wichtigste Lektion über die gemeinsamen Mahlzeiten mit der Familie beigebracht: wie man Essen, daß man nicht mochte, an Hector loswurde. Hector fraß alles, sogar Gemüse, und er verhielt sich leise und geschickt, während er es unter dem Tisch verspeiste.

Die Uhr über dem Büfett schlug zweimal.

Sam sagte: »Wieviel Uhr ist es, Michael?«

»Halb eins. Zwölf Uhr dreißig.«

»Und welches Datum ist heute?«

»Wir haben Dienstag, den vierzehnten. Achtzehnhundertdreiundneunzig«, fügte er hinzu, um Eindruck auf Sydney zu machen.

Sam blickte die Familie stolz an. »Er kann das Einmaleins bis zwölf mal zwölf. Und er kann dividieren.«

»Und er schlägt dich beim Schachspiel«, warf Philip ein.

»Und dich auch!«

»Samuel, bei Tisch wird nicht geschrien.« Die Tante läutete eine kleine Glocke, und das Dienstmädchen kam erneut zur Tür herein, um die Teller einzusammeln.

Als nächstes gab es heißes, dampfendes Fleisch in einer bräunlichen Soße. Dazu wurden Erbsen gereicht — das schlimmste von allem, beinahe unmöglich, sie dem Hund zuzustecken. Michael aß etwas von dem Fleisch und schob die Erbsen auf dem Teller hin und her, um sie schließlich in der Soße zu verstecken. Er fragte sich, was es wohl zum Nachtisch geben würde.

Die Tante sagte: »Reverend Graves hat einen Brief gesandt, Harley. Er bedankt sich für unseren großzügigen Beitrag zur Sammlung für die Restaurationsarbeiten an der Kirche.«

»Hmm? Wie nett von ihm, Estie.«

Philip lachte. »Du hast ihm aber bestimmt nicht erzählt, daß Papa Atheist ist, stimmt's, Tante E?«

»Gewiß habe ich das nicht.« Sie warf Philip einen gewissen Blick zu, der Michael immer das Gefühl gab, es wäre besser, sich unter dem Tisch zu verkriechen.

»Weißt du, was ein Atheist ist?« fragte ihn Sam.

»Nein.«

»Das ist jemand, der nicht an Gott glaubt.«

Sydney sagte: »Papa glaubt an die Evolution statt an Gott.«

Die Tante gab einen verächtlichen Laut von sich.

Michael, der sich in der letzten Zeit immer öfter Gedanken über Gott gemacht hatte, blickte Dr. Winter interessiert an. Die Familie ging jeden Sonntag in die Kirche, um am ›Gottesdienst‹ teilzunehmen — nur Dr. Winter blieb stets zu Hause. »Wer ist Gott genau?« erkundigte sich Michael, nachdem er all seinen Mut zusammengenommen hatte.

Alle starrten ihn an. Es war beinahe wie damals, als er Sydney den Fisch geschenkt hatte.

»Gott«, erwiderte die Tante mit fester Stimme, »ist unser aller Vater und der Schöpfer des Universums.«

Dr. Winter räusperte sich. »Gott«, sagte er mit weniger fester Stimme, »ist eine Konstruktion des Intellekts, ein natürliches Produkt der kollektiven Sehnsucht nach Sinn und Unsterblichkeit.«

Über den Tisch hinweg kicherte Sydney in sich hinein. »Sind Sie nicht froh, daß Sie gefragt haben?«

Zum Dessert gab es einen gekochten Apfel mit einer süßen Soße und Sahne. Michael aß alles bis auf den letzten Bissen auf und hoffte für einige Sekunden, daß das Dienstmädchen noch einmal zurückkommen würde, aber das tat es nicht.

»Darf ich bitte aufstehen?« fragte Sam. Seine Tante nickte, und er sprang auf und rannte fort zum Spielen.

Kurze Zeit später erhoben sich alle anderen ebenfalls. Michael hätte gerne mit Sydney gesprochen, aber West kam ihm zuvor. Er tat so, als lausche er Philips Worten, der etwas über weiße Hosen für ihre Tennisstunde erzählte, während er mitansehen mußte, wie West seine Hand auf Sydneys Rücken legte und sie auf die Terrasse hinausführte. Stritten sie sich? Sydney lächelte mit ihrem Mund, aber nicht mit ihren Augen. Als sie sich der Tür zuwandte, stellte sich West ihr in den Weg und legte seine Hand um ihren Arm.

Philip redete immer noch, aber Michael ließ ihn einfach stehen und ging ohne sich zu entschuldigen, zu Sydney hinüber.

»Ich kann nicht, Charles. Es ist einfach unmöglich.«

»Warum nicht? Sie könnten, wenn Sie —« West erblickte Michael und runzelte die Stirn. »Wünschen Sie etwas?«

»Ich möchte mit Sydney reden.«

»Nun, *ich* rede gerade mit ihr.«

»Ich glaube nicht, daß sie mit Ihnen reden will. Ich glaube nicht, daß sie von Ihnen berührt werden will.«

West hatte einen feuchten, rosafarbenen Mund unter seinem rötlichen Bart. Dieser formte sich zu einem O, und seine kleinen, schwarzen Augen wurden kugelrund vor Überraschung. Dann verzogen sie sich vor Wut zu Schlitzen.

Keiner bewegte sich oder sagte etwas. Michael blickte Sydney an. Sie machte einen verlegenen, aber auch einen aufmerksamen und interessierten Eindruck. Sie war ihm nicht böse. Er hoffte, West würde etwas tun, ihn schlagen oder wegschubsen, damit sie gegeneinander kämpfen konnten.

»Sydney?« Das war die Stimme ihrer Tante, die sie aus dem Eßzimmer rief. »Komm bitte herein, ich muß mit dir reden.«

»Wenn Sie mich bitte entschuldigen würden.« Sydney bemühte sich, natürlich zu klingen. Michael erwiderte nichts. West erwiderte nichts. Sie entfernte sich vorsichtig und beobachtete sie bis zum letzten Moment, ehe sie durch die Tür verschwand.

West war schwächlich, blaß, winzig. Es würde keinen Sinn machen, gegen ihn zu kämpfen — er war der klare Verlierer. Aber das schien er nicht zu wissen. Daher teilte Michael ihm mit: »Rühren Sie sie nicht mehr an, sonst werde ich Sie zum Kampf fordern.«

Eine Ader auf Wests Stirn begann zu pochen. Er wich zwei Schritte nach hinten zurück und straffte die Schultern, um sich größer zu machen. Die Abneigung, die immer schon zwischen ihnen bestanden hatte, zeigte sich endlich auf seinem Gesicht. »Wenn Sie mir auch nur ein

Haar krümmen, dann sorge ich dafür, daß Sie wieder in einem Käfig landen.«

»Aber vorher bringe ich Sie noch um«, erwiderte Michael ruhig, und es war nicht nur eine Drohung. Man hatte ihn tatsächlich schon einmal in einen Käfig gesperrt. In eine Kiste mit Metallstäben und Maschendraht, die so klein gewesen war, daß er sich nicht aufrichten konnte. Sie hatten ihn nicht lange darin festgehalten, nur ungefähr zwei Wochen. Hätte es länger gedauert, wäre er gestorben.

Eine lange Minute verstrich.

»Hat irgendjemand Lust auf Tennis?«

West zuckte zusammen und wurde dann bleich vor Erleichterung. Philip lehnte mit überkreuzten Armen und Beinen im Türrahmen. Sein Gesicht erinnerte an Sydneys — es trug einen sehr interessierten Ausdruck.

Michael wich zurück, ohne die Augen von West zu nehmen. Erst als Philip ihm einen Arm um die Schultern legte und ihn schüttelte, löste sich die Anspannung. »Laß uns spielen gehen«, sagte Michael. Er drehte seinem Feind den Rücken zu und ging mit seinem Freund davon.

Tante Estelle führte Sydney in ihren Wohnraum und nahm in ihrem Lieblingssessel — einem gepolsterten Schaukelstuhl, der zwischen dem Fenster und dem Kamin stand — Platz. Es war ein entzückendes Zimmer, vielleicht sogar das schönste im ganzen Haus. Wundervoll geschnitten und geschmackvoll eingerichtet. Es bot einen Blick auf den See — durch eine Schneise in den weit entfernt gelegenen Baumreihen. Sydney war schon des öfteren der Gedanke gekommen, daß dieser Raum einen wundervollen Gästesalon abgeben würde — ganz anders als der größere, dunklere, kältere ›blaue Salon‹, den sie für diesen Zweck immer benutzten. Aber es war müßig, darüber nachzudenken. Das hier war Tante Estelles Zimmer — so wurde es sogar genannt — und das würde es auch bis in alle Ewigkeit bleiben. Hier traf sie sich jeden Morgen mit Mrs. Harp, um die Angelegenheiten zu besprechen, die die Haushaltsführung betrafen, hier telefonierte sie mit ihren Bekannten, plante sie ihre gesellschaftlichen Coups und erledigte ihre umfangreiche Korrespondenz. Und hier nähte sie. Sie zog eine große Befriedigung aus der Präzision und der Disziplin, die ihre feinen Nähereien erforderten.

Sie klopfte auf ihren Schoß und Wanda, die Katze, sprang umgehend hinauf. Wanda lebte in Tante Estelles Wohnzimmer und hatte den Rest des Hauses — nach einem nicht ganz blutlosen Kampf — Hector überlassen. Sie war eine magere, nervöse, überspannte Kreatur mit weißem Fell und großem Stolz, die ihre Gunst nur sehr sparsam verschenkte.

Tante Estelles Nähkörbchen stand auf dem Tisch zu ihrer Rechten, aber sie griff nicht danach. Sie hatte diesen gewissen Ausdruck im Gesicht. Ihre steife Haltung war noch korrekter als sonst, die Lippen waren geschürzt, die Augenbrauen in die Höhe gezogen — und das bedeutete, daß sie sich auf die Erfüllung einer Pflicht vorbereitete. Sydney hatte eine Ahnung, worum es bei ihrer kleinen Unterhaltung gehen würde. Sie hatte gewußt, daß es eines Tages so kommen mußte, auch wenn sie sich alle Mühe gegeben hatte, es zu vermeiden.

»Mr. West benimmt sich dir gegenüber äußerst zuvorkommend«, begann die ältere Frau. »Ich glaube, er ist sehr angetan von dir.«

Sydney schritt langsam vom Fenster zu dem violetten Sofa hinüber, das dem Schaukelstuhl ihrer Tante gegenüber stand, und nahm darauf Platz. Das war ganz und gar nicht das Thema, mit dem sie gerechnet hatte. »Charles? Oh, ich weiß nicht. Er mag mich, denke ich. Aber bestimmt nicht mehr. Nein, mehr wohl nicht.« Sie spielte mit dem Zierband ihres Kleides und hielt den Blick gesenkt.

»Bist du sicher? Ich hatte den Eindruck, es sei ein wenig mehr als das.«

»Oh, nein. Es würde mich sehr überraschen, wenn das der Fall wäre.«

»Nun, du wirst es am besten wissen. Jedenfalls hoffe ich, daß es sich von selbst versteht, daß eine solche Verbindung absolut nicht in Frage kommt. Ich bin sicher, daß Mr. West ein anständiger junger Mann ist, dem die Sympathien deines Vaters gehören — was auch immer das wert sein mag. Aber eine Beziehung zu einem Gentleman seiner Klasse, die über eine bloße Freundschaft hinausgeht, wäre im höchsten Maße unangemessen. Ich bin sicher, daß du mir da zustimmen wirst.«

Das tat sie auf jeden Fall. Allerdings aus anderen Gründen. »Es besteht kein Anlaß, sich Gedanken um Mr. West zu machen, Tante. Wirklich nicht. Ich verschwende keinen Gedanken an ihn.«

»Schön.« Die Tante setzte sich ein wenig entspannter zurück.

Sydney fragte sich, wie wohl ihre Reaktion ausgefallen wäre, wenn sie ihr geantwortet hätte: »Ehrlich gesagt bin ich im Augenblick in jemand anderen verliebt — es ist Mr. MacNeil. Wenn er mich auf eine bestimmte Art und Weise ansieht, nimmt es mir den Atem, und wenn er mich berührt, bin ich völlig verloren.« Sie senkte den Kopf und wandte sich, aus Angst, daß die Röte auf ihren Wangen sie verraten könnte, wieder dem Zierband an ihrem Kleid zu. »Wolltest du dich darüber mit mir unterhalten?«

»Nein, es geht noch um etwas anderes. Etwas, von dem ich nicht denke, daß du es gerne hören wirst.«

Sydney kam sich plötzlich wieder wie sechzehn vor — das Alter, in dem ihre Mutter gestorben war und Tante Estelle die Verantwortung für sie und ihre Brüder übernommen hatte. Wann würde sie nur dieses Gefühl abstreifen können? Mit vierzig? Oder fünfzig? »Was habe ich denn dieses Mal wieder angestellt?« murmelte sie, bemüht, nicht allzu trotzig zu klingen.

Tante Estelle schnalzte mit ihrer Zunge. »Nichts natürlich, sei nicht albern. Ich mache mir Sorgen um dich, das ist alles. Wir sind seid zwei Monaten wieder daheim, aber die Veränderungen, auf die ich gehofft hatte, sind nicht eingetreten. Soweit ich es beurteilen kann, hätten wir auch gut und gerne ganz hierbleiben können.«

»Ich habe keine Ahnung, was du damit sagen willst.«

»Europa sollte ein Wendepunkt für dich werden, Sydney. Ein neuer Anfang. Ich dachte, du hättest das verstanden. Ich dachte, wir seien uns darüber einig gewesen.«

»Aber das sind wir uns doch auch. Und ich habe mich ja verändert.«

Tante Estelle hatte eine Art, ihre Augen zu Schlitzen zu verziehen, wenn jemand etwas sagte, das sie als Nonsens erachtete, die Worte überflüssig machte. »Komm schon. Wenn überhaupt, dann hast du seit unserer Rückkehr noch mehr Einladungen abgelehnt als vor unserer Reise.« Sie zählte die Beispiele penibel an ihren Fingern ab. »Die Party der Renfrews. Margaret Ellen Wilkes Geburtstagstee. Das Vierte-Juli-Wochenende bei den Swazeys. Edward Bertrams überaus freundliche Einladung ins Theater. Selbst Camille Darrow beschwert sich, daß du sie vernachläßigst.«

Sydney vermochte nichts davon abzustreiten, daher kam sie zu dem Entschluß, sich mit der Wahrheit zu verteidigen — wenn auch nicht mit der ganzen. »Ja, das mag wohl stimmen, aber es ist so wundervoll, Zeit mit Philip und Sam zu verbringen! Ich habe die beiden so sehr vermißt. Und jetzt, da Papa sein Projekt mit dem verlorenen Mann aufgegeben hat, da ist mir . . . oder besser gesagt uns natürlicherweise die Verantwortung für Mr. MacNeil zugefallen. Ich muß zugeben, daß ich das alles ganz faszinierend finde. Seine Entwicklung meine ich. Wie er sich an die Familie angepaßt hat, sein zunehmendes —«

»Ja, ja.« Tante Estelle schüttelte abwehrend den Kopf. »Das sind doch alles nur Entschuldigungen, Sydney. Hör mir zu. Spencer ist seit anderthalb Jahren tot, und es ist für dich an der Zeit, an eine Wiederverheiratung zu denken. Denke bitte wirklich einmal darüber nach«, betonte sie nachdrücklich, als Sydney protestierend den Mund öffnete. »So bedauerlich das auch sein mag, doch die Gesellschaft hat an eine Frau in deiner Position doch gewisse Erwartungen. Die Witwenschaft ist von einem gewissen Punkt an bei einer jungen Frau wie dir verdächtig.«

»Verdächtig?«

»Ob es dir gefällt oder nicht, eine Frau kann unmöglich allein und wohlrespektiert zugleich bleiben.«

»Aber das ist doch absurd! Du bist nie verheiratet gewesen und die Gesellschaft hat deine Respektabilität gewiß niemals in Frage gestellt.«

»Spiel nicht die Begriffsstutzige. Das eine hat mit dem anderen gar nichts zu tun.«

»Warum denn nicht?«

»Um Himmels Willen, Sydney! Weil niemand die Tugend einer so unscheinbaren, alten Jungfer wie mir anzweifelt — nicht in dem Maße, wie man das bei einer jungen, attraktiven Witwe tut.« Sie preßte die Lippen aufeinander und klopfte ungeduldig mit dem Fuß auf den Teppich. Oder geschah es möglicherweise aus Kummer?

Sydney beobachtete sie. Sie war ein wenig entnervt von den Andeutungen ihrer Tante, und noch viel mehr von ihrem Verhalten, das ihr bedeutete, daß sie gar nicht so zufrieden mit ihrem Schicksal war, wie Sydney es immer angenommen hatte. Hatte Tante Estelle — was ihr bisher komischerweise noch nie in den Sinn gekommen war — etwa einmal Hoffnungen auf ein ganz anderes Leben gehabt? Mädchenträume von einem Liebhaber, einem Ehemann, einem Heim und eigenen Kindern? Bei jeder anderen Frau hätte man Spekulationen dieser Art angestellt, aber bei Tante Estelle mit ihrer Reserviertheit und ihrem scheinbar fehlenden Verständnis für den Großteil der Menschheit war Sydney ein solcher Gedanke nie in den Sinn gekommen.

»Du bist nicht unscheinbar«, erwiderte sie zögernd. Und aufrichtiger: »Und du bist auch nicht alt.«

Es war beinahe eine Erleichterung, als Tante Estelle ihre Augen zu Schlitzen verzog und ihre Lippen zu einem schmalen Strich zusammenpreßte, als wolle sie sagen: *Hör auf, meine Zeit mit solchen Albernheiten zu verschwenden.* Mit dieser Tante Estelle, für die Sentimentalität nur ein anderes Wort für Eitelkeit war, konnte sie mehr anfangen.

»Das hat alles nichts mit dem Punkt zu tun, den ich dir eigentlich vor Augen führen wollte«, sagte sie, hob Wanda in die Höhe und setzte sie sanft auf dem Boden ab — ein sicheres Zeichen dafür, daß sie nun zum eigentlichen, geschäftlichen Teil kam. »Ich habe heute morgen mit Mrs. Turnbull telefoniert.«

Sydney sackte auf dem Sofa ein wenig in sich zusammen. »Wirklich?«

»Sie erwähnte, wie beschäftigt du in letzter Zeit seiest, und daß du offenbar nicht imstande gewesen bist, eine der drei — *drei* — Einladungen ihres Sohnes Lincoln, mit ihm zur Weltausstellung zu gehen, anzunehmen. Und daher stelle ich dir nun folgende Frage: Hast du Kenntnis über einen Schmutzfleck auf der weißen Weste dieses jungen Mannes, von dem die anderen ungebundenen jungen Damen in dieser Stadt nichts wissen? Gibt es irgendeinen Schatten, der die Reputation dieses als Kirchgänger und als charmant und umgänglich bekannten Musterbeispiels an Tugendhaftigkeit verdüstert, das eines Tages das beträchtliche Vermögen seines Vaters erben wird? Denn wenn dies der Fall ist, dann wäre ich dir sehr dankbar, wenn du mir —«

»Natürlich habe ich nichts gegen Lincoln«, entgegnete Sydney verstimmt. »Wie könnte ich? Er ist all das, was du sagst. Er ist einfach *perfekt*.«

Tante Estelle erlaubte sich ein kleines Lächeln. »Ich bin froh, daß du es auch so empfindest. Dann hast du auch sicherlich nichts dagegen, daß ich die Turnbulls für Freitag zum Abendessen eingeladen habe.«

Sydney seufzte. Sie fühlte sich erschöpft und schwankte zwischen Wut und Amüsiertheit hin und her. »Wie kühn von dir«, erwiderte sie trocken.

»Meine Liebe, ich hatte gehofft, daß du unsere Rückkehr aus Europa zu einem Neubeginn nutzen würdest. Aber da das nicht geschehen ist, brauchen wir wohl etwas anderes, um deine Rückkehr in die Gesellschaft anzuzeigen. Ich denke, das Wohltätigkeitsdinner mit Tanz, das wir nächsten Monat veranstalten werden, bietet für dich eine wundervolle Gelegenheit zu einer Art zweiten Debütantinnenball.«

Sydney sank weiter in sich zusammen.

»Es ist eine großartige Gelegenheit. Die vornehmsten Leute werden kommen — dein Vater hat sogar eine Zusage von Marshall Field und seiner Frau erhalten, hatte ich dir das eigentlich erzählt? — und du wirst dich wohl fühlen, weil er hier zu Hause stattfindet. Es ist der perfekte Zeitpunkt für eine Feier unter freiem Himmel. Das Essen werden wir wohl drinnen servieren, aber danach wird auf der Terrasse getanzt, und es werden eine Menge der richtigen, jungen Leute dabei sein. Und da der vorgebliche Grund ist, Gelder für die historische Gesellschaft zu sammeln, wirst du dir auch nicht vorkommen, als würdest du zur Schau gestellt. Da fällt mir etwas ein — meiner Ansicht nach solltest du am besten ein pastellfarbenes Kleid tragen. Weiß steht für solch formelle Gelegenheiten natürlich nicht mehr zur Diskussion, aber vielleicht würde ein Blaßblau oder sogar ein helles Gelb — Heliotrop ist dieses Jahr sehr aktuell — die richtige Botschaft senden. Vergiß nicht, daß dich die meisten dieser Leute in den letzten anderthalb Jahren immer nur in Schwarz gesehen haben.«

Sie hatte alles genau durchdacht. Die alte, kindliche Passivität ergriff von Sydney Besitz, und sie hörte zu, wie ihre Tante weiter und weiter plante. Es machte keinen Sinn, sich zu wehren, denn dann käme es nur zu weiteren Unannehmlichkeiten — und Tante Estelles Willen war in Angelegenheiten wie diesen fast immer stärker als Sydneys. Da war es leichter, um des häuslichen Frieden willen still zu leiden. Im übrigen ging es ja nur um eine Party. Vielleicht würde sie ja sogar Spaß daran finden.

Tennis schien nicht gerade Michaels Lieblingsspiel zu sein.

Er interessierte sich nicht für die Regeln und verfolgte nur ungern den Spielstand. Aber er schlug den Ball gern so feste und weit es ging. Was für gewöhnlich dazu führte, daß er weit außerhalb des Platzes im Unkraut landete. Dann suchte er ihn mit Hector um die Wette, wobei Hector immer verlor, wenn Michael nicht gerade Mitleid mit ihm zeigte und ihn auch einmal gewinnen ließ.

Sydney, die das Ganze von einer Bank an der Seitenlinie aus beobachtete, kam zu dem Schluß, daß es eine Menge Geduld erforderte, mit Michael zu spielen. Glücklicherweise mochte ihn Philip gern. Die beiden hatten eine seltsame Beziehung. Sie schienen sich in der Rolle des älteren Bruders abzuwechseln. Philip war natürlich weltgewandter, aber Michael dafür — selbst in seiner Naivität — weiser und wesentlich beständiger. Jeder hatte etwas zu bieten, was dem anderen abging, daher stellte die Tatsache, daß sie nichts gemein hatten, kein Handicap für ihre einzigartige Freundschaft dar.

»Ich habe Eiswasser mitgebracht«, rief sie.

Michael machte einen Schritt auf sie zu, aber er zögerte, als Philip grimmig rief: »Zuerst wird dieser Satz beendet. Du hast Aufschlag, MacNeil, und wenn du den Ball nicht über das Netz in mein Feld beförderst, dann wirst du deinen Schläger demnächst als Halskette tragen.«

Michael warf Sydney einen Blick gespielten Entsetzens zu, der sie zum Lachen brachte. »Jawohl, Sir«, erwiderte er und salutierte — ein Unsinn, den er Sam abgeschaut hatte. Dann warf er den Ball in die Höhe und katapultierte in über den Platz hinweg ins Grüne.

Beim Krocket stellte er sich besser an. Und schwimmen konnte er inzwischen auch — Sam hatte es ihm beigebracht. Er benötigte Sydneys Hilfe beim Lesen nicht mehr, aber sie stellte ihm immer noch Aufsatzthemen, damit er sich im Schreiben übte, und las dann fasziniert die fertigen Texte.

Und er malte die unglaublichsten Bilder mit den Wasserfarben, die sie ihm besorgt hatte. Seine Gemälde waren nur schwer zu beschreiben. Manchmal erinnerten sie sie an die Bilder der Impressionisten, aber dann waren sie auch wieder auf wundervolle Weise realistisch. Nach all den Jahren der Einsamkeit hatte Michael so viele Geschichten zu erzählen, und es viel ihm leichter, sie in seinen Bildern als mit Worten auszudrücken. Es war interessant, daß eine seiner frühesten Erinnerungen die seiner malenden Mutter war. *Das* sollte Papa einmal untersuchen, dachte Sydney. Sprach das nicht sehr für die Überlegenheit des Erbguts im Verhältnis zur Sozialisation?

Die heiße Sonne veranlaßte sie, ihren breitkrempigen Hut tief ins Gesicht zu ziehen. Während sie Michael beobachtete, erinnerte sie sich wieder einmal an den Abend am Strand, als er sie auf so intime Weise berührt hatte. Der Vorfall hatte sich tief in ihr Gedächtnis eingegraben, und nicht eine Sekunde davon war verloren oder vergessen. Es war so aufregend gewesen wie ihr erster Kuß oder sogar wie das erste Mal, als Spencer und sie sich geliebt hatten.

In Wahrheit war ihre Hochzeitsnacht eine Enttäuschung gewesen, obwohl Sydney erst seit kurzem imstande war, das zuzugeben. Sie hatte sich *Leidenschaft* von Spencer gewünscht, der fehlende Bestandteil ihrer bequemen, lebenslangen Freundschaft, und gehofft, daß die Intimität der Ehe eine solche mit sich bringen würde. Doch das war nicht geschehen, und sie hatte nie den Mut besessen, ihm das zu sagen. Nun würde sie niemals erfahren, ob es ihm ebenso gegangen war. Vielleicht hatte auch er sich mehr gewünscht und einfach nicht gewußt, wie er sie darum bitten sollte.

Sie waren beide noch so jung gewesen, in Konventionen gezwängt und mit einer seltsamen Schüchternheit behaftet, wohl ein unvermeidliches Erbe ihrer Erziehung. Aber wie hätte es anders sein können? Sie waren eher wie Bruder und Schwester und weniger wie Liebende gewesen. Und am Ende hatte sie sich mit der Überzeugung getröstet, das Geborgenheit und Kameradschaft wichtiger waren, als die schnelle, vergängliche Hitze körperlicher Lust. Vielleicht war das auch so, aber inzwischen war ihr klar geworden, daß sie einen Kompromiß geschlossen und die Wahrheit, daß sie mehr brauchte als das, vor sich selbst verleugnet hatte.

Tante Estelle wünschte, daß sie sich wieder verheiratete, dieses Mal mit Lincoln Turnbull. Sydney hatte nichts gegen Lincoln – wie sollte sie auch? Sie kannte ihn seit einer halben Ewigkeit, genau wie Spencer. Er war sogar bei ihrer Hochzeitsparty gewesen. Er war kräftig und athletisch und recht gutaussehend. Sie konnte sich vorstellen, von ihm berührt zu werden, konnte sich sogar vorstellen, daß sie mit Lincoln *Leidenschaft* empfinden würde, aber es waren nicht *seine* großen Hände, die sie auf ihrem Körper spüren wollte. Sie wollte nur Michaels.

Konnte er etwa ihre Gedanken lesen? Der lange Satz war noch nicht beendet, aber in diesem Augenblick ließ er Philip mitten im Aufschlag einfach stehen und kam über den Platz hinweg auf sie zugelaufen. Philip rief eine humorvolle Beleidigung hinter ihm her, die sie aber nicht ganz verstand. Michael kam verschwitzt und keuchend, schlank und anmutig und unglaublich gutaussehend in seinen geborgten Tennissachen auf sie zu und lächelte sie an, ohne ein Wort zu sagen. Aber er mußte auch nichts sagen – alles war in seinen wachsamen, durchdringenden Augen zu lesen, deren Blick sie schwindelig machte und der ihre Fingerspitzen zum Kribbeln brachte.

»Ich habe etwas Wasser mitgebracht. Es steht da drüben im Schatten.« Sie deutete darauf und wich seinem Blick aus.

»Vielen Dank.« Er fand die Flasche unter der Bank und entkorkte sie. Sie ergötzte sich an seinem Anblick, als er den Kopf in den Nacken legte und einen langen, tiefen Schluck nahm. Die Bänder an seinem Hals traten hervor und sein starker Adamsapfel hüpfte bei jedem Schluck auf und ab. Sein kragenloses, weißes Hemd war schweißnaß und klebte an seinem Rücken. Er hatte es halb aufgeknöpft, und sie konnte sein glänzendes, weich aussehendes, dunkles Brusthaar erkennen. Seine gebräunten Unterarme waren von kräftigen Muskeln durchzogen, und Philips alte Hose saß ihm genau richtig auf den Hüften. Ihr gebannter Blick wandelte sich in Erstaunen, als ihr klar wurde, daß er barfuß lief.

»Tut das Ihren Füßen denn nicht weh?«

»Was soll mir denn weh tun?«

Wieder einmal lag etwas kaum wahrnehmbar in seiner Stimme. Man konnte es nicht als Akzent bezeichnen, aber dennoch ...

»Der Boden, der Platz. Er muß doch sehr rauh sein.«

»Nein«, erwiderte er lächelnd, als habe sie etwas Lustiges gesagt. »*Schuhe* tun meinen Füßen weh.«

»Oh.«

Sie konnten nicht davon ablassen, sich anzustrahlen.

»Ich habe heute morgen ein Bild von Ihnen gemalt. Aus dem Gedächtnis. Manchmal fange ich an, etwas zu malen und dann nimmt es Ihre Gestalt an. Die Wolken über dem See oder die Bäume bei Nacht. Das passiert mir ganz oft.«

Beharrlichkeit zahlt sich aus. Genauso wie nette Worte und herzerweichend ernsthaft vorgetragene Komplimente. Sydney schüttelte langsam und sprachlos den Kopf.

»Heute morgen habe ich versucht, Sie zu malen, wenn Ihnen die Sonne ins Gesicht scheint, aber es hat nicht funktioniert. Ich hatte nicht die richtigen Farben für Ihr Haar. Oder für Ihre Lippen. Vielleicht existieren diese Farben nur in Ihnen. Sie sind einfach vollkommen.«

»Oh, Michael«, flüsterte sie seufzend. »Michael, Sie versuchen, mich zu verführen.«

»Verführen?« Er zog das Wort in die Länge. Auf seinen Lippen klang es pikant und schlüpfrig. »Verführen.« Er lächelte, und sie wußte, daß er die Bedeutung aus dem Kontext erschlossen hatte. *Größere, bessere Insekten,* dachte sie zusammenhanglos. Oh, die Willenskraft dieses Vogels wurde langsam schwächer.

Über Michaels Schulter hinweg sah sie, wie Philip noch einen letzten Aufschlag ins gegnerische Feld beförderte und dann zu ihnen herübergetrottet kam. Sie räusperte sich, um Michael vor seinem Herannahen zu warnen.

»Du hast verloren«, brummte er und nahm Michael die Wasserflasche aus der Hand. »Sechs-Null, Sechs-Null und Aufgabe.«

Michael grinste. »Aber ich kann höher schlagen als du. Und weiter.«

»Eine überaus nützliche Fähigkeit, wenn man Diskuswerfer ist.« Philip strich sich das Haar zurück und wischte sich den Schweiß von der Stirn. Wie gut sie doch beide aussahen, dachte Sydney. Sollte sie es laut sagen? Sie hätte keine Sekunde gezögert, wenn ihre Gefühle für Michael weniger persönlich gewesen wären. Aber so, wie die Dinge standen, war es wohl besser, zu schweigen.

»Hast du immer noch vor, morgen mit Sam zur Weltausstellung zu gehen, Syd?« erkundigte sich Philip und strich sich mit dem Handtuch über den Nacken.

»Ja, am Nachmittag.« Ihre Augen leuchteten auf, als sie

hinzufügte: »Camille will auch mitkommen. Ihre Eltern sind noch fort, und sie ist es leid, mit Claire und Mark hinzugehen. Hast du nicht Lust, uns zu begleiten?«

Er gab sich Mühe, gleichgültig dreinzublicken. »Möglicherweise. Ja, warum nicht. Ich habe eigentlich nichts anderes vor.«

Sie bemerkte, wie Michael mit ausdruckslosem Gesicht von ihnen abrückte. Sich von der Unterhaltung ausschloß. Oder schlossen sie ihn aus?

»Michael, Sie können auch gerne mitkommen.« Es war ihr einfach so herausgerutscht.

Philip, der gerade dabei war, seine Schnürsenkel zu binden, hielt inne. »Das ist eine gute Idee. Da kann er wirklich etwas für seine Bildung tun. Warum haben wir nicht eher daran gedacht?«

Michael drehte sich langsam um. »Zur Weltausstellung?« Er blickte von einem zum anderen, als versuche er herauszufinden, ob dies irgendein Streich war, den sie ihm spielten. Doch dann erschien ein Lächeln auf seinen Lippen und ließ sein Gesicht erstrahlen.

Er sah so begeistert aus, daß Sydney sich schämte. Warum nur hatten sie nicht eher daran gedacht? Sie hatte ihn noch etwas länger beschützen wollen — das war mit ein Grund. Und außerdem war sie furchtsam gewesen, nicht sicher, wie er reagieren würde (und ob sie damit fertig werden konnte), wenn er in der Welt da draußen etwas Ungeschicktes oder Peinliches tat. Wen hatte sie eigentlich in Wahrheit schützen wollen?

Wie gedankenlos von mir, schalt sie sich. Wie blind. Sie war genau schlimm wie ihr Vater — schlimmer noch, denn sie war zudem auch noch egoistisch gewesen. Michael hatte etwas Besseres verdient.

Aber er hatte gewiß nicht vor, sie deswegen zu strafen, da war sie sicher.

»Morgen nachmittag«, sagte er eifrig. »Wenn wir bis zum Abend bleiben, werden wir die Lagune und all die

Lichter sehen.« Er richtete sich auf und seine Augen wurden rund. »Mein Gott«, hauchte er.

»Was ist?« fragten Sydney und Philip wie aus einem Munde.

Er sah aus wie Sam am Weihnachtsmorgen. »Ich werde Riesenrad fahren.«

Kapitel 10

»Du hast mit gar nicht gesagt, daß er so gut aussieht.«

Im Palast der Schönen Künste war kein Platz mehr frei, um sich hinzusetzen, daher lehnten Sydney und Camille müde an einem freien Stück Wand im Französischen Zimmer, während Michael jedes Gemälde aus nächster Nähe und aus einer gewissen Entfernung betrachtete. Am liebsten hätte er wohl noch ein Vergrößerungsglas benutzt.

»Findest du, daß er gut aussieht?« Sydney lachte, als ob sie überrascht sei, als ob sie nicht in letzter Zeit immer öfter das gleiche gedacht hätte.

»Und ob. Und er ist gar nicht so, wie ich erwartet habe. Er ist so ... *zivilisiert.*«

»Himmel, Camille! Hast du etwa gedacht, er würde einen Lendenschurz tragen und sich von Weinranken herabschwingen?«

»Aber ja«, gestand sie kichernd ein, und Sydney verdrehte die Augen. »Nein, aber jetzt einmal im Ernst, Syd, sieh ihn dir doch nur an. Er ist genau der Mann, der Interesse weckt und den eine Frau gerne einmal kennenlernen würde. Niemand Respektables, verstehst du? Jemand, den meine Eltern nicht gutheißen würden. Allein wie er *dasteht.*«

Philip, dessen Idol gerade Oscar Wilde war, hatte ihm beigebracht, so zu stehen, die Hände in den Hosentaschen vergraben, die Hüfte zu einer Seite herausgestreckt, die Schultern ein wenig hochgezogen. Es ließ ihn sorglos und weltgewandt erscheinen, zwei Dinge, die er mit Sicherheit nicht war. Aber Sydney gefiel diese Kombination von äußerer Kultiviertheit und innerer Simplizität. Sie ergaben eine einzigartige Persönlichkeit.

»Und sein Haar gefällt mir auch unglaublich gut. Hast du es ihm tatsächlich geschnitten? Ich finde, er sieht wie ein Dichter aus. Aber ein gefährlicher. Wegen der Narbe.«

Camille kicherte noch einmal, und Sydney konnte nicht widerstehen, miteinzustimmen. Aber es war mehr die Macht der Gewohnheit, da sie schon ein Leben lang mit Cam um die Wette gekichert hatte, als wirkliche Amüsiertheit. Die Art und Weise, wie sie über Michael sprach, als wäre er ein Objekt statt ein Mensch — wenn auch ein gutaussehendes — behagte ihr nicht. Und wenn Cam sich mit Michael unterhielt, sprach sie langsam und formulierte simple Sätze, als sei er zugleich taub und dämlich.

Das war genau das, wovor Sydney Angst gehabt hatte, das, wovor sie ihn hatte beschützen wollen. Aber sie mußte zugeben, daß er geduldig damit fertig wurde, sich Cams schwerfällige Sätze mit einer verblüffenden Höflichkeit anhörte und sich von ihr auf unglaublich gönnerhafte Weise behandeln ließ. Er ging wesentlich gelassener damit um, als Sydney — aber sie war ausgesprochen sensibel, wenn es um ihn ging. Daran mußte sie noch arbeiten, denn das deutete auf fehlendes Selbstbewußtsein hin.

Andererseits besaß er immer noch ein paar Eigenheiten, die eine ihm weniger gesonnene Person mit Unwillen zur Kenntnis nehmen konnte. Im Augenblick zum Beispiel trug er seine Schuhe in der Hand und lief nur auf Socken zwischen den Gemälden von Rousseau und Daumier und Renoir hin und her. Aber die Weltausstellung erstreckte sich über eine Fläche von 202 Hektar, und daher war er nicht der einzige Besucher, der bestrumpfte Füße den Blasen vorzog. Er fügte sich gut in die Menge ein, das heißt, er sah immer noch ein wenig exzentrisch aus, aber niemand erkannte in ihm den ›verlorenen Mann‹, diesen wild aussehenden Kerl, dessen Foto bis vor kurzem noch in den Zeitungen zu finden gewesen war.

Camille und Sydney standen ihm im Weg, anders hätte er sie wohl kaum bemerkt. Er trat mit benommenem Blick vor sie hin und blinzelte. »Ich mache zu lange«, sagte er. »Sie sind der Warterei müde.«

»Das ist schon in Ordnung«, erwiderte Sydney freundlich. »Wir haben unser Treffen mit Philip und Sam verpaßt, aber sie wissen, daß wir hier sind. Sie werden schon kommen und uns suchen.«

»Das tut mir leid.«

»Aber das macht doch nichts, Sie unterhalten sich doch glänzend.«

»Ich habe mich verloren.«

»Verloren?«

»In den Bildern.« Er schaute befangen zu Camille hinüber, als ob er wußte, daß sie ihn nicht verstehen würde, und sah dann wieder zu Sydney, von der er glaubte, daß sie es mit Bestimmtheit tat. »Wenn ich herauszufinden versuche, wie sie es machen, wenn ich ganz nahe an die Pinselstriche und die Formen herangehe, dann verliere ich mich. Ich falle in das Bild hinein.« Er lächelte und zuckte mit den Schultern. »Ich kann es nicht richtig ausdrücken.«

»Sydney hat mir erzählt, daß Sie selbst ein ziemlich guter Maler sind«, sagte Cam mit erhobener Stimme. »War es da nicht als Künstler frustrierend, als Sie noch in der Wildnis lebten?«

Er schaute sie mit einem festen Blick an. »Das stimmt«, erwiderte er, ohne eine Miene zu verziehen. »Außer nach Essen habe ich mich am meisten nach einem hübschen Kasten mit Wasserfarben gesehnt.«

In dem Moment kamen Philip und Sam, und Sydney wußte nicht so recht, ob sie darüber froh war oder nicht. Michaels Sinn für Humor wuchs mit seinem Verständnis menschlicher Absurditäten, und jeden Tag äußerte er sich in einer neuen Weise. Es hätte Spaß gemacht, ihn noch länger dabei zu beobachten, wie er Cam aufzog, die dafür bekannt war, absurde Dinge von sich zu geben, wenn sie sich schwierigen, gesellschaftlichen Situationen gegenüber sah.

»Seid ihr etwa die ganze Zeit hier gewesen?« fragte Philip erstaunt. Sie hatten ursprünglich vorgehabt, sich alle um halb drei an der Columbus-Statue wiederzutreffen. Der Alternativplan hatte gelautet, zwanzig Minuten dort zu warten, um dann zu der Stelle zurückzukehren, wo sie sich alle gemeinsam zuletzt aufgehalten hatten.

»Das ist meine Schuld«, sagte Michael schnell. »Ich habe völlig die Zeit vergessen. Sie haben auf mich gewartet.«

Sam packte Sydneys Hand und schüttelte sie, um ihre Aufmerksamkeit zu erlangen. »Wir haben ein Konzert am Telefon gehört!«

»Nein.«

»Doch! Es kam den ganzen Weg von New York herüber und wir haben es trotzdem ganz deutlich hören können. Stimmt doch, Flip?«

»Stimmt. Im Wirtschaftsgebäude. Sie haben Lautsprecher an ein Telefon angeschlossen und ein Konzert gesendet, das im Madison Square Garden stattfand.«

Sie schüttelten alle verwundert die Köpfe.

»Warum bist du so lange hiergeblieben?« Sam ließ Sydneys Hand los und ergriff Michaels. »Du hättest mit uns kommen können, um dir das Konzert anzuhören. Was hast du denn gemacht?« Er blickte sich suchend im Raum um und hielt nach etwas Interessanterem als den gerahmten Bildern Ausschau.

»Mir die Bilder angesehen.«

»Mehr nicht?«

Michael nickte und zuckte die Achseln. »Sie gefallen mir.«

»Hat noch jemand außer mir Hunger?« erkundigte sich Philip.

»Ich«, riefen alle wie aus einem Mund, und sie verließen den Palast der Schönen Künste, um zur Mittelstraße zurückzukehren.

Es war nicht leicht, sich auf der Ausstellung für ein Lokal zu entscheiden. Sollten sie zum chinesischen Markt oder zum japanischen Basar gehen? Zum irischen Dorf? Ins alte Wien? Nach einigen Diskussionen kamen sie zu dem Schluß, das tunesische Café zu besuchen, weil sie dort schnell bedient wurden und es die kürzeste Warteschlange hatte. Ein Kellner in einer gelben Robe und einem Turban nahm ihre Bestellung entgegen. »Versuch einmal den Kaffee, Michael«, riet Philip ihm, und das tat er natürlich auch. Als er kam, nippte er an dem dunklen Gebräu und bekam einen Hustenanfall.

»Aahh«, stieß er mit tränenden Augen hervor und blinzelte Philip ungläubig und mißtrauisch an. »Bah! Das ist ja schrecklich.«

»Das ist reine Gewöhnungssache«, erwiderte Philip kühl und nahm einen kleinen Schluck aus seiner eigenen Tasse. Er kreuzte die Beine, setzte sich zurück und ließ den Arm über die Lehne des leeren Stuhls neben sich baumeln. Sydney nahm an, das das alles nichts weiter als Angabe um Camilles willen war. Aber das half ihm gar nichts. Cam war viel zu sehr damit beschäftigt, Michael auf den Rücken zu klopfen, der immer noch weiterhustete.

Nachdem sie ihren tunesischen Imbiß beendet hatten, begannen die Diskussionen wieder von vorn. Wir sind alle müde, dachte Sydney, während sie zuhörte, wie Sam mit jammender Stimme verkündete, daß er sich den kanadischen Zehn-Tonnen-Käse ansehen und dann die Wild-West-Show besuchen wolle, Philip darauf beharrte, vor dem Columbia Theater zu warten, um einen Blick auf Lillian Russell zu erhaschen, und Cam konterte, daß Sydney und sie es kaum erwarten konnten, sich das Frauenorchester im Frauengebäude anzuhören.

In die folgende Stille hinein sagte Michael: »Ich möchte

alles sehen.« Er war der einzige von ihnen, der nicht erschöpft aussah. »Die ganze Welt ist hier, lauter Dinge, die ich noch nie gesehen habe. Es ist alles so wunderschön.«

Das beendete ihre Streiterei schneller, als es ein wütender Blick von Tante Estelle vermocht hätte. Sie fühlten sich alle ernüchtert und dann wie elektrisiert. Mit neuer Energie machten sie sich auf den Weg, um sich das Yerkes-Teleskop und die Modellwohnungen anzusehen, in denen eine Familie für fünfhundert Dollar pro Jahr wohnen konnte.

Vor dem Gebäude mit der Kriegsausstellung ist immer eine lange Schlange von Leuten, die die Waffen sehen wollen. Heute hatten sich Philip und Sam vorgenommen, dorthin zu gehen, und ich habe sie begleitet. Da waren Kanohnen, Gewehre, Pistolen, Messer, Bajonette und Schwerter, und alle starrten und starrten sie an, als seien sie große Kunstwerke. Ich dachte an die Jäger, die zu jeder Jahreszeit in den Wald kahmen, selbst wenn der Schnee hoch lag, um mit ihren Gewehren auf Bären und Biber, Otter und Hirsche zu schießen. Auf mich haben sie auch geschossen, weil sie dachten ich sei ein Tier. Sie fingen die Wölfe in Metallfallen und ermorderten Fuchsmütter in ihren Höhlen, um an ihre Felle zu kommen, und ließen die Jungen zum Sterben zurück. Sie machten Seilfallen, die Kaninchen und Eichhörnchen und sogar Vögel zu Tode würgten. Sie kamen zu jeder Jahreszeit, und sie töteten, um abzuschlachten, nicht, um zu überleben. Der Geruch von Gewehren, der aus Öl und kaltem Metall und Rauch besteht, macht mich krank und erfüllt mich mit Angst. Er bedeutet, daß der Tod kommt.

Heute abend haben sie überall auf der Ausstellung elektrische Lichter angestellt. Wenn man auf einer

Brücke steht und auf das dunkle Wasser der Lagune hinabblickt, funkeln dort die Sterne wie hundert kleine Monde. Es ist Zauberei. Ich hätte nie gedacht, daß irgendetwas schöner sein könnte als die Sterne, die in dem Wald, wo ich lebte, bei Anbruch der Dämerung nach und nach hervorkamen. Aber das hier ist noch schöhner. Es sind Leute bei mir, mit denen ich es betrachten kann. Ich stand neben Ihnen, Sydney, auf einer Brücke, und ich habe mir Ihr Gesicht angeschaut, während sie die Lichter und die Fontänen und die echten Sterne über unseren Köpfen betrachteten. In diesem Moment, in dieser Minute, bin ich so glücklich gewesen wie noch niemals zuvor in meinem Leben.

Später, als wir nebeneinander am Wasser entlanggingen, dachte ich über das Wort Lagune nach, und ich habe mich an etwas erinnert. Ich habe auch einmal an einer Art Lagune gelebt, als ich klein war, bevor man mich weggeschickt hat. Aber wir nannten es einen Lok. Es gab keine Gebeude, nur Bäume um unseren Lok. Mein Vater ist mit mir zum Fischen dorthin gegangen. Und wir wohnten in einem Steinhaus, das man, glaube ich, Schloß nennt. Aber vielleicht werfe ich das auch nur mit einem von Sams Märchen durcheinander.

Michael haßte das Gebäude mit den Papageien.

»Ich würde sie alle frei lassen, wenn ich könnte«, knurrte er wütend und verließ das Haus mit langen Schritten.

Sydney mußte sich beeilen, um ihm folgen zu können. »Aber sie könnten alleine nicht überleben«, sagte sie. »Sie würden sterben.«

Er blieb abrupt stehen. »*Eintausend,* Sydney. Warum so viele? Das ist doch verrückt. Man kann sich einen Papagei ansehen und damit alle anderen Papageien verstehen.«

»Da stimme ich Ihnen zu.« Sie hatte ihn noch nie so aufgebracht gesehen.

»Sie sollten dort leben, wo sie hingehören«, beharrte er und lief wieder los. »Nicht in Käfigen.«

»Sie machten mir keinen unglücklichen Eindruck«, gab sie zu bedenken.

»Sie sahen gelangweilt aus.«

Um des lieben Friedens willen erkundigte sie sich nicht weiter, wie denn ein *interessierter* Papagei aussah. Sie änderte das Thema. »Erzählen Sie mir, welche Erinnerungen Sie sonst noch an Schottland haben.«

Die Ablenkung funktionierte. Er sagte mit ehrfurchtsvoller Stimme »Schottland«, und die düsteren Wolken auf seiner Stirn verschwanden. »Ich wünschte, ich könnte mich an mehr erinnern. Im übrigen wissen wir nicht mit Sicherheit, daß ich dort herkomme.«

»*Ich* bin mir dessen sicher. Wo sonst auf der Welt gibt es Lochs? Aber der eigentliche Beweise ist Ihr Akzent. Er ist meinem Vater auch aufgefallen — ich habe es in seinen Notizen gelesen.«

»Ich höre keinen Akzent«, sagte er langsam und lauschte seinen eigenen Worten.

»Er ist nicht stark ausgeprägt, aber er ist vorhanden, und das bedeutet, daß Sie aus Schottland stammen, da bin ich mir sicher. Damit haben wir wieder etwas, das wir Mr. Higgins, dem Detektiv, mitteilen können.« Als er ihr nicht antwortete, fügte sie hinzu: »Michael, haben Sie keine Angst, sich Hoffnungen zu machen. Sie könnten eine Familie haben — das sollten Sie niemals vergessen.«

»Aber was ist, wenn ich sie nie finde?«

»Was ist, *wenn* sie sie finden?«

Er schüttelte den Kopf, ohne ein Lächeln zu zeigen. »Vielleicht wollen sie mich gar nicht. Wenn sie mich doch weggeschickt haben —«

»Das stimmt sicher nicht.«

»Ich denke doch.«

»Ich hatte keine Ahnung, daß Sie so dickköpfig sind.«

Er blickte sie alarmiert an. »Oder solch ein Pessimist«, fügte sie hinzu.

»Was ist ein Pessimist?«

Sie kamen an ihrem Ziel, der spektakulären McMonnies-Fontäne an. Hier hatten sie sich mit Philip und Sam verabredet, die sich das Kriegsschiff *Illinois* ansahen. »Ein Pessimist ist jemand, der immer mit dem Schlimmsten rechnet.«

»Das tue ich nicht.«

»Er traut sich nicht, die schönen Seiten zu betrachten, aus Furcht, enttäuscht zu werden.«

Er blickte zu Boden. »Das tue ich. Ich habe Angst. Ich möchte nicht herausfinden, daß sie mich einfach weggeworfen haben.«

»Oh, Michael.« Sie verspürte das Bedürfnis, ihn zu berühren, ihm das dunkle Haar aus der Stirn zu streichen. »Das haben sie ganz gewiß nicht, daß weiß ich. Ich wünschte nur, Sie würden mir glauben.«

Sie erblickte die Hoffnung und die Angst und die Dankbarkeit in seinen Augen, als er sie anlächelte. Und auch die Zärtlichkeit. Ihr Herz vollführte einen Sprung. »Setzen wir uns doch, Sydney.« Er ergriff ihre Hand. »Sind Sie müde?«

Sie fanden einen Platz am Ende einer langen Bank, auf der sich erschöpfte Besucher niedergelassen hatten. Die Lagune funkelte in ihrem Rücken und die Fontäne schoß vor ihnen in die Höhe. Wolken zogen sich am Himmel zusammen. Es sah nach Regen aus. »Nicht allzu sehr«, erwiderte sie. »Aber Sie sind es, nehme ich an.«

Er sagte wie immer die Wahrheit. »Ich habe das Gefühl, als würde mein Kopf platzen.«

Er war in letzter Zeit ausgesprochen nervös und ruhelos und manchmal sehr gereizt gewesen, allerdings nie bei ihr — noch nicht. »Ich glaube, Sie brauchen unbedingt Erholung. Das hier ist einfach zu viel. Sie sind überstimuliert.«

»Nein, ich kann nicht aufhören. Ich muß das alles sehen.«

»Aber Sie haben doch Zeit. Die Weltausstellung dauert noch einige Monate.«

»Ich bin nicht wie Sie — ich kann mir die Dinge nicht einmal anschauen, um sie zu verstehen. Es ist alles so neu, ich will immer wieder zurückkommen.«

Sie seufzte. Es stimmte, er konnte einfach nicht aufhören. Er wollte jeden Tag hierher, und wenn das nicht möglich war, suchte er sich Bücher in der Bibliothek ihres Vaters über die Dinge, die er am Tag zuvor in der Ausstellung gesehen hatte. Er wußte inzwischen mehr über klassische Architektur als sie — was allerdings nicht viel zu sagen hatte — und auch sehr viel mehr über Elektrizität, Ackerbau und Bergbau. Er fertigte immer noch pflichtbewußt die Aufsätze an, die sie ihm auftrug — »Schreiben Sie einen Aufsatz über das, was Sie heute in der Ausstellung gesehen haben, Michael« —, und sie las sie mit großem Interesse. Insbesondere, wenn sie mehr über seine frühesten Erinnerungen oder Details seines Lebens in der Wildnis enthüllten. Oder wenn sie eher wie verschleierte Liebesbriefe, statt wie ›Aufsätze‹ klangen ...

Ein Wassertropfen fiel auf ihr Handgelenk. »Oh je, es regnet.« Weitere Tropfen platschten auf den warmen Beton des Gehweges. Die Menge, die an ihnen vorbeizog, wurde schneller, und die Bank, auf der sie saßen, leerte sich zusehends. »Aber wir können hier nicht weg — die beiden werden uns nie finden, wenn wir hier weggehen.« Sie schaute zu Michael hinüber. Er hatte sein Gesicht dem Himmel zugewandt und ließ den Regen auf seine zitternden Augenlider fallen. Seine Lippen trugen ein glückliches Lächeln, und er atmete die feuchte, frische Luft mit tiefen Zügen ein.

»Wir werden patschnaß werden«, sagte sie.

»Öffnen Sie doch ihren Schirm. Der Regen wird nicht lange dauern.«

»Wirklich nicht?« Was das Wetter anging, täuschte er sich niemals.

»Warum bleiben wir nicht einfach sitzen und schauen uns die Leute an?«

Das war sein liebster Zeitvertreib. Er war immer noch zu schüchtern, um sich mit Fremden zu unterhalten, aber er wurde niemals müde, sie anzustarren. Und es war sehr unterhaltsam, wenn er dies tat. »Ich kannte einmal einen Dachs, der genauso aussah wie dieser Mann«, sagte er beispielsweise und deutete auf einen freundlich aussehenden älteren Gentleman mit spitzem Gesicht und einer runden Brille. Oder er äußerte: »Sehen Sie nur, wie geschmeidig und zufrieden diese Frau aussieht, wie ein Otter mit einem Bauch voller Fische.« Und sah freundlich einer gutaussehenden, würdigen Dame nach.

Sydney öffnete ihren Schirm und hielt ihn über sich und Michael. Er rückte näher an sie heran, so daß sie Hüfte an Hüfte, saßen und nahm ihr den Schirm aus der Hand. Dann saßen sie eine Weile schweigend da und schauten der Parade der Besucher zu, die an ihnen vorbei auf Ausgänge zuliefen oder Unterschlupf suchten.

»Letzte Nacht habe ich von Zuhause geträumt.«

»Von Zuhause?«

»Ich lag mit dem alten Wolf auf einem Hügel. Ich habe Ihnen doch von ihm erzählt, wissen Sie noch? Von meinem Freund.«

»Ja, das weiß ich noch.«

»Es war Sommer. Sehr heiß. Keine Wolken. Wir waren nicht hungrig und es drohte keine Gefahr. Wir witterten nichts weiter als die Erde und die Luft. Um uns herrschte Frieden. Und es gab nichts — zwischen mir und der Erde und dem Himmel.« Er runzelte die Stirn und wählte seine Worte äußerst vorsichtig. »Damit will ich sagen, es gab keine Grenzen zwischen mir und allem um mich her. Es war so, als hätte ich keine Haut. Ich war frei.«

Sie betrachtete sein klares Profil. Die Intensität in seinem Gesicht spiegelte sein Bestreben wider, ihr die Wahrheit zu sagen. »Aber so ist es nicht mehr«, murmelte sie, denn sie war sich über die Bedeutung seines Traums im Klaren, auch wenn sie dies lieber verleugnet hätte. »Hier sind Sie nicht frei.«

»Nein, hier bin ich nicht mehr frei. Das Leben ist kompliziert. Es sind Entscheidungen zu treffen, die ich nicht verstehe. So viele Möglichkeiten. Wie bei einem Schachspiel — ich muß darüber nachdenken, was in drei oder vier Zügen passieren wird, was die Zukunft bringt.«

Sie drückte seine Finger, die um den Schirmknauf lagen. »So habe ich es noch nie betrachtet.« Sie wartete einen Moment, ehe sie beiläufig sagte: »Denken Sie darüber nach, zurückzugehen?«

»Ja, das tue ich. Immer dann, wenn mein Kopf voll ist, wenn es sich anfühlt, als ob er jeden Augenblick explodieren könnte. Dann denke ich daran, wegzugehen.« Sie spürte, wie sich eine Kälte in ihrem Inneren ausbreitete, doch dann fuhr er fort: »Aber das geht jetzt nicht mehr. Ich habe mich zu sehr verändert. Ich glaube, ich würde sterben, wenn ich jetzt zurückkehrte. Nicht etwa vor Kälte oder Hunger. Vor Einsamkeit.«

Sie wußte nicht, was sie sagen sollte. Es war eine Traurigkeit in ihm, die sie ihm gerne genommen hätte, aber sie verspürte auch eine unglaubliche Erleichterung, daß er nicht zurückgehen konnte. Daß er bei ihr bleiben würde.

»Den meisten Teil der Zeit kann ich einfach nicht glauben, daß ich hier bin. Jetzt auch wieder — hier sitze ich mit Ihnen auf einer Bank an diesem Ort. In dieser Stadt. Mit Schuhen an meinen Füßen.«

Sie lachten. »Und dazu noch sehr schönen Schuhen«, bemerkte sie. Philip hatte ihn zu Field's mitgenommen und ihm die besten Schuhe gekauft, die sie hatten. Er trug sie jeden Tag und behauptete, daß sie seinen Füßen nicht im geringsten wehtäten.

»Ich bin wegen Ihnen hier.«

»Wie meinen Sie das?«

»Für mich sind Sie wie … ein Licht im Dunkeln. Sie geben mir das Gefühl, stark zu sein, selbst wenn sich alles um mich herum viel zu schnell verändert.«

»Michael.«

»Ich denke, es würde Sie ängstigen, wenn Sie wüßten, was ich wirklich empfinde«, sagte er leise. »Ich habe das Gefühl, als ob ein Sturm in meinem Inneren tobt. Da ist kein Frieden, aber das spielt keine so große Rolle. Ich überlebe nicht nur, ich bin lebendig. Und ich weiß, was ich will.«

Er sprach mit gesenkten Augen, als wolle er ihr seinen Blick und alles, was darin zu lesen war, ersparen, denn er vermutete richtigerweise, daß es sie ängstigen würde. Wieder fand sie nicht die richtigen Worte. Eigentlich müßte sie ihn nun entmutigen, ihn von diesen Gedanken, diesen gefährlichen Worten abbringen. Das wäre vernünftig und sicher.

Was aber, wenn sie einen Schritt weiterginge? Was, wenn sie alle Vernunft in den Wind schlagen und sich auf ihn zu statt von ihm weg bewegen würde?

»Ihre Brüder.«

»Was?« Sie wollte nicht, daß dieser Zauber gebrochen wurde.

»Sie sind hier. Da ist jemand bei ihnen.«

Sie blickte mit einem aufgesetzten Lächeln in die Höhe, welches allerdings etwas schwächer wurde, als sie sah, wer Philip und Sam begleitete.

»Es hat aufgehört zu regnen«, begrüßte Sam sie. »Warum hast du denn immer noch deinen Schirm auf?«

Sie schloß ihn ohne zu antworten und wandte ihr Lächeln Lincoln Turnbull zu. »Was für eine nette Überraschung. Zweimal in einer Woche — welch ein Zufall.« Sie hatte ihn letzten Samstag bei einer Party getroffen, wo sie sich — Tante Estelles Worte immer noch in den Ohren —

außergewöhnliche Mühe gegeben hatte, nett zu ihm zu sein. »Wie geht es dir, Lincoln? Wo hast du denn die beiden getroffen?«

»An Bord der *Illinois*«, erwiderte er und hielt ihre Hand ungewöhnlich lange in der seinen. »Du siehst wundervoll aus, Sydney. Habe ich dir das am Samstag eigentlich auch gesagt? Wie auch immer, man kann es gar nicht oft genug betonen.«

»Er ist schon fünfmal auf dem Kriegsschiff gewesen«, sagte Sam bewundernd. »Er hat uns Sachen gezeigt, über die nicht einmal der Führer an Bord Bescheid wußte. Besondere Gewehre und anderes Zeugs, und wo sie die Munition aufbewahren.«

Lincoln lächelte und strich Sam durchs Haar. »Schiffe interessieren mich eben.«

»Besonders *Kriegsschiffe*«, setzte Sam hinzu und Lincoln nickte grinsend.

Eine Pause entstand. Mit einem eigenartigen Widerstreben wandte sich Sydney Michael zu, der sich einen Schritt von der Gruppe entfernt hatte, und berührte ihn leicht am Arm. »Lincoln, ich glaube, du hast unseren — Hausgast, Michael MacNeil, noch nicht kennengelernt. Michael, das hier ist ein alter Freund der Familie, Mr. Lincoln Turnbull.«

»Guten Tag«, sagte Michael höflich und streckte ihm die Hand hin.

Lincoln erwiderte mit lauter Stimme »MacNeil« und schüttelte ihm kräftig die Hand. Sydney hatte Besucher von Institutionen für geistig Zurückgebliebene erlebt, die die Bewohner auf genau die gleiche betont ungezwungene, allzu herzliche Art und Weise begrüßten und mit ihrer Derbheit entweder ihre Verlegenheit oder ihre Faszination zu verstecken suchten.

»Ich glaube, wir haben einen kleinen Fehler gemacht, Syd«, sagte Philip mit amüsierter Stimme.

»Wie meinst du das?«

»Wir haben Lincoln verraten, daß du noch nie auf dem Riesenrad gewesen bist.«

»Oh, je.« Sie lächelte und zuckte überrascht zusammen, als Lincoln ihren Ellbogen ergriff und sie wegführen wollte.

»Komm schon, Sydney, jetzt ist genau der richtige Moment dafür, es einmal zu versuchen.«

Sie rief lachend: »Warte!« Doch erst als sie sich ihm ernsthaft zu widersetzen begann, blieb er stehen. »Warum soll *ich* denn gehen? Geht ihr doch. Ich werde euch dann von unten zuwinken«, sagte sie.

»Nein, nein, du hast versprochen, daß du auch mitfahren wirst«, rief Sam und versuchte, sie an der anderen Hand zu packen. »Komm schon, du hast es versprochen.«

»Ja, aber ich habe nicht gesagt, daß ich es *heute* tun würde.«

»Durch den Regen sind die meisten Leute eher nach Hause gegangen«, bemerkte Phil, »also wird die Schlange nicht sehr lang sein.«

Michael betrachtete sie interessiert. »Warum wollen Sie denn nicht mitfahren?«

»Warum tun Sie es denn nicht?« konterte sie.

»Weil ich Angst habe.«

Alle, auch Lincoln, lachten amüsiert über seine Offenheit.

»Nun«, sagte Sydney. »Die Sache ist die, daß ich Höhen nicht besonders mag. Ich vermeide sie wenn möglich.«

»Aber das hier ist Geschichte«, redete Lincoln auf sie ein und zog erneut an ihrem Arm. »Davon kannst du einmal deinen Enkelkindern erzählen.«

»Komm schon, sei kein Angsthase«, spottete Sam. »Ich bin auch schon damit gefahren, und ich bin noch ein Kind. Ich hatte überhaupt keine Angst.«

Sie stöhnte, hin und hergerissen zwischen Aufregung

und Neugierde auf der einen und echter Angst auf der anderen Seite.

»Wenn Sie möchten, werde ich Sie begleiten«, sagte Michael mit leiser Stimme.

»Ha! Na also!« Sam begann, auf und ab zu springen. »Jetzt mußt du es machen!«

Offenbar mußte sie wirklich. Sie ergab sich ihrem Schicksal und ließ es zu, daß sie sie zu dem Riesenrad führten.

Die Menge hatte sich tatsächlich gelichtet. Die schweren Wolken, die weiteren Regen versprachen, und der kalte, böige Wind, der vom See herüberblies, hatte wohl viele Besucher veranlaßt, nach Hause zu gehen. »Bist du wirklich schon fünfmal auf der *Illinois* gewesen?« erkundigte sie sich bei Lincoln, während sie die Mittelstraße entlangschritten. Er hatte mit ihr die Führung übernommen und schien es für selbstverständlich zu halten, daß sie ein Paar bildeten.

»Sechsmal, wenn ich heute noch dazu rechne. Ich hatte immer schon eine Schwäche für Schiffsartillerie. Sag einmal, Sydney ...«

»Hm?«

Er beugte sich zu ihr hinüber, um ihr ins Ohr zu flüstern. »Macht es dir denn nichts aus, mit ihm alleine zu sein?« Er wies mit seinem Kinn über die Schulter nach hinten.

»Mit Michael? Nein, natürlich nicht, warum sollte es?«

»Nun, ich denke ...« Er lächelte und zeigte seine Zähne. »Du weißt schon.«

»Nein.«

»Nun ja, man könnte vielleicht behaupten, er sei nicht ganz ...«

»Zivilisiert?«

Er lachte. »Nun, das habe ich zumindest gehört.«

»Hast du das? Wie du mit eigenen Augen sehen kannst, stimmt es nicht. Kommt er dir etwa unzivilisiert vor?

Sieht er wie ein Wilder aus?« Ihr Tonfall war zu harsch und sie nahm ihm mit einem Lachen die Schärfe. »Ich halte Michael für einen der zivilisiertesten Männer, die mir jemals begegnet sind.« Auch für einen der gefährlichsten, aber das war eine völlig andere Angelegenheit.

»Na ja, wenn du das sagst.« Er lachte wieder, und die leichte Spannung, die zwischen ihnen herrschte, verschwand.

Wahrscheinlich verhielt sie sich um Michaels willen zu beschützend, war zu sensibel, wenn es um ihn ging. Michael war stark, er konnte für sich selbst sorgen. Er brauchte sie nicht. Und dennoch weckte Lincolns Einstellung Emotionen in ihr, die Wut sehr nahe kamen. Wo mochte das nur herrühren? Sie wußte es nicht, sah sich aber außerstande, diese Gefühle zu kontrollieren.

Sie schaute über ihre Schulter zurück und erblickte Michael hinter sich, der Sam auf den Schultern trug. Sie lächelte erfreut — aber genau in dem Augenblick umfaßte Lincoln erneut auf besitzergreifende Weise ihren Arm. Sie drehte sich wieder nach vorne und blickte starr vor sich hin.

Michael hatte in einem seiner Aufsätze erwähnt, daß das Riesenrad achtzig Meter hoch war. Für Sydney hätte es auch achthundert Meter hoch sein können, es machte keinen Unterschied, denn alles, was über zwei oder drei Stockwerke hinausging, mied sie wie die Pest. Das war schon immer so gewesen, obwohl sie nicht sagen konnte, warum. Sie konnte sich an nichts erinnern. Es gab kein Trauma in Verbindung mit Höhen, das ihr Verhalten erklärt hätte.

Während sie in der kümmerlichen Schlange warteten, um ihre Eintrittskarten zu erwerben, verrenkte Sydney sich den Hals, um die Spitze der riesigen Konstruktion zu sehen, und spähte in die hohen Glasfenster der vorbeigleitenden Kabinen, um die Gesichter der Fahrgäste zu betrachten. Waren sie kreidebleich und schrien? Erstarrt vor Angst? Nein, sie machten einen freudig erregten, aber gelassenen Eindruck, und es gab viele Kinder, die mit Erwachsenen in den geräumigen Wagen saßen. Wovor sollte sie sich also fürchten? Das Rad mußte sicher sein, sonst würde man die Leute nicht hineinlassen. Das sagte sie sich immer und immer wieder.

»Du hast doch nicht wirklich Angst, oder, Syd?«

»Nein, natürlich nicht«, log sie und warf Sam ein strahlendes Lächeln zu. »Wie könnte ich, wenn du meine Hand hältst.«

»Das werde ich. Ich lasse dich nicht los.«

»Dann kann mir ja nichts mehr passieren.«

Michael sah um den Mund ein wenig blaß aus. »Du solltest meine Hand besser auch festhalten«, sagte er, und sie war sich sicher, daß er nicht scherzte. »Was hält diese Konstruktion eigentlich aufrecht?«

Lincoln begann, es ihm zu erklären, aber Sydney hielt sich die Ohren zu. Sie wollte gar nicht wissen, wodurch dieses Ding aufrecht gehalten oder von welchem Motor es betrieben wurde. All diese Informationen würden ihr nur noch mehr Kopfzerbrechen bereiten. Es war besser, unwissend in den Tod zu stürzen, sagte sie sich, anstatt sich die letzten Sekunden auf Erden noch durch quälendes Wissen zu erschweren.

Dann waren sie an der Reihe, das Monstrum zu besteigen. Wegen des Regens war ihre geräumige Kabine noch nicht einmal bis zur Hälfte gefüllt, als der Aufseher die Türen hinter ihnen schloß. Und sie verriegelte, wie sie feststellte. Ob eine leichtere Ladung gut oder schlecht war?

Sie stieß einen kleinen Schrei aus, als die Kabine plötzlich nach hinten ruckte und ein wenig in die Höhe stieg, um dann wieder abrupt anzuhalten. Philip und Lincoln und einige andere Passagiere lachten über sie. Sie stimmte in ihr Lachen ein, um nicht als Spielverderberin zu gelten und um ihre Aufregung zu überdecken. »Aua«, sagte

Sam, als sie seine Hand losließ. Er schüttelte die Finger, um den Schmerz zu lindern. »Alles in Ordnung, Syd?«

»Natürlich.«

»Wir sind nämlich noch nicht gestartet. Sie lassen nur die Leute zwei Kabinen unter uns raus.«

»Verstehe.«

Sam ließ sie stehen, um zu den anderen zu gehen. Michael stand am Fenster und sah nach draußen. Sie umklammerte eine der Stangen, die überall in der Kabine angebracht waren und versuchte, sich zu entscheiden, was sie tun sollte. Wenn sie die Augen schloß oder auf den Boden starrte, wurde ihr übel, aber der Blick aus den Fenstern machte sie schwindelig, selbst wenn sich die Kabine nicht bewegte. Die Kabine ruckte erneut an. Sie schaffte es, nicht zu schreien, indem sie sich in die Knöchel biß und ihre feuchte Stirn gegen die kalte Metallstange preßte.

Es wollte einfach nicht aufhören. Jedes Mal, wenn das Rad bremste, um neue Fahrgäste an Bord zu nehmen, revoltierte ihr Magen. Die Halteperioden waren noch schlimmer, denn dann schaukelte die Kabine langsam im Wind hin und her. Übelkeiterregend.

Sie nahm Fetzen der Unterhaltung wahr. »Da ist die neue Universität, siehst du? Sie wird einmal riesig sein, wenn sie fertig ist.« — »Oh, schaut mal, seht ihr die Wolkenkratzer? Da drüben ist der Masonic Temple und da hinten das Home Insurance Gebäude auf der La Salle Street!« — »Sydney, komm einmal her und sieh dir den See an, er ist wunderschön. So hast du ihn noch nie gesehen.«

Aber sie konnte sich nicht bewegen. Dann geschah das Schlimmste: die letzte Kabine leerte sich, und nachdem abermals Fahrgäste zugestiegen waren, begann sich das gigantische Rad, das sie inzwischen mit jeder Faser ihres Körpers haßte, ernsthaft zu drehen.

Ein Alptraum. Was wäre wohl schlimmer: sich dadurch

zu blamieren, daß sie sich übergab, oder vor Angst einen Herzanfall zu erleiden und zu sterben? Irgendjemand tätschelte ihre Schulter und jemand anders — Philip — flüsterte ihr kichernd tröstende Worte zu. Man amüsierte sich also über sie. Der Gedanke, sich auf Philip zu übergeben, begann ihr langsam zu gefallen.

Sie wußte immer noch nicht, wo sie hinsehen sollte. Der endlose, kaleidoskopartige Wirbel aus Gebäuden und Himmel, Gebäuden und Himmel brachte sie so nahe an den Rand der Bewußtlosigkeit, wie sie es noch niemals zuvor erlebt hatte, aber wenn sie die Augen schloß, brach ihr kalter Schweiß aus allen Poren und die Übelkeit stieg so hoch in ihre Kehle auf, daß sie ständig schlucken mußte, um sie zurückzudrängen.

Michaels kreidebleiches Gesicht tauchte vor ihr auf. Seine Lippen formten ihren Namen. Ihre Zähne waren aufeinandergepreßt, so daß sie nicht antworten konnte. Er versuchte, ihre Hände zu ergreifen, aber sie war nicht imstande, die Stange loszulassen. Schließlich drang seine Stimme durch das Tosen an ihr Ohr.

»Ich werde es zum Halten bringen«, sagte er.

Aber vielleicht hatte sie sich das ja auch nur eingebildet.

Sie richtete ihren angsterfüllten Blick auf ihn. Er legte ihr die Hand auf die Schulter und drückte sie fest. Dann drehte er sich um, und sie sah, wie er sich an einer Stange festklammerte, einen Moment stehenblieb und dann auf die nächste zuhechtete, um dort wieder einen Moment zu verharren. Auf diese Weise durchquerte er die Kabine, und erst langsam wurde ihr die Bedeutung seiner ruckartigen Fortbewegung bewußt: er hatte beinahe ebensoviel Angst wie sie.

Schließlich erreichte er die verriegelte Tür. Als die Kabine nach unten schwang, begann er gegen das Glas zu hämmern und laut »Halt! Halt! Halt!« zu schreien. Aber es geschah kein Wunder, und Sydney stellte mit zusammenkrampfendem Magen fest, daß der schwindelerregende Aufstieg aufs Neue begann.

Das Fenster ließ sich mit einer Kurbel öffnen. Michael fand sie und versuchte, die Glasscheibe herunterzudrehen, aber sie klemmte. Niemand half ihm, niemand traute sich in seine Nähe. Aus den Augenwinkeln sah sie ein Dutzend Leute, auch ihre Brüder und Lincoln Turnbull, die ihn ungläubig anblickten. Schließlich rutschte das Fenster doch hinunter, und als sich das Rad seinem nächsten Tiefpunkt näherte, steckte Michel Kopf und Schultern hinaus und schrie: »*Halt!*«

Nichts geschah.

Er begann, gegen etwas auf der Außenseite der Tür zu schlagen — gegen den Metallriegel, der die Tür verschlossen hielt. »Hey«, rief jemand in der Kabine, und ein anderer: »Was machen Sie da?«

Er entriegelte die Tür und öffnete sie — mitten in der Luft, während das Riesenrad gerade zum höchsten Punkt seines Kreises aufstieg und für einen schrecklichen Moment dort oben verharrte, ehe es seinen gräßlichen Abstieg begann.

»Michael!« kreischte sie entsetzt. Niemand rührte sich, niemand versuchte, ihn zu packen! Und ihre eigenen Hände schienen an der Stange zu kleben, wie festgefroren daran zu haften. Sie sah zu, wie er sich weit, weit ins Nichts hinausbeugte, sich dabei mit nur einer Hand an die schlüpfrige Kante des Türrahmens klammerte und mit der anderen winkend in der Luft herumfuchtelte. Und nun stand er sogar nur noch auf einem Fuß, damit er sich noch weiter hinauslehnen konnte. »*Michael!*«

»Anhalten!« schrie er. »*Anhalten*! Halten Sie dieses gottverdammte Ding an! *Halt!*«

Sie hielten es an.

Doch es dauerte noch eine quälend lange Zeit, bis die Kabine endlich wieder auf festem, unbeweglichem Boden stand. Sydneys Beine begannen nachzugeben.

»Mein Gott, Syd«, sagte Philip verwundert und löste ihre Finger langsam von der Stange. Neben ihm stand Sam und starrte sie mit dem gleichen erstaunten und verlegenen Gesichtsausdruck an. Hinter ihnen schüttelte Lincoln sprachlos immer und immer wieder den Kopf.

Draußen auf der Plattform hatte Michael eine heftige Auseinandersetzung mit den beiden uniformierten Mechanikern. Einer von ihnen hatte sie vor einigen Minuten in die Kabine gelassen. *Vor einigen Minuten*? Sie hatte das Gefühl, als ob einige Stunden, einige Tage, ganze Monate in der Hölle vergangen wären. »Hilf ihm«, stieß Sydney mit einer seltsam dicken Zunge hervor. Sie mußte es noch einmal wiederholen, aber nachdem er verstanden hatte, ging Philip nach draußen, um das ganze Durcheinander wieder in Ordnung zu bringen. Eine Weile später schaffte sie es, mit Sam an einer Seite, der ihren linken Arm hielt, und Lincoln an der anderen, der ihren rechten stützte und einem letzten Rest von verbliebener Würde die Kabine zu verlassen. Sie hatte das Gefühl, als ob die ganze Welt sie anstarrte, aber sie besaß nicht mehr die Energie, sich darum zu scheren.

Je weiter sie sich von dem Riesenrad entfernten, desto besser fühlte sie sich. Einige der Witze, die Philip und Lincoln auf ihre Kosten machten, entlockten ihren Lippen sogar wieder das eine oder andere kleine Lächeln. Aber sie sehnte sich eigentlich nur danach, ihre Arme um Michael zu legen, in Tränen auszubrechen und sein Gesicht mit Küssen zu bedecken.

Am Bahnhof von Lincoln verabschiedeten sie sich. Er sagte ihr, daß er sich auf ihre Party freue, aber sie starrte ihn nur ausdruckslos an. »Das Dinner und der Tanz, zu dem deine Tante eingeladen hat. In drei Wochen. Für die historische Gesellschaft!«

»Aber ja, natürlich. Darauf freue ich mich auch.« Beinahe genauso, wie auf die Ankunft seines Zugs, damit er endlich verschwinden würde.

Irgendwann geschah dies auch endlich, und sie winkten ihm zum Abschied zu. Sydneys Schultern sackten erleichtert zusammen. Philip zog sie immer noch auf, aber Gott sei Dank war die Familie wieder unter sich.

Auf der Rückfahrt schlief Sam gegen ihre Schultern gelehnt ein. Philip, der auf der gegenüberliegenden Bank saß, entdeckte eine Zeitung und vergrub sich dahinter. Sydney blickte über die kurze Entfernung zwischen den Sitzen zu Michael hinüber, der zurückstarrte. ›Danke‹, formten ihre Lippen lautlos, und er erwiderte ›Gern geschehen‹, ohne die Worte auszusprechen.

Sie hätte viel lieber auf seinem Schoß gesessen, ihre Hände um seinen Hals gelegt und ihm erklärt, daß er ihr Held war. »Wie haben sie das nur gewagt?« murmelte sie leise vor sich hin.

Doch er hörte es, beugte sich vor und berührte die Hand, die auf ihrem Knie lag. »Sie hatten Angst«, hauchte er. Seine grau-grünen Augen blickten sie warm und zärtlich an.

»Genau wie Sie.«

»Aber bei mir war es nicht so schlimm.«

Sie drehte ihre Finger, um seine Hand zu umfassen. »Michael.« Sie seufzte. Sie wollte ihn nicht loslassen. Was geschah nur mit ihnen?

Philip raschelte mit der Zeitung. Sie ließen schnell ihre Hände los und setzten sich zurück. Sam gähnte und rieb sich die Augen. Bald schon rief der Schaffner ihre Station aus, und sie stiegen müde aus dem Zug. Keiner von ihnen sagte viel, während sie in dem grauen, böigen Zwielicht nach Hause liefen. Beim Abendessen erzählten sie die Geschichte unter großem Gelächter immer und immer wieder. Alle waren erleichtert, daß es gut ausgegangen war. Doch Sydney wartete vergeblich auf die Hauptsache, auf die *Moral* der Geschichte: daß Michael MacNeil der außergewöhnlichste Mann war, der ihr jemals begegnet war.

Kapitel 11

Little Egypt war natürlich nicht ganz nackt.

Doch obwohl ihm Philip wieder einmal einen Streich gespielt hatte, war Michael nicht wirklich enttäuscht. Während sie einen Tanz aufführte, der sich Hootchy-Kootchy nannte, trug sie einen dünnen Rock, durch den man ihre Beine sehen konnte — auch die Oberschenkel über ihren Strapsen und ihren schwarzen Strümpfen. Ansonsten trug sie nur noch eine über dem Bauch abgeschnittene Goldbluse, die mit einer kleinen Rüsche abgepaspelt war, was den Eindruck erweckte, als ob sie ihre Haut kitzelte.

»Sehen alle Damen so aus?« erkundigte sich Sam. »Wirklich, Papa? Sehen sie unter ihren Kleidern wirklich so aus?«

Philip kicherte, aber Michael war auch neugierig auf die Antwort. Dr. Winter zog an seinem Ohrläppchen und gab ein summendes Geräusch von sich. Schließlich erwiderte er: »Nun, einige schon, denke ich.«

»Die glücklicheren unter ihnen«, murmelte Philip.

Sam stellte sich auf die Zehenspitzen und versuchte, um den Mann vor ihm herumzusehen. »Aber in ihren Kleidern sehen sie nicht so aus. Wir sehen in unserer Kleidung wie wir selbst aus, aber Damen nicht.«

Michael war das auch schon aufgefallen. Er hatte Bilder von nackten Frauen gesehen, aber er war sich immer noch nicht sicher, was nun richtig war — die Formen der Frauen auf den Bildern oder die Formen der bekleideten Frauen die er kannte — Sydney zum Beispiel in ihren S-förmigen Kleidern mit dem kleinen Höcker unten am Rücken. Sehr interessant.

Little Egypt bewegte sich auch nicht wie irgendeine andere Frau, die er jemals gesehen hatte. Während ein Mann, der mit gekreuzten Beinen dasaß, auf einer Flöte spielte, hielt sie ihre Arme über den Kopf und beschrieb mit ihren Hüften langsame, kreisende Bewegungen, was ihre Bauchmuskeln und die üppigen Kurven ihrer Brüste zur Geltung brachte.

Sie hatte dunkles Haar und weiße Haut, und sie lächelte beim Tanzen und strahlte die Leute im Publikum mit ihren dunklen Augen an.

»Soweit mir bekannt, tragen Frauen erst seit Ausgang des Mittelalters Korsetts oder Stützen, eine Zeit, die mit dem Ende des Rosenkriegs zusammenfällt«, sagte Dr. Winter, ohne seine Augen von Little Egypt zu nehmen. »Davor trugen sie Hemden.«

»Und was tragen sie heute?« erkundigte sich Philip mit einem verstohlenen Blick.

»Heute tragen sie —« Er begann zu husten und warf einen Blick auf Sam. »Nun, das soll uns jetzt nicht weiter interessieren. Denk an deine Manieren, Philip.«

Philip grinste und zwinkerte Michael zu.

Little Egypts Tanz war zuende. Sie verschwand hinter einem Vorhang aus silbernen Perlen, während die Leute, die unterhalb der Bühne auf der Mittelstraße standen, Beifall klatschten und pfiffen und »Zugabe!« schrien. Aber die Frau kam nicht mehr zurück und die Menge löste sich auf.

»Zeit, um nach Hause zu gehen.« Dr. Winter ergriff Sams Hand. »Kein Grund zu, ehem.« Er hustete erneut und schob seine Brille zurecht. »Kein Grund, deiner Tante gegenüber zu erwähnen, Sam, daß wir diese, hm, Tänzerin gesehen haben.«

»Das ist also unser Geheimnis?«

»Ha! Nein, nein, du mußt es ihr gegenüber nur nicht erwähnen, das ist alles.«

Sam machte einen verwirrten Eindruck. »Darf ich es denn Sydney erzählen?«

»Hm? Oh, nun ja. Ich denke schon. Ich denke, das geht in Ordnung. Und nun zu dir, Philip.«

»Sir.«

»Will nicht, daß ihr euch die ganze Nacht um die Ohren schlagt, verstanden?«

»Verstanden, Sir.«

»Hm.« Er beugte sich weiter zu ihm hinüber. »Wünschte, ich könnte mit euch kommen. Irrenhaus zu Hause. Die Frauen haben den Verstand verloren.«

Michael lachte, als Philip ebenfalls lachte und er erkannte, daß es sich um einen Scherz handelte. Sydney und die Tante und alle Dienstmädchen bereiteten das Haus für die große Party vor, die sie in zwei Wochen geben würden. Alles war ein einziges, großes Durcheinander. »Chaos«, nannte Dr. Winter es und schloß sich in sein Arbeitszimmer ein.

»Können wir das nicht, Papa? Warum können wir denn nicht mit Philip und Michael gehen? Warum müssen wir jetzt nach Hause? Können wir nicht mit ihnen gehen?«

»Nein, das können wir nicht.«

»Warum nicht?«

Dr. Winter warf seinem älteren Sohn einen seltsamen, wissenden Blick zu und beugte sich dann zu Sam hinunter: »Weil ich zu alt bin und du zu jung.« Er zwinkerte Philip zu, und zum ersten Mal erkannte Michael die Ähnlichkeit zwischen den beiden. Man sah es an ihren Lippen, wenn sie lachten — eine bestimmte Art, den Mund seitlich zu verziehen, wenn sie einen Scherz machten und so taten, als sei es keiner. Das nannte man ›trockener Humor‹, wie er gehört hatte.

Nachdem Sam und Dr. Winter sich verabschiedet hatten, sagte Michael: »Und wohin gehen wir jetzt?« Philip hatte ihn zum Abendessen eingeladen, und danach wollten sie vielleicht noch eine Show besuchen. Michael hatte sich den ganzen Tag darauf gefreut.

»Auf die andere Seite der Stadt, also müssen wir zum

Nordbahnhof.« Er deutete über die Lichter der Mittelstraße hinweg. »Da drüben hin, man kann es von hier sogar sehen. Aber es ist ein Fußmarsch von gut zwanzig Minuten, weil sich die Lagune immer wieder dazwischenschlängelt. Zu schade, daß wir kein Kanu haben, um damit überzusetzen. Das könnten wir auf den Landstücken dazwischen immer wieder tragen, und bei Bedarf zu Wasser . . . Michael, was ist denn los mit dir?«

Michael war kreidebleich geworden, strich sich das Haar zurück und zog daran. »Ein Kanu. Ein kleines, tragbares Boot. Das war es. Es war kein Schiffsunglück. Genau das ist damals passiert.«

»Wovon redest du? Meinst du das Unglück in deiner Kindheit?«

Er sah es förmlich vor sich. »Es war weißes Wasser, kein blaues.«

»Stromschnellen!«

»Das Kanu ging unter. Weißer Schaum. Eiskalt. Das ist alles, woran ich mich erinnern kann. Ich kam an Land, am Ufer, wieder zu mir, und sie waren alle verschwunden.« Ein Bild erschien vor seinen Augen: die Angst auf den Gesichtern seiner Tante und seines Onkels und auf dem Gesicht eines anderen Mannes, den er nicht kannte — das mußte wohl der Führer gewesen sein. »Alle sind ertrunken. Nur ich habe überlebt.« Er hatte es schon immer gewußt, tief vergraben in seinem Bewußtsein. Aber nun konnte er ihre Gesichter sehen. Er hätte am liebsten geweint.

Philip drückte seinen Arm. »Das ist gut, Michael. Das ist wirklich gut. Es wird Sydneys Detektiv eine Hilfe sein. Er hat die Listen der Schiffsunglücke auf den Großen Seen durchgearbeitet, aber nun kann er sich auf Unglücke auf kleineren Gewässern konzentrieren, bei denen Menschen ertrunken sind. Und er wird es möglicherweise auf Süd-Ontario eingrenzen können.«

»Warum nur habe ich mich nicht vorher daran erinnert?

Ich sehe jetzt alles klar und deutlich vor mir. Warum nur habe ich das Wort nicht schon früher gehört?« *Kanu*.

»Ich weiß es nicht. Ist alles in Ordnung mit dir?«

»Ja.« Aber er fühlte sich seltsam.

»Komm mit, laß uns von hier verschwinden. Wir brauchen einen Drink.«

Sie nahmen eine Menge Drinks an Orten zu sich, die Philip ›Sport-Saloons‹ nannte und deren Inhaber Männer mit Namen wie Slick und Dink und Schneller Paddy waren. Sie kannten Philip alle, und jeder einzelne von ihnen wollte ihm ein Bier spendieren.

»Ich hatte ja keine Ahnung, daß es Lokale wie diese gibt«, sagte Michael und blickte Philip blinzelnd durch den Zigarrenrauch in Burke's Ten Dollar Saloon an. Er nippte an seinem ersten Bier und fand, das es ein wenig besser schmeckte als es roch — aber nicht viel.

»Die Stadt ist voll von solchen Schuppen.«

»Und die Männer kommen hierher, um miteinander zu reden? Mehr nicht?«

»Um zu reden und zu trinken. Und um das eine oder andere Geschäft zu erledigen.«

Philip hatte seine Geschäfte in den letzten beiden Saloons erledigt. Einmal hatte er einem Mann Geld gegeben und ein anderes Mal Geld erhalten. Da er das Thema angeschnitten hatte, kam Michael zu der Ansicht, daß er das Recht hatte, zu fragen: »Worin genau besteht dein Geschäft?«

»Pferde.«

»Hast du etwa eins gekauft?«

»Ha! Beinahe. Nein, ich setze auf Pferde. Schließe Wetten auf Pferde im Washington Park ab. Wenn mein Pferd gewinnt, gewinne ich. Gestern habe ich verloren, aber wer weiß, wie es morgen aussieht?« Er grinste und biß auf eine fette, stinkende Zigarre, die er zwischen die Zähne geklemmt hatte. Er sah trotzdem nicht wie die anderen aus, die Slicks und Lefties in diesem Saloon. Es war ganz so, als spiele er ein Spiel, dachte Michael. Als wolle er sie alle auf den Arm nehmen, sogar sich selbst.

Zum Abendessen verspeisten sie blutige Steaks in einem Restaurant in der Clark Street. Der Wein, den Philip bestellt hatte, schmeckte besser als das Bier, aber nach einem halben Glas wurde Michael ein wenig schwindelig.

»Das hier ist anders als damals, als Sam mich nach Chicago mitgenommen hat«, bemerkte er und dachte an die dunkleren, schmaleren Straßen draußen, wo beinahe genausoviele Leute die Gehwege bevölkerten wie im Zentrum. Hier waren allerdings keine Geschäftsleute. Aber was sie genau waren — außer laut und unbekümmert — vermochte er nicht zu sagen.

»Das will ich doch hoffen«, erwiderte Philip und goß mehr Wein in ihre Gläser. »Was hälst du von dem Mädchen da drüben? Das bei dem alten Kerl steht.«

Michael verrenkte sich den Hals. »Die Dame mit dem schwarzen Haar? Sie sieht nett aus«, sagte er zweifelnd. »Aber ihr Mann macht einen müden Eindruck.«

Philip ließ die Gabel mit dem Stück Fleisch, das er gerade zum Mund führen wollte, in der Luft verharren und begann zu lachen. Bald schon brüllte er vor Lachen. Michael hatte keine Ahnung, was so lustig war, aber er stimmte mit ein.

Von da an war alles lustig. Sie besuchten ein Theater auf der Fourteenth Street und sahen sich ein Stück mit dem Titel ›Das Mädchen und der Schurke‹ an, in dem Männer mit echten Pferden auf die Bühne galoppierten, die Heldin entführten und in die Seitenflügel davonritten! Hinterher konnte Michael nicht aufhören, darüber zu reden. Es wurde spät, aber statt nach Hause zurückzukehren, besuchten sie einen weiteren Saloon, in dem es auch Damen gab. Sie nannten sich Serviermädchen, und sie brachten den Gästen Drinks und unterhielten sie mit Gesang und Tanz auf einer Bühne. Sie zeigten ihre Beine, wie Little Egypt, aber sie tanzten zu schnellen Klavierklängen statt zu einer klagenden Flöte, daher war das Gefühl, das er beim Zusehen hatte, ein völlig anderes. Das hier war nicht exotisch. Hierin drückte sich alles aus, was Chicago inzwischen für ihn bedeutete: Dieser Tanz war schnell und roh und voller Energie. Er versuchte sich Sydney vorzustellen, wie sie auf einer Bühne sang und tanzte, während ihr Männer dabei zusahen, aber er vermochte es nicht.

»Sam hat Recht«, vertraute er Philip mit leiser Stimme an, während zwei Serviermädchen ein Lied mit dem Titel: ›Under My Lemon Tree‹ sangen. »Ihre Körper sehen wirklich anders aus als in ihren Kleidern.«

Philip trank inzwischen Whiskey zu seinem Bier. »Du hast noch nie eine Frau besessen, nicht wahr? Hast noch nie Sex mit einer gehabt, oder?«

Die Art, wie er es beiläufig, ohne über ihn zu lachen, sagte, machte es Michael leicht, die Wahrheit zu sagen. »Ich habe noch nie mit einer Frau geschlafen«, sagte er und benutzte den Ausdruck, den Philip ihm beigebracht hatte. »Was für Mädchen sind das? Warum tun sie so etwas?«

Philip lachte, ohne zu antworten.

»Finden sie so großen Spaß daran?«

»Sicher, warum nicht?« Er stürzte einen weiteren Whiskey in einem Zug hinunter. Danach verzog er das Gesicht, als ob er Schmerzen hätte.

»Sind sie reich?« Sie trugen alle auffällige Kleider und eine Menge glitzernder Schmuckstücke.

Philip sank ein wenig auf seinem Stuhl zusammen. »Nein, sie sind nicht reich. Sie tun es, um ihren Lebensunterhalt zu verdienen. Und ich weiß nicht, ob sie Spaß daran haben oder nicht.« Er beobachtete die beiden Frauen für eine Minute, die mit einem angespannten, künstlichen Lächeln ihr Lied vortrugen. »Wahrscheinlich nicht.«

Michael erkannte, daß er in eine seiner düsteren Stimmungen glitt. »Laß uns woanders hingehen«, schlug er schnell vor. »Irgendwo, wo es eine Show gibt.« Er dachte an *Das Mädchen und der Schurke* und wie fröhlich Philip dabei gewesen war.

»Eine Show?« Er warf ein paar Geldscheine auf den Tisch und erhob sich ein wenig unsicher. Michael mußte ihn am Arm packen, um ihn zu stützen. »Das ist eine großartige Idee. Ich weiß genau das Richtige.«

Mrs. Birch lebte in der Levee. Als Michael ihn fragte, was das zu bedeuten habe, erwiderte Philip: »Das bedeutet, daß du hier niemals alleine hingehen solltest. Besonders nicht bei Nacht.«

Mrs. Birchs Haus, das am Ende einer Sackgasse lag, sah dunkel und verlassen aus, aber als Philip klopfte, öffnete ein Mann die Tür. »Wer ist Ihr Freund?« erkundigte er sich, als er zurücktrat, um sie hereinzulassen.

Philip legte Michael einen schweren Arm um die Schultern. »Das ist Mick. Er ist zu Besuch aus Kanada hier.«

Der Mann führte sie durch einen schmalen Korridor, der an einem langen, schweren Vorhang endete, der wie Leder roch. Er schob den Vorhang zur Seite.

Helles Licht — Musik — Leute die lachten und redeten. Michael blinzelte überrascht. War das hier etwa die Show?

Das erste, worauf sein Blick fiel, war eine Dame in einem Nachthemd, die auf dem Schoß eines vollkommen angezogenen Mannes saß. Als nächstes erblickte er eine andere Dame, die ebenfalls mit einem Nachthemd bekleidet war und alleine zu einem Lied mit Violinen tanzte, das aus einem Phonographen erklang. Sie hatte ihre Augen geschlossen und streckte sich eigentlich mehr als daß sie tanzte. Vielleicht schlief sie. Er hatte schon von Menschen gehört, die im Schlaf herumwanderten und sogar redeten.

»Was ist das für ein Ort?« flüsterte er Philip zu. Der

Raum, der irgendwie an das Wohnzimmer der Winters erinnerte, aber viel mehr Möbel hatte, war voller Leute. Die Männer waren alle angezogen und die Frauen alle in Nachthemden, aber niemand schien sich etwas dabei zu denken. Es brannten so viele Kerzen, daß es beinahe taghell war. Auf einem niedrigen Tisch standen Früchte und Brot und kleine Kuchen, aber der Raum roch nach einer Mischung aus Parfüm, Zigaretten und Schweiß. Und nach noch etwas anderem.

»Wie Sie sehen, ist es heute abend recht voll«, sagte eine Frau mit einer leisen, gleichtönigen Stimme zu ihnen. Sie hatte etwas an, ein glänzendes, rotes Kleid, das ihre ganze Haut bedeckte, und sie besaß dunkelbraunes Haar, das so lockig war wie Sams. Ihr Gesicht war sehr weiß und bewegte sich kein bißchen, wenn sie sprach.

»Doch hoffentlich nicht zu voll für einen alten Freund«, antwortete Philip mit einer viel zu lauten Stimme. »Wie geht es Ihnen, Mrs. B?«

Sie ließ ihre kalten Augen über ihn wandern. Michael, der sich steif und unbehaglich fühlte, stand unwillkürlich gerader. Philip war betrunken und sagte die falschen Dinge, und das war noch niemals vorgekommen. Mrs. Birch beantwortete seine Frage nicht. Statt dessen sagte sie: »Wonach ist den Gentlemen denn heute abend?«

»Zuerst einmal nach etwas zu trinken.«

»Wein?«

»Nein, Champagner.«

Das ließ ein kleines Lächeln auf ihren Lippen erscheinen. »Haben Sie etwas zu feiern?«

»Ich nicht – aber er.« Er schlug Michael auf den Rükken.

»Wie nett. Und dann?«

»Und dann ... ich denke, mein Freund und ich sind heute einfach in der Stimmung zuzusehen. Fürs erste zumindest. Was danach kommt ... wer weiß?«

Mrs. Birch nickte ausdruckslos. Sie erinnerte eher an

eine Puppe als an einen Menschen. »Nehmen Sie Ihre Getränke hier oder oben?«

»Mmm«, brummte Philip und schwankte ein wenig hin und her, als er sich im Raum umsah. »Oben.«

Sie hob ihre Hand, und ein Mädchen, das im Schatten an einer Wand gelehnt hatte, trat auf sie zu. »Das hier ist Lily. Sie wird sich heute abend um Sie kümmern. Viel Vergnügen, und lassen Sie es mich wissen, wenn Sie noch etwas benötigen.« Mrs. Birch glitt durch einen dunklen Korridor davon.

»Lily«, sagte Philip, und zu Michaels Erstaunen ergriff er die Hand des Mädchens und küßte sie. »Warst du nicht einmal Stella?«

Sie lachte und entblößte gelbe Zähne. Michael roch Tabak in ihrem Atem. Sie hatte dünnes, glattes, orangefarbenes Haar, das mit Nadeln hinter ihren Ohren festgesteckt war. Ihr Gesicht war weiß, wie das von Mrs. Birch, aber sie sah jünger aus. Wie ein Kind.

»Das war letzten Monat. Diesen Monat bin ich Lily. Sehe ich etwa nicht danach aus?« Sie lachte wieder. »Hallo«, sagte sie an Michael gewandt und zwinkerte ihm zu.

»Hallo.« Er streckte seine Hand aus, um sie zu begrüßen.

Sie lachte wieder — offenbar fand sie alles sehr lustig. »Dich habe ich noch nie hier gesehen.«

»Ich habe Sie auch noch nie gesehen.«

»Ob wir zwei wohl Freunde werden?«

»Gewiß«, erwiderte er höflich.

Sie verdrehte die Augen und blickte Philip an. »Er ist wirklich *süß*. Wo hast du ihn bisher versteckt?« Sie hakte sich bei beiden ein und brachte sie dazu, sich umzudrehen. »Sollen wir nach oben gehen, meine Herren?«

Sie führte sie eine breite Treppe hinauf, die von weiteren Kerzen erleuchtet war und dann einen Korridor entlang zu einer geschlossenen Tür auf der linken Seite. Als sie den Raum dahinter betraten, dachte Michael zuerst, sie seien in einem Schlafzimmer, ehe er all die Sofas und Sessel bemerkte, die darin standen. Nein, es mußte sich um ein Wohnzimmer handeln. Aber warum sollte man in ein Wohnzimmer ein Bett stellen?

»Macht es euch bequem. Ich komme gleich mit den Erfrischungen zurück.«

Nachdem sie gegangen war, ließ sich Philip auf das größte Sofa fallen und streckte sich darauf aus.

»Kennst du diese Leute, Philip?«

»Einige von ihnen.« Er schloß die Augen, als wolle er ein Nickerchen halten.

Michael begann, im Zimmer auf und ab zu laufen. »Gibt es noch eine Show?« Aber Philip antwortete nicht. An den Wänden hingen einige Gemälde, aber auf den Tischen stand nichts — keine Bilder oder Blumenvasen oder sonst etwas. Eine Wandhälfte war mit einem grünen Samtvorhang bedeckt. Vielleicht verbarg sich dahinter eine Bühne. Nein, als er gegen den Vorhang drückte, stieß er gegen etwas Hartes — wohl die Wand, nahm er an. Er drehte sich zu Philip um. »Gibt es noch eine?«

»Hm?« Er klang wie sein Vater. »Ja, gewissermaßen. Eine besondere Art von Show.«

»Wo ist das Publikum?«

Philip trug ein seltsames Lächeln. »Wir sind das Publikum.«

Er hatte ein Geheimnis, da war sich Michael sicher. Das gefiel ihm nicht. Das erinnerte ihn an die Experimente, die Professor Winter mit ihm angestellt hatte.

Lily kam mit einem Tablett zurück. »Da wären wir.« Sie setzte das Tablett auf dem Bett ab und begann, eine Flasche zu öffnen. Peng! Michael machte überrascht einen Satz, als der Korken hochflog und gegen die Decke prallte. Liliy lachte, als handele es sich um die lustigste Sache der Welt. »Hast du noch nie Blubberwasser getrunken, Schätzchen?« Er schüttelte den Kopf und blieb in einiger Entfernung vom Bett stehen. »Wie ist dein Name?«

»Michael MacNeil.«

Selbst das brachte sie zum Lachen. »›Michael‹ reicht, Schätzchen. Wir nennen hier keine Nachnamen.«

»Möchten Sie denn nichts davon?« erkundigte er sich, als sie ihm und Philip jeweils ein Glas reichte.

»Nein, ich habe mein eigenes, ganz spezielles Gebräu.« Sie griff nach einem Glas mit klarer Flüssigkeit – Wasser, dachte er. »Also, Jungs, zum Wohle, und laßt uns langsam mit der Show anfangen.«

Bläschen kitzelten seine Nase und schäumten auf seiner Zunge. Der Champagner schmeckte kalt und süß. Er mochte ihn lieber als den sauren, roten Wein, den er zum Abendessen getrunken hatte. Aber nach nur zwei Schlucken mußte er rülpsen. Er legte die Hand über den Mund und sagte: »Entschuldigung«, während Lily lachte und lachte.

»Nun, ich muß mich auch entschuldigen.« Sie ging nach draußen, kam aber sofort wieder zurück. »Okay, es ist alles vorbereitet. Wenn ihr also so weit seid?« Sie ging im Zimmer umher und blies eine Kerze nach der anderen aus. Philip schob seine Beine zur Seite, als sie sich zu ihm auf das Sofa setzte. Das Sofa stand gegenüber der Wand mit dem Vorhang. »Möchtest du dich nicht zu uns setzen, Michael MacNeil, und es dir sehr, sehr gemütlich machen?« Als sie ihre Beine kreuzte, öffnete sich ihr Nachthemd, und er konnte ihre Knie und Teile ihres Oberschenkels sehen. Michael verschluckte sich an seinem Champagner, und Lily stieß dieses Mal ein echtes Lachen aus.

»Ich glaube, wir sind doch noch nicht ganz bereit.« Philip gab sich Mühe, langsam und deutlich zu sprechen. »Lily, mein Schatz, könntest du wohl noch mal für 'nen Moment nach draußen gehn, damit ich mich mit Mick unter vier Augen unterhalten kann?«

»Klar, mein Herz, aber du könntest den Anfang verpassen, weißt du. Ich kann den Gang der Dinge nicht aufhalten.«

»Das is schon in Ordnung. Wir werden unsere Fantasie einsetzen.« Sie lachten beide, während Michael verwirrt die Augenbrauen hob. Lily stand auf und verließ das Zimmer.

Philip versuchte, aufzustehen, aber seine Beine gaben nach, und er fiel wieder auf das Sofa zurück. »Hoppla.« Er tätschelte die Stelle neben sich, wo Lily gesessen hatte, und Michael nahm dort Platz.

»Alles in Ordnung?«

»Sicher, sicher. Ich dachte nur gerade, daß das Ganze vielleicht doch besser keine Ü ... Ü ... Überraschung sein sollte. Wollen doch nicht, daß du 'nen Herzanfall bei Mrs. Birch bekommst, was? Die Zeitungen hätten ei ... ei ... einen Mordsspaß.«

Einen Mordsspaß? Einen Herzanfall? Michaels Kopf begann zu schmerzen. »Philip, wo sind wir?«

»Mick, mein Junge, wir sind in einem Bordell.«

»Was ist ein Bordell?«

Philip blickte ihn mit trüben Augen an, als wolle er sichergehen, daß das sein Ernst war. Er setzte sein Glas ab, räusperte sich, setzte sich auf und legte seine Hände auf die Knie. »Dasis ein Ort, wo Männer für gewöhnlich hingehen, um Sex mit Frauen zu haben. Manchmal gibt's auch Variationen, aber so'n Haus ist das. Kannsu mit folgen? Wir bezahlen Mädchen wie Lily mit Geld — sie ist eine Hure und dasis ihr Job. Und alle sind glücklich.«

»Wir bezahlen ihnen Geld?« Michael lachte und wartete darauf, daß Philip miteinstimmte. »Sag mir die Wahrheit. Im Ernst, was wird passieren?«

»Das habe ich dir gerade erklärt.«

»Nein. Nein. Für *Geld?*« Er lachte wieder, aber nicht mehr mit der gleichen Gewißheit. Philip starrte ihn an, ohne auch nur das Gesicht zu verziehen. »Willst du wirklich damit sagen, daß Männer mit Frauen Sex haben und dafür bezahlen?«

»Genau. Tolle Sache, nich?« Er blickte Michael seltsam

an. »Verdammt tolle Sache.« Er griff nach seinem Glas und nahm einen großen Schluck. »Wie auch immer. Da du es noch nie getan hast, dachte ich mir, daß Mrs. Birchs Haus ein guter Ort wäre, um damit anzufangen, weil es hier etwas Besonderes gibt, was man nich in so vielen Häusern finet.«

»Was?« In Michaels Kopf drehte sich alles.

Philip deutete auf den grünen Vorhang. »Siehst du das? Dahinter ist ein großes Fenster. Und dadurch kann man in einen Raum wie den hier sehen. Und im Au ... Au ... Augenblick sind dort zwei Leute drin. Eine davon is 'ne Hure und der andere 'n Mann, dem es egal is, ob man ihn dabei beobachtet oder nich.«

»*Beim Sex?*«

»Genau.«

Nein, das konnte doch nicht sein. Das konnte einfach nicht sein!

Philip kratzte sich am Kopf. »Natürlich müssen wir das nich machen, wenn du nich willst. Wir können nach Hause gehen. Mir is das egal. Aber so wird's gemacht. Wenn du ein Mädchen willst und du bist nich verheiratet, dann ist das so ziemlich der einzige Weg, es zu kriegen. Weil es die meisten anern nich tun wollen.«

»Warum?«

»Na ja, weil es sich nich gehört. Nich moralisch ist.«

»Es ist also falsch für sie, aber nicht für uns?«

»Genau.« Philip setzte sich zurück und verkleckerte seinen Champagner auf seine Hose. »Falsch für sie, aber nich falsch für uns. Genau.« Er betrachtete blinzelnd den feuchten Fleck, der sich auf seinem Knie ausbreitete. »Was sollen wir also machen? Hierbleiben oder gehen?«

Die Tür öffnete sich und Lily kam mit einer Flasche Champagner in jeder Hand herein. Michael erhob sich. »Nun?« sagte sie fragend. Sie stand vor der einzigen Kerze, die sie noch brennen gelassen hatte, und er konnte die Form ihrer Hüften durch ihr Nachthemd erkennen.

»Hast du schon einmal Leute dabei beobachtet?« erkundigte er sich bei Philip.

Philip blickte zur Seite. Michael dachte, er würde nicht antworten. Zum ersten Mal, seit sie hierher gekommen waren, machte er einen verlegenen Eindruck. »Ja, hab' ich. Da ist nichts dabei.« Er klang beinahe wütend.

Lily beugte ihre Knie und ließ die Schultern hinabsacken, um anzudeuten, daß die Flaschen schwer wurden.

Michael sagte: »Also gut.«

»Also gut.« Lily setzte die Flaschen auf dem Tisch neben dem Sofa ab und nahm direkt neben Philip Platz. »Schätzchen, zieh doch mal an der Schnur neben dem Vorhang und komme dann hier rüber und setz dich neben mich.«

Michael zog an der Schnur neben dem Vorhang, aber er setzte sich nicht neben Lily. Auch wenn sie über ihn lachte, so ging er doch um das Sofa herum und stellte sich hinter sie. Er wollte nicht, daß sie sein Gesicht sah.

Selbst jetzt noch, bis zur letzten Sekunde, glaubte er es nicht wirklich. *Philip scherzt wieder einmal,* dachte er. *Es ist nichts weiter als ein Trick.* Aber sein Körper zuckte zurück, als hätte ihn jemand gegen die Brust gestoßen, als er sah, was auf der anderen Seite des Fensters vor sich ging.

Eine Frau. Und ein Mann. Er hatte seine Hose und sein Hemd an, aber sie — sie war vollkommen nackt.

Doch sie zog ihm gerade seine Sachen aus. Sie standen am Fuß eines Bettes in einem Zimmer, das diesem hier glich, außer, daß es von einer Menge Kerzen erleuchtet wurde. Sie zog ihm sein Hemd aus, während er die weiße Haut über ihren Rippen und Brüsten berührte. Michael konnte nicht genug bekommen von dem Anblick ihres Körpers, er wollte mehr sehen, wollte sie mit seinen Augen verschlingen. Sie knöpfte die Hosen des Mannes auf und zog sie an seinen nackten Beinen herunter, und während sie das tat, blickte der Mann geradewegs durch das

Fenster, und ein kleines, angespanntes Lächeln zeigte sich auf seinen Lippen. Michael hätte sich am liebsten versteckt. Aber er konnte sich weder bewegen noch wegschauen.

Hände, Münder, Brüste, Beine. Die Frau hatte gelbes Haar auf ihrem Kopf und schwarzes zwischen ihren Beinen. Sie stand genau vor dem Fenster, der Mann direkt hinter ihr, und er berührte sie überall und legte sein Kinn auf ihre Schulter. Ob sie Spaß daran hatte? Ihr Gesicht war ein Rätsel. Er drückte mit einer Hand ihren schweren Busen, während seine andere zu dem Haarfleck zwischen ihren Beinen glitt. Sie beugte ihre Knie, und seine Hand glitt tiefer. Michaels Körper fühlte sich zu eng an. Er hatte das Gefühl, als ob seine Haut jeden Moment platzen mußte.

Sie gingen zum Bett hinüber. Die Frau fiel mit dem Rücken auf das Laken und der Mann bedeckte sie. Sie schlang ihre Beine um ihn, und dann taten sie es: sie hatten Sex. Ihre Körper bäumten sich auf, schoben und schoben, aber ihre Gesichter blieben leer, ihre Augen geöffnet. Der Mann packte ihre Hände und hielt sie fest, während er immer und immer wieder, schneller und schneller, in sie hineinstieß. Sie öffnete ihren Mund ganz weit und legte den Kopf in den Nacken.

Dann war es vorbei. Der Mann rollte von ihr herunter und blieb neben ihr auf dem Rücken liegen. Sie stand auf.

Sie sagte etwas, doch er antwortete nicht. Da kam sie schwankend auf das Fenster zu, die Hände in die Hüften gestemmt, den Bauch vorgeschoben. Schließlich preßte sie ihren ganzen Körper — Brüste, Obeschenkel, Handflächen, selbst ihre Lippen — gegen die Scheibe. Lily lachte darüber, als ob es ein Scherz sei, aber es war häßlich. Michael war froh, daß Philip nicht in das Lachen einstimmte.

Lily stand auf und ging zum Fenster hinüber, um den

Vorhang zu schließen. »Okay, meine Herren. Wer will als erster?«

Ein kühler Wind blies feuchtes Papier und Abfall durch die Straße und wehte es in eine gurgelnde, verstopfte Abflußrinne. Es roch nach abgestandenem Wasser und verfaulendem Abfall. Michael schmiegte sich tiefer in seine Jacke und dachte, wie verweichlicht er geworden war. Es war doch nur ein bißchen kalter Regen, der ihm ins Gesicht und in den Kragen fuhr, und trotzdem stand er zitternd wie ein in die Enge getriebenes Kaninchen da und sehnte sich nach einer dickeren Jacke.

Drüben auf der anderen Straßenseite öffnete sich die Tür zu Mrs. Birchs Haus, aber von den zwei Männern, die herauskamen, war keiner Philip. Schon bald würde die Morgendämmerung einsetzen. Der verschwommene Mond war bereits hinter der gezackten Reihe der Häuserdächer untergegangen. Nun lag die Straße verlassen da, doch noch vor einer Stunde waren rauh aussehende Kerle über dem lehmigen Bürgersteig an ihm vorbeigegangen. Einige von ihnen taumelten von dem vielen Alkohol, den sie getrunken hatten. Nur einmal hatte einer versucht, sich mit ihm anzulegen. Es war ein großer Kerl mit strähnigen Haar gewesen, der nach Bier stank und ihn an O'Fallon erinnerte. Michael hatte sich aus seiner geduckten Haltung in der Gasse aufgerichtet. Er war bereit, zu kämpfen, sehnte sich förmlich danach, formte seine Hände bereitwillig zu Fäusten. In seinem Inneren wirbelte so viel schlechte Energie umher, daß er sich am liebsten übergeben hätte. Der Mann kam nahe genug heran, um in seine Augen zu sehen, und die Gemeinheit in seinem Gesicht verwandelte sich rasch in Angst. Er hatte geflucht und war davongeschlurft.

Michael rieb sich über seine kalten Arme und trat von einem Fuß auf den anderen. Noch vor einem halben Jahr erst hätte es ihm nichts ausgemacht, eine Stunde oder länger bewegungslos in eiskaltem Schnee zu liegen und seiner Beute — einem Kaninchen oder einer Maus — aufzulauern und zu warten, bis sie ihre Schnauze aus ihrem Bau steckte. Nun war er jemand namens ›Michael MacNeil‹, und sein Leben hatte sich in einen Kampf verwandelt, bei dem es nicht ums Überleben ging, sondern darum, seine Bedeutung zu verstehen. Heute nacht hatte er etwas Wichtiges über das, was Männer gerne taten, herausgefunden. Aber statt dazu beizutragen, daß er sich in seinem neuen Selbst, in seiner neuen Haut behaglicher fühlte, hatte diese Sache nur dazu geführt, daß er sich noch fremder vorkam. Weil er nicht tun konnte, was andere Männer taten.

Sein Körper aber hatte es gewollt. Wollte es immer noch. Immer wieder sah er das nackte Mädchen in dem Fenster vor sich. Immer wieder sah er, wie sie rückwärts auf das Bett fiel und ihre Beine öffnete, und wie der Mann seine Hand benutzt hatte, um seinen Penis in sie einzuführen. Diese Bilder vermochte er einfach nicht abzuschütteln. Er hätte sich gerne berührt, um sich Erleichterung zu verschaffen, aber er hatte Angst, daß ihn jemand sehen könnte. Eine menschliche Lektion hatte er sehr schnell gelernt: Sex war eine Sache, die man im Geheimen tat. Man durfte nicht darüber reden. Männer wollten es so sehr, daß sie dafür bezahlten, aber sie durften es in der Öffentlichkeit nicht zugeben. Es war ein großes, großes Geheimnis.

»Wer will als erster?« Seine Wangen brannten immer noch, als er sich an Lilys Lachen erinnerte, das ihm über den Korridor und die Treppe hinunter gefolgt war, nachdem er ihr mitgeteilt hatte, daß er es nicht mit ihr tun wollte. »Warum denn nicht, Schätzchen? Hast du Angst? Ach, komm schon, es wird dir gefallen.« Sie hatte ihre Hände unter seine Jacke gleiten lassen und ihm über die Brust gerieben, doch jedes Mal, wenn sie einen Schritt auf ihn zumachte, wich er einen Schritt zurück. Schließlich war er mit dem Rücken gegen die Tür geprallt — und selbst Philip hatte darüber lachen müssen. »Was ist denn los, Schätzchen? Gefällt dir Lily etwa nicht?« Er hatte ihre Gefühle nicht verletzen wollen, daher hatte er hervorgestoßen: »Ich habe kein Geld«, und hinter seinem Rücken nach dem Türknauf getastet. Aber auch das hatte sie nicht abgehalten. »Nun, du bist so ein großer, gutaussehender Mann, ich denke, ich werde dir einen Rabatt gewähren.« Er hatte keine Ahnung, was ein Rabatt war — Eine ausgefallene Stellung vielleicht? Eine andere Art, es zu tun? — und so hatte er sich bedankt und die Worte benutzt, die Sydney am Telefon immer gebrauchte, um ein Gespräch zu beenden. »Nun, ich weiß, daß Sie beschäftigt sind, also werde ich Sie jetzt nicht weiter belästigen.« In dem Moment, als sie ihm über die Lippen kamen, wußte er bereits, daß sie idiotisch waren.

Aber er konnte nichts dafür. Lily hatte gelacht und gelacht, aber er hatte ihr immer noch nicht die Wahrheit sagen können: daß alles an ihr falsch war. Ihr Geruch, ihre Stimme, ihre aufgesetzte Freundlichkeit. Die Leere hinter dem zur Schau getragenen Interesse in ihren Augen. Aber am schlimmsten von allem: Sie war nicht Sydney. Wie könnte er sich mit Lily paaren? Das wäre ja wie ... ein Wolf, der sich mit einem Bär paart. Einfach unnatürlich.

Drüben auf der anderen Straßenseite öffnete sich die Haustür erneut, und dieses Mal war es Philip. Er blickte sich um, aber er bemerkte Michael erst, als dieser aus der stinkenden Gasse trat und auf ihn zukam. Der Regen hatte sich in einen feinen Nebel verwandelt. Philip schlug seinen Kragen hoch, zog die Schultern in die Höhe und traf mitten auf der Straße mit ihm zusammen.

Er sah blaß und krank aus. »Himmel«, sagte er, »sieh dich nur an. Du bist ja völlig durchweicht.« Er zitterte in seinem Jackett, und seine Zähne klapperten.

»Ist bei dir alles in Ordnung?«

»Nein. Großer Gott, Michael, es tut mir so leid. Wirklich.«

»Schon gut. Laß uns jetzt nach Hause fahren.« Er ergriff Philips Arm.

Am Bahnhof kauften sie Kaffee und nahmen die Pappbecher mit in den Zug. Michael erinnerte sich an den Tag, als er Sams ganzes Geld verschenkt hatte und sie nach Hause laufen mußten. Das war ein interessanter Tag gewesen. Der gestrige Abend mit Philip war auch interessant gewesen, aber auf eine völlig andere Art und Weise.

Zu schade, daß Philip krank war. Er nippte an seinem Kaffee, wurde grün im Gesicht und stolperte aus dem Abteil. Als er ein paar Minuten später zurückkam, sah er weiß und verschwitzt aus, aber zumindest zitterte er nicht mehr.

Es war noch so früh, daß nur noch zwei andere Leute mit ihnen im Waggon saßen, und die befanden sich am anderen Ende. Trotzdem sprach Michael mit leiser Stimme, als er Philip fragte: »Wie war es denn mit Lily? Hat sie noch weiter über mich gelacht?« Er lächelte ihn an und tat so, als ob ihm das überhaupt nichts ausmache.

Philip hob den Kopf aus seinen Händen. Das Weiße seiner Augen war rötlich und wässerig. Statt einer Antwort fragte er ihn: »Warum bist du gegangen? Du hattest keine Angst, das weiß ich.«

»Ein bißchen schon.« Aber Philip hatte Recht, das war nicht der wahre Grund gewesen. »Es kam mir einfach nicht richtig vor. Fühlte sich nicht richtig an«, erwiderte er langsam. »Es ist schwer zu erklären. Für dich mag es in Ordnung gewesen sein, das alles mit ihr zu tun — aber nicht für mich.«

Philip stöhnte und preßte sich erneut die Hände gegen die Augen. »Warum?«

»Weil ...« Er rutschte auf seinem Sitz hin und her, wußte nicht, was er sagen sollte. »Nun, es ist etwas Persönliches. Ich glaube nicht, daß ich es dir sagen sollte. Ich denke, es würde dir nicht gefallen.«

»Du meinst, daß du in meine Schwester verliebt bist?« Er hob nicht einmal den Kopf.

Michael stemmte beide Hände auf die Sitzkante und setzte sich zurück.

»Das ist es doch, nicht wahr? Wenn du also das meinst, so weiß ich es bereits.«

Michael wurde heiß und kalt zur gleichen Zeit und seine Haut kribbelte vor Angst. »Woher weißt du das?«

»Ha! Du bist nicht gerade eine Sphinx, wenn es um deine Gefühle geht.«

»Eine was?«

»Du bist nicht gut darin, zu verbergen, was du empfindest. Das soll übrigens keine Beleidigung sein.«

Er starrte auf Philips gebeugten Kopf und beobachtete, wie dieser seine Finger fest gegen die Schläfen preßte. »Was hältst du davon?« Er mußte all seinen Mut aufwenden, um ihm diese Frage zu stellen. »Bist du deshalb wütend auf mich?«

»Nein.« Endlich blickte Philip auf. »Soll ich dir die Wahrheit sagen?«

»Ja.«

»Ich fürchte, es würde nicht funktionieren.«

Michael mußte wegschauen, als er das Mitleid in Philips Augen sah. Er hatte Angst nach dem Grund zu fragen. Und eigentlich kannte er die Antwort bereits.

»Und deshalb bist du also nicht geblieben? Weil du Sydney treu bleiben wolltest?«

Er zuckte kurz die Achseln. Es klang aus Philips Mund irgendwie albern. »Bist du denn nicht in Camille verliebt?«

Philip richtete sich auf. Seine grauen Wangen bekamen wieder ein wenig Farbe. »Was?« sagte er leise und verzog seine Augen warnend zu Schlitzen. Er sah aus, als wolle er kämpfen.

Michael lächelte spitzbübisch. »Du bist auch nicht gerade eine Sphinx.«

Die Kampfeslust erlosch in Philips Augen. Er ließ sich gegen das Fenster sacken und preßte die Stirn an das Glas. Michael nahm an, daß die Unterhaltung beendet sei, bis Philip plötzlich sagte: »Ich wünschte, ich wäre wie du.«

»Was?«

»Ich war auch einmal so.«

Michael versuchte zu lachen. »Mit sieben Jahren vielleicht.«

»Nein.« Philip schlang zitternd die Arme um seinen Körper. »Nein, ich war einmal imstande, die Dinge zu sehen, wie du sie siehst. Alles ganz frisch und neu. Ich war nicht immer so wie jetzt. Sydney sagt . . .«

»Was sagt sie?«

»Sie sagt, ich sei in Wahrheit gar nicht so. Das sei nicht mein Selbst.« Er verzog das Gesicht. »Ich habe keine Ahnung, wer zum Teufel ich bin.« Er schüttelte sich und drehte sein Gesicht wieder dem Fenster zu.

»Ich wünschte, ich wäre wie *du*.«

Philip stieß ein bitteres Lachen aus. »Und warum?«

Michael dachte nach. Nicht wegen Philips Aussehen oder seiner Kleidung, seiner Art, sich zu bewegen oder seiner Klugheit oder wegen seiner unbekümmerten Art, mit Menschen umzugehen — das waren alles oberflächliche Dinge, die Michael an ihm bewunderte und zu kopieren versuchte.

»Warum?«

»Weil dich Sydney und Sam und dein Vater lieben. Drei Menschen lieben dich.«

Philip schaute ihn seltsam an, und nach einem kurzen Augenblick wandte Michael sich ab. Er hatte Angst, in den Augen seines Freundes erneut Mitleid zu erblicken.

Kapitel 12

»Das ist doch affig. Ich sehe nicht ein, daß ich so etwas lernen soll.«

Sydney packte Sams widerspenstigen, kleinen Körper und manövrierte ihn, halbwegs im Rhythmus mit der Walzermelodie, die aus dem Grammophon ertönte, in einen weiteren Schritt. »Du mußt es lernen, weil du ein Gentleman bist, und Gentlemen tanzen.«

»Ich tanze mit niemandem. Igitt. Ich hasse Mädchen.«

»Selbst mich? Wer soll mich denn vor all diesen ungeschickt dahinstolpernden Männern retten, die mir Samstagnacht die Füße plattreten werden? Du bist der einzige, mit dem ich wirklich tanzen möchte.« Sie lächelte über ihre Schulter zu Michael hinüber, der an der Terrassenwand lehnte und sie beobachtete.

»Hm«, grunzte Sam. Er glaubte ihr zwar nicht, aber die Idee gefiel ihm.

»Außerdem«, fügte sie hinzu und spielte damit ihre Trumpfkarte aus, »ist dir das hier doch wohl lieber, als Unterricht bei Mrs. Waring, oder?« Mrs. Waring unterrichtete die Kinder der Reichen und Priviligierten Chicagos im Kotillon-Tanz. Sam hatte einmal eine Stunde bei ihr genommen und danach geschworen, niemals wieder dorthin zu gehen.

»Ja, schon«, brummte er und schüttelte sich innerlich angesichts dieser Erinnerung.

»Dann paß gut auf. Je eher du das hier lernst, desto eher kannst du wieder nach draußen gehen, um zu spielen.«

Wenn er doch nur hinausgehen und spielen würde! In Wahrheit nahm sie sich die Zeit für Sams Walzerunterricht nur, um ihn davon abzuhalten, allen in die Quere zu kommen. »Ich kann mich nicht einmal umdrehen, ohne über ihn zu stolpern«, hatte sich die Köchin beschwert, und die Dienstmädchen äußerten sich ähnlich, wenn auch auf eine etwas höflichere Weise. Das Haus war ein einziges Chaos. Die Lieferanten für die Lebensmittel und Getränke hatten die Küche übernommen, Dienstmädchen fielen über die Zimmer her, als seien sie niemals zuvor gesäubert worden, zusätzliche Gärtner fügten die Orchesterplattform in den Garten ein. Und all das Durcheinander hatte Sams tägliche Routine ebenfalls durcheinandergebracht. Er war aufgeregt und kaum zu bändigen. Oder besser gesagt, nicht so lieb und gutmütig wie sonst, dachte Sydney liebevoll.

»Was für eine entzückende Familienszene.«

Sam versuchte, sich aus ihrem Griff zu winden, weil es ihm peinlich war, daß Philip ihn bei solch einem ›affigen Gehopse‹ erwischt hatte, aber Sydney ließ ihn nicht los. »Michael ist als nächster dran«, erklärte er verteidigend. »Er kann auch nicht tanzen.«

»Nein? Dann sollte ich es ihm wohl besser beibringen.« Philip zog Michael lachend in die Zimmermitte. »Ich bin die Dame«, erklärte er, und zu Sams Entzücken begannen die beiden, mit ungelenken Bewegungen im Walzerschritt über die Terrasse zu tanzen.

Sydney stimmte in das Lachen mit ein — Philips Vorbild war gut für Sam. Außerdem war sie froh, ihren älteren Bruder so gelöst zu sehen. Er war nicht mehr der zynische, verdrießliche Einzelgänger, der er den ganzen Sommer über gewesen war — von einigen sarkastischen Bemerkungen über ›entzückende Familienszenen‹ einmal abgesehen. Sie war sich nicht sicher, seit wann sich seine schlechte Laune gebessert hatte, aber sie war froh darüber.

Die Musik verstummte. Sam schlüpfte wie ein feuchter Fisch aus ihrem Griff. »Ich hab's gelernt. Ich kann es, Syd. Das war doch gut, oder?«

»Prima. Du warst schon besser, aber —«

»Prima! Du hast es selbst gesagt! Jetzt kann ich den Arbeitern dabei helfen, das Zelt aufzustellen.«

»Sam —« Aber es war zu spät. Er hatte sich bereits aufgemacht und lief den Weg zum See hinunter. »Oh, Philip«, jammerte sie. »Er wird sie wahnsinnig machen.«

»Ich werde ihn schon einfangen«, erwiderte er kichernd, »und zu einem Spaziergang entführen.«

»Du bist ein Engel. Philip?« Er blieb stehen und blickte zurück. »Könntest du wohl auch morgen etwas mit ihm unternehmen? Mit ihm in den Zoo gehen oder sonst etwas?«

Er zuckte mit den Schultern. »In Ordnung. Willst du mit uns kommen, Michael?«

»Gern.« Er sah begeistert aus. »Was ist ein Zoo?«

Philip klappte die Kinnlade hinunter, dann lachte er. Sydney hatte Verständnis für ihn. Es wurde immer schwerer nachzuvollziehen, was Michael inzwischen wußte und wovon er keine Ahnung hatte. Manchmal waren es die einfachen Dinge — ein Zoo, zum Beispiel — mit denen er nichts anfangen konnte, während größere, komplexere Phänomene — die Politik der Republikaner! — kein Rätsel mehr für ihn darstellten.

»Laß dich überraschen«, erwiderte Philip und zwinkerte Sydney zu, bevor er sich davonmachte, um Sam zu finden.

Michael lehnte mit den Händen in den Hosentaschen an der Wand und beobachtete sie. Sie hatte sich beinahe an seinen stummen, wachsamen, durchdringenden Blick gewöhnt, mit dem er sie immer ansah. Beinahe. Sie empfand ihn immer noch als beunruhigend, aber er flößte ihr keine Angst mehr ein. Es war nicht der Blick eines Jägers auf sein Opfer. Er studierte sie. Brütete über sie nach. Versuchte, sie zu ergründen.

Hätte sie ihn auch für einen besonderen Menschen gehalten, wenn sie ihn beispielsweise erst gestern abend irgendwo auf einer Dinnerparty kennengelernt hätte? Bestimmt. Selbst wenn sie sich nur die Hand geschüttelt und ›Guten Tag‹ gesagt hätten. Camille hatte ihn als gutaussehend bezeichnet. Und das war er auch. Mehr noch. Mit seinen hellgrünen, intelligenten Augen und seiner aristokratischen Nase sah er umwerfend aus. Und die lange, dünne Narbe auf seiner Wange verlieh seinem Gesicht etwas Rätselhaftes, einen Anflug von Wildheit. Und sein Haar ...

»Hmm«, sagte sie kritisch. »Ihr Haar benötigt vor der Party aber noch einen Schnitt. Ich werde es wieder schneiden, wenn Sie möchten.«

»In Ordnung«, stimmte er zu. »Aber glauben Sie nur nicht, Sie würden mir so leicht davonkommen. Was ist mit meiner Tanzstunde?«

Sie drehte lachend am Grammophon, legte eine neue Platte auf und streckte ihre Arme aus.

Ihr Lächeln erstarb auf ihren Lippen, als sie das unverhüllte Verlangen in seinem Gesicht erkannte. Er kam langsam auf sie zu. Beinahe hätte sie ihre Arme fallengelassen. Diese einladende Geste erschien ihr plötzlich zu intim.

Aber als sie ihre Positionen zum Tanz einnahmen, verschwand all die Anspannung, und sie dachte nur noch darüber nach, wie perfekt ihre Körper harmonierten, und wie sehr sie sich danach gesehnt hatte, ihn zu berühren. Der Schwung seiner dichten Wimpern verbarg seine Augen, aber die leichte Röte auf seinen Wangen verriet ihn. »Der Walzer ...« murmelte sie. Die Festigkeit seiner Schulter und die entzückende Art, wie sein Haar hinter dem Ohr hervorwuchs, lenkte sie ab. Wenn er errötete, blieb die Narbe auf seiner Wange weiß und betonte noch den Rosaton der Haut ringsum. Er mochte aufmerksam sein, seine Sinne mochten so scharf sein wie die eines Tieres, aber es gab nicht viel, was er vor ihr verbergen konnte. »Der Walzer ist ein sehr einfacher Tanz. Er hat einen Dreivierteltakt, und die Betonung liegt auf dem ersten Schritt.«

Die Muskeln seines Arms, der um ihre Taille lag, spannten sich, und er zog sie näher an sich heran. »Ich mag diesen Tanz.« Seine tiefe Stimme ließ sie erschauern. Aber im Grunde tanzten sie gar nicht, und die Musik war zu einer kaum hörbaren Untermalung seiner Umarmung geworden. »Gestern abend, als Sie die Papierlaternen entzündet haben, Sydney ...«

»Es sind japanische Laternen«, murmelte sie. »Sind sie nicht hübsch? Sie werden auf der Party nett aussehen.«

»Diese Laternen sind wie Ihre Haut. Weiches Licht, das durch dünnes, weißes Papier scheint. Elfenbeinfarben und gold. Ich wünschte nur, ich könnte diese Farbe malen.«

Sie schloß kurz ihre Augen. »Sie sind wirklich gefährlich, Michael.«

Er lächelte, da er ihre Aussage als Kompliment empfand, und zog sie enger an sich.

»Michael ... Ich habe Angst, daß uns jemand sehen könnte.«

»Was möchten Sie denn tun?«

»Lassen Sie uns tanzen. Wissen Sie noch —?«

»*Eins,* zwei, drei.«

Aber sie bewegten sich nicht, schaukelten nur ganz leicht hin und her. Er beugte seinen Kopf und küßte ihre Hand, die er in der seinen hielt, und sie wurde von einer neuen Welle der Angst ergriffen.

»Wir können hier nicht so stehenbleiben«, erklärte sie ihm flüsternd. »Es könnte uns wirklich jemand sehen.«

»Wie wäre es mit dem Eßzimmer?« Sie standen vor den geöffneten Glastüren. Es wäre so leicht. Michaels Mund preßte sich auf ihre Stirn, küßte sie zwischen die Augenbrauen. Er flüsterte: »*Eins,* zwei, drei«, und sie tanzten einen anmutigen Walzer mit perfekten, schwungvollen Kreisen, die sie von der Terrasse in das Eßzimmer führten.

»Sie haben geübt«, sagte sie anschuldigend und atemlos, bevor er sie gegen die Eichenanrichte schob und sie auf den Mund küßte.

Das Küssen hatte er nicht geübt. Er küßte sie zu hart, und seine Lippen waren zusammengepreßt und die Augen geöffnet. Es gefiel ihr trotzdem, denn es war neu, und sie mochte das Gefühl, daß seine ganze Aufmerksamkeit ihr alleine galt. Und es gefiel ihr, weil es eben Michael war, der sie küßte.

»So«, sagte sie und strich mit ihren Fingerspitzen über die feste, elegante Linie seiner Lippen. »Sanfter.« Sie lehnte sich gegen ihn und drückte ihm einen sanften, zärtlichen Kuß auf den Mund.

Seine Augen schlossen sich, er seufzte. »Das ist besser«, sagte er zustimmend, umfaßte ihr Gesicht mit den Händen und streichelte sie, während sie weiterhin das Küssen übten — sanft, zärtlich, lang. »Sydney, du bist ...« Er beendete den Satz nicht, weil sie ihn ablenkte, als sie mit den Zähnen ein klein wenig an seiner Unterlippe zupfte. Seine Augen wurden rund. »Das ist ja wie spielen«, bemerkte er. Er sah erfreut aus. »Und ich dachte ... es sah so ...«

»Was? Wie — sah so aus?«

Bevor er die Lider senkte, erblickte sie einen Ausdruck in seinen Augen, den sie als schlechtes Gewissen interpretiert hätte, wäre es nicht Michael gewesen, den sie vor sich hatte. Sie küßten sich erneut. Plötzlich schepperte etwas, da sie mit dem Ellbogen gegen die Anrichte gestoßen war. Sie nahm undeutlich den Geruch von Silberpolitur und Möbelwachs wahr, aber alle anderen Sinne waren auf Michael gerichtet. Er hörte auf, sie zu küssen und blickte in ihre Augen, während seine Hand von ihrer Schulter über ihre Kehle strich und dann tiefer, in den sittsamen, hohen Ausschnitt ihrer Bluse glitt. *Darf ich?* fragten seine Augen. Er nahm ihre tranceähnliche Ruhe als Erlaubnis und berührte sie.

Sie trug heute kein Korsett, nur ein Baumwollunterhemd unter ihrer Bluse. Seine Finger stellten sich ungeschickt an, und sie half ihm — *half* ihm — die obersten Knöpfe ihrer Bluse zu öffnen. *Was tun wir nur*? dachte sie wie betäubt, aber sie hielt ihn nicht zurück. Sie genoß die intensive Konzentration, die sie auf seinem Gesicht erblickte. Sie vergaß die Welt um sich herum, und es gab nur noch Michael, der sie auf diese unerträglich schöne, atemberaubende Art und Weise liebkoste. »Küß mich noch einmal«, flüsterte sie, und er tat es, wie er es von ihr gelernt hatte, und seine vorsichtigen Hände fuhren dabei fort, sie zu streicheln.

»Das gefällt dir«, murmelte er in ihr Ohr.

Sie brummte zustimmend und ließ ihre Zunge zwischen seine Zähne gleiten. Er hielt den Atem an. Seine Hand, die auf ihrer Brust lag, erstarrte. »Das hier gehört auch zu dem Spiel«, flüsterte sie und kostete ihn. »Gefällt es dir?«

Ein überraschtes Lachen erklang tief aus seiner Kehle und vibrierte unter ihren liebkosenden Händen. Er begann, sie auf eine harte, lustvolle Weise zu streicheln, ließ seine Hände über ihre Hüften, ihr Hinterteil, ihre Oberschenkel gleiten. Das war eine andere Art von Spiel, sehr viel ernster, und sie wußte besser als er, wohin es führen konnte. Aber sie brachte es nicht fertig, aufzuhören — noch nicht. Sie schlang ihre Arme um seinen Hals und küßte ihn freimütig und leidenschaftlich, ohne jede Beherrschung, und sie bewegten sich einige Male langsam und bedächtig im Kreis, bis sie plötzlich überrascht die Wand in ihrem Rücken spürte. Er preßte seinen harten Oberschenkel zwischen ihre Beine, und die Knie wurden ihr weich.

Was hätte geschehen können, geschah jedoch nicht. Statt dessen erreichte ihr Leben einen absoluten Tiefpunkt.

»Sydney?«

Sie zuckte zusammen — Michael wirbelte herum. Tante Estelle stand im Türrahmen. Sie hielt einige gelbe Dahlien so fest mit ihrer Hand umklammert, daß die Stiele zitterten. Ihr Gesicht war kreidebleich, sie sah aus wie eine Leiche: weit aufgerissene Augen, die Wangen eingesunken, völlig starr.

Michaels breite Schultern waren nicht breit genug, um ihr Schutz vor den Blicken ihrer Tante zu gewähren — sie sah Sydneys verzweifelte Versuche, die Knöpfe ihrer Bluse zu schließen. Estelle wurde noch weißer, noch starrer, und ihre schwarzen Augen brannten mit neuem Zorn. »Sie! Verschwinden Sie!« Sie deutete zuerst auf Michael und dann auf die Terrassentür hinter ihm.

Er bewegte sich nicht. Sydney berührte seine Schulter. »Geh«, flüsterte sie.

Der Ausdruck auf seinem Gesicht ermutigte sie. Da war keine Scham zu entdecken, nicht einmal Verlegenheit. Nur Überraschung und diese scharfe, animalische Aufmerksamkeit, die er niemals zu verlieren schien. Und ein Hauch von Trotz. Er schüttelte den Kopf.

»Das ist schon in Ordnung«, versicherte sie ihm. Aber der Zorn ihrer Tante war beinahe spürbar, erfüllte den Raum wie ein aufdringlicher Geruch, und Sydney konnte verstehen, warum er sie nicht alleine lassen wollte. »Geh nur«, sagte sie wieder. »Wir sprechen uns später.« Sie nickte ihm beruhigend zu.

Dennoch zögerte er. Er sagte höflich aber mit fester Stimme zu Tante Estelle: »Wagen Sie es nicht, ihr wehzutun.« Wenn die Situation nicht so schrecklich, so unglaublich fürchterlich gewesen wäre, hätte Sydney wohl kichern müssen. Aber es war sein Ernst. Der starre Blick, den er ihrer Tante zuwarf, und der diese zum Verstummen brachte, enthielt eine ausdrückliche Warnung. Mit einem letzten Blick auf Sydney ging er durch die geöffnete Terrassentür und verschwand.

Sobald er fort war, wünschte sie, er wäre noch bei ihr.

Er wartete in seinem Zimmer auf sie, da sie wohl nach dem Gespräch mit ihrer Tante hier zuerst nach ihm suchen würde. Er hatte inzwischen gelernt, die Uhr zu lesen, und so saß er auf dem Bett, starrte auf die Zeiger und versuchte, ihre Bewegungen zu verfolgen.

Er wünschte, Sydney hätte ihm erlaubt, zu bleiben. Es kam so überaus selten vor, daß er einmal etwas für sie tun konnte, aber dies hier wäre endlich eine Gelegenheit gewesen. Sie war so sanft und weich, und ihre Tante war so hart. Sie brauchte ihn an ihrer Seite, um der Tante verständlich zu machen, daß das, was sie getan hatten, richtig gewesen war.

Und wie richtig! Er konnte nur noch daran denken, wie es sich angefühlt hatte, Sydney zu küssen, sie zu berühren. Was für eine wundervolle Erfindung doch das Küssen war! Tiere taten es auf gewisse Weise auch, aber dort war es eher ein Beschnüffeln, sie verbanden sich nicht auf die Art und Weise, wie Menschen es taten. Er wollte mehr davon. Die Zeiger auf seiner Uhr bewegten sich einfach nicht. Sie mußten wohl kaputt sein.

Jetzt verstand er endlich, worum es beim Sex ging. Verstand all die Dinge, die bisher vage und furchteinflößend und rätselhaft gewesen waren. Sie ergaben nun plötzlich einen Sinn. Er wollte Sydney als seine lebenslange Gefährtin. Er wollte mit ihr schlafen. Nicht etwa wie der Mann und die Frau in dem Bordell — das hatte ihn an Brunft und nicht an Liebe erinnert. Wölfe liebten sich. Im Frühjahr, wenn der Schnee zu schmelzen begann, wurde das Weibchen immer verspielter, wie ein Junges, und ihre Stimme hoch und albern und wunderschön, und ihr Gefährte wurde leidenschaftlich und zärtlich, von Verlangen erfüllt. Und nachdem sie sich geliebt hatten, sangen sie.

»Michael?«

Er sprang auf. Wie leise sie gekommen war! Er ging auf sie zu und streckte die Hand aus, um sie zu berühren, aber sie wich zurück. Er zog seine Hand überrascht fort. »Sydney, was ist los? Hat sie dir weh getan?«

»Nein, natürlich nicht, sei nicht albern. Es geht mir gut.« Sie gab ein falsches Lachen von sich und entfernte sich von ihm. Am Fenster begann sie, mit dem Ring zu spielen, der sich am Ende der Schnur befand, mit der man das Rollo herunterziehen konnte. Wo die Sonne auf ihr Haar fiel, konnte er jede rötlich glänzende Strähne erkennen. Er sehnte sich so nach ihr! Aber es war etwas geschehen. Sie wollte nicht, daß er in ihre Nähe kam.

Er konnte sich denken, woran das lag. »Sie hat dir gesagt, daß wir nicht tun dürfen, was wir getan haben. Das wir nicht länger zusammen sein dürfen, nicht wahr? Das ist es doch, oder?«

Sie warf den Kopf zurück. »Sie ist meine Tante, nicht meine Mutter. Sie bestimmt nicht über mein Leben. Ich respektiere sie, aber ich bin eine erwachsene Frau. Ich treffe meine eigenen Entscheidungen.«

Er lauschte, wog die Botschaft ihrer Worte und ihrer Stimme gegeneinander ab. Es waren nichts weiter als Worte, hinter denen keine Wahrheit lag. »Was hat sie gesagt?« erkundigte er sich. Aber ihm war klar, daß sie nun ein Spiel spielten.

Ihre Augen verdunkelten sich, und er wußte, daß das, was auch immer die Tante gesagt haben mochte, ihr weh getan hatte. »Welche Rolle spielt das schon? Du kannst es dir doch vorstellen. Michael ...« Sie ließ die Schnur fallen, knetete aber weiter ihre Finger. »In gewisser Weise hat sie Recht. Was heute morgen geschehen ist — hätte wohl nicht passieren dürfen. Ich habe nicht nachgedacht. Ich habe den Kopf verloren, und das tut mir leid. Es ist meine Schuld.«

Aha, dachte er, aber er vermochte nicht weiter zu denken. Um die Unterhaltung am Leben zu halten, erwiderte er: »Was ist deine Schuld?«

»Alles. Ich hätte es nicht zulassen dürfen. Es ...« Sie

vermochte ihn nicht anzusehen. Sie schaute aus dem Fenster. »Ich fürchte, es darf nie wieder geschehen.«

Er lehnte sich gegen den Türpfosten, betrachtete sie und dachte, das Worte schlimmer verletzen konnten als jeder körperliche Schmerz. Wie hatte er nur jemals glauben können, daß er sie einmal besitzen würde? Sie sah so wunderschön aus, wie sie in ihrem himmelfarbenen Kleid im Sonnenlicht dastand. So wunderschön, daß ihm das, was sie zusammen getan hatten, schon wie ein Traum vorkam. Sie konnte ihm niemals gehören. Sie war Sydney Darrow. Sie hatte ein Rudel. Freunde. Jeder liebte sie, und sie konnte überall hingehen und tun, was sie wollte, denn sie war frei. Und was war er? Verloren. Der letzte Mann, den sie sich auf dieser Welt zum Gefährten wählen würde.

»Oh, Gott, Michael, bitte schau nicht so.« Er drehte seinen Kopf, so daß sie sein Gesicht nicht sehen konnte. »Es tut mir leid. So leid.« Sie begann zu weinen. »Ich weiß nicht, was ich tun soll. Sieh mich an. Sag mir, was du denkst.« Ihre Hand, die auf seinem Rücken lag, war leicht und schüchtern, wie die Hand einer Fremden. »Bitte sei nicht traurig. Oh, Michael, bitte.«

Sie wollte ihn lächeln sehen und hören, das alles in Ordnung war. Genau so, wie Sam es tat, wenn sie ihn küßte, nachdem er hingefallen war und sich das Knie aufgeschlagen hatte. »Aber ich bin traurig«, erwiderte Michael und drehte sich um, um sie anzusehen. »Ich liebe dich. Wir haben nichts Falsches getan, Sydney. Das weißt du. Wenn du mich lieben würdest, dann spielte es keine Rolle, was deine Tante sagt.« Er trat von der Tür weg, damit sie gehen konnte. »Sag mir nicht, ich soll nicht traurig sein«, riet er ihr ein letztes Mal. »Das hilft auch nicht.«

Ihre Tränen flossen heftiger. Sie bewegte sich nicht.

»Möchtest du denn nicht gehen? Oder soll ich das Zimmer verlassen?«

Sie legte ihre Hand an ihren Hals. Sie versuchte, zu

sprechen, aber sie vermochte es nicht, und so schüttelte sie nur den Kopf.

»Dann werde ich also gehen.« Er vollführte eine kleine Verbeugung — er hatte einmal gesehen, wie Lincoln Turnbull es gemacht hatte — und ließ sie in seinem Zimmer allein.

Auf dem Weg zum Zoo zeichnete Sam Bilder, um ihn aufzuheitern. »Das hier ist der See und das ist unser Haus und das ist mein Fenster. Hier ist mein Gesicht hinter dem Glas. Und das hier ist dein Fenster, siehst du?«

Michael lächelte und sagte, es gefiele ihm sehr gut. Genauso wie das Bild von dem Pferd und das von dem Zug, und er lächelte dabei die ganze Zeit. Aber er war sich sicher, daß er weder Sam noch Philip etwas vormachen konnte. Woher wußten sie es nur? Da er ihnen nichts erzählen durfte, versuchte er so zu tun, als sei nichts geschehen. Aber es kam ihm trotzdem so vor, als ob sie Bescheid wüßten.

»Schau, Michael, das hier bist du. Du lachst.«

Er schaute auf die Zeichnung hinab, die Sam auf seinen Schoß gelegt hatte, auf das runde Gesicht mit den schwarzen Augen und dem großen, grinsenden Mund. Der Kopf war mit schwarzen Haaren bedeckt, und den Hals zierte eine gepunktete Krawatte, wie die, die er heute trug. An den unteren Rand hatte Sam geschrieben: MICHAEL MACNEIL VON SAMUEL ADAIR WINTER.

»Vielen Dank.«

»Du mußt es immer bei dir tragen. Falte es zusammen und steck es in deine Tasche, dann kannst du es immer wieder herausholen und dir ansehen, wenn du traurig bist. Und dann geht es dir besser.«

»Okay.« Er hatte einen Kloß im Hals. Er hätte Sam gerne umarmt, aber er tat es nicht. Er hatte ganz vergessen gehabt, daß er nicht wirklich zu dieser Familie gehörte, aber gestern hatten Sydney und die Tante ihn daran erinnert. Und er hatte nicht die Absicht, es noch einmal zu vergessen.

Der Zoo lag im Lincoln Park. Inzwischen wußte er, was ein Zoo war, denn Sam konnte kein Geheimnis für sich behalten und hatte es ihm erklärt. Zuerst hatte er es für einen Scherz gehalten. »Es ist ein großer Park, wo Tiere gefangengehalten werden, damit die Leute sie sich anschauen können«, hatte Sam ihm gesagt, und das war ihm völlig abwegig vorgekommen. Wie konnte man Tiere gefangenhalten? Wie konnten sie irgendjemandem gehören? Aber sobald er durch die hohen Stein- und Eisentore des Parks getreten war und den starken Geruch der Gefangenschaft wahrnahm, da wußte er, daß es der Wahrheit entsprach.

»Laß uns zuerst zu den Elefanten gehen. Die sind da hinten, neben den Giraffen. Weißt du, was eine Giraffe ist, Michael?«

Das wußte er nicht, und als er eine sah, wollte er zuerst seinen Augen nicht trauen. »Seht euch nur den Hals an«, murmelte er und ließ sich von Sam zu dem niedrigen Metallgeländer ziehen, das vor einem noch viel höheren Zaun verlief. Was für eine Kreatur war das nur? »Seht euch nur die *Wimpern* an.«

Sam lachte ausgelassen, lehnte sich gegen ihn und klatschte in die Hände. »Schau dir nur den Hals an! Der muß so sein, damit sie die Blätter von den Bäumen fressen können. Daddy sagt, daß sei Evolution.«

Elefanten waren sogar noch seltsamer als Giraffen. Sie waren *riesig*. Und sie waren langsam und hatten freundliche Augen, trugen Elfenbeinstoßzähne und hatten ein Fell wie Gummi. Sie kamen ihm wie Märchengestalten aus einem von Sams Büchern vor, nicht wie echte Tiere. »Woher kommen sie?« erkundigte er sich und sah zu, wie Philip eine Erdnuß in das Gehege warf.

»Die hier sind aus Afrika«, erwiderte Sam, und deutete auf ein Schild, das an dem Geländer befestigt war. »Da drüben sind indische. Sieh nur, er frißt mir aus der Hand.« Er streckte seinen Arm so weit er nur konnte in Richtung des Elefanten, und der lange, faltige Rüssel entrollte sich über seiner geöffneten Hand. Aber in letzter Sekunde gab er einen kleinen Schrei von sich, zuckte zurück und ließ die Erdnuß auf den Boden fallen. »Mist.« Der Elefant hob die Erdnuß mit seinem Rüssel auf und steckte sie in seinen kleinen, zierlichen Mund.

Unglaublich — Michael kam einfach nicht darüber hinweg. »Wie kommen sie hierher? Warum läßt man sie nicht heraus?«

»Sie werden von Großwildjägern gefangen und an Zoos verkauft. Und man läßt sie nicht heraus, weil sie alles kaputt trampeln würden.« Philip lachte. »Der hier wiegt über drei Tonnen und Gott allein weiß, wieviel er frißt. Im übrigen könnten sie nicht allein überleben. Wir sind hier in Chicago und nicht im Busch.«

»Warum läßt man sie dann nicht in Ruhe?«

»Weil wir sie dann nicht anschauen könnten.«

»Wir könnten uns Bilder ansehen«, sagte Sam mit unsicherer Stimme.

»Es macht ihnen nichts aus, hier zu sein«, sagte Philip. »Es gefällt ihnen hier.«

»Woher willst du das wissen?« Michael starrte auf die riesigen Tiere und versuchte, in ihren grauen, undurchdringlichen Gesichtern zu lesen.

»Warum sollte es ihnen denn nicht gefallen? Sie müssen doch nur fressen und schlafen.«

»Genau«, stimmte ihm Sam zu und sein Gesicht heiterte sich wieder auf. »Es gefällt ihnen hier. Kommt schon, laßt uns zu den Nilpferden gehen.«

Die Nilpferde hatten Froschaugen, winzige Ohren, riesige Kiefer und große, schlaffe Zungen, und sie waren die häßlichsten Kreaturen, die Michael jemals gesehen hatte.

Die Nashörner waren genau so seltsam und interessant aber irgendwie nicht real. Sie sahen aus wie schuppige, übergewichtige Einhörner, aber darüber hinaus konnte er nicht viel mit ihnen anfangen. Vielleicht hatte Philip ja recht, und diese Tiere, die man auf der anderen Seite der Erde gefangen und in diese eingezäunten Koppeln und betonierten Ställe gesteckt hatten, damit die Menschen sie anstarren konnten, fühlten sich hier tatsächlich wohl. Wer vermochte das zu sagen? Jedenfalls sahen sie friedlich aus.

Die Löwen waren wunderschön, aber sie wollten nicht aufwachen. »Hey!« schrie Sam und klatschte in die Hände. »Hey! Du da!« Nichts. Die vier prächtigen Tiere lagen auf der Seite, zuckten mit ihren Schwänzen und keuchten in der Hitze. Offenbar war es ihnen zu heiß, um auch nur die Augen zu öffnen.

»Gefällt es denen hier auch?« erkundigte sich Michael bei Philip und dieser zuckte mit den Schultern und erwiderte: »Sicher.« Aber er schien nicht so überzeugt zu sein wie noch bei den Elefanten.

Die Tiger machten einen gelangweilten Eindruck. Auch hier gelang es Sam nicht, ihre Aufmerksamkeit zu wecken. Sie schenkten ihm nicht einen einzigen Blick. »Die fressen dich auf, wenn du in ihre Nähe kommst«, sagte er warnend, und erzählte dann eine schreckliche Geschichte über ein kleines Mädchen, das zu nahe an den Käfig gekommen und bei lebendigem Leibe verspeist worden war.

»Stimmt das?«

»Das stimmt«, versicherte ihm Sam, und selbst Philip nickte, ohne zu lächeln. Trotzdem war es nur schwer zu glauben. Sie sahen wie große, faule Katzen aus. Dann erblickte Michael die Leoparden.

Es gab zwei von ihnen, und nachdem er sie einige Sekunden betrachtet hatte, wurde ihm klar, was mit ihnen nicht stimmte. »Sie sind verrückt geworden.« Sam und Philip lachten unbehaglich. »Wirklich, schaut nur. Der Käfig hat sie verrückt gemacht.« Sie hatten einen tiefen

Pfad entlang den Seiten in die Erde getrampelt, und liefen dort unablässig mit herabhängendem Kiefer und verrückten, weißlichen Augen auf und ab. Auf und ab, auf und ab mit schwingendem Kopf und zuckendem Schwanz.

»Tiere werden nicht verrückt.« Sam wedelte mit den Armen. »Hey! Seid ihr verrückt?« Ohne ihn auch nur anzusehen, schlug einer der Leoparden mit seiner Pranke gegen die Gitterstäbe und brüllte.

Sam stieß einen lauten Schrei aus und alle, die vor dem Käfig standen, sprangen entsetzt zurück. Dann kamen sie sich albern vor und versuchten zu lachen, und der Mann direkt neben Philip verhöhnte den Leoparden mit einer nervösen, abfälligen Stimme. Die Tiere ignorierten ihn und liefen weiter auf und ab, starrten und liefen auf und ab.

Michaels Herz beruhigte sich langsam wieder. Er spürte, wie sein rationales Denken die Überhand gewann, und der bloße Instinkt zurückwich. Dieses Tier wollte sein Blut. Nur die Gitterstäbe seines Käfigs hatten es davon abgehalten, ihn zu töten.

»Man hat sie wahrscheinlich gefangen, als sie schon ausgewachsen waren«, sagte Philip, während sie sich entfernten. »Es ist einfacher, wenn sie in der Gefangenschaft geboren werden.«

»Ja«, stimmte Sam ihm zu, »dann gibt es nichts, was sie vermissen könnten, stimmt's. Flip?«

»Genau.«

Als nächstes waren die Bären an der Reihe. Michael kannte die grimmigen Grizzlys und die blendend weißen Polarbären und die kleinen europäischen Bären nicht. Aber die Schwarzbären waren ihm keine Unbekannten. Sie waren nicht gerade seine Freunde gewesen, aber auch nicht seine Feinde. Er hatte sie mehr als Nachbarn empfunden. Er hatte sie respektiert und zugesehen, daß er ihnen nicht in die Quere kam, und sie hatten sich ihm gegenüber genauso verhalten. Und daher war es seltsam, sie nun durch die Gitterstäbe zu beobachten, wie sie zahm wie Kinder dasaßen, sich vorbeugten, sich rekelten und wälzten und die Zuschauer anbettelten, die um ihren Käfig herumstanden. Sam sagte, daß er gerne mit ihnen spielen würde, und Philip erzählte eine weitere, schreckliche Geschichte, die dieses Mal von einer Dame handelte, die die Bären an ihrer Kleidung gegen den Käfig gezogen und langsam gefressen hatten.

Michael zweifelte keine Sekunde daran. Auch wenn sie so aussahen, so war er sich doch sicher, daß diese Bären nicht zahm waren. Und ihr unbeholfener, schwerfälliger Gang täuschte. Er hatte sie oft bei Nacht beobachtet, wie sie in diesem hüpfenden Trab ihre nächste Mahlzeit jagten, der zweimal so schnell war wie er selbst rennen konnte.

Aber vielleicht waren diese dummen, schmeichelnden Tiere hier ja doch zahm. Er schämte sich für sie. Tag und Nacht nichts anderes zu tun als in ihren Käfigen zu sitzen, hatte sie zu Narren gemacht. Die Leute lachten sie aus, und sie hatten es auch nicht besser verdient. Sie hatten all ihre Würde verloren.

Sie schauten sich noch die Känguruhs an und dann die Ameisenfresser und die Warzenschweine. Mungos, Wallabys, Moschusochsen. Und dann die Affen — was für eine Offenbarung sie doch waren! Sie sahen wie Tiermenschen aus, und Philip und sein Vater nannten sie das Glied in der Evolutionskette zwischen Menschen und Tieren. Sie brachten Sam mit ihren albernen Spielen und ihrer erstaunlichen Beweglichkeit zum Lachen.

Michael war froh über die Albernheit und das Lachen, denn in seinem Inneren geschah etwas. Oder es würde sehr bald etwas geschehen. Er wartete darauf, tat nichts, um es aufzuhalten, während sich ein übelkeiterregendes Grauen wie ein langsamer, schrecklicher Hunger in ihm ausbreitete. Er lächelte und sprach mit Philip und Sam, wenn sie mit ihm sprachen, aber er hatte das Gefühl, als wüßten sie Bescheid. Zumindest wußten sie etwas, wenn auch nicht alles. Als sie sich zu einem Imbiß unter den Bäumen niedersetzten, bekam er keinen Bissen herunter. Es blieb in seiner Kehle stecken und drohte, ihn zu ersticken.

»Was schauen wir uns denn als nächstes an? Wir könnten zum Reptilienhaus gehen.«

Philip verzog das Gesicht. »Geht ihr nur, ich werde draußen warten.«

»Philip hat Angst vor Schlangen. Ich aber nicht, und ich bin erst sieben. Und er ist ein Mann.«

»Angst trifft es nicht so genau. Ich habe eine Abneigung gegen schleimige Sachen. Eine Eigenschaft, die mir ausgesprochen vernünftig erscheint.«

Michael sagte nichts. Selbst wenn es die Sache war, vor der er die meiste Angst hatte, so mußte er sie sich wohl mit ihnen ansehen.

Und genauso war es auch.

KLEINERE CARNIVORE stand auf dem Schild. »Fleischfresser«, erläuterte Philip, als sie einen Pfad entlang auf eine Gruppe von niedrigen Gebäuden und kleinen, eingezäunten Gehegen zugingen. Sam erinnerte sich noch von einem früheren Besuch her an die Füchse. »Laßt uns zuerst hier hereingehen«, schlug er vor, und obwohl Michaels Blut begonnen hatte, in seiner Kehle zu pochen, ließ er es zu, daß Sam ihn durch die geöffnete Tür eines kleinen Steingebäudes zog, in dem der schwere Geruch dummer, blinder Gefangenschaft hing.

Es gab nicht einmal einen Käfig — zumindest keinen mit Gitterstäben. Die Füchse lebten hinter einer Glaswand, in einer hellen, rechteckigen Schachtel mit einem Holzstamm und etwas vertrocknetem Moos, in dem sie sich verstecken konnten. An der hinteren Wand befand sich ein längliches Fenster, das die gesamte Breite einnahm.

»Das ist einer, glaube ich«, sagte Sam und deutete auf einen grauen, dreckigen Fellball, der halb versteckt hinter dem Baumstamm lag. »Ist das wirklich einer? Beim letzten Mal konnte ich es besser erkennen. Da kam einer ans Glas und hat mich angeschaut.« Er klopfte mit den Knöcheln an die Scheibe.

»Laß das«, sagte Michael, und Sam blickte ihn mit neugierigen Augen an.

Wenn er den Fuchs lange genug anstarrte, konnte er winzige Bewegungen ausmachen, ein kaum merkliches Auf und Ab im Fell über den Schultern. Ansonsten wäre er zu dem Schluß gekommen, daß dieses Tier tot war. Und das schon seit längerer Zeit. Sein schmutziges Fell hatte keine Farbe, keinen Glanz. War er alleine in dem Glaskäfig? Sonst bewegte sich nichts. Vielleicht hielten sie hier das ganze Jahr über Winterschlaf. Was sollten sie auch sonst tun? Füchse lebten für zwei Dinge: Sie rannten und sie versteckten sich. Hinter der Glaswand diese winzigen Käfigs, dieser Schachtel, in der immer Tageslicht herrschte, hätten sie genausogut tot sein können.

MARDER stand auf dem Schild neben dem nächsten Käfig — MARTES AMERICANA.

»Ist das da einer?« Sam preßte sein Gesicht gegen das dunstige Glas. »Ich glaube, da hat sich etwas bewegt. Siehst du? Das braune Ding da.«

»Marder«, wiederholte Michael.

»Sie fressen Eichhörnchen«, las Sam von dem Schild ab, »und Mäuse.«

Und Vögel. Sie sprangen am frühen Morgen oder am späten Nachmittag von Baum zu Baum, legten Meile um Meile durch die Baumkronen zurück, spielten und hielten nach Futter Ausschau. Aus irgendeinem Grund liebten sie bewölkte Tage.

»Die sind langweilig«, entschied Sam und ging weiter.

Wiesel und Hermelin und Stinktiere. Wachbären. Dachse.

Michael brachte es nicht über sich, einen Blick durch das verschmierte Fenster in den schäbigen Käfig der Dachse zu werfen. Zuhause waren sie seine Freunde gewesen. Sie kamen aus ihren Höhlen gekrochen, um miteinander zu spielen, bevor sie auf Nahrungssuche gingen. Für gewöhnlich suchten sie sich einen Stumpf oder einen gefallenen Baum entlang ihrer vertrauten Pfade. Einer kletterte auf den Stumpf und die anderen versuchten, ihn herunterzuziehen. Dieses Spiel spielten sie immer und immer wieder, und sie wechselten sich dabei ab, wer oben war. Und manchmal, in mondhellen Nächten, tanzten sie.

»Laßt uns gehen, das ist ja langweilig. Laßt uns nach draußen zu den Wölfen gehen.«

Canis lupus. Grauwolf.

Sechs von ihnen waren zu sehen. Sie befanden sich in einem rechteckigen Gehege, dessen Längsseite ungefähr fünf Meter maß. Zwischen den Balken des hohen Zauns, der ihn umgab, war Draht gespannt. Kein Baum, kein Schatten. Es roch nach Urin und Fäkalien. Die Wölfe lagen auf der harten, graslosen Erde in der Sonne. Sie sahen verwahrlost aus. Neben einigen Schüsseln mit Wasser, die umgekippt waren oder deren Inhalt faulig roch, lag etwas zu Fressen. Die Gesichter der Wölfe waren leer, ihre Augen ausdruckslos. Er vermochte nicht zu sagen, wer der Anführer war. Vielleicht hatten sie keinen. Ihre Stille war nicht friedlich, sie glich einer Betäubung. Tod.

Ein Wolf kam aus einem Holzverschlag im hinteren Teil des Geheges. Er hatte ein dichtes, silbergraues Fell mit einer schwarzen Krause um die Schultern. Er war größer als die anderen und älter, vielleicht zehn oder elf Jahre. Er verharrte und starrte blinzelnd ins Leere, mit heißer, heraushängender Zunge. Für den Bruchteil einer Sekunde begegneten seine gelben Augen Michaels. Und dann wandten sie sich gleichgültig ab. Ausdruckslos.

»›Der Nordamerikanische Grauwolf führt ein Nomadenleben. Er ist ein gemeines und gefährliches Raubtier‹«, las Sam. »›Seine unbarmherzigen Jagden haben die Caribu-Herden Kanadas und Alaskas dezimiert, und seine Angriffe auf Menschen haben ihn zu einem der meistgefürchteten Fleischfresser gemacht.‹«

»Das ist eine Lüge.«

»Was denn?«

Michael antwortete nicht.

»Was denn?« wiederholte Sam.

»Alles.«

»Warum? Warum, Michael?«

Der große Wolf kam ein paar Schritte vor, drehte sich zweimal im Kreis und ließ sich dann mit der Brust zuerst auf der Erde nieder. Er legte seinen Kopf auf die Vorderpfoten und schloß die Augen.

Michael dachte an den alten Wolf. Er war größer gewesen als der hier, und sein Fell trug ein bräunliches Gold. Er besaß einen weißen Schwanz und weiße Pfoten, und seine Augen hatten die Farbe von Bernstein. Nun, da er sein eigenes Alter kannte, war Michael imstande, die Jahre ihrer Bekanntschaft zu errechnen. Es waren ungefähr vierzehn. Wenn der alte Wolf, sein Bruder, noch am Leben war, so mußte er inzwischen siebzehn oder achtzehn sein. Aber der letzte Winter hatte ihn wahrscheinlich das Leben gekostet.

»Michael?«

Es gab keine Welpen, zumindest nicht hier draußen. Sie pflanzten sich hier nicht fort, da war er sich sicher. Sie lebten und starben hier, und wenn der Zoo noch mehr von ihnen wollte, so stellten sie Fallen auf und fingen sie.

»Michael?« Sam lehnte an seinem Oberschenkel und blickte mit großen, fragenden Augen in sein Gesicht hinauf. »Laß uns gehen, ja?« Er ließ seine Hand in Michaels gleiten und drückte sie.

Sie gingen fort. Philip sagte nichts, aber Michael spürte seinen Blick, der genauso besorgt war wie Sams. »Sollen wir uns jetzt die Seehunde ansehen?« erkundigte sich Philip, bemüht, seiner Stimme einen unbekümmerten Tonfall zu verleihen.

»Oh ja, die Seehunde!« Sam zog an Michaels Hand, lächelte zu ihm auf und versuchte, ihn dazu zu bringen, zurückzulächeln. »Die werden dir gefallen. Die sind lustig.«

Er ging noch ein kleines Stück mit ihnen, doch dann blieb er stehen. »Nein, ich kann nicht.«

Sie erkundigten sich nicht nach dem Grund. »Sollen wir nach Hause fahren?« fragte Philip.

Er nickte, denn das war einfacher. Er sagte nicht, was er eigentlich hätte antworten müssen, nämlich, daß er kein Zuhause hatte.

Sam hatte endlich aufgehört zu reden und schlief, eingelullt durch das Schaukeln des Zuges, an Michaels Schulter gelehnt ein. Auf der anderen Seite des Ganges blickte Philip von seiner Zeitung hoch, in der er das Kreuzworträtsel löste, und lächelte. Michael lächelte zurück.

Für eine Weile hatte er versucht, so zu tun, als seien sie seine Brüder. Manchmal war es ihm wirklich so vorgekommen. Sein kleiner Bruder und sein großer Bruder, und er in Sicherheit in der Mitte — eine Familie. Aber das war nur wie der Traum, den er am Anfang, nachdem er verlorengegangen war, immer und immer wieder geträumt hatte: Seine Mutter und sein Vater fanden ihn im Wald und nahmen ihn mit nach Hause. Sie hielten rechts und links seine Hand und er war in Sicherheit in der Mitte.

Ein Traum. Nicht die Realität.

Wenn er durch das Fenster sah, erblickte er das Blau des Sees durch die Bäume des Jackson Parks. Ganz in der Nähe flogen kleine Häuser vorbei, schäbige Häuser, in denen arme Leute wohnten — das hatte Sam ihm erklärt. Der Zug war voll. Die Leute mußten in den Gängen stehen. Sie hielten sich an Lederschlaufen fest und schaukelten hin und her. Sie rochen nach Schweiß und Frankfurtern und Druckerschwärze. Wenn ihre dunklen, menschlichen Augen über ihn hinwegglitten und manchmal für eine Sekunde verharrten, dann dachten sie sich nichts dabei. Sie waren sich sicher, daß er einer der ihren war.

»South Shore. Nächster Halt South Shore.«

Michael legte seine Hand auf Sams Schultern und lehnte ihn vorsichtig gegen das Fenster. Sam rührte sich nicht einmal.

Philip blickte ihn überrascht an, als er aufstand. »Toilette«, flüsterte Michael. Philip nickte und wandte sich wieder seinem Rätsel zu.

Draußen auf dem Bahnsteig bewegte er sich mit der Menge auf den Ausgang zu, blieb aber kurz vor der Treppe noch einmal stehen. Der Zug ruckte an und gewann schnell an Fahrt. Michael erblickte Sams hellblondes Haar am Fenster. Hinter ihm konnte er die weiße Ecke von Philips Zeitung sehen. Dann waren sie fort, und der Zug nur noch ein huschender Schatten.

Er ging die Treppe hinunter und machte sich auf den Weg in die andere Richtung, zurück zur Stadt.

Kapitel 13

»Was soll das heißen, er war nicht mehr im Zug?«

Philip zog den Stuhl heraus und nahm am Eßtisch Platz. »Genau das, was ich gesagt habe. Er ist aufgestanden, um zur Toilette zu gehen, und das war das letzte Mal, daß ich ihn gesehen habe.«

Sydney starrte ihn an. »Habt ihr nach ihm gesucht? Warum seid ihr denn ohne ihn ausgestiegen?«

Sam stellte sich neben ihren Stuhl. Sie warf einen Blick auf sein Gesicht, legte dann ihren Arm um ihn und zog ihn an sich. »Flip sagt, er ist bestimmt ausgestiegen«, sagte er mit tränenerstickter Stimme. »Er glaubt, daß er fortgelaufen ist.«

»Fortgelaufen!«

»Aber das ist ja schrecklich!« Tante Estelle quetschte ihre Serviette zu einem Ball und ließ sie auf den Tisch fallen. »Der arme Mann! Wir müssen ihn finden. Sollten wir nicht besser die Polizei rufen? Nein — nein. Harley, was denkst du?«

Sydneys Vater nahm seine Brille ab und betrachtete forschend die Gläser im Kerzenlicht. »Hmm«, sagte er. »Hmm.«

Am anderen Ende des Tisches hielt Philip schützend eine Hand seitlich vor das Gesicht, damit Tante Estelle es nicht sah, und warf Sydney einen fragenden Blick zu, der besagte *Was zum Teufel ist denn mit ihr los?* Unter anderen Umständen hätte sie das gewiß zum Lachen gebracht. Aber diesmal setzte sie sich nur in ihrem Stuhl zurück, preßte Sam weiterhin an sich und teilte Philip die Neuigkeit ohne ein Lächeln mit. »Mr. Higgins hat heute nachmittag angerufen. Er hat herausgefunden, wer Michaels Eltern sind. Sie —«

»Wer ist Mr. Higgins?« warf Sam ein.

»Ein Detektiv, der nach Michaels Familie gesucht hat.«

»Und?« erkundigte sich Philip mit großen Augen.

»Nun, sie —«

»Wie es scheint, haben wir Mr. MacNeil unterschätzt«, unterbrach Tante Estelle Sydney mit einem gezierten Lächeln, was diese dazu brachte, die Zähne zu fletschen. Den ganzen Tag über rang sie bereits mit einem mächtigen Zorn auf ihre Tante, obwohl sie wußte, daß er irrational war. »Wie es scheint, ist er —«

»Er ist der Sohn eines Grafen«, sprudelte Sydney hervor, um Tante Estelle die Befriedigung zu nehmen, es als erste verkünden zu können. »Sein Vater ist der Grundherr von Auldearn. Michael heißt offiziell ›Auldearn, der Jüngere‹. Er ist von schottischem Adel.«

Alles war für die Party bereit. Die Arbeiter und die Gärtner waren am späten Nachmittag verschwunden. Die Beete am Rande des Gartens quollen über von Blumen, und überall auf dem Rasen standen Blumentöpfe in bunter Pracht. Die Nachtluft war erfüllt von ihrem Duft. Die Troddeln an den Seiten des gelb-weiß gestreiften Baldachins schaukelten im ersten Licht des Mondes, der sich über dem See erhob. Die Laternen, von denen Michael gesagt hatte, daß sie wie Sydneys Haut aussähen, waren noch dunkel, aber auch sie schwankten fröhlich, wenn das Flüstern der Brise sich in ihren papiernen Seiten fing. Sydney hatte Hochzeiten erlebt, die weniger aufwendig waren als dieses Dinner mit Tanz, das ihre Tante veranstaltete. Aber nun war alles so, wie es sein sollte — bis zur letzten Leinenserviette, die von den Dienstmädchen schneeweiß gebleicht und mit militärischer Genauigkeit gebügelt worden waren.

Welch eine Ironie dagegen, daß Sydneys Privatleben sich niemals zuvor in einem größeren Durcheinander befunden hatte.

»Wo ist er nur, Philip?« fragte sie, umfaßte ihre Knie und blickte in den dunkel werdenden Garten hinaus, als könne sie ihn dort sehen, als vermochte allein ihr Blick seine schlanke, geschmeidige Gestalt auf den Weg zu zaubern, damit er mit seinem schüchternen Lächeln auf sie zutreten konnte.

»Er wird schon zurückkommen.«

»Glaubst du?«

»Gewiß. Ich denke, er wollte einfach einmal etwas Zeit für sich allein haben.«

Sie legte ihr Kinn auf die Knie. Hoffentlich hatte er Recht. Sie wollte sich nur allzu gerne von ihm überzeugen lassen. Aber die Erinnerung an die Dinge, die Michael ihr zuletzt gesagt hatte und an die schrecklichen Sachen, die sie ihm geantwortet hatte, war noch zu frisch und raubte ihr die Ruhe.

»Er war heute traurig«, sagte Philip nachdenklich. »Gar nicht er selbst. Er fand es schrecklich im Zoo. Wir hätten ihn nicht mitnehmen sollen — es war dumm. Ich habe gar nicht darüber nachgedacht.«

»Worüber?«

»Über all die Tiere, die Käfige. Einfach alles. Er fand es schrecklich«, sagte er wieder. »Aber er wollte nicht darüber reden, also haben wir es auch nicht erwähnt. Vielleicht hätten wir das tun sollen. Er ist nicht glücklich, Sydney. Irgendetwas stimmt nicht.«

Ja, und sie wußte auch, was der Grund war. »Oh, Gott«, murmelte sie verzweifelt. Philip begann, ihr leicht den Nacken zu massieren, und trotz allem war ihr das ein kleiner Trost.

»Er wird zurückkommen. Keine Sorge. Das hier ist sein Zuhause. Wir sind seine Familie.«

Sie legte ihre Hand auf den Hals und gab sich Mühe, nicht zu weinen. »Ich habe ihn verletzt«, gestand sie, und sofort traten ihr doch die Tränen in die Augen. »Es ist alles meine Schuld.«

»Komm schon, Sydney. Wovon redest du?«

In ihrem Inneren tobte ein Kampf zwischen dem Verlangen, jemandem ihr Geheimnis mitzuteilen, und der schrecklichen Feigheit, es wirklich zu tun, und all das trug noch zu ihrem Elend bei.

»Ich weiß, daß er in dich verliebt ist.«

Sie richtete sich langsam auf. »Du — er —« Philip ließ seine Hand sinken, als sie ihren Kopf drehte, um ihn anzustarren. »Woher?« stieß sie schließlich hervor.

Er lächelte. »Ich habe Augen im Kopf.«

»Hat er es dir gesagt?«

»Das mußte er gar nicht. Was ist denn nur passiert, Sydney?«

Sie atmete tief durch. »Tante Estelle hat uns zusammen erwischt. Im Eßzimmer«, fügte sie hastig hinzu.

»Aha.« Philip machte einen erleichterten Eindruck, aber er bemühte sich, seine Stimme gleichmütig klingen zu lassen.

»Sie war — nicht sehr erfreut. Ha. Wir hatten eine schreckliche Auseinandersetzung.« Sie erzitterte bei dem Gedanken daran. *Hast du vor, diese Person zu heiraten? Oder suchst du nur ein sexuelles Abenteuer mit diesem Mann?* Das Wort *sexuell* aus dem Mund ihrer Tante zu hören, hatte sie entsetzt. Es hatte so dreckig geklungen, als sie es sagte, daß Sydney für einen Augenblick wirklich beschämt gewesen war.

Philip begann zu lachen. »Das kann ich mir gut vorstellen.«

»Das ist gar nicht witzig. Ich habe Michael erklärt, daß wir nicht mehr zusammen sein dürfen, daß das, was wir getan haben, ein Fehler war. Und dann — ist er einfach gegangen. Er sagte, daß er mich liebt und dann ist er gegangen. Er wußte, daß es vorbei ist.«

Philip reichte ihr ein Taschentuch, und sie verbarg ihr Gesicht darin.

»Und warum weinst du nun?« fragte er leise und strich

ihr über den Rücken. »Ist es das schlechte Gewissen, Sydney, oder was sonst?«

Sie schnupfte ins Taschentuch und antwortete nicht.

»Hm? Was ist los? Du hast dich doch nicht etwa in Michael verliebt, oder?«

Sie spürte, wie ihr Herz zerbrach. »Doch, das habe ich«, erklärte sie mit erstickter Stimme und bedeckte ihr Gesicht aufs Neue. »Das habe ich, das habe ich, das habe ich.« Dieses Geständnis erleichterte sie immerhin ein wenig.

»Nun«, erwiderte er, und seine Schlagfertigkeit verließ ihn ausnahmsweise einmal. »Nun, nun. Da hast du ja keine schlechte Wahl getroffen. Der Sohn eines *Grafen*!«

Eine Art von Hysterie stieg in ihr auf und brachte sie gleichzeitig zum Kichern und zum Schluchzen. »Und Tante Estelle hat schon alles geplant! Alles ist durchdacht — ich sollte morgen bei der Party mit ihm tanzen!«

Philip lachte, und dieses Mal konnte sie ihn deswegen nicht einmal schelten. Sie vermochte zwar nicht einzustimmen, aber das Groteske an der Situation war ihr nicht entgangen.

»Es kommt schon alles wieder in Ordnung«, sagte er tröstend und mußte erneut kichern. »Und denk doch nur: wenn du ihn heiraten solltest, wirst du eine Gräfin! Lady Sydney von Auldearn.«

»All das ist mir egal. Oh, Philip, ich halte das einfach nicht aus. Ich muß ihn sehen, muß mit ihm reden.« Dunkelheit hatte sich während ihres Gesprächs über das Land gelegt. Syndey konnte den Weg, der zum See führte, nicht mehr erkennen. »Wo ist er, Philip? Was macht er wohl gerade?«

Als erstes ließ er die Wölfe frei.

Er fand den Schlüssel zu ihrem Gehege im Schuppen des Wärters. Ordentlich beschriftet hing er an einem Haken neben den Schlüsseln zu den Käfigen der anderen

›Carnivoren‹. Das war leicht. Der Schuppen war nicht abgeschlossen. Er wartete, bis der Wärter die Tiere gefüttert hatte und wegging, und blieb dann noch in seinem Versteck hinter den niedrigen Büschen hocken, bis der Mond am Himmel erschien. So leicht. Menschen waren doch Narren. Er hatte keine Angst vor ihnen, nicht hier, wo er den harten Boden wieder sicher unter seinen nackten Füßen spürte und ihm der reichhaltige, komplizierte Duft der Nacht in die Nase stieg. Er hatte sich seiner Jacke entledigt, aber sein dunkles Hemd und seine dunkle Hose schützten in sehr gut — besser als seine weiße Haut. Damit würde er für diese vor sich hinpfeifenden, murmelnden, dem Feierabend entgegenschleichenden Zoowärter in ihren grünen Uniformen unsichtbar sein.

Acht Wölfe befanden sich im Gehege. Sie lagen einzeln unter dem freien Himmel, niemals zwei zusammen. Sie sprangen auf, erst einer, dann alle, und als er den Käfig aufschloß und das Tor öffnete, wichen sie mit aufgerichteten Ohren und aufmerksamen Augen zurück, witterten ihn.

Dann beging er einen Fehler. Er lockte sie mit einem menschlichen Wort: »Kommt.«

Sie sprangen fort, rotteten sich zusammen. Die Angst machte sie zu einem Rudel. Zwei rannten durch die niedrige Tür in den Verschlag und knurrten von dort aus wütend und mit eingezogenen Schwänzen. Die anderen zogen sich bis an den Zaun zurück und behielten ihn mißtrauisch im Auge. Er machte drei langsame Schritte auf sie zu und ließ sich dann mit seinem Hinterteil zu Boden sinken.

Die Zeit verging, während sie ihn beobachteten, und es war die alte Zeit, die Art, die er niemals in Minuten oder Sekunden messen wollte oder konnte. Er spürte, wie er zurückglitt, wie alles von ihm abfiel: Erinnerung, Zeit, Sehnen, Angst. Bis nichts mehr da war außer dem Hier und Jetzt. Die Wölfe waren ein Teil von ihm, und er war ein Teil von ihnen, und nichts stand zwischen ihnen und der Nacht, dem Himmel, dem Geruch der trockenen Erde und der Berührung der scharfen, dunklen Nachtluft.

Der große Wolf, der Anführer, löste sich aus der Mitte des Rudels und kam auf steifen Beinen auf ihn zu. Seine schwarze Krause um die Schultern hatte sich aufgerichtet. Michael streckte seine Hand mit der Handfläche nach oben aus und spreizte die Finger, um ihm zu zeigen, daß sie leer war. Der Wolf entbößte seine Zähne, bewegte sich aber nicht. Hinter ihm rührten sich die anderen, winselten unsicher, stellten Fragen.

In ihrer eigenen Sprache erklärte Michael ihnen, warum er gekommen war.

Sie erstarrten.

Dann erhob er sich langsam und ging rückwärts durch das Tor. Draußen auf dem Weg blieb er stehen und breitete seine Arme aus. Der große Wolf setzte sich hin und starrte ihn weiterhin an. Dann blickte er über seine Schulter zu den anderen zurück. Sie debattierten schweigend. Schließlich erhob sich der Wolf und lief auf das Tor zu. Die anderen folgten ihm langsam, vorsichtig und zitternd vor Aufregung. Und Michael wich im Rhythmus ihrer Schritte zurück, um den gleichen Abstand einzuhalten.

Ein leises Jaulen ertönte aus dem hinteren Teil des Geheges. In der Dämmerung erblickte er die beiden Wölfe, die in dem Verschlag Schutz gesucht hatten. Sie kauerten nun davor, ein junges, graues Weibchen mit weißem Gesicht und ein Männchen mit völlig grauem Fell. Das Weibchen hatte Angst, und das Männchen wollte es nicht alleine zurücklassen.

Also hatte er Unrecht gehabt. Sie paarten sich doch in Gefangenschaft.

Er trat in den Schatten der Bäume und beobachtete von dort aus, wie der große Wolf in das Gehege zurücktrottete, während sich die anderen im Freien zusammenrotteten und den Boden beschnüffelten, den sie noch nie zuvor betreten hatten.

Zweimal näherte sich der große Wolf den beiden anderen, drehte sich wieder um und trottete aus dem Gehege. Aber sie bewegten sich nicht. Beim dritten Mal folgte ihm das graue Männchen halb bis zum Tor, doch als ihn das Weibchen rief, ging er zu ihr zurück und setzte sich. Sie legte wimmernd das Kinn auf die Rückseite seines Halses und hielt ihn fest. Der große Wolf wandte ihnen herablassend den Rücken zu.

Draußen vor dem Gehege strichen die anderen Wölfe schnuppernd auf und ab. Sie waren verwirrt, und Michael wurde klar, daß sie nicht wußten, was sie tun sollten. Aber er war nicht ihr Anführer, und er hatte keine Ahnung, ob sie ihm folgen würden.

Er begann zu rennen, lief tief gebeugt in der Nähe der Bäume, in sicherer Entfernung von den Lampen, die an Pfosten entlang der Wege brannten. Ein Geruch, ein Geräusch — er blieb abrupt stehen. Ein Mann trat aus dem Schatten eines Gebäudes. Ein Wachmann, kein Wärter. Er trug einen anderen Hut und ließ seinen schwarzen Stock durch die Luft wirbeln. Die Art von Stock, wie O'Fallon ihn immer in seinem Gürtel getragen hatte.

Michael drehte langsam, ganz langsam den Kopf und spähte in die Dunkelheit hinter sich. Es war kein Geräusch, keine Bewegung, nicht einmal ein Atmen zu vernehmen, aber sechs gelbe Augenpaare glitzerten ihn im Mondlicht an.

Der Mann hörte und sah nichts. Er spazierte weiter, und als er außer Sichtweite war und sein Geruch nachließ, rannte Michael wieder los.

Es war nicht mehr weit. Ein Teil des Zoos war eingezäunt, aber nicht der ganze. Er kannte die Grenzen, weil er sie zuvor, als er auf den Einbruch der Dunkelheit wartete, ausgekundschaftet hatte. Ein hinterer Teil des Zoos ging in einen Wald über, der anfangs noch dünn und licht war, dann aber dichter wurde und sich einen steilen, steinigen Hügel hinaufzog. Er hatte keine Ahnung, wie weit der Wald reichte oder was dahinter lag. Aber wenn der Wind richtig stand, konnte er den See riechen. Das mußte ein gutes Zeichen sein.

Die Wölfe waren an ihm vorbeigerannt, aber sie verharrten, wenn er verharrte, drehten sich um und betrachteten ihn. Der Anführer machte einige unsichere Schritte auf ihn zu. *Dort*. Michael blickte zu dem Hügel hinüber, zeigte darauf. Der große Wolf leckte sein Maul, um ihm zu zeigen, daß er keine Angst hatte. Michael erwiderte seinen durchdringenden, nachdenklichen Blick eine ganze Minute lang. Dann plötzlich schüttelte der Wolf den Kopf, daß seine Ohren nur so flogen, wirbelte herum, rannte mit seinem Rudel den Hügel hinauf und verschwand. Der dumpfe Aufprall eines Steins, den eine schnelle Pfote losgetreten hatte, war das letzte Geräusch, das von ihnen zu vernehmen war.

Zu diesem Zeitpunkt hätte er auch rennen können — mit ihnen oder von ihnen weg. Er hätte sich, wenn er losgerannt und erst am Morgen wieder zum Stehen gekommen wäre, in Sicherheit bringen können — zumindest für eine Weile. Aber der Mond stand hoch, und das Jagdfieber schoß durch seine Adern. *Zum Teufel, warum nicht?* wie Philip immer zu sagen pflegte — genauso fühlte er sich. Verwegen, wild. *Zum Teufel, warum nicht?* Er würde sie alle freilassen.

An die Schlüssel zu kommen war leicht. Nicht so leicht war es, die Wiesel und Hermeline dazu zu bringen, ihre überfüllten Käfige zu verlassen und sich in die Bäume des Parks davonzumachen. Die Jungtiere konnten inzwischen laufen. Ihnen schien die Freiheit sogar erstrebenswerter als ihren Eltern. Als sie aufsprangen und losrannten, folgten ihnen die Älteren.

Die Stinktiere ließ er in Ruhe, öffnete lediglich die Käfigtür und lief davon. Sie konnten tun, was sie wollten.

Die Waschbären wollten nicht fort. Sie waren zu zahm und ihnen gefiel es da wo sie waren. Er ging weiter.

Die Marder waren klug. Sie wußten schon, was er vorhatte, bevor er es ihnen zeigen konnte. Er hatte gerade erst das Drahttor zu ihrem Käfig geöffnet, da hasteten sie auch schon Hals über Kopf hinaus und eilten davon — schwarz-braune Wollknäuel, die in Sekunden verschwunden waren.

Aber die Füchse vertrauten ihm nicht. Sie schienen gebrochen, wollten nicht glauben, daß sich etwas ändern könnte. Er mußte mit ihnen laufen, sie wachrütteln, damit sie verstanden. Er verharrte am Fuße des Hügels, bis sie mit geduckten Rücken an ihm vorbei in die Freiheit gerannt waren.

Die Biber lebten in einem umzäunten Gelände, aber sie hatten einen Damm in dem Bach angelegt, der mitten durch den Park lief. Daher ließ er sie in Ruhe. Sie waren bereits frei — ihr Lebenswerk befand sich hier, an diesem Ort. Das gleiche galt für die Otter. Das einzige, was sie benötigten, um glücklich zu sein, war ihre Matschrutsche.

Als nächstes waren die Dachse an der Reihe. Sie waren seine Lieblinge. Und auch die Klügsten - sie wußten genau, warum er gekommen war. Aber sie waren so gutherzig, daß sie einfach nicht gehen wollten. »Nun lauft schon«, forderte er sie auf. »Lauft!« Aber dann wurde ihm klar, daß sie nicht die Fähigkeit besaßen, irgendetwas zu hassen, nicht einmal den Zoo. Welch eine bittere Enttäuschung.

Für die Hirsche mußte er sich andere Schlüssel besorgen. Sie trugen die Bezeichnung *artiodactyla,* und sie lebten in schmalen, staubigen, zertrampelten Gehegen in der Nähe des Eingangs. Das war gut, da konnte er sie direkt durch das Haupttor treiben.

Gut ein Drittel gelangte tatsächlich hindurch, aber der Rest sprang verschreckt und verwirrt im Park umher, und es dauerte nicht lange, bis der Lärm ihrer Hufe und der Geruch ihrer Angst den ganzen Zoo aufgeweckt hatte. Auch die Wachmänner kamen angelaufen.

Er hatte keine Angst. Sie würden ihn nie fangen. Aber er hatte seine Arbeit noch nicht beendet, und er wünschte, er hätte die Hirsche erst ganz zum Schluß freigelassen.

Michael bewegte sich schnell durch die Dunkelheit, umging das Hauptgebäude und schaffte es, den Männern immer wieder auszuweichen, die da und dort mit Laternen und Fackeln herumliefen, sich Fragen zuschrien und Flüche ausstießen. Er besorgte sich die Schlüssel für das Bärenhaus und lief geradewegs darauf zu.

Er ließ die Schwarzbären frei, aber keinen der anderen. Er kannte weder die mächtigen Grizzlys noch die Kolosse von Polarbären. Sie waren wie Löwen oder Elefanten für ihn — Fremde, denen er nicht trauen konnte. Aber Schwarzbären taten niemandem weh. Das einzige, was sie von Menschen wollten war, daß sie ihnen aus dem Weg gingen.

Ein großes Durcheinander war ausgebrochen. Die eingesperrten Tiere kreischten und brüllten, die Wachmänner schrien und liefen ziellos durch die Gegend. Michael hatte seine Schuhe und seine Jacke unter einer Hecke in der Nähe des Hauptgebäudes versteckt. Er würde sie brauchen, wenn er hier herauswollte. Er durfte auf der Straße nicht auffallen, keine Aufmerksamkeit auf sich ziehen. Er bemühte sich, die beleuchteten Wege zu vermeiden, doch plötzlich vernahm er das Kratzen eines Schuhs auf den Steinen. Ein Mann marschierte aus dem Gebüsch und kam geradewegs auf ihn zu. Es war zu spät, sich zu verstecken — er hatte ihn bereits gesehen. Michael rannte auf ihn zu.

»Hey! Halt!« Der Mann sprang in der letzten Sekunde zur Seite. Sein vom Mondlicht erleuchtetes Gesicht starrte ihn überrascht an. Er folgte ihm, schrie ihn an, stehenzubleiben und brüllte dann: »Haltet ihn, das ist der Mann! Haltet ihn fest!«

Ein weiterer Wachmann mit einer Laterne tauchte auf dem Weg auf. Als er Michael erblickte, setzte er sie auf dem Boden ab und hob zum Kampf bereit die Fäuste. Michael änderte die Richtung und rannte um ihn herum.

Es war nun zu spät, um seine Kleidung zu holen, da sich zu viele Leute ringsum aufhielten. Er eilte in die andere Richtung auf den Wald zu.

Überall liefen Hirsche herum, hinter denen er sich ab und zu verstecken konnte.

Er verlor jedoch seine Deckung, als ein lautes *Peng* die Hirsche auseinandertrieb. Er kannte dieses Geräusch. Jedes Tier wußte, was es war. Ein Schuß.

Peng. Noch einmal. Wieder aus der Richtung des Wolfsgeheges. Alles in ihm drängte zur Flucht, drängte ihn dazu, sich vor diesem Geräusch in Sicherheit zu bringen. Er machte einige Schritte ins Gehölz und kehrte dann doch wieder auf den asphaltierten Weg zurück. Seine Füße verursachten ein lautes, klatschendes Geräusch auf dem harten Boden, als er über einen langen, flachen Abhang auf die Schüsse zueilte.

Zwei Männer, einer mit einer Laterne, ein anderer mit einem Gewehr. Sie hatten die beiden zurückgebliebenen Wölfe in die Enge getrieben. Das Weibchen war durchgedreht. Verrückt vor Angst machte sie immer wieder einige kurze Sprünge in Richtung der Männer, knurrte und warf sich dann gegen den Zaun, versuchte zu entkommen.

Der Mann legte sein Gewehr an. Michael war noch zu weit entfernt, um ihn aufhalten zu können. Er schrie: »*Nein*«, doch in derselben Sekunde ging das Gewehr los. Die Wölfin gab ein hohes Jaulen von sich, als ihr Körper gegen den Zaun zurückgeworfen wurde. Sie verharrte dort einen Moment und fiel dann zu Boden. Blut spritzte auf das Weiß ihrer Halskrause. Sie zuckte und blieb dann bewegungslos liegen. Ein deutlich hörbares Klicken bedeutete, daß er noch einmal schießen würde.

Michael rannte aus vollem Lauf in ihn hinein. Das Gewehr ging los und im selben Moment stieß der Mann einen Schrei aus. Das Gewehr flog ihm aus den Händen, und sie fielen beide zu Boden, wälzten sich verzweifelt hin und her und jeder versuchte die Hände des anderen zu packen. Michael sah, daß der graue Wolf wie erstarrt mit steifen Beinen dastand, die Augen verrückt vor Trauer. *Lauf.* Geräusche rennender Männer, schreiender Männer. *Lauf.* Der Mann, gegen den er kämpfte, schlug ihm mit der Faust ins Gesicht, und er schmeckte Blut. Als er wieder hinsah, war der Wolf verschwunden.

Jemand packte ihn bei den Haaren und riß seinen Kopf zurück. Er knurrte vor Wut, schnappte mit seinen Zähnen in die Luft und versuchte, sich aus dem Griff zu winden. Laut schreiende Männer mit wilden Augen scharten sich um ihn, sprangen jedoch zurück, als er auf sie zuhechtete. Er vernahm das klickende Geräusch des Gewehrs, und das Blut gefror ihm in den Adern. Ein schwarzer Stock rettete ihn. Bevor das Gewehr losgehen konnte, senkte sich der Stock auf Michael und traf ihn zuerst an der Schulter und dann an der Wange. Doch er stürzte über seinen Feind hinweg und wurde schon nach einigen großen Sätzen gnädig von der Dunkelheit umschlossen.

Tante Estelle vermochte sich nicht an ihrer Party zu erfreuen. Sie hatte sich gewünscht, daß das Thema des Abends, der Mittelpunkt der Gespräche ihrer wichtigen Gäste Sydneys zweites gesellschaftliches Debüt sein sollte. Statt dessen sprachen alle über den Verrückten, der in den Zoo eingebrochen war und die Tiere freigelassen hatte.

»Ich habe gehört, daß die Elefanten durchgegangen sind.« Lincoln Turnbull zog Sydney näher an sich heran, als er ihr dies erzählte und hob seine Stimme über die

Walzermusik von Reggie Arrows Orchester, das im hinteren Teil der Terrasse spielte. »Randy Collier hat gehört, daß die Löwen die Leoparden angegriffen haben, die Tiger die Löwen und die Bären alle anderen.«

Sydney wandte ihr Gesicht ab.

»Die *Tribune* schreibt, das nur ein paar Arten freigelassen wurden, aber der *Morning Herald* spricht von allen. Sie treiben angeblich selbst noch im Oak Park Hirsche zusammen.«

»Das ist mit Sicherheit übertrieben. Die Zeitungen schreiben ja nie die Wahrheit.« Die Schärfe in ihrer Stimme ließ ihn verstummen. Sie überlegte kurz, sich zu entschuldigen — schließlich war er ihr Gast — aber sie bedauerte nicht, was sie gesagt hatte. Wenn sie heute abend auch nur noch *ein* weiteres Mal eine Zoogeschichte zu Ohren bekäme, würde sie bestimmt durchdrehen. In der Nachmittagszeitung hatte gestanden, daß der Verrückte, der die Tiere befreit hatte, ›durch Knüppelschläge gebändigt wurde‹, bevor es ihm doch noch gelang, die Wachmänner abzuschütteln und zu fliehen. Dieser Satz jagte ihr einen Schauer über den Rücken. Sie hatte ständig vor Augen, daß Michael verwundet und verängstigt irgendwo alleine umherirrte und nicht nach Hause zurückkehren konnte.

Sie warf einen Blick auf ihre Uhr, die sie an dem Handgelenk trug, das sie auf Lincolns breite, kräftige Schulter gelegt hatte. Zwanzig vor acht. Er war seit vierundzwanzig Stunden vermißt. Inzwischen hatten sich mindestens ein Dutzend Leute bei ihr nach ihm erkundigt. »Wie ich höre, soll er inzwischen ja recht zivilisiert sein«, hatte Marjorie Clemens, die sie noch nie leiden konnte, albernerweise hinzugefügt. »Ich kann es kaum erwarten, ihn kennenzulernen. Wo ist er denn?« »Oh, hier irgendwo«, hatte sie ausweichend geantwortet und sich umgesehen, als befinde er sich irgendwo auf dem Rasen oder würde mit Sam unter dem gestreiften Baldachin Shrimp-Toast essen. Sie hatte alle Fragen auf diese Weise beantwortet — wenn sie sie überhaupt beantwortete. Manchmal tat sie auch so, als habe sie nichts gehört. Zu spät wurde ihr klar, daß sich die Familie besser eine Geschichte ausgedacht hätte. Was wohl Philip sagte oder Papa oder Sam?

Oh, Michael. Ihr Blick wanderte über die Baumreihen, als Lincoln sie zum Rhythmus der Musik auf der Terrasse herumwirbelte. Ob er wohl irgendwo da draußen war, sich versteckt hielt und zusah? Was in aller Welt hatte er sich nur dabei gedacht? Wie konnte er nur so etwas Verrücktes tun? Oh, wenn er doch nur nach Hause kommen würde!

Lincoln sagte etwas und sie nickte, lächelte, tat so, als höre sie ihm zu. Wäre es nicht vielleicht sogar besser gewesen, wenn sie ihn gefangen hätten? Dann wäre er zumindest in Sicherheit. Nun suchten Männer mit Gewehren nach ihm. Gott sei Dank wußten sie bisher nicht, nach *wem* sie suchten. Und wenn sie ihn fanden —

»Die Musik ist zuende.«

»Was? Oh.« Sie ließ ihre Arme fallen und lachte, um ihre Unbeholfenheit zu überspielen.

Lincoln blickte sie besorgt an. »Sydney, was ist denn los? Geht es dir gut?«

»Ja, alles in Ordnung, es ist nur, na ja, die Aufregung. Partys haben immer diese Wirkung auf mich. Zumindest meine eigenen. Oh — meine Tante wirft mir einen ihrer berühmten Blicke zu, das heißt, daß sie etwas von mir will.« Ihre Tante sah sie nicht einmal an. »Entschuldige mich bitte, ja?«

»Sydney —«

»Ich komme zurück. Versprochen.« Sie zwinkerte ihm zu, bis er lächelte, und eilte davon.

Das Orchester begann ein neues Stück. Sie setzte einen entschlossenen Gesichtsausdruck auf, damit sie niemand zum Tanzen aufforderte und schob sich durch die Menge zum Rasen. Luft, sie brauchte unbedingt etwas Luft.

Wenn sie doch nur fünf Minuten für sich alleine hätte —

»Sydney?«

Camille, die ein Kleid aus schimmerndem Organza trug und wunderschön aussah, legte eine Hand auf ihren Arm und hielt sie an. Ihre blauen Augen, die Spencers so sehr glichen, wenn sie sich in den Winkeln kräuselten, blickten sie voller Sorge an. »Ist bei dir alles in Ordnung?«

Warum fragten die Leute sie das nur andauernd? »Ja, alles in Ordnung. Sehe ich etwa nicht so aus?«

»Du siehst wunderhübsch aus«, erwiderte Cam schnell. »Dein Haar gefällt mir besonders gut. Du mußt mir einmal zeigen, wie man diese Frisur hinbekommt.«

»Was? Oh, natürlich.« Sie strich sich geistesabwesend über den Kopf. »Cam, tu mir einen Gefallen und tanz mit Lincoln, ja?«

»Mit Lincoln?«

»Das macht dir doch nichts aus, oder?«

»Nein, aber warum? Fällt er dir auf die Nerven?«

»Nein, nein, er ist nur ... ach, du weißt schon.«

Cam blickte sie befremdet an. »In Ordnung, wenn du es möchtest.«

»Danke.« Das würde ihn für eine Weile beschäftigen, ihn ihr vom Hals halten. Sie ließ Cam einfach stehen, ohne sich von ihr zu verabschieden.

Sydney grüßte, lächelte, tanzte, redete, lachte, wobei sie stets anstrebte, von dort, wo sie sich gerade aufhielt, so höflich und so unauffällig wie eben möglich wieder zu verschwinden. Die Zeit schlich dahin. Eine Stunde ging vorbei, aber als sie das nächste Mal auf die Uhr sah, waren erst wieder zehn Minuten vorüber. Wie sollte sie das nur aushalten? Wenn der Abend nicht bald zuende war, würde sie wirklich noch den Verstand verlieren.

»... so eine nette Idee, draußen zu feiern! Und haben wir nicht Glück, daß das Wetter mitspielt? Was wäre nur passiert, wenn es geregnet hätte?«

Sie antwortete irgend etwas, aber ihr ruheloser Blick

wanderte am Kopf ihrer Freundin Helen Ivy vorbei und blickte wie immer suchend über die tanzende Menge. Charles West, der alleine am Ende der Terrasse stand, starrte zurück, ohne auf ihr zögerndes Lächeln zu reagieren. Ihr forsches Auftreten, daß sie seit einiger Zeit ihm gegenüber an den Tag legte, hatte ihm wohl endlich klar gemacht, daß er umsonst um sie warb. Doch er hatte nicht nur aufgehört, sie um ihre Hand zu bitten, sondern wechselte nun überhaupt kein Wort mehr mit ihr. Seine Wut kam ihr ungerecht vor — sie hatte ihn unter den gegebenen Umständen so sanft wie nur eben möglich behandelt. Aber sie war wohl verständlich. Sollte sie zu ihm hinübergehen und mit ihm reden, so tun, als sei nichts geschehen? Er schien sich in seiner geborgten Abendgarderobe sichtlich unwohl zu fühlen und strich sich mit einer Hand ständig über seinen rötlichen Bart. Sie seufzte. Welchen Sinn sollte das haben? Wahrscheinlich würde er sich dann wieder falsche Hoffnungen machen. Außerdem gingen ihr im Augenblick zu viele andere Dinge im Kopf herum.

Mrs. Prettiman, eine Freundin ihrer Tante, die Sydney schon ihr ganzes Leben kannte, trat zwischen zwei Tänzen auf sie zu und richtete so liebe Worte an sie, daß Sydney sich zusammenreißen mußte, um nicht in Tränen auszubrechen. Wie nahe an der Oberfläche ihre Emotionen heute abend doch waren!

Philip bewahrte sie davor, sich in Verlegenheit zu bringen. »Guten Abend Mrs. P.«, sagte er atemlos, trat hinter Sydney und legte ihr die Hände auf die Schultern. »Darf ich Ihnen meine Schwester für einen Moment entführen? Dringende Gastgeberpflichten.«

Die beiden Frauen umarmten sich voller Zuneigung, und dann ließ Sydney sich von Philip wegführen.

Als sie kurz darauf mit ihm allein war, hatte sich sein Gesichtsausdruck völlig geändert. Alle Fröhlichkeit war daraus verschwunden. »Was ist los?« Sie umklammerte seinen Arm. Die Angst, die sie plötzlich überfiel, ließ sie flüstern. »Was ist passiert?«

»Sie sind hier. Sie haben es herausgefunden.«

»Wer? Oh, Gott! Die Polizei?«

Er nickte grimmig. »Sie sind mit Dad im Arbeitszimmer. Sie befragen ihn gerade.«

Detective Lieutenant Moon streckte sein dickes, bläuliches Kinn hervor und kläffte wie eine Bulldogge. »Sind Sie sicher, daß er nicht hier ist? Wie lange ist er denn schon fort? Warum haben Sie ihn nicht als vermißt gemeldet?«

Sydneys Vater ging in Deckung, indem er sich auf die Suche nach seinem Tabak machte, Schubladen hervorzog und hineinspähte. »Warum setzen Sie sich nicht?« sagte er freundlich, den Kopf halb unter seinem Schreibtisch versteckt. »Warum nehmen Sie und Ihr Kollege nicht Platz?«

Moon kreiste nur mit den Schultern und nahm eine noch bedrohlichere Haltung an. Sydney erkannte mit sinkendem Mut den Typ Mann, den er verkörperte: reiche Leute machten ihm Angst, und er überdeckte die Einschüchterung mit Aggressivität. »Wir wissen, daß er derjenige ist, den wir suchen. Also, wer hat ihn zuletzt gesehen?« Er warf Sydney, ihrem Vater und Philip einen wütenden Blick zu.

»Woher wollen Sie denn wissen, daß es Michael war?« erkundigte sich Sydney und versuchte, gleichzeitig unbekümmert und leicht beleidigt dreinzuschauen. »Welchen Beweis haben Sie?«

Lieutenant Moons Gesicht hatte die Form einer Birne, alles Fleisch hing unten. Wenn er lächelte, sah er besonders häßlich aus, wie ein verdorbener Kürbis. Er zog ein Blatt Papier aus seiner Tasche. »Hier ist der Beweis. Schwarz auf weiß.«

Sie trat näher. Philip stöhnte leise auf, aber sie erkannte

Sams Kunstwerk erst, als sie die ordentliche Handschrift unten auf dem Blatt erblickte: MICHAEL MACNEIL VON SAMUEL ADAIR WINTER.

»Wo haben Sie das her?« erkundigte sich Papa interessiert.

»Es befand sich in der Tasche einer Jacke, die wir unter einem Busch gefunden haben. Im Zoo«, fügte er hinzu. »Zusammen mit einem Paar Schuhe. Der Kerl, der die Tiere aus ihren Käfigen gelassen hat, trug keine Jacke und er war barfuß.«

»Aber die Sachen könnten trotzdem jemand anderem gehören«, erwiderte Philip mit schwacher Stimme.

Der Lieutenant wandte sich seinem Assistenten, Sergeant Irgendwie, zu. »Zeigen Sie's ihnen«, sagte er, und der andere Mann öffnete einen Kleidersack, zog eine zerknitterte graue Jacke und ein Paar feste, rehbraune Schuhe hervor. »Erkennen Sie die?«

Niemand antwortete.

»Nun?«

Philip öffnete den Mund, aber bevor er antworten konnte sagte Sydney: »Sie gehören Michael.« Sie war sich sicher, daß er vorhatte, den Polizisten anzulügen, und das hätte die ganze Sache nur noch schlimmer gemacht. »Das sind Michaels Sachen. Mein Bruder hat sie ihm gegeben.«

Moon nickte säuerlich und zog ein Notizbuch aus der Tasche. »Also gut. Sie sagen, er sei nicht hier. Er sei seit gestern morgen verschwunden. Wer hat ihn zuletzt gesehen?«

»Ist er verletzt?« Sydney trat näher auf ihn zu, ignorierte die Frage und schenkte auch dem düsteren Stirnrunzeln des Lieutenants keine Aufmerksamkeit. »Wie konnte er entkommen? In der Zeitung stand, daß er niedergeknüppelt worden sei.«

»Ja«, brummte Moon, »aber offenbar nicht fest genug. Die Wachleute dachten, er würde ohnmächtig, und als sie ihm für eine Sekunde den Rücken kehrten, da rannte er auch schon auf die Hügel zu. Also, wer hat ihn zuletzt gesehen?«

Während Philip seine Antworten so kurz und genau wie nur eben möglich hielt, entzündete Papa seine Pfeife und blies Tabakwolken um seinen Kopf. Sydney trat an die mit Vorhängen verhüllte Terrassentür. Sie zog den Stoff ein wenig zur Seite, starrte auf die tanzenden Laternen hinaus und beobachtete die fröhlichen und ahnungslosen Gäste. Angst erfüllte ihre Ohren mit einem Summen, das die Klänge der Musik übertönte und es ihr unmöglich machte, nachzudenken. »Was werden Sie mit ihm machen, wenn Sie ihn finden?« hörte sie Philip fragen. »Was wird ihm überhaupt vorgeworfen?«

»Unbefugtes Betreten, Diebstahl, Einbruch, grobe Fahrlässigkeit, Vandalismus. Das sollte erst einmal reichen.«

Aller Mut verließ sie. Die Zeitungen hatten den Vorfall als Sensation, als einen — wenn auch gefährlichen und teuren — Streich geschildert, aber das Gesetz sah es offenbar etwas anders.

»Wir werden um das Haus eine Patrouille aufstellen, für den Fall, daß er zurückkommen sollte«, fuhr Moon fort. »Bis dahin würde ich Ihnen raten, vorsichtig zu sein.«

»Warum?«

Moon blickte Sydney stirnrunzelnd an. »Weil der Mann gefährlich ist. Und außerdem verzweifelt. Wer weiß, was er als nächstes anstellen wird.«

»Er ist nicht gefährlich«, erwiderte sie mit wütender Stimme und erstarrte. »Er ist nicht gefährlich«, wiederholte sie mit geändertem Tonfall und kämpfte gegen die aufsteigende Panik an. Sie trat auf den Schreibtisch ihres Vaters zu und blickte ihn flehend an. »Papa, sag ihnen, daß Michael nicht gefährlich ist.«

»Hm? Natürlich ist er das nicht.« Der geistesabwesende Ausdruck verschwand aus seinen Augen. Er verstand, was ihr Angst machte. »Meine Tochter hat recht — kein

Grund, MacNeil wie einen Kriminellen zu verfolgen. Der Mann ist nicht gewalttätig, nie gewesen.«

»Mit anderen Worten«, warf Philip mit angespannter Stimme an, »Waffengewalt ist nicht notwendig.«

Lieutenant Moon mißverstand ihn. »Wenn Sie sich um Ihre Party sorgen«, erwiderte er verächtlich, »so besteht kein Grund dazu. Meine Männer werden diskret sein. Keiner ihrer überaus wichtigen Gäste wird auch nur bemerken, daß sie hier sind.«

Wie aufs Stichwort flog die Tür zum Korridor auf und Tante Estelle platzte ins Zimmer. »Harley — überall ist Polizei — wir ... wir sind ruiniert, wir —«

Sydney hatte noch nie gesehen, wie ihre Tante ohnmächtig wurde. Sie machte das sehr gut. Sie schaffte es sogar noch bis zum Sofa und sank anmutig darauf nieder, ehe sie das Bewußtsein verlor.

Um vier Uhr früh am Montag kletterte Sydney aus dem Bett, zog sich ihren Morgenmantel über und schlich nach unten. Hector begrüßte sie im Arbeitszimmer ihres Vaters, wo er seit Michaels Verschwinden schlief, rollte sich auf den Rücken und klopfte mit seinem Schwanz auf den Boden. »Schhh«, beruhigte sie ihn und kniete sich hin, um seine Brust zu kraulen. »Du vermißt ihn auch, nicht wahr?« Hector war durch die ganze Aufregung und das Hin und Her vor der Party eh schon durcheinander gewesen, und dann waren auch noch all die fremden Männer, die Zeitungsreporter und die Polizisten gekommen, und hatten unablässig vor dem Haus herumgelungert.

Aber nun beruhigten sich die Dinge langsam. Die Journalisten waren abgezogen, und die Polizeistreife, die das gesamte Grundstück in 30-Minuten-Intervallen abschritt, war auf zwei Männer reduziert worden. Lieutenant Moon war zu der Entscheidung gekommen, daß mehr Männer überflüssig seien — ganz besonders, nachdem Papa ihm versprochen hatte, sofort anzurufen, sollte Michael wirklich nach Hause kommen. Er hatte keine andere Wahl gehabt, das sah Sydney inzwischen ein.

Sobald der letzte geschockte und gleichzeitig faszinierte Gast Samstagnacht die Party verlassen hatte, war Tante Estelle zu Bett gegangen und seither nicht mehr aufgetaucht. Auch Papa nahm es schwer — und nicht etwa nur, weil das, was Michael getan hatte, sowohl in politischer als auch beruflicher Hinsicht an der Universität Folgen für ihn haben würde. Er machte sich aufrichtige Sorgen um Michael selbst — um den Menschen Michael, nicht um die wissenschaftliche Versuchsperson.

Philip gab sich aus unerfindlichen Gründen die keinen Sinn ergaben, die Schuld an allem. »Ich hätte es besser wissen müssen«, sagte er immer wieder, oder auch: »Ich hätte ihn nicht gehen lassen dürfen.«

Sam suchte überall nach Michael. Er nahm Hector zu langen Spaziergängen in die Umgebung und entlang des Sees mit. Michaels Zoo-Eskapade hatte seine Fantasie angeregt und ihn in seinen Augen zu einem noch größeren Helden gemacht. Er wollte immer und immer wieder davon hören, wie Michael die Tiere befreit hatte, welche wieder eingefangen worden waren und welche entkommen konnten. Zur selben Zeit wurde ihm jedoch ganz langsam bewußt, daß er seinen Freund möglicherweise niemals wiedersehen würde.

Sonntag abend, als Sydney ihn zu Bett brachte, hatte er geweint. »Was ist, wenn er nicht wieder zurückkommt? Was, wenn er versucht, zurückzukommen, und sie tun ihm weh? Was ist, wenn sie ihn fassen und ins Gefängnis werfen?« Sie hatte seine Tränen getrocknet und ihn so gut es eben ging getröstet, aber tief in ihrem Inneren hätte sie am liebsten mit ihm geweint.

Hector rollte sich plötzlich auf den Bauch und lief winselnd zu der geschlossenen Terrassentür hinüber. »Schhh«, herrschte sie ihn an, folgte ihm jedoch, zog den Vorhang zurück und blickte hinaus. Nichts. Nur Dunkelheit. Dennoch brachte sie etwas dazu, die Tür aufzuschließen und einen Spalt weit zu öffnen. Und bevor sie überhaupt wußte, wie ihr geschah, flüsterte sie Hector zu: »*Bleib hier*«, hielt ihm den nackten Fuß vor die Brust, um ihn zurückzuhalten und schlüpfte nach draußen.

Der Halbmond schien direkt über ihr, von einem wolkenlosen Himmel. Sie fühlte sich in ihrem dünnen, weißen Nachthemd verletzlich und entblößt. Aber sie schlich trotzdem auf Zehenspitzen zum Terrassenrand, angezogen von etwas Übermächtigem, einem Gefühl, von dem sie *wußte,* daß es mehr als nur Hoffnung war. »*Michael?*« flüsterte sie und bemühte sich, in der Dunkelheit etwas zu erkennen. War das eine Bewegung dort zwischen Bäumen? Neben der Gartenmauer? Sie starrte, bis ihre Augen zu tränen begannen, hörte auf zu atmen, um jedes auch noch so kleine Geräusch erlauschen zu können.

Nichts.

Ihre Schultern sackten nach unten. Er war nicht da. Die Polizei hatte Unrecht: Ihr Haus war der *letzte* Ort, den er aufsuchen würde. Michael wußte genau, wie man weglief und sich in Sicherheit brachte. Er wäre ein Narr, hierher zurückzukommen.

Sie drehte sich um.

Und da war er, im Schatten des Mondes. Sie verspürte keine Angst, sie wußte, daß er es war, obwohl sie nichts weiter als den düsteren Umriß eines Körpers ausmachen konnte. Ihr Herz zog sich zusammen. Sie rannte auf ihn zu, erkannte den erstaunten Ausdruck auf seinem erschöpften Gesicht, ehe sie sich in seine Arme warf. »Michael.« Es kam wie ein ersticktes Schluchzen aus ihrer Kehle. Seine Arme schlossen sich um sie, hoben sie hoch, während er seinen Mund auf ihre Wange, ihren Kiefer und schließlich auf ihre Lippen preßte. Vor Erleichterung wurde ihr ganz schwach, und als er sie wieder auf den Boden setzte, da drohten ihr die Knie zu versagen. »Beeil dich«, sagte sie, »komm rein!«

»Nein.«

Sie verharrte und blickte ihn an. »Aber die Polizisten —«

»Sie sind vorne.«

»Na schön, aber komm herein, du —«

»Nein, Sydney.«

»*Warum denn nicht*?« Sie flüsterten beide.

»Ich wollte dich nur noch einmal sehen. Um Lebwohl zu sagen.«

»Verdammt. Verdammt, Michael! Wenn du nicht reinkommen willst —« Sie begann zu weinen.

»In Ordnung.« Sie umklammerte seine Hand so fest, daß er zusammenzuckte. »Nur für eine Sekunde«, sagte er und folgte ihr ins Haus.

Hector war wie von Sinnen. Sie mußte die Tür zum Korridor schließen, damit sein Freudengeheul nicht das ganze Haus aufweckte. Michael setzte sich zu ihm auf den Boden, um ihn zu beruhigen. Sydney entzündete eine Kerze. Sie sah ihnen lächelnd zu, wischte sich die Tränen aus dem Gesicht und setzte sich schließlich ebenfalls auf den Boden. Sie tätschelten Hector, der zwischen ihnen lag, tätschelten sich gegenseitig die Hände, beugten sich zueinander und küßten sich erneut. »Du siehst schrecklich aus«, sagte sie zärtlich. Der Anblick seiner nackten Füße ließ neue Tränen in ihren Augen aufsteigen. »Wie geht es dir?«

»Gut. Ich bin nur müde.«

Er sah erschöpft aus. Und dreckig und hungrig. Auf der Wange hatte er einen Bluterguß. »Wo bist du gewesen?«

»Hier.«

»Hier? Die ganze Zeit?«

Er nickte. Er beugte seinen Kopf zu dem Hund hinunter, sah sie aber durch die Locken, die ihm in die Stirn fielen, an. »Ich dachte, du bist wütend auf mich.«

»Aber warum?«

»Wegen der Dinge, die ich getan habe.«

»Oh, nein, Michael. Ich habe mir schreckliche Sorgen

um dich gemacht, aber ich war nicht wütend.« Doch eins mußte sie einfach fragen. »Warum hast du es getan?«

Er blickte sie an, und zuerst dachte sie, er versuche, sie einzuschätzen, denke darüber nach, ob er ihr eine ehrliche Antwort anvertrauen könne. Aber seine Augen waren nur zärtlich und liebevoll, und am Ende sagte er nur: »Ich mußte es einfach tun. Und nun habe ich keine Zeit mehr, um es dir zu erklären. Ich muß fort. Für immer.«

»Aber das geht nicht«, erwiderte sie mit tonloser Stimme.

Er schüttelte den Kopf und erhob sich.

»Sie werden dich finden!«

»Nein, das werden sie nicht.« Er wich einige Schritte zurück.

»Michael!« Zusammen mit der Panik kam ihr der rettende Gedanke. »*Michael Terence James Brodie MacNeil.*«

Das ließ ihn erstarren. Sein Gesichtsausdruck brachte sie beinahe zum Lachen. »Was?«

»Das bist du!«

Er hatte Schwierigkeiten, die Worte hervorzubringen. »Das bin ich«, stimmte er ihr schließlich mit weit aufgerissenen Augen zu.

Sie trat auf ihn zu, ihr Herz war voller Schmerz. »Dein Vater ist Terence MacNeil. Er ist der Grundherr von Auldearn. Deine Mutter heißt Elizabeth. Dein Heim ist ein Schloß in den schottischen Highlands. Du bist Michael, der Jüngere von Auldearn.«

»Auldearn.« Er sprach es seltsam aus, nicht so, wie sie es gesagt hat. *All-dern.* Seine grauen Augen hatten einen entrückten Ausdruck, ganz so, als erinnere er sich an etwas.

»Verstehst du nun, warum du nicht weggehen kannst?« sagte sie leise und strich über die Bartstoppeln auf seiner Wange. »Der Detektiv hat nach Schottland telegrafiert, und sobald er deine Eltern gefunden hat, werden sie kommen, um dich zu sehen. Sie werden dir helfen.«

»Aber ich habe keine Zeit. Wenn ich bleibe, wird mich die Polizei ins Gefängnis sperren.«

»Aber wenn sie dich fassen —«

»Das wird nicht geschehen.«

»Vielleicht doch. Wir sind hier nicht in der kanadischen Wildnis, Michael, hier ist die richtige Welt. Hier bist du verletzlich. Kannst dich nicht verteidigen«, erklärte sie, als er ungeduldig den Kopf schüttelte. »Hier bist du ihnen schutzlos ausgeliefert, denn das ist nicht deine Welt, sondern die ihre, und sie werden dich finden.«

»Nein, das werden sie nicht.«

Sie hätte am liebsten mit dem Fuß auf den Boden gestampft und seine Schultern geschüttelt. »Und ob! Verstehst du denn nicht, du mußt dich *verstecken* und nicht weglaufen! Und wenn erst einmal deine Eltern hier sind, dann wird alles anders sein.«

»Warum?«

»Weil — so läuft es nun einmal! Im Moment bist du noch ein Niemand, aber wenn Leute hinter dir stehen, wichtige Leute, dann ist alles anders.«

Er blickte sie skeptisch an, sagte aber: »Gut, dann werde ich mich verstecken.«

Sie umarmte ihn triumphierend. »Aber nicht da draußen.« Sie deutete auf die Tür. »Da draußen suchen sie nach dir. Das ist zu gefährlich.«

»Aber wo denn dann?«

»In meiner Welt. Das ist der letzte Ort, an dem sie nach dir suchen werden. Bleib einfach hier, Michael und versprich mir, daß du nicht weglaufen wirst. Bleib bei Hector. Ich bin gleich wieder da, es wird nicht lange dauern.«

»Sydney —«

»*Versprich es mir.*« Ihre Augen flehten ihn an, ihr zu vertrauen.

»Also gut. Ich verspreche es.« Er blinzelte, als sie ihn auf die Lippen küßte. »Was hast du vor?«

»Ich werde mich anziehen und eine Tasche packen.«

»Wohin gehen wir denn?«

Die Idee mußte schon die ganze Zeit über in ihr geschlummert haben, ohne, daß sie sich dessen bewußt gewesen war, denn plötzlich hatte sie einen genauen Plan im Kopf. »Wir gehen ins Palmer House Hotel.«

Kapitel 14

»Mr. und Mrs. Vernon Tuttle, Topeka, Kansas.« Michael schrieb die Buchstaben so schnell er konnte und bemühte sich, den scharf dreinblickenden Mann hinter der Marmortheke zu ignorieren, der jeden seiner Schriftzüge genau beobachtete. Als er fertig war, blickte er auf das, was er geschrieben hatte und wünschte, er könne es noch einmal versuchen. Es sah alles falsch aus. Der Mann würde wissen, daß es Betrug war.

»Willkommen in Palmer House, Mr. und Mrs. —« Das Hotelregister lag auf einer Drehscheibe. Der Portier ließ sie herumwirbeln und las: »Tuttle. Aus Kansas. Wie geht es Ihnen? Sind Sie gerade erst angekommen?«

Sein Verstand blockierte. Es fiel ihm nichts weiter ein als: »Gut. Ja.«

Sydney umfaßte seinen Arm und lehnte sich gegen ihn. »Frag' ihn nach dem Zimmer, Vern«, sagte sie mit leiser Stimme, die aber laut genug war, daß der Portier sie hören konnte. »Sag ihm, was wir gerne hätten.«

Michael räusperte sich. »Wir haben gerade geheiratet«, fing er an. »Wir würden gerne —«

»Meine allerherzlichsten Glückwünsche! Wie nett.«

»Ja. Danke«, erwiderte er und geriet ein wenig aus der Fassung. Nun mußte er wieder ganz von vorne beginnen. »Wir haben gerade geheiratet und hätten gerne die Honeymoon Suite, aber wir haben nicht reserviert.« Er atmete langsam aus und lauschte auf das Echo seiner Worte, während er das Gesicht des Portiers nach Zeichen von Ungläubigkeit absuchte. Als er die Tiere im Zoo freigelassen hatte, war er nicht so nervös gewesen wie jetzt.

»Aha. Nun ja, das könnte ein kleines Problem werden.«

Der Portier setzte ein trauriges Gesicht auf und blätterte das Register durch.

Sydney stieß Michael leicht den Ellbogen in die Seite. Er blickte sie einen Moment lang verständnislos an, ehe er sich erinnerte. »Wir bezahlen bar und werden eine ganze Woche bleiben.«

Der Portier musterte ihn mit einem schnellen, höflichen Blick. Michael war froh, daß er Philips schwarzes Jacket, seine Weste, ein Hemd mit hohem Kragen und eine Krawatte mit Paisley-Muster trug. Sydney hatte ihm einen Mittelscheitel gezogen und ihm eine von Dr. Winters Silberbrillen auf die Nase gesetzt. Sollte ihn jemand fragen, wie er seinen Lebensunterhalt bestritt, so hatte er die Anweisung ›mit Vieh‹ zu antworten.

»Ich hoffe sehr, daß sie uns helfen können«, sagte Sydney mit einer Art Schnurren, das ihrer wirklichen Stimme gar nicht ähnlich war. Sie sah so fremd aus in dem häßlichen Hut ihrer Tante, der zudem noch durch einen Schleier verunstaltet wurde! Er mochte sie gar nicht ansehen, aus Angst, vor Lachen laut herauszuplatzen. »Ich wollte schon immer einmal hier absteigen. Es wird uns ganz gewiß gefallen, das weiß ich — und dann kannst du deine Treffen ja demnächst hier abhalten, Vern. Die Treffen der Topeka-Viehzüchter-Vereinigung«, wandte sie sich erklärend an den Portier. »Sie haben sie bisher immer im Richelieu veranstaltet, aber ich finde das Hotel geschmacklos — und alle sind so eingebildet. Hier dagegen —« Sie blickte sich bewundernd in der riesigen Eingangshalle um, die von weißen Marmorsäulen getragen wurde. Überall standen Pflanzen, und in der Mitte befand sich eine Fontäne, die so laut platschte wie ein Wasserfall. »Das hier hat wirklich Klasse.«

Ihre Worte gaben den Ausschlag, obwohl Michael nicht genau sagen konnte, warum. Bevor er wußte, wie ihm geschah, hatte ein Junge in einer purpurfarbenen Uniform bereits ihre beiden Koffer genommen — »Der Rest wird nachgesandt« teilte Sydney dem Portier lächelnd mit — und führte sie durch die mit Teppichen ausgelegte Lobby zu einem goldfarbenen Käfig, den Michael erst als Aufzug erkannte, als er mit ihm in die Höhe schwebte. Glücklichweise war er mit Sam schon vorher einmal in einem solchen Ding gefahren. Sydney umklammerte seine Hand und er erinnerte sich, daß sie Höhen verabscheute. Ihre Angst brachte ihn dazu, die seine zu vergessen. Er legte seinen Arm um sie, ohne sich darum zu scheren, ob der Page es sah oder nicht, und sie schenkte ihm ein zittriges Lächeln.

Ihr Zimmer war wundervoll. Eigentlich waren es zwei — oder besser gesagt drei, wenn man das Badezimmer mitrechnete. Sydney teilte dem Pagen mit, was sie zum Frühstück wünschten, und daß sie es im Zimmer einnehmen wollten und nicht unten im Speisesaal. Dann gab Michael ihm einen Vierteldollar, und er verschwand.

Sobald er weg war, platzten sie beide lachend heraus. Die Anspannung löste sich. Sie schauten sich die Zimmer an, und Sydney drehte sich mit ausgebreiteten Armen im Kreis herum, tat so, als ob sie tanzen würde. »Oh, schau dir nur dies an — Oh, schau nur, das hier —« Im Wohnzimmer standen schwere, samtbedeckte Möbel, und an den Wänden hingen Gemälde mit Blumen und Früchten. Im Badezimmer befand sich eine Wanne, die so groß war wie ein Bett, und überall hingen weiße Fliesen, dazu ein Marmorbecken mit goldenen Armaturen, Handtücher, dick wie Kissen und Spiegel an den Wänden. Das Schlafzimmer war beinahe so groß wie das Wohnzimmer und das Bett so groß wie ... ihm fiel kein passender Vergleich ein. »So groß wie Kansas«, sagte Sydney, und sie begannen beide erneut zu lachen.

Sie fing sich zuerst. »Ich muß Philip anrufen«, sagte sie und hob die Tasche auf, die sie einfach auf das Bett geworfen hatte.

»Du hast ihm doch einen Zettel hinterlassen.«

»Ja, aber ich möchte ihm sagen, daß wir angekommen und in Sicherheit sind.«

»Wirst du ihm auch sagen, wo wir sind?«

»Das weiß ich noch nicht. Vielleicht.«

»Soll ich dich begleiten?«

»Nein, bleib du nur hier. Du darfst überhaupt nicht raus, Michael. Es darf dich niemand sehen.«

»Okay«, erwiderte er schnell, damit das Stirnrunzeln aus ihrem Gesicht verschwand.

»Gut.« Sie nahm den Schlüssel zum Zimmer und ging.

Als sie zurückkam, versuchte sie, ihre Verstimmung zu überspielen, aber es gelang ihm, herauszufinden, was sie bedrückte. »Er war nicht besonders verständnisvoll«, gestand sie schließlich ein. »Er sagte, ich sei verrückt geworden.« Sie sah zerbrechlich und enttäuscht aus, als sie sich in einen der breiten Sessel im Wohnzimmer fallen ließ. »Deshalb habe ich ihm auch nicht erzählt, wo wir uns aufhalten. ›An einem sicheren Ort‹, habe ich gesagt, obwohl er zu schreien anfing.«

»Hättest du Angst, daß er zur Polizei geht?«

»Nein, aber er könnte es meiner Tante erzählen.«

Michael nickte. Das wäre in der Tat schlimmer, als es der Polizei mitzuteilen.

»Und er würde auf jeden Fall hierherkommen und versuchen, mich wieder nach Hause zu holen.«

»Sydney.« Er setzte sich auf den niedrigen Tisch vor sie. »Tun wir das Richtige?«

»*Ja*«, erwiderte sie, ballte ihre Hand zu einer Faust und schlug damit auf die Sessellehne. »Das hier ist der letzte Ort, an dem sie nach einem Wilden suchen würden. Wir müssen nur einfach hier bleiben und darauf warten, daß Mr. Higgins deine Eltern findet. Ich weiß, daß es nicht gerade nach einem ausgeklügelten Plan klingt, aber wenn wir uns daran halten, sind wir sicher. Und du mußt zugeben, daß es besser ist, als im Gefängnis zu sitzen, oder etwa nicht?«

»Aber jetzt wirst auch du Schwierigkeiten bekommen. Weil du mit mir zusammen bist.«

»Nein, das werde ich nicht. Weil ich gar nicht hier bin. Ich bin in Joliet. Heute morgen habe ich mich auf den Weg zu meiner alten Schulfreundin, Mary Kay Blayney, gemacht. Sie hat letztes Jahr geheiratet, und ich hatte bisher noch nicht die Gelegenheit, ihren Mann kennenzulernen.«

Er lachte — sie sah so selbstzufrieden aus. »Gibt es diese Frau wirklich?«

»Ja, und sie wird diese Geschichte auch erzählen, wenn ich sie darum bitte. Aber dazu wird es nicht kommen. Das weiß ich.«

Sie zuckten beide zusammen, als es an der Tür klopfte. Aber es war nur der Mann mit dem Frühstück. Es wurde auf einem Servierwagen mit einem langen, weißen Tischtuch gebracht. »Ich erledige das schon, Vern«, sagte Sydney und nahm eine Münze aus ihrer Börse. Sie hatte ihm im Zug genau eingetrichtert, wieviel Trinkgeld der Junge mit den Koffern bekommen würde, aber nicht, wie er bei dem Zimmerservice verfahren sollte. Sollten sie wirklich eine Woche hier bleiben, so war wohl noch eine weitere Nachhilfestunde in Sachen Trinkgeld fällig.

Eier, Schinken, Haferbrei und Toast hatten ihm noch niemals so köstlich geschmeckt. »Wann hast du das letzte Mal etwas gegessen?« fragte ihn Sydney und starrte ihn verwundert an.

Er zwang sich zu schlucken, bevor er antwortete. »Ich kann mich nicht mehr erinnern.«

Ihm fielen die langen Winter ein, in denen er gehungert hatte. Das hier war kaum damit vergleichbar. Er hoffte nur, sie würde nicht auf die Idee kommen zu fragen, *was* er als letztes gegessen hatte, denn das würde ihr nur den Appetit verderben.

Sie schenkte sich eine weitere Tasse Kaffee ein, lehnte sich im Sessel zurück und sah ihm beim Essen zu.

»Welcher Tag ist heute?« erkundigte er sich.

»Montag.«

»Ich habe den Überblick verloren. Wann waren wir im Zoo?«

»Freitag.«

Also hatte er sich drei Nächte versteckt. »Am Samstag habe ich an dich gedacht. Wie war deine Party?«

Sie warf ihm ein wundervolles Lächeln über den Rand ihrer Tasse hinweg zu. Sie hatte die hübschesten Augen der Welt, und wenn sie lächelte, zogen sie sich zusammen und funkelten. »Schrecklich.«

»Wirklich?«

»Ich hätte so gerne mit dir getanzt, aber du warst nicht da.«

Er wäre am liebsten aufgestanden und hätte sie geküßt, aber seine Arme und Beine waren so unendlich schwer. Er besaß einfach nicht die Kraft dazu. Die Morgensonne schien auf ihr Gesicht und brachte das Grün ihrer Augen und das Rot ihrer Haare zum Leuchten. »Du siehst wunderschön aus, Sydney.«

Sie errötete nicht und blickte auch nicht zur Seite. Sie erwiderte einfach: »Du auch.«

Er mußte lachen. Er setzte die Tasse auf seinem Oberschenkel ab und legte seinen Kopf gegen die Sessellehne. Die Sonne fiel warm auf seinen rechten Arm und das rechte Knie. Durch das geöffnete Fenster konnte man die entfernten Geräusche von Pferden und Menschen und Vehikeln vernehmen. Sydney sprach über einen Einkaufsbummel, den sie machen wollte. »Du brauchst einige Dinge«, sagte sie, und während sie sie aufzählte und er der Melodie ihrer sanften Stimme lauschte, erinnerte er sich an das Summen der Grillen im Gras, zu dem er im Sommer immer eingeschlafen war. Sydneys Stimme war wie ein Wasserfall. Wie Musik. Wasser, das über Felsen plätscherte, verschiedene Noten spielte . . .

»Michael! Wach auf.« Sie nahm ihm die Tasse aus der

Hand und stellte sie auf den Tisch. »Komm, ich bringe dich ins Bett.«

Sie zog ihn in die Höhe und führte ihn ins Schlafzimmer. »Ich kann das schon selbst.« Doch Sydney ließ sich nicht beirren, zog die Bettdecke zurück und öffnete ihm sogar die Schuhe.

»Was machst du, während ich schlafe?« fragte er mit geschlossenen Augen.

Sie begann es ihm in ihrer Stimme, die wie ein Wasserfall klang, zu erklären.

Als er aufwachte, verwirrten ihn die Schatten an der leeren, weißen Decke. Er hatte keine Ahnung, wo er war. Aber eine Sekunde später fiel es ihm ein — er befand sich im Palmer House Hotel. Das Kissen unter seinem Kopf und die weiche Matratze unter seinem Körper sagten es ihm. Sydney hatte ihn dazu gebracht, sich hierhinzulegen, und er hatte so getan, als sei das völlig normal, nichts Ungewöhnliches. Aber soweit er sich erinnern konnte, hatte er zum ersten Mal in einem Bett geschlafen.

Es war gar nicht so schlecht.

Wie lange mochte er wohl geschlafen haben? Er stand auf, ging zum Fenster hinüber und zog den Vorhang zur Seite. Aus dem Licht schloß er, daß es entweder später Nachmittag oder früher Morgen sein mußte. Hier in der Stadt, wo es keinen Tau und keine Grillen und kaum Vögel gab, vermochte er es nicht zu sagen.

Er kämmte sich das Haar mit den Fingern und versuchte, die Falten in seiner Kleidung glattzustreichen, bevor er die Tür zum Wohnzimmer öffnete. Er tat es ganz leise, für den Fall, daß Sydney dort schlief.

Doch sie war nicht da.

»Sydney?« Keine Antwort. Durch die geöffnete Tür des Badezimmers sah er, daß auch dieser Raum leer war.

Er drehte das Gaslicht an und trat ein. Sein Gesicht sah in allen Spiegeln gleich schrecklich aus. Wenigstens hatte er keinen Bart — er hatte sich rasiert, bevor sie das Haus verließ, damit er nicht wie ein Wilder aussah, wenn sie sich am Hotelempfang eintrugen. Aber seine Haut war teigig, seine Knochen standen hervor und unter seinen Augen lagen blaue Schatten. Gleichgültig, wieviel Schlaf er heute auch bekommen haben mochte, es war nicht genug gewesen.

Ein Bad wäre jetzt genau das richtige. Er drehte den Kran mit dem heißen Wasser auf und ließ es laufen, weil er damit rechnete, daß nach ein paar Minuten nur noch kaltes Wasser herauskommen würde, wie es bei der Wanne der Winters der Fall war. Aber hier war es anders: das Wasser blieb kochend heiß, und er mußte es erst abdrehen und dann kaltes dazulaufen lassen, bevor er sich hineinlegen konnte.

»Ahhh.« Er ließ seinen Rücken langsam, Zentimeter für Zentimeter, in die Wanne gleiten. »Ahhh.« Das heiße Wasser schmerzte anfangs an seiner verletzten Schulter, aber es war ein angenehmer, betäubender Schmerz. Als er ganz im Wasser lag und nur noch sein Kopf und seine Knie herausschauten, überkam ihn eine ernüchternde Wahrheit: Es gefiel ihm besser, in der Zivilisation zu leben als in der Wildnis.

Er wäre beinahe wieder eingeschlafen, als er plötzlich hörte, wie die Wohnzimmertür geöffnet und wieder geschlossen wurde. Er setzte sich schnell auf, beruhigte sich aber wieder, als Sydney mit leiser Stimme »Michael?« rief.

»Ich bin hier.«

Er hatte die Tür offen gelassen. Sie steckte den Kopf herein, sah ihn, sprang zurück und prallte mit ihrer Hüfte gegen den Türknauf. »Hoppla, entschuldige.« Er sah, daß ihr Gesicht rot anlief, ehe sie verschwand.

Er hatte keine Ahnung, warum er am liebsten gelacht hätte, warum ihn dies sogar glücklich machte. Sydney hatte ein wenig albern ausgesehen, aber das war nicht der Grund. Vielleicht lag es daran, daß *er* sonst immer derjenige war, der die albernen Sachen tat und sich zum Narren machte. Es war nett, wenn es ab und zu auch einmal anders herum funktionierte.

»Ich habe dir etwas zum Anziehen mitgebracht«, rief sie mit einer betont ungezwungenen Stimme. »Ich werde die Sachen aufs Bett legen.«

»Danke. Ich komme gleich.«

»Oh, laß dir nur Zeit.«

Aber er wusch sich schnell das Haar und schrubbte sich ab, weil es nun nicht mehr halb soviel Spaß machte, alleine in einer Wanne mit heißem Wasser zu liegen.

Im Schlafzimmer entledigte er sich seines nassen Handtuchs und zog die Sachen an, die sie ihm mitgebracht hatte: eine dunkle Hose aus einem weichen Material, ein weißes Seidenhemd und einen Strickpullover. Sie hatte ihm auch einen Pyjama gekauft und Hausschuhe — mit weichem Leder, wie Philip welche hatte. In dem langen Spiegel an der Schranktür betrachtete er sich kopfschüttelnd. Er sah wirklich wie ein normaler Mensch aus.

»Du siehst umwerfend aus«, war das erste, was Sydney sagte. Sie saß auf dem Sofa, hatte die Beine unter ihrem Rock angewinkelt und eine Zeitung auf dem Schoß liegen. Sie war immer noch wunderschön, aber jetzt war sie diejenige, die müde aussah. »Hast du gut geschlafen?«

»Ja. Welcher Tag ist heute?«

»Es ist immer noch Montag«, erwiderte sie lachend.

Also war es spät am Tag und nicht früh. Nun, da er es wußte, sah der Himmel draußen auch wie ein Abendhimmel aus — oben blaß wie ein Perle und zu den Seiten hin rosa gefärbt.

»Ich habe wegen unseres Abendessens nach unten durchgerufen.«

»Wie denn?« Er stellte sich vor, wie sie oben an der Treppe stand und nach unten rief, was sie essen wollten.

»Jede Etage hat ein Haustelefon in der Nähe des Aufzugs. Es läutet dann unten am Empfang und man muß ihnen nur sagen, was man wünscht.«

»Mensch!« sagte er. Sie lachte wieder, und er wußte, daß es dieses Mal war, weil er wie Sam redete. »Das ist verdammt erstaunlich«, fügte er hinzu, aber jetzt klang er wie Philip. Er hoffte, daß er eines Tages einmal wie er selbst klingen würde.

»Ich habe die Nachmittagszeitung gekauft.« Sie legte sie zur Seite und klopfte neben sich auf das Sofa. Er nahm Platz. »Du riechst gut.« Sie blickte zu Boden, nachdem sie das gesagt hatte und lief wieder rot an. Er strich sich mit der Hand durch sein zurückgekämmtes Haar. »Wie ist das passiert?« Sie hob ihre Hand und berührte ganz sanft den Bluterguß auf seiner Wange. Durch das Bad war er noch dunkler und sogar noch bunter geworden.

»Es tut nicht weh.«

»Aber wie ist es passiert?«

»Im Zoo. Ein Mann hat mich mit einem Stock geschlagen.«

Sie starrte ihn an. Sie wollte etwas sagen, überlegte es sich dann aber anders und seufzte.

Er blickte zu der Zeitung hinüber und entdeckte ein Bild von sich auf der Titelseite. »Oh, Gott«, flüsterte er. »Oh, nein.«

»Nein, das ist gut, Michael. Es ist wirklich besser, daß sie dieses Foto gedruckt haben.«

Er war ganz und gar nicht ihrer Meinung. Es war an dem Tag, nachdem ihn O'Fallon angeschossen hatte, aufgenommen worden. Er sah verrückt aus, wirklich gefährlich. Die Wildheit in seinen Augen war nichts anderes als Angst, aber für alle anderen mußte sie wie Grausamkeit aussehen. Er wandte den Kopf ab, wollte es nicht länger sehen. »Was sagen sie über mich?« erkundigte er sich, obwohl er eigentlich auch das nicht wissen wollte.

»Nichts, was sie nicht gestern oder vorgestern auch gesagt hätten.«

»Wo ich war, gab es keine Zeitungen«, erinnerte er sie. »Du kannst es mir ruhig erzählen.«

»Sie schreiben viel darüber, wieviel es kosten wird, die Tiere, die verlorengingen oder umkamen, zu ersetzen, und welche Tiere sie eingefangen haben. Und auch über Sicherheitsmaßnahmen, die sie in Zukunft ergreifen wollen. Und natürlich, daß die Suche nach dir bisher erfolglos verlaufen ist. Michael ...«

»Ja?«

»Möchtest du über das, was geschehen ist, reden?«

»Haben sie auch die Wölfe wieder eingefangen?«

»Was?«

»Du hast gesagt, daß sie einige der Tiere wieder eingefangen hätten. Waren die Wölfe auch dabei?«

Sie griff zur Zeitung, warf einen kurzen Blick darauf und schaute ihn dann wieder an. »Ich glaube nicht. Zumindest steht hier nichts über Wölfe.«

Dann habe ich ja wenigstens eine Sache richtig gemacht, dachte er, starrte vor sich hin und rieb seine Hände über die Knie seiner neuen Hose. Bei all den Schwierigkeiten, die er den Menschen, die er liebte, verursacht hatte, war dies das einzig Gute.

»Möchtest du ...«

»Nein. Ich glaube, ich möchte im Augenblick nicht darüber reden.«

Sie nickte, und beide schwiegen. Er war froh, als ein paar Minuten später ein Kellner mit ihrem Abendessen erschien.

Während sie aßen, konnte sie vor ihrem Wohnzimmerfenster den Sonnenuntergang beobachten. Keiner von ihnen sagte viel. Er hätte sie gerne gefragt, warum sie so still war, und ob es ihr leid tat, daß sie mit ihm hierhergekommen war. Aber er war immer noch sehr müde und auch noch nicht bereit, ihre Antwort zu hören.

Als sie fertig waren, öffnete er das Fenster. »Es ist schön, wenn die Leute nach Hause gegangen sind. So ruhig.« Sydney stellte sich neben ihn, aber sie lehnte sich nicht gegen die Fensterbank, um wie er nach unten sehen zu können. »Hier ist nicht die geschäftigste Ecke der Welt«, sagte er, als er sich erinnerte, was Sam ihm erzählt hatte. »Die geschäftigste Ecke der Welt ist da, wo State Street und Madison Street zusammentreffen. Da unten ist die Ecke von State Street und Monroe Street.«

»Sehr gut.« Sie lachte. »Aber man kann die Madison Street von hier aus sehen.«

»Wo ist sie?«

»Da hinten.« Sie deutete unbestimmt hinüber. »Einen Straßenblock weiter im Norden.«

»Du magst keine Höhen«, sagte er.

»Nicht besonders. Ich weiß auch nicht warum — kein anderer in der Familie ist so.«

»Höhen wie diese machen mir nichts aus«, sagte er. »Ich kann es nur nicht haben, wenn man sich dabei *bewegt*.« Sie zuckte mit den Schultern, und er wußte, daß sie an das Riesenrad dachte.

Sie schwiegen erneut, bis sie sagte: »Der Sommer ist beinahe vorbei. Es ist noch immer heiß, aber eine Veränderung liegt in der Luft.«

»Das kommt daher, daß die Tage kürzer werden. Die Vögel singen nicht mehr die gleichen Lieder.«

Sie seufzte.

»Sydney ...?«

»Mm?«

»Tut es dir leid, daß wir hierhergekommen sind?«

»Nein.«

»Hast du Angst?«

»Ein bißchen. Aber im Moment überhaupt nicht.«

Der rote Himmel wärmte ihre blasse Wange und ließ die Haut so weich erscheinen wie ein Blütenblatt. Er hätte sie gerne berührt, traute sich aber nicht. An diesem Ort waren die Dinge zwischen ihnen irgendwie anders. Sie war nervös — ebenso wie er. Er war sich nicht sicher, was sie wollte. Wenn es zu Berührungen zwischen ihnen kommen sollte, so müßte sie den Anfang machen.

»Ich bin schon wieder müde«, sagte er, und das entsprach der Wahrheit. »Jedes Mal, wenn ich esse, werde ich müde. Ich glaube, ich werde mich wieder hinlegen, wenn du nichts dagegen hast.«

»Nein, tu das nur.«

»Entschuldige mich, bitte«, sagte er höflich.

»Gute Nacht, Michael.«

»Gute Nacht.«

Im Schlafzimmer zog er den blaugestreiften Pyjama über, den sie ihm gekauft hatte. Er hätte das für niemand anderen getan — er sah einfach lächerlich aus, diente keinem Zweck, und er war sich ziemlich sicher, daß er darin nicht schlafen konnte — aber es war ein Geschenk von Sydney, und daher trug er ihn.

Während er schon halb eingeschlief, begann er plötzlich darüber nachzudenken, wo sie wohl schlafen würde. Etwa hier, neben ihm? Das wäre schön. Er würde gerne neben Sydney in diesem großen, weichen Bett liegen. Aber es gab auch ein Sofa im Wohnzimmer. Vielleicht würde sie dort schlafen. Vielleicht sollte er dort schlafen. Ob es richtig wäre, noch einmal aufzustehen und sie zu fragen? Aber die Chancen, daß sie hier, neben ihm schlafen würde, standen besser, wenn er gar nichts sagte. Er würde einfach so tun, als hätte er nicht darüber nachgedacht. Und abwarten, was geschah. Alles war möglich.

In der Hoffnung, daß bald etwas geschehen möge, schlummerte er ein.

Während sie Wasser in die Wanne laufen ließ, ein Bad nahm, sich abtrocknete und ihr Nachthemd überzog, dachte Sydney die ganze Zeit darüber nach, wo sie schlafen sollte. Es war keine einfache Entscheidung — alles hing davon ab.

Die Intimität, die sie jetzt bereits teilten — wie zum Beispiel ein Bad in derselben Wanne zu nehmen — fand sie aufregend und erschreckend zugleich, denn sie wußte, wohin das führte. Wohin das *wahrscheinlich* führte. Die Frage war nur, wußte Michael es auch? Vor fünf Tagen erst hatte sie ihm erklärt, daß es falsch sei und daß sie nicht zusammen sein dürften. Da er ohne jede Arglist war, hatte er sie beim Wort genommen. Aber seitdem hatte sich einiges verändert — *sie* hatte sich verändert — wovon er nichts wußte. Wie sollte er auch? Sie hatte noch nicht den Mut gefunden, es ihm zu sagen. Sie hatte nicht einmal den Mut gefunden, es ihm zu zeigen.

Sie putzte ihre Zähne, bürstete ihr Haar und betrat das Schlafzimmer. Er hatte das Licht angelassen. Etwa für sie? Sie schlich näher, um ihn zu betrachten. Er schlief zusammengerollt auf der Seite und hatte die Arme und Beine angezogen, als wolle er seinen Körper schützen. Und obwohl er tief und fest schlief, strahlte er noch eine gewisse Wachsamkeit aus.

Sie ließ sich langsam und vorsichtig auf dem Bettrand nieder. Der Schlaf hatte sein dunkles Haar durcheinander gebracht. Sie strich es mit ihren Fingerspitzen glatt und bemerkte, wie seine Augenlider flatterten. Er hatte wohl gerade einen Traum. Wie schön er war. Alles an ihm gefiel ihr.

Sie gähnte. Sie war auch müde. Sie hatte letzte Nacht kaum geschlafen, und die Nacht davor auch nicht. Es wäre doch albern, sich auf das Sofa zu legen, wenn es hier ein so wundervolles Bett gab. Sie waren beide erschöpft und würden schließlich nichts anderes tun als schlafen.

In diesem Moment drehte sich Michael langsam und legte sich auf den Rücken. Damit entstand viel Platz für sie. Wenn das keine Einladung war!

Sie löschte das Licht, streckte sich neben ihm aus und zog die Bettdecke über sie beide, ehe sie sich in die warme Kuhle kuschelte, die er ihr gerade überlassen hatte.

Wie schön. Sie rückte ein paar Zentimeter näher an ihn heran, damit sich ihre Arme berührten. Sie nahm den Ladengeruch seines neuen Pyjamas wahr. Sie dachte an Spencer und an seine kräftige, beruhigende Gegenwart, in der sie Nacht für Nacht geschlafen hatte. Sie hatte sie nur ein Jahr lang genießen dürfen — aber das war lange genug gewesen, um es zu vermissen.

Es war falsch, alleine zu schlafen, befand sie, und ihre Gedanken begannen zu wandern. Tante Estelle schlief jede Nacht allein, kein Wunder, daß sie die meiste Zeit über so griesgrämig war. Menschen waren dazu bestimmt, einander zu finden. So hatte es die Natur vorgesehen ... Und sie war genau da, wo sie sein sollte, wo sie hingehörte ...

»Seit dem Moment, als du dich daran erinnert hast, daß es kein Schiffsunglück gewesen ist, Michael, hat sich Mr. Higgins auf Jagd- und Angelexpeditionen konzentriert und die Gegend auf das südliche Ontario eingeschränkt.« Sydney beugte sich über den Frühstückstisch, damit ihr die Morgensonne nicht in die Augen schien. »Er fand einen MacNeil, der sich aus Versehen bei einer Campingreise im Jahre 1876 in der Nähe des Rainy-Sees selbst erschossen hat, aber die Umstände paßten nicht — niemand ist ertrunken und bei der Gruppe gab es auch keinen kleinen Jungen.«

Michael nickte und hörte genau zu, während die Tasse mit der heißen Schokolade in seiner Hand kalt wurde.

»Dann begann Higgins, sich mit den Vergnügungsreisen im Gebiet um die Echo Bay — wo man dich gefunden hat — zu beschäftigen. Nichts. Aber als er seine Suche weiter nach Osten ausweitete, in Richtung Sudbury und der Georgian Bay, hatte er Glück.« Sie legte ihre verschränkten Arme auf den Tisch und spürte seine Aufregung, die auch sie ansteckte. »Sagt dir der Name MacDurmott etwas?«

Seine Augen verdüsterten sich für eine Sekunde und blickten sie dann wieder durchdringend an. »Mein Onkel«, flüsterte er.

»Ja. Duncan MacDurmott —«

»Und Tante Kate.«

»Ja. Sie wurden vermißt gemeldet, genau wie ihr Führer, ein Mann namens Hastee.«

Er preßte die Augenlider zusammen und schüttelte den Kopf. An den Führer konnte er sich nicht mehr erinnern.

»Alle dachten, daß du auch ertrunken bist. In den Unterlagen steht: ›Duncan MacDurmott, seine Frau Katherine und ihre Neffe, Michael MacNeil, der Jüngere von Auldearn‹.«

Er schob seinen Stuhl zurück und ging zum Fenster hinüber. Sein Körper blockierte das gelbe, hineinströmende Licht.

»Er hat deinen Eltern in Invergordon telegrafiert, und nun warten wir auf eine Antwort von ihnen. Vielleicht ist sie ja bereits eingetroffen. Ich werde Philip bald wieder anrufen, um es herauszufinden. Michael? Worüber denkst du nach?« Er antwortete nicht. Sie erhob sich. Er hatte sich bereits angezogen aber sie trug immer noch ihr Nachthemd und ihren Morgenmantel — eine mutige Geste, die durch das allzu frühe Eintreffen des Kellners, der ihr Frühstück gebracht hatte, bedingt gewesen war. »Du kannst doch unmöglich immer noch glauben, daß sie dich weggeschickt haben! Das Unglück beweist, daß sie es nicht getan haben. Du warst auf einer Reise mit deinem Onkel und deiner Tante.«

Als er weiterhin schwieg, trat sie um den Tisch auf ihn zu. »Wenn sie herausfinden, daß du am Leben bist, werden sie sehr glücklich sein. Sie werden es für ein Wunder halten.« Sie legte ihre Hand auf seine Schulter und brachte ihn dazu, sich umzudrehen, so daß sie sein Gesicht sehen konnte. »Also, was ist los?«

»Es gibt etwas, das sie gesagt haben, und das ich eigentlich nicht hätte hören dürfen, Sydney. Ich entsinne mich nicht mehr an die genauen Worte, aber ich glaube ... ich glaube, sie waren froh, daß ich wegfuhr.«

»Oh, nein!«

Er schloß seine Augen und versuchte, sich zu erinnern. »›Endlich einmal Ruhe und Frieden‹ — ich glaube, das sagte mein Vater damals, und meine Mutter lachte. Sie wollten mich loswerden. Aber ich kann mich nicht mehr erinnern ...« Er öffnete die Augen wieder. Sie waren voller Kummer und Traurigkeit. »Ich kann mich einfach nicht mehr erinnern, was ich falsch gemacht habe.« Sie legte ihre Arme um ihn. »Ist schon gut. Das ist alles so lange her. Aber ich wollte nur, daß du weißt — daß sie es vielleicht gar nicht für ein erfreuliches Wunder halten.«

»Dann haben sie dich nicht verdient«, flüsterte sie wütend. Sie zog seinen Kopf herunter und küßte ihn auf die Lippen. Und dann küßte sie ihn noch einmal.

Der erste Kuß sollte ihn trösten, weil er ihr lieber Freund war und litt. Der zweite machte einfach nur Spaß. Sie nahm sich Zeit, machte seinen Mund mit ihren Lippen weicher und lauschte, wie sich sein Atem veränderte. Sie war sich sicher, daß er nicht mehr an seine Eltern dachte. Nun, da die Zeit gekommen war, mochte sie gar nicht glauben, wie ruhig sie war. So ruhig und ohne jeden Zweifel.

Sie blickte ihm in die Augen und zog langsam, aber entschieden sein Hemd hinten aus der Hose, damit sie seine nackte Haut berühren konnte — und damit er keine Zweifel an ihrer Intention hatte. Ah, wie glatt und weich und warm. Dünne, feine Haut, die sich über den kleinen Hügeln seines Rückgrates spannte, und darunter das kaum merkliche Zittern steinharter Muskeln. »Michael«, flüsterte sie. »Das letzte Mal, als wir dies hier taten, habe ich es verdorben. Ich sagte, es sei falsch, aber ich hatte Unrecht.«

Die Bänder in seinem Nacken waren zum Zerreißen gespannt. Sie hatte ihn überrumpelt. So etwas hatte er nicht erwartet. »Wegen der Tante«, sagte er.

Die Erinnung an den Tag, als sie so wenig Rückgrat gezeigt hatte, ließ sie erröten. »Ja. Wegen meiner Tante.«

»Aber sie ist jetzt nicht hier.«

»Vollkommen richtig.« Seine Haut fühlte sich an den Stellen, wo sie ihn streichelte, wie heißer Satin an. »Ich war so dumm! Ich mußte dich beinahe erst verlieren, ehe ich merkte, was für eine Idiotin ich gewesen bin.«

Er zeichnete mit der Seite seines Daumens kleine Kreise auf ihre Wange. »Ist schon gut. Die Tante hat mir auch Angst eingejagt.«

Sie griff nach seiner Hand und preßte kleine Küsse in die Mitte seiner Handfläche. »Ich möchte mit dir schlafen. Jetzt sofort. Weißt du, was das heißt, mit einer Frau zu schlafen?«

Michael schloß die Augen und versuchte, an sich zu halten, versuchte, zu glauben, was er da vernahm. »Es ist ein Euphemismus.«

»Was?«

Er öffnete die Augen und sah, daß er die Stimmung verdorben hatte. »Philip hat das gesagt.« Sein Geständnis machte ihn verlegen. »Ich weiß nicht genau, was es bedeutet.«

Ihr Lächeln kehrte zurück. »Nun, es ist eine Umschreibung für das, was ein Mann und eine Frau miteinander tun, wenn sie sich lieben.«

»Ich liebe dich, Sydney.«

Sie legte zärtlich ihre Hände auf seine Wangen. »Das ist gut, denn ich liebe dich auch.«

Er küßte sie auf die sanfte, langsame Art, wie sie es ihn gelehrt hatte, aber in seinem Inneren füllte sich sein Herz und wuchs, bis es sich viel zu groß für seine Brust anfühlte. Sie liebte ihn. Sydney log niemals. Sie liebte ihn. Er flüsterte ihren Namen, hielt sie in seinen Armen, zog sie nahe an sich, damit er sie fühlen konnte. Ihre Vorderseite preßte sich fest gegen seinen Körper. Sie trug nur wenig Kleidung, und als er seine Hände über den weichen Stoff ihres Morgenmantels gleiten ließ, konnte er alles genau spüren: ihr rundes Hinterteil, ihre Schulterblätter, die Art, wie sich die Hüften zu ihrer schmalen Taille formten. »Werden wir wirklich miteinander schlafen?« flüsterte er, denn er vermochte es immer noch nicht ganz zu glauben. Es kam ihm wie ein Traum vor.

»Von mir aus gerne.« Sydney zitterte, als sie sich von seinen Küssen und seinen heißen, forschenden Händen löste. »Michael«, sagte sie und war völlig überrascht, als es wie ein unsicheres Krächzen herauskam. »Hast du, hm ...« Sie lachte unsicher. »Hast du es schon einmal getan?«

»Nein, aber ich habe schon dabei zugesehen.«

Sie schaute ihn blinzelnd an und sah, wie sich seine Ohren rot färbten. »Du hast schon *zugesehen*?«

Er räusperte sich. »Philip und ich ...«, murmelte er, verstummte und blickte zu Boden.

Schon wieder Philip. Sie beschloß, später darüber nachzudenken. »Sag mir nur eins. Muß ich dir zeigen, was zu tun ist?«

»Ja«, entschied er, nachdem er einige Sekunden über ihre Worte nachgedacht hatte. »Ich glaube, das wäre besser.«

Sie rückte ein wenig von ihn ab, um zu sehen, ob er scherzte. Da war ein Leuchten in seinen Augen, und je länger sie ihn anstarrte, desto mehr zuckten seine Lippen. Sie wußte allerdings nicht genau, was das zu bedeuten hatte. Plötzlich ging ein Strahlen über ihr Gesicht, und sie blickte zu ihm auf und sagte: »Oh, ich bin so glücklich. Ich bin noch niemals in meinem Leben so glücklich gewesen.«

»Mir geht es ebenso. Ich habe mein ganzes Leben auf dich gewartet, Sydney, und jetzt ...«

»Jetzt hast du mich.«

Sie gingen ins Schlafzimmer und setzten sich nebeneinander auf das Bett. Als er sie nicht berührte, legte sie ihren Mund in die warme Vertiefung an seiner Kehle und küßte ihn. »Zuerst«, hauchte sie und schmeckte ihn mit ihrer Zunge, »zuerst zieht man die Kleider aus. Aber das weißt du sicherlich schon.« Er hielt den Blick gesenkt, ohne es zu verneinen oder zu bejahen. Er atmete nur langsam aus. Als er nach seinem obersten Hemdknopf griff, nahm sie seine Hand. »Und manchmal ist es schöner, wenn wir ... es füreinander tun.«

Michael lächelte und dachte an das Mädchen hinter dem Fenster in Mrs. Birchs Haus, und wie sie dem Mann die Sachen ausgezogen hatte. Aber das hier war etwas anderes. Nicht zu vergleichen mit den Vorgängen dort. Er beobachtete Sydneys Gesicht, während er die Schleife am Kragen ihres Morgenmantels löste. Er hatte ihre Augen noch niemals so gesehen, mit schweren Lidern und dunkel und sexy und liebevoll. Es gefiel ihm, sie auszuziehen. Aber wie sollte er es nur aushalten, wenn sie weiterhin alles so langsam machten?

Ihr Nachthemd hatte Hunderte von Knöpfen auf der Vorderseite, die bis zum Saum reichten. Aber als er sie bis zur Taille geöffnet hatte, wand sie ihre Arme aus den Ärmeln und ließ das Nachthemd bis zu den Hüften hinabfallen. Oh Gott, wie schön sie war. Er hatte es gewußt, aber sie wirklich so zu sehen, als nackte Frau ... Er konnte nicht mehr richtig atmen.

»Du darfst mich ruhig berühren«, flüsterte sie.

Er war sich nicht sicher, ob er es konnte. Seine Hände verharrten über der perfekten Form ihrer Brüste, ohne sie tatächlich zu berühren, aber dann strich eine rosefarbene Spitze über seine Handfläche, und er mußte sie einfach umfangen.

Ihr Seufzen überraschte ihn. Sie ließ ihren Kopf zur Seite fallen und schloß die Augen. Sie sah aus, als habe sie einen langen, süßen Traum. Er legte seine Lippen auf die seidige Haut an ihrem Hals, atmete ihren Duft ein und ließ das weiche Gewicht ihrer Brüste weiter in seinen Händen ruhen. »Du bist wunderschön«, sagte er und wünschte nur, er wüßte bessere Worte, um zu beschreiben, was er empfand.

Sein Haar kitzelte an ihrer Kehle, und Sydney ließ ihre Finger bis zu seinen Ohren hindurchgleiten. Ein überwältigendes Verlangen stieg in ihr auf, brachte sie dazu, ihre Knie fest zusammenzupressen. Sie zog seinen Kopf von ihrem Hals weg, fand seinen Mund und bedeckte ihn mit tiefen, hungrigen Küssen, die nicht vergleichbar waren mit den sanften Küssen, die sie ihm zuvor beigebracht hatte. Sie verzehrte sich nach ihm. Er zog seine Hände weg.

Stoff riß. Knöpfe sprangen ab. Er zerrte an seinem Hemd, preßte sie auf das Bett, und sie konnte es kaum erwarten, das harte, schwere Gewicht seines Körpers auf dem ihren zu spüren. Er lag zwischen ihren Beinen und sie stellte schockiert fest, wie natürlich sich das für sie anfühlte, wie selbstverständlich es war. Sie löste sich von einem seiner hungrigen Küsse, um ihn festzuhalten, einfach festzuhalten, denn sie hatte Angst, daß alles viel zu schnell gehen könnte. »Michael«, keuchte sie, »warte, warte. Laß uns warten.«

»Warum?«

»Weil ... weil es besser ist.« Sie blies sich eine Haarsträhne aus dem Auge. »Außerdem haben wir immer noch unsere Sachen an.«

Er rollte sich auf die Seite, knöpfte seine Hose auf, zog sie herunter und warf sie auf den Boden.

»Nun«, sagte sie atemlos. »Das ging aber sehr schnell.« Er stützte sich auf einen Ellbogen, beugte sich über sie und zog an ihrem Nachthemd und entblößte ihren Bauch. »Bist du sicher, daß du das nicht doch schon einmal getan hast?« erkundigte sie sich mit einem zittrigen Lachen.

»Zieh alles aus, Sydney. Ich möchte dich sehen. Ich kann nicht länger warten.«

»Oh, Michael.« Warum nur überkam sie plötzlich diese Schüchternheit? Sie wünschte tatsächlich, dieses erste Mal würde in der Nacht und nicht bei strahlendem Tageslicht geschehen. Doch sie nahm all ihren Mut zusammen, wand sich aus ihrem Nachthemd und warf es zu der Stelle hinüber, wo seine Hose lag.

Sie knieten sich hin, preßten sich aneinander, und hielten sich fest. Er konnte einfach nicht genug von ihrem nackten Hinterteil bekommen und strich mit seinen Händen immer und immer wieder über ihre warme, glatte Haut, preßte das feste Fleisch an sich und knetete es. Sie legte ihren Kopf gegen seine Schulter, gab leise Geräusche von sich und kitzelte seinen Hals mit ihrer Zunge.

Er setzte sich auf seine Fersen zurück, um sie zu betrachten. Sie besaßen beide Nabel und Brustwarzen und Haare zwischen den Beinen, aber damit endete die Ähnlichkeit auch schon. Wo er hart war, war Sydney weich. Wo er gerade war, besaß sie Kurven. Und ihre Haut erinnerte ihn an Blumen, an warmes Wasser. Er legte seine Hände auf ihre Oberschenkel, strich mit seinen Daumen an ihren weichen, weichen Innenseiten entlang, strich kaum merklich über das rotgoldene Haar an der Stelle hinweg, wo ihre Schenkel zusammenliefen. Er hätte sie dort gerne berührt, sein Gesicht darin vergraben, sie geschmeckt, aber er hatte Angst, irgendetwas zu tun, bevor sie es ihm sagte, Angst, einen Fehler zu machen.

Er hob den Kopf und erblickte einen Ausdruck in ihren Augen, mit dem er nicht gerechnet hatte. Sie versuchte zu lächeln, aber es war kein echtes Lächeln. »Was ist los, Sydney?«

»Nichts.«

»Nein, etwas stimmt nicht. Habe ich dich falsch angefaßt?« Sie schüttelte den Kopf, aber er wollte ihr nicht glauben. »Es tut mir leid. Ich war zu schnell.«

»Nein, das ist nicht der Grund.« Sie setzte sich ebenfalls auf ihre Fersen, doch als er seine Hände zurückziehen wollte, hielt sie sie fest. »Es ist deswegen«, sagte sie. »Und deswegen. Und deswegen.« Sie ließ ihre Fingerspitzen leicht wie eine Feder über die Narbe auf seiner Brust gleiten, dann über die lange Narbe auf seinem Bauch und die andere zwischen seinen Rippen. Er hatte noch mehr — sein ganzer Körper war damit bedeckt — aber die anderen berührte sie nicht.

Er drehte den Kopf zur Seite. »Sie sehen häßlich aus.«

»*Nein. Nein.* Oh, Michael, bitte schau nicht so drein.« Sydney schlang ihre Arme um ihn, hielt ihn fest, küßte seine Wangen und suchte verzweifelt nach Worten, um es ihm zu erklären. »Es ist nur, daß ich daran denken muß, was dir zugestoßen ist, wie hart es gewesen sein muß, wie einsam, und ich denke an all die Dinge, die du erlitten haben mußt — und ich vermag es kaum zu ertragen. Es tut mir weh. Es tut mir unglaublich weh.« Sie haßte sich selbst, daß sie jetzt, ausgerechnet *jetzt*, weinen mußte.

»Es war nicht so schlimm.« Er lächelte sie an, in der Hoffnung, daß sie zurücklächeln würde. »Schhh, Sydney, nicht weinen. Sei nicht traurig, nicht jetzt. Laß uns lieber das andere tun.«

Seine zielstrebige Zärtlichkeit rüttelte sie auf. Sie lachte, ein tiefes, tränenersticktes Geräusch und wischte sich über die Augen. »Du hast recht. Laß uns lieber das andere tun.«

Sie legten sich hin und wandten sich einander zu. Anfangs waren sie damit zufrieden, sich zu berühren, zu spielen und zu streicheln, zu entdecken und zu erforschen. Michael war fasziniert von ihren Brüsten, aber Sydney wurde unruhig, denn es schien seiner Aufmerksamkeit zu entgehen, daß es sich dabei um einen wesentlichen Punkt erotischer Stimulation handelte. »Das hier sind die empfindlichsten Stellen«, enthüllte sie ihm schließlich, »hier und hier« — ein Satz, den sie einem anderen Menschen gegenüber, nicht einmal Spencer, niemals hätte äußern können, wenn er eine solche Lektion benötigt hätte. Aber bei Michael vermochte sie es — wenn auch mit roten Wangen, weil ... nun ja, weil ihm all dies offenbar so sehr gefiel.

»Hier«, murmelte er stirnrunzelnd und sah zu, wie sich ihre Brustwarze unter seinen neugierigen Fingern aufrichtete.

»Genau ... da«, stieß sie hervor.

»Tiere tun das nicht, soweit ich weiß«, bemerkte er.

»Sie haben ja keine Ahnung, was sie versäumen.«

»Die Brüste des Weibchens sind nur dazu da, die Jungen zu füttern. *Nach* dem Liebesspiel.«

»Ha«, stieß sie mit geschlossenen Augen hervor. »Nun, Menschen sind anders.«

»Ist das bei den Männern auch so? Ich habe keine Brüste«, erwiderte er und blickte an seinem Brustkorb hinab.

»Laß einmal sehen.« Sie kitzelte seine linke Brustwarze mit ihrem Fingernagel.

»Uhh.« Seine Augen leuchteten überrascht auf.

»Aha. Interessant. Aber ... bei Frauen ist das noch stärker. Ich weiß auch nicht warum. Und ...« Oh, das hier war einfach unerträglich. Konnte sie es wirklich aussprechen? »Hast du schon einmal gesehen, wie Tierwelpen an den Brüsten ihrer Mütter saugen?«

»Saugen«, wiederholte er — ein neues Wort. Er fuhr fort, mit ihrer Brustwarze zu spielen.

»Nun ja«, sagte sie in die Luft über seiner Schulter, »wenn ein Mann seinen Mund auf diese Weise an die Brust einer Frau legt ... als ob er an ihr saugen würde ... dann verschafft ihr das ein großes Gefühl von Lust — wenn sie miteinander schlafen. Wie ... wie wir das vorhaben.«

Michael blickte sie verblüfft an, und es fiel ihr schwer, nicht ihr Gesicht zu verbergen. Er runzelte vor Konzentration die Stirn, beugte den Kopf und als er zum ersten Mal ganz vorsichtig mit den Lippen an ihrer Brustwarze sog, da keuchte sie auf. »War das richtig?«

»Ja —« Er tat es noch einmal, und sie stöhnte lauter.

»Das macht Spaß, Sydney.«

»Oh ja, das tut es.«

Er schob sie auf den Rücken und wandte sich ihrer anderen Brust zu, um sie zu liebkosen, daran zu knabbern und zu lecken. Welch ein guter Schüler er doch war! Und als er schließlich kräftiger an ihrer aufgerichteten Brustwarze sog, da entfuhr ihr ein lautes Stöhnen. Welch eine Erleichterung es war, ihn nicht weiter anweisen zu müssen, es einfach zulassen zu können. Im Moment bedurfte er ihrer Hilfe nicht. Er war wie ein Sturm, der ihre Sinne attackiert, und sie gab sich der Kraft seiner Leidenschaft nur zu gerne hin. Hatte gar keine andere Wahl.

Aber er hielt sich zurück. Und sie wollte mehr, sie wollte alles, und er mußte einfach wissen, was als nächstes kam! Aber er würde nichts tun ohne ihre Anleitung. Und auch wenn es sie im Moment unglaublich frustrierte, so war es doch genau das, was sie an ihm so liebte: diese animalische Wildheit, die er mit seiner überwältigenden Menschlichkeit bändigte. O'Fallons Brutalität, die Tests ihres Vaters, sein eigenes Verlangen nach ihr — jedes Mal hatte er seine Triebe mit reiner Willenskraft im Zaum gehalten. In Wahrheit war Michael der zivilisierteste Mensch, dem sie jemals begegnet war.

Sie mußte ihn einfach berühren, auch wenn sie damit den Liebesakt verkürzen und für sie zu schnell beenden würde. Aber sie brauchte diese tiefere Intimität jetzt. Sofort. Sie murmelte seinen Namen und ließ ihre Hand zwischen ihren beiden Körpern hinabgleiten, bis sie mit ihrer Handfläche die seidige Spitze seines Penis berührte. Sein ganzer Körper zuckte zusammen, und er atmete zischend durch seine Zähne ein. Sie drückte ihn leicht, spielerisch, aber er entspannte sich nicht. »Du darfst mich auch berühren«, lud sie ihn mit flüsternder, angespannter Stimme ein und hoffte nur, sie würde ihm nicht genau erklären müssen wo.

Nun, das mußte sie tatsächlich nicht. Ihr blieb nur zu sagen: »Sanft — ganz sanft«, und sofort wurde seine Hand zärtlicher und öffnete sie, als sei sie eine empfindliches Muschel, eine Blume. »Oh, Michael, Michael, Michael.«

»Es gefällt dir«, bemerkte er zufrieden.

Aber dieses Spiel beherrschte sie auch! »Und das hier wird dir gefallen.« Sie streichelte die samtige Unterseite seines Schwanzes, bis er zu keuchen begann. Sie hörte sofort auf, weil sie Angst hatte, daß sie zu weit gegangen, zu erfolgreich gewesen war. »Noch nicht«, flüsterte sie. »Erst, wenn du in mir bist.«

»Ich will in dir sein.«

»Ich weiß. Aber noch nicht.«

»Warum nicht?«

»Schh.«

Sie quälte sie beide noch eine Weile, reizte ihn mit ihren Fingern, die sich noch niemals zuvor so klug, so unglaublich erfinderisch erwiesen hatten. Jedes Mal, wenn sie aufhörte, begann er, sie vorsichtig zu erforschen, und sie hielt den Atem an und beobachtete sein Gesicht, die nach unten gerichteten Augen und das starre, konzentrierte kleine Lächeln, das seine Lippen umspielte. Das Bewußtsein, daß er noch niemals zuvor eine Frau auf diese Weise berührt hatte, entfachte ein zärtliches Gefühl in ihr, ein Gefühl der Macht und des Glücks und einer beinahe unerträglichen Erregung.

»Sydney.« Ein Muskel in seinem Kiefer zog sich rhythmisch zusammen. Er hatte seine Grenze erreicht, genau wie sie die ihre.

Ohne weitere Umstände schob er ihre Beine mit seinen Knien auseinander und drang in sie ein, wobei er seufzend ausatmete, während er sich immer tiefer in sie hineinschob. Zu ihrer Überraschung verharrte er dann und bewegte sich nicht weiter in ihr. Es gab keinen Grund für Worte, keinen Grund, laut zu sagen *Ich liebe dich.* Und ganz gewiß gab es keinen Grund zu weinen. Und dennoch stiegen ihr die Tränen in die Augen, und sie wußte, daß sie sich bis an ihr Lebensende an diesen Moment erinnern würde.

Schließlich war sie die erste, die sich bewegte, ihn mit ihren streichelnden Händen und den sanften, rollenden Bewegungen ihrer Hüften erregte. Es war ein unbeschreibliches Gefühl, ihn so tief in sich zu spüren. Aber es würde nicht anhalten. Sie kannte die Anzeichen, und Michael stand kurz vor dem Höhepunkt. Aber sie wollte sich ihm hingeben, und nichts anderes zählte im Moment. Sie würde später ihr eigenes Vergnügen finden.

So dachte sie zumindest. Bis es sich änderte. Erst langsam und kaum merklich, dann unmißverständlich, begann etwas anderes wichtig zu werden. Sie konnte sich dieser neuen Dringlichkeit nicht erwehren, vermochte nicht so zu tun, als sei sie nicht vorhanden. Das Gefühl hielt sie in einem furchteinflößenden Griff, überschritt die Grenze des Bekannten und Vertrauten. Sie flog. Sie klammerte sich an ihn, bat ihn mit ihrem Körper und schließlich auch mit ihrem Mund, nicht aufzuhören. *»Oh Gott, nicht aufhören«* flüsterte sie gegen seine feuchte Kehle, denn wenn er aufhörte, würde sie sterben, das war gewiß.

Die Leidenschaft machte ihn sprachlos, aber nicht still. Das quälende Geräusch seines kehligen, ungehemmten Stöhnens trug sie höher und höher. Er schloß sie fester in die Arme, verbarg sein Gesicht in ihrem Haar, und sein Atem kam ebenso stoßweise und keuchend wie der ihre. Der rauhe Rhythmus des Liebesspiels pochte durch ihr Blut, und ihr Körper sehnte sich nach der Erlösung. »Nicht aufhören, nicht aufhören, nicht aufhören —«

Ihre reine, keuchende Lust kam überraschend. Sie stieß

einen abgehackten, jubelnden, triumphierenden Schrei aus, als sie am Ende ihres unaufhaltsamen Anstiegs zum Höhepunkt gekommen war, und durch die lustvollen Wellen, die ihren Körper erfaßten, vernahm sie Michaels Antwort, ein ansteigendes Brüllen tiefer, animalischer Befriedigung. Der Laut drang in sie ein, durchbohrte ihr Herz und wurde zu einem Teil ihrer Lust.

Hinterher vermochte sie sich nicht zu rühren. Er dagegen hatte mehr Energie. »Ich würde am liebsten das Fenster aufreißen und hinausbrüllen«, seufzte er, »oder irgendetwas Schweres über meinen Kopf heben.« Sie konnte kaum reden. Aber er wollte wissen, ob es immer so sei. »Absolut nicht«, erklärte sie, da es für sie noch niemals zuvor so gewesen war.

»Warum denn nicht?« Er zog die feine Linie ihres Schlüsselbeins mit einem Finger nach, und ein grüblerisches Leuchten erschien in seinen Augen. »So sollte es aber immer sein.«

Sie stimmte ihm zu.

Er beugte sich zu ihr hinüber und küßte das Muttermal an der Seite ihrer linken Brust. Er lächelte. »Wir werden sehen.«

Kapitel 15

Endlich hatte Philip aufgehört zu schreien. Endlich mußte Sydney den Telefonhörer während ihrer kurzen Unterhaltungen nicht mehr alle paar Sekunden von ihrem Ohr weghalten. Nach drei Tagen war er wohl zu der Einsicht gelangt, daß sein Toben ihm nichts einbrachte.

»Sag mir nur, ob du noch in Illinois bist.«

»Natürlich.«

»Bist du auch noch in Chicago?«

»Ja.«

»Wirklich?«

»Ja.«

Sie hörte, wie er seufzte. »Nun, das ist ja immerhin etwas.«

»Philip, ich werde dir sagen, wo ich bin, wenn du mir versprichst, daß du es für dich behälst und nichts unternimmst.«

»Tut mir leid, das kann ich nicht.«

Sie hatten das schon einmal durchgespielt, aber dieses Mal hatte sie gehofft, daß es anders verlaufen würde. »Dann werde ich es dir nicht sagen.«

Eine wütende Stille folgte.

»Wie geht es zuhause?«

»Was glaubst du?«

Die Aufzugstüren öffneten sich und ein älteres Ehepaar trat heraus. Sydney wandte ihnen den Rücken zu.

»Rufen die Reporter immer noch bei euch an?« erkundigte sie sich mit leiser Stimme.

»Nur noch selten. Bisher hält dein Alibi. Tante Estelle hat allen erzählt, daß du Erholung vor all diesen ›unangenehmen‹ Dingen gebraucht hast, und niemand bezweifelt es.«

»Gut.«

»Drück nur die Daumen, daß nicht irgendein unternehmungslustiger Polizist beschließt, dich bei deiner guten Freundin Mary Kay zu besuchen.«

»Das scheint mir sehr unwahrscheinlich«, erwiderte sie spöttisch, obwohl ihr der Gedanke auch schon gekommen war. »Philip ...«

»Was?«

»Du hättest es mir doch gesagt, wenn sich Mr. Higgins inzwischen gemeldet hätte, oder?«

»Ja, bestimmt.« Er schwieg für einen Moment. Dann fuhr er mit sanfterer Stimme fort: »Ich schätze, er hat noch keine Antwort auf seine Telegramme bekommen.«

»Würdest du wohl etwas für mich tun?«

Stille. Dann zwei ungeduldige Atemzüge und schließlich: »Was denn?«

»Ruf ihn an und bitte ihn, noch einmal zu telegrafieren. Vielleicht sind die anderen Telegramme nicht durchgekommen.« Das klang wirklich erbärmlich. »Es muß doch irgendeinen Grund geben, warum sie nicht antworten.« Sie fing sich und senkte ihre Stimme wieder. »Würdest du ihn bitte ersuchen, noch einmal zu telegrafieren? Und frage ihn auch, ob er irgendwelche Verbindungen nach Schottland hat.«

»Verbindungen?« Philip klang amüsiert.

»Ob er irgendjemanden kennt, der uns helfen könnte, in Kontakt zu den MacNeils zu treten.«

»Falls sie existieren.«

»Natürlich existieren sie.«

»Sydney — ach, was soll's.«

»Was?«

»Nichts.«

»Du glaubst nicht, daß sie existieren?«

»Vergiß es einfach. Ich werde Higgins anrufen und ihn bitten, ein weiteres Telegramm zu schicken. Wie lautet seine Nummer?«

»Sie steht in dem kleinen Buch, daß in meinem Zimmer auf dem Schreibtisch liegt.«

»Okay.«

Sie lehnte ihre Stirn gegen die kalte, schwarze Metallplatte über dem Mundstück. »Wie geht es Sam?«

»Er vermißt dich.«

Sie schloß die Augen. »Geht es ihm gut?«

»Ja. Sydney, bitte komm nach Hause.«

»Das kann ich nicht.«

Sie vernahm ein rhythmisches Klicken: Philip trommelte mit seinen Fingernägeln auf die Kante des Telefontisches in der Eingangshalle. Das war eine Angewohnheit von ihm. »Liebst du ihn?« fragte er nach einer langen Pause.

»Ja, ich liebe ihn. Ich liebe ihn sehr.«

Wieder ein tiefes Seufzen. »Also gut, hör zu. Dein Geheimnis ist bei mir in Sicherheit. Sag mir nur, wo du bist, damit ich mich nicht weiter sorgen muß. Zumindest nicht mehr in dem Maße.«

»Ist das dein Ernst? Du wirst es Papa also nicht erzählen? Niemand wird etwas von dir erfahren?«

»Keine Menschenseele.«

»Schwörst du es?«

»Ich schwöre.«

»Wir sind in der Honeymoon-Suite im Palmer House Hotel.«

»Verdammt, Sydney —«

»Das ist die Wahrheit.«

»Wenn du mich anlügst —«

»Ich schwöre es.« Er murmelte ein paar Flüche vor sich hin, von denen sie jedes einzelne Wort verstand. »Paß auf, was du sagst«, wies sie ihn lächelnd zurecht.

»Das ist — einfach brillant. Das muß ich zugeben.«

»Das dachte ich mir.« Sie hätte jetzt gerne sein Gesicht gesehen.

»Sydney, du bist wirklich erstaunlich.« Er lachte leise.

»Das sieht dir gar nicht ähnlich. Ich bin wirklich beeindruckt.«

»Vielen Dank.«

»Ich hätte nie gedacht, daß du einmal aus diesem alten Trott herauskommen würdest: Tante Estelle. Der Country-Club. Die anständige junge Witwe zu spielen. All das.«

»Das hätte ich auch nicht gedacht«, erwiderte sie kaum hörbar.

»Also, das muß man dir lassen, wenn du dich schon entschließt, auszubrechen, dann machst du es wirklich mit Stil.«

Michael bemerkte immer erst, daß jemand an der Tür war, wenn er ein Klopfen oder das Drehen des Schlüssels im Schloß vernahm. Das bereitete ihm Kopfzerbrechen, denn seine Sinne warnten ihn für gewöhnlich viel eher vor solchen Dingen. Aber die Teppiche im Palmer House waren wie dicke Schneedecken, und die Türen dick wie Bäume — ›schalldicht‹, hatte Sydney sie genannt. Jetzt hörte er auch wieder einen Schlüssel im Schloß. Er schreckte zusammen, und sein Stift rutschte über das Papier und hinterließ eine schwarze Linie quer über den Hinterläufen des Wolfs. Die Tür öffnete sich, und Sydney trat ein.

Sie lächelte ihn an, sagte aber nichts. Er wußte, was das zu bedeuten hatte. »Wie geht es Philip?« erkundigte er sich und stand auf.

»Ich habe ihm erzählt, wo wir sind«, sagte sie.

Er studierte ihr Gesicht. »Er ist also nicht mehr zornig?«

»Oh . . .« Sie warf ihm ein dünnes Lächeln zu. »Das würde ich nicht sagen.« Sie ging unruhig im Zimmer umher, nahm Dinge in die Hand und stellte sie wieder hin. »Er sagt, daß alles ruhig ist. Keine Reporter mehr. Tante Estelle hat die Mary-Kay-Geschichte unter die Leute gebracht, und niemand scheint sie zu bezweifeln.«

»Und Sam?«

»Es geht ihm gut.«

»Wirklich?«

»Ja.«

»Schön.« Da sie es nicht von sich aus erzählte, mußte er es wohl aussprechen. »Es gibt noch keine Nachricht aus Schottland.«

»Es kann nicht mehr lange dauern. Bestimmt nicht.« Sie trat auf ihn zu und knetete ihre Hände. Sie trug ein weißes Kleid mit einem Muster aus gelben und rosafarbenen Blumen und sah darin wie ein junges Mädchen aus. Er hatte sie gebeten, dieses Mal nicht die Haare aufzustecken, und sie fielen lose auf ihre Schultern und wurden nur von einem dünnen, weißen Band gehalten. »Ich habe Philip aufgetragen, Mr. Higgins zu bitten, ein weiteres Telegramm zu senden. Dann werden wir bestimmt etwas hören.«

Er lächelte, damit sie auch lächelte. »Ja. Gewiß.« Er setzte sich wieder und dachte zufrieden, wie gut er doch inzwischen die Spiele der Menschen beherrschte: man sagte das Gegenteil von dem, was man eigentlich dachte. Dabei log man nicht einmal, denn alle anderen waren ja eingeweiht und verhielten sich ebenso.

Sie kam zu ihm und setzte sich auf den kleinen Schemel vor seinem Stuhl. »Was machst du da?«

»Nichts besonderes. Ich zeichne ein Bild.«

»Darf ich einmal sehen?«

»Der Strich gehört da nicht hin«, erklärte er, als er ihr das Blatt reichte. »Ich bin mit dem Stift ausgerutscht.«

»Oh, Michael.« Ihre langen, schwarzen Wimpern schwebten auf und ab, auf und ab. »Oh, das ist einfach wundervoll.« Eine Locke ihres glänzenden Haares hatte sich aus dem Band gelöst. Er rieb sie zwischen seinen Fingern, bevor er sie zärtlich hinter ihr Ohr schob. »Das ist wirklich ganz außergewöhnlich.«

Er konnte nichts Außergewöhnliches daran feststellen.

Er hatte den alten Wolf gezeichnet, wie er ihn in Erinnerung hatte. Wie er ganz zuletzt ausgesehen hatte. Er lag auf dem Boden, hatte aber wachsam die Ohren aufgerichtet und seine zu Schlitzen verzogenen Augen trugen einen nachdenklichen Ausdruck. »Er war mein Freund«, sagte Michael vorsichtig und beobachtete dabei Sydneys Gesicht. »Ich habe ihn lange Zeit gekannt.«

Sie legte ihre Hand auf sein Knie. »Was geschah damals nach dem Unglück?«

Die Frage hatte eine solche Dimension, daß er sich erst zurücklehnen mußte, um darüber nachzudenken. »Ich kann mich an diese Zeit nicht mehr genau erinnern.«

»Gibt es denn nicht *irgendetwas,* woran du dich erinnern kannst?«

»Nein, nichts. Ich weiß nur, daß mich irgendwann Leute gefunden haben und sich um mich kümmerten. Sie gaben mir etwas zu essen.«

»Wer waren sie?«

»Heute weiß ich, daß es Indianer waren. Eine Frau und zwei Männer. Die Frau war alt. Sie ist nach dem ersten Winter gestorben.«

»Warst du traurig darüber?«

»Ja.« Er dachte an die zahnlose, alte Frau und ihre zahllosen Decken und Felle, die sie immer um die Schultern trug. Sie hatte ihn niemals angelächelt, niemals mit ihm gesprochen, doch immer, wenn er etwas falsch machte, hatte sie ihn mit der Handfläche ihrer dunklen, knotigen Hand geschlagen. Eines Morgens war sie nicht mehr aufgewacht. Die beiden Männer hatten sie fortgeschafft und ihn alleine zurückgelassen.

»Was geschah dann mit dir?«

»Die anderen gingen fort, und ich war wieder allein.«

»Aber wie hast du überlebt? Du warst doch nur ein *kleiner Junge!«*

»Ich war acht, denke ich. Es war Frühling, der Schnee war geschmolzen. Ich wußte, wie man Feuer macht.« Er konnte sich nicht vorstellen, daß sie hören wollte, was er gegessen hatte, um am Leben zu bleiben. »In dem Sommer, den ich mit den Indianern verbrachte, habe ich gelernt, wie man überlebt. Wie man Essen findet, wie man sich warm hält. Als der Winter kam, folgte ich den Wölfen zu dem Ort, an dem es wärmer war. Näher am Wasser.«

»Georgian Bay?«

»Nein, ich glaube nicht. Er war kleiner.« Er hatte sich eine Landkarte in Dr. Winters Arbeitszimmer angesehen. »Es gibt da einen See namens Nipissing. Ich glaube, dort habe ich eine Weile gelebt.«

Sie blickte ihn mit aufgerissenen Augen an. »Aber waren da gar keine Menschen? Hat du denn nie jemanden gesehen, der dir hätte helfen können?«

»Nein, niemanden. Ich sah Männer, die die Tiere töteten, die meine Kameraden, meine Familie waren — Wölfe und Füchse und Bären. Dachse. Die Männer legten Fallen aus, in denen sie langsam und qualvoll verendeten. Oder sie vergifteten sie. Erschossen sie. Vielleicht war es ja falsch, aber ich habe gelernt, mich von diesem Männern fernzuhalten.«

Sydney ergriff seine Hand und preßte seine Knöchel gegen die weiche Haut ihrer Wange, ohne etwas zu sagen.

»Heute denke ich darüber nach«, gestand er ein, »was wohl geschehen wäre, wenn ich mein Versteck verlassen hätte und zu den Jägern gegangen wäre.«

»Dann wärst du gerettet worden.«

»Ich dachte aber nicht so. Ich dachte nicht, daß ich ›gerettet‹ werden müßte. Die Männer töteten sinnlos, und ich hatte die gleiche Angst vor ihnen wie meine Freunde. Ich hatte mich für die andere Seite entschieden«, erklärte er. »Menschen waren meine Feinde.« Sie nickte, aber wie sollte sie ihn verstehen? Er erklärte ihr nichts anderes, als daß er zum Tier geworden war.

»Dann hast du also ganz alleine gelebt«, sagte sie mit ernster, ruhiger Stimme. »Warst du sehr einsam?«

»Ich weiß es wirklich nicht. Im nachhinein denke ich schon. Es muß so gewesen sein. Aber damals ... es ist schwer zu beschreiben, wie mein Leben war, meine Gedanken. So ganz anders als jetzt. Alles war — ein einziges Fließen. Der Tag ging in die Nacht über, eine Jahreszeit in die nächste. Das Buch, das mein Vater mir gegeben hatte, habe ich gelesen, bis ich es auswendig kannte, damit ich niemals vergessen würde, daß ich ein Mensch war. Aber die Zeit schritt weiter fort, Jahr um Jahr verging, bis alles, außer dem Moment, in dem ich gerade lebte, mir wie ein Traum vorkam.«

»Du hast dich selbst verloren«, sagte sie.

Es war nicht seine Absicht gewesen, sie mit der Geschichte traurig zu machen, aber sie sah so aus, als würde sie jeden Moment in Tränen ausbrechen. »Ich werde dir von dem alten Wolf erzählen«, sagte er und griff nach der Zeichnung, die zu Boden gefallen war. »Er war mein bester Freund. Wir haben alles gemeinsam gemacht.«

Sie setzte sich zurück und stemmte ihre Hände in die Hüften. »Wie zum Teufel kann man einen Wolf als besten Freund haben? Warum hat er dich nicht aufgefressen?«

»Oh, Sydney.« Er lachte. »Wölfe fressen Menschen nur in Sams Märchen.«

»Stimmt das?«

Er seufzte. »Im Zoo hängt vorne am Wolfsgehege ein Schild, auf dem steht, daß sie allein umherziehen, böse und gefährlich sind, Menschen angreifen und Karibus fressen. Das sind alles Lügen. Wölfe tun den Menschen nichts. Nie. Sie rennen um ihr Leben, wenn sie auf Menschen treffen, selbst wenn sie am Verhungern sind. Ihre Nahrung besteht hauptsächlich aus Mäusen. Sie können nicht so schnell laufen wie Hirsche, also suchen sie sich, wenn sie Karibus jagen, die kranken oder verwundeten

Tiere aus. Es stimmt, daß sie die Herde dezimieren, aber die Tiere, die sie töten, würden sowieso sterben.«

»Und sie ziehen auch nicht alleine umher?«

»Das ist die dümmste Lüge von allen.« Er erhob sich erregt. »Wölfe haben Familien, genau wie Menschen. Sie leben zusammen, genauso wie du mit deiner Familie lebst. Sie haben Tanten und Onkel, Cousins, Schwestern, Brüder — Schwiegermütter. Sie bleiben zusammen und kümmern sich umeinander. Und wenn sie sich einen Gefährten suchen, dann für das ganze Leben. Sie verlieben sich. Sie sind ebenso leidenschaftlich wie du und ich, Sydney. Und ebenso zärtlich. Ebenso — hingebunsvoll.« Er blickte zur Seite, denn die Offenheit seiner Worte machte ihn verlegen. Er hatte sie noch niemals zuvor ausgesprochen. Aber er wußte, was sie bedeuteten, und er war froh gewesen, als er sie gelernt hatte, denn nun konnte er seine Gefühle benennen.

»Es gibt keine Wolfswaisen«, fuhr er fort, als er sah, daß Sydney ihn anlächelte. »Wenn die Mutter stirbt, dann kümmert sich ein anderes Tier um die Jungen — vielleicht eine Wölfin aus einem anderen Rudel. Und der Vater begleitet die Jungen und wird ebenfalls vom Rudel aufgenommen.«

»Die Rudel sind sich also nicht feindlich gesonnen? Sind nicht einmal Rivalen? Auch nicht, wenn es um das Futter geht?«

»Nein. Sie besuchen sich sogar gegenseitig.« Ob sie ihm das überhaupt glauben konnte?

»Warum leben sie denn überhaupt getrennt voneinander?«

»Wegen der Nahrung. Jedes Rudel hat sein eigenes Territorium, und sie würden bei der Nahrungssuche niemals fremde Grenzen verletzen.«

»Nur bei Besuchen.« Sie erhob sich. »Es klingt so, als seien sie zivilisierter als wir.«

»Das sind sie auch.«

Sie trat auf ihn zu und legte ihre Arme um ihn. In solchen Momenten, wenn Sydney ihn festhielt oder ihn mit großer Zärtlichkeit berührte oder sagte, daß sie ihn liebte, wußte er, daß er einsam gewesen sein mußte, als er alleine lebte. Er hatte sich seither verändert, und sie war ein Teil des neuen Mannes, der er geworden war. Es war inzwischen unvorstellbar für ihn, sie zu verlieren, sich wieder dem alten Leben zuzuwenden.

»Erzähl mir mehr von deinem Wolfsfreund. Wie bist du ihm begegnet?«

Es war nicht leicht, sich zu konzentrieren, wenn sie mit dem Haar hinter seinen Ohren spielte und es um ihren Finger wickelte, um es lockig zu machen. »Er war in eine Falle geraten, und ich habe ihn befreit.«

»Aha«, murmelte sie. »Deine Spezialität.«

»Er war jung, erst ungefähr ein Jahr alt. Ich wußte, wo sein Rudel war. Ich brachte ihn dorthin und gab ihn seinen Eltern zurück. Und dann ... bin ich einfach dageblieben.«

»Der Hausgast, der nicht wieder ging.«

»Was?«

»Nichts, schon gut.« Sie küßte sein Ohr. »Hat er selbst eine Familie gegründet?«

»Er hatte eine Gefährtin, die sehr schön war. Beinahe ganz weiß.«

»Und . . .Kinder?«

»Ja. Drei Junge, die im Frühling geboren wurden. Im Sommer fraß die Mutter vergiftetes Fleisch, das ein Jäger ausgelegt hatte und starb.«

»Oh, Michael! Und was geschah mit den Kleinen?«

»Seine Schwester hat sie aufgenommen. Er blieb bei ihrem Rudel, bis sie groß waren und verließ sie dann. Ich bin mit ihm gegangen.« Ohne es zu merken, hatte er das Band in ihrem Haar gelöst spielte mit ihren Strähnen. Sie duftete wie immer nach Blumen. »Es war nicht wie Sam und Hector — der Wolf hat niemals mir gehört, wie es bei einem Jungen und seinem Hund der Fall ist. Wir waren einfach zusammen. Wie Freunde.«

»Was ist mit ihm geschehen? Lebt er noch?«

»Er war sehr alt, und der Winter letztes Jahr sehr hart. Ich war gerade dabei, Nahrung für ihn zu stehlen, als man mich fing.«

Sydney umfaßte sein Gesicht mit ihren Händen und begann, ihn zu küssen. Er schloß die Augen und ließ es zu, daß die Wärme ihrer Lippen auf seiner Wange, seiner Augenbraue, seiner Nase all die traurigen Erinnerungen an den alten Wolf im letzten Winter linderte. »Wir küssen uns nicht oft genug«, murmelte sie, und da sie gerade ganz sanft mit ihren Fingerspitzen über seine geschlossenen Lider strich, wußte er nicht genau, ob sie nur scherzte oder ob es ihr ernst war. Es kam ihm so vor, als ob sie sich sehr oft küßten. Aber sie hatte recht. Es war nicht oft genug.

Er lehnte sich an den Tisch, und sie trat zwischen seine Beine. Sie lächelte. Ihr Kopf war ein bißchen höher als der seine. Sie war froh, daß es ihr gelungen war, ihn aus seiner düsteren Stimmung zu befreien. Lust überkam ihn, und er zog sie an sich und legte seinen Mund an diese süße Stelle, dieses Tal zwischen ihren Brüsten, und er küßte sie dort durch ihre Kleidung, bis sie seufzte. »Küsse auf den Mund«, flüsterte sie, als könne sie Gedanken lesen. »Wir geben uns nicht oft genug Küsse auf den Mund.«

Sie vergub ihre Finger in seinem Haar und schob seinen Kopf zurück. Ihre Münder berührten sich. Wie weich ihre Lippen doch waren. Sie befeuchtete sie mit ihrer Zunge und küßte ihn mit weit geöffneten Augen, um ihn beobachten zu können. Dann befeuchtete sie seine Lippen mit ihrer Zunge. Erregt ließ er seine Hände von ihrer Taille zu ihren Brüsten hinaufgleiten, doch sie schob sie sanft, aber bestimmt, fort. »Nur küssen«, teilte sie ihm mit verträumtem Blick mit.

»Nur küssen.« Er seufzte und tat so, als sei dies ein großes Opfer, das er ihr darbrachte.

Sie legte ihre Unterarme auf seine Schultern und schlang ihre Hände um seinen Nacken, wobei sie sich eng an ihn preßte. Sie küßte ihn sehr sanft, begann an einem Mundwinkel, wechselte dann zum anderen und produzierte dabei dieses leise Geräusch, dieses Kußgeräusch, das niemals ganz gleich war. Als er lächelte, warf sie ihm einen strengen Blick zu, als wolle sie ihn warnen, daß das nicht lustig sei. Er hörte auf zu lächeln, als sie ihre Zunge in seinen Mund schob und begann, seine eigene Zunge damit zu stupsen. Er liebte dieses Spiel. Tiere taten das auch, zumindest etwas Ähnliches, aber er hätte nie gedacht, daß auch Menschen so etwas tun würden, bis Sydney es ihm gezeigt hatte.

Er fühlte, wie sie sich an ihn schmiegte. Sie legte den Kopf zur Seite, als sei er zu schwer geworden, und ihre Atmung verlangsamte sich. »Michael«, flüsterte sie gegen seine Lippen, und als er dieses Mal seine Hand auf ihre Brust legte, da wehrte sie sich nicht. Küssen war schön, aber sie schafften es nie sehr lange, ausschließlich nur das zu tun.

Er richtete sich auf.

»Warte.« Sie erinnerte sich an die Regel. »Nein, wir wollten doch nur —«

»Küssen.« Er umfaßte ihre Taille, stieß sich vom Tisch ab und setzte sie statt dessen darauf. Dann drückte er sie sanft nach hinten, bis ihr Rücken auf der Platte lag. Er schob ihr den hoteleigenen Chicago-Führer als Kissen unter den Kopf, preßte sich zwischen ihre Beine und machte sich wieder daran, sie zu küssen.

Nun war es wirklich ein Opfer. Sydneys Mund war köstlich, aber er wollte mehr von ihr. Das Bewußtsein, es jederzeit haben zu können, verschlimmerte die Qualen nur noch. Aber sie hatte eine Regel aufgestellt, und daher hielt er ihre Hände und berührte sie nicht, während er sie küßte und sie ihn küßte, und er immer tiefer fiel und sich in ihrer Liebe verlor.

Gerade, als Sydney begann, die Regel zu brechen und ihre Beine um seine Hüften schlang und sich wand, da klopfte es an der Tür.

»Zimmermädchen!«

Sie kletterten hastig vom Tisch. Sydney strich ihre Röcke glatt und versuchte, ihr Haar in Ordnung zu bringen, während Michael die Stifte und Blätter des Briefpapiers zusammensuchte, die vom Schreibtisch gefallen waren. Ein Schlüssel drehte sich im Schloß. Als sich die Tür schließlich öffnete, befanden sich beide auf der anderen Seite des Zimmers. Sydney schaute aus dem Fenster und Michael tat so, als läse er in dem Chicago-Führer.

Das Zimmermädchen kam jeden Morgen, und jeden Morgen bewegten sie sich von Zimmer zu Zimmer, um ihr aus dem Weg zu gehen, während sie Bettlaken wechselte, Staub wischte, aufräumte, das Badezimmer schrubbte, frische Blumen in Vasen verteilte und mit einem Teppichkehrer über den Boden fuhr. Sie wußten, daß die Bediensteten sich fragen mußten, warum sie niemals ausgingen, um die Sehenswürdigkeiten zu betrachten, wie das alle Besucher der Stadt — sogar die Pärchen auf Hochzeitsreise — *irgendwann* einmal taten. Es war ein wenig peinlich, aber auch lustig: Wenn das Zimmermädchen endlich fertig war, mußten sie sich meist beherrschen, um nicht lachend herauszuplatzen während sie sich bei ihm bedankten und sich bis zum nächsten Morgen von ihm verabschiedeten.

Aber ihre Angst, entdeckt zu werden, war zu groß und daher konnten sie nicht nach draußen gehen. Selbst Sydney beschränkte ihre Ausflüge auf das nötigste — beispielsweise, um Michael Zeichenpapier und Aquarellfarben zu kaufen. Sie begannen, sich beide darüber zu wundern, daß sie trotz ihres erzwungenen Aufenthaltes in den beiden kleinen Zimmern und dem Bad nicht schlecht gelaunt wurden. Sie waren nicht einmal ruhelos. Es gab so viel, womit sie sich beschäftigen konnten. Sie lasen Bücher, die Sydney beinahe täglich aus der Bibliothek des Hotels borgte, betrachteten Karten und spielten Schach — Sydney hatte eines Abends ein Spiel aus dem Raucherzimmer der Herren besorgt. »Hast du Langweile?« fragte einer den anderen mindestens einmal am Tag. »Nein, du etwa?« »Nein.« Und es stimmte. Sie hätten bis an ihr Lebensende glücklich und zufrieden im Palmer House Hotel leben können.

Manchmal gaben sie sich allerdings auch Tagträumen hin. Fantasierten über eine Mahlzeit, die sie gemeinsam an einem Fenstertisch in einem Restaurant einnahmen. Über einen Besuch bei Field's, um für ihn neue Schuhe und für sie einen neuen Hut zu kaufen. Über einen Theaterbesuch im Royal Theater. Einen Spaziergang entlang der Michigan Avenue an einem Sonntagmorgen oder im Washington Park am Tag des Derbys.

Nach diesen Fantasieausflügen schwiegen sie meistens und fragten sich beide insgeheim, ob irgendeiner davon einmal Realität werden würde. Die Idylle, in der sie lebten, konnte nicht andauern — und dieses Bewußtsein machte sie nur um so kostbarer. Sie wollten sie nicht dadurch verderben, daß sie allzu viel von der wirklichen Welt in ihre beiden Zimmer und das Bad gelangen ließen.

»Die Angestellten betrachten mich inzwischen mit immer seltsameren Blicken«, verkündete Sydney am Freitagnachmittag, während sie ihre Handschuhe auszog und sie mit der Zeitung, ihrer Handtasche und ihrem Hut auf dem Sofarücken ablegte. »Ich weiß, daß sie über uns reden.«

»Sie sind eifersüchtig auf mich.« Michael blickte von dem Aquarell auf, an dem er gerade arbeitete, und strahlte sie an, als sei sie nicht zwanzig Minuten, sondern einige Tage fortgewesen. »Wenn sie mit dir verheiratet wären, würden sie auch niemals aus dieser Suite herauskommen.«

Sie schnaufte verächtlich, ging aber trotzdem zu ihm hinüber, um ihm einen Kuß zu geben. »Wie kommst du mit dem Bild voran?« Sie lehnte sich gegen ihn, strich ihm das Haar aus der Stirn und betrachtete das kleine Bild, das zwischen den Farben und Gläsern und Pinseln auf dem Schreibtisch lag. »Du bist nicht viel weitergekommen, während ich weg war«, bemerkte sie. Tatsächlich sah es so aus, als habe er gar nichts daran getan.

Dennoch war das halbfertige Bild eindrucksvoll. Sie begriff nicht, wie es ihm gelang, mit etwas so Rauhem wie einem Pinsel derart feine Details zu schaffen.

»Ich brauche mein Modell. Ich bekomme die Farben nicht richtig hin, wenn du nicht da bist.«

»Hmm«, sagte sie. Er blickte unschuldig auf. »Ich glaube, du willst nur, daß ich mich wieder nackt ausziehe.«

Er öffnete den Mund, riß die Augen auf — und verdarb dann alles, als er zu lachen begann. Und er errötete. Er versuchte, sie an sich zu ziehen, aber sie wich ihm aus, lachte und ging zurück zum Sofa, um in der Zeitung zu lesen.

Jeden Tag rutschte der Artikel über den »verlorenen Mann« weiter nach hinten. Heute stand er auf Seite neun. Sydney las einige Minuten schweigend, dann warf sie die Zeitung neben sich auf das Sofa. »Das ist ja nicht auszuhalten.«

Michael blickte von seinem Bild auf. »Was ist los?«

»Oh, es ist einfach nicht zu glauben. Hör dir das an.« Sie griff wieder nach der Zeitung. »›Die Polizei sucht weiter nach dem Täter‹, blah, blah, ›der sich seit sieben Tagen auf der Flucht befindet‹, und so weiter und so weiter. ›Mittlerweile gingen weitere Meldungen von Mitbürgern ein, die den verlorenen Mann gesehen haben wollen. Mrs. William Skaggs aus Evanston berichtete der Polizei gestern, ein Mann, der mit einem Lendenschurz aus Tierfell bekleidet war, sei mit einem Knüppel in der Hand an ihrer Hintertür erschienen. In LaGrange behauptete Mr.

Abel Whacker, er habe Mittwoch nacht einen nackten Mann beobachtet, der in seine Scheune eindrang und eine Stute und ihr Fohlen, sowie zwei Holsteiner, zwölf Hühner und einen Hahn befreite.‹« Sie warf die Zeitung auf den Boden und starrte sie wütend an. »Wie können Menschen nur so dumm sein? Es ist die reinste Massenhysterie. Ich bin überrascht, daß Mr. Whacker nicht gesehen haben will, wie der nackte Mann seine Hühner *verspeiste.*«

Michael stellte seine Pinsel ins Wasserglas und kam zum Sofa, um sich neben sie zu setzen. »Es spielt aber doch keine Rolle, oder? Es kann dir doch egal sein, was sie schreiben.«

»Ich weiß. Es ist mir ja eigentlich auch egal. Es macht mich nur wütend.«

Er hob die Zeitung auf und strich sie auf seinem Oberschenkel glatt. »Du hast bestimmt Philip angerufen«, sagte er mit beiläufiger Stimme, ohne sie anzusehen.

»Ja.«

»Irgendwelche Neuigkeiten?«

»Bisher noch nicht.«

Er begann, die Zeitung zu falten. »Sydney«, begann er im selben Augenblick, wie sie ›Michael‹ sagte. Sie lächelten beide, aber sein Lächeln schien nicht in seinen Augen. »Sydney. Hör mir zu.«

»Nein.« Er hatte bereits gestern versucht, diese Unterhaltung mit ihr zu führen.

»Doch, hör mir bitte nur zu. Es muß schlimm für deine Familie sein, daß du hier bei mir bist.«

»Sie wissen ja nicht, daß ich hier bei dir bin.«

»Philip weiß es. Und sie wissen, daß wir beide uns zusammen irgendwo aufhalten. Was muß deine Tante nur denken?«

»Es ist mir egal, was sie denkt.«

Er seufzte. »Und was ist mit Sam?«

»Sam ist ein Kind. Er vermißt mich, aber das ist auch

schon alles.« Doch sie sehnte sich jeden Tag nach ihrem kleinen Bruder.

Michael ergriff ihre Hand. »Wir können nicht ewig hier bleiben.«

»Warum nicht?« Sie vermied seinen geduldigen Blick. Sie wußte, daß es kindisch klang, aber sie haßte diese Diskussion und hatte nicht die Absicht, es ihm leichter zu machen, indem sie vernünftig war.

»Was ich getan habe, war falsch.«

»Was willst du damit sagen?«

»Ich habe die Zeitungen gelesen. Auch die Stellen, die du nicht laut vorliest, und ich weiß, wieviel Schaden ich angerichtet habe.«

»Es geht doch nur um Geld.«

»Nein. Sie haben alle Bären bis auf drei erschossen.«

Sie senkte den Kopf. »Aber das ist doch nicht deine Schuld. Die Leute sind in Panik geraten. Sie hätten sie nicht erschießen müssen.«

»Und die Hirsche — so viele von ihnen sind gestorben und sterben immer noch. Und das Eigentum vieler Leute — Läden, Häuser und Gärten — hat auch gelitten. Es war eine verrückte Sache und gegen das Gesetz. Ich hätte es nicht tun sollen. Wegen der Wölfe tut es mir nicht leid, das würde ich noch einmal tun, aber der Rest —«

»Ich kann einfach nicht glauben, daß du das sagst!«

»Ich denke einfach —«

»Michael, tut es dir etwa leid, daß wir hierhergekommen sind? Willst du mich verlassen?« Er schüttelte den Kopf, wollte wieder etwas sagen, aber sie kam ihm zuvor. »Wenn du wegläufst, werden sie dich fassen. Und selbst wenn sie dich nicht fassen, wohin willst du gehen? Du bist nicht mehr der ›verlorene Mann‹, du kannst dir dein früheres Leben nicht wieder wie einen alten Handschuh überstülpen. Du bist Michael MacNeil. Deine Eltern —«

Er erhob sich abrupt. »Meine Eltern haben nichts damit zu tun. Du redest über sie, als seien sie Zauberer, als könnten sie all das, was geschehen ist, dadurch ändern, daß sie uns ein Telegramm senden. Aber das wird nicht geschehen.«

»Woher willst du das wissen?«

»Sydney —« Er hob die Hände und ließ sie dann verzweifelt wiedere sinken. »Am besten sprechen wir nicht mehr davon.«

»Schön. Ich war sowieso nicht diejenige, die darüber reden wollte.«

Also unterhielten sie sich volle fünf Minuten über gar nichts mehr. So etwas war noch nie vorgekommen. Michael ging ins Schlafzimmer und schloß die Tür, während Sydney die zu einem Rechteck gefaltete Zeitung wieder auseinanderzog und vorgab, darin zu lesen.

Aus dem anderen Zimmer ertönte nicht der kleinste Laut. Ein schrecklicher Gedanken kam ihr. Was war, wenn er packte? Sie ließ die Zeitung fallen und stürzte auf die Schlafzimmertür zu.

Er lag auf dem Bett, hatte die Hände hinter dem Kopf verschränkt und starrte zur Decke hinauf. Er sah traurig aus. Als er sie sah, begann er, sich zu erheben, aber sie eilte mit langen Schritten auf das Bett zu und drückte ihn zurück. »Oh, bitte vergib mir«, bat sie ihn, hielt seine Schulter und strich mit ihren Fingern durch sein Haar.

»Was meinst du denn?«

»Ich weiß nicht. Haben wir uns nicht gerade gestritten?«

»Ich möchte mit dir schlafen.«

Er war bereits dabei, die Verschlüsse ihrer Bluse im Rücken zu lösen. Sie öffnete seine Hemdknöpfe. Doch dann machten sie sich daran, jeder seine eigenen Kleider auszuziehen. »Was ist, wenn das Zimmermädchen kommt?« fragte Sydney besorgt, zog ihre Strümpfe aus und wand sich aus ihrem Rock.

»Dann bitten wir sie, wieder zu gehen.«

Wie gewöhnlich war er schneller. Sie bemühte sich immer noch, die Bänder an ihrem Hemd zu öffnen, als er sie auf den Rücken warf und ein nacktes Bein über ihre Knie legte. »Aber sie wird uns sehen.«

Er hatte einen Knoten in ein Band gemacht. Knurrend zerrte er mit Hilfe seiner Zähne daran, und die dünne Baumwolle gab nach und riß. Er zog ihr das Hemd über den Kopf und warf es wie einen alten Lappen zu Boden. Sie starrte ihn verblüfft an, und eine große Erregung begann in ihren Adern zu summen. »Sie wird dich schon nicht sehen«, versicherte er ihr und grinste wie ein Wolf. »Der einzige, den sie sehen könnte, bin ich.« Sein langer, harter Körper bedeckte sie, und sie vergaß das Zimmermädchen und alles andere auf der Welt und sah nur noch Michael. *Ich bin in seiner Gewalt,* dachte sie und gab sich ihm hin. *Ich gebe auf.* Die Worte paßten, aber sie wurden von keiner verstohlenen Scham, keiner geheimen Ablehnung begleitet. *Ich bin hilflos,* dachte sie und genoß das Gefühl. Alles, was sie taten, alles, was sie sich wünschten, jeder Liebesakt, den sie vollzogen, war gut und richtig. Sie gehörte ihm vollkommen und doch hatte sie sich noch niemals so frei gefühlt.

Sein Mund war eine heiße, hungrige Liebkosung auf ihrem Körper und ließ sie mit jedem sinnlichen, brennenden Kuß höher steigen. Er brachte ihre Knochen zum Schmelzen. In der einen Minute vermochte sie kaum ihre schwache Hand zu heben, um ihn zu berühren, und in der nächsten fühlte sie sich wie eine muskulöse, athletische Amazone. Sein perfektes Gegenstück. Seine Gefährtin.

Als er in sie eindrang, sagte sie: »Verlaß mich nicht.«

»Sydney«, flüsterte er, aber er war verloren, sie sah es in seinen Augen. Zu tief in seine Leidenschaft versunken, um ihre Worte zu beachten.

Er nahm mit einem rohen, leidenschaftlichen Kuß, der ihr den Verstand raubte, Besitz von ihrem Mund, und löschte damit jeden bewußten Gedanken. Nun fühlte sie nur noch, gab sich dem glühenden Rhythmus ihres Verlangens hin. Es durchpulste sie, und sie spürte, daß es auf gleiche Weise auch ihn durchpulste, sie zusammenbrannte, noch näher aneinander band. Schweiß machte ihre Körper glitschig. Er hauchte ihren Namen wie ein Seufzen immer und immer wieder in ihr Ohr, bis die Silben miteinander verflossen, und sie nur noch *Ich liebe dich* ausmachen konnte. Körper und Seele vereinigten sich. Sie flog mit ihm in ungeahnte Höhen, die sie niemals zuvor erreicht hatte, erfuhr eine Lust, die so überwältigend war, daß sie sich darin verlor. Alles vergaß. Als sie ihn wiederfand, hielt sie ihn fest, als ginge es um ihr Leben.

Nachdem es vorüber war, versuchte sie, es ihm zu erklären. »Mit dir fühle ich mich … frei. Ich weiß, daß alles, was ich mir wünsche, in Ordnung ist.« Sie suchte nach den Worten, denn sie wollte vermeiden, über Spencer zu reden — das wäre Verrat.

»Du bist gut für mich«, versuchte sie es wieder. Sie lag auf der Seite, hielt seine Hand zwischen ihren feuchten Brüsten fest und küßte sie. »Dich macht nichts verlegen. Und da du keine Hemmungen hast, wischst du meine einfach fort.«

Er war ganz darin versunken, mit seiner Hand über die sanfte Rundung ihrer Hüfte und über ihre Taille bis hoch zu ihren Rippen zu streichen. Immer wieder, auf und ab. »Was sind Hemmungen?«

Sie lachte fröhlich. »Schon gut«, sagte sie, nachdem sie eine Weile nachgedacht hatte. »Etwas, über das du dir niemals Gedanken machen mußt.«

Der Vorhang am Fenster bauschte sich im Wind. Sie kuschelte sich enger an ihn, und er zog das Laken in die Höhe, um es über sie zu ziehen. Eine köstliche Mattigkeit ergriff sie. »Sollen wir ein Weilchen schlafen?« Sie schloß lächelnd die Augen, denn sie wußte, daß er sie immer noch betrachtete. Sie liebte es, neben ihm einzuschlafen.

Welch eine wundervolle Intimität. »Liebe dich«, flüsterte sie und schlummerte ein.

Liebe dich auch, antwortete Michael in seinem Herzen. Er hätte gerne diese kleine, rote Stelle auf ihrer Wange geküßt, wo sie zu fest gegen sein stoppeliges Kinn gerieben hatte. Oder er zu fest gegen ihre Wange. Seine Fingerspitze näherte sich der Stelle, aber er berührte sie nicht. Er wollte sie nicht wecken.

Wie wunderschön sie im Schlaf aussah, wenn sie sich geliebt hatten! Ihr rotes Haar war ein einziges Durcheinander, lag wie eine Flagge ausgebreitet auf dem Kissen, und ihr Gesicht trug noch einen rosigen Ton und war feucht vom Schweiß. Sie glitt so schnell in den Schlaf. Vor einer Minute noch hatte sie ihn angelächelt, und in der nächsten atmete sie schon tief und regelmäßig, und ihre Lippen öffneten sich wie zu einem letzten Kuß.

Er schlüpfte aus dem Bett. Seine Sachen lagen verstreut auf dem Boden. Er sammelte sie leise ein und trug sie ins andere Zimmer, um sie anzuziehen. Sydneys Handtasche lag in der Sofaecke. Er war froh, als er den Schlüssel daneben entdeckte, denn er wollte nicht gerne in ihren Dingen herumschnüffeln.

Als er die Tür öffnete, stand das Zimmermädchen zwei Schritte von ihm entfernt und hatte die Hand zum Klopfen gehoben. Sie zuckten beide erschreckt zurück. Er lächelte höflich und trat vor, so daß sie zurückweichen mußte. Er schloß leise die Tür hinter sich und sagte: »Meine Frau schläft. Könnten Sie wohl später wiederkommen?«

»Ja, Sir, natürlich.«

»Vielen Dank.«

Sie vollführte diese knicksende Bewegung, die Dienstmädchen für gewöhnlich machten, und er wartete, bis sie um die Ecke des Korridors verschwunden war. Dann wandte er sich zur anderen Seite und schritt Richtung Aufzug davon.

Er kannte die Nummer. Sam hatte sie ihm beigebracht. Er nahm an dem kleinen Tisch Platz, auf dem das Telefon stand und griff zum Ohrstück. Ein hohles, krachendes Geräusch ertönte. Nach einer Weile meldete sich eine Frauenstimme und sagte: »Kann ich Ihnen helfen?«

»Ja. Ich möchte jemanden anrufen.«

»Sprechen Sie bitte lauter.«

»Ich möchte —« Er hatte vergessen, in das Mundstück zu sprechen. Er beugte sich weiter vor.« Ich möchte jemanden anrufen.«

»Die Nummer bitte.«

»Vier-Neun-Null-Eins.«

»Einen Moment bitte.«

»Vielen Dank.«

»Gern geschehen.«

Knacken und Knistern. Läuten.

»Hallo?«

Er hielt das Ohrstück fester umklammert und preßte es näher an sein Ohr, bis es schmerzte. Die Stimme war so leise, er konnte sie kaum hören. Wer war es? Philip?

»Hallo? Ist jemand dort?«

»Philip!« Er schrie beinahe, so erleichtert war er.

»Warte.« Ein gedämpftes Quietschen ertönte, dann ein scharfer Laut, wie eine Tür, die zugestoßen wurde. Philips Stimme ertönte aufs Neue. Sie klang angespannt und kurzab. »Was ist los?«

»Nichts —«

»Wo bist du?«

»Immer noch am selben Ort. Ich —«

»Wo ist meine Schwester?«

»Hier. Es geht ihr gut. Sie weiß nicht, daß ich anrufe.«

»Und warum rufst du an?«

Er ist außer sich vor Wut, dachte Michael. Das hatte ihm Sydney nicht erzählt. »Ich rufe an, um mich zu erkundigen, wie es euch geht.«

»Ach, wirklich? Nun, das kann ich dir sagen. Mein Vater weiß nicht, ob er seinen Job an der Universität behalten darf, meine Tante kommt nicht mehr aus ihrem Zimmer, und mein Bruder weint die ganze Zeit. Willst du sonst noch etwas wissen?«

Michaels Schultern sackten hinab. Er hatte das Gefühl, als ob ihn jemand geschlagen hätte.

»Nun?«

»Ja«, preßte er schließlich hervor. »Da gibt es noch etwas.«

Er hörte Philip seufzen, bevor er ihn mit einer Stimme, die nicht mehr ganz so wütend klang, fragte: »Und was wäre das?«

»Sag mir bitte, was geschehen würde, wenn man uns faßt. Was mit Sydney geschehen würde, meine ich, nicht mit mir.«

»Warum fragst du sie nicht selbst?«

»Das habe ich bereits, aber sie sagt: ›Nichts.‹«

»Sie lügt.«

Er preßte den Handballen gegen sein Auge. Die Türen des Aufzugs öffneten sich. Jemand stieg aus, aber er blickte nicht auf, um zu sehen, wer es war. »Sag du es mir«, sprach er ins Telefon hinein.

»Nun, zwei Dinge. Eins ist gewiß, das andere wahrscheinlich. Zunächst wird sie von der Gesellschaft ausgestoßen werden.«

»*Ausgestoßen*. Aber wie —«

»Man wird sie von allem gesellschaftlichen Leben ausschließen. Sie bewegt sich in höheren Kreisen und hält sich an deren Regeln. Oder zumindest hat sie das bisher getan. Wenn ihre Freunde aus der feinen Gesellschaft herausfinden, wo und mit wem sie die letzten Tage verbracht hat, dann würde es keine Rolle spielen, ob ihr euch in der Zeit gegenseitig aus dem Alten Testament vorgelesen habt. Sie wäre am Ende. Verstehst du? Außer vielleicht Camille Darrow hätte sie keinen einzigen Freund mehr auf dieser Welt.«

Michael versuchte, etwas zu sagen, aber er konnte es nicht.

»Bist du noch dran?«

»Und das zweite?«

»Man könnte sie verhaften. Einem flüchtigen Täter Beihilfe zu leisten ist ein Verbrechen. Ich habe keine Ahnung, was ein guter Anwalt für sie tun könnte — vielleicht käme sie davon. Hörst du mir auch zu?«

»Ja.«

»Und verstehst du auch, was ich dir sage?«

»Ja.«

Für eine lange Zeit sprach keiner von ihnen ein Wort. Schließlich sagte Michael: »Mach dir keine Sorgen.«

»Was soll das denn heißen?«

»Es wird alles in Ordnung kommen, und ihr wird nichts geschehen. Die Sache ist vorbei.«

»Was hast du vor?«

»Ich muß einhängen.«

»Warte! Was hast du vor?«

»Vielen Dank, daß du mir das alles gesagt hast.«

»Hör zu, Michael. Übereile nichts. Laß mich —«

Er hängte ein. Er mußte nun schnell handeln. Er durfte keine Zeit verlieren.

Das Wohnzimmer war leer, im Schlafzimmer alles still. Sie schlief immer noch. Er beugte sich über den Schreibtisch und kritzelte so schnell eine Nachricht für sie, daß man sie kaum entziffern konnte. Er ließ sie auf dem Tisch liegen und ging dann — obwohl alles in ihm danach drängte, sich so schnell wie möglich auf den Weg zu machen — leise auf die Schlafzimmertür zu.

Er wäre gerne noch näher herangegangen, aber er hatte Angst, daß sie aufwachen könnte. Würde sie ihn wohl für einen Feigling halten, weil er so klammheimlich verschwand? Würde sie ihn wohl dafür hassen? Aber er konnte nicht anders. Er tat endlich das Richtige. Das Bedauern lag wie ein saurer Geschmack auf seiner Zunge, als er daran dachte, wie lange er sie in Gefahr gebracht hatte, und wie dumm und blind er gewesen war. Aber vielleicht konnte er ja noch alles wiedergutmachen. Wenn er jetzt ging, würde ihr nichts zustoßen.

Sie bewegte sich und er erstarrte. Sie murmelte etwas, aber es war so undeutlich, daß er es nicht verstehen konnte. Er hatte schon andere Male gehört, wie sie im Schlaf sprach. Einmal hatte sie gesagt: »Aber das stimmt nicht« und dann: »Ach, du.« Jetzt lächelte sie. Es war ein kleines, geduldiges Lächeln, und er wünschte, er wüßte, wovon sie träumte. Wenn er doch nur diese letzten Worte verstanden hätte.

Er hatte sogar Angst zu flüstern. *Ich liebe dich* formten seine Lippen, ohne einen Laut von sich zu geben. Und *Auf Wiedersehen*. Er ging ins Wohnzimmer hinüber, ohne einen Laut auf dem dicken Teppich zu verursachen. Am Schreibtisch schrieb er noch ein P.S. unter seine Nachricht und schob sie näher an die Tischkante, damit sie sie auf jeden Fall sehen würde.

»Michael?«

Sein Herz blieb stehen.

Er eilte zur Tür der Suite hinüber, öffnete sie vorsichtig und schlüpfte hinaus. Noch einmal ertönte ihre leise, verschlafene Stimme. Er schloß die Tür und verließ ihr Leben mit schnellen Schritten.

Sydney fand seine Nachricht eine halbe Minute später.

»SYDNEY«, hatte er in Blockbuchstaben darüber geschrieben, und der Rest war in seiner großen, kindlichen Kritzelhandschrift. »Ich weiß, wo die Polizeiwache ist. Sam hat sie mir vor langer Zeit gezeigt. Ich gehe dorthin, um mich zu stellen. Ich werde sagen, daß ich mich im Lincoln Park versteckt habe. Das ist keine Lüge, denn dort habe ich mich wirklich eine zeitlang versteckt. Du bist in Gefahr und mußt sofort nach Hause gehen. Wir hätten das alles nicht tun sollen, auch wenn es die schönste Zeit meines Lebens gewesen ist. Ich liebe dich. Ich wünschte, ich hätte genug Zeit, um dir alles zu sagen, was ich empfinde. All die Dinge, die ich dir schon früher hätte sagen sollen. Ich habe keine Ahnung, was nun geschehen wird, aber ich muß gehen. Michael.

P.S.: Bitte sei nicht böse. Es ist wirklich die beste Lösung.«

Kapitel 16

Die Polizei hätte Charles West beinahe verhaftet, weil sie ihn verdächtigten, einem flüchtigen Verbrecher Unterschlupf gewährt zu haben.

Sydney war entsetzt, als sie diese Neuigkeit von John Osgood vernahm, dem Anwalt, den ihr Vater damit beauftragt hatte, Michael zu verteidigen. Sie schalt Philip kräftig, als er lachte, aber die Ironie der Geschichte war einfach zu viel für ihn, und er hatte Charles sowieso nie gemocht.

Das Problem war, daß Michael, als er in die Polizeiwache auf der Clark Street marschierte, um sich zu stellen, nicht wie ein Mann aussah, der sich acht Tage lang in einem öffentlichen Park versteckt gehalten hatte. Woher kamen seine sauberen Sachen? Wer hatte ihm einen Rasierer gegeben? Hatte er denn keinen Hunger? Er weigerte sich, zu antworten. Die Polizei hegte niemals ernsthaft den Verdacht, daß ein Mitglied der Familie Winter ihm Unterschlupf gewährt haben könnte — und daß Sydney sich mit ihm in der Honeymoon-Suite des Palmer House Hotels versteckt gehalten hatte, fiel natürlich auch keinem einzigen Polizisten ein. Charles hatte das Pech, daß Michaels Bekanntenkreis sehr klein war, und als die Polizei darüber nachdachte, wer ihm in der Woche seiner Flucht geholfen haben könnte, stand Wests Name ganz oben auf der Liste.

Aber nicht für lange. Sie konnten keinerlei Belastungsmaterial, nicht einmal den Fetzen eines Beweises finden, und Charles vehementes Leugnen war sehr überzeugend. Daher wurde die Angelegenheit fallengelassen. Da man wahrscheinlich niemals herausfinden würde, wo Michael sich versteckt gehalten hatte, kam die Polizei bequemerweise zu dem Schluß, daß es auch nicht wichtig sei.

Die ganze Familie Winter atmete erleichtert auf.

Aber das war die einzige gute Nachricht. »Er hat keine Kaution ausgesetzt«, rief Philip, als er am Montagnachmittag in Sams Zimmer stürmte. Sydney und Sam saßen auf dem Boden und erledigten die letzten Handgriffe an Sams ›Naturalbum‹, einer schmuddeligen Kollektion von Blättern, Zweigen, Gräsern und Steinen. Seit Sydneys Rückkehr war Sam kaum von ihrer Seite gewichen. Er hielt es für dumm, daß sie ausgerechnet zu einer Zeit, in der Michael in Schwierigkeiten steckte, eine Freundin in Joliet besuchen mußte. Aber aufgrund seiner freundlichen Natur hatte er ihr bereits vergeben.

»Keine Kaution!«

»Sie verlegen ihn bis zur Gerichtsverhandlung ins Bezirksgefängnis. Osgood sagt, er könne dafür sorgen, daß der Verhandlungstermin vorverlegt wird, aber Richter Tallman läßt keine Kaution zu. Er behauptet, Michael sei eine zu große Gefahr.«

»Aber er hat sich doch selbst gestellt!«

Philip hockte sich neben sie auf den Teppich, und Sydney gab sich große Mühe, sich zu beruhigen, als sie bemerkte, wie ängstlich Sam sie ansah. »Der Richter ist ein Freund des Zoos«, erläuterte Philip und ihr Mut sank noch tiefer.

»Ein was?«

Sydney strich Sam durchs Haar. »Ein Freund des Zoos ist ein Mitglied des Fördervereins — jemand, der Geld spendet, um den Zoo zu unterstützen.« Sie schaute Philip an. »Kann man ihn in dem Fall nicht wegen Befangenheit ablehnen?«

»Osgood sagt, das allein reiche nicht aus. Und sollte sein Befangenheitsantrag abgelehnt werden, hätte er sich den Richter zum Feind gemacht.«

Sydney fluchte leise, ohne nachzudenken, und Sam

fielen beinahe die Augen aus dem Kopf. »Entschuldige«, murmelte sie.

An Philip gewandt sagte sie: »Wie war es denn? Wie hat er ausgesehen? Hast du mit ihm gesprochen?« Die Verlesung der Anklage hatte am Morgen stattgefunden, doch sie hatte nicht daran teilgenommen. Alle hatten ihr zugeredet, es nicht zu tun, weil sie sich nur aufregen würde. Und sie konnte im Grunde ja auch nichts tun. Die Zeitungsreporter hätten sie gejagt und belästigt, und sie oder Michael hätten möglicherweise etwas Verräterisches gesagt. Aber nichts hätte sie davon abgehalten, trotzdem hinzugehen, wenn Tante Estelles nicht mit einem Nervenzusammenbruch gedroht hätte.

»Wenn du zu dieser Gerichtsverhandlung gehst, Sydney«, hatte sie mit weißen, wutverzerrten Lippen und einem todernsten Tonfall gesagt, »dann schwöre ich, daß ich nie wieder ein Wort mit dir wechseln werde.« Und das war wirklich ihr Ernst. Sydney war aufgrund ihrer eigenen Wut versucht gewesen, dieses Ultimatum zu akzeptieren und einen klaren Bruch mit ihr zu provozieren. Aber sie hatte es dann doch nicht getan. Sie hatte nachgegeben.

Es war genau wie all die anderen Male, bei denen sie sich auf die Zunge gebissen und sich dem stärkeren Willen ihrer Tante gebeugt hatte. Aber dieses Mal war es ihre freie Wahl gewesen, basierend auf Vernunft und Logik. Sie war nicht zu Michaels Anklageverlesung gegangen, da es der Familie geschadet hätte — und sie dachte dabei insbesondere an Sam. Sie hätte sie alle der sensationslüsternen Öffentlichkeit preisgegeben. Die Drohung ihrer Tante spielte bei ihrer Entscheidung keine Rolle. Gott sei Dank waren die Tage, da sie Tante Estelle sklavisch gehorcht hatte, endlich vorbei.

Philip blätterte durch Sams Album und vermied es, sie anzusehen. »Er sah ganz gut aus. Ich habe nicht mit ihm gesprochen. Der Richter hat ihn gefragt, wie er sich bekennen würde, und er hat ›Nicht schuldig‹ geantwortet. Mehr hat er nicht gesagt. Die ganze Sache war in fünf Minuten vorbei.«

Sie beschloß, später herauszufinden, wie Michael wirklich ausgesehen hatte, wenn Sam nicht mehr in der Nähe war. Philips ausweichende Antworten machten sie nervös.

»Osgood hat ein Telegramm an irgendeinen Anwaltskollegen in London gesandt«, fuhr Philip fort und blickte auf. »Um herauszufinden, was in Schottland vor sich geht.«

»Gut.

»Er hält es für überaus wichtig, Michaels Familie zu finden. Er will auch die Grafen-Geschichte gegenüber der Presse mehr ausspielen. Er sagt, daß sei eines der wenigen Dinge, die für Michael sprächen.«

»Aber es hat doch gar nichts mit dem Fall zu tun, oder?«

»Nein, aber eine solche Sache kann wohl die Geschworenen durchaus beeinflussen, anders zu entscheiden. Ein Mann von schottischem Adel, dessen Vater ein Graf ist — wie könnte der gefährlich sein? Das sagt man natürlich nicht so frei heraus. Aber die Geschworenen werden schon die richtigen Schlüsse ziehen.«

»Ich verstehe.« Aber wenn Michaels Familie nicht gefunden wurde, konnten sie nicht einmal das für ihn tun. »Weiß denn Mr. Osgood Bescheid über Michael und —« Sie verstummte, blickte zu Sam hinüber und änderte ihre Frage in: »Weiß er, wo Michael letzte Woche gewesen ist?«

»Nur, wenn Michael es ihm selbst gesagt haben sollte, was ich nicht glaube.«

Sam lehnte sich gegen ihren Oberschenkel. Seine blauen Augen blickten sie traurig an. »Ich möchte ihn sehen, Syd. Kann ich ihn nicht besuchen?« Sie schüttelte den Kopf. »Aber warum? Er ist doch auch mein Freund.«

»Ich weiß, mein Schatz.«

»Und ich habe ein Bild für ihn gemalt. Sieh nur.«

»Oh, das ist nett. Schau nur, Philip.«

»Das sind wir alle, versteht ihr? Das hier ist der See, das ist Michael, das bin ich und da bist du und da ist Flip.«

»Wir spielen Ball«, sagte Sydney zögernd.

»Nein, das ist Hector. Bitte, Sydney, ich möchte es ihm geben. Du besuchst ihn doch, warum kann ich da nicht mit dir kommen?«

»Was?« Philip drehte sich zu ihr um. »Du willst Michael besuchen?«

»Das muß ich. Es werden keine Fotografen da sein«, fügte sie hinzu, denn sie fühlte sich in die Defensive gedrängt.

»Weiß Tante Estelle davon?«

»Noch nicht.«

»Warum darf ich denn nicht?« Sam ließ nicht locker. »Warum darf ich nicht mir dir kommen, wenn du gehst?«

»Weil Kinder nicht ins Gefängnis gehören.«

»Aber —«

»Tut mir leid, aber das Thema ist beendet.« Sie umarmte ihn, um eine weitere Diskussion zu vereiteln. »Ich werde deine Zeichnung mitnehmen. Du kannst ihm auch einen Brief schreiben, wenn du möchtest. Und ich werde ihm erzählen, wie sehr du ihn vermißt.«

»Wann wolltest du Tante E. denn diese entzückende Neuigkeit berichten?«

Sie schloß die Augen. Es graute ihr bereits vor dieser Auseinandersetzung. Aber es hatte keinen Sinn, die Sache noch weiter hinauszuschieben. Das würde es nur noch viel schlimmer machen. »Jetzt«, erwiderte sie müde nach einem Blick auf ihre Uhr. »Sie wird im Garten sein.«

»Ja«, stimmte ihr Sam zu, »rede mit ihr im Garten. Da hat sie immer gute Laune.«

»Oh, hallo, Papa.« Sie war überrascht, daß er sich mitten am Nachmittag nicht wie gewöhnlich in seinem Arbeitszimmer vergraben hatte, sondern hier draußen aufhielt. »Ist alles in Ordnung?«

»Hm? Oh, sicher. Ich erzählte deiner Tante gerade von dem Telefonanruf.« Er setzte sich auf einen Stuhl, nahm seinen Kneifer von der Nase und klopfte seine Taschen nach einem Taschentuch ab. Nach einer erfolglosen Suche zog er sein Hemd vorne aus der Hose und benutzte es, um seine Brille zu putzen.

»Welchem Telefonanruf?«

»Hm? Oh, von diesem Rosenmenschen.«

Diesem Rosenmenschen. »Mr. Wilkerson?«

»Wilkerson. Sagt, er wolle abdanken.«

Wilkerson war der Präsident der Rosengesellschaft, bei der Tante Estelle als Vizepräsidentin fungierte. »Abdanken?«

»Zurücktreten, sein Amt aufgeben, vergiß das Wort. Schlechter Gesundheitszustand. Will, daß Tante Estie übernimmt.« Er blickte Sydney durchdringend an. »Sie wollte seinen Anruf nicht einmal entgegennehmen. Sie möchte das Amt dieses Mannes schon, so lange ich denken kann, und nun will sie nicht einmal ans Telefon gehen.« Er schüttelte den Kopf und setzte sich die Brille wieder auf die Nase. Hinter den Gläsern sahen seine traurigen Augen verwirrt aus.

»Oh, Gott.« Sydney seufzte und setzte sich neben ihn. »Das ist alles meine Schuld.«

Er widersprach ihr nicht. Zu ihrem Erstaunen legte er ihr allerdings den Arm um die Schultern. »Nun, du konntest nichts dafür.«

»Oh, Papa, ich habe es einfach nicht über mich gebracht.« Sein unerwartetes Verständnis ließ die Worte aus ihr hervorsprudeln. »Ich habe es nicht über mich gebracht, ihn allein fortgehen zu lassen. Er wäre sonst gefaßt worden. Ich *mußte* einfach mit ihm gehen.«

»Du liebst ihn.«

»Das tue ich.«

»Und liebt er dich auch?«
»Ja.«
»Dann ist dem wohl nichts mehr hinzuzufügen.« Er blickte zum Himmel hinauf, und sein müdes Gesicht verzog sich zu hundert kleinen Falten. Die Brise hob sein gelichtetes, weißes Haar, so daß es wie ein flaumiger Heiligenschein aussah. Sie küßte ihn auf die Wange. Er schaute sie an, wurde ein wenig rot und lächelte gütig. »Du wirst deiner Mutter mit jedem Tag ähnlicher.«
»Wirklich?« Was für ein wundervolles Kompliment. Sie hatte ihre Mutter immer für eine schöne Frau gehalten.
»Niemand hat jemals verstanden, was sie in mir sah, weißt du. Am wenigsten ihre Eltern. Sie war nicht im geringsten dickköpfig, aber dieses eine Mal hat sie auf niemanden gehört. Sie hat mich geheiratet, und es war die richtige Entscheidung. Wir haben einander glücklich gemacht.«
»Ich weiß.« Sie ergriff seine knochige Hand. Ihr Vater war ein liebevoller, freundlicher, gütiger Mann, und dennoch hatte sie niemals zuvor eine solche Unterhaltung mit ihm geführt. Wenn es nach ihr gegangen wäre, hätte sie ewig dauern können. »Vermißt du sie immer noch?«
»Jeden Tag.«
»Ich auch.«
Er nickte und schwieg. Sie hatte Angst, daß er sich ihr entziehen, in einen seiner Tagträume gleiten würde, aber einen Moment später schüttelte er sich und blickte sie an. »Gebe mir die Schuld an der Sache mit Michael. Zumindest zum Teil.«
»Oh, Papa, aber warum denn?«
»Habe ihn aufgegeben. Hat mir nichts mehr genützt, also haben West und ich ihn fallenlassen. War falsch von uns. Falsch von mir. Junge brauchte jemanden, der ihn führt, und ich habe ihn einfach vergessen. Habe ihn dir und Philip und Sam überlassen, ohne einen weiteren Gedanken an ihn zu verschwenden.«

»Wenn überhaupt jemand Schuld hat, dann . . .« Sie schüttelte energisch den Kopf. »*Niemand* hat Schuld. Weder du, Papa, noch wir, noch Michael.«

»Hmm.«

»Es ist einfach geschehen.«

»Nun ja, vielleicht hast du recht. Die Sache ist die, ich kann verstehen, warum er es getan hat. Wenn man sich in seine Lage versetzt, dann ergibt das Ganze einen Sinn.«

»Ich weiß. Ich denke die ganze Zeit an nichts anderes.« Sie lachten beide leise, und das war irgendwie tröstlich für sie. »Ich werde ihn besuchen, Papa. Ich habe mich dazu entschlossen. Tante Estelle . . .« Sie verstummte. Aber sie mußte den Satz auch gar nicht beenden. Er tätschelte ihre Hand und erhob sich. Sydney seufzte — ihre Unterhaltung war beendet.

Er zog seine Pfeife aus der Westentasche und steckte sie zwischen die Zähne. »Du solltest nicht alleine gehen.« Er begann, in den anderen Taschen nach seinem Tabaksbeutel zu suchen.

»Philip wird mich sicher begleiten, wenn ich ihn darum bitte.«

»Gut, gut. Ich werde auch mitkommen.«

»Du — du wirst was?«

»Wird nicht so schlimm aussehen, wenn wir alle gehen. Er wird sich doch freuen, uns zu sehen, oder?«

»J-ja, gewiß. Oh, Papa, ich danke dir.«

»Estie wird das nicht schmecken. Sagst du es ihr?«

Sie nickte verblüfft.

»Gut. Laß mich da aber raus. Erwähne nicht einmal meinen Namen.« Er zwinkerte ihr zu und eilte, immer noch seine Taschen abklopfend, zu seinem Arbeitszimmer zurück.

Tante Estelle war damit beschäftigt, Blattläuse zu töten. Eine Beschäftigung, die sie ausgesprochen befriedigte.

Sie genoß es, Wasser und Seife und Quassia zu mischen, und die schmierige Masse auf die winzigen, weißen Quälgeister zu sprühen, die ansonsten ihre kostbaren Rosen kaputtmachen würden.

»Was sind Blattläuse eigentlich?« eröffnete Sydney das Gespräch. Sie stand in einem respektvollen Abstand von zwei Metern da, die Hände auf dem Rücken verschränkt und sah zu, wie ihre Tante mit einem Schlauch auf einen Rosenbusch zielte und mit der anderen Hand einen Ventilkolben in einem Eimer auf und ab bewegte. »Sie rühren sich doch nie. Sind es also nicht eigentlich Pflanzen? Oder Tiere? Insekten? Oder ... Organismen, eine Art ... Amöben?« plapperte sie weiter.

Auf all diese Fragen antwortete Tante Estelle nicht. Sie arbeitete weiter und tat so, als ob sie allein wäre. Sie trug ihre Gartenkleidung, die aus ihrem ältesten Kleid und einer langen Schürze bestand, dazu Stoffhandschuhe, die bis zu den Ellbogen hinaufreichten und einen breiten Strohhut.

»Papa sagt, daß Mr. Wilkerson sich zurückziehen möchte«, versuchte es Sydney noch einmal. »Ich hoffe nicht, daß er ernsthaft krank ist — aber wäre es nicht nett, wenn du seine Nachfolgerin würdest? Du würdest die Arbeit bestimmt vorzüglich erledigen. Gewiß besser als er. Und du wärst die erste Frau, die dieses Amt bekleidet. Das wäre ... wirklich ...« Sie senkte errötend den Kopf. »Das wäre wirklich toll«, endete sie leise.

»Was willst du?«

Die harschen Worte erstaunten sie. Sie riß den Kopf hoch. Tante Estelle stand immer noch mit dem Rücken zu ihr, sprühte und pumpte, sprühte und pumpte. Die starre Art und Weise, wie sie ihre Schultern hielt, die wütende Linie ihres Halses, alles an ihr bedeutete Sydney, daß sie umsonst gekommen war. Aber sie mußte es trotzdem versuchen. Wollte es versuchen. Vielleicht lag es an diesen netten, überraschenden Momenten mit ihrem Vater, die bewirkten, daß sie Tante Estelle gegenüber einmal mutig, sogar kühn auftrat. Oder möglicherweise war es einfach an der Zeit, erwachsen zu werden.

»Ich möchte mich bei dir entschuldigen. Was ich getan habe ... Ich weiß, daß es dich sehr verletzt hat, Tante. Es tut mir wirklich leid.«

Nichts. Estelle hob ihren Eimer auf und schritt zum nächsten Rosenbusch.

»Ich habe es nicht getan, um dich zu verletzen — aber ich werde auch nicht lügen und behaupten, ich hätte nie gedacht, daß es dich so treffen könnte.«

War dieses schnaubende Geräusch ein ungehaltenes Prusten, ein erstickstes, verächtliches Schnaufen? Als Sydney mit Michael weggelaufen war, hatte Tante Estelle dies in ihrem moralischen Empfinden tief entsetzt. Sozialer Ruin hatte seinen schrecklichen Schlund fünf Tage und fünf Nächte lang vor ihr geöffnet gehalten, und sie zitterte immer noch deswegen. Sydney hatte ihr den Schock ihres Lebens versetzt, und das würde sie ihr nicht so ohne weiteres vergeben.

»Ich bin heute nicht zur Anklageerhebung gegangen, weil du mich darum gebeten hast«, sagte sie, entschlossen, das Schlimmste so schnell wie möglich hinter sich zu bringen. »Ich habe deine Gründe akzeptiert, die dagegen sprachen — die Reporter und Fotografen hätten die Situation ausgenutzt, und obwohl es Michael geholfen hätte, wäre es schlecht für die Familie gewesen. Aber ...« Sie wappnete sich und sprach es dann aus. »Ich werde ihn morgen im Bezirksgefängnis von Cook besuchen. Philip wird mich begleiten.« Als keine Reaktion erfolgte, fuhr sie hastig fort. »Es wird niemand von der Presse da sein. Außer Mr. Osgood und ein paar Polizisten wird niemand erfahren, daß wir ihn besuchen. Also.« Ihre Schultern sanken in sich zusammen. »Ich werde hingehen«, endete sie niedergeschlagen.

Tante Estelle stand weiterhin mit dem Rücken zu ihr.

Als sie den Kopf bewegte, verdeckte der herabhängende Hutrand ihr Profil. Eine Biene landete auf ihrer rechten Schulter. Sydney wischte sie ohne nachzudenken fort. Als sie die Berührung spürte, wirbelte ihre Tante herum. Wut und Verletzung schimmerten in ihren Augen — damit hatte Sydney gerechnet. Doch worauf sie nicht vorbereitet war, waren Tränen.

»Oh, Tante —«

Sie drehte sich wieder um und widmete sich erneut dem Besprühen der Rosen, wobei sie die Pumpe mit hektischen Bewegungen attackierte, die ihre Verfassung besser wiedergaben, als einige Schluchzer es gekonnt hätten. Sydney sah ihr hilflos und traurig zu, so lange sie es auszuhalten vermochte. Dann ging sie ein Risiko ein, daß sie bis dahin noch niemals gewagt hatte. Sie trat so nahe an die Tante heran, daß diese mit dem Pumpen aufhören mußte, um sie nicht mit der Flüssigkeit zu besprühen, und dann legte sie ihr die Hand auf den Arm. Keine von ihnen bewegte sich.

»Ich liebe dich, Tante Estelle«, flüsterte Sydney schließlich. Es war das erste Mal, daß sie das sagte — vielleicht das erste Mal, daß es ihr überhaupt klar geworden war. »Was ich getan haben tut mir leid, weil es dich verletzt hat. Ich habe mich in Michael verliebt. Es ist weder eine Vernarrtheit noch — Lust, und schon gar keine Art von Rebellion. Ich liebe ihn. Ich konnte ihn nicht gehenlassen, und ich konnte auch nicht zulassen, daß die Polizei ihn faßte. Ich schäme mich nicht für das, was ich getan habe. Es tut mir nur leid, daß es dir solche Schmerzen verursacht hat.«

Ihre Tante murmelte: »Sydney.« Dann blickte sie fort und benutzte die Rückseite ihrer Hand, um sich über die Augen zu wischen.

»So, wie es aussieht, wird es wohl niemand herausfinden«, fuhr Sydney fort, bemüht, einen leichteren Ton anzuschlagen. »Das dürfte dich freuen. Für mich war es auch schwer — ich mußte Cam anlügen, meine beste Freundin, und das war schrecklich.« Sie ergriff die Hand der älteren Frau und versuchte, sie dazu zu bringen, sich umzudrehen, aber Tante Estelle weigerte sich.

»Kannst du mir wohl vergeben? Du und ich, wir sind so verschieden, aber ich dachte immer, daß wir Freundinnen sind. Es wäre sehr schmerzlich für mich, dich zu verlieren.« Nun weinten sie beide. Sydney ging ein weiteres Risiko ein. Sie beugte sich vor und küßte ihre Tante auf die gerötete Wange.

Tante Estelle murmelte: »Nun ist es aber gut«, und hielt ihr Gesicht immer noch abgewandt, aber sie umarmte Sydney kurz und unbeholfen mit einem Arm und wandte sich dann mit einem lauten Schniefen wieder dem Besprühen ihrer Rosen zu.

Sydneys Herz überschlug sich. Ihre Emotionen lagen bloß. Sie wäre am liebsten in Tränen ausgebrochen oder mit Tante Estelle im Garten herumgetanzt. Sie zog ein Taschentuch aus der Tasche und schnupfte hinein. »Nun ja«, sagte sie und trat einen Schritt und dann einen zweiten zurück. Offenbar würde sie heute nichts weiter als »Nun ist es aber gut« aus ihrer Tante herausbekommen. Aber was für ein wundervoller Anfang das war.

Sie konnte allerdings nicht widerstehen, ihr über den Rasen hinweg noch zuzurufen: »Vergiß nicht, er ist immerhin ein Grafensohn.«

Tante Estelle drehte sich nicht um. Aber Sydney erhaschte einen Blick auf ihr Profil und glaubte, ein winziges Lächeln im Mundwinkel ihrer Tante gesehen zu haben.

John Osgood war ein untersetzter Mann mit breitem Gesicht, Hängeschultern und beginnender Glatze. Er rauchte Zigarren und roch auch danach. Er war mehr ein Bekannter als ein Freund der Familie. Dr. Winter kannte ihn seit Jahren von irgendeinem Universitätsausschuß oder

Komitee, in dem sie beide gesessen hatten, und Sydney begrüßte ihn bei gesellschaftlichen Anlässen mit »Hallo, wie geht es Ihnen?« Die Familie hatte noch niemals zuvor die Dienste eines Anwalts in Anspruch nehmen müssen, und Mr. Osgood war der einzige, den sie kannten. Sydney hoffte nur, daß er gewandter und klüger war als er aussah.

»Philip, wie nett, Sie wiederzusehen. Harley, mit dir hatte ich ja gar nicht gerechnet! Wie geht es dir? Und Sydney — es ist schon eine ganze Weile vergangen, seit wir uns das letzte Mal gesehen haben. Tut mir leid wegen Ihres Mannes, wirklich leid. Ich habe ihn nicht gekannt, aber nur Gutes über ihn gehört, nur Gutes.«

»Ich danke Ihnen.«

»Nun! Haben wir auch genug Stühle? Der Raum ist leider sehr klein. Aber einen anderen wollten sie mir nicht geben, und ich habe ehrlich gesagt nur Philip erwartet.«

Sie nahmen um den Tisch Platz, der den größten Teil des winzigen, bedrückenden Raumes ausmachte. Ob die Polizei wohl hier Vernehmungen durchführte, fragte sich Sydney und betrachtete angewidert die düsteren Wände und das einzige, schmale, verschmutzte Fenster. Ob sie Michael wohl in einem Raum wie diesem vernommen hatten? Welch ein unerträglicher Gedanke. Sie verdrängte ihn schnell und stellte Mr. Osgood die Frage, die ihr am Herzen lag.

»Wie geht es ihm?«

»Gut, gut. Ich komme gerade von einem kleinen Plausch mit ihm, und es geht ihm wirklich gut. Er freut sich auf Ihren Besuch«, fügte er hinzu und blickte Philip an. »Er ist für ein Uhr vorgesehen.«

Sydney sank zitternd vor Erleichterung in ihrem Stuhl zurück. Nun erst vermochte sie sich einzugestehen, wie groß ihre Angst gewesen war, daß ihm etwas Schreckliches zugestoßen sein könnte, daß sie ihm auf irgendeine

Weise wehgetan hatten oder zu der Entscheidung gekommen waren, keine Besucher zuzulassen — oder, viel schlimmer noch, er zu der Ansicht gekommen war, daß er sie besser nicht sehen sollte.

»Gute Neuigkeiten«, sagte Mr. Osgood. »Sie haben die Diebstahlsanklage fallenlassen, mit der sie sowieso niemals durchgekommen wären. Ich dachte mir schon, daß sie sie irgendwann fallenlassen würden, und es ist gut, daß es so früh geschehen ist, denn nun müssen wir uns nicht darauf vorbereiten.«

Der Anwalt schaute manchmal zu Sydney herüber, manchmal zu ihrem Vater, aber den überwiegenden Teil seiner Bemerkungen richtete er an Philip. Sie bemerkte, daß er freundliche Augen hatte, braun und väterlich, und eine wundervolle Stimme. Ob das ausreichen würde, um die Geschworenen von Michaels Unschuld zu überzeugen?

»Ich habe ihn glücklicherweise überzeugen können, daß es besser ist, wenn er nicht aussagt. Mit viel Glück werden wir genug —«

»Wie bitte?« Sie war zu verblüfft, um irgendeinen Gedanken an Höflichkeit zu verschwenden und schnitt ihm das Wort ab. »Michael soll nicht aussagen? Aber warum denn nicht?«

Osgood blickte auf seine Hände hinab, die gefaltet auf dem Tisch lagen und verzog seine Lippen zu einem grimassenartigen Lächeln. »Aus zwei Gründen«, sagte er langsam und nachdenklich. »Zum einen kann er sich nicht richtig artikulieren und zum anderen ist er zu ehrlich.«

»Entschuldigen Sie bitte«, begann Sydney und hoffte, daß sie ihre Empörung im Zaum halten konnte. »Mr. Osgood, Michael kann sich durchaus richtig artikulieren. Und wie ist es möglich, daß jemand zu —«

Er hielt einen kleinen, dicklichen Finger in die Höhe. »Lassen Sie es mich erklären. Ich hätte vielleicht besser sagen sollen, daß er zu direkt spricht statt zu unartikuliert. Wenn er in den Zeugenstand treten würde, könnte ihm der Staatsanwalt innerhalb von zwei Minuten ein volles Geständnis entlocken. Nein — sogar in weniger als zwei Minuten. ›Mr. MacNeil, sind Sie vorsätzlich und widerrechtlich in vier verschiedene Gebäude auf dem Gelände des Lincoln Park Zoos eingebrochen und haben die Schlüssel zu den Käfigen der Hirsche, Wölfe, Füchse an sich gebracht‹ — den Rest habe ich bereits vergessen — ›und diese Tiere freigelassen?‹ ›Ja, das habe ich getan.‹ ›Und haben sie einen Angestellten des Zoos im Verlauf dieser illegalen Aktivität angegriffen, sind auf ihn zugesprungen und haben ihn zu Boden geworfen, um dort mit ihm zu ringen und zu kämpfen, bis man Sie mit Gewalt überwältigte?‹ ›Ja, Sir, das tat ich.‹«

»Schön, aber Michael würde nie —«

»›Und welches Motiv hatten sie für Ihre Taten, Sir? Erzählen Sie uns, warum Sie diese illegalen Aktivitäten begingen.‹ ›Weil ich es mußte.‹ ›Vielen Dank, Mr. MacNeil, Sie dürfen wieder auf der Anklagebank Platz nehmen.‹«

Sydney schloß die Augen und preßte ihre Finger an die Schläfen. Ihr Kopf begann zu schmerzen.

»Mrs. Darrow«, fuhr Osgood mit sanfter Stimme fort, »Michael weiß nicht, wie man die Wahrheit am besten verpackt — vom Lügen ganz zu schweigen. Und wenn man ihn vor seiner Aussage instruieren würde, wäre das noch schlimmer, denn dann würde er auch instruiert klingen. Er hat diese Taten begangen und dennoch plädiert er auf nicht schuldig. Er ist nicht gebildet genug, um den Unterschied zwischen formaler Schuld und legaler Unschuld zu verstehen. Dies ist eine Eigenschaft, die es zu bewundern gilt, aber im Augenblick stellt sie eine Verwundbarkeit dar, vor der man ihn schützen muß. Habe ich mich verständlich ausgedrückt?«

Sie nickte unglücklich.

Der Anwalt griff über den Tisch und tätschelte ihre Hand. »Es ist nicht so schlimm, wie es klingt, glauben Sie mir. Mit etwas Glück haben wir eine exzellente Chance, ihn freizubekommen.«

»Mit wieviel Glück?« erkundigte sich Philip.

»Nun, ein bißchen hatten wir ja bereits. Wie ich bereits andeutete, hatte der Staatsanwalt keine Bedenken, den Verhandlungstermin vorzuziehen, und der Richter hat dem zugestimmt.«

»Gott sei Dank«, sagte Sydney. Das bedeutete, daß Michael weniger Zeit in einer Gefängniszelle verbringen mußte. Falls er freigesprochen würde.

»Nun ja.« Mr. Osgood zog eine Zigarre halb aus seiner Tasche, bevor er sich an das Rauchverbot erinnerte und sie wieder zurückschob. »Das sind sowohl gute als auch schlechte Neuigkeiten, ehrlich gesagt.«

»Wieso schlecht?«

»Je später die Verhandlung stattfindet, desto größer die Chance, die MacNeils ausfindig zu machen.«

»Spielt das denn wirklich eine so große Rolle?«

»Das könnte es durchaus. Ein Angeklagter mit guten Verbindungen hat immer eine bessere Chance als ein Einzelgänger oder ein Mittelloser. Das ist nicht fair, aber so läuft es eben.«

»Aber Michael ist nicht —«

»Außerdem ist seine Geschichte romantisch, genau von der Art, die die Fantasie der Geschworenen beflügelt. Aber nur, wenn sie wahr ist, und nur, wenn sie *erkennen* können, daß sie wahr ist.«

»Mit anderen Worten«, sagte Philip, »nur, wenn sie mit eigenen Augen sehen, daß Michael aus einer reichen, aristokratischen Familie stammt.«

»Wenn sie die Familie sehen oder auch einfach nur auf eine verläßliche und unanfechtbare Weise davon hören.«

»Aber wir wissen doch nicht einmal, ob sie reich sind«,

bemerkte Sydney. »Wir sind ja noch nicht einmal absolut sicher, ob sie überhaupt Aristokraten sind.«

»Wohl wahr, aber an diesem Punkt haben wir nicht viel anderes in der Hand. Wenn der Fall sich zu einer Charakterfrage entwickeln sollte, dann bestünde unsere größte Hoffnung darin, die MacNeils zu finden.« Er zog seine Uhr aus der Tasche und ließ den Deckel aufspringen. »Beinahe eins. Sie sollten zusehen, daß sie nicht zu spät kommen, Besucher dürfen nicht lange bleiben.« Alle erhoben sich. »Leider darf nur einer von Ihnen zu ihm«, sagte er entschuldigend.

»Nur *einer?*«

»Ich fürchte ja. Sie sind ja keine Familienangehörigen. Was übrigens ein glücklicher Umstand ist, denn wenn sie es wären, würde sie der Zoo sicherlich auf eine Entschädigung verklagen. Also, wer soll Michaels Besucher sein? Du, Harley?«

Sydneys Vater kratzte mit dem Daumennagel über die Zahnspuren auf seiner leeren Pfeife, die er in den letzten zehn Minuten in den Händen gehalten hatte. »Hmhm«, sagte er entschieden.

»Sie, Philip?«

Philip rieb sich mit der Hand über den Nacken und starrte mit zusammengekniffenen Augen ins Leere.

Sydney räusperte sich. »Ich würde ihn sehr gerne sehen.«

»Oh.« Osgoods Augen wurden kugelrund, und er schaukelte auf seinen Absätzen vor und zurück. »Oh, ich verstehe.«

Sie war sich nicht sicher, ob er wirklich verstand. Irgendwann im Laufe des Gesprächs hatte sie sich aber entschlossen, ihm zu vertrauen. Sollte er es *wirklich* verstehen, dann fürchete sie nicht länger um die Konsequenzen.

»Wir werden draußen auf dich warten«, sagte Philip. Er und ihr Vater schüttelten Mr. Osgood die Hand, der ihnen mitteilte, daß er sie auf dem laufenden halten würde.

Der Anwalt umfing ihren Arm mit einem freundlichen Griff und geleitete sie den schmuddeligen Flur entlang, eine Treppe hinauf und einen weiteren Flur hinunter bis zu einem großen, überfüllten, schlecht beleuchteten Wartebereich.

Ein uniformierter Polizist saß hinter einem Schreibtisch vorne im Raum. »Ich werde Sie beim Sergeant anmelden und mich dann auf den Weg machen. Es dürfte nicht mehr lange dauern.«

Sie dankte ihm für seine Freundlichkeit. Sie fand einen leeren Stuhl in einer Ecke und setzte sich hin, um auf Michael zu warten.

Zehn Minuten später las der Polizist am Schreibtisch eine Liste von Namen vor, unter denen auch der ihre war. Sie stand auf. Nachdem sie mit den anderen durch eine Tür geleitet worden war, bat sie ein Polizist um ihre Handtasche, ihren Schal und ihren Hut. Eine schreckliche Sekunde lang dachte sie, er wolle sie durchsuchen, aber das tat er nicht. »Hier hinein«, forderte er sie auf. »Der Besucherraum«, fügte er hinzu, als sie zögerte.

»Aber ich dachte ...«

»Machen Sie schon, Sie halten alles auf.«

Sydney nahm auf dem Stuhl Platz, der ihr zugewiesen wurde. Sie hatte gedacht, daß sie einen kleinen Raum für sich hätten oder sie schlimmstenfalls seine Hand durch die Stäbe seiner Einzelzelle halten könnte, während der Wärter taktvoll zur Seite blickte.

Aber das hier war einfach schrecklich. Eine Doppelreihe von langen, aneinandergeschobenen Tischen teilte den Raum ungefähr in der Mitte, und zwischen diesen beiden Reihen erstreckte sich vom Boden bis zur Decke ein Metallgitter. Hinter den Tischen hatten sich Familien um den jeweils einen, erlaubten Stuhl versammelt. Alle sprachen durcheinander, so daß die Lautstärke im Raum beinahe unerträgliche Ausmaße annahm. Die Tische waren fast einen Meter tief, was verdoppelt zwei Meter ausmachte, und so war es nicht einmal möglich, die Hand eines geliebten Menschen durch die Maschen des Drahtes zu ergreifen. Allein hindurchzusehen war schon nicht einfach. Sydney verzog die Augen zu Schlitzen, um erkennen zu können, welcher der identisch gekleideten Gefangenen, die durch die Tür von hinten in den Raum geführt wurden, Michael war.

Dort. In der Sekunde, bevor er sie sah, erblaßte sie vor Schreck, als sie sein kreidebleiches Gesicht erblickte, so mager und mit Bartstoppeln übersät. Unter seinen Augen lagen dunkle Schatten. Wie die anderen trug auch er einen gestreiften Kittel über gestreiften, schlecht sitzenden Hosen, die von seiner schmalen Gestalt herabhingen und sich um die Fußgelenke bauschten, über den Schuhen, aus denen die Schnürsenkel entfernt worden waren. Als er sie sah, blieb er abrupt stehen, aber nur für eine Sekunde, denn der Wärter legte ihm eine Hand auf die Schulter und schob ihn weiter vorwärts. Er hatte ursprünglich einen höflichen, stoischen Gesichtsausdruck und ein grimmiges Lächeln aufgesetzt, aber als er sie sah, spiegelte sich auf seinem Gesicht Schmerz und Freude — und das, was noch von ihrem Herzen übrig war, zerbrach.

Sie hatte sich erhoben, als sie ihn erblickte. Sie setzten sich beide zur gleichen Zeit, die Blicke ineinander gesenkt, und sie wußte, daß auf ihren Lippen das gleiche freudige, gepeinigte Lächeln lag, wie auf den seinen. Sein Mund bewegte sich. Sie beugte sich vor und legte die Hand hinter ihr Ohr, weil sie ihn nicht verstehen konnte. »Ich dachte, Philip würde kommen«, wiederholte er.

»Er ist hier. Mein Vater auch.« Sie mußte beinahe schreien, damit er sie hören konnte.

Sie glaubte, ihn fast unhörbar »Dein Vater?« flüstern zu

hören. Er schüttelte erstaunt den Kopf. »Sydney, du hättest nicht kommen sollen.«

»Ich mußte einfach.« Er konnte sie nicht hören. »Ich mußte einfach!«

Die Leute zu ihrer Rechten stritten sich. Der Gefangene, den sie besuchten, schrie ihnen eine obszöne Bemerkung zu, und die beiden Erwachsenen schrien zurück. Die Wärter sahen gelangweilt zu.

»Wie geht es dir?« fragte Sydney, versuchte nun zu lächeln und gleichzeitig gegen ihre Verzweiflung anzukämpfen.

»Ganz gut.« Aber er sah krank und erschöpft aus. »Und wie geht es dir?«

Sie lächelte und nickte ihm zu, um ihn zu beruhigen. »Ich vermisse dich!«

»Ich vermisse dich auch.«

Sie wußte nicht, was schlimmer war, ihm Intimitäten durch den Draht zuzurufen oder die schmerzliche Stille zu ertragen, die zwischen ihren Rufen eintrat.

»Ich mag Mr. Osgood«, sagte sie. »Er ist ein guter Anwalt.«

Er nickte und antwortete etwas, das sie aber nicht verstand.

»Es tut mir leid, daß ich dich auf diese Weise verlassen habe«, wiederholte er mit leiser, angespannter Stimme. »An jenem Tag. Nur mit dieser Nachricht.« Er machte eine hilflose Geste mit seine Händen.

Sie sah in seinen Augen, hörte in seiner Stimme, daß er deswegen gelitten hatte. »Das war schon in Ordnung«, versicherte sie ihm nachdrücklich. »Ich habe es verstanden — ich weiß, warum du es getan hast. Ich war nicht böse!«

Er legte seine Faust gegen die Brust und lächelte erleichtert. In diesem Moment wurde Sydney klar, daß sie diese Sache nicht ohne Tränenvergießen durchstehen würde.

»Michael, du wirst hier wieder rauskommen. Ich weiß es.«

Sein Mund verzog sich zu der Parodie eines Lächelns, und er blickte auf seine Hände hinab, die sich wie zwei Schraubstöcke an die Tischplatte klammerten. Er vermochte nicht zu lügen, also schwieg er.

Wieder trat eine schreckliche Stille ein.

Er sprach. Sie sagte: »Wie bitte?«

»Wie geht es Sam?«

»Er vermißt dich.«

»Und Philip?«

»Gut, es geht ihm gut.«

»Er muß mich hassen.«

»Oh nein, das tut er nicht. Er wäre nie dazu imstande —«

»In Ordnung, Leute, das war's. Die Zeit ist vorbei. Bitte alle aufstehen. Sofort. Alle Besucher müssen aufstehen und den Raum verlassen. Gefangene, auf die Füße.«

Sydney wollte es nicht glauben. So bald schon! Sie hatten ja noch gar nichts Wirkliches gesagt. Die Lautstärke, die das Scharren der Stühle und die verabschiedenden Rufe hervorriefen, waren ohrenbetäubend. Michael schob seinen Stuhl zurück und erhob sich, und sofort begannen ihr die Tränen die Wangen hinunterzulaufen. Sie wischte sich verzweifelt und verlegen das Gesicht ab. Verdammt, es war nicht ihre Absicht gewesen, daß er sie so sah!

»Auf Wiedersehen, Sydney.«

»Oh, Michael.« Sie hatte ihm noch nicht einmal gesagt, daß sie ihn liebte.

»Bitte«, sagte er und wich gehorsam zurück. »Bitte, Sydney —«

»Was, Michael? Ich kann dich nicht hören!«

»Komm nicht wieder hierher. Komm nicht wieder hierher, Sydney!« Der Wärter trat zwischen sie und blockierte die Sicht. Irgendjemand rempelte sie.

»Also los, Miss.« Der ungerührte Polizist trieb sie fachmännisch, ohne sie zu berühren, zu der anderen Tür hinüber. Draußen gab ihr ein zweiter ihre Sachen zurück. Als sie den anderen blindlings den Gang entlang folgte, erkannte sie, daß sie würde lügen müssen. Sie mußte Sam sagen, daß Michael seine Zeichnung sehr gefallen hatte.

Kapitel 17

Mitten während Mr. Warren T. Diffenbauchers Aussage betrat jemand den Gerichtssaal und reichte Michaels Anwalt einen gelben Umschlag. Mr. Osgood las den kleinen Brief, der sich in dem Umschlag befand und lächelte dann zum ersten Mal seit Beginn der Verhandlung.

Michael fragte sich, was wohl der Grund dafür war, daß er so fröhlich aussah. Noch eine Sekunde zuvor hatte er einen unglücklichen Eindruck gemacht, denn Mr. Diffenbaucher, ein Buchhalter und zudem einer der Treuhänder des Lincoln Park Zoos hatte gerade erklärt, wieviel Tiere bei dem Vorfall verloren gegangen und verletzt und getötet worden waren. Die Anwälte hatten sich vorher nach einer unglaublich langen Diskussion darauf geeinigt, Michaels Tat mit ›der Vorfall‹ zu umschreiben. Als Mr. Diffenbaucher die Frage beantwortete, wieviel ›der Vorfall‹ letztendlich an Kosten verursacht hatte, da schnappten einige Zuschauer im Saal nach Luft.

Aber Mr. Osgood lächelte. Er blickte von dem Brief auf und grinste. Er beugte sich zu Michael hinüber, um diesem etwas zuzuflüstern, aber genau in dem Augenblick fragte ihn Richter Tallman: »Kreuzverhör?«

»Jawohl, Euer Ehren«, erwiderte Mr. Osgood schnell. Bevor er sich erhob, reichte er den gelben Brief an Michael weiter.

»Mr. Diffenbaucher, wie lange sind Sie schon einer der Treuhänder des Zoos?«

Anfangs gelang es Michael nicht, den Brief zu entziffern. Die kleinen Druckbuchstaben waren an einigen Stellen verblaßt und an anderen verschmiert, und die oberste Reihe bestand nur aus Zahlen und Buchstaben, die keinen Sinn ergaben.

»Ungefähr vier Jahre, Sir.«

Reginald Cawes, Esq., Q.C., Dillard & Cawes, 10 Ryder Street, London SW1.

»Und Sie sind außerdem Mitglied des Verwaltungsrats, stimmt das?«

John Osgood, Esq., Osgood, Thurber, Weyland & Tews, 400 Dearborn Street, Chicago, I11.

»Ja, das stimmt. Ich habe das Amt des Schatzmeisters inne.«

John: MacNeils befinden sich in Italien, Florenz stop Bereisen seit Mitte Juli Europa stop Familie hat in Genua S.S Firenzi bestiegen, Ankunft in New York am 17. oder 18. September stop Ende gut alles gut stop. Reggie.

Michael las die Nachricht noch einmal und dann ein drittes und viertes Mal. Als er sie zum fünften Mal las, war er sich endlich sicher, daß sie genau das zu bedeuten hatte, was er vermutete. Obwohl es gegen die Vorschrift war, drehte er sich auf seinem Stuhl um und sah Sydney an. Sie trug ein anderes Kleid als gestern und hatte wegen der Fotografen einen Hut mit einem Schleier an. Aber den hatte sie zurückgeschlagen, und als sie bemerkte, daß er sie anschaute, begann sie zu lächeln.

Das machte ihn ruhiger. Was auch immer geschehen würde, würde geschehen. Seine Familie kam, und Mr. Osgood hielt das für eine gute Sache. Michael vertrat da eine andere Ansicht, aber vielleicht täuschte er sich ja auch. Mr. Osgood war klug, er war Anwalt, die Leute vertrauten ihm — Michael vertraute ihm. Aber er hatte ihm bisher ein äußerst wichtiges Geheimnis vorenthalten, nämlich, daß seine Eltern ihn fortgeschickt hatten.

Doch nun war es zu spät, um es ihm zu sagen. Sie kamen. Er preßte seine Finger immer und immer wieder auf die Falten des Briefes und ließ sie über die Worte ›MacNeil‹ und ›Familie‹ und ›Ankunft‹ gleiten, als könne er sich durch diese Berührungen davon überzeugen, daran zu glauben und sich gleichzeitig die Angst davor nehmen.

»Aufpassen«, flüsterte ihm Mr. Osgood ins Ohr, und als er aufblickte, sah er, daß mittlerweile ein anderer Mann den Zeugenstand betreten hatte. Michael hatte ihn noch niemals zuvor gesehen. Sein Name war Brady, und er sagte, daß er Streifenpolizist sei. Er begann, über den Abend des Vorfalls zu reden, und wie man ihn zum Zoo gerufen hatte. Er wußte allerdings nicht viel zu erzählen, denn als er dort ankam, ›war der Angeklagte bereits geflohen‹.

Auf der Geschworenenbank befand sich ein Mann, den Michael gerne beobachtete. Er saß in der zweiten Reihe, zwei Sitze vom Ende entfernt. Michael vermochte nicht zu sagen, wie alt er war — er konnte nie das Alter von Menschen schätzen —, aber er war nicht mehr so jung wie Philip. Er besaß ordentliches, dünnes, braunes Haar, weich aussehende Haut und ein Kinn, das unter seinen Lippen direkt in seinen Kragen verschwand. Seine Augen waren sanft, und er lächelte immer ein wenig gleichgültig, was im Gerichtssaal auch vor sich ging. Er sah wie ein netter Mann aus. Michael blickte ihn an, um herauszufinden, was er über den einen oder anderen Zeugen dachte. Sein Gesicht veränderte sich nicht sehr, aber Michael bildete sich ein, zu wissen, was er dachte.

Der Streifenpolizist beendete seine Aussage und dann rief der Staatsanwalt einen Zeugen auf, den Michael wiedererkannte. Seine Name war Anthony Cabrini, und er war der Mann, der den Wolf erschossen hatte. Der Mann, den Michael zu Boden gestoßen und mit dem er gerungen hatte. Wegen dieses Kampfes wurde Michael der tätlichen Bedrohung bezichtigt, von der Mr. Osgood sagte, daß sie der schwerwiegendste Anklagepunkt gegen ihn sei. Wenn die Geschworenen ihn für schuldig befinden sollten, würde er dafür ins Gefangnis wandern.

»Mr. Cabrini«, sagte der Staatsanwalt, »erzählen Sie den Geschworenen bitte, was geschah, als sie und Mr. Slatsky am Wolfsgehege ankamen. Was haben Sie gesehen?«

»Ich sah zwei Wölfe, ein Männchen und ein Weibchen, die neben dem Tor auf und abliefen. Sie waren die einzigen, alle anderen hatte er freigelassen.«

»Einspruch«, sagte Mr. Osgood. »Setzt eine Tatsache voraus, die zu beweisen wäre.«

»Stattgegeben«, erwiderte der Richter.

»Erzählen Sie uns einfach, was Sie gesehen haben«, forderte Mr. Merck seinen Zeugen auf.

»Jawohl, Sir. Nun, diese beiden Wölfe drehten durch, warfen sich gegen den Zaun und heulten schrecklich. Das Weibchen kam auf mich zu, und ich habe sie mit meinem Gewehr erledigt. Und dann saß plötzlich dieser verrückte Kerl auf mir und versuchte, mich umzubringen. Slatsky hat ihm mit seinem Stock einen übergezogen. Wir dachten, er sei verletzt, aber er machte sich davon, als wir einmal kurz nicht hinsahen. Slatsky hatte zu diesem Zeitpunkt die Waffe, doch er wollte nicht schießen, und dieser Kerl konnte rennen wie eine verdammt Gazelle. Und das war's auch schon.«

Der Richter teilte Mr. Cabrini mit, er solle seine Ausdrucksweise zügeln, und dieser runzelte die Stirn und versprach, es zu tun.

»Und sehen Sie heute hier im Gerichtssaal den Mann, der sie an jenem Abend im Zoo angegriffen hat?«

»Klar. Das war der da, der Kerl da hinten.«

»Vielen Dank. Ihr Zeuge.«

Mr. Osgood erhob sich. »Sie sagen, daß die Wölfin sie angegriffen habe.«

»Richtig. Kam direkt auf mich zu. Hat geknurrt und gesabbert.«

»Fürchteten Sie tatsächlich um ihr Leben?«

»Teufel, ja. Ich wollte sagen: und ob. Ein Wolf tötet einen wie der Blitz.«

»Ich verstehe. Wie lange arbeiten Sie schon als Nachtwachmann im Lincoln Zoo, Mr. Cabrini?«

»Ich? Oh, ungefähr drei Jahre, schätze ich.«

»Und sind Sie vor diesem Abend schon einmal von einem Wolf angegriffen worden?«

»Angegriffen? Nein.«

»Haben Sie vielleicht jemals mit jemandem im Zoo zusammengearbeitet, der von einem Wolf angegriffen wurde?«

»Nein.«

»Haben Sie jemals von jemandem im Zoo *gehört,* der von einem Wolf angegriffen wurde?«

»Nein. Aber ich habe —«

»Vielen Dank. Also, Sie sagen, daß Mr. MacNeil plötzlich ›auf Ihnen‹ gesessen sei, nachdem Sie die Wölfin getötet hatten.«

»Ja.«

»Sie sagten sogar aus, daß er versucht habe, Sie zu töten.«

»Stimmt.«

»Sagen Sie, haben Sie bei dieser angeblichen Auseinandersetzung mit dem Angeklagten irgendwelche körperlichen Verletzungen erlitten?«

»Was zum Beispiel?«

»Beantworten Sie die Frage, Sir. Irgendwelche körperlichen Verletzungen?«

»Ja, ich schätze, ich habe mir am Ellbogen wehgetan. Und mir ein bißchen das Knie abgeschürft.«

»Benötigten Sie ärztliche Hilfe?«

»Meinen Sie 'nen Doktor? Nein, ich brauchte keinen Doktor.«

»Und dennoch behaupten Sie weiter unter Eid, daß Mr. MacNeil versucht habe, Sie zu töten?«

»Und ob. Genau so habe ich es aufgefaßt.«

Der nächste Zeuge war Mr. Slatsky. Michael erkannte ihn nicht, aber er sagte aus, daß er derjenige gewesen sei, der die Laterne gehalten und ihn zweimal mit einem Stock geschlagen habe.

»Mr. Slatsky, sagen Sie mir aus Ihrer Erfahrung als Zoowärter doch bitte, ob Sie der Ansicht sind, daß die Wölfin in jener Nacht eine Bedrohung für Ihr Leben darstellte«, begann Mr. Osgood.

»Einspruch.«

»Abgewiesen.«

Mr. Slatsky rieb sich das Kinn. »Nun, ein Wolf kann ziemlich unberechenbar sein, wenn er Angst hat, und diese Wölfin war verdammt ängstlich. Sie hätte versuchen können, jemanden zu verletzen, ganz besonders, da wir sie in die Enge getrieben hatten.«

»Meinen Sie nun damit, Sie hätte Sie angreifen können?«

»Nicht angreifen. Ein Wolf würde keinen erwachsenen Menschen angreifen, außer, wenn er tollwütig ist. Aber wenn wir versucht hätten, die Wölfin zu fangen, dann hätte sie uns wahrscheinlich gebissen.«

»Und was wäre passiert, wenn Sie sie in Ruhe gelassen hätten?«

»Einspruch.«

»Abgewiesen.«

»Tja, wenn wir sie in Ruhe gelassen hätten, dann wäre sie nach einer Weile wohl in ihr Gehege zurückgegangen. Oder weggelaufen. Wie ich schon sagte, sie hatte Angst.«

»Und der andere Wolf?«

»Ich schätze, er wäre ihr gefolgt. Sie war seine Gefährtin.«

»Vielen Dank. Sir« – Mr. Osgood sah die Geschworenen an, während er sprach — »Sie haben gehört, daß Mr. Cabrini ausgesagt hat, er glaubte, der Angeklagte habe versucht, ihn zu töten, als er ihn zu Boden stieß, richtig?«

»Ja, Sir.«

»Waren Sie der gleichen Ansicht?«

Mr. Slatsky rutschte unruhig auf seinem Stuhl hin und her. Er schien sich unwohl zu fühlen. »Nun, das ist ein bißchen schwer zu sagen. Sie rangen miteinander, das ist sicher.«

»Dann lassen Sie es mich anders formulieren. Haben Sie gesehen, wie Mr. MacNeil Mr. Cabrini schlug?«

»Nein, Sir.«

»Haben Sie gesehen, daß er seine Hand um Mr. Cabrinis Hals legte?«

»Nein, Sir.«

»Haben Sie gesehen, wie Mr. Cabrini Mr. MacNeil schlug?«

»Ja.«

»Und als Sie Mr. MacNeil mit Ihrem Stock schlugen, haben Sie da versucht, ihn zu töten?«

»*Nein.* Nein, ich wollte nur den Kampf beenden. Ehrlich gesagt, hatte ich nicht einmal vor, ihn am Kopf zu treffen. Ich wollte ihn lediglich ablenken. Seine Aufmerksamkeit auf mich ziehen.«

»Also war der Angeklagte Ihrer Ansicht nach zu keiner Zeit eine Bedrohung für Mr. Cabrinis Leben oder das Leben eines anderen Menschen, richtig?«

»Euer Ehren, ich erhebe Einspruch.«

»Stattgegeben. Sie haben Ihren Standpunkt deutlich gemacht, Mr. Osgood.«

»Vielen Dank, Euer Ehren. Keine weiteren Fragen.«

Die Staatsanwaltschaft rief Philip als Zeugen auf. »Er wird über Ihren Geisteszustand aussagen«, flüsterte Mr. Osgood Michael zu, während Philip vereidigt wurde.

Philip machte einen nervösen Eindruck. Er gab Mr. Merck kurze, unfreundliche Antworten.

Mr. Osgood hatte Michael erklärt, was das Wort Meineid bedeutete. Nichts anderes als lügen. Michael saß vorne auf seiner Stuhlkante und wartete darauf, ob Merck Philip eine Frage über die fünf Tage nach dem Vorfall im Zoo stellen würde. Wenn er das tat, so wußte Michael, daß Philip lügen würde. Um Sydney zu schützen.

Er hatte bereits einen Plan. Bevor Philip die Gelegenheit hätte, zu antworten, würde er aufstehen und den Geschworenen erklären: »Ich habe mich dieser Verbrechen schuldig gemacht, und Sie müssen diese Gerichtsverhandlung nicht weiter fortsetzen. Ich habe es getan. Ich gestehe alles.«

Glücklicherweise stellte Mr. Merck diese Frage nicht.

»Sie würden also sagen, daß Mr. MacNeil an jenem Tag im Zoo ›bestürzt‹ war, habe ich das richtig verstanden?«

Philip murmelte: »Ja.«

»Und auf der Zugfahrt nach Hause hat er überhaupt nichts gesagt? Und das bis zu dem Moment, als er Ihnen mitteilte, zur Toilette gehen zu wollen? Wonach Sie ihn nicht mehr sahen und erst wieder nach seiner Verhaftung zu Gesicht bekamen?«

»Zusammengesetzte Fragestellung, Euer Ehren.«

Bevor der Richter antworten konnte, erwiderte Philip kühl: »Ja, ja und ja.«

»Vielen Dank —«

»Aber ich war auch bestürzt. Genau wie Sam. Wir —«

»*Vielen Dank.* Keine weiteren Fragen.«

»Ihr Zeuge«, sagte Richter Tallman.

»Worüber waren Sie denn bestürzt?« erkundigte sich Mr. Osgood.

Philips Gesicht veränderte sich. Sein Zorn verebbte. Er blickte Michael geradewegs ins Gesicht, während er antwortete. »Über die selben Dinge wie er. Darüber, daß wilde Tiere in Käfige gepfercht werden. Es ist nämlich so, wenn man eine Weile mit Michael — ich wollte sagen, mit Mr. MacNeil, zusammen ist, beginnt man die Dinge durch seine Augen zu sehen. Und man lernt eine Menge dabei. Nach einer Weile beginnen einem Sachen, die man für selbstverständlich gehalten hat, einfach seltsam vorzukommen. In diesem Fall sogar barbarisch.«

»Ich erhebe Einspruch, Euer Ehren.«

»Abgelehnt. Fahren Sie fort, Mr. Winter.«

Philip blickte ein wenig verlegen zu Boden. »Ich könnte Ihnen hundert Beispiele geben.«

»Bleiben wir doch beim Zoo«, sagte Mr. Osgood mit sanfter Stimme.

»In Ordnung. Nun, ich bin schon mindestens ein Dutzend Mal in meinem Leben im Zoo gewesen, aber an jenem Tag mit Michael kam ich zum ersten Mal zu der Erkenntnis — obwohl er gar nichts sagte — daß solch eine Anlage, nun, nicht gerade der höchste Ausdruck von Menschlichkeit ist. Besser ausgedrückt, es schien mir ein Akt unverzeihlicher Grausamkeit.«

»Ich erhebe Einspruch, Euer Ehren, und ich beantrage, all das als irrelevant zu streichen.«

»In Ordnung, stattgegeben. Die Geschworenen werden diese letzte Antwort nicht beachten. Hat die Verteidigung sonst noch Fragen?«

»Nein, Euer Ehren. Ich denke, das war alles.« Mr. Osgood schritt lächelnd zu seinem Platz zurück.

West sagte aus, daß Michael ihn bedroht hatte.

»›Ich werde Sie töten.‹ Das waren seine genauen Worte.«

Michael ließ seinen Blick von Wests frettchenhaftem, rotbärtigem Gesicht zu dem freundlich aussehenden Mann auf der Geschworenenbank wandern. Glaubte er West? Er hatte einen Finger auf seine Wange gelegt, sein Mund war zu einem Kreis verzogen, und seine Augen blickten beunruhigt drein.

Mr. Merck setzte sich und Mr. Osgood stand auf.

»Was glauben Sie, hat Mr. MacNeil dazu provoziert, eine solche Drohung auszustoßen, Mr. West?«

»Absolut nichts. Sie kam aus dem Nichts.«

»Aus dem Nichts. Sie hatten also nichts getan, was ihn dazu hätte veranlassen können, eine solche Sache zu sagen?«

»Ganz gewiß nicht.«

»Verstehe. Bitte erklären Sie mir doch einmal, wie Ihre Beziehung zu Professor Winters Tochter aussah?«

»Einspruch. Wohin soll diese Frage führen, Euer Ehren?«

Richter Tallman legte seine Hände zusammen und blickte zu Mr. Osgood hinüber. »Ich wollte gerade dieselbe Frage stellen.«

»Euer Ehren, bitte haben Sie ein wenig Geduld mit mir, ich denke, die Relevanz wird in Kürze deutlich werden.«

Der Richter dachte für einen Moment nach. »In Ordnung, ich werde sie zulassen. Beantworten Sie die Frage, Mr. West.«

Er wollte sie nicht beantworten. Er wand sich auf seinem Stuhl und blickte stirnrunzelnd zu Boden. »Sie war eine Freundin«, murmelte er schließlich.

»Eine Freundin.« Mr. Osgood kam näher. »Haben Sie Mrs. Darrow jemals um ihre Hand gebeten?« erkundigte er sich freundlich. »Bitte beantworten Sie die Frage. Haben Sie Sydney Darrow, die Tochter Ihres Arbeitgebers, jemals gebeten, Sie zu heiraten?«

West starrte ihn voller Haß an. »Ja.«

»Und hat sie Ihren Antrag angenommen?«

»Nein«, stieß er durch seine zusammengepreßten Zähne hervor.

»Vielen Dank. Nun, Sir, hat es vielleicht jemals einen Moment gegeben, wo Sie zu Mr. MacNeil Worte sagten wie: ›Wenn Sie mir auch nur ein Haar krümmen, dann werde ich dafür sorgen, daß man Sie wieder in einen Käfig steckt?‹«

Nach einer kleinen Pause erwiderte West verstockt: »Möglich.«

»Und was könnte die Ursache für eine solche Bemerkung gewesen sein?«

»Ich kann mich nicht mehr erinnern.«

»Erinnern Sie sich denn noch an eine Gelegenheit, als Sie Mrs. Darrow während einer Unterhaltung gegen ihren Willen festhielten, indem Sie Ihre Hand um ihren Arm legten?«

»Nein, das ist niemals geschehen.«

»Und als Mr. MacNeil Sie davon abhalten wollte, haben Sie ihn bedroht.«

»Nein.«

»Und das war der Augenblick, als er Ihnen drohte, Sie ›zuerst zu töten‹ — falls Sie versuchen sollten, ihn jemals wieder in einen Käfig zu sperren, nicht wahr?«

»Ich kann mich an nichts Derartiges erinnern.«

»Nein? Mr. Philip Winter kann sich sehr wohl daran erinnern, einen solchen Vorfall beobachtet zu haben. Sollen wir ihn noch einmal in den Zeugenstand rufen?«

Mr. Merck legte Einspruch ein. Der Richter lehnte jedoch ab.

»Etwas in der Art könnte sich zugetragen haben«, gestand West am Ende ein. »Aber das ist schon so lange her, und ich vermag mich nicht mehr an die Details erinnern.«

Der Richter entließ ihn aus dem Zeugenstand und Mr. Osgood kehrte wieder einmal lächelnd zu seinem Tisch zurück.

O'Fallon war der vorletzte Zeuge der Staatsanwaltschaft.

»Er war wie ein Tier. Sie mußten ihn anfangs in einen Käfig sperren, weil er immer versuchte, Leute zu beißen. Wenn ich bei ihm war, trug ich immer meinen Knüppel zur Selbstverteidigung bei mir. Und ich habe ihm nie den Rücken zugedreht, wenn es sich eben vermeiden ließ.«

»Und warum das?« erkundigte sich Mr. Merck.

»Er war mir einfach unheimlich. Er hat nie ein Wort gesprochen, und die Art und Weise, wie er mich anstarrte, erinnerte mich an den Blick eines Bären, der seine nächste Mahlzeit belauert. Sie mußten ihn erst halb verhungern lassen, bevor er sein Fleich gekocht essen wollte — roh schmeckte es ihm besser. Ich habe gesehen, wie er Insekten verspeiste. Sie mußten ihm beibringen, wie man die Toilette benutzt. Er schlief selbst dann noch auf dem Boden, nachdem sie ihm ein Bett hingestellt hatten. Er rollte sich einfach auf ein paar Decken zusammen wie ein Hund. Er war schlimmer als ein Tier.«

Der Mann auf der Geschworenenbank hatte seinen Mund mit der Hand bedeckt. Seine Schultern waren steif und seine Augen funkelten entsetzt. Michael hätte sich am liebsten umgedreht, um zu sehen, wie Sydneys Gesicht aussah. Aber er blieb still sitzen, ohne sich zu rühren. Er hatte Angst, was er möglicherweise in ihren Augen lesen würde.

Er spürte, daß der Haß auf O'Fallon wie Erbrochenes in seiner Kehle aufstieg. Er erinnerte sich an jeden Schlag, an jeden trunkenen Stoß, jeden dreckigen Fluch, als sei es gestern gewesen.

O'Fallon mochte ja Recht haben, vielleicht war er wirklich wild. Aber er war kein Tier. Tiere töteten ihre Artgenossen nicht — und in diesem Augenblick verspürte er einen mächtigen und blutigen Drang, O'Fallon zu töten.

»Nun, Sir, Sie haben ausgesagt, daß Sie dem Angeklagten nicht trauten, daß Sie Angst vor ihm hatten. Hat es jemals einen Moment gegeben, in dem ihre Ängste Wirklichkeit wurden?«

»Was?«

»Hat er Sie jemals angegriffen?«

»Oh. Ja. An dem Abend, als mich Dr. Winter gefeuert hat. Es stand in allen Zeitungen.«

»Erzählen Sie uns bitte mit eigenen Worten, was an jenem Abend geschah.«

»Nun, ich hatte ihm sein Abendessen gebracht, es gefiel ihm nicht, und er hat versucht, mich umzubringen. Kam wie ein Verrückter auf mich zu. Der Speichel lief ihm aus dem Mund und er knurrte und fauchte. Ich dachte, mein letztes Stündlein hätte geschlagen. Er wand den Stock aus meiner Hand, also griff ich nach meiner Pistole. Es war ein Glück, daß ich sie hatte, sonst wäre ich heute ein toter Mann.«

»Haben Sie den Angeklagten während dieser Auseinandersetzung angeschossen?«

»Ja, Sir. Ich wollte ihn nur verwunden, deshalb habe ich auf seine Hand gezielt. Danach war die Hölle los. Der Professor behauptete, *ich* hätte *ihn* angegriffen — unglaublich, nicht wahr? — und dann hat er mich sofort rausgeworfen.«

Als Mr. Osgood an der Reihe war, seine Fragen zu stellen, wurde es mucksmäuschenstill im Gerichtssaal.

»Womit verdienen Sie heute Ihren Lebensunterhalt, Mr. O'Fallon?« begann der Anwalt.

O'Fallon wirkte neben ihm wie ein Riese.

»Ich arbeite in einem Gastronomiebetrieb auf der Twentieth Street.«

»Aha, einem Gastronomiebetrieb. Das ist nicht etwa der Dirtwater Saloon in der Levee?«

»Stimmt, na und?«

»Ich stelle die Fragen, wenn Sie nichts dagegen haben. Was genau tun Sie in diesem *Gastronomiebetrieb,* Sir?«

»Ich sorge dafür, daß alles nett und anständig zugeht.«

»Sie sind der Rausschmeißer?«

O'Fallon warf ihm einen wütenden Blick zu und nickte dann.

»Sollte das ein Ja sein?«

»Ja.«

»Vielen Dank. Sie haben bereits Erfahrung mit dieser Art von Arbeit, nicht wahr?«

»Ich kann mich nicht genau erinnern. Möglich, ja.«

»Sie hatten in der Vergangenheit sogar eine Vielzahl von recht ausgefallenen Tätigkeiten inne, wenn ich mich nicht irre. Waren Sie nicht bis vor wenigen Jahren noch Berufsboxer?«

»Stimmt, na und?«

»Bis zu diesem unglücklichen Vorfall im Ring mit Mr. Murphy, nicht wahr?«

O'Fallon lief knallrot an. Michael dachte, er würde von seinem Stuhl aufspringen und Mr. Osgood an die Kehle gehen. »Hey, keiner hat mir jemals was nachweisen können, okay? Dieser Blödmann hatte ein *Glashirn*. War nicht mein Fehler, daß er den Löffel abgegeben hat!«

Mr. Merck sprang auf und begann, Einsprüche herunterzurasseln. Der Richter gab ihnen statt und rief die Geschworenen auf, die letzte Antwort des Zeugen nicht zu beachten. Er verwarnte Mr. Osgood, der den Kopf hängen ließ und zerknirscht dreinschaute — aber als er zum Tisch zurückkehrte, um ein Blatt Papier zu holen, blinzelte er Michael zu.

»Also, Mr. O'Fallon, bevor Sie für Professor Winter arbeiteten, waren Sie für die Universität von Chicago tätig, stimmt das?«

»Ja.«

»Als Hausmeister und Aufseher, wenn ich nicht irre?«

»Ja.«

»Sagen Sie uns bitte, welche Tätigkeit sie unmittelbar davor ausgeübt haben.«

O'Fallon zog seine Augen mißtrauisch zu Schlitzen zusammen. »Ich stand in einem Gasthaus hinter dem Tresen.«

»Wie lautet der Name des Gasthauses?«

»Ich kann mich nicht mehr daran erinnern.«

»Wo war es?«

»Drüben auf der West Side.«

»In welcher Straße?«

»Das weiß ich nicht mehr.«

»Nein? Nun, warten Sie, vielleicht vermag ich Ihr Gedächtnis aufzufrischen. Ich habe hier die Kopie des Bewerbungsbogens, den Sie ausgefüllt haben, als Sie sich um die Stelle als Hausmeister an der Universität bewarben. Hier schreiben Sie, daß Sie zuletzt in McNulty's Tavern in der Van Buren Street gearbeitet hätten. Hilft das Ihrer Erinnerung auf die Sprünge?«

»Ach ja, genau, McNulty in der Van Buren Street. Jetzt erinnere ich mich wieder.«

»Und das war die Stellung, die sie *unmittelbar* vor Ihrer Arbeit an der Universität inne hatten?«

»Genau.«

»Da sind Sie ganz sicher?«

»Ja, natürlich.«

»Was würden Sie sagen, wenn ich Ihnen erklärte, daß ich im Besitz von Informationen bin, die belegen, daß Ihre letzte Arbeitsstelle die St. Catherine's Anstalt für Geisteskranke gewesen ist, wo sie als Pfleger tätig waren? Würde Ihre Antwort dann genauso ausfallen?«

O'Fallon wand sich, antwortete jedoch nicht. Am Tisch zu Michaels Rechten verbarg Mr. Merck seinen Kopf in den Händen.

»Und was wäre, wenn ich Ihnen sagte, daß ich im Besitz einer beeidigten Aussage von Dr. James Coleman, dem medizinischen Leiter dieser Anstalt, bin, in der er versichert, daß Sie wegen — und ich zitiere — ›wiederholter Vernachlässigung und Mißhandlungen und brutalem Verhalten gegenüber den dort lebenden Patienten‹ entlassen wurden? Würden Sie behaupten, daß Dr. Coleman — nun, wie würden Sie es formulieren, Sir? Sich irrt? Lügt?«

»Einspruch«, sagte Mr. Merck ohne Überzeugung.

»Abgewiesen.«

»Nun, Mr. O'Fallon?«

»Daran kann ich mich nicht erinnern.«

»Woran erinnern Sie sich denn?«

»An nichts, was mit St. Catherine zu tun hat.«

»Sie erinnern sich also nicht daran, dort gearbeitet zu haben?«

»Ich erinnere mich an rein gar nichts.«

»Und was ist mit der sechsmonatigen Haftstrafe, die Sie vor zwei Jahren wegen schwerer Mißhandlung in der Chicagoer Strafanstalt verbracht haben?«

»Nein, auch daran nicht.« Er blickte verzweifelt zu Mr. Merck hinüber, aber der Anwalt sagte kein Wort.

»Leiden Sie unter irgendeiner Gehirnkrankheit, Mr. O'Fallon, die solche Erinnerungslücken erklären könnte? Vielleicht aus Ihren Boxertagen?«

Bevor Mr. Merck Einspruch erheben konnte, sagte der Richter mit sanfter Stimme: »Das reicht wohl, Mr. Osgood.« Und als ein paar Leute im Saal zu lachen anfingen, mahnte er sie nicht zur Ordnung.

»Ich ziehe meine letzten Fragen zurück, Euer Ehren. Und ich denke, daß ich mit diesem Zeugen fertig bin. Keine weiteren Fragen.«

Mr. Merck hatte auch keine weiteren Fragen mehr.

Am Morgen des letzten Tages des Beweisvortrages der Staatsanwaltschaft riet Mr. Osgood Sydney, zu Hause zu bleiben. »Nein, gehen Sie besser einkaufen«, verbesserte er sich. »Gehen Sie irgendwo hin, wo Sie nicht erreichbar sind.« – »Warum?« – fragte sie erstaunt. »Für den Fall, daß Merck es sich plötzlich in den Kopf setzt, Sie in der letzten Minute noch als Zeugin aufzurufen. Ich weiß nicht, ob er es tun würde, aber es ist alles möglich, wenn ein Anwalt anfängt, zu verzweifeln. Ich bin mir zwar nicht sicher, ob er es mit Hilfe einer Vorladung tun würde, aber wenn Sie nur knapp sechs Meter entfernt von ihm sitzen, könnte er in Versuchung geraten. Bleiben Sie also lieber fort. Denn ich denke, das Letzte, was Sie wollen, Mrs. Darrow, ist, in den Zeugenstand zu treten.«

Sie hatte dies weder bestätigt noch verneint. Aber Osgood war ein kluger Mann, und seine rechtzeitige Warnung bestätigte nur den Verdacht, den sie von Anfang an gehabt hatte – daß er alles über sie und Michael wußte. Oh, sicherlich nicht die Details, aber genug, um zu begreifen, daß das Resultat ihrer Aussage im Zeugenstand unangenehme Folgen haben würde: gesellschaftliche Schmach oder Meineid.

Daher blieb sie widerstrebend zu Hause. Es war schon schlimm genug, die Höhen und Tiefen von Michaels Verhandlung im Gerichtssaal mitzuerleben, aber es war noch zehnmal schlimmer, wegzubleiben und sich alles vorzustellen. Aber am Nachmittag teilten sie ihr mit, daß sie nicht viel verpaßt habe. Merck hatte noch einen Zeugen aufgerufen, einen Zooangestellten, der lediglich noch einmal bezeugte, welches Chaos und welche Zerstörung Michaels ›kriminelle und unverantwortliche Tat‹ hinterlassen habe.

Damit hatte die Staatsanwaltschaft ihren Beweisvortrag abgeschlossen.

Mr. Osgood hatte um eine zweitägige Vertagung gebeten, was der Richter aber ablehnte, ehe Merck überhaupt Einspruch erheben konnte. Sydney wußte, warum Osgood Zeit gewinnen wollte. Er hoffte auf die Ankunft von Michaels Eltern und darauf, daß sie bereit waren, vor Gericht eine Aussage zu machen. Er war ein guter Anwalt und wußte bestimmt, was er tat, aber die Wichtigkeit, die er der Gegenwart der MacNeils beimaß, verwirrte sie. Sie konnte sich nicht vorstellen, daß es einen solchen Unterschied machen würde.

Am nächsten Morgen begann um zehn Uhr der Beweisvortrag der Verteidigung, und Mr. Osgoods erster Zeuge war Sam.

Sydney wußte davon und hatte am Ende auch zugestimmt. Aber es gefiel ihr trotzdem nicht. Genausowenig wie Tante Estelle und Papa. Sie hätten es am liebsten verboten, wenn Sam nicht gefleht und gebettelt hätte, aussagen zu dürfen. Er sprach von nichts anderem mehr und war nicht im geringsten nervös — aufgeregt, aber nicht nervös. Für ihn war die Gerichtsverhandlung wie eine Theateraufführung in der Schule, in der er eine der Hauptrollen spielte. Er war tatsächlich der Ansicht, daß die Show ohne ihn nicht weitergehen konnte.

»Ich schwöre«, piepste er mit Nachdruck an den Gerichtsdiener gewandt, der den Schwur vortrug. Sydney spürte, wie ihr kleiner Bruder die Herzen der Menschen im Saal rührte. Sam trug seine neuen Strickstrümpfe und marineblaue Hosen, die ihm bis zu den Knien reichten, dazu Jackett, Hemd, Weste und Krawatte — zu viele Kleidungsstücke für diesen warmen Septembermorgen, aber sie hatte es ihm nicht ausreden können. Als er im Zeugenstand Platz nahm, konnte er mit den Füßen nicht den Boden berühren.

Er faltete seine Hände im Schoß und blickte sich mit aufgerissenen Augen im Saal um — offenbar fand er diese neue, erhöhte Perspektive ausgesprochen interessant. Von den Knien aufwärts sah er wie ein kleiner Erwachsener aus, nüchtern und ernst, bereit, seine bürgerlichen Pflichten zu erfüllen.

»Erzähle uns, wie du dem Angeklagten zum ersten Mal begegnet bist«, forderte Mr. Osgood Sam auf, nachdem der seinen Namen und sein Alter genannt hatte. »Wo warst du, und wie trug sich diese Begegnung zu?«

»Ich spielte im Sand und sah, wie er mit Mr. O'Fallon näherkam.«

»Du warst zu Hause und hast am See gespielt, nicht wahr?«

»Ja, Sir. Und Hector hat ihn auch gesehen und ist auf ihn zugesprungen, und dann sind Sydney und ich rübergegangen, haben mit ihm gesprochen und ihm die Hand geschüttelt.«

»Und Hector ist —?«

»Unser Hund.«

»Und Sydney ist deine Schwester?«

»Ja, Sir.«

»Du sagst, du hättest Mr. MacNeil die Hand geschüttelt. Hattest du denn keine Angst vor ihm?«

»Nein.«

»Warum nicht?«

Sam starrte ihn nur an.

»Hattest du denn nicht gehört, daß er ein ›Wilder‹ war, den man einmal in einem Käfig gefangengehalten hatte?«

»Doch Sir, aber ich hatte keine Angst vor ihm.«

»Warum nicht?«

Sam rutschte ein wenig hin und her. Offenbar war er auf diese Frage nicht vorbereitet. »Weil ich es einfach erkennen konnte.«

»Was konntest du erkennen?«

»Daß er ein normaler Mensch war. Er war nicht wild — er hatte sogar seine Schuhe an.« Leises Gelächter. »Ich habe ihm meine Giraffen-Fingerpuppe zum spielen gegeben, und dann haben wir gemeinsam Ball gespielt. Und seitdem sind wir Freunde. Am Anfang hat er nicht gesprochen, also habe ich ihn Lancelot genannt, bevor ich wußte, daß sein Name Michael war. Wir haben alles mögliche zusammen gemacht, und es war ganz so, als hätte ich noch einen großen Bruder.«

Mr. Osgood blätterte mit nachdenklichem Gesichtsausdruck einige Seiten seiner Notizen um. »Nun, Sam«, fuhr er mit ernster Stimme fort, »hat es nicht eine Zeit gegeben, in der dich dein Vater bat, ihm bei einem Experiment mit Mr. MacNeil zu helfen? Ein Experiment«, ergänzte er, als Sam ihn ausdruckslos ansah, »bei dem du einen vorgetäuschten Badeunfall haben solltest?«

»Oh, ja, Sir. Dad hat mir gesagt, ich solle so tun, als ob ich ertrinken würde, weil er sehen wollte, wie Michael reagiert. Er machte diese Experimente, um herauszufinden, ob Menschen von Natur aus gut oder schlecht sind, wissen Sie. Und da war Michael die perfekte Versuchsperson.«

»Aha. Nun, erzähle uns doch von diesem Vorfall, als du vorgabst, zu ertrinken.«

»Okay. Nun, ich sprang vom Dock ins Wasser und begann zu schreien: ›Hilfe, hilfe, rettet mich, ich ertrinke‹, hielt mir die Nase zu und ging unter. Und Michael kam herbeigerannt und sprang mir nach, aber dann *sank* er. Und deshalb —«

»Er sank?«

»Ja, er *sank*, weil er nicht schwimmen konnte! Alle waren ganz überrascht und Dad sagte hinterher: ›Hm, daran habe ich nie gedacht.‹ Aber er ist trotzdem ins Wasser gesprungen, um mich zu retten, und dann mußte Sydney auch hineinspringen, um *ihn* zu retten, und er wäre beinahe ertrunken, wenn sie ihn nicht bis zu dem Segelboot gezogen hätte. Und dann habe ich das Boot an den Steg gezogen, und er war in Sicherheit. Aber seine Gefühle waren verletzt, und ich habe ihm hinterher gesagt, daß es mit leid täte. Kurz danach haben wir herausgefunden, daß er sprechen konnte, und er sagte mir, daß er nicht böse sei. Wir sind immer noch die besten Freunde.«

Mr. Osgood blätterte einen Moment durch seine Aufzeichnungen, bevor er aufblickte und mit freundlicher Stimme, in der eine kaum zu verhehlende Befriedigung lag, sagte: »Nun, ich denke, das wäre alles. Vielen Dank, Sam. Keine weiteren Fragen.«

Mr. Merck verzichtete auf ein Kreuzverhör.

Als nächster sagte Professor Winters Chef und Vorsitzender der anthropologischen Abteilung aus. Sydney gelangte zu der Ansicht, daß er auch einen guten Zeugen für die Anklage abgegeben hätte. Er lieferte eine teilnahmslose Zusammenfassung von Michaels Ankunft an der Universität: sein Schweigen, seine feindselige Haltung, Beispiele für sein ›gewalttätiges Verhalten‹ — was Mr. Osgood schnell als Fluchtversuche auslegte, bei denen niemand verletzt wurde. Osgood ließ Dr. Slocum zumindest nachlässig, wenn nicht sogar fahrlässig erscheinen, weil er einen Mann wie O'Fallon eingestellt hatte. Als der Vorsitzende aus dem Zeugenstand trat, hinterließ er den Eindruck, als sei Michael MacNeil von der Universität von Chicago möglichweise schlecht behandelt worden.

Nächster Zeuge: Dr. Harley Winter.

»Alle Anthropologen interessieren sich für die Frage, ob die menschliche Natur vererbbar ist oder durch die Umwelt geprägt wird. Nach der Befruchtung der weiblichen Eizelle kann man sagen, daß jeder Partikel von Substanz im menschlichen Organismus durch die Gesellschaft beigesteuert wird, und die Interaktion spezifischer Umweltbedingungen mit einer befruchteten Eizelle eines bestimmten Charakters — *eines bestimmten Charakters* — das ist sehr wichtig — legt die Natur der daraus resultierenden Struktur an. Das Problem ist, daß wir diese Hypothese nicht beweisen können, weil wir nicht in der Lage sind, sie zu studieren.«

»Und warum nicht?« erkundigte sich Mr. Osgood, der einen etwas erschöpften Eindruck machte. Er wußte nur allzu gut, daß Papa nicht zu halten war, wenn es um anthropologische Fragen ging.

»Kein menschliches Modell. Man benötigt ein Modell zu experimentellen Zwecken, dem der menschliche Kontakt während der frühen, für Eindrücke empfänglichen Jahre fehlt.«

»*Lernt*, sich wie ein Mensch zu verhalten. Damit wollen Sie also sagen —«

»Im Grunde würde man eineiige Zwillinge benötigen, ein Kind in einer gewöhnlichen Umgebung großziehen und das andere in einem Vakuum. Also, das wäre interessant.«

»Hm, ja.« Mr. Osgood kratzte sich am Kopf, während er seine Notizen überflog. »Sie und Mr. West wollten Mr. MacNeil also dazu benutzen, um der Frage nach Vererbbarkeit oder Sozialisationseinflüssen nachzugehen? Denn so weit Ihnen in dieser Phase bekannt war, handelte es sich bei ihm aufgrund des Fehlens von menschlichen Kontakten während der frühen Kindheit um ein Modell, das sich zu experimentellen Zwecken eignete, richtig?«

»Nein, nein. Nein, dafür wollten ihn Slocum und die anderen benutzen. Als er sich weigerte, zu kooperieren, schickten sie ihn zu mir. West und ich, wir hatten eine andere Theorie, die wir testen wollten.«

»Und wie lautet diese Theorie?«

»Es geht um die Urspünge des Altruismus.«

»Könnten Sie das bitte erklären? Möglichst allgemeinverständlich?«

Mr. Merck erhob sich, um zu sagen, daß diese ganzen Fragen irrelevant seien, aber der Richter wies ihn diesmal ab.

»Nun, aus der Sicht des Biologen ist der Unterschied zwischen Altruismus und Egoismus —«

»Zuerst einmal, was ist Altruismus?«

Papa blinzelte hinter seiner Brille überrascht und öffnete und schloß einige Male den Mund, ohne einen Ton hervorzubringen. Er hatte Schwierigkeiten, sich auf die von Mr. Osgood geforderte Ebene von Simplizität herabzulassen. »Altruismus. Altruismus ist eine selbstlose Achtung des Wohlergehens anderer. Bei Tieren ist es ein Verhalten, das für das Individuum nicht gut ist, ihm sogar Schaden zufügen könnte, dem Überleben der Spezies aber zugute kommt. Nehmen wir zum Beispiel einmal die Ameisen. Ameisen stellen eine faszinierende Parodie menschlichen Lebens dar, indem sie —«

»Ich verstehe, vielen Dank. Hm, könnten Sie uns vielleicht in aller Kürze und Einfachheit erklären, was Sie und Mr. West sich in den frühen Tagen von Ihren Experimenten mit dem Angeklagten erhofften?«

»Nun, biologisch gesprochen könnte man sagen, daß bei Menschen der Unterschied zwischen Altruismus und Egoismus dem von richtig und falsch entspricht. Als anthropologischer Ethiker interessiere ich mich für Ursprünge. Warum riskiert ein Organismus — in diesem Falle ein Mensch — sein Leben für einen anderen Organismus? Warum? Hat er es in der Schule gelernt? Ist es ein Instinkt, mit dem er geboren wurde? Wo mag diese Gewohnheit, diese Neigung, die ein Schlag ins theoretische Angesicht Darwin'scher Ansichten zu sein scheint, herkommen? Warum —?«

»Und sahen Sie und Mr. West sich imstande, eine Antwort auf diese Frage zu finden, indem Sie Mr. MacNeil als Ihr Versuchskaninchen benutzten?«

»Nein, natürlich nicht.«

»Und warum nicht?«

»Weil es sich herausstellte, daß er überhaupt kein Modell war. Er konnte sprechen, er war sozialisiert, er hatte ein Gewissen, er konnte sogar lesen. Genausogut hätte ich Sie oder irgendeinen anderen in diesem Raum nehmen können. Nein, muß leider sagen, daß Mr. MacNeil als Studienobjekt ein erbärmlicher Fehlschlag war. Viel zu zivilisiert.«

»Vielen Dank«, sagte Mr. Osgood mit Nachdruck. »Und daher beendeten Sie Ihre Studien an ihm irgendwann Ende Juni oder Anfang Juli, richtig?«

»Korrekt. Nach diesem Zeitpunkt habe ich ihn nicht mehr oft gesehen. Außer zu den Mahlzeiten.«

»Zu den Mahlzeiten?«

»Er zog ins Haus, wurde in den Kreis der Familie aufgenommen.«

»Niemand hat ihn überwacht?«

»Oh, nein. Nachdem ich O'Fallon hinausgeworfen hatte, paßte niemand mehr auf ihn auf. Das heißt, außer den Kindern — sie hatten ihn unter ihre Fittiche genommen. Sydney brachte ihm das Schreiben bei, Sam Arithmetik und Philip zeigte ihm ... wie man Tennis spielt. Sie nahmen ihn mit in die Stadt und zur Weltausstellung. Versuchten, ihn auf den neuesten Stand zu bringen, wissen Sie.« Er blickte über Osgoods Schulter hinweg und warf Michael einen seiner freundlichen, gütigen Blicke zu. »Waren auch erfolgreich. Er macht ihnen alle Ehre. Ich dagegen — habe ihm mehr geschadet als geholfen.«

»Wie das?«

Das Lächeln wurde wehmütig. »Habe vergessen, daß ich es mit einem Menschen, nicht nur mit einem Studienobjekt zu tun hatte. Habe Michael benutzt. So einfach ist das. Nicht gerade sehr altruistisch, sprich uneigennützig von mir, nicht wahr? Und als er mir nichts mehr nützte, ließ ich ihn gehen, vergaß ihn. Gott sei Dank besitze ich drei wundervolle Kinder, von denen keines auf mich kommt.«

Sydneys legte ihre Hand auf Philips. Sie sah das Lächeln im Gesicht ihres Vaters. *Ich liebe dich,* sagten ihre Augen, und er antwortete ihr mit den seinen.

»Haben Sie jemals versucht herauszufinden, wer Mr. MacNeils Eltern sind, Dr. Winter?«

»Nein, aber Sydney hat es getan. Sie hat einen Detektiv beauftragt, nach ihnen zu suchen. Soweit ich weiß, hat er sie gefunden.«

»Bin ich richtig informiert, daß es sich dabei um den Grafen und die Gräfin von Auldearn handelt —«

»Euer Ehren, ich erhebe Einspruch gegen jegliche Aussagen, die die angeblichen Eltern des Angeklagten angehen, die vielleicht oder vielleicht auch nicht existieren. Das ist nichts weiter als Hörensagen und an diesem Punkt reine Spekulation.«

»Stattgegeben.«

»Aber Euer Ehren —«

»Meine Herren Anwälte, treten Sie bitte an die Richterbank.«

Unruhe erhob sich im Gerichtssaal, während sich der Richter und die beiden Anwälte flüsternd unterhielten. Sydney vermochte nur zu spekulieren, worüber sie sprachen, aber als die Diskussion beendet war, schloß sie aus Mr. Osgood Gesichtsausdruck auf ihren Ausgang. Er kehrte an seinen Tisch zurück, sagte schroff: »Keine weiteren Fragen« und setzte sich.

Nach dem Mittagessen erkundigte sich Richter Tallman, ob die Verteidigung noch weitere Zeugen habe.

»Dürfte ich mich einen Moment mit meinem Klienten beraten?«

»Zwei Minuten«, sagte der Richter nachdrücklich. Sydney erkannte, daß er Mr. Osgoods Bitten um Aufschübe, Unterbrechungen und Beratungen leid war. Er versuchte, Zeit zu schinden. Selbst die Geschworenen mußten es inzwischen bemerkt haben, obwohl sie sicherlich keine Ahnung hatten, warum er es tat.

Michael und der Anwalt steckten die Köpfe zusammen. Osgood murmelte, und Michael hörte zu. Sydney wußte nicht genau, was sie sich für den Ausgang ihrer Beratung wünschen sollte. Wenn Michael aussagte, würde Mr. Merck ihn sicher dazu bringen, seine Schuld einzugestehen, und wie sollten die Geschworenen ihn dann freisprechen? Aber wie würden sie es andererseits bewerten, wenn er *nicht* aussagte? Wenn man zu seiner eigenen Verteidigung nicht in den Zeugenstand trat, hieß das nicht, daß man schuldig war?

»Ich sagte, zwei Minuten, Mr. Osgood. Sie stellen meine Geduld auf die Probe, Sir.«

Der Anwalt murmelte entschuldigend und erhob sich. »Euer Ehren, der Beweisvortrag der Verteidigung ist abgeschlossen.«

Sie war sich nicht sicher, was das leise Gemurmel, das sich nach Osgoods Entscheidung im Gerichtssaal erhob, zu bedeuten hatte. Aber Mr. Merck lächelte und das war kein gutes Zeichen. Und Michael blickte ziemlich grimmig drein.

Ihre Schultern sackten zusammen. Philip tätschelte tröstend ihr Knie, aber auch ihm mußte klar sein, daß die einzig noch verbliebene Waffe nun Mr. Osgoods abschließendes Plädoyer war.

Mr. Mercks Zusammenfassung war denkbar einfach. Michaels Kleidung und sein Name auf einem ›Dokument‹ — Sams Zeichnung — waren am Tatort gefunden worden. Zwei Zeugen hatten ihn als den Eindringling identifiziert, und die Verteidigung hatte ihre Aussagen nicht in Zweifel gezogen. Er war ganz offensichtlich schuldig. Die ›Begründung‹ der Verteidigung — Mercks zynischer Tonfall verlieh dem Wort Anführungsstriche — war nichts anderes als ein bemitleidenswerter Versuch, die eigentliche Tatsache zu vernebeln: ein Verbrechen war geschehen, und der Angeklagte hatte es begangen.

»Mr. MacNeil mag Ihnen leid tun. Sie mögen Verständnis für das haben, was er getan hat. Einige von Ihnen mögen es sogar begrüßen. Aber Sie können ihn aufgrund dieser Standpunkte nicht für unschuldig erklären. In Ihren Herzen wissen Sie, daß Sie nur eine Wahl haben. Ob es Ihnen gefällt oder nicht, Gentlemen, es ist Ihre Pflicht, diese Wahl zu treffen. Vielen Dank.«

Mr. Osgood erhob sich langsam. Er sprach langsam. Er faßte seine Argumente langsam zusammen und wiederholte sie noch einmal. Langsam.

Als er begann, sie zum dritten Mal zusammenzufassen, unterbrach ihn der Richter schnippisch: »Dieser Fall wird heute nachmittag abgeschlossen und den Geschworenen übergeben, Herr Anwalt, gleichgültig, ob Sie mit Ihrem Plädoyer fertig sind oder nicht. Habe ich mich klar ausgedrückt?«

Osgood nickte niedergeschlagen. »Ja, Euer Ehren.«

Er wandte sich den Geschworenen zu, richtete sich auf und atmete tief durch. »Gentlemen, ich werde Ihre Geduld nicht sehr viel länger in Anspruch nehmen. Ich möchte Sie nur bitten, sich diesen Mann genau anzuschauen und ihn als den zu sehen, der er wirklich ist: ein Unschuldiger. Und ich möchte Ihnen mit auf den Weg geben, daß das Einsperren von Tieren in Zoos für ihn einer unglaublichen, gewissenlosen, unmenschlichen Folter gleichkommt. Michael MacNeil hat bisher noch nicht gelernt, daß das Einsperren von Kreaturen, von Repräsenten der Spezies, die die menschlichen Wissenschaften bislang identifizieren konnten, vollkommen akzeptabel ist, daß es kein wie auch immer geartetes Verbrechen darstellt. Nein, wir halten es sogar für ein gottgegebenes, menschliches Recht, einen Sommernachmittag damit zu verbringen, von Käfig zu Käfig zu laufen und die wilden Tiere hinter ihren Gittern zu beobachten. Wenn darin eine Grausamkeit liegt, so sind wir ihr gegenüber blind. Es ist harmlos, behaupten wir. In unserer menschlichen Welt ist es nur natürlich — kein Gesetz wird dabei gebrochen.

Aber Michael MacNeil ist ein Neuling in eben dieser menschlichen Welt. Neu und unschuldig. Er hat eine mutige und verwegene Tat begangen, die zufällig gegen unser menschliches Gesetz verstieß, aber für ihn war es kein Verbrechen. Es war eine Notwendigkeit. Er hat einem reinen, selbstlosen Trieb gehorcht, der ebenso unwiderstehlich war wie der einer Mutter, die in ein brennendes Haus läuft, um ihr Kind zu retten. Oder dem Trieb vergleichbar, sein eigenes Leben für einen Jungen zu riskieren, von dem er dachte, daß er dabei sei, zu ertrinken.

Er muß gewußt haben, daß er damit nicht davonkommen würde. Wahrscheinlich war er sich sogar der Sinnlosigkeit seiner Tat bewußt. Aber all diese Überlegungen haben ihn nicht abhalten können. Ich würde Sie gerne bitten, sich in seine Lage zu versetzen, aber ich weiß, daß Sie das nicht können. Genausowenig wie ich. Niemand von uns kann das. Michaels Leben ist einzigartig gewesen, zu weit entfernt von unserem Erfahrungsbereich, als daß wir es uns auch nur vorstellen können. Und das ist genau der Grund, warum Sie ihn als unschuldig befinden müssen. Weil er im tiefsten Wortsinne unschuldig ist. In diesem Mann steckt keine Gewalttätigkeit, keine Grausamkeit. Michael MacNeil ist ein Mensch in seiner reinsten, natürlichen Form. Unverdorben. Michael ist so, wie Gott ihn geschaffen hat, ohne daß die Menschen bisher eine Chance hatten, ihn zu verderben. Er ist unschuldig.

Und daher appelliere ich an Sie, ihn freizusprechen. Nicht etwa, weil Sie verzeihen, was er getan hat, sondern weil Sie respektieren, was er ist. Ich danke Ihnen.«

Sydney hatte einen Kloß im Hals. Michael hatte während der Rede seines Anwalts einen bescheidenen, gequälten und unbehaglichen Eindruck gemacht. Seine Hände hatten sich ineinandergekrampft und sein Blick war keinen Moment von der Tischkante gewichen. Wie schrecklich mußte es sein, zuzuhören, wie man in der einen Minute vor völlig fremden Menschen herabgesetzt und in der nächsten glorifiziert wird. Die Geschworenen saßen mit steinernen Mienen da, und so sehr sie sich auch bemühte, so konnte sie doch nichts in ihren Gesichtern lesen.

Mr. Osgood nahm wieder Platz. Michael beugte sich vor und sagte etwas zu ihm, worauf ein müdes Lächeln auf den Lippen des älteren Mannes erschien. Richter Tallman räusperte sich. Er hatte nur einige wenige Dinge zu sagen, bevor sie ihre Beratungen beginnen konnten, teilte er den Geschworenen mit ernster Stimme mit. Sydney rechnete fast damit, daß Osgood aufspringen und um eine weitere Unterbrechung bitten würde. Aber das tat er nicht, und so begann der Richter ohne weitere Verzögerung die Geschworenen zu unterweisen.

Plötzlich setzte im hinteren Teil des Saals ein leises, neugieriges Gemurmel ein. Sydney drehte den Kopf, doch der Hut einer Frau, die hinter ihr saß, versperrte die Sicht auf die Tür. Das Gemurmel wurde lauter, bis der Richter es bemerkte und seine Unterweisungen unterbrach, um ›Ruhe im Gerichtssaal!‹ zu befehlen. Mit gerunzelter Stirn blickte er den Mittelgang entlang, an dessen Ende sich offenbar die Quelle der Unruhe befand.

Sydney reckte erneut den Kopf. Nun erblickte sie den Kopf und die Schultern eines großgewachsenen Mannes mit schwarzem Haar, der sich auf eine besorgte Weise zu einer Frau hinabbeugte. Der Atem stockte ihr. Konnte es wirklich wahr sein? Und dann sprang Sam, der einen Platz am Gang und damit eine bessere Sicht hatte, auf und verkündete mit heller, glasklarer Stimme: »Da ist Michaels Vater!«

Der Gerichtssaal verwandelte sich in ein Tollhaus. Richter Tallman schlug mit seinem Hammer immer und immer wieder auf das Holz, aber niemand schenkte ihm auch nur die geringste Aufmerksamkeit. Sydneys Blick wanderte zwischen Michael und dem Mann, der ihm so unglaublich ähnlich sah, hin und her. Michael schob langsam, wie in einem Traum, seinen Stuhl zurück und erhob sich, wobei seine Augen keinen Moment von seinem Vater wichen.

»Die Verhandlung ist unterbrochen«, kläffte Richter Tallman, der seinen Versuch aufgegeben hatte, Ordnung zu schaffen. »Gerichtsdiener, begleiten Sie die Geschworenen ins Geschworenenzimmer.«

Sydney erhob sich ebenfalls. Philip tätschelte ihre Hand, und erst da merkte sie, daß sie sich mit aller Kraft an seinen Arm geklammert hatte. Alle Anwesenden standen inzwischen, aber anstatt in den Gang zu strömen, verharrten sie still, die Augen wie gebannt auf den dunkelhaarigen, eindrucksvollen Mann und die blasse, reizende, zitternde Frau gerichtet — war das wohl Michaels Mutter? —, die neben ihm stand.

»Gerichtsdiener! Ich sagte, führen Sie die Geschworenen hinaus.«

Hinter ihnen befand sich ein großes und gertenschlankes, braunhaariges Mädchen mit Michaels Mund und der stolzen Haltung ihres Vaters. Alle drei MacNeils schritten den Gang entlang, wie ein Magnet von Michael angezogen, dessen Gesicht ... unbeschreibbar war. Schließlich stellte das Schwingtor in der niedrigen Abtrennung die letzte Barriere zwischen ihnen dar, und eine atemlose Sekunde lang bewegte sich niemand.

Lord Auldearns hartes, glattes Gesicht war vor Aufregung gerötet, und er schien am Boden festgewachsen. Am Ende war es seine Frau, die den Zauber brach. Mit einem kleinen, schluchzenden Schrei schob sie das Tor auf und eilte mit ausgebreiteten Armen auf ihren Sohn zu.

»Gerichtsdiener!« versuchte es der Richter wieder, aber die Geschworenen rührten sich nicht.

Michaels Vater zögerte noch eine unbeholfene Sekunde lang, dann jedoch umarmte er seinen Sohn und seine Frau zur gleichen Zeit. Das Mädchen, Michaels Schwester, stand anfangs ein wenig abseits. Verwunderung spiegelt sich auf ihrem Gesicht wider, doch dann trat sie langsam näher. Die Hand, die sie auf Michaels Schulter legte, zitterte kaum merklich, und ihre Berührung war so leicht, daß er sie gar nicht spürte. Seine Augen waren fest geschlossen. Er weinte, genau wie seine Eltern. Sydneys Blick wurde von Tränen verschleiert, während sie zusah, wie die Geschworenen, den Saal verließen. Einige von ihnen blinzelten, und alle machten einen bewegten Eindruck.

Am Tisch der Staatsanwaltschaft rutschte Mr. Merck immer tiefer und tiefer, bis sein Hinterkopf die Lehne seines Stuhls berührte. Auch er hatte die Augen geschlossen, aber er weinte nicht. Er sah aus wie ein zusammengeschrumpelter Ballon.

Siebenunddreißig Minuten später kehrten die Geschworenen mit ihrem Spruch zurück. Sie befanden Michael MacNeil in allen Punkten der Anklage, außer dem des Vandalismus — für nicht schuldig. Dieses Vergehen wurde mit einer Geldstrafe von acht Dollar plus den Gerichtskosten bestraft.

Kapitel 18

Michael fragte sich, was seine Familie wohl von ihm dächte, wenn sie wüßten, was er am liebsten mit ihnen anstellen würde: mit ihnen allen auf dem Boden herumrollen. Immer und immer wieder mußte er sich das Lachen verkneifen, wenn er sich vorstellte, wie er es ihnen sagte und dabei ihre Gesichter betrachtete. Kate würde es wahrscheinlich nichts ausmachen – es wahrscheinlich sogar tun! – aber seine Mutter würde es wohl nicht verstehen. Und sein Vater ... wieder überkam ihn ein ersticktes Lachen, wenn er nur daran dachte. Der Grundherrr von Auldearn war definitiv kein Mann, mit dem man ringen und über den Boden rollen konnte. Aber in seinem Inneren war er freundlich und gütig und voller Liebe. Das wußte Michael, denn er hatte ihn weinen sehen.

»Der See ist am Abend wunderschön«, sagte Kate. Sie stand auf dem Balkon ihres Zimmers im fünften Stock des Leland Hotels. »Der Mond scheint, und man kann die Lichter der Boote sehen.« Sie drehte sich um und lächelte Michael an. »Er ist viel größer als unser Loch Rannoch, Michael. Erinnerst du dich noch an unseren See?«

»Ich erinnere mich daran, wie ich dir einmal beim Fischen zugesehen habe«, sagte er an seinen Vater gewandt. »Wie du die Leine ausgeworfen und eine Forelle gefangen hast.«

»Das weiß ich auch noch. Du warst zu klein, um die Angel zu halten, also hast du im seichten Wasser mit dem Netz gespielt. Du hast eine Elritze gefangen. Du wolltest einfach nicht nach Hause gehen, obwohl es in Strömen geregnet hat.«

Daran erinnerte Michael sich nicht mehr, aber die Vorstellung gefiel ihm. Er konnte dieses Bild des grauen Regens, der auf den See niederprasselte und den Geruch nach nasser Wolle und das Gefühl durchweichter Kleidung nun den anderen Erinnerungen an seine Kindheit hinzufügen.

Sie saßen in dem großen Zimmer der Suite, die seine Familie gemietet hatte. Hierher waren sie nach dem Urteil vor den Reportern geflohen. Und seither hatten sie sich nur unterhalten. Und angesehen. Seine Schwester vermochte nicht aufzuhören, ihn anzustarren, seine Mutter konnte nicht aufhören, ihn zu berühren, und sein Vater konnte nicht aufhören zu lächeln. Und er wäre immer noch gerne mit ihnen über den Boden gerollt.

Es fiel ihm schwer, zu reden. Am liebsten hätte er nur zugehört. Er dachte an das, was Sydney ihm zuvor, nachdem der Obmann der Geschworenen das ›Nicht schuldig‹ verkündet und alle geklatscht und Bravo gerufen hatten, gesagt hatte. Sie hatte seine Hände ergriffen und ihm zugeflüstert: »Ich bin so glücklich, Michael!« Ihm selbst hatte die Stimme versagt, aber ›glücklich‹ war einfach nicht genug, um seine Gefühle in Worten auszudrücken. Die MacNeils hatten die Winters kurz kennengelernt, aber dann hatten sich Zeitungsleute und Fotografen und Fremde dazwischengedrängt, und ehe er sich versah, befand er sich mit seiner neuen Familie in einer Kutsche und fuhr die Jackson Street entlang zum Leland Hotel.

Sie ließen sich das Abendessen heraufschicken und redeten beim Essen weiter. »Wir saßen gerade beim Frühstück im Speisesaal unserer *pensione* in Florenz, als das Telegramm eintraf«, sagte seine Mutter. Sie hatte diese Geschichte jetzt schon oft erzählt, aber keiner von ihnen wurde es leid, sie zu hören. »Zuerst vermochten wir es gar nicht zu glauben — so viele Hoffnungen waren vor Jahren zerstört worden, als wir zum ersten Mal Leute beauftragten, nach dir zu suchen. Ich erinnere mich, wie ich dachte, daß wir selbst dort, in dieser wundervollen

Stadt, davon verfolgt wurden. Von dieser Traurigkeit. Dein Vater wollte den Anwalt in England erst gar nicht anrufen, aber ich sagte ihm, daß er es tun müsse.«

»Und ich habe ihn auch dazu gedrängt«, warf Kate ein. Seine Mutter und sein Vater nickten.

»Also habe ich ihn angerufen«, fuhr sein Vater fort, »und er sagte, daß es da einen Jungen, einen Mann, gäbe, der behauptete, er sei Michael MacNeil. Und daß seine Tante und sein Onkel vor achtzehn Jahren bei einem Kanuunfall in Ontario ums Leben gekommen seien.«

»Und so mußten wir einfach herkommen«, sagte seine Mutter lächelnd und betupfte ihre Augen mit einem Taschentuch. »Ich hatte Angst zu glauben, daß es wirklich wahr sein könnte.«

»Sie sagte immer wieder: ›Es ist nur eine Reise, eine Gelegenheit, nach Amerika zu kommen‹«, warf Kate ein. »Sie wollte nicht einmal darüber reden, warum wir hierherfuhren oder was wir nach unserer Ankunft hier vorfinden könnten.«

Seine Mutter lachte. »Ich sagte: ›Es ist ja nicht umsonst — wir könnten uns zumindest die Weltausstellung ansehen.‹« Sie beugte sich vor und drückte Michaels Hand mit ihrer eigenen, schmalen, und ihre Augen füllten sich erneut mit Tränen des Glücks. Sie war so schön, daß er sich beinahe vor ihr fürchtete. Er liebte sie von ganzem Herzen. Er kannte sie nicht, aber er wußte, daß er für sie sterben würde, und er wußte, daß sie ebenso für ihn empfand.

Ich habe eine Schwester, ich habe eine Schwester, sang er kurz darauf innerlich und starrte das schöne Mädchen lächend an. Katherine Mary Rose MacNeil, die wie eine Mischung aus ihrem Vater und ihrer Mutter aussah. Sie war beinahe neunzehn und in dem Jahr geboren, nachdem er verschwunden war. Anfangs benahmen sie sich beide etwas schüchtern, beobachteten einander und lächelten, sagten aber nicht viel. Sie legte ihre Schüchternheit zuerst ab, und erzählte ihm von ihrem Leben — von der Schule für Höhere Töchter, die sie abgeschlossen hatte, von ihren Freundinnen, den Büchern, die sie gerne las, von dem Springwettbewerb, an dem sie mit ihrem Pferd teilgenommen hatte, dessen Name Phantom war. Sie wollte nicht heiraten, sondern die Universität besuchen, um Ärztin zu werden. Oder auch um Architektur zu studieren — sie war sich noch nicht ganz sicher. Vielleicht würde sie aber auch Dramatikerin. Sie verwirrte ihn.

Nachdem sie das Essen beendet hatten, gingen sie wieder zum Sofa und den Sesseln zurück und redeten dort weiter. Manchmal lauschte Michael nicht den Worten, sondern dem Auf und Ab, dem Laut und Leise der Klänge und dem Lachen. Sie waren alle so furchtbar müde, aber keiner wollte, daß der Abend zu Ende ging. Doch Kate schlief schon bald zusammengerollt in ihrem Sessel ein, und sie weckten sie und rieten ihr, ins Bett zu gehen.

Sie ging auf Michael zu und küßte ihn auf beide Wangen. Ihre Schüchternheit war vollkommen verschwunden. Sie mußte wohl gesehen haben, wie er errötete, denn sie sagte: »Für mich ist es leichter«, und legte ihm die Hände auf die Schultern. »Ich habe mein ganzes Leben von dir gewußt. Du Ärmster — bis vor wenigen Stunden wußtest du nicht einmal, daß ich existiere. Aber du wirst dich schon an mich gewöhnen, und dann wirst du froh sein, eine Schwester zu haben. Das hoffe ich zumindest.«

Er sah das Lachen in ihren Augen und wußte, daß sie einen Scherz gemacht hatte. Aber er erwiderte trotzdem: »Ich bin jetzt schon froh, Kate. Ich habe es nie ganz vermocht, die Hoffnung aufzugeben, daß ich eine Mutter und einen Vater habe, aber ich hätte nie damit gerechnet, daß ich auch eine Schwester habe. Du bist ein Geschenk für mich.«

Sie umarmte ihn fest und wandte sich dann schnell ab.

Bevor sie aus dem Zimmer eilte, rief sie ihnen noch einen Gute-Nacht-Gruß über die Schulter zu.

Seine Mutter und sein Vater hatten die Arme umeinander gelegt. Sie war so klein und zierlich, reichte ihm kaum bis zu den Schultern. Aber sie war keine schwache Frau — aber woher wollte er das eigentlich wissen? Er wußte es einfach. »Es ist schon spät«, sagte sie. »Wir sollten alle zu Bett gehen. Und wenn wir aufwachen, wirst du immer noch hier sein. Ich habe so oft davon geträumt …« Sie preßte ihre Lippen zusammen und schüttelte den Kopf. »Ein Wunder«, flüsterte sie. Sein Vater blinzelte und reichte ihr sein Taschentuch — ihre waren alle durchweicht.

»Ich möchte euch etwas zeigen.« Michael trat näher auf sie zu. Er nahm sein Buch aus der Tasche, wickelte es aus und legte es auf seine Handfläche. »Erinnert ihr euch noch daran?«

Sie schüttelten den Kopf und bedachten es mit einem solch seltsamen Blick, daß er sich zum ersten Mal wirklich bewußt wurde, wie es inzwischen aussah. Nichts weiter als ein schwarzer Klumpen. Er wollte lachen, aber er hatte einen Kloß im Hals.

»Vater«, sagte er. Es war das erste Mal, daß er ihn so nannte. »Es ist ein Buch. Es war ein Buch. Du hast es mir an dem Tag geschenkt, als ich fortsegelte. *Nun bin ich ein Mann* — so lautete der Titel.«

»Ja, ich erinnere mich.« Er streckte die Hand aus, und Michael reichte ihm das Buch.

»Du sagtest: ›Wenn wir uns wiedersehen, Michael, dann wirst du ein Mann sein.‹ Und dann hast du mir die Hand geschüttelt. Ich kenne es immer noch auswendig. Ich glaube, wenn ich es nicht aufbewahrt hätte, hätte ich wohl vergessen, daß ich ein Mensch bin.«

Für eine Weile vermochte niemand etwas zu sagen. Schließlich flüsterte seine Mutter: »Warum haben wir dich nur jemals gehen lassen?« Sie lehnte ihre Schläfe gegen den Arm seines Vaters und lächelte. »Ich frage mich, wieviele Male ich das in den letzten achtzehn Jahren wohl gesagt haben mag. Nun bist du hier, und ich danke Gott dafür, aber ich denke, daß ich mir diese Frage bis an mein Lebensende stellen werde.«

Michael hatte das Gefühl, vor einer verschlossenen Tür zu stehen. Das Leben auf dieser Seite war großartig. Aber noch konnte er nicht nach vorne schreiten. Egal, wie schmerzhaft es auch sein mochte, er mußte diese Tür aufschließen, denn sie trennte seine Vergangenheit von seiner Zukunft.

»Warum habt Ihr mich fortgeschickt?«

Seine Mutter berührte ihn am Ärmel. Sie hatte so schöne, grüne Augen. Sie wurden kugelrund, als sie ihn fragte: »Ja, erinnerst du dich denn nicht mehr?«

Er schüttelte den Kopf. Er wollte das, woran er sich erinnerte, nicht enthüllen.

»Weil ich schwanger war. Ich hatte immer wieder Fehlgeburten — ich habe drei Babies nach deiner Geburt verloren, und wir dachten, daß dies vielleicht unsere letzte Chance sei. Die Ärzte verordneten mir strikte Bettruhe. Ich sollte neun Monate im Bett bleiben. Wir ...« Sie blickte seinen Vater an, als wolle sie, daß er weiterredete.

»Mein Bruder und seine Frau, dein Onkel Duncan und deine Tante Katherin, beabsichtigen, eine zweimonatige Reise nach Kanada und Amerika zu unternehmen. Sie boten uns an, dich mitzunehmen, und der Arzt sagte, daß dies eine gute Idee sei. Du warst ein ganz normaler Sechsjähriger. Laut und wild.«

»Oh, du warst ein wundervoller Junge«, sagte seine Mutter eilig, »der beste. Du warst hübsch und klug, konntest lesen, bevor du vier warst und hast nie die Geduld verloren — du hattest ein wirklich liebenswertes Wesen —«

»Zeig ihm das Bild!«

»Das — oh!« Sie lachte auf und zog an der Goldkette,

die sie um ihren Hals trug. Aus dem Ausschnitt ihres Kleides tauchte ein Medaillon auf — er kannte das Wort, weil auch Sydney ein Medaillon trug. Es war aus Gold und auf der Vorderseite mit einem Wappen oder einem Schild verziert. »Schau«, sagte sie und öffnete es. »Das bist du. Du warst gerade fünf und wolltest noch nicht stille sitzen für einen Fotografen, also habe ich diese Miniatur gemalt. Und das hier —« Sie öffnete ein kleines, hinter dem Bild verstecktes Fach. »Das hier ist eine Haarlocke von dir. Erinnerst du dich noch, wie ich geweint habe, als du ihm zum ersten Mal die Haare geschnitten hast?« Sein Vater nickte und lächelte sie liebevoll an. »Öffne es bitte, Terence.« Sie beugte ihren Kopf, hob ihr Haar im Nacken, und sein Vater löste die Kette. Sie umfing das Medaillon mit ihren Händen.

»Es gehört dir, Michael. Ich habe es zwanzig Jahre lang nicht abgenommen, aber nun brauche ich es nicht mehr, denn jetzt habe ich dich ja wieder.«

Es handelte sich nicht nur um ein Medaillon, dessen Metall noch warm war von ihrem Körper, das sie in seine Hand gleiten ließ. Es war auch ein Schlüssel. Er öffnete die Tür zum Rest seines Lebens.

Mitternacht. Zu spät, um Sydney anzurufen. Er würde sie morgen sehen — seine Eltern wollten die Winters zum Abendessen einladen —, aber bis dahin war es noch so lange hin. Er wollte ihr Gesicht sehen, ihre Stimme hören. Ihr das Bild zeigen, auf dem er fünf Jahre alt war und eine Familie hatte, die ihn für einen ›wundervollen Jungen‹ hielt.

Während er in dem Raum neben der Suite der MacNeils in seinem zu weichen Bett lag, starrte er auf das Medaillon und fragte sich, ob ihm das kleine Gemälde wirklich ähnlich gewesen war. Wenn ja, dann war er — mit diesen rosafarbenen Wangen und diesem lieblichen, glücklichen Gesicht — kein Kind gewesen, sondern ein

Engel. Es fehlte nur noch ein Heiligenschein, und man hätte dieses Bild an eine Kirchendecke malen können. Aber er liebte es sehr. Er liebte sich selbst, diesen kleinen Jungen, weil seine Mutter und sein Vater ihn geliebt hatten. Diese eine Tatsache war entscheidend.

Er fühlte sich so glücklich — und gleichzeitig so traurig. Seine Mutter hatte ihm erzählt, daß das Baby, um das sie so sehr gekämpft hatte, doch gestorben war. Sie hatte es an demselben Tag verloren, als sie die Nachricht von Michaels Ertrinken erhielt. Aber nun gab es Kate, und das war ein Wunder. Wie sollte er nur bis morgen warten, um Sydney all diese Dinge zu erzählen?

Seine Familie würde ihr gefallen, und sie würden sie lieb gewinnen. Und er würde ihr das Bild von ihm schenken, das seine Mutter gemalt hatte, damit sie wußte, daß er ein richtiger Junge gewesen war, ein guter Junge, den seine Eltern nicht einfach loswerden wollten. Sie hatten ihn geliebt. Und deshalb durfte auch sie ihn lieben. Er war ihrer Wert.

Wie sollte er nur bis morgen warten, um ihr all das zu berichten?

»War achtundachtzig in Schottland, Auldearn.« Sydneys Vater hob sein Weinglas zu einer kleinen Ehrenbezeigung für den Mann, der sein Gastgeber war und der am anderen Ende des Tisches saß. »Habe mir die naturgeschichtliche Sammlung im Royal Scottish Museum angesehen. Bin eine Woche geblieben. Hervorragende Ausstellung.«

›Auldearn‹ — so sollten sie Michaels Vater nennen. Sydney fand, daß es respektlos klang, ganz so, als würde sie ihren Vater ›Winter‹ nennen, aber Tante Estelle beharrte darauf, daß es korrekt sei. Und sie mußte es wissen, denn sie hatte den ganzen Nachmittag damit verbracht, dieses Thema mit Hilfe ihrer Sammlung von Büchern zur Etikette genau zu erforschen. »Entweder ›Auldearn‹ oder ›Mylord‹ oder ›Eure Lordschaft‹«, hatte sie

sie auf der Kutschfahrt in die Stadt immer und immer wieder instruiert — überflüssig zu erwähnen, daß für diesen großartigen Anlaß der Zug nicht in Frage kam, nur die Kutsche war angemessen.

»Oh ja«, stimmte ihm seine Lordschaft freundlich zu. Alles, was er sagte, war freundlich. Er hatte ein strenges Gesicht, eine herbere Ausgabe von Michaels, aber seit Sydney ihn kennengelernt hatte, trug er immer ein Lächeln auf den Lippen. »Sind Sie zufällig auch bis nach St. Andrews hinaufgefahren? Die Bibliothek am United College ist ausgesprochen gut sortiert, was Ihr Gebiet angeht. Ich interessiere mich selbst ein wenig dafür, müssen Sie wissen.«

»Wirklich!« Papa war entzückt. Philip nahm am anderen Ende des Tisches sogar für einen Moment die Augen von Michaels Schwester Katherine, um Sydney zuzublinzeln. Sie blinzelte zurück. Beide wußten, daß der arme, ahnungslose Auldearn Papa gerade dazu veranlaßt hatte, einen Monolog über sein Lieblingsthema zu beginnen.

»Michael hat uns erzählt, daß Ihr Vater ein Genie ist«, sagte Lady Auldearn mit leiser Stimme, während Papa zu seiner Rede ansetzte. Sie trug einen amüsierten Gesichtsausdruck, der Sydney bedeutete, daß sie ihr Blinzeln bemerkt haben mußte. Sydney lächelte sie an. Sie fühlte sich unerwartet wohl in der Gegenwart von Michaels Mutter. Sie kannte bisher keine Gräfin, aber es war unmöglich, sich von dieser zarten, freundlichen Frau mit dem heiteren Gesicht eingeschüchtert zu fühlen. »Mein Vater war auch ein Genie«, erzählte sie, »so hieß es zumindest immer. Er war ein Amateurentomologe.«

»Entomologie«, wiederholte Sydney langsam. Sie konnte nie Entomologie und Etymologie auseinanderhalten. »Das ist ...«

»Insekten, Insekten und nichts als Insekten.«

»Aha.« Vielleicht verführte sie ja lediglich das sympathische Verhalten ihrer Ladyschaft dazu, und sie bildete es sich nur ein, aber der Blick, den sie wechselten, ließ Sydney ahnen, daß sie eine ganze Menge Dinge gemeinsam hatten. »Michael hat mir erzählt, daß Sie Malerin waren.«

»Hat er sich daran erinnert?« Sie hob ihren Blick zu Michael, der am anderen Ende des Tisches zur Linken seines Vaters saß, und ihre grünen Augen nahmen einen zärtlichen Ausdruck an. »Nun, ich bin immer noch Malerin. Keine, von der Sie gehört haben werden, da bin ich sicher, aber ich —«

»Elizabeth, sei nicht so bescheiden«, warf Auldearn ein und nutzte damit winzige Pause in Papas Vortrag über die relativen Vorteile der anthropologischen Abteilung der Universitäten von Chicago und Edinburgh. »Meine Frau hat zur Zeit zwei Einzelausstellungen in Glasgow, sowie eine Gruppenausstellung in London. Sie ist eine Künstlerin von großer Sensibilität und Intelligenz.«

In der kurzen, verlegenen Stille, die nach dieser Erklärung eintrat, fragte sich Sydney, was Michael den MacNeils wohl über sie erzählt haben mochte. Sie waren die Freundlichkeit selbst, sie hätten sich nicht netter verhalten können — doch sie zeigten ihr gegenüber nicht diese *besondere* Art von Neugierde, die bedeutet hätte, daß sie von ihrer und Michaels Liebe wußten. Offenbar hatte er ihnen noch nicht davon erzählt. Sie wußte nicht genau, was sie davon halten sollte.

»Michael ist auch ein Künstler«, piepste Sam. »Stimmt's, Michael?« Sie saßen nebeneinander, zwischen Sydney und Lord Auldearn, und von Zeit zu Zeit steckten sie ihre Köpfe zusammen und flüsterten. Sydney vermutete, daß sie sich beide anvertrauten, wie sehnlichst sie sich Hector herbeiwünschten, damit sie ihn mit den Flageoletts und den Zwiebeln à la Grecque füttern konnten, die sie auf ihren Tellern hin und herschoben und unter ihren *pommes soufflées* zu verstecken versuchten. Sam sah ebenso glücklich und zufrieden aus wie die MacNeils. Er war begeistert, seinen Freund wiederzuhaben. Er war den ganzen Abend nicht von Michaels Seite gewichen. Erst jetzt wurde Sydney bewußt, wie sehr er ihn bewunderte.

Die Unterhaltung plätscherte um sie herum fort, aber sie war zufrieden damit, Michael zu betrachten, fasziniert von dem Glück, das aus seinem Gesicht strahlte. Sie sehnte sich so sehr danach, mit ihm alleine zu sein! Am Abend zuvor hatte sie gehofft, daß er sie noch anrufen würde, aber das hatte er nicht getan. Und auch heute hatte er sich nicht bei ihr gemeldet. Sie war den ganzen Tag zu Hause geblieben, weil sie auf seinen Anruf gehofft hatte und ihn auf keinen Fall verpassen wollte.

In dem Moment lachte er über etwas, das sein Vater gesagt hatte und strahlte seine Schwester an. Wie egoistisch sie doch war, schalt sich Sydney. Natürlich wollte er mit seiner Familie zusammen sein, die er gerade erst wiedergefunden hatte. Sie schämte sich dafür, daß sie ihn so bald wieder für sich haben wollte. Aber so empfand sie nun einmal.

»Wie schade . . .« Tante Estelle mußte sich räuspern. »Wie schade, daß die Osgoods nicht bei uns sein können«, sagte sie mit einer leisen Stimme, die ihr gar nicht ähnlich war, ganz so, als spreche sie in der Kirche. »Sie sagten, daß es Mrs. Osgood gesundheitlich nicht gut gehe, Mylord?« Der Titel kam ihr ganz natürlich und flüssig über die Lippen, als habe sie ihr ganzes Leben nichts anderes getan, als sich mit schottischem Adel zu unterhalten. Und dennoch war Tante Estelle von allen Winters diejenige, die sich am meisten von der Großartigkeit von Michaels Familie einschüchtern ließ. Hier war ihr kein einfacher, gesellschaftlicher Coup gelungen. Sie saß zur Rechten eines Grafen und dinierte *en famille* mit einer Gräfin. Das glich einer Revolution. All ihre Hoffnungen und all ihr Trachten hatten sich heute auf spektakuläre Weise erfüllt. Interessant dabei war, daß sie die Situation beinahe vollkommen sprachlos machte.

Die Kellner sammelten die Teller ein und brachten einen neuen Gang mit geschmorten Lammschnitzeln. Sydney fragte sich, was Michael und Sam wohl mit den spinatgefüllten Pilzen anfangen würden, die als Beilage gereicht wurden. Ihr Vater unterhielt sich mit Lady Aldearn. Sie hörte, wie er ihr gegenüber erwähnte, daß er beabsichtige, sich mit Mr. Diffenbaucher vom Zoo in Verbindung zu setzen, um mit ihm über eine »äh, Entschädigung für die finanziellen Schäden, die aus dem, äh, Vorfall entstanden sind« zu diskutieren. Er hätte das bereits früher getan, aber Mr. Osgood hatte ihm geraten, vor dem Ende von Michaels Verhandlung keine Angebote dieser Art zu machen.

Lady Auldearn beugte sich zu ihm hinüber und sagte in vertraulichem Tonfall: »Vielen Dank, das ist sehr freundlich von Ihnen, aber ich denke, daß wird nicht mehr notwendig sein. Mein Mann hat sich heute nachmittag um die Angelegenheit gekümmert, und ich bin sicher, daß alles erledigt wurde. Soweit mir bekannt ist, sind die offiziellen Stellen des Zoos mehr als zufrieden.«

Die leichte Betonung des mehr als bedeutete Sydney, daß Lord Auldearn ausgesprochen großzügig gewesen sein mußte. Sicher würde der Blick in die morgigen Zeitungen nicht uninteressant werden. Es würde sie nicht überraschen, wenn die Reporter Michael am Ende gar als Volksheld feierten.

»Hatten Sie bisher schon die Gelegenheit, sich die Stadt anzuschauen?« erkundigte sich Philip bei Katherine, von der er den ganzen Abend kaum seinen Blick gewendet hatte. Er hatte ihr die Frage in eine kurz eingetretene Stille gestellt, so daß sie jeder mitbekam. Das machte ihn verlegen, und er tat schnell so, als habe er sich nicht ausschließlich an Kate gewandt (Sydney hatte zu einem früheren Zeitpunkt mitbekommen, wie sie ihn bat, sie doch Kate zu nennen), sondern an die ganze Runde. »Es wäre eine Schande, wenn die Reporter Sie noch länger im Hotel festhielten und Sie keine Chance hätten, sich all die Sehenswürdigkeiten anzuschauen.«

»Wir sind in der Tat den ganzen Morgen im Hotel geblieben«, erwiderte Kate mit einem etwas gequälten Lächeln. »Aber heute nachmittag haben Vater und Michael drei verschiedenen Zeitungen zur gleichen Zeit Interviews gegeben. Wir dachten, daß sie uns dann vielleicht in Ruhe lassen würden.«

»Und wie war es?« erkundigte sich Sydney und blickte Michael an. Sie konnte sich kaum vorstellen, wie er unhöflichen Reportern Fragen beantwortete. Aber vielleicht waren sie ja gar nicht unhöflich gewesen. Vielleicht hatte die Anwesenheit des Grafen von Auldearn zivilisierende Auswirkungen auf die Presse gehabt. Zumindest für eine Weile.

»Ich mußte gar nicht viel sagen. Mein Vater hat mit ihnen gesprochen.«

Mein Vater. Er sprach diese Worte mit so viel Stolz und Zuneigung aus, mit einer solchen Verehrung, daß Sydney unwillkürlich zu Boden sah.

Das Dessert kam — Mandeltorte und cœur à la crème — und Sam und Michael verspeisten es mit sichtlichem Vergnügen. Die Kellner brachten Champagner und Obst und Auldearn erhob sich, um einen Toast auszusprechen.

»Meine Damen und Herren, liebe Freunde, liebe Familie. Ich werde oft gebeten, Reden zu halten, und ich darf gestehen, daß es mir in der Vergangenheit nie etwas ausgemacht hat. Heute abend allerdings fällt es mir schwer, die richtigen Worte zu finden, um meine Gefühle auszudrücken. Ich bin wohl ein religiöser Mann, aber ich muß zugeben, daß ich Wunder immer für historische Ereignisse gehalten habe, die sich vor langer, langer Zeit zutrugen, ganz gewiß nicht in der letzten Dekade des neunzehnten Jahrhunderts. Doch ... ich habe mich geirrt.« Seine Stimme wurde heiser, drohte zu versagen, und Sydney dachte für einen Moment, daß er weinen würde. Er war tief bewegt und vermochte seine Rührung nicht zu verbergen. »Mein Sohn — ist zu mir zurückgekehrt. Der kleine Junge, den ich mehr als mein eigenes Leben geliebt habe, ist zu uns zurückgekommen. Ein feiner — und ein guter junger Mann. Ich bin ... so überaus glücklich. Und stolz. Meine lieben Freunde —« Er hob mit feuchtglänzenden Augen sein Glas — »trinken Sie mit mir auf dieses Wunder.«

Alle Frauen, sogar Tante Estelle, suchten ergriffen nach ihren Taschentüchern.

»Haben Sie eigentlich schon mal die Königin von England getroffen?« erkundigte sich Sam, nachdem seine Lordschaft wieder Platz genommen hatte. Das heiterte die Stimmung schnell wieder auf. Auldearn erklärte ihm geduldig, daß er sie in der Tat schon gesehen habe, denn obwohl er Schotte war, saß er im englischen House of Lords und hatte somit des öfteren die Gelegenheit, mit Königin Victoria zu reden. Sam war ungeheuer beeindruckt.

»Eines Tages wird Michael auch dort sitzen, daran habe ich keinen Zweifel.« Vater und Sohn blickten sich lächelnd an, und die Ähnlichkeit ihrer scharf geschnittenen Profile war verblüffend.

»Glaubst du?« erkundigte sich Michael schüchtern.

»Ganz bestimmt. Aber vorher benötigst du vielleicht noch ein kleines bißchen Nachhilfe.«

»Vater sagt, daß Michael nach St. Andrews gehen kann, um dort zu studieren, was er möchte«, warf Kate ein und strahlte ihren Bruder an. »Das ist die älteste Universität Schottlands. Und es ist Vaters alma mater«, fügte sie lächelnd hinzu, »daher wissen wir, daß sie Michael nehmen werden.« Sie wandte sich Philip zu. »Wußten Sie, daß er ein Baron ist? Michael, meine ich.«

Sydney dachte schon, ihre Tante würde sich mit dem Obstmesser schneiden. Der ehrfürchtige Blick, mit dem sie Michael ansah, war wirklich komisch. Aber Sydney war nicht nach lachen zumute.

Tante Estelle riß sich zusammen und sagte: »Ich hoffe, daß Sie mir alle die Freundlichkeit erweisen werden, Ihnen eine kleine, ausgewählte Zahl von Leuten vorzustellen, in deren Gegenwart Sie sich sicherlich wohlfühlen werden. Ich würde es als große Ehre ansehen, einen kleinen Empfang in meinem Haus veranstalten zu dürfen. Oder auch hier in der Stadt, wenn Ihnen dies angenehmer sein sollte — mein Bruder ist Mitglied des Chicago Clubs, einer sehr alten und würdigen Institution, des exklusivsten Clubs der Stadt. Sie wären ganz und gar nicht —«

»Wie überaus freundlich von Ihnen, Madam«, erwiderte seine Lordschaft gewandt — so gewandt, daß Sydney gar nicht zu sagen vermochte, was er in Wahrheit von der Überschwenglichkeit ihrer Tante hielt. Möglichweise war er an diese Art von Unterwürfigkeit gewöhnt und hielt sie sogar für angemessen. »Wenn wir noch einmal zu einem Besuch zurückkehren, würde uns nichts mehr freuen. Leider haben wir diesmal nicht die Zeit, uns den Luxus solcher gesellschaftlicher Ereignisse zu erlauben, so verlockend sie auch klingen mögen.«

»Auldearn hat Geschäfte in Edinburgh, die keinen Aufschub erlauben«, warf die Gräfin ein. »Wir haben heute nachmittag bereits die Arrangements für unsere Heimreise auf einem Linienschiff in die Wege geleitet. Aber ich bin sicher, daß wir zurückkehren werden«, fügte sie mit herzlicher Stimme hinzu. »Sie sind doch nun unserer Freunde, und wir schulden Ihnen mehr, als wir jemals zurückzahlen könnten.«

Tante Estelle erwiderte etwas, doch Sydney verstand die Worte nicht. Sie hörte lediglich den geschmeichelten, enttäuschten Tonfall ihrer Stimme. Die Unterhaltung wurde zu einem bedeutungslosen Summen. Ohne nachzudenken, führte sie ein kleines Stück Kuchen an den

Mund. Doch sie vermochte ihn nicht hinunterzuschlucken. Er blieb in ihrer Kehle stecken. Er schmeckte wie Sand.

»Ich möchte auch gerne einen Toast aussprechen.« Michael erhob sich und hielt das Glas genau wie sein Vater in die Höhe. Er hatte sich sogar Auldearns Abendgarderobe geliehen. Sie paßte ihm beinahe perfekt, aber wichtiger als das: Sie stand ihm vorzüglich. Er veränderte sich vor ihren Augen, verwandelte sich in einen eleganten, würdevollen Fremden.

»Ich würde gerne auf alle trinken. Das hier ist der glücklichste Abend meines Lebens. Ich liebe euch.« Seine Augen wanderten von einem zum anderen, aber sie verharrten auf Sydney. Sie schenkte ihm ein Lächeln, das aus tiefstem Herzen kam, aber in ihrem Inneren breitete sich eine Kälte aus, die auch seine Wärme nicht zum Schmelzen zu bringen vermochte. Sie tranken alle. Michael setzte sich wieder, und sein Vater sagte etwas, das sie beide zum Lachen brachte. Es war der gleiche, tiefe, großzügige Klang und sie neigten beide auf die gleiche Weise ihren Kopf zur Seite. Seine Schwester murmelte etwas und streckte mit vor Liebe und Zärtlichkeit strahlenden Augen ihre Hand über den Tisch aus, um die seine zu ergreifen.

Sydney war dabei, ihn zu verlieren. Sie sah es, spürte es. Die Beweise waren überall, aber am deutlichsten in der Zuneigung, die den Raum wie ein Blumenduft erfüllte. Sie hatte diesem Abend mit freudiger Erwartung entgegengesehen, ganz so, wie eine Braut ihrem Hochzeitstag entgegenfiebert. Der heutige Abend sollte eigentlich die Krönung ihres Glücks sein, der Himmel auf Erden, die Lösung für alles. Michael würde alles bekommen, was er verdient hatte, und sie würde Michael bekommen.

Haß auf sich selbst brachte ihre Haut zum Kribbeln. Sie war die Verräterin an diesem Tisch, sie war der Judas — die einzige, die ihm für sein neues Leben kein Glück wünschte. Es lag nicht nur daran, daß er sie nicht mehr brauchte, nein, seine Zeit erlaubte es nicht mehr, an der Art von *gesellschaftlichen Ereignissen* teilzunehmen, die sie repräsentierte. Und — er war ein Baron!

»Und nun würde ich gerne einen Toast aussprechen.« Ihr Vater stand auf, das Gesicht zu einem Lächeln verzogen. Er räusperte sich —

Sydney schob ihren Stuhl zurück und spang auf. »Entschuldigen Sie mich bitte.« Mit Entsetzen bemerkte sie, daß sie nicht imstande war, ihre Stimme zu kontrollieren. Ihr Lächeln fühlte sich steif und falsch an. Tränen der Erniedrigung standen kurz davor, ihr über die Wangen zu laufen. Sie drehte allen den Rücken zu und eilte aus dem Zimmer.

Michael starrte ihr nach. Dr. Winter setzte verwirrt sein Glas ab und sagte: »Hmm.« Michael bemerkte, wie sich seine Mutter und seine Schwester ansahen. Die Erkenntnis schien in ihren Augen zu dämmern. Er erhob sich. »Ich muß zu ihr.« Er erinnerte sich gerade noch an seine Manieren und fügte, von einer kleinen Verbeugung begleitet, hinzu: »Entschuldigung.«

Am Ende des Ganges befand sich eine Damentoilette. Er schritt darauf zu, da er annahm, daß sich Sydney vielleicht dorthin zurückgezogen hatte.

Unterwegs lenkte ihn sein Anblick in den Spiegeln an den Wänden des Ganges ab. Er sah in den schwarzen Abendkleidern seines Vaters wirklich wie ein Gentleman aus. Als er den Hauptgang überquerte, erblickte er aus dem Augenwinkel ein Stück von Sydneys gelbem Kleid, ehe sie eine breite Treppe zur Lobby hinunter verschwand.

»Sydney!«

Er hastete ihr nach. Seine Füße versanken in dem dicken, weichen Teppich. Als er an der Treppe ankam, rutschte er auf dem glatten Marmorboden aus und wäre beinahe gefallen. Er mußte sich am Geländer festhalten, um sein Gleichgewicht wiederzuerlangen, ehe er die Treppe hinuntereilen konnte.

Die Lobby war voller Marmorsäulen und mächtiger Samtsessel und wunderschön gekleideter Leute. Aber Sydney war weit und breit nicht zu entdecken. Ob sie nach draußen gelaufen war? Er hastete zum Empfang hinüber, wo der Portier gerade telefonierte.

»Haben Sie gerade eine Frau in einem gelben Kleid gesehen?« keuchte er. »Sie muß hier vorbeigekommen sein.«

Der Portier sagte: »Entschuldigen Sie« ins Telefon und blinzelte ihn unsicher an.

Er richtete sich auf, strich sich das Haar zurück und bemühte sich, das Gegenteil von einem Wilden zu präsentieren. »Ich versuche Mrs. Darrow zu finden«, sagte er so ruhig wie möglich. »Ich bin Gast des Hotels.«

»Ja, Sir.« Der Portier nickte endlich und Michael führte seine Entscheidung, ihm zu vertrauen, auf den feinen Anzug seines Vaters zurück. »Sie ist gerade hier vorbeigekommen. Ich glaube, sie ist in den Palmenhof gegangen.«

»Den was?«

»Dort entlang, Sir.« Er deutete auf einen geschwungenen Türbogen zwischen zwei hohen Marmorsäulen. Michael erinnerte sich daran, sich zu bedanken, bevor er davoneilte.

Die Wände und das Dach des Palmenhofs bestanden aus Glas. Die heiße, schwere Luft roch wie Erde nach einem kräftigen Regenschauer. Alles war grün, wie Bilder aus dem Dschungel. Vom Eingang gingen drei gepflasterte Wege aus. Er entschied sich hastig für einen, folgte ihm durch Bäume und Sträucher und um einen Steinspringbrunnen herum, ehe er wieder am Eingang anlangte. Dann beschritt er den zweiten — und entdeckte Sydney ganz am Ende. Sie hatte ihm den Rücken zugekehrt und las die Aufschrift eines kleinen Metallschilds, das im Boden vor einem Baum befestigt war. Sie hörte ihn nicht kommen, bis er nahe genug war, um sie zu berühren. Erschrocken drehte sie sich um. Er war froh, daß sie nicht weinte.

Doch sobald sie ihn sah, fiel ihr Gesicht in sich zusammen, und sie brach in Tränen aus.

Er legte die Arme um sie. »Nicht.« Das Seidenkleid unter seinen Händen. Der Blumenduft in ihrem Haar. Das Gefühl, sie zu spüren. »Weine nicht. Oh, ich habe dich so vermißt. Du fühlst dich an wie ...« Er drückte sie dichter an sich, umarmte sie fester. Ihr nasses Gesicht sah so wunderschön aus. »Schhh«, flüsterte er, legte seinen Mund auf ihre Tränen, befeuchtete seine Lippen damit, und sie hörte lange genug auf zu weinen, um seinen Kuß zu erwidern. Oh Gott, wie salzig und zugleich doch wie süß sie schmeckte! Ihre Hände hielten sein Gesicht, zogen an seinem Haar. Sie preßten sich enger, fester aneinander, bis es nicht genug und doch zuviel war und sie loslassen mußten, um Atem zu schöpfen.

Er war sich nicht sicher, warum sie so unglücklich war, daher mußte er sie fragen. »Liegt es daran, daß ich fortgehen werde?«

»Gehst du denn fort?« Sie wischte sich mit den Händen über die Augen. »Aber natürlich. Natürlich. Und das möchte ich auch, du mußt es tun. Oh, Michael!«

Die Lust übermannte ihn erneut, und dieses Mal konnte er einfach nicht aufhören. Ob sie wohl hier miteinander schlafen konnten? Hinter diesem Baum mit dem Namen *Hevea brasiliensis,* ›Gummibaum‹? Direkt auf dem Boden darunter? Oder gegen den Stamm gelehnt, zusammengepreßt wie zwei Tiere, die sich paaren, die eins werden?

Eine Stimme — »Schau nur, ist das nicht wunderhübsch?« Sie sprangen auseinander, bevor zwei Leute, ein Mann und eine Frau, um die Ecke spaziert kamen und sie erblickten.

Michael stellte sich zwischen die beiden und Sydney. Das Pärchen blieb stehen. Schaute herüber. Drehte sich um und ging in die andere Richtung.

»Oh, Gott, Michael, es ist einfach hoffnungslos.«

»Nein, das ist es nicht.« Er hatte Angst, daß sie davonlaufen würde, deshalb brachte er sie dazu, auf einer Bank an der Seite des Weges Platz zu nehmen. Er reichte ihr sein großes, weißes Taschentuch. Frauen weinten viel öfter als Männer, dachte er. Sie schnupfte und trocknete sich langsam das Gesicht. Aber das war ihm egal. Er hätte auch die ganze Nacht gewartet, so froh war er, endlich mit ihr zusammen zu sein. »Das ist das erste Mal seit langer Zeit, daß wir alleine sind, Sydney.«

Sie knüllte das Taschentuch in ihrem Schoß zusammen und atmete tief durch. »Ich würde das hier nicht gerade als ›allein sein‹ bezeichnen.«

Er mußte sie einfach berühren. Er ergriff ihre Hand, küßte sie und legte sie an seine Wange. Sie versuchte, zu lächeln, und er küßte sie auf die Lippen. »Du siehst so wunderschön aus. Und du duftest wundervoll. Das schlimmste im Gefängnis war, daß ich dich nicht sehen konnte. Sydney, ich werde niemals wieder das Gesetz brechen.«

Sie lachte, ein feuchter, gurgelnder Laut hinten in ihrer Kehle. »Ich habe dich so vermißt. Ich wußte, daß sie dich freilassen würden. War Mr. Osgood nicht wunderbar? Als deine Eltern hereinkamen — oh, Michael, was für ein unglaublicher Moment! — Mr. Merck wäre beinahe unter den Tisch gerutscht. In diesem Augenblick wußte ich, daß sie dich freilassen mußten.«

»Ich war mir nicht so sicher. Ich hatte Angst. Ich dachte, wenn sie mich jetzt ins Gefängnis schicken, dann wird alles noch viel schlimmer sein, weil ich doch nun eine Familie habe.«

»Ich mag deine Familie sehr.« Ihre Wangen färbten sich rosa. Sie blickte zur Seite. »Es tut mir leid.«

»Was denn?«

»Ich sollte mich für dich freuen. Ich freue mich auch für dich. Das tue ich wirklich, aber ...«

»Was?«

»Ich finde es schrecklich, daß ich dich gehen lassen muß.«

Er runzelte die Stirn. Als er den Arm um sie legte, schmiegte sie sich an ihn und legte ihr Gesicht an seinen Hals.

»Und warum solltest du mich denn gehen lassen müssen?«

»Weil du mich nicht mehr brauchst. Jetzt beginnt ein neues Leben für dich.«

»Ja, ein neues Leben beginnt.« Aber er verstand sie trotzdem nicht. Er bemühte sich wirklich, doch es war ganz so, als würde er versuchen, durch Nebel hindurchzuschauen. Heute hatte sein Vater von seinem Anwesen und seinen Ländereien gesprochen. Er hatte Worte benutzt wie *Verwalteramt* und *Geburtsrecht* und *Privileg.* »Du wirst ein Gentleman sein«, hatte er gesagt, aber Michael wußte nicht, was das zu bedeuten hatte.

»Ich muß nach Schottland gehen, Sydney.« Sie nickte. Er hörte, wie sie schluckte und wußte, daß sie sich bemühte, nicht mehr zu weinen. »Du wirst mit mir kommen.« Sie schüttelte den Kopf, und er sagte: »Doch. Du wirst mit mir kommen.«

»Das kann ich nicht. Du hast jetzt eine Familie, mit der du zusammen sein wirst.«

»Ja, aber ich brauche dich doch an meiner Seite! Das wird immer so sein. Ich liebe dich, Sydney.«

»Ich werde auf dich warten. Egal wie lange. Eines Tages ... Aber im Augenblick beginnt dein wirkliches Leben, Michael, dein wirkliches Leben. Du bist Michael MacNeil, der Jüngere von Auldearn. Ich bin egoistisch, aber nicht egoistisch genug, um dich von deinem Leben abzuhalten.«

Er rückte ein Stück von ihr ab, damit er ihr Gesicht sehen konnte. »Liebst du mich?«

Sie schloß die Augen. »Ja. Ich liebe dich.«

»Warum willst du dann nicht mit mir kommen?«

»Weil ich dort nicht zu dir gehöre. Es hat sich alles geändert.«

»Alles Äußere hat sich geändert, ja, aber doch nichts zwischen uns. Sind wir denn nicht mehr dieselben? Ich liebe dich noch mehr als zuvor — das ist einzige, was sich bei mir geändert hat.«

Sie legte ihre Hand auf ihre Kehle. »So einfach ist das nicht.«

»Warum nicht?« Sie schüttelte den Kopf. »Ich bin nicht dumm, Sydney. Erkläre es mir.«

»Natürlich bist du nicht dumm — aber — es ist kompliziert. Du hast keine Ahnung, wie die Gesellschaft, wie eine Familie funktioniert und keine Vorstellung von — Verpflichtungen. Himmel, Michael, du bist ein *Baron.*«

»Das ist nur ein Wort.«

»Hör mir zu. Du weißt, wie mein Tante ist, wie sehr sie sich Gedanken über das macht, was die Leute sagen. Äußerlichkeiten, Regeln, Verhaltensmaßnahmen, die Struktur der Gesellschaft, wie —«

»Ja, ja«, unterbrach er sie ungeduldig. Er wurde langsam wütend, aber nicht auf sie.

»Dein Vater und meine Tante — sie haben nicht viel gemein«, sagte sie mit einem kurzen, nicht sehr fröhlichen Lachen, »aber darin stimmen sie überein.«

»Woher willst du das wissen?«

»Ich weiß es eben. Er ist ein Graf. Du weißt noch nicht, was das heißt, aber ich weiß es. Glaub mir: dein Vater möchte nicht, daß ich mit nach Schottland gehe.«

»Woher willst du das wissen?«

»Ich weiß es eben.«

Ob sie recht hatte? Sie war sich so sicher, und er hatte keine Ahnung von alledem.

Sie schwiegen. Die Stille wurde immer länger und er begann, diesen heißen, stickigen Ort zu hassen. »Wir sollten zurückgehen«, sagte Sydney, aber keiner von beiden rührte sich. Wasser sprudelte aus dem unsichtbaren Brunnen. Das Geräusch war monoton und lästig. Was wäre, wenn sie recht hatte mit dem, was sie über seinen Vater sagte? Was wäre, wenn er zwischen ihr und ihm wählen mußte?

Aber er hatte sich bereits entschieden. »Du wirst also nicht mit mir kommen?« fragte er zum letzten Mal.

»Michael, ich kann es einfach nicht.«

»Dann werde ich auch nicht gehen.« Er erhob sich. »Komm schon, wir werden es ihnen sagen.« Er ergriff ihre Hände und zog sie auf die Füße.

»Warte —« Obwohl sie sich sträubte, zog er sie hinter sich her. »Warte, Michael. Warte!« Er blieb stehen. »Was soll das heißen? Du *mußt* einfach gehen.«

»Muß ich nicht.«

»Doch, du mußt, und das weißt du auch.«

»Ich gehe nicht ohne dich.«

»Michael, hör zu, das ist nicht die richtige Lösung.«

»Wie lautet dann die richtige Lösung?«

»Ich weiß es nicht! Vielleicht gibt es gar keine.«

Ohne sich darum zu scheren, wer sie sehen könnte, schloß er sie erneut in die Arme. Es brachte sie zwar nicht weiter, aber er fühlte sich besser, wenn sie sich berührten. Wie konnte er nur plötzlich so traurig sein, wo er sich vor einer Stunde noch so glücklich gefühlt hatte? Warum war das Leben nur so kompliziert?

Sie lehnte sich gegen ihn, preßte ihre Wange an die seine. »Sie werden sich schon Sorgen um uns machen. Wir müssen gehen.« Sie trat einen Schritt zurück, strich über seine Schultern, und er schob ihr eine Locke aus den Augen. »Sehe ich schlimm aus?« Er verneinte es, aber sie blickte ihn zweifelnd an, ging zu der Glaswand hinüber und betrachtete sich in der Spiegelung. »Gütiger Himmel«, jammerte sie leise und begann, ihr Haar, ihre Augen und ihr Kleid in Ordnung zu bringen.

Nichts war entschieden, aber sie hatte recht, sie konnten nicht länger fortbleiben. Sie durchquerten die Lobby, blinzelten in der plötzlichen Helligkeit und stiegen die breite Marmortreppe ins Zwischengeschoß hinauf. Am Ende des Ganges waren die Türen zum privaten Speisesaal geschlossen, aber sie vernahmen von drinnen das Klappern von Porzellan und Gläsern. Sydney warf Michael ein zittriges Lächeln zu, um ihm Mut zu machen. Er schob die Türen auf.

Bis auf ein Dienstmädchen, das Teller auf ein Tablett lud, war der Raum leer.

»Oh«, sagte Sydney.

»Vielleicht sind sie nach oben gegangen.«

»Oder nach draußen. Was ist, wenn sie draußen nach uns suchen?«

»Laß uns nach oben gehen und nachsehen.«

Sie nahmen den Aufzug in den fünften Stock, schweigsam, und verbargen ihre umschlungenen Hände hinter ihrem Rock. Während sich die kleine Kabine höher und höher schwang, kam Michael zu der Erkenntnis, daß er Hotels mochte. Er mochte sie sogar sehr und er wünschte nur, daß bald eine Zeit kommen würde, in der Sydney und er in einem absteigen konnten, ohne sich verstecken zu müssen oder sich unglücklich zu fühlen.

An der Tür zur Suite der MacNeils nahmen sie sich erneut zusammen. »Sie sind hier«, flüsterte er. Stimmen waren hinter der Tür zu hören. Er hätte beinahe geklopft, entschied sich aber, zuerst den Türknauf zu drehen. Es war nicht abgeschlossen. Sie öffneten die Tür und traten ein.

Niemand bemerkte sie. Kate und Philip lehnten an dem Geländer des winzigen Balkons, der auf den See hinausging und unterhielten sich. Sie waren so in ihr Gespräch versunken, daß sie nichts anderes um sich herum wahrnahmen. Die anderen standen um den großen Tisch herum und blickten auf etwas hinab. Ob es sich wohl um eine Landkarte handelte?

»Hier ist unser kleines Dorf, Miss Winter«, sagte Michaels Mutter gerade und deutete auf einen Punkt auf der Karte. »Es wird Ihnen gewiß große Freude machen, die Damen unseres Gartenbauvereins kennenzulernen. Natürlich werden sie versuchen, Sie dazu zu überreden, bei unseren Treffen in den Genuß Ihrer hochgeschätzen Kenntnisse über die Rosenpflege zu gelangen — und ich werde sie dazu ermutigen, Sie tatsächlich zu befragen.«

»Oh«, stieß die Tante hervor und errötete, »wie freundlich von Ihnen. Es wäre mir eine Ehre. Eine große Ehre.«

»Ich habe einen Freund in Glasgow, den Sie kennenlernen sollten, Winter. Wir haben seit der Schulzeit Verbindung gehalten. Er ist Anthropologe wie Sie, hat ein Buch über Biologie und Ethik geschrieben. Hat für ziemliche Furore gesorgt und —«

»Sie meinen doch nicht etwa McDuff?«

»McDuff, genau, das ist er.«

»Mein Gott! Wir korrespondieren seit Jahren miteinander. Ich habe einen Artikel über sein Buch für die *Times* geschrieben.«

»Welch ein Zufall!« Die beiden Männer schlugen sich auf die Schultern und strahlten. »Dann würden Sie ihn doch bestimmt gerne kennenlernen, nicht wahr?«

»Und ob!«

Sam, den die Karte und schließlich auch die Unterhaltung langweilte, wandte sich vom Tisch ab. »Sydney! Michael!« Er lief auf sie zu und umklammerte die Hand seiner Schwester. »Weiß du was? Wir fahren nach Schottland!«

»Was?«

»Nach Schottland! Dads geht als Gastdozent an irgendeine Universität, und Tante Estelle redet vor einem Haufen Damen über Rosen.« Er ergriff Michaels Hand ebenfalls und schüttelte sie. »Aber der beste Teil kommt erst noch. Dein Dad sagt, daß du direkt auf dem Schiff heiraten kannst, wenn du eine falsche Verlobung vermeiden willst!«

»Samuel!«

Sam blickte sich besorgt zu seiner Tante um. »Ma'am?« Philip lachte, und Dr. Winter räusperte sich mehrmals.

Michaels Mutter trat mit einem strahlenden Lächeln auf sie zu. Sie küßte Michael auf die Wange und umfing dann Sydneys Hand. »Michael hat uns noch nichts gesagt — wir hatten ja keine Ahnung! Und nun komme ich mir so albern vor! Natürlich mußte er dich einfach lieben. Ich bin so glücklich, mein Kind.«

Sie küßten sich — und dann küßte Michaels Vater Sydney und umarmte Michael, und Dr. Winter küßte sie beide und Tante Estelle küßte alle.

»Hast du sie gefragt?« wollte Sam wissen, als das Umarmen und Küssen endlich ein Ende fand. »Was hast du gesagt? Und was hat sie geantwortet?«

Michael grinste ihn verwirrt an.

»Samuel, Himmel nochmal —«

»Du mußt ihr einen Heiratsantrag machen! *Um ihre Hand anhalten.* Ich dachte, das wüßtest du.«

Nein, das wußte er nicht. Während Philip lachte, die Tante mit der Zunge schnalzte und alle erröteten, fragte Michael Sydney, ob sie ihn heiraten wolle.

Und sie sagte ja.

Kapitel 19

An Bord der S.S. Alexandria
2. Oktober 1893

Liebste Camille,

Ich hatte Dir versprochen, jeden Tag zu schreiben, aber ich denke, wir wußten beide, daß ich ein solch übereiltes Versprechen nicht würde halten können. Doch Du wirst mir sicher vergeben, wenn Du die besonderen Umstände in Betracht ziehst.

Oh, Cam — ich bin verheiratet. Kapitän Jordan hat vor drei Tagen die Zeremonie in der Schiffskapelle vorgenommen, in Anwesenheit beider Familien. Jeder, den ich liebe, war da — außer Dir, und ich habe Dich schrecklich vermißt. Michael sah unglaublich gut aus in seinem feierlichen, schwarzen Anzug, und ich hatte mein grünes Seidenkleid mit dem Spitzenbesatz und der kleinen, elfenbeinfarbenen Schleppe an. Wir hatten keine offiziellen Trauzeugen, aber Philip fungierte als eine Art von Zeuge und Kate war (in Deiner Abwesenheit) die Brautjungfer. Sam überbrachte die Ringe. Ja, wir haben Ringe! Tante Estelle und Elizabeth (wie eigenartig, sie so zu nennen, aber sie hat mich darum gebeten, und ich versuche, mich daran zu halten), haben es irgendwie geschafft, einen Juwelier dazu zu bewegen, am Freitag — einen Tag vor unserer Abreise — in New York zu uns ins Hotel zu kommen. Das war sicherlich der verrückteste, hektischste Tag in meinem Leben! Unter anderen Umständen wäre die Schiffsreise sicherlich der Höhepunkt gewesen, aber so nicht, denn die Trauung fand schon am nächsten Tag statt.

Oh, ich fürchte, ich brabbele wie ein Trottel vor mich hin, aber ich bin so unglaublich glücklich. Es spricht für die Stärke unserer Freundschaft, daß ich Dir das sagen kann, nicht wahr?

Ich vermisse Spencer jeden Tag, und ich werde es immer tun, aber Michael zu lieben nimmt davon nichts fort. Ich weiß, daß Du es verstehen wirst, denn sonst könnte ich Dir, aus Angst, Dich zu verletzen, nicht sagen, wie glücklich ich bin. Aber ich weiß, daß Du Dich mit mir freuen wirst.

Sydney blickte von ihrem Brief auf und schaute über den winzigen Schreibtisch zu ihrem Mann hinüber, der im Bett schlief. Sie war ihrer Freundin gegenüber nicht vollkommen aufrichtig. Wenn sie Cam ehrlich sagen würde, wie glücklich sie war, *mußte* sie ihre Gefühle einfach verletzen. Mit Spencer verheiratet zu sein oder mit Michael ... das war nicht einmal — das war nicht einmal — die richtigen Worte wollten ihr einfach nicht einfallen. Das eine war eine normale Befriedigung, geruhsames Glück, und das andere war ... jenseits von allem Beschreibbaren.

Ich denke, es wird dich freuen zu hören, daß Philip offenbar dabei ist, sich in Kate zu verlieben. Und sie sich in ihn, wenn ich sie nicht völlig falsch eingeschätzt habe und mich meine Beobachtungsfähigkeiten mit einem Male verlassen — was mir nicht sehr wahrscheinlich vorkommt! Seit sie sich kennengelernt haben, sind sie unzertrennlich. Sie haben nur Augen füreinander. In letzter Zeit umgibt sie eine ... ich weiß kaum, wie ich es beschreiben soll. Es umgibt sie eine Atmosphäre, die man einfach bemerken muß, eine Art Wolke des — nun ja, Verlangens, was gleichermaßen beunruhigend und faszinierend für die ist, die um sie herum sind. (Wahrscheinlich sagen die Leute von Michael und mir das gleiche. Oh, Cam, ist die Liebe nicht eine wunderbare Erfindung?)

Philip war natürlich seit Ewigkeiten in Dich verliebt, was Du gewiß immer schon gewußt hast. Es hat mich oft traurig gestimmt mitanzusehen, daß Du seine Liebe nicht erwidern konntest — zumindest nicht in der Weise, wie er es sich gewünscht hat. Daher ist diese Entwicklung nun einfach wundervoll. Ich halte es zumindest für wundervoll (und es erübrigt sich wohl zu sagen, daß Tante Estelle schier aus dem Häuschen ist), aber ich stelle mir auch die Frage, für wie wundervoll es die MacNeils wohl halten mögen. Ich weiß nichts über den Adel und die damit verbundenen Erwartungen, aber es würde mich nicht überraschen, wenn die MacNeils sich einen anderen Mann für ihre einzige Tochter gewünscht hätten, als einen Studenten ohne Titel und noch dazu aus den Kolonien. Andererseits sind die Winters nicht gerade arm, und wir sind so respektabel, wie Amerikaner nur sein können. Am besten aber ist, daß den MacNeils offenbar nichts mehr am Herzen liegt, als das Glück ihrer Kinder. Mir haben sie zumindest immer das Gefühl gegeben, willkommen und geliebt zu sein.

Warten wir also ab, was geschieht. Kate ist übrigens ganz reizend. Sie und Michael beten einander an. Es ist wirklich ganz außergewöhnlich, wie sehr sich die beiden in der kurzen Zeit ans Herz gewachsen sind. Und sie ist sehr klug. Ich finde sie wirklich beeindruckend. Und hör Dir nur das an, Cam. Etwas Gutes hat Philips Zusammensein mit ihr schon gebracht. Er hat Papa und Tante Estelle mitgeteilt, daß das Frühlingssemester in Dartmouth sein letztes gewesen ist, und er das Studium der Wissenschaften aufgibt. Er will all seine Energien dazu nutzen, Schriftsteller zu werden. Hurra! ›Und ich bin bereit, die Konsequenzen zu akzeptieren‹, hat er zu Papa gesagt — und natürlich hat es keine Konsequenzen gegeben. Gott sei Dank hat Philip weniger Zeit als ich benötigt, um zu erkennen, daß die Liebe und die Akzeptanz unseres Vaters immer dagewesen ist (versteckt hinter seiner Unbestimmtheit und seinem Pfeifenrauch) und wir keinen Grund haben, gegen ihn zu rebellieren, und nicht versuchen müssen, wie er zu sein, um sie zu gewinnen. Philip sagt, ich hätte ihn dazu inspiriert, diesen Schritt zu wagen. Ich! Weil ich mir das genommen habe, was ich haben wollte, ohne mich um die Konsequenzen zu scheren, sagt er. Nun, falls das stimmen sollte, bin ich doppelt froh. Alles, was ich getan habe, war, dem Verlangen meines Herzens nachzugeben. Nein, falls irgend jemand Philip inspiriert haben sollte, dann war es Kate.

Am anderen Ende der Kabine rührte sich der Mann, nach dem ihr Herz verlangt hatte und rollte sich auf den Bauch. Seine langen Beine hatten sich in der Decke verfangen, und sein nacktes Hinterteil war durchaus in der Lage, sie abzulenken. Sie legte ihre Hand über ihre Stirn, um die Sicht zu nehmen, und fuhr fort.

Die MacNeils behaupten, Lake Michigan erinnere sie an ihren See in den Highlands, der sich Loch Rannoch nennt. Das will mir etwas unwahrscheinlich erscheinen, aber in einigen Tagen werde ich es ja wissen. Du kommst nie darauf, was sie vorhaben — ernsthaft vorhaben: Sie wollen ein Grundstück am Lake Michigan kaufen und ein Haus darauf bauen, so eine Art zweites Zuhause, wohin sie immer zu Besuch kommen können, falls Michael und ich uns doch entschließen sollten, in Amerika zu leben.

Bisher ist dahingehend natürlich noch nichts entschieden. Wir reden nicht darüber, und was immer Michael entscheiden wird, werde ich akzeptieren — ohne eine Spur von Bedauern. Dennoch bin ich unendlich erleichtert, daß seine Familie keinen Druck auf ihn ausüben wird, in Schottland zu bleiben. Das überrascht mich ehrlich gesagt. Sein Vater ist sehr stolz und sehr genau, wenn es um Pflicht und Verantwortung geht. Nun ja, wir werden sehen, was passiert. Meine Zukunft ist ein einziges Rätsel, aber zum ersten Mal in meinem Leben mache ich mir deshalb keine Gedanken. Ich bin einfach nur glücklich.

Sydney legte den Stift hin und stand auf. Es war unmöglich, sich auch nur eine weitere Sekunde zu konzentrieren, wenn eine solche Verlockung nur wenige Schritte entfernt dalag.

Die Sonne, die durch das Bullauge ihrer Oberdeckkabine schien, hatte Michaels nackte Haut in einen strahlenden Goldton verwandelt. Sie hatten sich erst vor einer Stunde geliebt, aber sie sehnte sich schon wieder nach ihm. Und wenn sie ihn aufweckte, würde es ihm genauso ergehen, das wußte sie. Sie konnte nicht widerstehen.

Sie setzte sich hinter ihn und legte ihre Hand auf seinen von der Sonne erwärmten Arm. Ihr Gewicht ließ die Matratze ein wenig einsacken, und er rutschte sanft gegen ihre Hüfte. »Hallo, du Schlafmütze«, flüsterte sie, und er lächelte, ohne seine Augen zu öffnen. Sie kitzelte die empfindliche Haut innen an seinem Ellbogen und fuhr mit ihren Fingernägeln vorsichtig bis zu seinem Handgelenk hinunter und wieder hinauf. »Wach auf«, ärgerte sie ihn. Er stöhnte und tat so, als wolle er nicht, aber sie wußte, daß er bereits hellwach war. Sie ergriff seine schwere Hand, küßte jeden seiner Finger und legte seine Handfläche dann gegen ihre Brust. Sein Lächeln vertiefte sich und die Leblosigkeit wich aus seinen Fingern. »Na, bist du jetzt wach?«

»Ich glaube, ja.« Er streichelte sie zärtlich durch den kühlen, glatten Satin ihres Morgenmantels. »Wieviel Uhr ist es?«

»Ich habe keine Ahnung.« Sie schloß die Augen und genoß das köstliche Gefühl in ihrem Bauch. Sie beugte sich vor, um sein Ohr zu liebkosen. Ein Trick, der immer wirkte. Er zog den Atem scharf durch die Zähne ein und ließ seine Hand zur selben Zeit in ihren Morgenmantel gleiten, um über ihre nackte, warme Haut zu streicheln. Sie küßten sich.

»Du riechst immer gut und schmeckst immer gut. Wie machst du das nur?«

Sie zuckte mit den Schultern. Ihre Augen trugen einen verträumten Ausdruck. Er hatte ihr das schon so oft gesagt, daß sie es beinahe glaubte. »Ich mag auch, wie du schmeckst. Eigentlich mag ich alles an dir.«

Er grinste und öffnete die Schleife des Satinbandes um ihre Taille. »Möchtest du dich nicht neben mich legen?«

»Warum nicht?« Aber zuerst zog sie ihren Morgenmantel aus und beobachtete sein Gesicht, während sie es tat.

Darunter war sie nackt. Michael war nie lüstern, aber immer ausgesprochen ... *empfänglich.* Und sie hatte sich noch niemals zuvor so fraulich gefühlt, wie in diesen letzten drei Tagen. »Meinst du, wir werden dieser Sache eines Tages einmal überdrüssig sein?« fragte sie, während sie sich neben ihm ausstreckte.

»Ich bestimmt nicht.«

Die Promptheit seiner Antwort zauberte ein Lächeln auf ihre Lippen. »Ich auch nicht«, schwor sie. »Nicht einmal, wenn wir fünfzig sind. Nicht einmal wenn wir *achtzig* sind.«

»Oder einhundert.«

»Hundertzwanzig.«

Sie begannen zu kichern. Er zog die Decke über ihre Köpfe, was für gewöhnlich den Auftakt zu einem Kitzelwettstreit bedeutete. Dieses Mal jedoch schmiegten sie sich lediglich aneinander und rollten, aneinandergepreßt vom Mund bis zu den Zehen, über das Bett. Michaels Magen grummelte. »Ich werde das einfach ignorieren«, sagte Sydney und legte ihre Arme um seinen Hals. Sie neigte den Kopf ein wenig, so daß er sie besser küssen konnte. »Du darfst an mir knabbern.« Das tat er auch. Zuerst an ihren Lippen und dann an ihrer Zunge und dann verschlang er sie mit feuchten, köstlichen Küssen. Seine Hände fuhren über ihren Körper und sie begann, sich zu verlieren. Alles um sie herum verschwamm. Gedanken gerieten ins Stottern und verblaßten. Michael flüsterte etwas Liebevolles in ihr Ohr, als er in sie hineinglitt, und die Welt versank.

Langsam und zärtlich, langsam und zärtlich. Lange, ewig dauernde Küsse und seine unglaublich gefühlvollen Hände, Körper, die sich auf dem sonnenwarmen Bett hin und her rollten. Er gab ein leises Geräusch tief in seiner Kehle von sich — und plötzlich veränderte sich alles. Sie drehten sich wieder, mit tastenden, klammernden Händen und gierigen Mündern, und Sydney flüsterte ihm etwas Schockierendes, Schamloses ins Ohr, um ihn weiter zu erregen, und sie beide schneller in leidenschaftliche Höhen zu treiben. Sie ließ sich gehen.

Pure Ekstase — sie vermochte es einfach nicht länger zu ertragen. Alles verdrängende Lust. Erfüllende Befriedigung.

Sie ließen sich erschöpft fallen. Manchmal lachten sie, nachdem sie sich geliebt hatten. Manchmal weinte sie — ohne einen bestimmten Grund, einfach, weil sie ein solches Übermaß an Gefühl in sich spürte.

Ein Klopfen an der Tür brachte sie diesmal in die Gegenwart zurück.

»Hast du das auch gehört?« murmelte Sydney erschöpft. Wenn einer von ihnen aufstehen und an die Tür gehen mußte, dann sollte er das sein.

Klopf, klopf, klopf.

»Nein, ich höre nichts«, brummte Michael ins Kissen.

Sie versetzte ihm einen Schlag auf das Hinterteil und warf die Decke zurück. »Ja?«

»Sydney, mach auf. Seid ihr immer noch da drin?« Sams Stimme klang umgläubig. »Es ist Zeit fürs Mittagessen! Warum seid ihr denn immer noch in der Kabine? Komm schon, mach auf!«

Sie warf Michael, der sich die Decke bis ans Kinn zog, einen Blick zu, während sie mit dem Ärmel ihres Morgenmantels kämpfte. »Er könnte noch schlimmer sein«, erinnerte sie ihn, lief zur Tür und öffnete sie.

Sam stolperte herein und zerrte Hector an der Leine hinter sich her. »Du bist immer noch im *Bett?«* Er ließ sich neben Michael auf die Matratze fallen. »Bist du krank? Seekrank? Du siehst gar nicht krank aus«, entschied er schließlich, nachdem er ihn eingehend gemustert hatte.

»Ich habe ein Nickerchen gemacht«, teilte Michael ihm mit, was immerhin halb der Wahrheit entsprach. Er streckte die Hand nach unten, um Hector zu streicheln, der mit dem Schwanz wackelte und interessiert das Bettlaken beschnüffelte.

»Ein Nickerchen am Morgen?« Bevor ihnen eine Antwort dazu einfiel, fuhr er auch schon fort. »Beeilt euch lieber und zieht euch an, wir veranstalten ein Picknick an Deck. Tante Elizabeth sagte, wir sollten an einem solchen Tag zum Essen nicht unter Deck gehen, und deshalb hat sie dem Steward erklärt, daß wir in unseren Liegestühlen essen wollen. Also macht schnell und zieht euch an! Oh! Ich habe euch das Beste ja noch gar nicht erzählt — wißt ihr was?«

»Was?« erkundigte sich Sydney.

»Kapitän Jordan hat gesagt, ich dürfte das Schiff steuern.«

»Wirklich? Das klingt aufregend.« Sydney erhaschte einen Blick von sich im Spiegel über der Frisierkommode. Ihr Haar war wild und ihre Wangen waren gerötet. Sie sah aus wie eine befriedigte Frau.

»Und ob! Heute nachmittag um drei Uhr, direkt oben auf der Brücke, wenn er und Mr. Addison da sind. Das ist der erste Offizier, und er ist unheimlich nett. Er kam heute morgen an unseren Tisch und hat uns über Schiffe und alles mögliche erzählt — Hey, wie kommt es eigentlich, daß ihr nicht beim Frühstück wart?«

»Wir sind nicht rechtzeitig wach geworden«, erwiderte sie schnell, »deshalb haben wir uns ein Tablett bringen lassen. Es war —«

»Und wieso mußte Michael dann ein Nickerchen machen, wenn ihr so spät wachgeworden seid?«

Darauf hatte sie keine Antwort.

»Wieviel Uhr ist es?« erkundigte sie sich, um ihn abzulenken. Er hatte eine neue Uhr und genoß es, wenn Leute ihn nach der Uhrzeit fragten.

»Vierzehn Minuten nach zwölf.«

»Grundgütiger! Du hast recht, wir sollten uns lieber beeilen. Mach schon, Michael. Und du läufst nach oben,

Sam, und sagst Bescheid, daß wir in zwanzig Minuten da sein werden. Nein, sagen wir lieber in dreißig.« Sie öffnete die Tür, was Hecor dazu veranlaßte, auf den Flur zu stürmen und Sam hinter sich herzuziehen.

»Bin ich im Himmel?«

Niemand antwortete ihr und niemand vernahm ihre Worte.

Das spielte auch keine Rolle. Sydney wußte, wie der Himmel aussah, wie er sich anhörte und anfühlte und das hier besaß tatsächlich alle nötigen Qualitäten.

Sie lehnte sich in ihrem Liegestuhl zurück und legte das Buch, in dem sie gerade las, mit der geöffneten Seite auf ihre Brust. Wer vermochte sich schon auf den *Zauber der Highlands* zu konzentrieren, so faszinierend das Thema auch sein mochte, wenn es so viele andere Dinge zu tun gab? Zum Beispiel Michael und seine Mutter dabei zu beobachten, wie sie auf dem Achterdeck Meereslandschaften malten. Sie hatten ihre Staffeleien Rücken an Rücken gestellt, wie zwei Pianisten bei einem Konzert. Oder auch dem Tonfall — nicht etwa den Worten, denn das hätte zu viel Energie gekostet — der Unterhaltung zwischen ihrem Vater und ihrem Schwiegervater zu lauschen, die über Fossilien sprachen. Philip und Kate hatten Sam auf die Brücke begleitet, wo er das Schiff steuern durfte — sie hoffte nur, daß sie nicht inzwischen auf dem Weg nach Brasilien waren —, und Tante Estelle war unter Deck gegangen, um ein Nickerchen zu machen. (Ein echtes Nickerchen wohlgemerkt.) Es ging ein leichter Wind. Ein paar bauschige Wölkchen zogen über einen ansonsten azurblauen Himmel. Ein Kellner versorgte sie immer wieder mit frischem, wohlschmeckendem Tee, zu dem dünne Zuckerplätzchen gereicht wurden, die ihm Mund schmolzen.

Himmlisch.

»Ich bin fertig«, verkündete ihre Schwiegermutter, erhob sich und legte Pinsel und Palette auf ihren Stuhl. »Zumindest für den Augenblick.« Sie griff nach ihrem Lappen und ging zu Michael hinüber. »Oh, das ist ja großartig.« Sie lehnte sich gegen ihn, legte ihren Arm um seine Schultern und beugte sich näher zu seinem Bild. Mutter und Sohn, dachte Sydney. Wie wunderschön sie beide zusammen aussahen. Elizabeth trug einen farbverschmierten Kittel über ihrem violetten Kleid und hatte sich einen Tartanschal um den Kopf gebunden, damit ihr das Haar nicht in die Augen flog. Im nachmittäglichen Sonnenlicht sah man ihr ihr Alter an, aber Sydney fand, daß sie bei Kerzenlicht oder schmeichelndem Gaslicht wie ein Mädchen und nicht wie eine ungefähr fünfundvierzigjährige Frau aussah.

Michael legte seine Hand um ihre Taille und drückte sie, ehe auch er aufstand und sich das Bild anschaute, das seine Mutter gemalt hatte.

»Oh, wie wunderschön«, rief er entzückt. »Deins ist viel besser als meins.«

»Oh nein, deins ist besser.«

»Ist es nicht.« Er lachte.

»Bringt sie beide hier herüber und laßt uns urteilen«, schlug Lord Auldearn vor — ein tollkühnes Unterfangen nach Sydneys Ansicht, und eins, an dem sie keinen Anteil haben wollte. »Nenn mich Terence«, hatte ihr ihr Schwiegervater am Morgen vor der Hochzeit angeboten, und sie hatte sich bei ihm bedankt und eingewilligt. Aber bisher hatte sie es noch nicht über sich gebracht, ihn so zu nennen. *Terence?* Nein, nein, nein, unmöglich.

Die Winters und die MacNeils hatten alle Stühle auf dem Achterdeck belegt. Lord Auldearn hatte sie am ersten Reisetag für sie alle und für die ganze Reise reserviert, und die Stühle waren ohne Zweifel die bestplaziertesten und bequemsten auf dem ganzen Schiff. Welch ein Glück, dachte Sydney oft, daß sie ihre beiden Familien, ihre alte wie auch ihre neue, so sehr mochte. Nicht jede

Braut würde gerne ihre Hochzeitsreise mit sieben weiteren Personen außer ihrem Ehemann teilen.

Sie mußten sie noch eine Weile drängen, aber dann endlich brachten Michael und seine Mutter ihre Bilder zum Stuhl seines Vaters hinüber. Auldearn starrte und starrte, ließ sich aber zu keinem Urteil hinreißen. Papa beugte sich vor, um auf die Leinwände zu schauen und summte und blinzelte durch seinen Kneifer. Nun wurde Sydney doch neugierig, und sie brachte das Opfer und stand auf, um die Bilder ebenfalls zu betrachten.

Sie hatten beide Ölfarben benutzt, denn Aquarellfarben trockneten zu schnell im Wind, aber ansonsten hatten die beiden Gemälde nichts gemein. Elizabeths Leinwand war von einer starken, selbstsicheren Linie beherrscht. Dunkles Wasser traf sich — Blau auf Blau — mit einem hellen Himmel. Das Bild war von einer ruhigen Dramatik geprägt, sehr angenehm fürs Auge. Sie hatte die Ruhe des sonnigen, trägen Tages eingefangen, und die Monotonie damit durchbrochen, daß sie einige weiße Schaumkronen und Wolken und Möwen hinzugefügt hatte. Es war ein hübsches Bild.

Michaels Gemälde bot keinen Rahmen, keinen visuellen Anhaltspunkt wie Himmel oder Horizont, an dem sich der Betrachter orientieren konnte. Er hatte den Ozean gemalt und sonst nichts. Das Resultat hätte eigentlich chaotisch sein müssen, ein großes, blaues Durcheinander, aber das war es nicht.

Die schwungvoll aufgetragenen Schichten von Blautönen und Grün, Dunkelbraun, Gelb, Ocker und Ultramarin zeigten auf unverwechselbare Weise die launische, komplizierte See. Durch das dicke Auftragen verschiedener Schichten hatte er sogar eine Dreidimensionalität geschaffen. Irgendwie befriedete und beunruhigte das Bild gleichermaßen.

»Ich unterrichte Kunst, wißt ihr«, sagte Elizabeth, die auf der Armlehne des Stuhls ihres Mannes saß. Sie lächelte und gestand damit ein, was alle dachten: daß es immer noch so viele Dinge gab, die sie voneinander nicht wußten. »Nur ein paar Studenten. Sie kommen zu mir – es ist keine Kunstschule oder so etwas.«

»Sie kommen nach der Kunstschule zu dir«, warf Auldearn ein. »Du bist einfach zu bescheiden, Lizzy.«

Sie strich ihrem Mann mit dem Handrücken zärtlich über die Wange. »Ich könnte dich unterrichten, Michael, aber ich habe ein wenig Angst.«

»Angst? Wovor?«

»Deine Arbeit ist in keiner Weise diszipliniert. Reine Vorstellungskraft. Ich fürchte, ich würde sie zu sehr verfeinern. Du würdest die Regeln lernen und damit die Direktheit und die Note verlieren, die deine Arbeit so einzigartig machen. Es ist keine kindliche Qualität. Ich habe durchaus Kinder gesehen, die mit einer solchen Hingabe malen, aber nicht mit einer solchen Tiefe.«

Das stimmte, dachte Sydney mit wachsender Begeisterung. Michael schien in den Wellen zu sein, wie er *in* all seinen Bildern war, weil er nie gelernt hatte, sich außen vor zu lassen. Was wäre, wenn er wirklich ein ganz besonderes Talent hatte? Was wäre, wenn er ein echter, anerkannter Künstler würde, den seine Kunst erfüllte und befriedigte? Ihr wurde klar, daß sie sich das für ihn wünschte. Es paßte einfach. Das war seine Bestimmung.

»Aber ein *bißchen* Disziplin wäre doch nicht schlecht«, sagte sein Vater zögernd an die Expertin gewandt. »Oder etwa nicht, Lizzy?«

»Vielleicht, aber nur ein bißchen. Man muß da sehr, sehr vorsichtig sein. Ungehemmtheit ist gut, aber nicht, wenn sie einen Künstler davon abhält, uns seine Vision zu zeigen. Dafür sind Regeln da – idealerweise. Sie machen es dir leichter, mit uns zu kommunizieren. Andererseits besteht die Gefahr, daß das Erlernen der Regeln deine Vision verdunkelt, Michael. Sie verdeckt. Das macht mir Angst.«

»Aber du könntest mir die Regeln beibringen«, sagte er fröhlich.

»Nein — aber es gibt da jemanden an der Universität von Edinburgh, den ich kenne und dem ich vertraue.«

»Frost?« erkundigte sich Auldearn.

Sie nickte. »Er wäre sicher vorsichtig. Respektvoll. Ja, ihm vertraue ich.«

Sydneys Vater nahm seine nicht entzündete Pfeife aus dem Mund. »Das Kunstinstitut von Chicago ist eine der besten Kunstschulen der Welt«, sagte er.

Sydney hätte ihn küssen können.

»Ja, das ist es«, stimmte ihm Elizabeth zu und nickte heftig. »Das ist es in der Tat. Michael kann studieren wo er möchte. Oder auch auf ein Studium verzichten.«

Eine gedankenvolle Stille trat ein.

»Wißt ihr«, sagte Dr. Winter, »diese beiden Bilder würden einen perfekten Anhang für den Artikel über menschliche Entwicklung abgeben, an dem ich gerade arbeite.«

Niemand stöhnte hörbar, aber eine allgemeine Bedrücktheit machte sich breit.

»Aber vielleicht auch wieder nicht«, korrigierte er sich, ohne die veränderte Stimmung um ihn herum zu bemerken. »Man könnte sagen, daß Michaels Bild, da es ›wild‹ ist, ein reines Produkt der Erbanlagen — mit anderen Worten reine Natur — ist, während das von Elizabeth das Produkt der Umwelt darstellt. Des erlernten.«

»Aber meine Mutter war auch Künstlerin«, protestierte Elizabeth. »Das bedeutet, daß ich auch einen Teil meines Talents von ihr geerbt haben muß.«

»Genau«, rief Papa entzückt. »Und Michael hat all die Jahre in der Wildnis gelebt und nicht etwa in einem Vakuum. Die Wildnis war gewissermaßen seine Schule, so sicher wie die ...«

»Die Königliche Akademie.«

Nur wenig später sammelten die MacNeils ihre Habseligkeiten ein und entschuldigten sich, da sie sich vor dem Essen noch etwas ausruhen wollten.

Ihr Vater erhob sich ebenfalls, blieb aber noch einen Moment zurück und ließ die anderen vorgehen. Er hatte aus Rücksicht auf Elizabeth bisher davon abgesehen, seine Pfeife anzuzünden, doch nun tat er es, und der Rauch und sein dünnes, weißes Haar wehten nach Westen. »Bin kein Kunstkritiker«, murmelte er. »Habe keine Ahnung von der ganzen Materie. Gehe nur nach Gefühl. Instinkt. Auch nach persönlichem Geschmack. Würde nicht wollen, daß das wiederholt wird.«

»Was denn, Papa?« erkundigte sich Sydney interessiert.

»Was ich über den besseren Künstler gesagt habe. Hm?« Er deutete mit dem Finger auf Michaels Leinwand, die auf einem verlassenen Deckstuhl trocknete. »Das da ist besser. Zwar nicht technisch«, er verzog das Gesicht. »Spirituell vielleicht? Falsches Wort. Es hat *Herz*«, sagte er schließlich, von sich selbst überrascht. »Das ist es. Mehr Herz. Aber sag das nicht deiner Mutter weiter, ja?« Er zog verschwörerisch die Augenbrauen in die Höhe, lächelte und spazierte davon.

Michael starrte ihm gedankenverloren nach. Was für ein interessanter Nachmittag das gewesen war. Sydney hakte sich bei ihm ein, und sie schritten gemeinsam zur Reling hinüber, um den Sonnenuntergang zu beobachten.

Sie lächelte zu ihm auf, und das rote Sonnenlicht brachte ihr hübsches Haar zum Funkeln. Fuchshaar. Das Deck lag verlassen da. Er schob seinen Arm unter ihren Schal und legte ihn um ihre Taille, und sie schob den ihren unter sein Jackett. Er hatte sich den ganzen Nachmittag danach gesehnt, sie zu berühren.

»Mein Inneres ist so gefüllt, Sydney.«

»Gefüllt?«

Er blickte über das funkelnde, dunkel werdende Wasser hinweg, und ihm kam der Gedanke, daß dessen Tiefe und Weite im Augenblick wie sein Herz, wie seine Seele waren.

»So gefüllt«, wiederholte er. Er fand kein besseres Wort. »Und der Kreis hat sich geschlossen.«

»Wie meinst du das?« Sie lehnte sich gegen ihn und schmiegte ihre Wange an seine Schulter.

»Ich kann mich an das andere Schiff erinnern. Und ich erinnere mich an diesen Ozean. Er hat mich von meinem Zuhause weggeführt, als ich noch ein Kind war, und nun bringt er mich wieder dorthin zurück.«

»Zuhause«, sagte sie leise.

»Bist du traurig?«

»Nein! Warum sollte ich?«

»Weil ich mich meinem Heim nähere und du das deine hinter dir gelassen hast. Und wir wissen beide nicht, für wie lange.«

»Oh, nun, ich muß erkennen, daß du doch nicht so klug bist, wie ich immer gedacht habe.«

»Was? Bin ich das nicht?«

»Nein.« Sie blickte hinter sich, steckte dann ihre Finger in seinen Gürtel und zog ihn näher an sich. Sehr gewagt — sie umarmten sich beinahe. »So etwas wie ›das Heim verlassen‹ oder ›nach Hause zurückkehren‹ gibt es nicht mehr.«

»Nein?«

Sie schüttelte den Kopf. Sie benutzte ihren Hut als Schutzschild und gab ihm einen schnellen, kaum spürbaren Kuß auf die Lippen. Er berührte ihn dennoch tief. »Mein Zuhause ist hier, du Dummerchen«, flüsterte sie. »Da, wo du bist.«

»Aha.« Natürlich. »Solange wir zusammen sind, sind wir zuhause.«

»Genau.«

Unten schnitt der Bug des Schiffes wie ein scharfes Messer durch das Wasser und führte sie ihrer Zukunft entgegen. Die Vergangenheit verschwand im glitzernden, weißen Kielwasser. Eigentlich eine beängstigende Vorstellung — alles, was vor ihnen lag, war ungewiß. Dem verlorenen Mann hätte sie wohl tatsächlich Angst eingejagt. Aber Michael war nicht mehr verloren. Und er war bereits zuhause.